單逢傳奇

刘高奇　单百平　著

中国文史出版社

单速画像

作者在杨家村单氏青铜器窖藏地考察

作者参观杨家村青铜器展览馆

中国社会科学院胡孚琛教授考察单速出大散关遗迹

作者与中国社会科学院胡孚琛教授考察单速讲经地

序言一

己亥深秋，余参加了北京举行的《中华续道藏》编纂工作会议后，承蒙大同北岳老子书院郭世贤院长盛情邀请，全国老子道学文化研究会创会会长胡孚琛先生高弟刘高奇博士安排，旋即夜卧有时代沧桑的绿皮车，西行三百余公里赴山西大同参加第三届北岳论道高峰论坛。论坛期间，我们一行数人流连忘返于桑干河、滹沱河畔之间的恒山道观寺庙中，陶醉在"绝塞名山"的壮美秋色之中。参玄论道之际，高奇惠示其最新创作的一部作品《单逑传奇》稿本，洋洋洒洒有几十万言。并云此作品即将在中国文史出版社出版，希望我能够写一篇小序，以广流传。

笔者乃是专治道家经典与历史文献，专业所限，鄙人对小说传奇素无研究，难堪作序大任，下意识地就想推辞。但是刘博士一席话引起我的兴趣。云此作品的主人公单逑乃西周齐国士族出身，身世显赫，据说还作有《德经》一书。返回成都后，刘博士又发来一些创作此作品的资料，并详细说明了此书的创作缘起与意图，云单逑家族与历史上的道家人物老子其人有某种未知的联系，此书创作的意图在于弘扬乡土文化。2003年眉县杨家村青铜器窖藏出土了一批西周青铜器，其中有一件逨盘，其铭文记述了西周时代单氏家族的生活状况与家族历史，所记述的逨家八代成员谱系，为考察西周世族与政治活动提供了新的资料。不但引起学术界关注，随着近几年各地掀起的一股续修族谱的热潮，此逨盘自然也引起山东等地单姓后人的极大兴趣。

作者在构思创作《单逨传奇》一书时，还与胡孚琛先生一行人深入陕西宝鸡市眉县杨家村进行了实地考察收集素材，试图将新近在陕西出土的青铜铭盘文物与有关民间传说熔为一炉，通过文学传奇小说的笔法来形象展示单氏家族悠远的谱系传承。

兹迻录刘博士创作文稿大纲如下：

单氏家族从周文王开始就一直高居要位，数百年不倒。并且到了西周后期，单氏家族一支独大，地位远超周、召二家。单氏源出姬姓，是黄帝侧系子孙。单氏先祖曾经是周朝历代重臣，为早期中华文明做出过重大贡献。很多史料可以证明。

从西周到东周这一家族就出了二位“伯”和八位“公”，数百年间二十几代先后为官，单氏族居然长期不倒，权倾一朝。在西周时代，“公侯伯子男”的五等爵位制度，为西周官制准备了严格的品位秩序。单氏族就成了这一品位制度的典型代表。先说这八位“公”，他们是单襄公、单倾公、单靖公、单献公、单成公、单穆公、单武公、单平公。两位“伯”，一位单伯叫“单（伯）昊生”，另一位单伯叫“单（伯）原父”。《国语·周语》里描写单穆公远远多于西周天子的描写。周景王要铸大钱被他反对、要铸大钟也被他反对，由此可见单氏族在周王朝非同一般的特殊地位。

《国语·周语下》：“单之老送叔向，叔向告之曰：‘异哉！吾闻之曰：“一姓不再兴。”今周其兴乎！其有单子也。昔史佚有言曰：“动莫若敬，居莫若俭，德莫若让，事莫若咨。”单子之贶我，礼也，皆有焉。夫宫室不崇，器无彤镂，俭也；身耸除洁，外内齐给，敬也；宴好享赐，不逾其上，让也；宾之礼事，放上而动，咨也。如是，而加之以无私，重之以不肴，能避怨矣。居俭动敬，德让事咨，而能避怨，以为卿佐，其有不兴乎！’”说明单氏家族世代辅佐周朝长治久安，在周朝有重要位置。

早在商朝，单氏就跟随商王左右，身为重臣。《商书·汤诰第三》：“咎单作《明居》。”《明居》已经遗失了。根据《尚书》其余篇章等记载，单氏是世代家传的史官。当时，史官地位很高，为众僚之长。这个记载说明，单氏家族一直是贵族。很可能这个单氏就是后来周王朝的单氏，因为史官是必须继承的，因为文字只有他们创造和认识。所谓的学在官，其实就是学在史官。殷商末期到西周初期，可能有三个族群用“单”字作为标识。一个是活动在河南洛阳、安阳和山西曲沃一带的单光族，据专家说，这个族群已有30多件出土青铜器为其佐证。另一个是以单公为始祖的陕西眉县单氏家族，已有多批出土青铜器及长篇铭文为其佐证。再一个是成王少子臻公为始祖的单氏家族，目前，这个家族还只有唐宋以来的姓氏书和单氏族谱的记载为证，而缺少铭文和先秦文献的记载。

据陕西眉县出土的单氏家族的文物看，西周单氏家族的第一代单公是周文王的重臣，地位仅次于周公、召公，居第三位。此后，在西周历史上单氏8代共辅佐西周11代君王。东周时单氏和刘氏是朝廷最重要的支柱力量，但单氏家族的历史久远得多。尧和舜的老师叫单卷，这是单姓最早的记录。

逨盘上实际共提到12位周王：文王、武王、成王、康王、昭王、穆王、共王、懿王、孝王、夷王、厉王、宣王，仅未及西周的末代周王幽王。李学勤先生已指出，逨盘铭文上的西周王世印证了《史记·周本纪》的记载，与殷墟卜辞印证《殷本纪》的商王世系有着同样重大的学术意义。逨盘铭文所载的西周各王世的重要史事，与文献、从前发现的金文的记述基本吻合，如文王、武王的克殷，成王、康王巩固开拓疆土，昭王征楚，穆王四面征战，等等。

逑盘足以显示单氏家族与周王室共始终，从侧面也可以反映出周王朝制度的吸引力和稳定性，也可以看出朝廷官员的延续性是王室发展的保障，而不是相反。也说明这个时期，君臣相得，君尊臣忠。逑盘描绘出了单氏家族的世系图：

周王	代数	单氏家族
文王、武王	第一代	单公
成王	第二代	伯、仲、公叔、季
康王	第三代	伯、新室中
昭王、穆王	第四代	惠中盠父
恭王、懿王	第五代	零伯、仲
孝王、夷王	第六代	伯、懿中
厉王	第七代	伯、仲、叔、叔、龏叔
宣王	第八代	逑

单氏家族青铜器的出土对单氏起源带来很大的冲击。单氏后人对此做了一个总结：单氏家族为周王朝的发展兴旺做出了不可磨灭的历史贡献。

学术界有关老子其人生平与《道德经》的出世年代，自宋代以来，就有聚讼不断。20世纪初，围绕老子的年代，出现以胡适为代表的“早出说”与梁启超为“晚出说”的激烈争论，随着疑古之风的渐兴，钱穆、顾颉刚、冯友兰皆卷入其中。1972—1974年长沙马王堆汉墓的挖掘，帛书老子甲乙本的出土，继而1993年湖北荆门郭店楚简老子三篇面世，又引发了学术界一番讨论。

由于历史久远和新史料的不断涌现，有关老子生平及其著述问题的讨论还将持续下去。这里就涉及我们如何看待历史人物的立场方法问题。

关于学术研究方法，前辈学者有许多揭示。从历史研究的立场来区隔，大体上有所谓“信古”与“疑古”的两大分野，但是由于研究对象的遥远与当下我们掌握的资料的有限性，纯粹的“信古”与“疑古”都难以达到历史的“真实”。因此，需要我们在有限的史料基础上，秉持中道，超越“信古”与“疑古”的藩篱，以“释古”态度来对待我们悠久的历史文化。国有史，地方有志，族有谱。站在弘扬乡土文化的立场，化用民间传说与新近出土的史料，虚实结合，《单逨传奇》作者将新近出土的青铜铭文与有关民间传说熔为一炉，通过传奇笔法来形象展示单氏家族悠远的谱系文化，虽然读者未必以信史的态度去评鉴，但从某种意义上说，此举也是一种新的“释古”尝试。应作者之邀，略缀数言以为序。

盖建民

2019年10月25日

序言二

自从德国哲学家雅斯贝尔斯（Karl Jaspers）的“轴心期”理论提出来之后，赞者甚多，但也不乏很有见地的批评者，认为这一理论“过于忽视轴心时代之前的世界”。就我国学术思想界来说，“轴心期”理论几乎成为肯定诸子百家思想的权威，故而风靡一时，堪称知音。而随着历史、哲学和文化研究的逐步发展，“礼乐文明”的价值有需要重新评价之趋势，这样一来，突破“轴心期”理论所确立的“典范”对认识我国的古代文明当具时代性的意义。

由于时代太过久远，“礼乐文明”虽然载诸典籍，但其核心精神却需要不断的阐释和演绎。长期以来，我们多习惯于哲学上的阐释，且认为只有这样的阐释方式才能尽其奥蕴，允为正统。实际上，不仅经史子集为我国文化之大成，而且书法、绘画、建筑、医学等无不是中国先圣先贤智慧之结晶，其灿烂之光芒至今仍为人所称羡。上述“多样性”的中华文明表现方式既是“礼乐文明”充分发展的结果，当然也就是重建新的“礼乐文明”所不能缺少的方式和路径。事实上，苟能达意，式将自出。

2016年深秋，老子道学文化研究会在位于终南山麓的印象楼观酒店举办“第二届昆仑高峰论坛”。会议期间，经刘高奇博士介绍，我初次见到单百平先生。当时单先生自述老子为其先祖，并赠以有关研究资料为证。一般来说，我们若是自称炎黄子孙，异议者甚少。孔子、孟子和张天师之后裔，因有家谱为证，质疑者也只是在直系和旁支上做文章，不敢遽然指有为无。至于老子，历代受其思想教益者为多，以至于享有“道祖”和“教祖”之誉。对于精神上的传承，自然可以超越血脉之局限，而对于这种意义上的遗传，《神仙传》可为典范。那么，如何超越两千多年的时空，把学术上的聚讼纷纭转化为一纸烟云？

去年赴大同参加北岳老子书院年会，刘高奇博士赠以他著述的《老子与〈道德经〉的渊源》一书，其中有“单逨与《道德经》”一章。今年8月，他又寄来《单逨传奇》书稿，两相比较，竟然让我想起《三国志》与《三国演义》之间的关系。二者一为史笔，一为小说家言，虽各具典范，但就影响而论，后者显然有绝尘之势。以传奇铺陈单逨之故事，以艺术的方式考辨学术，避实就虚，自抒胸臆，颇合以退为进之理。

尝读我国历史，近古和中古之人多喜欢谈论和崇尚上古，而自西学东渐以来，时空易势。因为研究需要，我新近喜读周朝之事，今读《单逨传奇》，对周宣王中兴前后之人物不惜费墨，颇合我心。推而论之，读者之中当有与我相类者，故乐为之序。

张超中

2019年国庆节于北京

序言三

根据2003年陕西省眉县杨家村出土的西周单氏窖藏青铜器，详细地记述了周王命逨辅佐长父，征伐戎狄有功，受到周王室册封、奖励之事，将逨受到册封的时间、地点、原因及奖励内容记载得十分清楚。并在周宣王四十三年（前785），单逨因治理林泽，供应王室山泽物产有功，周王室册封其为官司历人（类似于监察部长一职），训导其如何施政，及受到奖赏的情况。后单逨受周宣王委任编纂帝王之术《德经》，后周幽王诛杀忠良大臣，杀无辜百姓，单逨告老隐退。

此书从勾勒单逨生平行迹入手，展示了单逨由平凡人至大圣哲的生命历程。以通俗易懂、自然流畅的语言准确揭示了单逨的一生，有助于人们了解单逨，学习理解西周的经济发展和历史文化。因此，我愿意将此书推荐给广大读者。

宫哲兵

2019年9月28日于武汉大学

序言四

欣闻《单逨传奇》即将出版，不胜期待之至。自1985年西周礼器逨钟及2003年逨鼎、逨盘等一大批国宝青铜器在陕西眉县的相继惊艳出世，其多达4000余字的铭文曾引起了国家考古界、史学界的高度重视和关注，尤其对这些西周时代礼器主人单逨及其家族的考证，迅即成为了学术界的研究热点。这不仅仅是历来中国史学典籍的有关西周史的佐证，更是国家夏商周断代工程的重要线索，同时，也是对中国单氏家族的传承渊源的最早记录。而具体到单逨所处的周宣王及其后的周幽王时代礼制、兵制、历法、历史人物事件研究，都具有重要历史意义。特别是在逨盘与逨鼎铭文中，多次提到“德”字，这是相关中国道德观点的最早考古文字实物，而这也对中国传世经典名著《道德经》的产生年代及其作者老子的生平推论提供了新的研究方向，有关周幽王时的史官伯阳甫与老子、老子与《道德经》、单逨与伯阳甫的复杂而微妙的关系再一次摆在了我们面前！

伯阳与伯阳甫是不是一个人？在东周春秋时期之前，是不是已经有了《德经》？单速是不是《史记》所载西周幽王时的太史伯阳甫？老子到底是西周幽王老子还是东周春秋老子？越来越多的疑问伴随着对单速的考证研究出现在学术界面前。而《单速传奇》的成书则一直在试图用大量的史料、文物考古考证揭开诸多历史谜团，这是中国老子学界的一件大事，一个王朝、一个家族、一部经典、一个圣人——西周王朝、单氏家族、《道德经》、老子与单速的史迹纠结，构成了这部作品的独特视角，这在全国还是第一次！习近平总书记说过："学史可以看成败、鉴得失、知兴替。""对历史文化特别是先人传承下来的道德规范，要坚持古为今用、推陈出新，有鉴别地加以对待，有扬弃地予以继承。"相信这部呕心沥血的文化巨著能还原西周末那段真实的历史画卷，带给人更多的历史思考！

景元华

2019 年 10 月

单速传奇

目录

第一章 周原被围

公元前854年。

镐京城内，天上缀满了闪闪发光的星星，像极了细碎的流沙铺成的银河，微风轻轻地吹着，街道两边的茶楼、酒馆、当铺、作坊正忙着打烊，街面上的小摊贩也在忙着收摊。东西向延伸的街道上，人群渐渐消逝得无影无踪。偶尔一两声狗吠，斑驳的树影投射在房屋上，整个街道变得异常孤寂。而镐京王宫内却是另外一番景象，坐落在树丛中的宫殿，露出一个个琉璃瓦顶，恰似一座金色的世界。整个王宫张灯结彩，车水马龙。前段时间周厉王姬胡从和田获得大量和田玉，今日他听从荣夷公建议，大宴群臣，上至诸侯、三公及家眷，下至卿大夫、士，他把这些人都聚在一起，是想让他们高价认购这些和田玉。这样一来能缓解国库空虚，二来猃狁这些年来不断壮大，不停地骚扰大周，有了这些钱财也好出兵猃狁。今日的宴会就是荣夷公和厉王设下的鸿门宴。厉王向来脾气暴躁，但凡奴才们犯点过错非死即残，所以王宫之内的奴才只要是厉王的差事无不提起十二万分精神。宴会人数虽多，整个王宫却在紧张而有条不紊地忙碌着。

王宫四周环水，整体布局是南北向中轴线排列，并向两旁展开，南北取直，左右对称，五步一座高楼，十步一座亭阁，长廊如带，迂回曲折。王宫内以金黄色的琉璃瓦铺顶，有绚丽的彩画，雕镂细腻的天花藻井、汉白玉台基、栏板、梁柱，以及周围的建筑小品。大大小小房间上千间。为了体现王权的至高无上，宫殿建筑采取严格的中轴对称的布局方式：中轴线上的建筑高大华丽，轴线两侧的建筑相对低小简单，位于王宫正中间最高的就是康穆宫。康穆宫，王上接见外臣举办宴会的地方。走近康穆宫，两旁灯火通明，正前方是一堵筑在水上的白墙，约两米高，上覆黑瓦，墙头砌成高低起伏的波浪状，正中一个月洞红漆大门虚掩着，有琴音和着曲声隐约传来，门上黑色匾额上写着“康穆宫”三个烫金大字。

殿内的金漆雕龙宝座上，姬胡手捧酒具面露微笑说道：“在座的诸位爱卿，都是国之栋梁，本王从和田得到了很多美玉，不忍自己独享，遂拿出来和众爱卿一起欣赏。”刚刚说完，周王身边的大监仓科挥了挥拂子，只见从穆康宫的大门进来八九个宫女，每一个人都举着一个木盒缓缓走到大厅，打开木盒，只见一块块美玉躺在木盒里，或翠绿欲滴，浑然天成；或浑体通透，晶莹剔透。大厅两边的众大臣窃窃私语，大抵都是说真是难得一见的美玉啊。赞美之声不绝于耳!

“列位爱卿觉得本王这些玉如何？”

此时荣夷公出列说：“好玉，难得一见的好玉。”在座的所有人都附和说好玉。正在这时芮良夫出列了，厉王看着他，眉头一皱，身为帝王早已习惯喜怒不形于色，可是每次遇到这芮良夫他都按压不住内心的怒火。

“王上，依臣之见，这些玉貌似晶莹剔透，实则浑浊不堪。”芮良夫弓着腰对王座之上的姬胡一脸认真地说道。

“芮良夫，你口出狂言，简直狂妄至极！”厉王和所有的人都说是好玉，唯独这个芮良夫把美玉说得浑浊不堪，这明显就是跟自己过不去，厉王越想越生气。

“大王，莫急，且看看芮良夫有何高论。”共和伯这样说看似是帮芮良夫解了围，实则是让厉王更加生气。

“好！今日若不说个明白，寡人定不轻饶。”厉王气得用颤抖的手指着芮良夫。

“大王，和田玉山料分布在昆仑雪山之巅，山道险阻，高寒缺氧，找玉实属不易，可是取玉最难，越三江五湖至昆仑之山，千人往，百人返，百人往，十人返。用黎民百姓血肉之躯换来此玉，有何通透之言。大王是为百姓之父，应节俭爱民，臣为大王着想，所以才说这些玉浑浊不堪。”芮良夫不急不躁地向大王说。

“芮良夫，此言差矣，大王是天下之主，大王美德天下人敬仰，子民爱戴大王，自发上贡，天下至宝皆归我王所有。芮大夫是否认为大王不配拥有这些和田玉？”荣夷公这句话让芮良夫无法反驳。

姬胡大悦：“好！荣夷公所言甚合寡人的心意！赏！”

“这些和田玉寡人也不能独自享用，应与众卿同乐。每个玉器价值不同布币，各自认购一些自己中意的吧！”厉王大手一挥，宫女们便把玉器放在各个大臣面前，各国诸侯看到这些玉器的标价都在一万布币以上，内心倒吸一口凉气，这个标价高出市面很多倍，可是大王既然开口而且自己也跟着附和说了是好玉，现在也不得不认购。但是内心对厉王这样的做法很是气愤，奈何身为臣子都是敢怒不敢言。坐在前排的共和伯除外，他非常开心，像捡到了大便宜一样买了一个既不是最贵也不是最差的玉饰。众臣都以为他是怕极了厉王，不得不装出一副开心的样子。

在召公下方就座的大将军单龚随大家饮完酒后，轻轻地将凤鸟纹爵放置在案几上，未随同大家食用案几上的美味。看着殿内的建筑雕梁画栋，所用酒具也是精雕细琢，同时也感怀那些在战场上出生入死却食不果腹的将士，大王这次借玉敛财估计也是为了筹措军饷。只是这种方式让人感觉厌烦，不从根本上解决民生问题，只知道一味地从王公大臣身上索取。他再也不想参加这样的宴会，他宁愿在战场上过着刀尖舔血的日子，也不愿看厉王如此沉迷享乐，剥削臣子。而自己身为臣子却不能规劝厉王勤政爱民，只能在这里看着这一出出闹剧。不自觉地又喝了一爵。

此时殿内乐声起，乐声洒脱而悠长，众歌姬翩然而入，舞衣鲜艳而飘逸，身姿妩媚而阴柔。腰上所挂玉器与铜铃的清脆之声与乐声遥相呼应！歌姬清唱着：

“蒹葭苍苍，白露为霜。

所谓伊人，在水一方。”

姬胡与群臣都沉醉于这绕梁之音，仿佛刚才的不愉快从来没有发生过。一切又回到了歌舞升平的景象。

召公虎看着单龚一副心事重重的样子，压低了声音说：“大哥在忧愁些什么？是在担心边疆战士吗？”

单龚答曰：“恐不久又要再次出征了，看大王今日这宴会就是为了募集出征费用。”

“嗯，大家都看出来了，各个诸侯国也是敢怒不敢言啊，前日卖玛瑙，今日又卖玉，时间一长各国诸侯也是烦不胜烦。”召公对着单龚抱怨，他更多的是担心长此以往厉王将要失去各国诸侯的支持，现在越来越多的诸侯国已经不来上贡了。

“我知你已经尽力了，大王听不进去，你也劝劝芮良夫不要总是强谏。”

“芮大夫那个性子你不知道么？油盐不进！”

“你得空了也回家看看，别老住在军营里，大嫂要临盆了。你也经常回去看看大嫂和老太太。”召公虎位列太保，官位世袭而且官级在单龚之上，召公虎负责周朝军事，行辅弼周王之职。但因为召公虎夫人单琳儿乃单龚的妹妹，所以一直私下称单将军为大哥，两家关系也亲如一家。单龚英勇善战、为人忠厚，所以分外得到召公虎的赏识！

兴之所至，姬胡还命人将他收藏的好酒分赏于大臣，美酒，美人，姬胡已经进入微醺状态，闭目养神之际突然听见一声：“报，急报！”吓得姬胡一个趔趄差点儿从王座上摔下去，气愤地说：“什么事情这么惊慌？”信使吓得跪下磕头说：“大王，猃狁入侵丰京了！”姬胡听闻震惊不已，忙问：“这可如何是好？”群臣还在震惊中没有回过神来，此时召公虎出列：“大王，如今之计大王应派兵援助丰京，否则猃狁便会破丰京入镐京！”群臣们也都认为召公虎所言极是。

姬胡说：“何国可派兵镇压？”各国诸侯因厉王“好厉”长期搜刮他们，诸侯和厉王之间离心离德，都找各种理由推托，不是调兵远就是时间长，远水难解近渴。

“依臣之见，应派单龚单将军前去，宗师之内千余兵可用！”当单龚听见猃狁入侵丰京时，内心就已经如同热锅上的蚂蚁，当听到召公推荐他时，他长长地松了口气请求道：“臣愿意带兵前去打退猃狁。”单龚低着头，等着大王能同意让自己出兵作战，丰京城有他的家，有他即将临盆的妻子。一分一秒对于他来说都是煎熬，他的心已经飞向了丰京城。

姬胡听到单龚主动请战，心里的石头落了下来，这些年单龚长期在外作战，只要有他则战无不胜。他看着底下这群大臣，关键时刻没有一个能用的，他们都舍不得自己的兵，想到这里眼神中闪过一丝戾气。不过他很快就整理好了自己的情绪，这群饭桶早晚有一天会收拾了他们。不过现在猃狁的事情最为重要，早晚有一天他一定要铲除猃狁这些蛮夷。

“好！命单将军速带将士援助丰京城！”

……

周原城内，猃狁趁着黄昏时分城门没关之前突发袭击杀进城内，猃狁以抢劫为主要生存手段，震天的呐喊声从丰京城的四面八方传来，区区几百猃狁士兵用自己的吼声织成了一道密不透风的网，覆盖在丰京城的上空。猃狁士兵骑着马，所到之处烧杀抢掠，稍有反抗便是人头落地，看见漂亮的女子摔上马背直接带走。周原城守将崔友带着丰京城内仅有的五百多人拼死杀敌，可是寡不敌众，损失惨重！

丰京城东单公府。府里张灯结彩，一是因为许久不曾回府的老爷今日就要回府了，二是夫人最近要生了，府内一片喜气洋洋。时不时看见丫鬟和小厮走来走去，忽然一个穿着和打扮都比较讲究的中年妇女，应是单府管家，她大声呼喝："一群没用的东西！这点事情都办不好。王婆生病就去城西找李婆，连个产婆都找不好！"随手指了一个离自己最近的丫鬟说："你去把东厢房收拾出来给产婆住，还有你们找产婆的时候多找两个，免得到时候又出问题。"扫了一眼后面站着的几个丫头："你，你，你，还有你，你们四个丫头等产婆到了随时听候产婆吩咐，其他人都各忙各的去，徐伯你去康穆宫门口等着将军，提前去迎迎将军。"

"不好了！不好了！"一个小厮跑过来对管家说，"猃狁打来了！"接着便听见街上逃跑、呼救之声。府内的人一听猃狁打来了吓得赶忙问："这可怎么办啊？赶快逃吧。"有人说："往哪里逃啊？城门封起来了，都被猃狁围住了，哪里能出去？"后面气喘吁吁的另一个人跑了进来，对着大管家说："管家，赶快带着夫人先躲起来，听说现在守门的士兵不足五百人了，估计这丰京城是守不住了。"管家殷通说："大家不要慌，这里离镐京没有多远的路程，不时将军就会带将士过来营救我们。"

"崔友，府内还有一千多府兵，你带着这一千府兵去帮助士兵守住城门，其他男丁看护府门。我们都是受单家恩惠的，现在也是我们报答的时候了。我们一定要保护夫人安全生产！告诉徐伯不要去穆康宫等老爷了！还有就是所有人不许把猃狁打来的事情告诉夫人，让她安心待产！”管家殷通一脸严肃，处乱不惊地安排着所有的事情。她的话有种自然的信服力，让大家从恐慌中走了出来。每个人的内心都充满了希望，因为就像管家说的一样，将军会以最快的速度回来救他们的。

“这么大的动静我能不知道，崔友你带上府兵跟我走。”内厅出来一个三十多岁的女子，尖尖的脸蛋，双眉修长，相貌甚美，只是眼光中带着三分倔强，七分认真。

“夫人，您不能去，您不为自己着想也得为了肚子里的孩子着想。”管家殷通立刻拦住了她。

“我答应老爷替他守护丰京城，我会照顾好自己的，崔浩，等什么呢？点齐人数跟我走。”单夫人头也不回地走了。管家望着夫人的背影，不知怎么办才好，她自小跟着夫人，知道夫人决定的事情谁也没有办法改变。夫人娘家世代都是将军，而她自己也是自小习武，可是现在夫人毕竟还怀着孕呢，而且还要临盆了。她思虑了一会儿就自己去城西找产婆了，她得带着产婆一起去战场，守护夫人平安。

身怀六甲的单夫人艰难地一步一脚印爬上城楼，在城楼上见到守城将军志辉，她告诉志辉："死守北西南门，开放东门。东门邻水，猃狁大军不会从东门而入。先期进入城内之骑兵，以精锐号称，因此集中我优势骑兵把敌军引诱到东门，若引诱不成集中兵力把敌人往东门赶，不必和敌厮杀，一方面敌军善战，可减少我军损失，另一方面把城内伤亡降到最低，稳定城内百姓，组织有效的守城运动。"志辉看着单夫人滔滔不绝地给他讲解，虽知道单夫人也是将门之女，而后嫁于单将军，对于兵法战术也是精通的。但是这一见更是对单夫人由衷地敬佩。单夫人对于排兵列阵的运用可比他这个将军熟练多了。他听从单夫人的建议，全部按照单夫人的部署，效果显著，猃狁士兵大多被困在了东边丰京河边，眼看胜利在即。可是猃狁大部队来支援了，他们围住了丰京城，单夫人和崔友把城内百姓组织起来，坚守城池，以待镐京驰援。

周原城门下黑压压的骑兵摆成长阵，长阵最中央一个身穿白色狐皮衣的正是猃狁王锦里狐。猃狁擅长骑射，是一个马背上的民族，三五岁的孩童都会骑马、射箭。猃狁王更是自信地给自己的军队起名叫“黑铁骑”。这次他的士兵被围让他感觉愤怒，身为“黑铁骑”居然被弱小的大周人活捉了，这是他所不能允许的事情。猃狁王喊道：“开城门放出我猃狁士兵，交出粮食和女人可免你们不死！”志辉知道现在最重要的就是拖延时间等待救援，哪怕最后战死也要和丰京共存亡，绝不交出一粒粮食、一个女人！于是飞快地在内心想到了对策，便回道：“我需要与将士们商量一下，可否给我半个时辰。”猃狁将军原上飞对猃狁王说：“大王，兵贵神速，丰京离镐京近，他这是明显拖延时间等待救援！”锦里狐：“哈哈！几百士兵还想与我猃狁抗衡么？援兵再快半个时辰内也不可能来！”原上飞：“大王，速战速决的好。”

猃狁王：“城里面的人听好了，给你们一刻钟，如若再不开门就不要怪本王大开杀戒了。”

周原守城将军：“将士们，誓死守卫丰京城！”正当这个时候，单夫人带着单府一千府兵和一些自发集结的百姓赶到。

单夫人说：“志辉将军，我单府府兵，任凭你差遣！”

“谢夫人”，志辉看到这一千府兵，好像又看到了周原守住的希望一样。“将士们！我们一定要坚持住！坚持到援兵的到来！”所有的将士都自发地喊：“誓死守卫丰京城！誓死守卫丰京城！”那种舍死也要保护家园的气概让人动容。

城门经受了一次又一次的攻击，城墙上一波又一波的士兵自发地抵上去，这个倒下，另一个替上，猃狁士兵始终破不了城门。

猃狁王愤恨地说：“废物，一群废物，小小一座丰京城都破不了，本王要你们何用！”

原上飞说：“大王，大周援兵应该快到了，我们应该速速拿下城池。”

猃狁王：“如何拿下？原将军有何办法破城？”

原上飞：“火攻，箭上绑上火油！我本不想用火攻，主要是考虑这样城内的百姓伤亡惨重，但是如若我们不在短时间内攻破城门，那么等到大周援军到来我们必败！”

猃狁王：“好！弓箭手准备，开始火攻！”

一时间，房屋、树木着起了火，周原城上将士死守城门，城内百姓四处逃难，在四处乱窜的百姓中两个穿着打扮非常讲究，身材丰腴但是样貌却非常清秀的花样年华的女孩到处躲避着逃窜的人群。

“麻芋，这是怎么了？”

丫鬟麻芋赶忙捂住苏木的嘴巴，声音低下来说：“夫人啊，猃狁攻打周原呢！你可千万不要说猃狁话，要不然该惹祸上身了。我们现在被困在城里出不去了！”麻芋看着这些四处逃难的百姓，这些场景就像小时候自己和妹妹失散那天的场景一样。这场战争不知道又让多少孩童失去父母，多少夫妻失去伴侣，又有多少人经历生离死别，或许又是永生不见，穷尽一生去追寻。

苏木看着泪眼婆娑的麻芋，以为她是害怕，非常愧疚：“都是我不好，我不应该贪玩非要你带我来丰京城的。”

“夫人，您这说的什么话，我就是一个奴婢，您对我是恩重如山！现在不是说这些的时候，咱们赶快找个地方避难吧，等战争结束了我们再想办法回去。”看着街上四处逃难奔走的人，衣衫褴褛，还有孩子的哭闹声，苏木不忍心看着这些画面，拉着麻芋的手只想赶快离开这个地方！

第二章 单速出生

丰京城上看着猃狁飞来的“火箭”，单夫人焦急得额头冒着冷汗，再这样下去丰京城就要成为火海了，她在内心祈祷单龚能快一点到！城门上的将士四处躲避那些飞来的箭。啊！不知道是谁把站在城门上查看敌军的单夫人碰倒。单夫人一声尖叫，离他最近的崔友赶忙扶住单夫人想把她扶起来。

“崔友，我要生了。”单夫人扶着肚子蜷缩着身体慢慢地找到合适的角度坐下。

城门之上刀剑无眼，这可怎么办？他甚至都没有看见是谁碰了夫人，他一个男人从来没有遇到这样的情况。在崔友束手无策的时候，管家殷通跑了过来，看夫人这个样子也没有办法挪走，于是她命人简易地搭了个棚子，没过多久就听见一声响亮的啼哭，接着便是天空中电闪雷鸣，下起了瓢泼大雨。

雨越下越大，士兵们睁不开眼但是却站得笔直地守着周原城，城内百姓欢呼“下雨了，下雨了！”仿佛忘了刚刚经历的战火，这场大雨彻底浇灭了城内的火。此时此刻百姓的惊喜之情没有办法用任何语言形容，他们只能相互拥抱，不停地说“下雨了，下雨了，丰京城有救了！我们的家有救了！”

周原城下的猃狁都是骑兵，由于这场大雨马都陷入泥里，越踩越陷越深。而这时周原城的西边传来喊杀声，原上飞对猃狁王大喊：“大王，不好了，大周的援军来了！大王下令撤吧！”猃狁王双眼瞪着援军来的方向，“列阵给我杀！”原上飞无奈，只能喊：“杀！”接着猃狁士兵两面受敌，后有丰京城守军弓箭阵，前有单龚援军。猃狁士兵虽善骑射，但雨水太大，猃狁士兵只能下马而战，没有了战马的猃狁士兵犹如雄鹰没有了翅膀，不一会儿工夫即伤亡惨重。

原上飞看着将士们损失过半，雨水里混着鲜红的血，脚下不远处还有一只手在抖动。原上飞用手擦了擦脸上的雨水奔向锦里狐：“大王，现在我们是腹背受敌，如果再不撤就来不及了，趁早退兵及时止损！”锦里狐看着满地的猃狁士兵的尸体，望着雨水冲刷过的血水，顺着坑坑洼洼的脚印不知道流向哪里，一口鲜血喷出，大喊一声：“撤兵！”

猃狁撤兵了，志辉他们大获全胜。虽然经过几个时辰的战火洗礼，但是丰京城的损失不大！百姓欢呼，经过这场战火，丰京城的军民能更好地团结，他们打开城门迎接单将军。崔友看到最前面的是单将军，立刻穿过人群跑到将军跟前，大呼：“将军！”生怕单龚看不见使劲地摆着高高举起的双手。单龚疑惑地看着崔友：“崔友，你怎么在这里？是不是府里出事了？”单龚的第一反应是府中出事了，敌军攻城首先打的就是他的单公府。崔友怕单龚担心，快速地说：“将军，府中无事，猃狁入侵丰京城，城内守兵大多战死，夫人带我和一千府兵死守城门！”单将军感动地说：“夫人是巾帼英雄，只是她现在身体如何？”

“将军，夫人在坚守城门时生产了，是个小公子！”崔友激动地说着。单龚还没有等他说完，扭头对身边的副将姬恭说：“姬将军，这里交给你了，崔友协助姬将军安顿受灾百姓。”便马不停蹄地直奔单府。

单龚回府一路上听见别人给他道贺，人们都在议论纷纷，大约是说三公子是天降的贵人或是奇人。殷管家看见单龚回来：“老爷回了！恭喜老爷！夫人生了个小公子！”单龚径直走向主卧，看见了单老夫人，忙跪下请安：“孩儿来迟了，让母亲受惊了。”单老夫人赶忙扶起单龚：“龚儿，何须多礼，为娘好着呢！倒是龚儿你上阵杀敌可有受伤？”说着便四处转着看单龚身上是否有伤痕，确定无事后便对单龚说：“你多陪陪可儿，我就先回屋去了！”然后对单夫人说：“可儿，以后不许再这样莽撞了，还好单家祖宗保佑，否则伤了我孙儿，我定是不能这样算了！好好休息！”说着还帮王可儿掖了掖被子，便起来要走了！单龚知道母亲嘴上说不担心自己，其实内心紧张得要命。每次自己出征，她总是不吃不喝跪在佛前祈祷，保佑自己能平安归来。看着母亲弯着腰的背影：“母亲，儿子送送母亲！”单老夫人扶着单龚的手笑着说：“不用了，我自己回去。你看看可儿母子。”

“可儿，让你受累了！”单龚把母亲送出门外便转身回到屋里拉着单夫人的手说，“可儿，你生产时为夫都不能陪在你身边，还让你出生入死替我守护丰京城内百姓，我真的愧为人夫啊！”单夫人知道单龚说的这些话都是发自内心的：“将军，我自嫁与你，何曾受过半点委屈啊，将军在为国杀敌，你是国家的功臣，也是我的荣耀啊！将军你快来看看小老三，你快点看看他！”单龚接过孩子抱在怀里，只见圆溜溜的眼睛盯着他看，胖嘟嘟的脸蛋可爱极了！单龚异常高兴：“可儿，你看看他一直看我，也不哭，像我这样长年在战场上的人，平常的大人见我也要怵我几分，这个孩子居然一点都不害怕！哈哈哈！”

“老爷，今天这场战争多亏了这个孩子！”王可儿无比温柔地看着单龚抱着刚出生的儿子。儿子的到来、丈夫的喜悦以及丈夫小心翼翼呵护孩子的样子都让她觉得所有的一切都值得。

“我听崔友说这孩子出生在战场上，将来必定是个大将军！我这一路回来听路人议论纷纷！”

王可儿让半夏扶她起来靠在床上说道：“猃狁久攻不下丰京，破不了城门，猃狁王下令放火烧城，援军一直不到，眼看丰京城就守不住了。这时候咱们三公子就出生了，第一声哭就电闪雷鸣然后天降大雨，解了围城之困，保住了周原城！”单龚吃惊地问道：“此话当真？”单夫人点了点头说：“将军，这样的事情我还能撒谎不成？”单龚若有所思地点点头说道：“如果不是这场大雨，我带那一千士兵也不敢保证能战胜狁狁！”单夫人的贴身丫头半夏紧接着说：“将军，府里的人都说咱们三公子是福将，是神仙下凡，他一出生就救了我们周原的百姓呢！”单夫人微笑着说：“半夏，不可胡说，吩咐下人这些事情不许对外人说。我只希望这个孩子健康平安地长大！”半夏吐了吐舌头悻悻地点头道：“是！夫人！”单夫人转头对单龚说：“将军，你给小老三起个名字吧！如若他二哥还活着，现在看见小老三定是开心不已，他一直想要个弟弟。”单龚听到可儿说单雅，明白她这是思念雅儿了。他自己又何尝不思念单雅，但他不能在可儿面前表现出来任何悲伤的情绪：“夫人不要难过，可能是雅儿让这个孩子来替他陪陪我们。让我想想给他起个什么名字。可儿，这孩子命中带贵，这个雨又来得这么及时。看似一场简单的大雨既救民于战火，又保护我们单家满门，更让我战胜猃狁不费吹灰之力，也许他更是代替雅儿来慰藉我们的。你看叫单速如何？”

“速，单速！”单夫人流着泪呢喃着单速这个名字，自从单雅三年前夭折之后她从未像今天这样高兴过，她相信单速的到来是上天对她失去单雅的一种补偿！

“那就这么定了！希望单速长大后，成为大周王朝的栋梁之材，像祖上诸公，对大周尽职尽忠！”

“老爷放心！为妻定会配合老爷，悉心调教，一定让速儿成为栋梁之材。”

单家祖上历代对大周尽职尽责，功勋卓著。单龚本人辅佐周厉王姬胡，故他希冀单速长大成人后，如同祖上诸公。

单龚排行老三，后辈人尊称龚叔，其为单公懿仲嫡子。单龚有三子，长公子名颂，二公子名雅，三公子名速。单雅不幸夭亡，单颂年长单速五岁。经历过丧子之痛的单夫人不求单速大富大贵，只希望他健康平安地长大成人，这也是每个母亲的愿望！单龚已至而立之年，勇猛且沉稳，位列周朝十二将军之首。召公虎青睐单龚，遇紧急军情，经常会推荐他。所以在单龚的心里，希望自己的儿子长大后文武双全，大儿子单颂体弱不能练武，单速的到来弥补了这个遗憾。将来的单速必定要做将军，要成为一个比自己还优秀的将军！

第三章 才智过人

苏木和麻芋两人一路跌跌撞撞来到了一个废弃的茅草屋，里面都是一些草堆。战火停止后，麻芋手脚勤快地找了一些干草，铺得厚厚的，准备两人先凑合一晚上，看看明日能不能出了城找到将军。因为苏木害怕，便和麻芋躺在一起，两个人陷在草堆里面。突然有人进来四处检查，麻芋和苏木两人都没有睡着，她们害怕是周人来检查，怕自己身份暴露，使劲地抓紧彼此的手不敢发出一点声音。

“一点小事都办不好，看你如何向主公交代？”一个男人用冷漠嘶哑的声音质问。另一个颤抖的声音响起：“城门上人太多了，我本想使劲一撞能将单夫人撞下城门，一尸两命，没想到单夫人会武。”

“你找个地方躲起来，这几日会封锁城门，等确认无事了你再去向主公请罪。”听着两个人的脚步声越来越小，直到消失的时候苏木才敢喘气。麻芋拨开干草看到泪流满面的苏木，想扶她起来坐一会儿，发现苏木手脚都已经软了，就轻声安慰她，直到很久之后苏木才好。她实在太害怕了，她觉得这两个人太险恶了，连个孕妇都不放过，更怕他们发现自己，那么自己和腹中的孩子肯定凶多吉少。苏木和麻芋两个人一直不敢睡，直到天微微亮两人才睡了过去。

天亮时，崔友帮着守城将领志辉打扫战场、清点人口的时候，发现了躲在烂草堆中的苏木和麻芋，她们只说自己和家人走散，却说不清楚家在哪里。崔友无奈之下将她们带回单公府让单将军定夺。单龚见苏木举止不像普通夫人，苏木据实相告，但是把自己是猃狁人隐瞒。她告诉单龚自己和麻芋是主仆，她跟着自己的丈夫来丰京游玩，不巧遇到战火与丈夫失散了，现在无家可归，只能和麻芋两人躲在草堆里面过夜，并告诉单龚自己已经怀孕三月有余，希望单将军能收留她主仆二人，以便她在丰京寻找丈夫。单龚原本想着给苏木二人钱财让她们去找人，被苏木婉拒了。苏木想着猃狁是游牧民族，在丰京城一战之后为保存实力，肯定已经撤向远方。现在已经封锁城门，这几日她也出不去，更何况她更害怕遇到昨夜那两个人。自己能做的就是在丰京等待丈夫来寻她，所以她才恳请单将军收留她们。单龚看苏木言辞恳切，再加上苏木怀有身孕，将来出生也能给单逨做伴，于是答应收留她们。苏木跟麻芋会一些针线，在府内帮忙，同时单龚也吩咐管家殷通不必把她们当仆人指使。她们主仆二人还是自由身，如果哪天想离开随时可以。苏木二人听见单龚如此安排连忙跪谢。

苏木主仆二人跟着徐伯进了单府，单府是一个三进院。单府大门面南，一对石刻雄狮做门当，一对雕刻着“福”“寿”二字的门簪镶嵌在门楣中。大门上雕刻着一副对联，上联曰：圣贤存古今，下联：忠义满乾坤。门前铺八阶石台阶。进入大门直面一方影壁，影壁后是前院，院后是西门房和东门房；从西门房和东门房中间大门穿过进入中院，中院后是前堂；从前堂东侧小门进入后院，后院分西小院、东小院，后院后是后室。单府东西两侧各盖厢房二十间；东厢房东是单府花园，有小门通单府；西厢房西是客房，单独成院，有假山、水塘等，亦有小门通单府。单府前面是丰京主干道，单府后面是一个广场，广场后有一条小溪自西向东流过，之后小溪蜿蜒流入渭河。周文王迁丰京后，单公府在丰京辅佐周王的历代单公住单公府，而非嫡系的家人们大部分居单府或搬出单府在单邑另立门户。

徐伯安排苏木和麻芋在后院住下，也让人给送来了换洗衣物。麻芋不懂苏木为何要来单公府，忍不住内心的好奇问："夫人，我们为什么要留在单公府，我们现在不应该回猃狁找将军么？"苏木让麻芋扶着她坐下，耐心地跟她说："麻芋，猃狁才攻打过周原，现在肯定已经远遁其他地方了，想找到将军恐怕很难。而且城门都封锁了，我们这段时间出不去城，又没有落脚的地方。我现在拖着这个身体也不能走远路，将军知道我们在丰京城一定会来丰京寻我们。我们能做的就是在丰京城内安心等待。我看单公府主人乐善好施，试想丰京城还有比这更合适的地方么？"麻芋听了苏木的分析后觉得夫人说得很有道理，而且她也不想遇到昨晚那样的事情了，就收拾房间准备长久地生活下去了。

单龚命人将战报送去镐京。

太监将战报递于周王姬胡，姬胡读罢大悦，对单龚进行了封赏，表面平静，心里还是激动异常。猃狁一直不断骚扰大周，小时候他经常听到他父王周夷王为了猃狁不断侵扰忧愁。最后他父王还在对猃狁的战争中死去，这次能战胜猃狁也能告慰他的父王了。"仓科，寡人明日要去明堂祭祀，你去安排。"姬胡高兴地看着在下面站着的仓科吩咐道。

明堂位于丰京城内。所谓明堂，是周天子祭祀上帝、文王及举行各种大典时使用的建筑物。西周明堂一般建于国都的近郊，有九室十二堂，以茅草覆盖屋顶，上圆下方，以水环绕于四周。平面呈长方形，南北长一千尺，东西长五百尺，共有两重围墙，由前、中、后三殿构成三层封闭式庭院。大殿耸立于明堂中心，面阔九间，进深三间，重檐庑殿顶……

厉王姬胡穿黑色上衣、黄色下裳，上衣下裳随风飘扬，在阳光的照耀下依稀能看见一幅日月星辰绣在上面。他背着斧头面朝南站立，看着明堂之下依次排列的人，三公在中阶之前面朝北站成一排，而各个诸侯国根据封地所在位置站的地方和面朝的方向都不一样。以封地在东边为尊的诸侯站在东门面向西方，其次是站南门面向北，然后是站西面东。台阶之下是卿、士、大夫，浩浩荡荡，尽显天子的威严。

明堂供桌上摆着三牲，这三牲是已屠宰的整马、整牛、整羊。在周朝，马比较尊贵，《周礼》中有“马八尺以上为龙”的说法。可见此次祭祀规格之高。

随着编钟的敲响，大巫头上戴着羽毛，身上佩戴各种玉器，戴着青铜面具，大眼突出，鼻如烟囱，大嘴开咧，獠牙毕露，狰狞可怖。大巫摇曳着身姿，众小巫伴舞。大巫腰细，体如游龙；袖长，舞如白虹。舞蹈是祭祀中一个必不可少的环节，目的是让神或祖先高兴，从而请求福祉。

群巫舞毕，姬胡款款步入明堂大殿，行三叩九拜大礼，并念念有词：“列祖列宗，福佑大周，万年昌盛，世代传承……”

凡参加祭拜仪式的大臣，无论姬姓还是外姓，均行三叩九拜大礼。跪拜之礼以后是让大巫问天意。大巫走到供桌之前嗯嗯呀呀地唱了一大串之后才开始占卜，大巫在祭坛上用火炙烤一龟甲，并念念有词。占卜完毕，龟壳裂开，大巫：“德以匹君，猃必除之！”姬胡曰：“祖宗显灵，猃狁必除，各位爱卿如何看啊？”召公原本想借着这次单龚打了胜仗能把他留在镐京，如此看来是不行了，如果攻打猃狁只有单龚能担此重任。即使他想让单龚回朝述职，可是他不能拿国家大事冒险。这时荣夷公对司空之赛使了个眼色。司空之赛立马上前对姬胡说：“大王，单龚将军战胜猃狁，应让他乘胜追击，以保我大周世代安稳！”姬胡正有此意：“单将军英勇作战是我大周之福。传孤旨意：命单龚兼任岐邑邑宰，负责岐邑军政，讨伐猃狁。”

单逨出生后，断断续续又酣畅淋漓地啼哭了三昼夜，之后不再啼哭。每日，他在奶母喂奶后即酣然入睡，仿佛总是睡不醒似的。二月初二日下午，他睁开眼睛，望着天棚，继而啼哭不止。家医细观，未见有病。

单夫人听见单逨啼哭，在半夏陪伴下，走入后院西小院奶母房。单夫人抱起单逨，哄了又哄，晃了又晃，半个时辰后，哭声才停止。哭声停止之后单夫人舍不得放下单逨，依旧抱在怀里轻轻地摇晃着，慢慢地拍着，一会儿亲亲额头，怕一直抱着单逨睡得不舒服才舍不得地轻轻放下。

单龚接到圣旨，立即召集姬恭、虢虎等将军到邑宰府。单龚说明周王旨令道："西戎猃狁，屡犯我境，扰我百姓。王上令我兼任岐邑邑宰，镇守周原，并择机出征，讨伐猃狁。诸位对讨伐猃狁，可有计策？"

姬恭对曰："猃狁擅骑射，而我周原仅万骑，上次虽打败猃狁，那也是天时地利人和，而且当时猃狁并不是大规模地出兵。如果现在出兵讨伐猃狁，以我们的兵力难以抵挡猃狁骑士。此去汧渭之会不远，莫若禀报王上，从秦地取万匹骏马，再训万名骑兵。"

三十年前，周孝王在位，孝王召嬴非子至汧渭之会养马。嬴非子是大骆的小儿子，擅长养马。在汧河与渭河的交汇地带，水源充足，草木旺盛，嬴非子为周王养出了一批又一批好马，并因此立功受封。嬴非子被封于秦，邑于秦亭。秦由此而诞生。秦国系周朝附属国。

"远水难解近渴。"单龚分析道："从秦地取马，训练骑兵，用时太久。王上圣旨，须近日择机出征。当然，姬将军所言亦属长久之计。"

"将军"，虢虎提出了自己的看法，"猃狁居无定所，一般散居于河边，我军可用一万骑兵，攻其一二，逐步蚕食之。"

"虢将军所言极是！"单龚肯定道："目前我军现状，步军宜守护周原，唯骑兵出击。骑兵出击，应该避开猃狁大部队，袭猃狁小部队，先获小胜。如此，既能教训猃狁，又能有捷报上报王上。"单龚认为猃狁为游牧民族，居住分散，不容易找到他们。如果贸然出兵，论实力大周的兵力打不过猃狁，只能跟他们打游击战。

“我愿带队出征！”姬恭站了起来，激动地请示道，“将军，你就下令吧！”

“好！姬将军”，单粪下令道，“你带九千骑兵出征，袭击猃狁，若遇大部队，不可恋战！”

“诺！”姬恭接令。

“虢将军！”

“末将在！”

“我马上拟一道奏章”，单粪安排道，“汝往镐京，呈报王上，请求圣旨，再往秦地，取骏马万匹。”

“诺！”

姬恭带领骑兵奔袭猃狁。

虢虎携带奏章赶往镐京。

半月后，姬恭押一千猃狁俘虏与猃狁牧民返回周原。虢虎带万匹骏马从秦地返回周原。

单粪将战报与奏章上报周王。姬胡大悦，将猃狁俘虏与牧民作为奴隶分给各位大臣。单粪分得一百名奴隶。

单粪领一百名奴隶回到单邑，交与邑宰单从，并嘱单从不要虐待奴隶，要出租给奴隶们土地、牲畜等。单从将五名青壮年和两名青年妇女分至单府，以供单府使用。单粪回到单府，拜见母亲单姬氏。

“母亲”，单粪就座后，向单姬氏汇报道，“王上令我兼任岐邑邑宰，我可以经常见到母亲了。”

“如此甚好！”单姬氏快言快语，“你也能经常见到逨儿了，小家伙越来越壮实了。”

“母亲所言极是！”单粪应道。

时间飞快，原上飞的妻子苏木在单府生下一女婴。苏木为女婴取名原野。

原野与单速同岁，但比单速小十一个月。

单速在其十个月时能站立，并挪步行走，在十一个月时由咿呀学语渐至说话流利。在两岁时，便跟着哥哥单颂，向父亲学习武艺。单颂身体羸弱，只能学一些简单的防身之术。单龚见单速聪明好学，一招一式只需教一遍就会，亦悉心教导。

单龚因公务在身，待在家中的时间较少，无暇顾及两位公子，即聘武师教两位公子武艺，聘塾师教两位公子文字，聘乐师教两位公子音乐。

单速聪颖过人，智勇双全。在其六岁时，刀剑矛戟样样精，琴棋书画行行通。矛是刺兵，主要用于刺杀。戟为戈、矛合体的兵器，兼具勾杀和刺杀的功能。不说刀剑矛戟，亦不说文史知识，且说音乐，他会吹六孔箫、二十二管竽，会弹七弦琴、二十五弦瑟。他精通音乐，但不沉迷其中。

在单速八岁时，其身高和武艺均超过了单颂。单速心胸宽阔，时时处处让着单颂。单颂虽长单速五岁，但是天生体弱不能习武，但是书画和音乐天赋极高，单颂知道单速让着他，也处处为弟弟着想。单速忠厚仁义，时时处处照顾原野。原野从小跟单速一起长大，一起学习！原野虽说是女孩子，但是特别调皮，就连她的母亲苏木很多时候都拿她没有办法。整个单公府只有单速能管得住她。

……

第四章 化险为夷

五月，桃花盛开。三日辰时，单逑与原野在单府花园里练剑。一男子潜入花园，悄悄走向正在观看单逑与原野练剑的苏木。

“将军，你怎么进来了？”苏木一眼就认出了这是与她分别已久的丈夫，又惊又喜，眼中挂着泪突然向男子说道，“若让别人看见可怎么得了，快走！”

“无妨！”男子答道，“我穿着周人衣服，他们难以识别。我在丰京城内碰见了出门的麻芋，她带我进的府，麻芋现在在门口守着呢。”

“将军，这些年了，你总算找来了，我整整等了你八年了，你看那练剑的就是我们的女儿，她现在已经长大了。”苏木一边说着一边激动地用手指着原野，眼泪在眼眶中打转。

“丰京一战之后，回去发现你与麻芋来了丰京城，由于战败，大王命令我等远遁西北，安顿好之后我来丰京寻你，谁知一寻竟是八年，这些年丰京大小街道我都找过，只是没有想到单公府。”原上飞看见桃花树下一个穿着粉色衣服、扎着两个小辫的女孩子，举手投足之间都要将他的心萌化了。

“当初我们无处可去，幸亏单公府收留了我们。单公府待我和原野像家人一样，教原野读书习字，你看，三公子待原野就像亲妹妹。”木子说着用右手指向单速和原野，顺着苏木的手指看过去，单速正在帮原野整理落在她头发上的花瓣。

“这里再好终究不是你们的家，看你们在这为奴我于心何忍啊？今日我就要带你们走。”原上飞一直盯着原野看，那么小小的人啊，笑起来两个深深的酒窝，两个小眼睛眯成一条缝，像极了那天上的星辰。他不想再等了，如今看到自己的妻子和软萌的女儿，说什么也要把她们带走。这些年没有给原野父爱，今天要带走她们以好好弥补这些年来的亏欠 。

“周原和单府戒备森严，你不要再冒险！再说，我们在这儿生活得很好。单府没有人拿我们母女当奴才。单将军说我们是自由身，想离开的话随时可以离开。”苏木是了解原上飞的性格的，知道他多一刻都不想等待。可是现在这样离开太冒险了，她不能拿他们一家三口的性命去冒险。只能先安抚他，等到一个好的时机跟单将军辞行。

“真的？那你去收拾东西，我带你们离开。”原上飞不敢相信，不敢相信单龚能放他的妻子孩子自由，但是看着原野和苏木的穿着以及在这府里的待遇，他又是满怀希望的。

单速早已瞥见一男子在与苏木说话，又瞥见苏木用右手指向他和原野，而且那个男子的眼睛从来没有一刻离开过原野，估计该男子应是原野的父亲。他在与原野练完一套剑术后，即领着原野走向苏木和那名男子。

“叔叔好！”单速向男子鞠躬行礼。

“好！”原上飞只会说一些简单的周语，抱拳还礼。

“叔叔好！”原野学着单速的样子向原上飞行礼。

“好！好！小野也好！”原上飞目不转睛地盯着原野，用着猃狁话说了一串，并赶快扶着原野，生怕她鞠躬累着了。

原野和单速虽听不懂猃狁话，但从原上飞的举止能猜到他所说的话。

“婶娘”，单速见原上飞像慈父般望着原野，即问苏木，“婶娘，这个叔叔应该是原野的父亲吧？”

“这、这……”苏木不知如何回答。她知道单速聪颖过人，瞒是瞒不过去的。

“婶娘，可直言。若叔叔真是原野的父亲，可让叔叔和原野相认。”

“可……”苏木也想让原上飞与原野相认，但担心被单府人知晓。尤其原上飞还是猃狁的将军，即使单府人再善良大气也不会放了自己的敌人，现在苏木也瞒不下去，左右为难。

“婶娘不必担心，我会禀明我父亲，若婶娘和原野想跟叔叔走，我父亲曾有言在先，你们可以随时离开。我相信，我父亲一定会言出必行的。”

“谢谢三公子！”苏木一把将原野拉至身边，一边命令道，“小野，快跪下，谢过三公子！”单速看见苏木抓着小野硬要给自己跪下，连忙阻拦。苏木看着单速幽幽地说了句：“只怕是单将军不会放我们走的。”

“婶娘放心，我定会说服父亲放你们走。父亲是通情达理之人，早就言明你们想走随时可以离开，他不会出尔反尔的。”单速觉得苏木的担心是多余的，父亲身为一国将军，最看重一个信字，答应的事情从来没有反悔过，更何况是苏木他们。

原野惊呆于眼前发生的事情。她望了望一脸络腮胡子的原上飞，意识到，眼前的男子，就是母亲常跟她提起的父亲。她一动不动地看着原上飞，原来这个就是自己每天幻想的父亲，每当自己看到速哥哥跟单将军在一起时就特别羡慕，也幻想过见到了父亲应该怎么说话，如今见到自己的父亲了竟张不开口了。

“快跪下！谢谢三公子。”苏木又拉了一下原野的衣襟。

“婶娘，没有必要，要跪，就让原野给她父亲跪下吧。”单速走到原野身边，将原野拉至原上飞面前，然后说道，“原野，快拜见你父亲！”

原野一直很听单逨的话，立即给原上飞跪下，用了很久鼓足了勇气才挤出：“父亲！”

“快起来！小野。”原上飞急忙将原野扶了起来。

原野虽听不懂玁狁话，但她明白原上飞叫她快起来，并亲切地叫着她的名字。她的眼泪倏地涌出。

单逨虽然年小，但他心地善良，重情重义。他让原上飞到苏木母女房中暂留，然后去兑现承诺。苏木也将他们是玁狁人的事情告诉了单逨，但是隐瞒了原野的父亲是玁狁的将军。单逨虽然听着原上飞说的话便猜到了他不是大周人，但是这也不会影响他要让原野跟随父母离开的热情。单逨先将实情禀明母亲单夫人，单夫人支持他的作为，跟苏木相处这段时间她觉得苏木品性善良，不管她是哪里人都应该得到更好的生活。而且她认为单逨小小年纪就能有这样的思想，她这个做母亲的必须支持。继而，单逨亲自乘马车赶至岐邑邑宰府，向单龚禀明原野父亲来寻苏木母女之事，请求单龚放苏木母女返回玁狁。单龚没有想到苏木她们是玁狁人，既然曾经许诺苏木母女可以随时离开，今日就是知道他们是玁狁人，君子一诺千金也要放她们回去的。

单龚跟着单逨回府看见原上飞大吃一惊，他们曾经在战场上交过手，认出原上飞是玁狁的大将军，原本可以为了诺言放他们三人离开，可是他没有想到原野的父亲是玁狁的将军。如果自己放了原上飞那不成了叛国了。他屏退下人看着单逨说：“原野不能走，不仅原野母女不能走，原野之父也走不了。”单逨问：“为何？父亲之前不是说他们是自由身，随时可以走的，现如今怎么反悔了呢？”

“逨儿，你有所不知，如果他们是普通的玁狁人我定会放他们回去的。可是原野的父亲是玁狁的将军原上飞，他曾带兵侵扰周原，犯下不可饶恕的罪过。而且现在王上要为父清剿玁狁，现在原上飞自投罗网，对我大周来说是大功一件！”单逨虽然理解父亲的做法，但是仍不舍把原野他们送进监狱，恳切地说：

“父亲，我从小和原野一起长大，早就把她当成我们家的一分子，她就是我的亲妹妹，如今我却要杀自己的家人么？父亲从小教我诗书礼仪，是希望我将来做个有情有义的人。而且父亲从小就教育我，大丈夫立于天地间，言必信，行必果。”单龚为难地看着单速，他也是看着原野长大的，这八年住在一起早就把她们当成自家人了。

此时苏木拉着原野跪下说：“将军，我知道你很为难，是我不好，不该瞒着你们的，但是当时我别无他法。我那个时候怀着原野，如果说了我是原上飞的妻子，我和孩子都是死路一条。在单府这些年，您善待我们，还让原野和三少爷一起读书骑射，您的大恩，我苏木无以为报，今天求求你放我们走吧？”说完便不停地磕头。原上飞握着拳跑过去拉着苏木，大有一决生死的心，张牙舞爪地比画着，说着单龚都听不懂的猃狁语，但是看着原上飞的表情大概也能猜到他想说什么。单速走上前对单龚说：“父亲，猃狁骚扰我大周不过是为了粮食。猃狁游牧有时资源短缺，为了生存下去也不得不做一些伤害我大周百姓之事。如果父亲放原将军回去，而婶娘将在这里学的种植之法教给猃狁百姓，那两国互不干扰也能让两国的百姓过上安稳的生活。原上飞回去后必感恩父亲的仁慈和大度，也会规劝他们大王的，这也是百姓的福祉啊！况且父亲不能做个言而无信的人。”单龚一直也不支持大王这些年来不断征讨猃狁和其他国家，他虽然是个将军但是也不喜欢战争，他希望天下太平，百姓都能安居乐业。如果放了原上飞真的能缓和大周和猃狁的矛盾也是好事一桩。即使要抓原上飞也该是战场上见，而不是用人妻女威胁，此乃小人行为！单龚点头说：“好的，为父答应你，但这事谁都不许告诉，偷偷安排马车等到天黑送走！”

“我跟婶娘说过，父亲一定会通情达理。”单速闻罢，异常激动。

苏木激动地跟原上飞说着猃狁话，大抵是把单将军放他们走的消息告诉原上飞。原上飞也是很感动，更是为单龚的魄力震惊，拉着原上飞赶忙谢过单龚！

单龚带着单速离开后，留下苏木一家三口收拾东西，待天黑后就送他们三口离开。没过多久，单速看见苏木在走廊上走来走去，好像有什么焦虑的事情，便走上前去。

“婶娘，何事如此焦急？”

“三少爷，我们天一黑就要走。可是我一直找不到麻芋，不知道这个丫头跑哪里去了。”

“婶娘，你不要着急，你在府内再找找。”

“府里上上下下都找遍了，麻芋也很少出府。除了偶尔出去镐京买原野喜欢吃的桃花糕。”

“咱们丰京城内王记的桃花糕可是整个大周最好吃的，麻芋怎么会跑镐京那么远去买桃花糕？”

“我也是这样说的，可是麻芋说镐京的更好吃点。”苏木子说完就对单速行个礼说：“三少爷，我再去别的地方找找。”单速看着苏木越走越远，留下自己一个人在这曲折的走廊上发呆。他总觉得哪里有问题，可是也说不上来哪里不对。

天黑后，单速随着祖母、母亲等送别苏木母女。

原野拉着单速的双手，久久不肯放开，泪水涟涟。“速哥哥，我不想走！走了就见不到速哥哥了，早知道就不要认这个父亲了。”大家听到原野这负气的话都笑了起来，一下子把这分别的愁绪冲淡了。

“走吧，听婶娘的话。”

“我真的不想走！”

“小野，快上车吧！”单王氏走过来劝说原野。

“伯母！”原野放开单速的手，拥到单王氏的怀中，哽咽着说道，“我不想走！可以吗？”

“小野”，单王氏劝说道，“你待在父母身边好，你若留在这儿，你父母会想你的。”

“可我走了，我会想伯母和速哥哥的，我更舍不得奶奶。”原野说着就拉着单老夫人的手，眼泪流了下来。

“若想我们，就回来。这儿永远是你的家。行不行？”单老夫人摸着原野的头发，慈祥地叮嘱着她。

“行！”原野点了点头，泪水仍在汩汩涌出。她不仅对单府依依不舍，更对单速依依不舍。她向单速招了招手，哽咽着说道：“速哥哥，我走了！不过你等我，因为我一定还会回来的，你一定不要忘了我。”

“走吧！别让叔叔和婶娘久等了。”单速亦向原野招了招手。

马车刚刚出了单府大门就被一群士兵团团围住。荣夷公在马车上闭目养神，等着单龚来求饶 。

单龚一家在客厅说话间听见崔友来报：“将军，苏木的马车被拦了，我们单府也被官兵包围了。”单龚大吃一惊，心想定是原上飞的事情败露了。单府的灭顶之灾来了。赶忙拉着单夫人的手说：“可儿，你带着娘和速儿先回屋去。我出去看看便回。”

单龚对着荣夷公鞠一躬说道:“荣夷公，深夜到访，所为何事？”

“哈哈！”荣夷公摸了摸自己的胡子，爽朗的笑此刻却让人头皮发麻。再看荣夷公银白色的衣裳，上面是一幅荷花出水图，“灼灼荷花端，婷婷出水中”。即使在夜色中被周围火把的火光映射，但感觉不到半点静谧反而更多的是血色荷花的寒冷。“单将军，我接到举报，你勾结猃狁，要叛国啊？”荣夷公笑着看着单龚，轻飘飘地吐着这些话，在单龚听来却像有千斤重担压着自己一样。

“荣夷公，莫要开玩笑。你我同朝为官多年，我什么样的人你还不了解么？”单龚紧张地瞄了一眼马车。

“单将军，马车里面坐的何人？不妨你我一道去看看。这可是从你单公府出来的马车？”单龚听见荣夷公这样说，不得不朝马车走去，只觉得自己的脚步像陷在沼泽里，每走一步都异常困难。荣夷公看着单龚的样子，只是笑而不语。

徐伯驾着车，看见单龚过来：“将军，我刚刚出门就被拦下了。”

“马车里面是什么人啊？打开让你们将军也看看。”荣夷公似笑非笑地看着徐伯说道。

“徐伯，你这是要去什么地方啊？”单龚面不改色，可是后背挺得直直的，暴露了他是紧张的，他一直觉得自己也许会战死沙场，从未想过有一天被扣上一个叛国的帽子。想着单府世代忠心耿耿，单家百年清誉恐将毁于一旦，内心真是百感交集！始终不敢让徐伯把车帘打开。

“父亲，我去老师家取个画，怎么这么多人来相送啊？”单颂嬉皮笑脸地从马车里伸出头。单龚看见单颂从马车里出来是又惊又喜又急又气，连忙说：“既然去老师家取画，看见荣夷公怎么不出来拜见啊？”单颂嘟着个嘴，委屈地说：“我看到这么多人把我围住了，特别害怕，幸好父亲你来了，要不然也不知道他们要把我抓到哪去呢？”单颂说着还往马车里面缩一缩，一副害怕的表情。

荣夷公看着这父子两个一唱一和，怒火中烧，然后转换了一副笑脸说：“我看大公子没有一点害怕的样子。真是虎父无犬子。”说着便抬脚就给身边的下属火云一脚，“睁大你的狗眼看看，哪来的猃狁人，去向单将军赔罪去。”

单龚连忙拦住说：“荣夷公言重了，误会一场。荣夷公如若不嫌弃，进去喝杯茶吧。”

“单将军不必客气了，我还有要事在身，他日定上门拜访！”说着就命令所有人飞快地撤退了。

回去的路上火云问道：“主公，属下有一事不明，既然马车里面没有，你为什么不下令进府搜查呢？原上飞肯定在单府。”火云坚信自己得到的消息不会错，只是想不通哪里出了问题，原上飞他们又是怎么在自己的眼皮子底下消失的。

“既然马车里面坐的是单颂，那么单龚肯定早有安排，想必原上飞早就不在单府了，也就没有进去搜查的必要。如果贸然进去搜查，查到还好说，若查不到原上飞，单龚说到底也是个将军，上面又有召公虎撑腰，他若闹到大王那里我们也不好交代。”

“属下明白了！是属下欠考虑了！主公，那麻芋怎么处置？”

“没用的东西，留着她干什么？”荣夷公生气地骑着马加速前进了，他从来不是什么善人，没用的人的性命对他来说不过如蝼蚁一样。火云想张口给麻芋求情，可是看了看荣夷公始终没有张开嘴。天下可怜之人太多了，自己本就艰难地活在这世上，又能帮得了谁。

荣夷公的人马一离开，单龚气急败坏地拽着单颂的胳膊：“你小子给我说说这到底怎么回事？原上飞呢？”

“父亲，这都是单逨的主意，我只是负责办事的，不过现在我还是要驾着马车把原野送出城去。”单颂看着父亲生气的样子，也不着急给自己辩解，只是慢悠悠地说出这样一句话来。

“原野？原野他们现在在哪？”单龚听见他说原野，刚刚落地的心又悬了起来。现在只希望能把原野一家三口送出城去。

单颂指了指马车说：“父亲随我来。”到了马车旁边，打开了马车的夹层，看见了原上飞一家三口坐在那里。单龚盯着马车半天没有出声，半天才回过神来，忙说：“快去取画吧，早去早回。”说着甩了甩袖袍往府里走去。一路上他都在思考，他一直以来都是在战场上跟敌人真刀真枪地打，从来没有遇到今天这样斗智斗勇的事情。他讨厌官场上的尔虞我诈，即使召公多次说想让他留在朝堂之上，他都婉拒了。今日的事情也让他明白，自己即使离开了镐京也一直有人在盯着单公府。

“逨儿，这样的事情为什么不提前跟父亲商量一下？不过也亏了你提前策划，要不然我们单府就要大难临头了！不过逨儿，你怎么知道荣夷公今天会来府上搜查？”他回到府里，一股脑把自己一路上没有想通的问题全部都抛给了单速。

“父亲，不告诉你，一是怕你和母亲还有祖母担心。二是我也不确定府里是否有奸细。”单速毕恭毕敬地说道!

“速儿，你怎么想到府里有奸细的？原野的真正身份你我也是今天才知道的 。”单龚不解地说道，“府里还有谁知道她们的身份？”单龚的疑惑越来越多，他更疑惑的是荣夷公怎么知道的，单公府里是不是还有其他的奸细。他会好好地把单公府所有人都调查一下，不过这些问题他没有问单速，毕竟单速在他眼中只是个八岁的孩子。

“父亲，你我虽然今天才知道婶娘她们的身份，可是今天我却发现一个奇怪的事情，麻芋一直都是知道原野的身份的。今天婶娘在院子里找不到麻芋了，而且婶娘告诉我麻芋经常出府，每次都会去镐京买桃花糕。当时我就在想麻芋为什么要跑到镐京买桃花糕呢？我们丰京城王记桃花糕才是整个大周最好吃的，这些都让我有疑虑。为了防止事情有变，怕对原野一家不利，更怕我们单公府跟着遭殃，就让木匠在马车里做了个夹层，连马车都跟平常马车的样式不一样，让大哥坐在里面护送他们出城！”

单龚眼睛眨都不敢眨地听着单速把事情经过讲给自己听，他简直不敢相信自己的耳朵。很多连自己都想不到办不到的事情，他早就策划好了。单龚看着这个年仅八岁的儿子，震惊得说不出话来，单速做事情不仅有条有理，而且心思缜密！ 他为有这样的儿子而感动、而骄傲。

第五章 施暴于民

原野随父母抵达猃狁，很快学会了猃狁话。她懂周语，见识广泛，又精通剑术，猃狁众儿童都仰慕她。猃狁王子莫哈虽盛气凌人，整个猃狁没有一个孩子不怕莫哈的，但是莫哈在原野面前，却低声下气。

原野学会了骑马。她经常想念单府，想念单逨。她想等到她骑技精湛时，就独自骑马去单邑。

苏木把从单府带来的种子分给百姓并教他们种植的技术，而原上飞回去之后也跟猃狁王说了在周原经历的种种。猃狁王当时就把酒杯摔了："哼！荣夷公，本王早晚有一天剥了他的皮。只是没有想到姬胡暴虐无道，放纵骄傲，却能得到单龚这样的人为他尽忠，真是可惜了！"

姬胡终日沉湎于酒色，不思朝政。一日酒醒，忽然想起太监仓科曾禀告，楚熊渠、卫顶公二国诸侯多年不来朝贡，引多国诸侯不朝贡，国库渐空。而且就是因为楚、卫两国不朝贡，父王财力不足兵败猃狁，然后气得吐血身亡。对于父王殡天，猃狁是罪魁祸首，楚、卫两国都有不可推卸的责任。姬胡越想越气，瞬间睡意全无，对着仓科大喊道：“本王要上朝。”

康刺宫的金漆雕龙宝座上，姬胡一脸怒气地坐着。众大臣肃立，他们面面相觑，不知道久不上朝的大王怎么突然上朝了，而且还一脸怒气。姬胡向众大臣问道：“楚、卫两国久不朝贡，各国纷纷仿效，本王欲征讨楚、卫，而国库亏空，应当如何解决？”

姬胡话一出，犹如向殿内扔了一颗惊雷，大臣们纷纷认为由于之前连年征战，现在的国力根本没有办法出兵征讨。道理大家都明白，可是大王在气头上没人敢上前劝阻。召公虎正要出列的时候，荣夷公快他一步站出来，嘴角还挂着一丝不屑的微笑，若不仔细看根本看不到。“王上，诸侯不上贡，而国库亏空，如果现在贸然出兵征讨楚国、卫国的话恐怕没有胜算，依臣愚见，可对山林川泽的物产实行‘专利’。由天子直接控制，不准国人进入川林谋生。另外再增加赋税，这样用不了多久国库就充盈了。”

“爱卿所言极是！”姬胡非常赞同荣夷公的提议，他一直有着恢复“昭王之治”的宏愿。只是现在的国力不允许，只有收取赋税才能有足够的能力征服四方。

“王上”，大夫芮良夫出班谏曰，“不可！京畿千里，连年干旱，百姓已衣不蔽体，食不果腹，难以维系生计，若再加重赋税，必致民不聊生！”站在最前面的召公虽没有看到芮良夫的表情，但是听他说话的语气就知道芮良夫是真的着急了。看王上皱着眉头也知道王上已经采纳荣夷公的主意了。

“芮大夫危言耸听！”荣夷公又出班反驳道，“京畿民众，或商或耕，或牧或渔，生活如意，衣食无忧。若为国事计，略加赋税，国人可以承担。”

“王上”，召公虎出班奏曰，“臣以为，芮大夫所言不假，而荣夷公过于粉饰太平，应体察民情。”召公不管王上的决定是什么，但是他必须有作为，有态度。

“国库空虚，诸侯不贡，再不增加赋税，何日出征？”姬胡反问，接着一锤定音，“朕意已决，畿内之民，无论老幼，每丁岁加十缯；将山林川泽收归国有。”

“王上圣明！”荣夷公与少数大臣拥护。

芮大夫还要说的时候，召公虎死死地拉住了他。召公虎、周公等大臣缄默不语，无可奈何。出了大殿，芮良夫就质问召公虎：“你拉着我干什么？你们怎么任由大王听信这种奸佞小人的话。”召公虎马上赔着笑脸说道：“芮大夫，不要生气，大王正在气头上，你说什么他也听不进去。”召公了解姬胡的脾气，他已经决定的事情谁都没有办法阻止。如果让芮良夫一直说下去，后果不堪设想。

“哼！我们不拉着你，你还有命在这跟我们说话？”周公生气地甩着手走了，其实周公心里对大王的决定也是异常气愤，虽然姬胡一直都不是一个明君，但是他发现姬胡亲近荣夷公后越发地胡闹起来了。想着大周的百姓又将经历一场浩劫，看着这个芮良夫还在那不知好歹更是生气。

荣夷公接受王命，管理国家财政。他一面勒令各诸侯国君大幅度增加对周王的贡赋，如不服从，必受国家重刑；诸侯们怨声载道，原本就对姬胡和荣夷公有诸多不满，现在更是恨之入骨。另一面命令京畿地区的国人或奴隶，除了照旧把“公田”上的收入按时交给国家外，凡在山林川泽和待垦土地上获得财物者，一律交税。

镐京城南昆明池西南岸石匣口村有上百户人家，仅有二十户人家交上了赋税，其他人家被洗掠一空，有两户人家被迫卖掉了儿女，村中哭声一片。徐老汉家有五口人，夫妻二人因常年劳作两鬓早已斑白。种着五亩公田，最近两年洪涝旱灾轮流着来，现在又增加赋税，徐老汉原本清贫的家更加困难了。兜兜凑凑交了赋税，已经家徒四壁了。因家中已经断粮两日了，只能靠一些野菜充饥，看着老伴日益衰弱的身体，他想与其这样饿死，不如去昆明池碰碰运气！于是他只好领着两个儿子到昆明池捕鱼。

黄昏时分，昆明池内。徐老汉与两个儿子划着小木舟开始收网，大大小小有上百条鱼儿进入网中，他们将鱼分盛在两只鱼篓内。他们笑容满面，徐老汉心想把这些鱼拿到集市上总能换米面回来，老伴的身体也能渐渐地好起来了！他收好渔网，正准备用小推车推着鱼到市场上去卖，这时小吏熊伟领着一队周兵赶来了，周兵马上将他们围了起来。

“大胆刁民，王上有旨，山林川泽收归国有。昆明池已收归国有，你等在昆明池捕鱼，必须交纳赋税！”熊伟吼道，“已经查明，汝等在昆明池里多次捕鱼，应予重罚。本次所捕之鱼没收，再交百缯处罚。”熊伟看着徐老汉父子三人，趾高气扬毫不带感情地说道。

徐老汉一听赶忙跪在熊伟面前抱着他的腿哭道：“大人，小人家中真的是无米下锅了才来这里捕鱼的，小人的老伴都饿得不行了，求求你网开一面饶了小人一家吧！”还没等徐老汉把话说完，熊伟抬起徐老汉抱着他的那只脚把徐老汉踢飞了出去。熊伟身高八尺，膀大腰圆，他这一脚让徐老汉大口吐血！徐老汉的大儿子大虎一看父亲受了欺负，抡起拳头就给熊伟一拳！熊伟没有想到有人敢打他，所以一点防备没有地摔倒在地。站在旁边的士兵一看他们队长被打倒在地，纷纷围上来对大虎拳打脚踢。二虎年纪虽小，但是看见哥哥和父亲都挨了打，便跑上去跟这群周兵拼命！熊伟站起来使劲地擦了一下嘴巴，然后说：“给老子狠狠地打！”说完还不解气，上去不停地踹大虎，嘴巴还嘟囔着：“你敢打老子！我看你小子活得不耐烦了！”徐老汉一看自己的儿子被打，连滚带爬地跑过去不停地求饶：“各位官爷，求求你们别打了！”熊伟大声喊道：“死老头子滚一边去，要不然连你一块打！”徐老汉不忍两个儿子被打，使劲地把儿子护住。周兵的棍棒都落在了徐老汉身上，大虎二虎看见父亲护住他们二人，哭着说：“父亲你快走开，求你们不要打我父亲。”大虎后悔了，早知道这样就不反抗了，白白地让父亲挨了一顿打。徐老汉将他兄弟二人死死地护在怀里。周兵哪能听大虎二虎的求饶，直到打累了才停了下来，熊伟指了指大虎说：“把他带走！”然后对徐老汉说：“你儿子殴打朝廷命官，明日午时缴上处罚，否则发卖为奴！”看着熊伟他们拖着满脸是血的大儿子，徐老汉跌坐在地上。

二虎扶着徐老汉，两个人直到后半夜才到了家，二虎这个只有十岁的孩子看见娘便号啕大哭，一边哭着一边断断续续地把事情的经过给他母亲讲了一遍！大虎娘看着二虎脸上的伤和虚弱地躺在床上的徐老汉，眼泪啪啪地往下落，即使自己身体已经很弱了，但是她知道自己现在不能倒下。二虎还小，丈夫又躺在那里，更可怜的是大虎，明日若交不齐罚款也不知道他会怎么样。她把家里仅有的野菜汤端出来给二虎吃，看着二虎狼吞虎咽地喝下那碗汤之后，又帮徐老汉擦了擦身体。徐老汉拉着老伴的手，实在没有一点说话的力气，眼睛直直地盯着老伴！“我知道了，二虎都跟我说了。我这就去村里借钱去，明天就去赎大虎！你放心吧！”徐老汉流下了两行清泪放了手！大虎娘只是安慰徐老汉的，她根本就没有把握能借到钱。整个石匣口村能吃上饭的就没有几家，哪会有多余的钱借给她。不管怎么样，她都要努力去试试，大虎的性命都在她的手里了！

大虎娘一夜敲遍了全村的门，每家每户都借遍了，该说的说了，该跪的跪了，天边鱼肚泛白的时候她拖着两条不像自己的腿往树下走去。靠着树慢慢地坐了下来！看着手里这点钱，怎么也不够赎大虎的。她感觉到了从未有过的绝望，不禁大哭：“作孽啊，这是作的什么孽啊！老天爷你睁开眼睛看看这世道！”哭累了的大虎娘想着牢里等着她救的大虎，家里病倒的老伴，拿着那些乡亲们自家的家底钱，步履蹒跚地往家的方向走去！徐老汉内心知道钱是凑不够的，村里连赋税都交不齐，谁家会有多余的钱借给他们呢？可是他总是抱着一些希望，也许能凑够钱呢，也许大虎能回来呢！当他看到老伴回家的时候，他就明白自己那仅有的希望破灭了！一直强撑着的徐老汉再也撑不下去了，在太阳升起的那一刻离开了这个苦难的世界！大虎娘哭晕了过去。第二天天空下起了雨，像是为徐老汉流泪，又像是为了整个石匣村流泪，更像是为了大周贫苦百姓哭泣！村里人帮着他们母子两个草草地把徐老汉的后事办完了。已经失去丈夫的大虎娘看着还在等她才能活命的小儿子，背起竹篓上山挖野菜了，贫苦人家连悲伤的时间都没有，即使最简单地活着他们也用尽了全身力气。对，活着！只要活着就还有希望，活着为了找到大虎！活着为了养活二虎！

第六章

太子陪读

镐京王宫里申王后居住的康寝是唯一一个不同于王宫其他寝殿的地方。康寝一改王宫的奢华气派，整体建筑古色古香。苔痕上阶绿，草色入帘青，屋内的装饰大多以字画为主。只见申王后一袭丝绸黄衣委地，上绣蝴蝶暗纹，一头青丝用牡丹步摇挽起，额间一颗夜明珠雕成的蝴蝶，散发出淡淡的光芒！娥眉淡扫，略施粉黛，掩不住的绝色容颜，颈间一条水晶项链愈发衬得锁骨清冽，腕上的白玉镯衬托出如雪的肌肤，脚上鎏金鞋用宝石装饰着。申王后斜倚在书桌上，看着自己这身装扮更是怀念儿时的轻衣束装。可是她是这大周的王后，天下之母，应有的气派不能丢。常人说练字使人心静，可是看着这一桌字却是越练内心越焦躁！虽说她不管朝政之事，可是近日多多少少也从别人那里知道这朝堂之事，也深知百姓之苦。她虽身为一国之母，一来无法规劝大王减税安民，二来也不能让大王远小人亲忠臣！越想越难受，索性就坐下来看着这些字发呆了！身边的安嬷嬷是自小在她身边伺候的人，知道王后为何担忧，于是对王后说：“娘娘，有些事情你得把心放宽，担忧也于事无补，你还是想想太子殿下，早为太子殿下谋划谋划！”申王后自己也一直忧心这件事情，她觉得荣夷公这个人表面看起来温文尔雅，其实内心狠毒奸诈，静儿跟着他学习怕是将来会误入歧途！为了静儿的前途这个太傅必须换，可是更换太傅不是件容易的事情。突然她想到了自己的哥哥，“安嬷嬷，你去康剌宫门口等一下，大王下朝的时候把侯爷带过来，换太傅的事情还需要哥哥的帮忙！”从小到大哥哥是最疼自己的人，一直都把自己当小孩子宠。当时父亲让她入宫时，哥哥死活不同意。多少人穷尽一生想要的，哥哥却嗤之以鼻。哥哥说只要她过得幸福，什么荣华富贵、什么滔天权势都可以抛弃。她何尝不知道一入宫门深似海，可是为了整个家族的荣耀她不得不这样做。

康寝内，申侯气愤地跟自家妹妹抱怨荣夷公的所作所为，申王后安慰他说：“哥哥，我都听说了，所以这次找你过来看看你能不能想想办法给静儿换个师傅，我怕长久下去静儿跟着荣夷公学的都是一些奸诈之术。”申侯静下来想了想说道：“是得换一换，可是总得寻个好的理由让大王同意啊！你容我再想想。”突然申侯拍了一下大腿，他想到了一个好主意，于是对申王后说：“你从明日开始让静儿上课的时候每次都把墨汁泼到荣夷公身上。”

“哥哥，你这是什么主意，我静儿是当朝太子，怎么能这样对待他的老师呢？我大周最是遵从礼教的。”王后觉得哥哥这个主意糟透了，静儿虽小，可是也不至于这么顽皮去戏弄师长。她有点生气，觉得哥哥简直是在胡闹。

“我的妹妹啊，你还有别的办法不？荣夷公这人狡猾奸诈，朝堂之上根本抓不住他的错处。为了能使大王远离他，召公、周公不知道想了多少办法。但是我们都知道他好美衣几乎痴迷。他最宝贵的就他那身衣服，家中仆人谁若是不小心把茶水洒到他衣服上就会被杖责至死。静儿这样做，不出三日他就会跟大王辞去太子太傅的职位。”王后听完哥哥的分析觉得很有道理，与其让静儿一直跟着这样的太傅，还不如听从哥哥的建议。

三日之后大王来到康寝，申王后看着他犹犹豫豫，好像心事重重。于是便问他是不是遇到了什么难题。“依依，寡人想跟你说说静儿。”申王后猜想大约是哥哥的方法奏效了，于是便故意说道：“大王，是不是静儿这个孩子惹你生气了，他年纪小，若是有什么做得不妥的地方，大王你千万不要跟他置气！”王后说着还拍了拍姬胡的心口。姬胡本身就是脾气暴躁的人，一听王后这样说，赶忙说道：“不，静儿很乖，没有惹我生气，主要是荣夷公现在管理国家财政和税收。他太忙了，寡人想跟你说说给静儿换个太傅。”

“大王觉得何人适合做太傅呢？”其实王后的内心已经有人选了，但是她现在不能直接说出来。这样的事情需要大王自己说，免得到时候大王觉得自己跟前朝大臣走得太近了，有干涉朝堂之嫌。姬胡想了想说：“依依，你觉得周公怎么样？”厉王之前心里也没有特别合适的人选，周公、召公都是辅助他的，也是可以信任的人。给太子选太傅这两个人是他最先想到的。

“周公为人忠肝义胆，才富五车，但是周公年纪大了，我怕静儿淘气，惹周公生气！”王后觉得周公虽是老臣，才学人品都很好，但是周公这个人固执，不会转弯，处理事情也不够圆滑。在给太子换太傅时，她心里已经有人选了。

“那召公虎如何？听闻召公有一子姬脉，跟静儿同岁，这个孩子聪明好学，而且我还听说召公给他请了商容为师，商容颇通礼乐。大王，咱们把太子送到召公府让他跟姬脉一起学习怎么样？”王后觉得召公是忠义的人，而且不管是为人还是处事都能拿捏得恰到好处。她希望静儿跟着他不仅学习才学，更多的是学习为人之道、为君之道。

“大王，顺带让单龚把单速也送去，单速比静儿和姬脉大，而且单速礼仪诗书样样都精通，也能对咱们静儿帮助一二。有言道，与善人居，如入芝兰之室，久而不闻其香，即与之化矣！太子若有如此学伴，必成大器。”

“好，王后比寡人想得周到！明日我便派人把静儿送去召公府。”

第二日，单速、姬脉、姬静三人在召公府见面，因为召公虎的妻子是单速的姑姑，所以姬脉见到单速就直接跑向单速说：“速哥哥，脉儿可想你了。”单速比姬脉大七岁，看见姬脉跑过来赶忙接住他并宠溺地说："脉儿，你慢一点。"太子姬静长年生活在王宫里，很少感受到这样无拘无束的兄弟情义。他看见单速，恭恭敬敬地鞠了一躬，跟着姬脉叫了一声速哥哥，单速赶忙拦着太子说道："殿下，您是太子，使不得。您叫我单速就好。"

"速哥哥是觉得我不好么？我从小在王宫之中生活，也没有哥哥，我看姬脉哥哥和速哥哥这么亲近，也很想像脉哥哥一样叫你速哥哥，反正我不管，我以后就叫你速哥哥。"单速看着姬静幼稚可爱的脸笑了。于是三个人开始了在召公府的学习生活。商容生性高傲，对于单速、姬脉、姬静三人一视同仁，不会因为姬静是太子而对他格外优待，对三人的管教也是严格。他们三人觉得商容跟其他的老师不一样，在这里跟着商容学到很多知识，这个世界好像没有他不知道的事情。商容讲授完课程以后就抱着酒壶，谁问也不回答，经常说的一句话就是：" 浮生如草，酒中自逍遥。"常常就在书塾睡了过去，他们三人也不打扰，单速也会在他睡熟时给他盖上衣裳。召脉有时候会偷偷地去把家中的好酒拿给商容喝。这边岁月静好，而召公府外的国人却过着衣不蔽体、食不果腹的生活。召公看百姓生活得这么难，整个召公府也是缩衣节食，除了给太子姬静的一日三餐有肉食，单速和姬脉两个孩子半个月才能吃一次肉，把节省下来的钱都用来搭棚施粥了。一日姬脉跑进姬静房间看见姬静的饭食，尤其是那碗淳熬简直是两眼冒光，他吞了吞口水。姬静看见他这样便对他说："脉哥哥，你也来吃！"姬脉年纪小却也知道礼仪，便对姬静说："太子殿下你吃吧，速哥哥让我来叫你一起去练骑射的。"姬静一直认为他在召公府的吃穿用度跟姬脉和单速一样，今日看姬脉这个表情便问道："脉哥哥，你和速哥哥是不是比我吃得好啊？"姬脉连忙跟他解释。细到把每日吃的什么都一一讲给姬静听。姬静听后就去找了召公，跟他说以后他也要跟姬脉和单速吃得一样，不必特别对待！身为太子应比旁人更加洁身自好，体察百姓疾苦。召公看着太子小小年纪却如此知大义，便吩咐厨房三人伙食一样，不必区别对待了。

第二年九月，本该是丰收的季节，但是由于七八月连着下雨，谷物都在田地里发了芽，可是赋税还是有增无减，百姓苦不堪言，卖儿卖女比比皆是。人们痛恨现在的生活，不知道是谁作了首歌《硕鼠》，街头巷尾孩子们都在传唱着：“硕鼠硕鼠，无食我黍！三岁贯女，莫我肯顾。逝将去女，适彼乐土。乐土乐土，爰得我所。”一日趁黑夜荣夷公把火云叫了过去吩咐了几句，他就匆忙地进宫去面见大王，一进康剌宫：“恭喜大王！贺喜大王！”姬胡看着他问道：“喜从何来啊？”

“一年以来，府库渐满，可喜！不过，有小人趁机作诗，毁谤朝政，实在可恶！”

“作什么诗？”姬胡听说有人诽谤自己还是作诗非常的好奇。

“《硕鼠》《伐檀》等，据说这些诗歌是魏国商人引来的，把王上、臣下比作硕鼠等。”

“你读出来我听听！”

“王上，微臣建议还是不要读了，都是一群贱民传唱，不要污了圣听。”

“念！大声念！”姬胡怒吼并把那雕龙漆金的纹爵使劲地摔了出去。

“硕鼠硕鼠，无食我黍！三岁贯女，莫我肯顾。逝将去女，适彼乐土。乐土乐土，爰得我所。硕鼠硕鼠，无食我麦！三岁贯女，莫我肯德。”

没等荣夷公战战兢兢地念完，姬胡气得站了起来大吼道：“大胆贱民，给寡人抓起来杀了。”

“王上，更有甚者，京畿有人效仿作诗，直接怨谤王上！”荣夷公看着厉王生气，同仇敌忾地说。

“何诗？”厉王觉得上面的诗已经超过了他的底线了，当荣夷公说还有更甚的，他就想知道还有什么。

“臣不好说。”荣夷公低下头，一副不敢言语的样子。

“但说无妨，赦汝无罪。”

“臣闻，有人竟然作《昏君》《暴政》诸诗。”

“啊！这还了得！”姬胡睁圆双眼，大怒道，“荣夷公，你马上带兵，将作诗者、传唱者，统统抓起来，斩！”

荣夷公看见姬胡大怒，更是说道：“万众之口，怎么能杀尽呢？”

“大王，臣听说卫国有李巫者名卫，善咒，能知人间之事。大王可宣李巫来朝，以监国人。谤者杀之，无谤者赦之，则百姓之怨谤息矣！”

“好，宣李巫！”

姬胡派出使臣前往卫国，宣李巫进京，让他来消除诽谤。

李巫到镐京第一时间就去拜见荣夷公，火云带着李卫偷偷地从荣公府侧门进去拜见荣夷公。

李卫是个贪财之人，荣夷公告诉李卫一切事情都已经安排好了，他只需要照办就行，并许诺事成之后给他十箱金银珠宝。

第二日，李巫朝见姬胡，奏请在宫中建十丈高台，以设坛。姬胡准奏。

不日，十丈高台在宫中建起。李巫坐在坛上作法念咒，需坐满七日才能下坛。

下坛之后姬胡便在康穆宫召见了李卫，李卫启奏大王：“城中四方，怨谤之男女共有二万五千余人，各具姓名以上。”李巫将名单呈给姬胡。实际上，在李巫作法念咒这七日，荣夷公已将属下调查上来的所谓怨谤之民的名单陆续交给了李巫，名单之中也有一部分人是荣夷公一直想除去的人。

“太好了！”姬胡听了大喜，当即下旨，令荣夷公带兵抓捕这二万五千余名男女，并尽行诛戮于市。

荣夷公按旨执行。京畿千里，一片哭声。

自此之后，街道之上白天也是大门紧闭。镐京城内听不到任何言语之声，仿佛进入了一个无声世界，街坊邻居见面只能用眼神互相问好，看见士兵路过连自己家的亲戚也不敢打招呼，生怕给自己惹来祸端，父母不敢让孩子出门，只能自己在家里玩耍。

镐京城内的隆记酒馆平日一般太阳升起就开门，自从李巫监视百姓之后生意越发惨淡了，现在都是正午才开门。隆记酒馆的老板是一对年轻夫妇，老板娘是个年轻少妇，人美爱笑，说起话来原先想买二两酒的也得买五两酒。老板是个青年才俊，写得一手好字，烧得一手好菜。常客修鞋匠进来对着老板娘竖了两个手指，老板娘领会了其中的意思打了二两酒递给了修鞋匠。谁知发现布币少了半个，要是旁人也就算了，这个老板娘唯一的缺点就是抠门，爱占便宜，吃不得半点亏。眼看让修鞋匠当着自己的面占了这么大个便宜，自己吃了明亏怎么能算了呢？她立刻拉住修鞋匠，把半个布币在修鞋匠眼前晃了晃，修鞋匠原本就不喜欢老板娘的为人，加上那半块布币本身就是他故意放在里面的，平日里让老板娘占了不少便宜，趁着现在她也不敢开口说话，让她吃个哑巴亏。修鞋匠就像没有看见那半块布币一样提着酒就要往外走。老板娘一下子急了，原本就是快言快语的人，比画了半天这修鞋匠就跟没有看见一样，又恨这卫巫监视不敢轻易开口，索性就直接拖住了修鞋匠的腿。店里的人还有门口路过的人，看见这场景立刻加快了脚步，只想远离这个是非之地。修鞋匠也不理会老板娘，拖着老板娘就走。若是平日里他是不敢这样的，因为老板娘那张嘴骂起人来连祖宗十八代都给问候一遍。老板娘看修鞋匠这样公然地欺负自己，索性松开手从地下爬了起来破口就骂：“还没有天理了，别以为老娘不敢开口说话就想占老娘半个布币的便宜，我就问问这镐京城还有没有王法了？一个破修鞋的也想骑到老娘的头上来。”修鞋匠一看老板娘骂人，从上衣口袋里掏出一个布币：“给你，别嚷嚷，回头再把官兵嚷来了。”

修鞋匠的话还没有说完，街道上的官兵就进来把他们二人团团围住了，隆记老板出来还没有说话，领头的官兵就对他说：“妄议朝政，诽谤大王。斩。”老板娘听完这句话直接吓得瘫倒在地上了，修鞋匠看老板娘倒地也没有去扶，而是把二两酒一口喝光了！“将军，我家夫人哪敢诽谤大王，我们都是老实本分的生意人。”老板说着便从袖袍里面掏出沉甸甸的布币悄悄地塞给了领头的将军，将军在自己的袖袍里面掂了掂重量改口说道：“这二人有纠纷，带回去细细询问。”说着就走了。隆记老板听了将军这话知道夫人有救了。据说后来整个隆记酒馆都换了主人，隆记老板和夫人回了乡下。至于修鞋匠因为家境贫寒，后来人们再也没有在镐京城看到过他。镐京城自此之后变得更加死气沉沉。

厉王姬胡听说再也没有人敢妄议朝政，也不会有人再写诗传唱，内心扬扬得意。有一天他在召公面前说：“寡人自有办法堵住国人的嘴，现在国人都吓得不敢说话了。”

“大王只是把他们的话堵了回去，堵住人民的嘴要比堵住洪水更厉害，您现在看是堵住了，但是洪水越积越多，一旦决堤，危害就会越来越大。从大禹治水开始，都知道治理洪水宜疏不宜堵。对于民众言论也跟治理洪水一样。我大周建国以来广开言路，小至平民百姓可辗转上达天子，就连宫里的乐师都要反映民情的音乐。臣位列三公理应劝诫，补察天子过失。”召公这段话还没有说完，厉王就揉了揉太阳穴说他累了要歇息了！姬胡很反感召公说这些道理，一说起来便是没完没了。他身为天子怎能让一些贱民议论自己，觉得荣夷公办事办得特别好，从此以后对荣夷公更加信任。

第七章 入狱托孤

初八早朝，芮良夫上奏说："王上，镐京国人，赋税加重，苦不堪言。如果有人说苦，就一定会被抓起来或者杀了；或者抱怨一下，也会被杀。京畿气氛，凝重极了。微臣认为，应该减少赋税或者不收赋税，驱除卫国的巫师，以平民怨。否则，社稷危矣！大周危矣！"

荣夷公却站出来说："王上，臣认为芮大夫所言过矣！处决诽谤的人能起到杀一儆百的效果，天下太平！而且以后也不会有诽谤大王的人，国人也会尽心尽力地交纳赋税，并且安分守己。现在国库渐满，国力也日渐强盛起来了。"

"王上，这样堵住人民的嘴就像堵住一条河流。"

芮良夫既生气又难过："王室恐怕要衰微了！荣夷公只喜欢独占财利，却不懂得大祸临头。财利，是从各种事物中产生出来的，是天地自然拥有的，谁想独占它，那危害就大了。天地间的万物谁都应得到一份，哪能让一个人独占呢？独占就会触怒很多人，却又不知防备，大祸临头不自知。荣夷公用财利来引诱您，君王您还能做长久吗？做人君的人，应该是开发各种财物分发给上下群臣百姓。使神、人、万物都能得到所应得的一份，即使这样，还要每日小心警惕，恐怕招来怨恨呢！先王才能建立起周朝的事业一直到现在。可您是怎么做君王的？如今，身为君王您却去学独占财利，这怎么行呢？普通人独占财利，尚且被人称为是强盗；您如果也这样做，那归服您的人就少！各国诸侯不上贡还不是因为大王您的德行有失偏颇。”

“芮良夫，谁给你的胆子在这一派胡言？你三番五次袒护诽谤之徒，非孤之良臣，实孤之罪臣。来人！将芮良夫拿下，打入死牢！”

“王上”，周公出来替芮良夫说话，“芮大夫铮言，虽有不敬之处，可也是为了大周的江山啊！大王要三思啊！请王上赦芮大夫无罪！”说完就跪了下来。

“请王上赦芮大夫无罪！”不少大臣跪了下来。

“反了，都反了！谁再多说一句罪同芮良夫。”姬胡言毕稍停，转而命令两名走至芮良夫身边的士兵道，“押走！”

芮良夫被押往镐京监狱。

召公虎因大王听不进去忠言，深感周德不类，国人的不满情绪不断高涨，自己却无力改变，自从那日见过大王之后就称病不上朝了。听闻芮良夫被关进大牢很是气愤，当即就去监狱里看了芮良夫。芮良夫对召公道：“召公啊，大王要是这样一直亲小人远贤臣，我大周要亡了！”

“芮大夫，休要胡言。您是一片忠心，可这话要是被有心人听去怕是不好！”

“怕什么？我芮良夫上对得起天，下对得起地，我忠于朝廷，说的哪一句不是为了我大周。我芮良夫贱命一条，拿去便是！”

“你倒是可以一死表忠心，你芮府大大小小几十口呢？你让他们怎么办？”芮良夫顿时不说话了，其实他是真不怕死，反而有种想死的解脱，身为人臣，看百姓生活在水深火热之中却不能规劝大王实行仁政，只能眼睁睁地看着百姓受罪，这样活着还不如死了呢！可是一想到自己家中大大小小几十口又不忍心，尤其他的女儿芮清露还那么小，清露的娘亲去世得早，就留下清露一人，他怕妾虐待清露，所以一直不愿再纳妾。这十年以来既当爹又当娘地照顾清露，父女二人感情甚好。如今自己身陷牢狱，不知道清露一人怎么生活啊！她还那么小。想到清露他才后悔今日在朝堂之上的做法实在欠考虑！

“召公，大王有没有说怎么处置我的家眷？”

“这个你放心，我会尽全力保你的家人的。”

“召公，我女儿清露是我的掌上明珠，她是个可怜的孩子，自小她娘亲走得早。如今我又面临着牢狱之灾，不知道能否活着出去，我就剩清露这一个亲人，恳求召公收留我儿清露，免得她一个孩子在外无依无靠。”

“好，你若放心，我这就把清露接回召公府。”

召公虎出了监狱就直奔芮府，一个小小的身影在合欢树下画着什么。走近一看，乌黑的头发，挽了两个公主髻，髻上别着一支珠花的簪子，上面垂着流苏。双眉修长如画，双眸闪烁如星。她穿着件白底绡花的衫子，白色百褶裙。坐在那儿，端庄高贵，文静优雅。那么纯纯的，嫩嫩的，像一朵含苞的出水芙蓉，纤尘不染。召公虎第一次见到芮清露，从前只知芮良夫疼爱女儿，终身不续弦。今日一见便觉得即使公主也没有芮清露的气质出众。芮清露看见有人来了便以为自己的父亲回来了，一脸笑容地说道：“爹爹，今日回来迟了，晚上罚你多吃一碗饭。”抬头看见是召公虎，顿时不知道该说什么了。

“小姐，这是召公。老爷托他过来的。”召公虎听芮府管家这样说，便知道芮良夫入狱的事情这个清露小姐还不知情。

“召公好！”清露给召公虎行了个礼。召公虎把今日在朝堂发生的事情，以及芮良夫在监狱里把她托付于他的事情，都给芮清露说了。让召公虎惊讶的是，芮清露并没有哭哭啼啼，也并无半点害怕。只是问了问芮良夫在监狱一切可好，然后就收拾自己的东西跟着召公搬到召公府居住了！召公打心眼里佩服这个年仅十岁的小丫头，便问道：“你听说父亲入狱不担心么？”

“召公，正是因为我担心父亲所以才不能哭泣，我若哭了传到父亲耳里只会徒增父亲的忧愁，我现在能做的就是听从爹爹的安排，既然爹爹将我托付于你，那你便是父亲信任的人。我听你的安排。”芮清露说完朝召公微微一笑。

清露如此气度，真是良夫的福气啊！

召公夫人单琳儿膝下两个儿子，一直想要个女儿，一看见芮清露便喜欢得紧，把她当自己亲生的女儿来疼，也让她去书塾跟单速他们一起读书。

第八章 替民交税

而丰京单府这边，单龚听说芮良夫入狱的事情也没有多说什么，只是摇了摇头，然后一步一步地向正堂走去。他思虑着今日见到母亲怎么把他的决定告诉母亲，母亲又将会是何反应。如若不答应自己又有什么办法劝说母亲同意，想来想去也没有什么好的办法，只能走一步算一步了！

“母亲大人，近日身体安康？”

“安康！安康！”单姬氏转而问单龚，“我儿近日可顺利？”

“有些麻烦。”

“何事相烦？”

“王上宠信荣夷公，让他主持财政，他加重了京畿百姓赋税。可连年天旱，百姓不堪重负，苦不堪言，很多人被迫卖儿卖女。”说完这些单龚叹了口气。

“我儿有什么打算？”单姬氏望着愁眉不展的单龚。

“母亲，我想卖掉府上千亩良田，替周原百姓交纳赋税”，单龚征求单姬氏意见道，“不知可否？”

“当然可以，我儿大仁大德。”单姬氏非常赞同单龚此举，当即应道，“我马上吩咐管家拿出千亩地契。”

“龚儿替周原百姓在此谢过母亲大人！”单龚向单姬氏深鞠一躬。

“我儿说哪里话”，单姬氏微笑道，“你能处处为百姓着想，我想我们单家的祖先要是知道了也会支持的，而我身为你的母亲怎能不支持你呢？母亲不糊涂。”

“谢母亲！”单龚再鞠一躬，这一躬久久不愿起来，这点田地是单府几辈人血战沙场换回来的，现在大周的百姓生活这么困难，他能做的只是保周原百姓的平安，让他们能喘口气！

单府管家殷通从账房柜中取出千亩良田地契，走向正堂，将地契呈给单龚。让单龚犯难的是在大周谁有这么大财力买下这些田地！

单龚第二日就去了镐京召公府，将卖地交赋税的事情跟召公说了，他跟召公分析现在大周估计只有荣夷公府能买下这些田地，可是荣夷公何等聪明，断然是不会在这个时候买下这些田地的。召公突然笑说：“也许有一人倒是有办法。走，我带你去见一个人！”

召公和单龚来到了申侯府，两人把来意跟申侯说了，“单将军，我带你去见一人，也许见到这个人你的事情立刻就解决了！不过咱们不能这样光明正大地去见，今日二位来我的府上估计已经被人盯上了！你们二人先回召公府，天黑时咱们在镐京醉乡楼见！”

“堂堂申侯也怕那卫巫不成？”召公不解地问道。

“卫巫、荣夷公都不足为惧，就怕这背后另有其人。”申侯意味深长地说道。

单龚还在为醉乡楼烦忧，全然没有听到他们两个的对话：“申侯，这醉乡楼是镐京首屈一指的巫娼馆！属下不去那种地方！”

“单将军多虑了，你只管去，去了之后就说找渃水姑娘即可！”

天黑之后召公和单将军直接去了醉乡楼，提了渃水姑娘的名字，被人直接带到三楼拐角的一个雅间。雅间设计独特，首先映入眼帘的就是孤独的老者在江边垂钓的屏风，而屏风后面扑面而来的是芍药的花香。细看整个雅间四周摆放的都是各色的芍药。雅间的正中间是石刻的桌子，桌子上摆放着精美的茶具，而桌子的四周竟然是溪水环绕。不仅单龚，连召公也是第一次来，也是第一次见到如此独特的设计。正当他感叹这个美轮美奂的雅间时却听见隔壁雅间的高谈阔论！带他们上来的丫头叫结香，结香看见二人惊叹的表情说道："二位大人跟我来。"说着便打开了雅间的一帘，把隔壁房间的一切看得清清楚楚。召公惊奇地想问又怕隔壁屋的人听见，立刻捂住了自己的嘴巴。结香看见了笑着说道："大人，不必担心，这个雅间是特殊处理过的，我们听见看见隔壁的一切，而我们在这说话无论声音多大，别人都听不见。"正在这时申侯进来了，"哈哈！二位，这个地方怎么样啊？"召公看了看申侯说道："申侯深谋远虑，真是让人佩服。"单龚听到召公这样说，才明白这个醉乡楼是申侯的产业。申侯指了指隔壁雅间的人对召公说："你们看看这是谁。"召公和单龚仔细一看竟是荣昌，荣昌是荣夷公的弟弟，荣夷公这个人除了喜欢收集各种华美服饰，最为宠爱的就是这个年幼的弟弟，对这个弟弟可谓有求必应。荣夷公所得财产基本上都给荣昌挥霍了。

"申侯定是想让荣昌买下单将军的田产，不过不知申侯用何办法能让他买下这田产呢？"召公意味深长地看着申侯。

"渃水来了，单将军便知道了。"单龚听申侯这样说疑惑地问道："申侯何出此言，我怎么会认识什么渃水姑娘呢？"正说着这话渃水出来了，单龚看着渃水很是面熟，但是怎么也想不起来在哪见过。渃水径直朝向单龚走来跪了下来："单将军，奴婢是麻芋。"单龚看了看渃水简直不敢相信自己的眼睛，他怎么也想不到渃水就是麻芋。

"麻芋自小没有父母，只有妹妹跟她相依为命。十岁的时候她被卖进了将军府跟着苏木，苏木待她亲如姐妹，她也把苏木当成自己的姐姐。可是在单公府的时候，荣夷公身边的火云找到她并以她妹妹要挟。迫不得已她以出卖苏木的身份换取妹妹的生命。可是荣夷公是什么样的人啊，怎么会让她如愿呢？自己没有价值的时候被火云扔在了乱葬岗，在自己仅剩一口气的时候被申侯所救。唯一活下来的信念就是找到妹妹，可是后来才知道妹妹被卖进了巫娼馆折磨致死。”诺水说到这里的时候眼睛空洞得可怕，她这辈子唯一的愿望就是找到妹妹，确定她还活着，为了妹妹她宁愿背负所有。哪怕背叛对自己最好的主子、背叛自己最好的姐妹，一生只求自己的妹妹能平安。可是呢？奈何世事弄人，既然又重新活过来，那这一世便要恩仇尽报。说完这些诺水微笑着，好像刚刚说这事的人根本不是自己一样。

“单将军，你们的事情奴婢定给你们办妥。”诺水说完这些就出了雅间，然后去了荣昌的房间，只见诺水端坐在那，手指轻轻地弹着琴，嘴里哼着不知名的小调。歌声悠扬，一身白衣神圣不可侵犯，连召公、单龚都看呆了，沉迷于歌声中不可自拔，更别提荣昌了！荣昌以醉乡楼为家，就是为了能多看一眼诺水，奈何诺水对他爱搭不理，连说句话的机会都不给他，今日能听诺水给他唱歌，他简直不敢相信自己竟有这样的待遇。虽然他哥哥在镐京权势滔天，而他荣府又富可敌国，多少世家千金都对他趋之若鹜，只有诺水这样对他，这就更加激起了他的征服欲。

“荣二公子，诺水今日来是想跟公子做笔买卖，不知道二公子能否做得了主呢？”诺水笑盈盈地看着荣昌说。

“诺水姑娘有事尽管吩咐即可，在下一定办到。”荣昌拍着胸脯信誓旦旦地说道。

“荣公子，厚爱了，听说单公府要卖良田千亩为周原百姓交赋税，诺水自小无父无母，幸得有这醉乡楼庇佑，可诺水的家乡在周原，虽已无人，但也想为故乡出个力，现在镐京估计只有荣公子能买下这些田地了。”

“哈哈，渃水姑娘，我还当是什么难办的事情呢，明日我就叫下人去把单公府的田地买过来。”

“荣公子，这事不需要回家跟令兄商量一下么？”渃水用一双水汪汪的眼睛疑惑地看着他。

“不需要，哥哥待我是极好的，钱财的事情不用跟他说，而且我这买田置地也没有什么坏处。”荣昌乐呵呵的，心无城府地说着。

“既然如此，渃水在此替周原百姓谢谢荣公子了。渃水先告退了。”荣昌伸出手想去挽留渃水可又缩了回去，话到嘴边又咽了下去。

第二日，荣昌果然买了单公府的田地，而荣夷公对此事却毫不知情，但是申侯却将这消息传播出去，所以百姓都知道单龚卖地救民于水火，而荣夷公趁机聚敛钱财。可是由于惧怕卫巫监听不敢谈论，在自己家关起门来骂荣夷公。

第九章

国人暴动

荣昌买地的事情还是被荣夷公知道了，荣夷公派火云去调查荣昌为何会突然买地，荣昌从来不沾染生意和权力场上的事情，荣夷公一心只希望他能过自己想过的生活，对荣昌并不多加约束，可从现在种种迹象来看荣昌还是被人给下了套了。

天黑时荣夷公召唤火云："火云，你速速安排二公子离开镐京去荣国，还有让李卫多抓点人。"荣夷公看着窗外呢喃着，"这天也该变一变了。"

召公府这边，单速、姬脉、姬静和清露四人每日一起玩耍一起学习，商容不仅教他们诗书礼仪，也教他们武艺骑射，有时候也带他们采桑种谷。这是他们四人这一生中最为无忧无虑的时光了。今日商容没来，召公给他们四人上课，"今日我不给你们讲课，我新作了一个曲调，我来给你们唱一遍。"

常棣之华，鄂不韡韡。凡今之人，莫如兄弟。

死丧之威，兄弟孔怀。原隰裒矣，兄弟求矣。

脊令在原，兄弟急难。每有良朋，况也永叹。

兄弟阋于墙，外御其务。每有良朋，烝也无戎。

丧乱既平，既安且宁。虽有兄弟，不如友生？

傧尔笾豆，饮酒之饫。兄弟既具，和乐且孺。

妻子好合，如鼓瑟琴。兄弟既翕，和乐且湛。

宜尔室家，乐尔妻帑。是究是图，亶其然乎？

……

“你们三人给说说曲怎么样？”召公唱完看着他们三个人问道。单逨看着姬静和姬脉二人没有回答，便想着他们二人年纪小许是不知道如何回答，便说：“召公此曲笔意曲折，音调也抑扬顿挫，前调形象比兴，富于理趣，多慷慨激昂之音，中调叹息、沉痛，似有不忍。后调一改伤感之情，轻拢慢捻，有洋洋盈耳之趣。整个曲调委曲深至，一片真诚。想必召公是有感而发，倾注了个人真感情。”召公一直知道单逨聪慧，很多东西一点就透，没有想到他对此曲理解得这么透彻，实属难得。

“太子殿下你感觉如何？”召公看着姬静，想问问他是何理解。

“召公写曲是看不惯这世道战乱而发生手足相残之事，因而有感而发的，且有警世规劝之意。”召公对于姬静能说出这番话来惊讶不已。“太子殿下小小年纪怎么会有如此见识？”

“我虽年纪小，但是听逨哥哥还有商容师长经常谈论国事，也知一二。”

“脉儿你怎么看？”

“脉儿觉得逨哥哥和静哥哥说得都好，父亲作曲应是希望我们兄友弟恭。”

“好，你们都说得很对！我们家花园里总见一种小灌木，枯枝一堆，乱草似的毫无生机可言，三月末，她甚至不用春风的呼唤，甚至不用春雨的调情，便默默无闻地带来了一丝惊喜。星星点点比绿豆还小的花芽紧贴着枯枝长出来了，这样毫不起眼的树，一夜之间就开了，一大堆雪似的粉红粉白花朵密密麻麻扑入人的眼帘，待到走近，惊讶于这一棵低矮细小类似小桃树的树苗，是什么时候长在这里，又是什么时候缀满了花朵时，你细细观察的话，它们两朵三朵地依偎在一起，像不像那同气连枝的兄弟？我也是看到这小花有感而发写下这个曲，希望不管外面发生什么，你们都要相互扶持。”

“父亲，我长大一定会保护逨哥哥和太子殿下的。”姬脉话还没有说完，姬静就站了起来。

“将来我也会保护你们的，我将来当大王封你们做大将军。”

“太子殿下切莫胡说。”召公就当太子年纪小玩笑而已，不能当真，只是怕太子年幼出了门说这个招来不必要的麻烦。

“叔父，我知道父王不是明君，百姓苦不堪言，我将来长大了一定要做个万人尊重的大王。不过父王好战，你身为大臣应该规劝父王。”姬静以为召公不信他，情急之下直接叫什么叔父。

“谏过”，召公虎对曰，“可王上执迷不悟。唉！”他深深地叹了口气。

“叔父，将来我当了大王，一定做个明君，不贪财不好色，我还要跟逨哥哥和脉哥哥一起，我让你们都当大将军。”

“太子殿下，以后这样的话不许跟外人说，身为君王继承人更要谨言慎行，日后成为天子是要一言九鼎的！太子好好学习，将来一定会做个明君的。”召公摸了摸姬静的头，和蔼地说道。

姬静在底下对单逨和姬脉做了鬼脸说道，我说话算话，我若为王，定封你们为将！我姬静说到做到！小姬静认真的表情逗得单逨和姬脉、清露三人哈哈大笑，召公看着他们无奈地苦笑，只当他们是小孩子家的玩笑话。这时召公府的管家王福过来对召公说：“老爷，申侯来访。”召公让他们四人自己看书，他去见申侯了，因为太子在这书苑学习，平常下人召公不允许他们靠近这个书苑，召公府的下人只有王福来过书苑！

“召公，估计要出大事了。”申侯一看召公进门就焦急地说。

“申侯莫急，何事如此慌张啊？”召公一边安慰申侯一边喝茶，也给申侯拿了一杯茶。

“我把荣昌买单将军田地的消息给放了出去，一面是为了让百姓看见我大周还有好官，另一面是让荣夷公有所收敛，哪曾想荣夷公不仅不收敛反而变本加厉，昨天那个什么狗屁李巫又抓了一千人。”申侯说着就狠劲地拍了拍桌子。

“这个桌子拍坏了我让下人再换一个就是，可是申侯你的手我可换不起。”召公看着申侯笑着说，申侯一看召公一副不着急的模样恨得牙痒痒。

“都什么时候了，你还有心思开玩笑。赶快想想怎么把这一千多人救出来。”两人正在商量着怎么去找大王，申侯的贴身侍卫长风来报：“侯爷，国人暴动了，现在已经朝王宫方向去了。”召公和申侯听到这个消息有如晴天霹雳，申侯最先反应过来:“大概多少人？”

“侯爷，镐京所有国人都去了，不计其数，已无可派之兵了。”长风跪在地上不敢看申侯，但是也不得不如实答道。

“召公，你赶快去调集军队，我马上进宫看大王和王后。”申侯这样吩咐，带着长风飞速地走了。召公反应过来，第一件事情是派人把书苑保护好，镐京城内已经没有兵了，现在唯一能来镐京支援的只有单龚了。然后让下人给单龚带了信，让他派兵增援王宫。

申侯到达王宫的时候，看见黑压压的人一层又一层地向王宫奔去，这些人手持棍棒、农具，围攻王宫，嘴里喊着要杀周厉王。长风会武功，他前去打探王后和大王的下落。申侯自己悄悄地从王宫的边门进去，被告知姬胜将军已经带着大王逃出王宫了。

“侯爷，小人打探到，大王在国人暴动前跟随姬胜往西逃了。出走之前他们是有时间通知王后的，当时大监仓科还问大王要不要带上王后和小王子，大王怕带上他们耽误自己的逃跑时间，就自己走了。王后和王子还在宫里。”长风在杂乱的人群里，找到了申侯并且把打探的情况如实地告诉了申侯。申侯听到长风的禀告，觉得天塌了下来。长风知道自家主子和王后的感情，也明白老侯爷就这一个女儿，看得比自己的命都重要。他想大王真是罪不可恕，明明有时间都不带上自己的妻儿，他那样的人就该国人暴动，如果有机会见到他一定替主公了结他。

申侯抓住身边一切能问的人，问他们有没有看见王后。他一路向康寝跑去，这一路看见逃窜的宫女，也看见部分国人拿着锄头跟士兵在拼命，原来花团锦簇的王宫瞬间变得跟人间炼狱一样。有人在喊救命，有人捂着胳膊，有人鲜血喷射他一身，原本洁白的衣裳变成了红色的花朵。他无心关心这些，他一边跑一边在内心祈祷，希望依依无事，他跟依依一母同胞，申家一直以来就跟王室结亲，大周的王后必须出自申国。如果不是祖宗定的规矩，如果申家还有别的女子，他和他父亲绝不会让依依嫁入王宫，在这四方天里孤独终老。“依依，你一定要没事。”

等他到康寝时，原本清幽的康寝更是寂静得可怕。他轻轻地推开门，依依喜安静，他怕吵到她，看着庭院前空无一人的康寝，他一步一步地向内殿走着，怕惊到了里面的人。他看见一地的东倒西歪的桌椅，看见脚下的血是从内殿流过来的，眼泪就溢满眼眶，他安慰着自己，“没事的，依依是王后，她那么聪明一定会保护好自己的。”强忍着要流下的泪水，一步一步地走着，每走一步就像身负千斤重担一样，因为他看见一个内殿躺着七八个尸体，有从出生就陪着依依的安嬷嬷，“依依，你在哪里？依依你出来啊？”他在看见安嬷嬷满身是血的尸体时实在忍不住了，瘫坐在这一堆尸体旁边，无助地哭了起来。这一生金戈铁马，官场上九死一生，也从未像现在这样茫然无助。三十多岁的人哭得像个孩子一样。

“哥哥，哥哥，是你么？”微弱的声音从衣柜里传了出来，衣柜的拐角有着像盛开的牡丹一样的血刺痛了他的眼。申侯连爬带滚，打开衣柜，看见依依背对着自己，一身白衣像极了出嫁那天的嫁衣，现在自己的脑海里还浮现她穿着嫁衣背对自己跳舞的情景。

“依依，别怕！哥哥在这！我带你回家！”他轻轻地把依依抱了出来，可是却看见依依怀里死死地护着她最小的儿子姬友，两岁的姬友毫发无损，睁着圆溜溜的眼睛看着她，他明白为什么依依会背对着衣柜的门了，她是用自己的命换了友儿的命。

“哥哥，我不行了，依依此生有两憾，一憾不能陪在父亲身边，无法尽孝，二憾不能看着静儿、友儿长大。”

“不会的，依依，你坚持一下，我这就带你去找太医。”申侯一边安慰着依依，一边想抱着依依去找巫医。

“哥哥，太晚了，我能见你一面已经是上天待我不薄。哥哥，静儿、友儿我就交给你了，待他们长大告诉他们我很爱他们，不求他们大富大贵，只愿他们兄友弟恭，相互扶持，平安如愿过一生。”依依微笑地看着姬友，亲了亲姬友的额头，眼泪就顺着眼角流了下来，再也没有醒过来。

“依依，你给我起来，你的憾事你自己去完成，你的孩子你自己去养，为兄可没有答应过你。”申侯哭着喊着，可是依依再也听不见了。长风杀了进来，看见申侯跪抱着王后娘娘，而二王子姬友正在一旁静静地看着，长风抱起二王子拉着申侯说：“侯爷，走吧！国人找不到大王，听说太子在召公府，现在去召公府了。”申侯听到长风的话擦干眼泪说：“依依，哥哥带你回家。”说着抱起依依的尸体杀出了王宫。大部分国人开始涌向召公府，不知道谁说太子在召公府，他们找不到周厉王，把所有的怒气都发泄在太子身上，他们要周厉王血债血偿，他们要整个大周王室被斩草除根，也要周厉王尝尝失去亲人的痛苦。他们在召公府的门口站着，手里的锄头、棍子都垂了下来，他们在召公府门口也不辱骂，很快召公府两边的街道被围得水泄不通。镐京城的贫苦人家都受过召公的救济，如果不是召公开设粥棚哪有现在站着的他们？因为感念召公的恩德，所以他们只是围在了召公府门口。不知道是谁在人群里面喊了一句“交出太子”。所有的人都齐声喊道：“交出太子！交出太子！”

“太子不在我府里，你们快快回家去吧，马上军队来了你们就走不了了。”召公出了大门，好言相劝。

“我是召公府的奴才，太子静就是在召公府读书的。”这时有个年轻的穿着破旧而且腿脚有些不便的人走了出来肯定地说道，管家王福看着这个人吃惊地说道：“大虎，你胡说八道什么？摸摸你的良心，召公府哪一点对你不好？”

“王管家、召公大人，小人大虎，家住昆明池西南的石匣村，家中有父母和弟弟，日子虽说清贫可也算是温馨，可是周厉王他横征暴敛，赋税一年比一年多，家中无米下锅，家父带着我们兄弟二人去昆明池捕鱼，可是家父却被官吏殴打致死，而我也被卖到召公府做奴隶。我知道召公大人是好人，我们也不是针对你，我们只想为我们的家人报仇。”

“你们要报仇的心情我能理解，可是太子这么小，他没有做错什么，不该杀！”

“我们的家人就做错了吗？我们的家人就该死吗？我的孩子只有四岁，他跟着街上人跑着唱歌就被杀了！我的孩子他做错了什么？”国人里一个穿着一身白衣、蓬乱的头发上还别着一朵白色的花女人，用嘶哑的嗓音哭喊道。王福知道这个女人，他悄悄地在召公耳边说道：“召公，这个女人名叫三娘，她是国人暴动的领头人之一，也是个可怜人，丈夫充军，战死了，唯一的四岁儿子被砍头了。”

“召公大人，我们不为难你召公府，只要你把太子送出来就可以，否则就不要怪我们冲进去了。”三娘开了口，她知道召公是个好人，可是她不能让自己的儿子白死。丈夫没了，现在唯一的儿子也没了，她曾经也想一死了之。可是她怕有阴曹地府，她怕到了那里没有面目见丈夫，作为妻子没有保护好丈夫在世的唯一骨血。她更怕见到儿子，作为一个母亲，她保护不了自己的儿子，算什么母亲？

第十章 召公舍子

这时共和伯来了，他看着国人，眼眶发红，用嘶哑的声音喊道："大家等一等，容我和召公商量商量。"

"我们相信共和大人，我们相信召公，你们都是好官！我们信你！"于是召公和共和伯一起进了召公府。召公看着共和伯胸有成竹的样子，以为他有了好的解决办法。

"伯爵是有什么好办法了？"召公把共和伯引进召公府的正堂，不等共和伯坐下便着急地开了口。

"单将军带着三万士兵在赶来的路上了。召公，莫急，我们再拖上一拖即可。"共和伯快速地说完，然后端起茶碗就开始大口地喝水，他这一路赶来连喝口水都没有时间。

"你这是什么主意？大军镇压，镐京就会血流成河，白骨累累。这样一来镐京城就是一个空城、一个鬼城。"召公本以为共和伯是带着解决办法来的，听他这样说真是气不打一处来。

“那你说你有什么好主意？难道把太子交出去？现在就两条路可以走，要么镇压，反抗者杀无赦，要么就交出太子。”共和伯看召公虎生气了也火冒三丈，自己辛辛苦苦地跑来，本以为召公会感谢他，没想到挨了一顿训。以他对召公虎的了解，召公是绝不会交出太子的。召公听了共和伯的话，瘫坐在椅子上，太子聪明好学，为人善良，将来若为君王定是明君，他也是大周唯一的继承人，他们祖上跟着大周文王打下大周这片江山，无论如何也不会把太子交出去的。

共和伯看到召公的表情就知道召公的想法了，自己当初处心积虑布置这一切时就想到了这些，只不过现在以天下苍生相威胁，最后召公也别无选择，必须交出太子，一切都在他的计划之内。 当两个人正对着彼此干瞪眼时，单速带着姬脉、姬静、清露进来，他们四人已经在门口听了半天，“姑父，就让我代替静儿出去吧。”单速对着召公说道。

“速儿，你还小，带着太子、清露你们快快离开，好好读书去。”召公现在苦于没有办法劝诫国人散去，听单速这样说虽然感动，但是他怎么能拿单速去冒险呢？共和伯听到单速这样的想法，对单速多看了几眼，眼前这个十来岁的孩子，一身布衣，已经洗得看不清原先的颜色，但是整洁干净。少年白净的脸上挂着几分倔强，两只小手紧紧地握着，像是下了很大的决心。转眼扫过去，四个孩子都是一身布衣，连太子也不例外。共和伯突然想到之前听说召公府节衣缩食布施百姓的事情，于是打心眼里佩服召公，这样的人才在厉王手下真是屈才了。

“姑父，如若速儿一人能代替太子殿下免百姓生灵涂炭，那么姑父就应该这样做。”单速不高的声音还带着变声期的沙哑，可是语气里有不容拒绝的执着。站在单速旁边的姬脉扯了扯单速的胳膊，他大约也不想让单速出去。

“速儿，你跟太子相差的岁数太多，国人里有在我们府上做过工的人，他知道静儿多大。”召公虎耐心地给单速解释道，他知道单速是想给他分忧。

“叔父，你还是让静儿出去吧，他们本来就是找我的，我出去替父王赎罪去。”姬静虽然害怕，但是他不能让速哥哥去替他，他虽然小，但是听外面的叫喊声，他也知道出去意味着什么。说完后他用怯生生的眼睛看着召公和共和伯。

“太子，你别怕！就算拼了我这条老命，我也不会把你送出去的。”共和伯拍着胸脯，安慰着太子。说是安慰太子，更多的像是给召公施压。

召公把眼睛盯在了姬脉身上，心里已经下定了决心。他对共和伯说：“伯爵大人，烦请你前去拖上一拖，我再想想办法。”共和伯知道召公内心已经有了决定，然后去门口安慰国人去了。

“父亲！我不想去！我害怕！”姬脉看着召公用那种绝望的眼神看着他，他大概知道父亲内心的想法了。姬脉强忍着眼泪，他是父亲最爱的儿子，虎毒尚不食子，父亲一定不会送他出去代替太子的。

“脉儿，你过来，让父亲抱抱你。”召公向姬脉招手，让他来到自己身边，他想再抱一下自己的孩子。

“我不，我若过去你定将我送去赴死，我要去找娘亲。”姬脉说着便向外面跑去，他现在只想快点找到娘亲，只有娘亲那里才是安全的，所以他用自己的小短腿快速地跑着。召公虎看他跑出去，大步地追赶把他抓住了。

“脉儿，你是父亲的好儿子，也是大周的功臣。”召公抱着姬脉，把他死死地抱在怀里，这是他最后一次抱着自己的孩子，以后就要阴阳相隔了。管家王福明白召公要做什么，想上来劝解，召公对他摇摇头说：“没有比这更好的解决办法了。”王福是看着姬脉长大的，可是他只能眼睁睁地看着，不停地流着泪，希望老爷能改变主意。

清露看着这一切，偷偷地从后面退了出去，她要去找召公夫人单琳儿。召公对琳儿疼爱有加，家里大事小事全凭琳儿做主。清露不想让姬脉出去送死，姬脉那么小，也许琳儿是唯一一个可以让召公改变主意的人。

召公抱着姬脉就往外走，单速和姬静拉着召公不让他把姬脉抱出去，王福也想不到比这更好的办法，只好跟在后面唉声叹气地走着。眼看快要出大门时，单琳儿堵在那里。

“召公虎，你这是抱着脉儿去哪儿？”

“琳儿，我先办正事，回头再跟你说。”召公还是抱着姬脉向前走着，用手捂着姬脉的嘴巴。

“召公虎，你要走可以，但是把脉儿给我放下！”这时姬脉使劲摇着头，试图摆脱召公虎捂着嘴巴的手，他突然用力对着召公的手掌咬了一口，召公虎一甩手，姬脉跳下来跑进单琳儿怀里，哭喊着娘亲。一声娘亲把单琳儿的眼泪喊了出来。单琳儿把姬脉抱住，生怕召公虎再把姬脉抱走。

“琳儿，你听我说，国人暴动了，大王出逃，国人要求交出太子。你哥哥的军队马上就到，如果不交出太子，大军镇压百姓，到时镐京城将会血流成河。现在不是你使性子的时候。我们不能把太子交出去，只有脉儿代替太子，才能平息这场战祸。”召公耐心地跟单琳儿解释，他希望单琳儿能理解他的做法。可是单琳儿只是用嫌弃的眼神看着自己，根本不理自己的茬。

“叔父，你就让我出去吧，你放了脉哥哥吧。”姬静哭着求召公，他不忍心看到姬脉替自己去死。虽然他也害怕那些国人，也知道死意味着什么，可是他必须有担当。

“我不管，我不管这天下怎么样，我也不管别人的死活，我只要我的脉儿平安地长大，要打仗就打，哪怕天下人都死了，我只要我的脉儿健康。召公虎，我从来没有求过你什么，看在我们夫妻这些年的情分上放了脉儿吧！求你了，我带着脉儿走，我不做召公夫人了，脉儿也不做小公爷了，好不好？”琳儿一边说一边跪在地上使劲地给召公虎磕头，她真的别无所求，只求召公虎能放脉儿一条生路，哪怕让自己代替脉儿去死都行。

召公虎看着琳儿磕肿了头，地上的血迹一圈一圈地晕染开来，这样疯狂的琳儿是他不曾见过的。他也舍不得让姬脉去送死，可他真的没有办法，他抱住琳儿："琳儿，你冷静点，你以为我愿意么？可是若以脉儿一人换我大周千千万万的百姓性命就是死得其所。我召公家的男儿都是要为大周而死的。”召公虎见劝不动琳儿，生气地朝琳儿大吼。

单琳儿抬起头，用绝望的眼神看着他说道：“大周千千万万的百姓与我何干？与脉儿何干？大周千千万万人的性命在我眼里敌不过我脉儿一个手指头。虎毒不食子，召公虎，你比老虎还毒！既然你召公家的男儿都是要为大周而死，今日你给我份和离书，我带着脉儿离开，脉儿不做你召公虎的儿子。你这样的人也不配做脉儿的父亲。”姬脉躲在他娘亲的怀里不停地哭，他从没有见过他父母亲发这么大的火。他紧紧地抱着单琳儿，他怕自己一松手就被父亲抱走了。

“来人，把夫人带回房去。”召公一声令下，四五个士兵把单琳儿架起来，姬脉哭着抱着琳儿，嘴里喊着：“娘亲，救救我，我不要出去！”

单速、姬静上前想让士兵放了单琳儿，“把单速、太子殿下带走，带到书苑去关起来，没有我的吩咐不准放他们出来。”召公顺手抱起姬脉。

“父亲，你真的不要脉儿了么？”姬脉知道自己逃脱不了，看着召公虎问了这么一句话。召公听到姬脉这样说手开始打战，眼泪就掉了下来。

“脉儿，父亲对不起你。如果还有下辈子，不要做我召公虎的儿子！”说着就从衣服上撕了一块布塞进姬脉的嘴巴里，他怕姬脉出去说自己不是太子。

“召公虎，你今天要是敢把脉儿交出去，你我夫妻恩断义绝！我单琳儿这辈子都不会放过你，日日夜夜诅咒你不得好死！”召公虎从单琳儿蓬乱的头发里，依旧能看见琳儿眼睛里面的仇恨和希冀。琳儿还是希望召公虎看在夫妻情分上放脉儿一条生路。

召公还是头也不回地扛着姬脉出去了，王福快步地紧跟其后，出了大门，召公虎将姬脉交给了大虎等人。共和伯一眼就认出来召公虎交出的人不是太子静而是召公自己的儿子。千算万算没有算到召公虎竟能如此狠心，居然舍弃自己的孩子！只是现在他也没有办法在大庭广众之下说出姬脉不是太子，要不然这么多年苦心积虑谋划的好名声就白费了。不过想到荣夷公已经去追杀厉王了，厉王一死，留下一个六岁孩童也成不了什么气候！被仇恨蒙蔽了头脑的国人把姬脉五花大绑拖着朝镐京北面的万人坑走去，之前厉王下令所有诽谤者、罔异者斩杀之后都不许家人收尸，全部都扔在这万人坑里了。在万人坑前，国人逼迫姬脉跪下，他们商量着给姬脉怎么个死法以替他们死去的家人报仇。大虎说：“一刀杀了算了！”看着姬脉小小年纪，跟他的弟弟二虎相似，不忍心折磨他，只想给他一个痛快！

“那怎么能行，厉王没有找到，他就是厉王！烧死他！烧死他！烧死他！”所有人都这样叫嚣着。他们很快搭好了祭台，把姬脉绑在柱子上，底下架上柴火。姬脉说不出话来，可是眼泪还是不停地流下来。他不停地摇头想告诉国人他不是太子，他不想死。他还想春天跟速哥哥、静哥哥去狩猎，夏天赏雨。他恨。恨他的父亲如此狠心，恨他的母亲如此无能。恨单速的提议，更恨姬静！恨世道不公！一个原本纯真善良的六岁孩子的内心被仇恨占据。国人中那个失去儿子的农妇走了出来：“这火我来点。”她看着火把说：“儿，娘给你报仇来了。”说着就把火把扔了下去，姬脉低头看着火慢慢地一点一点地着起来，突然不哭也不闹了，就是这样静静地看着，感受着身上的皮肤一点点地脱落！这时不知道是谁说了一句：“荣夷公和李巫向北逃跑了。”国人一看这边火也着起来了，谁也不忍心在这看着孩子活活烧死的场面，于是都开始朝李巫逃跑的方向追去。人群中只有一个人没有跟着国人去追李巫，他快速地朝着姬脉的方向移动着并不停地观察着周边的人……

李卫离开镐京向北走，想回到他自己的国家卫国。他带着四个不过十来岁的徒弟早早、晚晚、发发、财财和十箱金银珠宝坐在同一辆马车上面。早早和晚晚年纪大一点而且赶马车熟练，他们两个在前面赶车，李卫带着两个小徒弟和十箱金银坐在马车里面。

“师父，把箱子丢了吧，太重了，马跑不动了。”其中一个最小的徒弟财财说道，李卫看着发发，发发也点头表示附和。

“放屁，老子费了多大劲才得到这些宝贝，怎么能说丢就丢？”李卫生气地对着徒弟说，但是他自己也发现即使两匹马套的马车也跑不起来。

“师父，如果一直这么慢，后面的人很快就追上来了，要不扔了一些东西吧！”二徒弟晚晚伸进头来试探着给他分析现在的情况，“我们这个马车现在比人走得都慢。”发发感叹道。

突然李卫大叫：“停车！”

马车还未停稳，李卫就着急地跳了下来，拉开车帘粗暴地对着徒弟说：“下来，你们四个兔崽子给我下来。”四个孩子一个紧挨着一个下了马车，站成一排，李卫走到有五米远的地方拾起一个树枝画了个圈圈说：“你们四个站到这个圈里来。”四个不明所以的徒弟走进圈里，李卫一边向马车走去一边用棍子指着他们说：“把眼睛闭好，我没有让你们睁眼不许你们睁开。”只听马嘶叫一声马车跑远了，四个人才反应过来。

“敢情师父这是画了个圈套让我们钻！”老大早早拍着脑袋懊恼地说。

“师兄，师父不要我们了，我们怎么办啊？”三个小师弟看着大师兄问道。

“我们本来就是师傅花钱买来的，现在生死关头，他那样爱财如命的人才不会丢下珠宝呢！他那一块金子不知道能买多少个我们呢！”从来没有说话的发发像大人一样分析道。

“他现在丢下我们说不定是好事呢，万一被抓住了，我们四个小命难保。”早早安慰他们三个。

“可是我们要是被国人抓到也是死路一条。”财财说着就呜呜地哭了起来，他实在是太害怕了。

“你们把外衫都脱了。”早早抓了一把泥往自己脸上和身上一阵乱抹，不一会儿英俊少年就变成了一个小乞丐，三个师弟都跟着大师兄学。他们四个本身都是穷苦人家的孩子，因为家里太穷了又有年幼的弟妹需要养活，父母迫不得已就把他们卖了，所以扮起乞丐来毫无违和感。

“师兄，我们现在应该怎么办？还去找师父么？”财财看着三个师兄说。

“找什么找？既然他不要我们了，咱四个就各回各家。”发发生气地说。

“家人都不要我们了，哪还有家？师兄去哪我就跟着去哪。”财财哭着说道。四个人都无家可归，所以早早决定带着大家躲到山上，等国人走了朝东边去。

李卫丢下四个徒弟，哼着小曲轻快地赶着马车，想着自己一个人带着这些金钱后半辈子的幸福生活，正乐呵呵地走着，正好碰上了从北边赶过来的国人，这下子真是欲哭无泪。李卫当场就被国人的乱棍打死了。

而召公府这边虽然交出了假太子，暂时缓解了国人的矛盾，可是太子毕竟不是真的，就怕有人走漏了风声。召公把单速叫了过来。

“姑父，脉弟弟真的死了？他们都说脉弟弟被大火烧死了。”单速泣不成声。

“速儿，脉儿已经走了，我派人去连脉儿的尸首都没有找到，这事你不要告诉静儿。我现在有个重要的任务交给你，你一定要完成！只有你完成了这个任务，脉儿才不会白死。”召公也伤心地落泪。

“姑父，尽管吩咐，速儿定不辱命。”单速擦了擦眼泪，其实他心里明白姑姑、姑父的内心一定比他还难过。

“乖速儿，你跟静儿换上我送去的衣服，趁着天黑带着静儿去单公府，一定要将太子平安地带回周原，知道么？”召公语重心长地叮咛着。单速和姬静换上了普通农家孩子的粗布衣裳，天黑的时候单速带着姬静从召公府的后门溜了出去。

第十一章 追杀厉王

单速带着姬静一路上一刻不敢停歇地向周原的方向跑去，跑了很久，姬静走不动了，单速背着他。前面不远处有座破庙，他们准备进去休息一下，等天亮了再赶路。进入破庙，单速看见四个跟他差不多大的孩子躲在发黄的稻草堆里，用警惕的眼神看着他。

“惊扰大家了，我们兄弟二人与家人走散了，路过这里想借宿一下。”单速说着便对他们四个鞠了一躬，姬静也跟着单速给他们都鞠躬了。早早看见单速他们年纪跟自己相近礼数却如此周到，即使对平常人家做到这样都不容易，更何况是对他们四个乞丐呢！早早猜测这两人肯定不是普通人家的孩子。

“你们不必客气，我们兄弟四人也是在这借宿的，这是个荒弃的无人寺庙。”早早说着便指着布满蜘蛛网的佛像，单速对着佛像拜了拜。

“哎，你们要去哪里呀？”财财看着比他还小的姬静问道。

“我要跟速哥哥去周原。”

“这么巧，我们兄弟四人也要去周原，这样的话大家可以结伴一起去。”两个年纪最小的孩子在那有一搭没一搭地聊着天。单速原本还担心姬静说漏了嘴把自己的身份告诉他们，可是后来发现姬静该说的说，不该说的一点都没有说。

“你叫什么名字？我是早早，他是晚晚，其次是发发、财财。我们兄弟四人连在一起就是‘早晚发财’。”早早向单速介绍道。

“我是单速，那是我弟弟单静。”

“那你们跟周原单公府的单家是什么关系？”早早他们跟在李卫身边也好几年了，周原单公府自然是知道的。

“我们兄弟二人从小被卖到单公府，好在单公府主家仁慈，赐我兄弟二人名字并跟着姓单。”

“你看看人家的姓名，再看看我们兄弟四人的姓名，同样是被卖，真是同人不同命啊！”财财开玩笑地说道。单速却觉得他们兄弟四人不是普通的乞丐，如果说知道周原单公府不足为奇，但是他只提到自己姓单，他们便猜到单公府，不像寻常人家的孩子，而且财财刚刚说他们也是被卖的，那么做奴隶的有这样的见识更是不凡。他对他们说的不是实话，他们对他也隐瞒了很多。

“我们四个可不是逃跑的奴隶，我们被卖给师父做学徒，国人暴动，师父就还我们自由了。”早早怕单速生疑解释道。要知道奴隶逃跑按大周律法是要处死的。

“呵呵，没事，你们的名字倒是挺特别的。”单速也怕太子的身份曝光，迅速转移了话题。

“师父是做金银首饰的，喜好金银财宝，做梦都是发财，所以给我们四个起名连在一起就是‘早晚发财’。”晚晚开口解释道，不过他是没有说错，只是把李卫的职业换了换。如果告诉别人自己是卫巫李卫的徒弟，那他们四个肯定会被活活打死的。晚晚说完他们四个都不说话了，虽然师父丢下他们四个自己逃生去了，可是在一起生活了几年，他们还是有点担心师父的安危的。破庙里大家各怀心事，外面的月光洒了进来，照耀着两个最小的孩子，财财和姬静对着即将到来的外面的世界，感到前所未有的好奇和兴奋。

第二天一早，六个人一起出发了，快到周原边界的时候六个人被盗匪给劫了，关在一个黑暗的土牢里。单速怕劫他们的人是知道姬静身份的人，而早早也怕劫他们的人是知道他们是李巫徒弟的人，六个人每个人都在担心自己的身份曝光。在土牢里暗无天日地关着，也不知道关他们的是什么人，甚至想看清关他们的人长什么样也不能。这样不知道过了几个时辰，只听见外面人喊了一句:“大小姐回来了，带他们见大小姐！”

守门人推搡着单速等六人去见他们大小姐，单速看带着他们的人，心想这些人肯定不是大周人。他们穿着粗布衣裳，衣裳上挂着很多饰品。每个人都披着编了小辫子的头发，甚至连头发上也佩戴着各种颜色的饰品。早早碰一下单速，用唇语告诉他他们是猃狁人。单速已经从他们这身打扮看出了他们是猃狁人，正在发呆的时候，守卫一脚就把他踢倒了，大约是嫌弃单速走得慢了。单速本想跟他们动手，但是想着姬静的身份，而且对方这么多人，如果他是一个人兴许还能跑出去，但是带着姬静和早早他们肯定跑不出去，先隐忍着，再看看对方是什么来头。单速爬起来，正好对上一双水汪汪的大眼睛。

“速哥哥，速哥哥。我是原野啊，你怎么在这？”她问完这句话，不等单速回答就直接给刚刚踢单速的守卫一脚，“谁让你打我速哥哥的，谁让你踢的，怎么把我速哥哥给抓来了？”她不停地踢着守卫，守卫说着蹩脚的周语大喊：“大小姐，饶了我吧！”

“原野，你别打了，快来给我松绑啊！”听了单速的话，原野赶忙跑去给单速松绑。几年不见，她非常想念单速。她也不是没有想过去单公府找单速，可是她父亲母亲都不允许。每次都告诉她大周和猃狁关系复杂，怕她一个女孩子家一个人去大周太危险，而她父亲是猃狁的将军，更不能派人送她去大周了。所以她从小苦练骑射武艺，就是希望将来她自己能独自来大周。奈何她父亲把她看管得很严。前段时间她好不容易找着了机会带着自己的卫队偷偷地溜了出来，正好碰上“国人暴动”，原本她打算去镐京救单速的，不承想在这里遇到了。

“速哥哥，怎么是你啊，原野可想你了，你怎么在这里？”

“我还不是被你抓来的。”单速看着原野还像小时候那样单纯，无奈地回答，然后一边帮姬静和早早松绑。

“哦，这样哦，我只是让他们抓几个人来问问镐京的情况，没想到他们把你抓来了，嘿嘿，不过抓来也挺好，省得我去镐京找你了。”原野摸着鼻子傻笑道。

“对了，速哥哥，他们打你没？你告诉我谁欺负你了，我马上就抽他们鞭子。”

她的卫队听到她这样说倒吸了一口凉气，幸好没有人打他们，要不然肯定逃不了一顿毒打了。

“咦，速哥哥，他们是什么人啊？”原野看着姬静和早早他们好奇地问。

“原野，这是我弟弟单静。他们四个是我的好朋友，早早、晚晚、发发、财财。”单速还没有说完，原野就笑了起来，“太好笑了，居然还有这样的名字。”

“你才好笑呢，你的名字也没有多好听，还不如我的呢。”年纪最小的财财忍不住抗议道。

“臭小孩，信不信我把你杀了，然后把你的尸体分几块拿出去喂狗。”原野说着还做着凶狠的表情，财财看到原野这样，吓得一下子躲到了早早的后面，单速拉住原野劝他们别闹了。

“速哥哥，婶娘什么时候给你添了个弟弟啊？”单速不知道怎么解释，原野性格开朗豪爽却是个通透的人，看单速若有所思，她立马转移了话题。

“速哥哥，你们准备去哪里？”

“我们要回单公府，你这个时候跑出来并不安全，赶快回家去，免得婶娘担心。”单速劝原野尽快回家。

“速哥哥，我没事的，你看我有整个护卫队呢，我就是跑出来看看你的，单将军也去镐京了，我送你们回单公府。”原野说了这段话，早早已经看出单速的身份了，心想还是早点离开单速，至于去哪他现在也不清楚。

“单兄弟，那既然这样我们就此别过吧，我们兄弟四人也要去我们该去的地方了。”

“师兄，我们去哪里啊？”发发不争气地接过话。

“早早，你们想好去哪里了么？”单速猜想早早应该是知道他的身份了。

“不是说一起去周原的么？”财财讷讷地开了口。

“他只是不想跟速哥哥和我一起走了。”原野开口替早早解释道。突然被原野这么直白地说出来，早早有种秀才遇到兵的感觉。可是原野说的也是实情，所以早早只能尴尬地笑了笑。

“早早，我是单公府的三少爷，是单将军之子。之前不是故意瞒着你们的，只是我跟幼弟从镐京回周原，不知道你们身份，所以才隐瞒你们的，希望你们不要见怪。”

“没关系，我们也骗了你，这下我们扯平了，对不对师兄？”财财笑着问早早。此时的早早有种想死的冲动，财财年纪小，之前已经告诉他一路上不要乱说话，现在即使他有心隐瞒想必也是瞒不过去了。于是早早就把他们的境遇以及是李卫徒弟后来又被抛在半路的事情跟单速说了。单速听了之后并不惊讶，也不怪罪他们，反而要跟他们一起上路带他们去周原。原野听单速的决定也是很支持，当年自己是猃狁人，速哥哥不仅没有嫌弃，而且还帮助她和父母回到猃狁，在原野的心里单速是非常聪明和善良的人。

“那你们还真得好好感谢你们师父的抛弃之恩了，你们的师父已经被国人乱棍打死了，幸好他把你们扔了，要不然你们估计跟他也是一个下场！”原野云淡风轻地说完这些话，早早兄弟四人已经惊得说不出话来了。早早虽然早想到会这样，但是一下子听到这样的消息还是接受不了！

“早早，你们兄弟四人跟我回单公府吧！”单速诚恳地邀请道。

“好啊，师兄，我觉得速哥哥人挺好的，而且之前速哥哥的父亲还卖地为周原的百姓交赋税呢！肯定也是个好人，要不我们就去单公府做奴隶吧！”发发看着他们三个试探地说道。

“不，不，我让你们去单公府不是让你们为奴的，你们还是自由身。你们想离开了随时可以走。”单速解释说。

“那你们结拜吧，在我们猃狁志趣相投的人就可以结拜的。”

“不，我们不结拜，以后我们就跟着单速，他去哪我们就去哪。”早早有自己的考量，他明白自己和单速的差距，也知道单速不会在意，可是他们不能不顾及。而且早早认为单速这个人聪明、有情有义，跟着他也为自己谋个好前景。

“师兄，我们换个名字吧！”一直没有说话的晚晚的这个提议得到另外三个人一致同意。

“速哥哥，你读书最多，你给我们取个名字吧。”财财拉着单速的手撒娇一样。

原野一看财财拉着单速的手，立刻过去把财财的手给打了下来，傲娇地说：“速哥哥的手是你牵的么？只有我能牵。”说着就挎上单速的胳膊，一脸得意地看着财财。

“麻烦速兄给我们兄弟四人取个名字。”早早向单速鞠个躬。单速看着早早这么郑重其事，也不推辞。

“《诗经·小雅·棠棣》有句‘棠棣之华，鄂不韡韡。凡今之人，莫如兄弟’，是形容兄弟之情的。如若你们四人不嫌弃，早早就叫单棠，晚晚叫单棣，发发叫单之，财财叫单华。比喻你们兄弟四人同气连枝！”

“速哥哥，你太厉害了！这名字真好听！要不你也给我改个名字。”原野拍着掌一脸崇拜的样子。

“嗯，真好听，我们不仅有名字还有姓了。”财财蹦蹦跳跳的，想抱着单速，但是原野用恶狠狠的眼神警告他。他跑去抱了抱姬静，说道：“单静，我叫单华，以后我们就是兄弟了！”说着还学着大人一样给了姬静胸口一拳。姬静猛地被这么一捶，往后退了两步，单速眼疾手快地扶住姬静。六个男孩笑作一团。

“速哥哥，你知道么？国人攻进王宫，杀了王后，听说太子也被活活给烧死了。”原野把这一路上听到的最劲爆的消息告诉单速。单速并不知道王后也死了，他看着姬静，结果姬静一句话也没有说，疯了一样地跑了出去。单速对原野说：“小野，你弄点吃的给单棠他们四个吃，我去看看单静。”一边说着一边跟着姬静跑了出去，生怕自己跑慢一点就追不上姬静了，他答应过姑父一定要平安地带着太子回到单家的。姬静不停地跑，直到自己怎么也跑不动了，才坐在地上，眼睛一动不动地看着地面，单速追上姬静，他发现姬静一动不动，不哭不闹，他拍了拍姬静说：“殿下，你若想哭就哭出来吧！”姬静就像听不见一样，坐了几分钟又跑起来了，好像一直停不下来，直到自己吐了，然后单速听见姬静哇哇大哭的声音。单速在后面看着姬静，本想上前安慰。可是对于一个只有六七岁就失去母亲的孩子来说，再多的安慰也是于事无补。姬静从开始放声大叫地哭，到后来把自己的头埋进两腿之间默不作声地哭，单速上前坐在他身边，听见姬静说：“为何父王做错了的事情让母后去还？母后那么善良，他们怎么忍心杀了她，我才是太子，为何烧死的却是脉哥哥？”单速不知道如何安慰或者怎样回答姬静，才能抹平这个六岁孩子的创伤。

“静儿，不管任何时候你都有我，速哥哥一定会保护你的。”这是单速第一次自称速哥哥，也不叫姬静太子殿下了。

“速哥哥，可是我没有母后了，我再也见不到母后了，我没有母后了。”姬静不停地重复着这些话。

“静儿，你虽然没有了母后，但是还有很多人爱着你，你比我们任何一个人都重要，姑父姑母用他们最疼爱的脉儿换了你，身为太子就应肩负振兴大周的重任，这样王后、脉儿才不会白死。”单速知道现在对姬静说这些话太过残忍，可是他没有办法，他身为太子必然要比别人经历得多，这份痛苦不管怎么样他都要经历。因为他是太子，他必须以最快的状态恢复过来。单逨带着魂不守舍的姬静跟原野会合，一起踏上去往周原的路途。

厉王逃出了镐京，直奔牧野。那里有着他的周八师，他想着他一定要带着他的八师军队打回王宫，赶走那群暴民，把他们全部杀光，厉王越想越生气，这样日夜连着赶路，习惯了宫中奢华生活的他坐在马车上感觉异常的难受，这个时候仓科给他拿了个垫子让他靠着，也许会舒服点。

“也不知道王宫那边情况怎么样了？”

“大王，你别担心，王后、申侯和召公都在，不会有事的。”仓科安慰着厉王。

突然马车一惊，厉王直接磕到马车护栏上，顾不得疼痛，厉王忙问怎么回事。外面护送厉王出宫的姬胜回道：“大王，是荣夷公。”

“荣爱卿来了。”厉王已经顾不得疼痛了，让仓科搀扶下了马车。他一心想从荣夷公那里得到王宫的最新消息。

“王宫怎么样了？那群暴民都给寡人杀了没？”厉王以为荣夷公是来接他回宫的。可是看着荣夷公带着的这队人马全部都没有穿军装，而是像私家护院的。

“姬胡，我来送你一程，黄泉路上别忘了是谁送你的。”荣夷公不带一丝感情地看着他。厉王从来没有见过这样的荣夷公，这样的不带一丝感情，直呼其名，以前的荣夷公总是笑脸相迎，垂落的头发适当地遮住眼睛，如今头发全部盘起来，看着这双不带丝毫感情的眼睛反而有点发冷。但是一想到自己是谁?自己是大周的天子，自己是天生的王者，天子一怒万骨枯。为何会怕他?

“荣衞，你是要造反么？来人！给寡人拿下！”

“你以为你还是周天子么？”说着手一挥，从林里出来一大批死士。

“荣衞，大王待你不薄，你这是做什么？”姬胜虽恨厉王残暴，但是他身为人臣只能忠君，同时他也知道罪魁祸首就是荣夷公，他在内心也是对荣夷公不齿的。

第十二章 前尘往事

“姬将军，这是我与厉王的私事，念你忠勇，不想伤及无辜，你带着你的士兵走吧。”厉王一听荣夷公这样说，突然吓得不知所措，要知道他原来什么都是听荣衡的。姬胜这些常年打仗，他从来不闻不问，不曾给过他半点恩惠，即使姬胜要走，现在的他也是无可奈何。

“荣衡，要伤大王就先从我等尸体上踩过去。”姬胜说着就要跟荣夷公拼命。厉王拦着他。

“荣衡，你若现在求饶，本王留你个全尸。”厉王盛气凌人地看着荣夷公。

“你还在等周八师？你以为你还能回你的王宫坐你的王位么？你这辈子横征暴敛、滥杀无辜、残害百姓，你这样的人怎么配做一个王？怎么值得这些士兵为你出生入死。这就是你们的王，你们抛家弃子为这样的人卖命值得么？”荣夷公指着厉王看着这些士兵说道，所有士兵包括姬胜都低下了头。在他们心里也不愿意保护这样的厉王，但是他终究是天子，只要他一天是大周的天子，那么他们就得拿命去护他周全！

“荣衡，你有何能耐指责寡人，寡人就是死也轮不到你来指责本王！再说我对你信任有加，你现在背叛我，你以为把我抓回去那些暴民就能放过你！”

“哈哈！姬胡啊姬胡，你真是笨得可以！你以为我会怕那些暴民么？你到现在连你的王座是怎么丢的都不知道吗？”

“你说这话是什么意思？”

“今天我就让你死个明白！你还记得被你灭国的噩国吗？”荣夷公陷入回忆，“噩国原本是周的诸侯国，是曾国的邻居，为南土之大国。因其地处汉水以北、淮水以西，是中原与江淮之间的交通要道，地理位置十分重要，因而成为西周南疆之屏障。鄂侯驭方久居南方，掌握了当时的重要战略资源——铜，并与周王室保持着宗主关系。周王室为了控制南夷和东夷，不得不笼络噩国。你即位之后跟驭方称兄道弟，那驭方更是对你忠心耿耿。你率军征伐南淮夷，班师途中，驭方恭候迎接，献礼设宴，又陪同你行射礼。当然你也很重用噩侯，赏赐给他玉、马、矢。驭方以此为荣，特意做了这件宝鼎，让‘子孙永宝用’。驭方他把你当家人当兄弟，可是你把驭方当什么了？见驭方之妻姜雪貌美竟起了歹心，你不知道朋友妻不可欺么？你身为一国之君怎么能夺臣子所爱？”

“寡人没有，是寡人和雪儿相爱在先的，你们都说寡人对不起驭方，却不知道雪儿是寡人此生挚爱。”厉王咆哮着，“当年雪儿是太史令姜大人之女，自小深受我母后喜爱，养在母后身边。我与雪儿青梅竹马，当时我还是太子，我发誓我若为大王，定许雪儿凤冠翟衣。驭方因为从小不适应南方湿热，他父侯便送他来王宫小住。我们三人一起读书、一起学习，度过了此生最美好的时光。后来母后告诉我雪儿因身体羸弱，她父亲让她回家休养，不出两年便病逝了。再后来驭方接受我父王的赐婚娶了雪儿的妹妹。可是当我御驾亲征南夷，驭方接待我，我才知道雪儿根本就没死，这些都是父王母后为了笼络噩侯而做的。他们所有的人都知道，只有我像一个傻子一样被蒙在鼓里。驭方说他不知情，他父侯只是告诉他要娶的是雪儿，说年少的事情过去了就随风而去，我跟他永远都是好兄弟。可是我不甘心，我不甘心！”

“就因为你的不甘心就灭了噩国，甚至都不惜杀了自己最爱的女人？”

“不！寡人没有，寡人没有想杀他们。”

“是谁下的旨：‘扑伐鄂侯驭方，勿遗寿幼？’”

“是寡人，既然得不到就毁了她，我只是想让驭方和雪儿来求我，我身为天子被他们这样戏弄，他们不该给寡人一个说法？只要他们来求我，跟我认错，寡人是不会杀了他们的。”姬胡沉浸在自己的世界里了，他真的只是想要一个说法而已。荣夷公看到厉王悲痛落寞的神情，没有一丝同情，因为他的此生挚爱就是死在厉王的手里，今日他就是来取厉王的命的。“你跟驭方是什么关系？”厉王幽幽地开口。

“驭方有个妹妹叫噩未晞。雨落川下，白露未晞。多么好听的名字。曾经有个少年，因为不满他的父侯，于是独自一人出宫，不料却招来杀身之祸。生在帝王家谁不想做一国国君，他是国君的继承人，所以他那些血浓于水的亲兄弟千方百计地要除掉他。也是他命不该绝，他掉进了湖里，被冲到一个不知名的地方，遇到了出门采药的噩未晞，她把他从死神手里救了下来。她从来不会因为她是国君的女儿而奢纵，她的父侯为了让她开心，给她在噩药谷建了一个药房。她每年都会在那里住半年，或晾晒草药，或行医救人。她被保护得太好了，她善良得像一个天使，她的世界没有那么多钩心斗角，她终日与花草草药为伴，她济世救人，不会因为身份地位而区别对待……你知道么？我从来没有见过这样一个纯粹的人。”

“她照顾了少年四个月，有时少年弹琴，她唱词，有时他们一起去山谷采药，一起去村里治病。这是少年在他母亲死后最快乐的日子，他们在彼此心里种下了爱情的花朵。未晞有双巧手，绣得一手好刺绣，她一有时间就给少年选衣量身，用最上好的布料，为他做各式衣裳。一针一线绣出一幅画，或山间小路、阳光初升，或鱼儿戏水、鸟儿高飞，她说他穿上明亮的新衣，整个人就像她心中的白月光！他每日变着法地穿着她做的新衣和她一起看日出日落。”

“分别的日子还是来了，她要回宫了。她说她的父母不会嫌弃他身份低下的，只要她喜欢的她父母也会喜欢，她的父侯平生最宠她和哥哥驭方，甚至为了成全哥哥还找了王后提亲。这一切都是你母后在背后操纵的，你身为大周天子，怎么可能娶一个太史令的女儿？天子的婚姻由不得你做决定，你必须娶一个手握重兵利于大周之人。不过少年跟你不一样，他告诉她，‘不必担心，你是国君之女，我是国君之子，你只管回宫，静等来年我十里红妆娶你’。这个少年就是我！可是怎么会有来年呢？因为你，因为你的私欲，甚至都没有查清当年之事，你就从宗周调来了大周最强的西六师，又从北部调来殷八师的大军，夹击噩国。更恐怖的是你居然下令‘勿遗寿幼’，你屠了整个王宫！只要跟噩侯有一点关系的你都斩尽杀绝。”

“不！不是这样的！是驭方骗了我。对，你在骗寡人！你该死！”

“是，别人都该死，那你呢？你该不该死？我想过让你有一百种死法，但是我觉得让你的国人把你赶走是最好的死法，你将是历史上第一个被国人驱逐的国君。哈哈！对了，你还不知道王后和太子都已经死了吧？王后被乱刀砍死，太子被火烧死了。失去至亲的感觉如何？现如今你的王宫、你的爱妃、你的子嗣全都没了。”荣夷公哈哈大笑，好像在说一个非常值得开心的事情一样。

“不可能，不可能的。”姬胡不停地呢喃着。

“姬胡，你也会难过么？你也会心疼么？当年你屠噩国的时候可想到自己会有今天吗？今天你的王宫跟三十年前驭方的侯府竟是如此相像，你说这是不是报应呢？”荣夷公一边轻声地说着一边不屑地笑着。

“来人，给寡人杀了！杀了他！”厉王口吐鲜血、气愤难忍，姬胜扶住他，心想一场死战在所难免了。看看荣夷公的人马明显超过他们，他想提醒王上，真的打起来的话他们这边并没有胜算。

“你们也想造反么？寡人的话都不听了？”厉王推开姬胜，现在的他已经失去理智了，一心只想杀了荣夷公，荣夷公背叛他就该死，可是这一切的一切都是荣夷公苦心策划的，现在就是把他抽筋扒皮也不能解他的心头之恨。他拔出姬胜的剑就向荣夷公砍去，厉王从小好武，这些年来自己也经常带兵南征北战武艺高超，荣夷公看着像个翩翩君子，其实却深藏不露。荣夷公和厉王这边打得不可开交，而姬胜带领的军队跟荣夷公的死士也打在了一起。姬胜一心只要护厉王周全，不管自己身上的伤还是去保护厉王，要说荣夷公一人对付厉王还可以，但是加上一个姬胜并没有胜算。看荣夷公支撑不住，火云立马向姬胜攻去。姬胜眼看没有胜算，井叔禹带着百名士兵来了，他大吼一声："保护厉王。"姬胜跑去分开厉王和荣夷公，井叔禹跟荣夷公打在一起，姬胜带着厉王突出重围。跑了很久，直到厉王实在没有力气了才停下来休息，厉王看着包括自己和姬胜一共才八个人活了下来，他知道是姬胜救了自己，如果没有姬胜他今天一定死于荣夷公刀下了。

"姬将军，你今天是救了寡人的命啊！等寡人回了镐京定要好好犒赏各位。"

"谢大王。"姬胜跪地叩谢厉王，其实姬胜的内心是不齿的，他拼死保护厉王不是想要赏赐，这只是他身为臣子应该做的。现在他们已经无路可走，只能一路往牧野奔去，他现在很担心井叔禹能否敌得过荣夷公，更担心镐京王宫！一路只顾逃命也打听不到任何消息。他只是希望不要像荣夷公说的那样，王后是母仪天下的好王后，太子又年幼，希望他们能平安无事。

荣夷公看井叔禹来了，说道："井叔禹你终于出现了！我找了你三十年了！三十年前你带兵灭了噩国，就辞官到处云游去了。今日却主动送上门来了。"荣夷公说着便刀刀下狠手，把这些年积攒的恨意全部发泄在井叔禹身上。当年若不是井叔禹带兵，未晞可能也不会死。

"荣蘅，未晞没有死！"井叔禹挡住荣夷公在他耳边说了一句话，荣夷公震惊地站在那里一动不动，井叔禹也不动，就这样看着木讷的荣夷公。周遭的厮打声、刀剑划过身体的声音、血的喷溅声，不绝于耳。火云喊了一声："主公！”荣夷公回过神，拼尽全力向井叔禹砍了过来，井叔禹极快地翻转还是没有躲过，背后被砍了一刀。“卑鄙无耻，竟用未晞的生死开玩笑。”井叔禹没有想到荣夷公不相信，想到出门之前未晞的交代，他吃力地捂着被砍的地方喊道：“日暮兮不来，凄风吹我襟。”荣夷公听到这句话怔住了：“你从哪里听说的？”

“未晞告诉我，你若不信我，说这句你便会信。”

“未晞还活着！未晞还活着！未晞真的还活着！”荣夷公不敢相信这个事实，只有不停地重复着，好让自己接受未晞还活着的事实。“带我去见她！”荣夷公拉紧井叔禹的胳膊，火云看到荣夷公的反常，过来问：“主公，你怎么了？”

“火云，你带着他们撤。”

“主公！”

“撤！”

“是！”火云走后，只留下荣夷公一人站在井叔禹旁边。“现在立刻马上带我去见未晞。”

“你不怕我使诈杀了你！”

“不怕！我这条命三十年前就该死了，哪怕只有一点希望我也不想放弃！”

“走！我带你去见未晞！”不知道走了多远，也不知道走了多久，厉王跟在井叔禹的后面翻过了一座山，蹚过了一条河，在茂密的丛林里看到一个巨大的瀑布，井叔禹带着他紧紧地贴着瀑布的边崖走了进去，进去之后发现别有洞天。这是一个开阔的世外桃源，在这里他看见各种中药材，看见满树满枝丫的叫不出名字的花儿。荣夷公惊奇地看着眼前这一切，他从未听说过大周居然还有这样的地方。

“禹哥，你受伤了，快进屋！我给你包扎一下。”

“不碍事，一点小伤而已。”井叔禹摆了摆手示意未晞他无事，跟着未晞进了屋。荣夷公听见看见未晞的刹那眼泪就流了出来。他告诉自己不能哭，一定不能流泪，三十年了未晞才见到自己，一定是希望看到一个像当初一样的明媚少年。他低头看了看自己的衣服，用手擦了擦衣服上的污渍，对着未晞笑了起来。三十年了！未晞还是少年时的模样，倒是自己的头上已经生出了几根白发，眼角也多出了一些皱纹。竟不觉得有些害羞了起来！

“蘅哥哥，你坐！我帮禹哥包扎一下。”未晞一边说着，一边不停地替井叔禹处理伤口。之后，未晞带着荣夷公来到一片白芨田前。

“蘅哥哥，你看这是白芨，虽说是药材，但是它的花开得好美，也可做观赏花。”

“未晞，你想说什么？当年到底是怎么回事？你为什么还活着却不来找我？”

“当年厉王对我噩国下了灭族令，父侯和母亲都在那场战乱中去世了，是禹哥救了我全族。我清楚地记得那场战争死伤无数，哥哥知道噩国即将不保的时候安排父侯、母亲、嫂嫂还有我带着族人逃走，我父侯、母亲不愿意走，最后和侯府一起化为灰烬。那个时候想逃出去多么难，禹哥帮助了我们，他让我的族人全部换上士兵的衣服，然后再让手下搬了很多具尸体冒充我族人，一把火烧了侯府骗过厉王。后来禹哥带我们逃了很多地方，最后才找到这个地方，在这里安了家住了下来。”

“你说不只是你，你哥哥驭方、你嫂子姜雪、你们全族的人都活着？”

“嗯。我们都活着！都在这生活了三十年了！你刚才没有看见他们是因为这个时候他们都在后山劳作。这些年来，我们在这里自给自足，偶尔也会出去换些东西。衡哥，现在的生活很好，没有尔虞我诈、钩心斗角，我和哥哥都喜欢这样的生活！开始的时候我想过找你，可是你是荣国的国君，像我这样的人怎么能配得上你？我挣扎过、徘徊过，甚至我让禹哥带我出谷去镐京看过你！你一身白衣像极了那天的太阳，刺得我眼泪流了下来。我是一个无名无分在这世间如同孤魂野鬼一样的存在，怎么能配得上如此尊贵的荣夷公呢？此后的几年我也渐渐地走出来了，我放下了心结，生活总是要继续的，我既然重新活了过来就重新开始这一世！在慢慢相处的日子里我爱上了禹哥，也嫁给了禹哥。我们有个孩子，现如今也是二十岁的翩翩少年郎了！禹哥待我很好，他虽是习武之人，但是处处护我，给了我一世安稳！”

“那我呢？我算什么？我等了你整整三十年，我为了你负了天下人，甚至不惜颠覆这天下，我日日夜夜想着替你报仇，我九泉之下也有面目去见你。我痛苦难过的时候连死都不敢去，我怕到了九泉你质问我为何不替你报仇！”

“蘅哥哥，你就当我在三十年前已经死了！”未晞看着将近发狂的荣蘅，内心难过，如果当初不是存了那份私心，也不会让荣蘅这辈子都生活在仇恨里。现在自己又这样出现，换作自己也接受不了吧。

“可是你还活着，活生生地站在我面前！你知道这些年我是怎么过的吗？我处心积虑地谋划，哪怕被万人唾弃我也要为你倾尽天下，你看到了没，厉王被赶下王位了，我是那个最臭名昭著的人。我堂堂荣国国君，一人之下万人之上，我缺金银珠宝吗？我不缺！我什么都不缺！我只是想给你报仇，我终身未娶，因为我答应过你十里红妆娶你！我这三十年来收尽天下华服，因为你说你喜欢看我穿漂亮的衣服。可是现在你告诉我你嫁人了，你过得很幸福。你还不如不告诉我你还活着！为什么？你为什么不早告诉我你还活着，你让我这三十年来都在痛苦煎熬中度过！噩未晞，你在这边逍遥快活，却让我去替你报灭国之仇，你真是打了一手好算盘！”荣蘅越说越激动，他眼睛发红，不停地摇晃着未晞，他希望未晞能给自己一个答案。多少次他在梦里梦见未晞还活着，可如今她真正活着出现在自己面前时，他觉得这是上天给他开的最大的玩笑了。他使劲地掐着未晞的肩膀，他在内心甚至想杀了眼前这个人。

“不！蘅哥哥，你听我说，不是你想的那样的！不是你想的那样的！我不能去见你，我不能告诉你我还活着，我怕你知道我还活着就会不停地找我，我怕自己会连累你。我以为这些年你早已忘记我了，我以为你已经有了锦绣前程，直到禹哥猜测你可能在为我报仇，我就让禹哥去阻止你了！我不想你一直这样错下去。你应该有自己的生活！”未晞顾不得身体的疼痛，是她的错，自己应该一开始就告诉他的，这样也免了他这三十年来生不如死的煎熬。

“哈哈！自己的生活，噩未晞，你看看现在的我还怎么有自己的生活？现在的我像过街的老鼠人人喊打。你告诉我，怎么开始新的生活。来！你告诉我啊！”

“可以的，蘅哥哥，可以的！”

“不要叫蘅哥哥，你不配！噩未晞，今日起我与你恩断义绝、老死不相往来，我荣蘅永远永远不会原谅你。”荣夷公说完这些就头也不回地转身离开了，多年不曾流过泪的眼睛开始决堤，他任由眼泪流下来，也不擦也不停止！他要把这些年强忍着的泪一次都流完。忘了自己是有多久没有流过泪了，还是三十年前以为未晞去世的时候吧，原以为这辈子再也不会流泪了。当初有多爱现如今就有多恨！荣夷公走后，井叔禹从大树后面走过来，搂着哭泣的未晞说：“时间能治愈一切，慢慢地他就会走出来的。”未晞对着井叔禹点点头：“希望蘅哥哥早点走出来吧。”未晞看着荣蘅这样，知道他短时间之内是不可能走出来的，她了解荣蘅，往后的日子荣蘅都将在恨她的生活中度过。伴着夕阳，井叔禹搂着未晞回家了。

第十三章 共和执政

荣夷公现在的心情比当年听见未晞死了还难过，就像微风吹过的岁月静好突然响起的惊雷炸裂了所有美好一样。未晞对他说的话是他不能承受的重，他跌跌撞撞地从山谷里走出来。记不得来时的路，无所谓了就这样走吧，一直走一直走。不问方向，不问目的，直到自己走不动了。他躺在草地上，看着阳光透过绿叶洒下来，他眯着眼睛看着天空，不知道自己该何去何从。就像这落下的阳光看着刺眼，却在黑夜来临时灰飞烟灭，寻不到半点踪迹。这三十年来不管活得多么艰难，这三十年不管心里多么绝望，可是心心念念的都是给未晞报仇，现在看来自己做的这一切就像一个笑话一样。筋疲力尽的他睡了过去，直到火云摇醒了他。他看见火云满身伤痕，狼狈地站在他面前，想着自己从未把他当成人看，只是把他当作一个杀手、一个随时可以抛弃的工具、一只养在身边的听话有用的狗！可是他在患难的时候却对自己不离不弃，这一刻他觉得自己还没有被所有人抛弃，火云的忠心让他感觉到了温暖。

“你是怎么找到这里的？”荣夷公有气无力地问。

“回主公，属下一直跟着你，天要黑了，我们出去吧！”其实火云一直跟着荣夷公，看着荣夷公进了山谷。山谷周边瘴气密布他不能进去，所以不知道他为何心情不好，但是他知道以自己的身份也不便多问。只是天快要黑了，如果荣夷公这样睡下去的话可能永远不能醒过来，所以他不得不上前叫醒他。

“为什么要跟着我？”荣夷公依旧躺在那里闭着眼睛，没有半点起来的样子。

“属下担心主公安危！”火云以为荣夷公生气了，毕竟自己违背了主公的命令，连忙跪下请罪。

“我若死了，你就自由了，何必要救我？”火云顿时觉得荣夷公语气冰冷，这些年跟在主公身边也知道他的脾气，只能把头埋得更低，轻声说道：“火云的命都是主公给的，没有主公火云早在二十年前就死了，谈何自由！”

二十年前的火云还不叫火云，他还是丁侯府的少爷丁狄，丁侯府从商朝时就官拜侯爵，武王伐纣，丁侯不朝，大周建国后，丁家未受牵连，侯位世袭。丁侯不问政事，只在自己的封地做个闲散诸侯，家中叔伯生意遍布大周各个角落。丁侯府人丁兴旺，其乐融融。可谁能想到几百年来的名门望族却在二十年前的一个夜晚化为灰烬，丁侯府从此消失在世人眼里。所有的人都以为那是强盗所为，只有火云知道那不是意外，这群人冲进他家杀光了所有人，他亲眼看着父母、兄弟姐妹死在他面前。是爷爷带着他逃跑，危难之际把他扔下悬崖才逃过一劫。悬崖下面是条河流，他被河流冲到了下游，是荣夷公救了他。他问他叫什么名字，他说自己忘记了名字。从那日起他就叫火云，因为那天侯府烧起的大火就像那天边的火烧云一样，那团火就是他此生的噩梦。他就是要记住这个名字并要报仇。幸好荣夷公收养了他并把他抚养成人，所以不管荣夷公做什么，只要是他的吩咐他都会照办的！

荣夷公看着火云眼睛里散发出来的冷意，他知道火云的身世，也知道他的仇人是谁，只是仇人太过强大现在唯有忍耐。这些年他在自己身边也算尽心尽力，必要的时候自己也会帮他一把的。

“要想报仇先学会忍耐，喜怒不形于色。我们走吧！”

火云听到荣夷公说的这番话，突然一惊，随即想到像主公这样聪明谨慎的人，恐怕早在二十年前就把自己的身世调查得一清二楚了。火云扶起荣夷公：“主公，我们去哪？”

“回蘅晞堂，那里离镐京近，方便打探消息，以图日后。”荣夷公都不知道自己说的日后是什么，也不知道自己为什么会这样说。他现在脑子很乱，只是希望能有个地方让自己梳理一下思绪。

蘅晞堂是取他和未晞名字的最后一个字，当时想着报仇后不管成功与否都要给自己留个后路，也是想着将来蘅晞堂能作为荣昌强力的后盾，万一以后有一天他不在了，也能给荣昌留下点什么。他在蘅晞堂建立了自己强大的信息网，很多诸侯国花重金从这里买取情报，因此蘅晞堂是一个非常神秘又有影响力的组织。火云和荣夷公几经辗转，来到离镐京城不远的一个特别普通的独门独户的农家院，进入院子里，看见一个衣着破旧的农妇正在洗衣服，旁边还有个彪壮的大汉在劈柴，俨然一对生活的夫妻。女的名叫星岚，男的因为长相黑，身材强壮高大，周边的邻居都叫他大黑。两人一看荣夷公和火云进来，星岚立马上前扶住荣夷公低声叫了句：“主公。”男人快速地去院子门口左右看了看并关上了门：“星岚，带主公进去。”他的话还没有说完，火云就带着荣夷公来到内屋主卧的床前启动了一个开关，然后床板立了起来，出现了一个带有台阶的洞口。三人顺着台阶下去，灯火通明的地下出现一座富丽堂皇的宫殿，上面赫然写着“蘅晞堂”三个大字，这是荣夷公第二次来这里，上一次来还是十年前，蘅晞堂刚刚建成的时候。蘅晞堂一直都是火云在打理，除了几个重要的堂主知道他是主公，其他人都不知道。他知道有很多双眼睛盯着自己，怕蘅晞堂暴露，所以不敢轻易来这里，有任务都是让火云来这里办理。刚刚一路走过来，这里一切包括守卫点都是按照他的吩咐去布置安排的，证明火云还是听从自己的安排的。“主公，去三楼休息一下，我命人给你送点吃食！”

“嗯，你们不必跟着了，我自己上去。”荣夷公独自走向三楼最东边的房间，那是他在设计蘅晞堂的时候给自己留出来的一间卧室，只是没有想到今日居然能用上。推门进去，房间的布置特别简单，一张破旧的仅够一人睡的木质板床，一个已经有了裂痕的四方木桌，墙上还挂着一幅未晞身穿白衣浅笑图。世人眼里的荣夷公是喜奢华的，可是看屋内的摆设如此简单甚至是简陋，这桌子、这板床都是荣夷公自己从噩药谷拉回来的，这是他在噩药谷用过的，是他和未晞的回忆。想到这些，荣夷公揉了揉额头，在桌子旁边坐了下来，抬头的瞬间看见墙上的那幅画，猛然起身取下画想给撕了，可是画拿到手里还是舍不得，又默默地放在桌子上轻轻地卷了起来。情不知所起，一往而深！

“镐京那边有何消息？”荣夷公换了一身黑色衣服端坐在一把雕刻精良的褐红色楠木椅子上。火云看着荣夷公的眼睛，感觉现在的主公跟原来的不一样了，可是又说不出来哪里不一样。“主公，大周现在是共和伯执政。”听到这个消息，端坐的荣夷公一怔，这个结果在他意料之外却也是意料之中。他一直觉得他所做的事情都有人在推波助澜，只是没有想到这个人会是共和伯，真是人有千万面。来不及细想便问：“怎么回事？”

“国人杀进王宫，发现厉王逃跑以后，杀了王后和后宫所有的妃子，所有的王子和公主都没能幸免，国人得知太子静在召公府后围住召公府，逼着召公交出太子姬静。”

“以我这些年对召公虎的了解，他是绝对不可能交出太子的。”

“主公，召公交出了太子，而且国人在城北万人坑烧死了太子！”听到这里，荣夷公的心突然疼得厉害，他虽一心想替未晞报仇，可是从来没有想过伤害太子，毕竟他做了太子几年的师傅，打心里喜欢姬静这个孩子。

“你去查查召公当天交出来的那个孩子是不是真正的太子，召公不可能交出大周的未来，这里面肯定有什么我们不知道的事情，你去调查一下。共和伯怎么执政的？”

“主公，属下一直追随主公左右，对于这个事情并不清楚，星岚当时在场。”火云退到旁边，星岚上前给荣夷公鞠了个躬，然后陷入了回忆。

国人暴动，王宫被血洗，大街上浩浩荡荡都是像疯了一样的国人，他们有的扛着锄头，有的拿着刀具，高喊：“血债血偿！”当天国人围攻召公府，共和伯也去了，表面安抚国人，私下建议召公派兵镇压，召公不忍百姓血流成河拒绝了共和伯的提议，并且交出了太子。共和伯看见召公交出太子时脸色不好，但是并未阻止，国人拉着太子去了城北万人坑，在万人坑前点火烧死了太子，太子当时嘴巴被塞上了布，所以没有听见一声叫喊。太子死了以后，国人抓住了想逃跑回卫国的李卫，国人把李卫从马车上拉下来，不管李卫怎么跪地求饶，你一锤我一斧地砍向李卫，没过多久李卫就成了一摊肉泥。场面简直惨不忍睹。因为找不到厉王，国人回到了明堂，召公、周公还有共和伯都去了，申侯因为痛失王后没有到场。国人当中推荐了一个名叫晏阳的带头人和召公、周公谈判！晏阳是镐京城内著名的书法家，各国诸侯求他墨宝的络绎不绝，他生活节俭但是乐善好施，在国人当中有很高的威望。他除了接济贫苦百姓，还收养了很多无父无母的孤儿，在国人眼中是“大善人”。但是这个人从来不问世事，这次不知为何站了出来。周公、召公对晏阳也是以礼相待，虽然单逨已经带着大军进城了，但是对国人并未伤及分毫。成千上万名国人与奴隶围了上来。

周公首先说道：“诸位，请安静！我是周和，今日，我和召公一起来看望大家，有事好商量！下面，请召公跟大家讲几句。”

召公虎望了望不断向他和周公和涌来的国人和奴隶，一眼望不到边，遂扯开嗓子大声讲道：“诸位，我们都是大周的子民！自大周开国到现在，已过去二百余年了。二百年来，我们在大周的保护下，农林牧渔，繁衍生息，其乐融融。只是近两年来，王上受奸臣蛊惑，增加赋税，加重劳役，甚至利用卫巫，滥杀无辜，致民不聊生！诸位，王上已离开镐京，我和周公来此，代表朝廷，大家有什么要求，有什么条件，可派代表提出来，只要能答复的，我们即刻答复！”

晏阳早就听闻周公和、召公虎的英名，今日见二公着冕服威武庄重，崇敬之感油然而生。他趋前问道："二公英名，早已听闻，只是不知，二公可主朝廷之事？"

"年轻人，请放心！"周公和应道："王上离京，我们位列三公，有权主持朝政。"

"王上离京？"晏阳质问道："难道昏君还会回来吗？你们还准备迎接这个暴虐无道的昏君再回来？"

"若王上不改初衷"，召公虎应道，"我们也不欢迎他再回京！"

"不是欢迎不欢迎的问题，昏君滥杀无辜，血海深仇，只要他回来，"大虎上前一字一顿地说道，"血债要用血来还！"

"可国不可一日无君！"周公和说。

"我们不管，只要昏君回来"，国人一起斩钉截铁般说道，"定杀不饶！"

"好吧，那就不欢迎王上回来。"召公虎接过话来说道，"可是国不可一日无君，若大周没有了天子，这个国家还不乱套了？"

"二公大义大德，我等也知国不可无君，我们推出一个新君即可！"晏阳说完这句话，国人都点头表示同意。

"昨日，我已将太子交与诸位了，现在无君可立！"召公想到自己的儿子被这些人活活烧死，内心还是很难过。

"既然如此，那就推选别人，我看召公、周公二位仁德，就可做王。"召公、周公听晏阳这样说，忙摆手道："晏阳兄，莫要胡言，我们二位祖上承蒙大周诸王重用，内存感激，怎么敢谋朝篡位呢？我们二公只想辅助周王室让百姓安居乐业。我等对大周忠心耿耿！"

"召公、周公忠心天地可鉴，觉得谁可堪当重任？二位看共和伯如何，他是厉王的哥哥，大周王室的血脉，爱民如子，他管辖的共国，百姓安居乐业。此人是否比暴虐的厉王更合适做大周的王呢？"晏阳刚刚说完，人群中高呼："共和伯！共和伯！”周公、召公互相看了一眼，彼此都不开口。这时共和伯上前深深地给国人鞠了一躬，然后摆手示意国人安静，他大声说：“我身为姬氏子孙，因为不能阻止王弟暴虐，不能让我大周子民安居乐业，我是大周的罪人啊！像我这样的罪人怎么配成为你们的王呢？每想到国人生活在水深火热之中，我夜夜不能寐。我只想做一个忠臣，为百姓多谋些福祉，帮助王上治理国家！希望你们都丰衣足食。”共和伯痛心疾首地说完这些，还流下了两行清泪！国人一看共和伯这样说更是情绪高涨，认定了共和伯是他们的新国君。

“好吧！我们商量一下。”召公和周公看到情况如此，也不得不推举共和伯，因为现在除了共和伯也没有人有资格做国君。召公和周公说了他用脉儿换太子的事情。两人商定，先让共和伯暂时执政，后期再想办法让他把王位归还给太子，只是现在他们还不能跟任何人说太子还活着的事情！

“我们一致认为共和伯是新国君的不二人选！同意你们的条件！”周公和应道：“你们还有什么条件一并提出来吧！”

“共和伯作为新国君，周公、召公要继续辅佐共和伯，依旧位列三公之列！”晏阳说完这些，共和伯嘴角一抽，眼睛死死地盯着他。召公听晏阳说完这番话惊讶得说不出话来，原本以为晏阳可能是共和伯的人，但是他把自己和周公安排在共和伯身边，这样看来他应该不是共和伯的人。不管怎么样，他和周公正不知道如何给太子守着原本属于他的大周天下，晏阳这样说正好帮他们解决了这个难题。周公明白召公所想：“诸位放心，我和召公一定辅助共和伯，还大家一个太平盛世。”

“我和他们商议一下，然后告诉二公我们的条件！”晏阳从头到尾都没有看共和伯一眼，但是他知道共和伯一直在盯着自己看，他微微一笑然后转向国人。

晏阳看着太庙周围及远处聚集了十几万国人和奴隶，并且还赶来了不少居住在野上的庶人，但是很难找出几个主事的。晏阳和大虎分头找来几个自己熟悉的人，然后聚在广场东南侧的钟楼前商议。有人支持和谈，有人反对和谈。

晏阳不想再闹下去了，现在的情况再闹下去反而对国人不利，他明白这次暴动里面有很多不怀好意的人。他主张和谈，最终大家同意了他的主张。晏阳提了几条和谈条件，众人也各自提了几条，最后晏阳归纳成三大条件。

在晏阳等人商议和谈条件之时，周公和与召公虎靠着马车轻声交谈。

“召公啊！”周公和徐徐说道，“让共和伯执政，我这心里有种说不出来的恐惧，可是又不知道哪里有问题。”

“我跟你一样的感觉，跟共和伯认识这么多年，好像从来没有看透他。只当他清心寡欲，与世无争，如今看来却是看错了人。一个人能隐藏这么多年不简单啊！想替太子看好这王位是道阻且长啊！”

“想想当年的周公和召公，大义凛然，大公无私，力保大周延续至今！”召公虎亦异常敬佩当年的周公与召公。

“是啊！我辈当效之！”

“应该的。时局至此，我们二人必须力挽狂澜！替太子守护好这大周的江山！”

……

午时，晏阳、大虎带着国人中愿意站出来的十余人挤进人群，穿行到周公和的马车旁。

“让二公久等了！”晏阳向周公和、召公虎行礼。

“没关系！”周公和马上问道，“商议得怎么样了？”

“已商妥，主要有三个条件，只是不知二公是否答应。”

“请讲！”周公和迫不及待地想知道是哪三个条件。

“第一条”，晏阳讲道，“不许昏君回京，若昏君回京，定杀不饶。”

“好吧。”周公和答应下来。

“第二条”，晏阳接着讲道，“免除京畿地区百姓三年赋税劳役，给予被冤杀者和在抗议中伤亡者一定补偿。”

“这……”周公和犹豫不决。

“没问题！”召公虎接过话答应下来，他望了望面前的大虎，想到大虎是他的奴隶，又补充道，“不仅如此。大虎是我府上的人，从今日起，恢复其国人籍，我再赠送十亩良田！”

“谢召公！”大虎向召公虎深鞠一躬。召公虎知道大虎是国人暴动中一名参与主事者，先以利诱之，收服之。

“不用谢！只要你能过上好日子即可！”召公虎异常和善，之后他转脸面向晏阳，问道，“那第三条呢？”

“第三条”，晏阳十分严肃地讲道，“惩办奸臣帮凶，诛杀荣夷公。”

“这是自然！”召公虎应道，“对于祸国殃民之败类，必除之！”

“空口无凭，可否出具凭证？”晏阳希望留下凭证，并以此说服国人与奴隶。

“当然可以！”周公和应了下来，然后转身安排马车御手道，“六儿，从车上取一捆竹简和一把刻刀来！”

“诺！”

一会儿，六儿将一捆早已连接好的竹简和一把刻刀呈给周公和。周公和展开竹简，右手执刻刀，而后蹲下来，将竹简置于右膝上，刻起字来。周公和年过半百，执刻刀的右手颤抖不已。

“周公，还是我来吧！”召公虎要求由他来刻字。

“也好！我确实老了，手都不听使唤了。”

在周公和要将竹简和刻刀交给召公虎的当儿，晏阳恭敬地说道：“晏阳书写出身，愿意为二公代劳，二公在行文后刻上自己的名讳即可。”

“好，如此甚好！”周公转手将竹简和刻刀交给了晏阳，晏阳半蹲下来，将竹简置于右膝之上，飞快地刻起字来。周公、召公看晏阳刻的字笔法刚毅，字迹清秀，普通的竹简因为晏阳的字竟变得闪闪发光，这不由得让周公想到小时候见过爷爷珍藏的一幅书法上面的字体，竟和晏阳的字体有八九分相似。

不久，晏阳将刻好的和谈条约交与周公和，周公和与召公虎读罢，分别刻上了各自的名字。然后召公虎将竹简交与晏阳。

晏阳接过竹简，展开看了看周公和与召公虎的签名，向周公和与召公虎深鞠一躬，然后说道："我们马上劝乡亲们回家！"

周公和与召公虎同时向晏阳点了点头。他们均对晏阳有了好感，同时也有疑惑，总觉得晏阳这样的人不像一个市井先生，身上更多的是一种贵气！

晏阳将竹简向头上举着，同时向国人和奴隶们大喊道："乡亲们！乡亲们！周公和召公是我们敬仰的人，他们答应让共和伯执政；他们答应不让昏君再回来；他们答应免除京畿百姓三年赋税劳役，并给予被冤杀者和在抗议中伤亡者一定补偿；他们答应惩办奸臣帮凶，诛杀荣夷公。他们是守信之人，他们签下了和谈条约。我相信他们！乡亲们相信不相信？"

大虎带头喊道："相信！相信！"

众国人与奴隶呼应道："相信！相信！相信！"

一阵呼应之后，晏阳再次喊道："既然大家都相信周公和召公，我们各自回家，好不好？"

"好！好！好！"众国人与奴隶呼应。

"散了吧！散了吧！"

晏阳招呼众人散去，可无人愿意走。他想，他若不带头先离去，众人还是不愿意离去。于是，他再次向周公和与召公虎深鞠一躬，然后手持竹简带着大虎离去。

众国人与奴隶看着晏阳和大虎等人离开，他们传说着和谈内容，均认为条件尚可，相继离去。聚集在明堂四周的国人和奴隶实在是太多了，浩浩荡荡地离开都用了两个时辰。

"我是跟随最后一批国人离开的。我们离开后周公、召公还有共和伯才离开。"星岚说完这些话后，又补充道，"主公，现在全镐京都在通缉你，你在衢晞堂住一段时间吧！”星岚打心里希望荣夷公能多留在蘅晞堂。在星岚的心里荣夷公是不食人间烟火的，是神圣不可侵犯的。她知道荣夷公内心一直有个人，曾经她去打扫主公的卧房时看到过房间里挂着的那幅画。她知道她不该对主公这样的人有半点念想，她只是希望主公能快乐一点，主公笑起来一定特别好看。

“火云，你去查太子的事情。星岚，你打听这个晏阳，摸清他的身份！其他人还是不变，继续做自己的事情。我回屋了，如若没事，不要来扰我清净。”荣夷公拖着宽大的黑色丝绸衣裳上了楼，留下了一屋子等着吩咐的下属。走到栏杆处他突然回头说道：“安插一个人到共和伯身边去，一直把这个老狐狸给忘了。”等火云、星岚他们抬头时，荣夷公好像什么都没有说一样慢悠悠地上着台阶，消失在台阶的尽头。

第十四章

单速从军

单速带着姬静和原野一行人回到了单公府，母亲王可儿见单速回来，一把抱住单速眼泪就掉了下来。前日她就收到召公府送来的信件，说速儿带着太子来单公府，镐京到丰京只需要几个时辰，然而几日都过去了，一直不见单速回来。派人去寻找都回来说镐京国人暴动，到处都是流离失散的人，王可儿每日都在门口等待，生怕单速有任何意外："速儿，我的速儿，终于回来了！"

"母亲，我回来了！是速儿不孝，让母亲受惊了！"单速见母亲紧抱自己，用手拍拍王可儿的后背安慰地说道。

"伯母只担心速哥哥，都看不见我们这一堆人呢？"原野嘟着嘴故意撒娇地说道。王可儿看见一个跟速儿差不多大的女孩，白白的脸蛋，圆溜溜的眼睛。梳着一个高高的马尾辫，穿着一身马术服，嘟着粉嘟嘟的小嘴，甚是可爱。细细看着五官，一下子想起来了："这是原野，是原野对不对？"

"伯母，还是你最疼原野，速哥哥见到我都没有认出我，还是我先认出他来的呢？"原野跑过去摇着王可儿的手佯装生气地朝着单速瞪眼。王可儿笑眯眯地看着原野和单逑嬉戏打闹，觉得此刻特别的幸福，可当眼光落在另外两个六七岁的孩子身上时，特别是一个气质高贵，所有人都在笑，只有他低着头，眼睛里还有一丝丝忧伤的孩子时，她知道这个孩子一定是太子。这时单逑也发现了自己的母亲在看太子殿下，忙说：“母亲，我把弟弟静儿从镐京带回来了。”说着便把姬静拉到母亲身边。王可儿看单逑的举动，便明白除了单逑其他人现在还不知道姬静的身份：“哎哟，你看我老糊涂了，只当你一个人回来了，静儿都生母亲的气了。”她在姬静面前蹲了下来，用手紧紧地抱着姬静，抚摸着他的后背说，“好孩子，别怕！母亲在这呢。”姬静被王可儿这么一抱，突然想到自己的母后曾经就是这样抱着自己的。又听那句“母亲在这”像极了他小时候受伤时母后拍着他的后背跟他说的“静儿不怕，母后在这呢！”一下子哇哇地在王可儿怀里哭了起来。众人都以为姬静是这一路吓坏了，只有单逑和单夫人知道姬静内心的苦楚。单夫人知道姬静小小年纪居然能承受那么多，能一路上都控制自己的情绪并且不外露自己的身份，打心里佩服和疼爱这个孩子。

单逑走了过来，跟母亲介绍了早早他们四兄弟并说应该回房间里说话。单夫人才想起来一时激动，竟忘了让孩子们进屋了。单夫人抱着姬静一直不愿放下来，一路抱回了客厅。单逑把这一路上的所见所闻都跟自己的母亲详细地讲述了一遍。

“想不到我们小野居然学做强盗了？”

“伯母，你就不要取笑小野了，我是因为特别想见伯母才不得已而为之。”

“哦，想见我不来丰京看我，去镐京找我，这是不是有点舍近求远呢？”单夫人歪着头，笑意盈盈地看着原野。众人听单夫人这样说都大笑了起来。原野看着单夫人，知道她是故意打趣自己，只好硬着头皮说：“伯母我知道你最想看到的就是逑哥哥，我想去镐京把逑哥哥带回来作为我们见面的礼物，你一定会很开心的。”

“你呀！就数你古灵精怪。”单夫人想伸手点原野的头时，发现自己怀里的姬静已经睡着了。

“殷管家，你带着单棠他们四个去休息，原野还住她之前的房间。”原野听到单夫人这样吩咐内心十分感动，年少时居住的房间在离开后一直为自己保留着。单棠兄弟四人跪谢了单夫人的收留，和原野一起跟随殷管家去看自己的住处了。单速看着睡着的姬静对母亲说：“太子在得知王后和姬脉死了之后就没有睡过好觉。母亲还是把他放在我的房间和我一起睡吧！”

“太子是个可怜的孩子，脉儿更是可怜。好好的一个孩子说没就没了！”单夫人说着就流下了眼泪。她想起了单老夫人，忍住悲伤对单速说：“速儿，你回来应当去看看你祖母，祖母一直记挂着你，脉儿的事情就不要告诉她了，免得她的身体受不住！”

“母亲放心！我这就去拜见祖母！”单速向单夫人鞠个躬，然后退出客厅往老夫人的房间走去。单速离开后，单夫人望着怀里的姬静发呆，姬静向自己的怀里拱了拱，选择了一个舒服的姿势。姬静找到了久违的安全感，睡得正香。看着这个孩子，想到雅儿也是他这么大的时候离开自己的，那个时候她也是这样抱着雅儿，雅儿说：“母亲，我走后，你再要个小弟弟替我陪着你。”当时的场景历历在目。单夫人把姬静抱起来，蹭了蹭他红扑扑的小脸。虽然后来有了速儿的陪伴，可是只要看到五六岁的孩子，总会想起雅儿，眼泪就不由自主地流了下来。她把姬静抱到单速的卧室，希望有速儿的陪伴他能淡忘这些伤心的事情，回到像他这个年龄的孩子。她坐在床头看着姬静，只想多陪陪这个孩子。内心更多的是担心单琳儿，想必她现在的心情比当年自己失去雅儿更痛苦。雅儿身患恶疾无药可治，脉儿却不一样，他身体健康、聪明伶俐、爱笑、听话，却要亲手把他交给别人活活烧死，这跟自己杀了他有什么区别？她能理解琳儿的痛苦和无助，只是希望她坚强地挺过来。

“啊！不要杀脉哥哥，不要杀我母后！求求你们！你们杀了我吧！不要杀我母后！不要杀我脉哥哥！我才是太子！”姬静睡着的时候嘴巴一直呢喃着这些话，单夫人听了这些话立刻抱住姬静，轻声安慰道：“静儿不怕，母亲在这！”姬静突然惊醒坐了起来，看见单夫人号啕大哭：“是我不好！是我害死了脉哥哥！”他终究只是一个六岁的孩子，一直的隐忍还是会在某个时刻爆发。单夫人不知道应该怎么样去安慰姬静，只能紧紧地抱着他，让他放肆地哭，直到他哭累了又睡了过去。单速回来，单夫人跟他说了姬静的事情。单速说：“母亲，脉儿的死我也很难过，更何况静儿还失去了母后。我要是能替脉儿去死就好了。”听见单速说出这样的话，单夫人赶忙捂住单速的嘴巴：“速儿休要胡说，你若有个三长两短，母亲怕是也活不下去了！答应母亲，不管任何时候都要好好活着，相对于光宗耀祖、荣华富贵，都没有你的生命珍贵！”单速想到姑姑为了救脉儿发疯和救不了脉儿时那绝望的神情，明白了母亲这些话的含义。“嗯，母亲放心。速儿会好好地活着的。”

国人离开了明堂之后，共和伯拜别了召公、周公二人，上了回府的马车，卸下一直伪装的笑脸，越想越气，手紧紧地握着，眉头阴郁地对身边的随从说：“通知晏阳晚上来府见我！”今天晏阳带头让召公、周公辅政的行为让他差点儿失控，苦心筹划三十年，好不容易登上王位却要受制于人。没想到晏阳居然摆了自己一道。还有太子没有死，这个王位坐得并不稳固，首要任务还是尽快除去太子，要不然太子随时会威胁到自己的王位。一切还需要慢慢地筹划！不管怎么样他成了大周的天子，整个大周都是他的了。想到这里，他露出了喜悦的笑容。其实他更想飞快地跑去母亲的墓前告诉她这个好消息，想必母亲也会高兴吧！从小他就是一个姬妾生的孩子，虽贵为王子，可是因为母亲身份低下，他在王宫受尽冷落、欺辱。同样都是父王儿子的姬胡却因为生母是王后，受尽万般宠爱，哪怕自己“通五经、贯六艺”都比不上姬胡半分。父王不曾拿正眼瞧过自己，甚至都不记得有这么一个儿子。这些他都不在乎，只想和母亲在宫中安稳地生活。母亲不争不抢，也只想守护在自己身边。可是即使这样也不能如愿，母亲抑郁而终。那时他便明白了，只有自己强大了才能做想做的事情，保护想保护的人。今天他做到了！他成了大周至高无上的天子、万人敬仰的天子！再也不是那个任人欺凌的姬和了！

召公在共和伯离开后，匆匆地跟周公告别，因为他还要去死牢里面放出芮良夫。芮良夫还不知道国人暴动、王上出逃的事情，只当大王要取他的性命，召公是来送他最后一程的。“我命休矣，清露拜托召公了！”召公听芮良夫说出这样的话，才想起芮良夫不知道外面的事情，便对狱卒说：“快！把门打开！”

“召公，你这是做何？我不会出去的。”芮良夫以为召公私自放自己离开，坚决不出监狱的门。召公不知道要怎么跟芮良夫解释发生的一切，只好说道：“国人暴动，大王出逃了！你快随我出来吧！”芮良夫听召公这样说，觉得难以置信，但看召公的表情也不像哄骗自己，而且召公也不会拿国家之事开玩笑，便拉着召公坐了下来。两个人在牢狱里坐了半天，召公才把事情的来龙去脉讲清楚。芮良夫听召公说完之后久久不能言。一是对王上出逃不能归、共和伯执政难过，毕竟在他的心里厉王姬胡才是真正的王，才是先王定下的大周天子！二是对于召公舍子救太子的行为满是敬佩，自己也为人父，试想若用清露换太子性命他恐怕是做不到！召公看芮良夫沉浸在自己的世界里，便对他说：“你还要回朝廷替太子守护好这王位。”芮良夫听召公这样说，错愕地说：“那是自然，我拼了这副老骨头也会替太子看好这大周江山。”两个人相视一笑，目光坚定。彼此搀扶起来一起出了牢门，去往召公府接清露回家。旁人都说清露坚强，却不知道这个孩子外刚内柔，不忍父亲担心强装而已！单龚也来到了召公府，召公让单龚去看望单琳儿，当他见到琳儿时简直不敢相信自己的眼睛。宽大的床上躺着一个形容枯槁的人，蓬乱的头发随意地散着，眼睛空洞地望着屋顶，如果不是看见那胸口微弱的起伏，都不敢相信这个人还活着。单龚慢慢地走到琳儿身边，忍着内心的悲伤和心疼说道：“你看看你现在像什么样子？还有半点我们单家女儿的样子吗？你只想你自己难过，你考虑过召公，考虑过年迈的母亲吗？”一提到召公，单琳儿毫无生气的眼睛突然狠毒起来，她用仅有的力气抓住身边的枕头扔向单龚，用嘶哑的声音咆哮着："滚！给我滚出去！"单龚看着自己的妹妹接近疯狂的态度，语气软了下来："琳儿，脉儿走了，你还有容叶，他还小，不能没有母亲。"想到容叶，单琳儿又机械地躺回床上，她又何尝不是为了容叶呢？如果没有容叶，只怕自己早就随脉儿去了。她听不清哥哥在说些什么，只知道哥哥在她床前说了很多，大致是安慰自己的话。道理谁都懂，可是那种剜心之痛谁能明白呢？单龚看着躺在床上一动不动、不知道在想些什么的妹妹，无奈地摇了摇头出去了。单龚走后，单琳儿眼角不停地滑下泪珠。而一直焦急地守在门口的召公看见单龚出来忙问："大哥，琳儿怎么样了？"单龚看见召公，又想到躺在床上生不如死的妹妹，伸手就朝召公脸上挥了一拳。召公虽从小学武，但是没有想到单龚会出手打自己，所以生生地挨了一拳摔倒在地。他一脸不解地看着单龚，擦了擦嘴角的血问道："大哥，这是为何？"单龚不搭理他，现在的他心情糟糕到了极点，他明白也理解召公的处境，只是看到琳儿这个样子，想到脉儿活蹦乱跳的身影，实在是控制不住自己。但是如果自己是召公，在国与家之间，也会选择舍家为国吧！风轻轻地吹着，傍晚的天空有点暗沉，西边的云彩五颜六色。召公坐在地下也不起来，他的内心何尝不难过呢？虎毒不食子，他居然亲手将自己的儿子送给别人烧死。琳儿怨恨他，说老死不相往来，只怕她此生都不愿再见自己了。想到脉儿跟自己在一起的点滴，小小的身影跌跌撞撞跑向自己怀里，他也恨自己！只要一闲下来，脑子里就浮现出脉儿绝望无助的眼神。两个人都一言不发地梳理着自己的思绪，召公虎索性四仰八叉地躺在地上看着天空中的夕阳。这时芮良夫和清露走了过来，清露把当天的事情都跟父亲说了一遍。她不愿意跟着父亲回家，脉儿的离开受打击最大的人便是召公夫人。夫人待她就如亲生女儿一样，她怎么能在这个时候离开？她想多陪陪夫人。芮良夫也赞成清露的做法，这次他入狱清露成长了不少。

"召公、单将军，九月的天气渐渐地寒冷了，我扶你们去屋里休息一会儿吧！"清露顺势扶召公起来，召公对单龚说："大哥，里面请！"单龚打过召公之后就后悔了，只是武将出身的他看着依旧对自己恭敬的召公，而且还是官阶比自己大的妹婿，内心被召公宽宏大量的气度折服了！不管是单龚还是召公，内心深处最担心的人还是单琳儿，他们都不希望看到一个放弃自己的琳儿，希望琳儿还是原来那个开朗乐观、飞扬跋扈的琳儿。可是他们也明白脉儿的事情对琳儿打击太大了，原来的那个琳儿再也回不来了，现在他们只求琳儿能健康地活下去！

“单将军，召公夫人现在怎么样了？”芮良夫提了大家都不想提的问题。单龚抬着迷蒙的双眼，即使是久战沙场看多了生离死别，此刻的他忍不住内心的难过。他和单琳儿一母同胞，母亲若是知道琳儿这样，还不哭昏过去。“我劝了半天她也不说话，不吃不喝，没有半点求生的欲望。”单龚说完就垂下了脑袋。芮良夫听到单龚这样说，重重地叹了口气。召公却什么也没有说，眼睛直直地看向前方，他什么也不能做，什么也做不了，哪怕见琳儿一面的机会都没有。清露看着这群人说道：“也许有个办法能让夫人有活下去的力量。”召公惊讶地抬头问道：“有何办法？”

“夫人爱子如命，容叶便是夫人活下去的希望，从今天起把容叶丢进夫人房间，让夫人亲自照料容叶。”他们三人一致认为清露说的这个办法可以一试，召公第一个冲出门去，跑到容叶的房间命人将容叶抱给夫人，不管容叶怎么哭闹都不许下人去哄。

容叶进入房间后，看着躺在床上的母亲，以为母亲睡着了。“母亲，你快起来，起来陪容叶玩。”不管容叶怎么喊，琳儿都不理不睬。容叶爬上床去，一会儿抠抠琳儿的眼睛，一会儿抠抠琳儿的嘴巴，嘟嘟囔囔地叫着。单琳儿知道是容叶，看见容叶就更想念脉儿，一直闭上眼睛，眼泪还是不由自主地流了下来。容叶看见母亲流眼泪了，笨拙地用小手给琳儿擦眼泪，并学着琳儿哄她的方式轻轻地拍着琳儿的肩部说：“母亲不怕，容叶在这。”容叶不停地拍着母亲说，可是琳儿的眼泪还是没有止住。不知所措的容叶哭了起来。琳儿听见容叶无助的哭声坐了起来，抱着容叶，母女二人抱在一起哭成一团。召公在门外听见琳儿放声大哭，知道她已经有了生的希望，擦了擦眼睛落寞地离开了，还有更重要的事情等着他，今夜的康穆宫灯火通明。周公、召公传令各位大臣连夜上朝议事。

天渐渐地亮了起来，淡青色的天边犹如散落的粉红颜料，在粉红色下面，又有着无数道金光想要冲破束缚，大放属于它的光彩。共和伯身穿玄衣，衣裳上面绘绣着闪闪章纹，细细一看才发现是九章纹冕服。衣裳之下，衬以白纱中单。下身前有朱色蔽膝。衣服中间用最好的黑色织锦缠着。他一步一步走向康剌宫的金漆宝座，腰间的羊脂玉饰随着他那坚毅的步伐一起一伏发出悦耳清脆的声音。他盼这一天太久太久了，久到多一天都不想等。召公他们说登基大典需一个月后举行，他何尝不想要一个万民跪拜的仪式，只是他怕夜长梦多，他更怕厉王回来，所以他说以民为先，念天下苍生的德，不必耗费钱财举办登基大典，只待姜太宗命人选定吉日去祭拜祖宗即可。他可以不在乎仪式，但是他一定要祭祖，让他的父王在九泉之下看看现在大周的天子是谁，也让自己的母亲看看，她心心念念的儿子终究是有出头之日了！

共和伯坐在王座之上接受百官朝贺俯视天下，改年号共和。召公在大殿之上读了《共和之诰》："先王之治天下，以敬天法祖为首务。文武丕平，富不务咎，底至齐信，用昭明于天下，然后休养苍生，共四海之利为利、一天下之心为心，保邦于未危、致治于未乱，夙夜孜孜，寤寐不遑，为久远之国计，庶乎近之。寡虽不及先王但心之近之。"百官再拜！周公起身读了姬和第一条即位令："废除专利，免除京畿地区百姓三年赋税劳役，给予被冤杀者和在抗议中伤亡者一定补偿！"即位令一出全民跪拜，举国欢庆，从此姬和在国人心里就是治世明君。

姬胡在被荣夷公追杀时知道调动不了周八师，命令姬胜等人改道去了周朝边界的彘。他认为那里离镐京不远，随时可以打探镐京的消息，而且便于周公、召公平定暴乱之后接他回去。在姬胡的心里他还是这天下的王，只不过是被荣夷公设计了一下。想到王后依依时他还是愧疚的，这些年来，依依陪伴在他左右，为他生下静儿、友儿，可恨的是这群贱民。想到这里他使劲往地上一捶，地上的石头四溅。姬胜把烤好的鱼递给姬胡，姬胡看见鱼一阵恶心，这些日子以来每日顿顿吃鱼，这黄河边上除了鱼还是鱼，闻一闻自己身上好像都有一股鱼腥味，感觉自己都快要变成一条鱼了。他不情愿地接过鱼，看着姬胜和将士们津津有味地吃起来，自己却怎么也吃不下。姬胜他们行军打仗连树皮、杂草都吃过，现在能有鱼吃对他们这些将士来说那就是上天的厚赐。然而姬胡不一样，他一出生就贵为太子，即使带兵出征他的天子规格也不能降，现在让他连吃几天的鱼已经超越了他的底线，他也知道这是姬胜他们抓住的最大的、烤得最好的鱼了。他还是放下手中的鱼，随手递给了在他身边候着的仓科，仓科跟随姬胡这么多年，自然也知道他吃不下去，便安慰道："大王，等咱们过了这黄河，我便去寻些合大王口味的吃食来。"姬胡看着他点了点头，没有说话。看着漫天黄沙、惊涛拍岸，滚滚黄河水雄赳赳、气昂昂地奔向远方。如此大好河山现在他都无心欣赏，只想快一点离开，到达霍伯府。

终于到达霍伯府，姬胜对门喊道："大王驾到，还不去速速禀告你家主公前来接驾！"门童看见门口站着八九个人，细细打量这几个人，衣着破烂，蓬头垢面，一看就是从哪里逃荒过来的。他吐了口口水，用手一推鼻子说道："哪里来的臭要饭的，也不看看这是什么地方，容得你撒野！"姬胜一脚把门童踹倒在地："滚，叫你们家主人出来。"门童被打，霍伯府的府兵以为有人来闹事，把这九人团团围住。管家霍宽出来看见了姬胜将军，他随老爷去镐京朝贺时见过姬将军。"姬将军，老奴给你行礼了！"说着就鞠了个躬。姬胜知道他是霍伯府的管家，便对他说："让霍伯速来接驾！"霍宽从未见过天子，但是听姬胜这样一说，立刻弯腰退回府内告诉了老爷。霍伯听霍宽禀告，来不及整理衣冠就出来接驾了。

姬胡沐浴更衣之后畅快地吃了霍伯准备的食物，心情大好！这霍伯府的吃食虽不及王宫的好，但实在是要比这一路走来的食物好千万倍！姬胡吃完之后在霍伯府的正厅正式接见了霍伯。霍伯告诉他共和伯登基了，现在的年号是共和，周公、召公答应国人不许厉王回宫！厉王听到这些消息刹那间懵了，回过神来从正厅的椅子上跳了起来大叫："反了，反了，连召公、周公都反了！"宽大的袖袍甩到自己的眼上，厉王负气地一扯，把袖袍狠狠地甩了下来，使劲地撕了又撕，恨不得这些袖袍的布匹就是共和伯，就是那群暴民，他想把他们撕得碎碎的。他对着姬胜、霍伯大叫："滚，滚出去！全部给寡人滚出去！"等所有的人都出去之后，留下的姬胡第一次感觉到了凄凉。他贵为天子，从小父王、母后就告诉他，他将来是要做天子的人，喜怒哀乐都不能流露出来。从不轻易流泪的他哭了起来。只是没有想到最后得到这天下的居然是自己那个懦弱无能的哥哥，那个对自己马首是瞻、任自己侮辱的哥哥！哈哈！一个自己从来看不上，连与他说句话都不屑的人，最后居然夺了自己的王位。自己怎么对得起父王临终之前的托付，怎么能对得起处处为自己谋划的母后？百年之后自己又有何颜面去见祖宗？他没有了王位，没有了依依，没有了子嗣，他成了一个一无所有的天子。不！现在的自己已经不是天子了！他成了一个一无所有的人！甚至不如平民百姓！这样的自己连自己都看不上，连自己都嫌弃！他披头散发地坐在地上，一动不动！

霍伯出去之后就命人给召公带了信件，告诉召公厉王现在在霍伯府，询问召公如何安排厉王。他之所以没有直接上报给姬和，是因为他虽讨厌厉王的所作所为，但他才是大周真正的天子。他远居这霍伯府也是历代先王的恩赐。如果他直接报给了姬和，怕刚成为新君的姬和会对这个已经退位的厉王痛下杀手。

召公接到霍伯的信件时已经是黄昏了，没有来得及用膳就赶去了康刺宫。在康刺宫里他看见姬和正在处理政务，论起勤政和能力，姬和要比厉王强多了，姬和执政没几天就把大小政务处理得井井有条，并且也不排斥他们这些老臣，量才而用，知人善任！只是他对于姬和的性格拿捏不准，不知道他会如何处置厉王。姬和听说此事之后说："若迎王弟回宫，寡人失信于民，召公认为寡人该如何决策？”召公接到霍伯信件时也是思虑了很久，厉王去霍伯府的事情肯定瞒不了大王，与其一直躲藏倒不如看看大王如何处置厉王！只是没有想到大王又把这个问题抛向了自己，只能硬着头皮答道：“王上，我等答应国人不许厉王回京，若厉王回京必杀之，厉王是万万不能回京的！只是霍伯不知道应如何处置厉王。”

“让王弟留在霍伯府吧，不问政事，用心照顾，安享晚年！”姬和看着手中的竹简，头也不抬地继续忙着手中事务。召公惊讶于姬和的度量，如果今天王座之上的是厉王，可能就是另一番结果了吧。此时的召公是从内心佩服姬和的，但是也不排除姬和表面这样宽容，背地里使一些见不得光的手段。召公看着忙于政务的姬和说道：“大王，臣遵旨！”便退了出去。姬和抬起头看了一眼召公走过的大门，内心久久不能平静。他是不会杀了厉王姬胡的，他要他好好活着，永远也回不了这生他养他的王宫，偌大的镐京没有他的立足之地。他要让他看着自己成为这天下之主，看着这些原本属于他厉王的东西全部都变成了自己的。这样活着对厉王而言，比杀了他还要痛苦千万倍。

姬和无心处理政务，放下手中的竹简，一个人趁着月色走了出去。不知不觉来到了自己小时候和母后一起住的“柔仪殿”，门前的蜘蛛已经在古老的屋檐上织了厚厚的一层网，依稀还能看见小蜘蛛从这头爬向那头。母妃死后他再也没有来过这里，现在也没有进去的勇气，总怕进去之后那些回忆涌上心头。转身离开之后却听见从屋内传来低低的压抑的呜咽之声，循着这哭声轻轻地推门进去，看见一个两弯似蹙非蹙笼烟眉，一双似喜非喜含情目，态生两靥之愁的女子，蜷缩在角落，泪光点点。看着突然闯入的人立马吓得捂住错愕的双眼。微弱的灯光下，姬和看着这个衣着凌乱可是面容姣好的女子，看着她那躲闪害怕的眼神中却有几分倔强，像极了年少时的自己。内心涌出一种保护她的欲望，就像保护年少时的自己一样！姬和用前所未有的耐心温柔地问道：“你为什么在这里哭啊？”

“跟你有什么关系？你是谁？再不走我就叫人了？”琬贞用警惕的眼神看着眼前这个气宇轩昂的人。

“看你的装扮应该是宫女吧？是不是做错了事情被罚了？”姬和笑而不答。这个小宫女是不同于其他宫女的，她除了好看的面容还有着锋利的尖爪，佯装强势其实内心害怕得一塌糊涂。琬贞盯着眼前这个眉眼间都是笑意的人，虽是笑着但是身上那份贵气还是让自己有种压迫感，她只想尽快离开这个地方。

后来姬和知道了这个宫女名叫琬贞，知道了她的所有事情。而琬贞也在第二日的清晨接到了封妃的圣旨。琬贞要求入住柔仪殿，她只想住在这僻静、破落、无人问津的柔仪殿，只因为这是她和姬和第一次相见的地方，也是姬和从小生活的地方。在姬和的心里对琬贞更是多了一分疼惜。有些人一旦飞上枝头变凤凰时就想要一切好的，可是琬贞跟所有的人都不一样。也许从那刻起，琬贞在这个多疑善谋略的帝王心里就种下了一颗爱的种子。从此王宫之内多了一个宠冠六宫的贞妃。

姬和虽宠爱琬贞，但是对于政务向来都是兢兢业业。在姬和的心里他可以不管厉王的生死甚至可以照顾他，让他安心地活着，但是对太子静他从来没有放弃过调查。在他的心里厉王已经没有任何可能再夺回王位了，即使他想回来国人也不会愿意的，可是姬静不一样，如果任由他长大成人，总有一天他会成为他王位的最大的威胁。可是召公把姬静藏得太好了，整个召公府他居然安插不进去任何人，更不要说除掉姬静，即使是姬静现在住在召公府什么地方都不知道。得到的消息只是召公府的书苑和相连的房间所有人不得进入。可是对于召公他又不能随便寻个理由将他杀了。虽然他很想这样做，可是现在的时机还不成熟。当他看到单龚请求回到丰京的折子时，一直困惑他的问题迎来了新的转机。单龚就是一个突破点，一个能为找到太子姬静打开局面的人。姬和想到这里终于舒展了紧锁的眉头，在折子上面写了一个大大的“准”。

镐京又恢复到了以前的盛世，万家灯火，百姓安居乐业，整个大周一片欣欣向荣之景。单龚离开了镐京回到了单公府，依旧每日处理公务，闲余时间都会教单速兵法。因为单颂自小体弱不能上战场，所以单龚并不强制单颂跟着他学习。姬静每日看单速清晨天未亮就在院子里练武，于是早起跟着单速学习。单棠四兄弟也加入了练武和学习兵法的队伍。长久以往，单速对带兵作战有了浓厚的兴趣。一日，单速和单棠四兄弟在研究排兵布阵，“纸上谈兵，没劲！”单棠看着军事图一脸的忧愁。单速听见单棠发出的感叹，随即兴奋地说：“那我们去参军吧，大周律男子十三岁便可参军。”单棠和单棣听了单速的主意也很激动，因为他们两个也满十三岁了。但随即就冷落下来了，单速看着他们一副失落的表情便问：“你们是不想去从军么？”

“怎么会不想，做梦都想。当兵不仅要满十三周岁，还要是贵族子弟。”单棣说到后面声音变小了。他们都清楚自己的身份，当初若不是遇到单速，自己现在估计还是个奴隶，现在不仅和单速成为兄弟，单将军夫妇对他们四个都很好。每日和单速一起读书一起学习，单将军还亲自教他们兵法。现在又怎么敢去想从军的事情呢？能去当兵的都是贵族子弟，将来都是要封将封侯的。

单速明白了单棠他们的想法，知道他们为什么失落。单龚回府后，单速把从军的想法告诉了他。单龚听后特别高兴，单速从小就才智过人，而且对于兵法也有自己独到的见解。原本打算过两年再送他去军营锻炼，既然他现在想去便遂了他的心愿。同时单速也把想带着单棠、单棣的事情跟他父亲说了，单龚听后觉得也不是什么大事。让单龚犯愁的是另外一件事，他不知道该如何让可儿和母亲同意。单速看着父亲心事重重的样子问道：“父亲，何事让你忧虑？”

“速儿，你从军父亲是支持的，只是你母亲和你祖母那里怕是不会同意的。”

“父亲你放心，母亲和祖母那里，我自己去说。”单速知道母亲和祖母最疼他，只怕突然告诉她们他要去从军，她们无法接受此事，还是等他想到好的办法后再告诉她们。

谁知单夫人还是知道了这件事，她不吃不喝把自己关在屋里，谁叫也不开门。单速端着他母亲最爱喝的恬酒坐在门口。单夫人从小跟随父亲在军营生活，父亲每日喝酒时就用筷子蘸一点放在她嘴巴上，久而久之，王可儿爱喝酒且并酒量奇大。自从嫁入单公府王可儿就很少喝酒，单龚更是不知道，一日她酒瘾上来偷偷喝酒时被单速看见了。今日单速端着恬酒坐在门口也不说话，隔着门缝那酒香飘进屋内。单夫人告诉自己要忍住坚决不能出去，可是这酒真香啊！闻着酒香味就知道这酒肯定是昆仑山的冰水加黄河米发酵的。“母亲，你再不出来，我就把这酒送去给徐伯喝了！”单夫人听了这话内心焦虑，哎哟，这个臭小子，这么好的酒不早拿出来给我喝，现在居然要拿去送给徐伯。嗯，不行，我不能出去，出去就上了这个臭小子的当了，对，坚决不能出去！单夫人一个人在房间里走来走去，小声嘀咕着。单速知道母亲在里面跟自己较劲呢！他把一瓶恬酒哐当一声摔碎在地上，酒香四溢。

“哎哟，母亲，一不小心手滑酒摔碎了一坛。可惜了这么好的酒，听魏伯说这酒里加了蓝莓。”单夫人在屋里使劲地嗅了嗅，确实有股蓝莓的清香，酒虫都被勾引出来了。这个速儿肯定是故意把酒摔地上了，这么好的酒怎么就不好好珍惜呢？“母亲，你再不出来我就走了，徐伯等着我的酒呢！魏伯一共就送了两坛。”单速说着就故意把脚步声踩得大一点，还没有走两步就听见了咯吱的开门声，单速立马笑着一脸谄媚地对着母亲说：“母亲，你可出来了！”单夫人一脸冷冰冰地看着单速，时不时地瞄着单速手中的酒坛子。单速看到母亲的样子便笑着对母亲鞠躬：“母亲不要生气了，速儿陪你进去喝一杯。”单夫人任由单速搀着半推半就地进了屋。“速儿，你年纪小不能喝酒。”单夫人拿过酒坛给自己倒了一大碗。“母亲怕速儿抢了你的酒？速儿已经十三岁了，不再是个孩子了。”

“在母亲心里你永远是个孩子！”单夫人一边喝酒一边满足地说道。

“母亲，我肯定永远是你的孩子，只是孩儿现在已经长大了，速儿不能永远在你和父亲的庇护下生活。我们单家世代将军，速儿也要征战沙场，建立丰功伟业的。难道你希望你的儿子永远待在府里不问世事，像个孩子一样永远长不大吗？”单速坐了下来，也给自己倒了一碗酒，母亲并未阻止，只是略带忧伤地说：“速儿，你出生时你父亲就对你抱有很大希望，可是母亲只希望你好好活着，健康地活着，哪怕这辈子一事无成，只要你健康平安即可。你二哥的离开让我终身悔恨痛苦，你也看见姑姑失去脉儿过的是什么日子。速儿，母亲不想让你去从军。”单夫人说着拉着单速，眼泪汪汪地看着他，希望儿子能改变主意。

“母亲，我知道你舍不得速儿，好男儿志在四方，我会保护好自己的，单棠、单棣都跟着我去。而且我是去魏伯那里，他们都会保护我的。”

“我知道你心意已定，你从小就是个有主意的孩子。咱们去从军能不能留在镐京附近？不要去魏伯那里，那里实在是太遥远了，母亲舍不得你！母亲不难为你，就是希望你保护好自己，你是我的命啊！”王可儿知道单速主意定了很难更改，儿子想做的事情还是利国利民的好事，她作为母亲应该给予支持。只是想到单速要走，军营条件艰苦，不知道他能不能吃得饱，穿得暖，而且战场上刀剑无眼、出生入死的，就难过得流下眼泪。单速知道母亲难过，便站起来抱着母亲说：“孩儿这是去建功立业的，母亲应替孩儿高兴才是。”

第二日，王可儿早早地就醒了，找人给单速和单棠、单棣三人量尺寸，春夏秋冬的衣服都做了好几身，吩咐厨房准备各式各样的吃食。让人找来头棚的棉花，亲手给单速做了一件蓝色夹棉的风衣。单速三人走的那日，魏伯的马车被单夫人塞得满满的。单老夫人没有出来送，一直在佛堂念经。

第十五章 九死一生

单速三人跟着魏伯乘着马车顺着驿道马不停蹄地赶路，马车颠簸加上这一路上风餐露宿，魏伯心疼这三个孩子，一路上有什么好吃的好喝的都尽量紧着三个孩子。单速三人见魏伯比自己年长，知道魏伯心疼他们，凡是吃喝都让魏伯先用。“我们将会在前面休息一天，让你们看看大周的大好河山。”魏伯驾着马车对着单速他们三个说。

“魏伯，前面是什么地方？”

“到了你便知道！”魏伯也不告诉他们，三个孩子带着浓重的好奇心下了车。横立在他们面前的是一块上面刻着“终南山”的巨石。魏伯指着旁边的台阶小道对他们三人说：“我在山下等你们，你们爬上去！”他们听从魏伯的吩咐，说笑着一步一个脚印地向上走去。登上主峰南北眺望，看见了草原大漠的浩渺与恢宏，又看见了群峰的奇险与俊秀，单速感叹世间竟有这样的美景。这是在深宅大院的他从未见过的天地，单速张开双臂想拥抱这片山河，感受自己于天地之间的渺小又感叹天地的宽阔多样。他们三人徜徉其间，一步一景，美景使人心旷神怡、流连忘返、乐不思归。

“太阳落山啦！”单速听着单棣兴奋的欢呼抬眼望去，微风徐徐，聚集在太阳周围的云飘浮着渐渐散去，此时的太阳像个浓浓的燃尽天边的火炉，油亮亮地悬浮在天际线上。单速被这抹红惊艳了，他从来不知道太阳落山的时候竟是这么美。夕阳的余晖洒在山间的丛林里，花草树木披上了一层或红或黄的彩衣。此时的三人一句话都没有说，直到太阳消失在了天边，余晖也慢慢地散去。单棣最先从震惊里面走了出来：“速哥哥，太阳居然会这么好看。”单速他们被单棣的这句话拉回到了现实，是啊！每天抬头都可以看见的太阳在这片山岭之间却变得这么美丽这么壮阔。世界之大，大到平常之物都能颠覆自己的想象。山河之壮阔，壮阔到万事万物都深不见底。俯视着连绵起伏的山峦，内心的壮阔之情油然而生，在这片土地上总有一天会闯荡出自己的一片天地，他仿佛看见了一少年鲜衣怒马手持大刀，奔向沙场建功立业的身影。

三个人互相搀扶着下了山，魏伯带着他们来到山间的木屋里。木屋内整洁干净，最显眼的莫过于摆在竹椅上的一整块狐皮，通体雪白，毛泽光亮，即使远远地看着都感觉柔软无比。魏伯催促三人进来，并告诉他们这是自己来往于荆蛮和镐京的落脚点，之所以选择这里，大概也是贪恋这里的景色。有些时候不赶路程的时候，早起去采摘这山间野果，中午枕着太阳入睡，傍晚河边捉鱼或者登上山顶看着日落天边，这便是人生中最惬意的事情。单速看着魏伯，听着他发自内心的喜欢便问：“既然魏伯喜欢这里，何不留在这里？”魏伯听后哈哈大笑，爽朗的笑声让人恍惚间感觉好像刚刚怀念这里的不是魏伯而是另外一个人。“速儿，你年纪尚小，等你到了魏伯这个年岁便会明白，人在江湖身不由己。”魏伯的话让三个孩子陷入了深思。也许年岁太小一心只想闯荡世界，哪会有安定一处的想法。不一会儿在木屋休息的三人被一阵肉香吸引出来，魏伯在木屋外烤着野鸡。看三人过来，魏伯把一只烤鸡递给单速让他们三个分食，看着单速犹豫，魏伯知道单速是怕自己没有吃的，便对单速说：“地下还埋着好几只，今天管饱。”单逨他们大口地吃着肉，好像从来没有吃过这么好吃的东西，这一路上有时候赶不到驿站就在野外过夜，有时候是野菜，有时候是干饼。魏伯说行军打仗野外生存是必备的生活技能，从未像今天这样能吃到这么美味的食物。“魏伯，这木屋你很久不住，可是屋内一点灰尘都没有。”单逨坐在一边专心地啃着手里的鸡翅膀，一边等待着魏伯解开他的疑惑。晚上的凉风吹拂着魏伯苍老的容颜，满脸的络腮胡子微微地蜷曲，他满眼故事地指了指山下仅有的几户人家说道：“我曾经在山里救了一户老人家，他们为了报恩就会过来帮忙打扫。”

“那改日我们下山去拜访老人家吧！”单棠听到他们的对话不假思索地提议道。

“赶快吃，明日我们就要赶路了，此去荆蛮路途遥远，还是早日到达的好。”魏伯说着便自顾地吃起来了。单逨看魏伯的举动便猜到魏伯不想谈这段往事。深秋的夜清明而辽阔，单逨觉得此时此刻的星星比任何时候都要亮都要闪，就像银灰色的天幕上缀满一颗颗夺目的宝石，月亮洒下晶莹柔和的光辉，大地上的一切都变得那么雅致，那么幽静。

天蒙蒙亮，魏伯叫醒他们三人就赶路了。“今日要快马加鞭地翻过终南山。”魏伯一脸严肃、语气坚定地告诉他们，三人听着魏伯的话感觉异常紧张，忙起床赶路了。山里的天气就像孩子的脸说变就变，早上出门时天空还是岁月静好一片柔和，正午时分便下起了鹅毛大雪。漫天大雪簌簌地落下，没过多久整片山林都成了白色的世界。魏伯看着雪越下越大不由得加快速度，必须在大雪封山之前离开这里，否则可能就出不去了。“我感觉我的骨头都要散架了！”单棠扶着马车内壁忍着颠簸的表情逗笑了单逨。单逨看着他们两兄弟都抓紧了，轻声地安慰道：“魏伯怕大雪封山才会马不停蹄地赶路的。”大家都知道大雪封山的后果也不再说些什么，都在全神贯注地扶着，生怕一个不小心就颠了出去。不知道时间过了多久，就感觉天渐渐地黑了，所幸厚厚的白雪照亮了天际。随着魏伯一句："坐好喽！过了前面的山谷我们就出去了！"随着一声马鞭，马车的速度更快了。就在魏伯和大家都觉得安全时，只见雪连着石头抱成团地滚落下来。咔嚓一声异响，一块石头落下，正好砸向马车后面的单棣，单速眼疾手快抱着单棣，替他挡住了大石头，随即昏迷过去了。魏伯听见马车后面的轰隆声和单棣的哭声，害怕二次雪崩，又驾着马车飞奔了几百米才停下来。看见单速伤得这么严重，他不敢轻易移动他，只是让单棣、单棠扶着他，驾着马车去前面的村落寻求帮助。"都怪我，速哥哥是因为救我才受伤的。"单棣看着躺在那里一动不动的单速愧疚得一直哭。他宁愿受伤的是自己而不是单速，因为单速他和哥哥弟弟们才有个家，才不必做人家的奴隶，因为单速他才能像贵族子弟一样去从军去闯荡一番新的天地。现在单速因为他受伤，他感觉对不起单速，更是无法向单将军和单夫人交代。单棠理解单棣的心情，不过他更多的是感动于单速舍己为人的精神。他一个贵族子弟、将军之子，第一次见面便收留他们兄弟四人，一直对他们以兄弟相待，危难时刻更是豁出命去保护他们。"晚晚，冷静点！现在给单速治病要紧。"单棠抓住单棣的手，示意他冷静下来，也是给自己加油打气，因为现在的他也一样紧张。不知道走了多久走了多远，单棠两兄弟感觉就像走了一个世纪一样漫长。直到马车停在一户人家门口，魏伯把单速抱下去。一位白发苍苍的老者看着不省人事的单速，对魏伯说："前面山腰有个神医或许能救他，只是现在天黑路滑。"老者没有继续说下去。魏伯听着就要走，扶着腿艰难地转身，不管路途多么艰难他都要救单速。"你受伤了，是爬不了那座山的！"听着老者这样说，单棠、单棣才发现魏伯的腿流着血，单棠立刻去扶着魏伯坐下，单棣跪倒在魏伯前面："魏伯，速哥哥是因为救我受伤的，求求你让我去吧！我一定会找到神医救速哥哥的！"单棣边说边流泪，这荒山野岭的魏伯不放心单棣一个人去，就让单棠陪着他一起去了。

兄弟二人根据老者所说的路线来到山下，山高大而陡峭，大雪把原来的山路也封住了。单速在等他们，没有那么多时间给他们思考，只能顺着山体不停地往上爬。每走一步都那么艰难，一不小心就踩空了。“单棣，抓住我的手！我们拉着手走！”两个人互相搀扶着，小心翼翼地看着前面的路，尽可能找到身边可以抓住的一切物体。终于，两人看到了微微点点的灯火光，在这茫茫的黑夜是那么的耀眼。眼看就要到了，单棣脚下一滑滚了下去，单棠一只手抓紧他，另一只手紧紧地抓住树干。“哥哥，你放手！你去找神医救逨哥哥！”单棣大喊着。单棠紧紧地抓住他，不愿意放手，这一放手单棣就凶多吉少了。“你别说话，抓紧我的手使劲往上爬，我拉你上来！”单棠觉得自己用尽了全部的力气时一个大手抓住了他，并把单棣拉了上来。

“你们两个孩子在这里做什么？”一个长发飘飘、一袭白衣胜雪、看年纪只有二十来岁的男子语气不悦。

“哥哥，我们要去那里找神医。”望着眼前的男子，两个人都感激他的救命之恩，深深地鞠躬致谢，听了他的问话，单棣指了指那个亮着火光的屋子毕恭毕敬地回答。

“家中什么人生病了？”

“逨哥哥替我挡了石头，被石头砸中了，现在昏迷不醒！”单棣说到这里又抽噎起来。

单棠见白衣男子若有所思，便拉着单棣再次向这个男子道谢，并告诉他，他们已经出门很久了，单逨还在等他们救，魏伯一定非常担心他们，说完便往这山间仅有的房屋跑去。白衣男子看着他们焦急的背影想说什么，最终也没有说出口，只能摇了摇头跟在后面。

“有人吗？有人在家吗？”单棠、单棣两兄弟气喘吁吁地跑过来，喊了半天门也没有人应答。只见他们身后的白衣男子直接推门而入，拿了医药箱便对站在雪地里还没有回过神的兄弟二人轻声地说：“走吧！”

“哥哥，你就是神医吗？这下逨哥哥有救了。”单棣高兴地跟在神医后面手舞足蹈、喋喋不休地说着。单棠一直都没有开口说过话，但是从他和单棣的对话中知道神医的名字叫亦辰，其他的神医也不愿多说。其实他说不说都无所谓，现在只是希望他能把单速救好。

“我给他扎针了，用不了多久就会醒，只是伤筋动骨怕是不能赶路了。”亦辰说完这些就要收拾东西走。魏伯和老者怕天黑路滑留他过夜，他却执意要走。单棣突然跪倒在亦辰面前，请求亦辰收他为徒教他医术。魏伯和单棠没有想到单棣会这样，惊奇不已。“师父，请你收下我吧！我虽然不聪明，但是我一定会刻苦努力地跟你学习，我自小家庭贫困，父母不爱，将我转手卖与他人，无家可归时幸得速哥哥收留，本想跟速哥哥一起奔赴沙场保速哥哥平安，奈何能力不足，却让速哥哥为我受了重伤。今日见到师父医术高超，只希望能拜师父为师，学习医术，救济天下保速哥哥平安。我愿意为师父做牛做马！”亦辰看着这个十来岁的孩子突然说了这么一大堆，想到自己从小也是父母不爱的，自己永远都是被冷落忽视的那个。

“晚晚！”单棠听着单棣这样说不禁叫他的小名，希望他能改变主意，他们虽然不是亲兄弟，但在一起这么多年早已成为比亲兄弟还亲的家人了。他舍不得和单棣分开，他也知道单速这次受伤让单棣很愧疚。而且单棣若是能学好医术对他发展也好。想到这些他怎么也开不了口让单棣留下来。

“师兄，我长这么大都是听你们的，这一次我想听我自己的。我知道你们舍不得我，可是我想做个有用的人，对你们、对速哥哥有帮助的人。等我医术学成了，我就会去找你们。”单棣对着单棠说完这些便一直盯着亦辰看，希望他能收下自己。

亦辰看着单棣这么认真的眼神，突然问了句：“会生火做饭吗？”单棣忙说：“会的，师父，我会做饭的。”亦辰看着单棣纯真的样子，自己的心情也莫名地变好了。他扶起单棣就当收下这个小徒弟了，心里想着终于有个会做饭的了。

嬴萤端着水盆进来时，看着一屋子人，惊讶之余一一鞠躬问好，这些人当中她是认识神医的，因为爷爷身体不好，也会经常请神医上门给爷爷看病。亦辰原本是要收嬴萤为徒的，主要是因为嬴萤做得一手好菜。嬴萤走向躺在床上的单速，帮他清洗身上的血迹，嬴萤这些年也跟着亦辰学了一些医术，主要都是为了给爷爷治疗身体。单棠两兄弟现在才见到嬴萤，在他们眼中这个个子小小的，穿着粗布衣服，扎着两个小辫，红红的脸蛋上有双水汪汪的一笑起来便弯成了月牙状眼睛的小女孩甚是可爱，后来在闲聊之中知道嬴萤比他们小两岁。单速在当天夜里醒了过来，因为受了伤不能赶路只能借住在老者家里，一直都是嬴萤在照顾他。单棣已经跟着亦辰上山去了，偶尔天气好的时候亦辰也会带着他下来看单速。

冬日的雪一连下了很多天，终日躺在床上的单速却不感觉无聊，因为嬴萤每日都会变着法地给他讲这大山里面的稀奇事，也会说她小时候的故事。嬴萤从小就没有见过自己的父母，一直跟着爷爷相依为命。这山里哪里有什么果树，哪里有什么野菜，又或者冬天怎么捕捉野鸡等，她一点一点地讲给单速听。不过她从未看过山外的世界，单速给她说镐京城什么样，王宫什么样，以及外面的一切。偶尔会从屋内传来两个孩子哈哈的笑声。单棠每日跟着魏伯去捕猎，这大山里的生活过得简单而舒心。一日，单速心血来潮教嬴萤认字，却发现嬴萤诗词歌赋都会。嬴萤告诉单速从小爷爷便教她诗词歌赋，说着跑到屋内拿出一个制作精美的古琴，给单速弹了首《九韶》。嬴萤弹完看着单速惊讶的表情哈哈大笑，得意地歪着头，像一只骄傲的孔雀。单速看着眼前这个小女孩就像一堆宝藏一样，每天都给自己惊喜。身在大山之中，要说会诗词歌赋不奇怪，可是连《九韶》都弹得那么好。从小家人都说他在乐理上天赋极高，可是今日嬴萤的《九韶》是自己听过最好听的，甚至超过了商容之前教他们时弹的。自己只能是会弹，而嬴萤却弹出了这个曲子的神韵。小小年纪在音乐上有这么高的造诣，住在这大山里可惜了！后来嬴萤告诉他，她爷爷的爷爷是宫廷御师，专门负责宫廷的乐器，从小她就跟着爷爷学习乐理。

第十六章

荆蛮大捷

转眼间春天来了，冰雪已经融化，山间开满了不知名的小花。在阳光温暖的照耀下，单速谢别了爷爷和嬴萤，和魏伯、单棠踏上了去往荆蛮的路途。到了荆蛮之后，单速身体还没有复原，魏伯把单速交给了一个肥头大耳的叫彪子的伍长负责军队伙食，而单棠做了车兵的甲士。车兵是指有四匹战马挽驾的战车，车上面有三个甲士，随车有徒卒，一般十二人，车驰卒奔，簇拥前进，而单棠就是战车上那三个人之中的一个。 单棠非常开心，单速也替他高兴，希望自己的身体快快复原，这样也能跟着他们一起训练一起上战场。

伍长彪子为人豪爽，对单速就跟自己家弟弟一样照顾。一日午后阳光明媚，彪子带着单速窝在草堆里懒洋洋地晒着太阳。看着在空地上训练的士兵，单速满眼的羡慕。

“哎哟，看你那口水都流了下来！我年轻那会也像你这样，可是受伤了再也上不了战场了。”单速看着伍长油腻的脸，不敢想象这样的人也曾经上过战场，不过也从彪子的眼中看见了落寞，一时之间不知道该怎么说。

“怎么，不相信？”彪子一下子坐起来，目不转睛地盯着单速，直到单速看着他然后认真地点头。彪子失落地继续躺回到草堆里，望着天空深深地叹了口气。

“伍长，你在战场上肯定很英勇！”单速在军营这段时间一直都是彪子照顾他，他刚来这里吃不惯这里的食物，彪子总会偷偷地给他塞好吃的。别的士兵欺负他，伍长总是大吼大骂，打饭时又会故意给那个欺负他的士兵很少的饭菜。这样正义感爆棚的伍长，单速相信只要他上了战场一定是战场上最勇敢的士兵。彪子听了单速这话，顿时脸上乐开了花，“我跟他们可不一样，我是有编制的，我是个国人，有编制多不容易，可惜就是腿废了，要不然我现在也是个将军。”单速听着他这些嘀咕，第一次对伍长产生了好奇，大周人从军只收贵族子弟，像他和单棠都是有编制的，至于那些国人做士兵都是编制外的，他们当中即使在战场上也一辈子都不能有编制。伍长是国人，居然在军队里有编制而且即使腿瘸了还能留在部队当个伍长，这都让他感到好奇。单速看着他的腿问道：“腿怎么受伤的？”伍长没有看他，依旧抬头看着天空说：“南夷之战的时候被敌人砍了一刀，伤了筋脉。从此他们都叫我瘸子彪！”

“那你是怎么有编制的？”

“我打过很多次仗，每次我都冲在最前面，杀的敌人是最多的，魏将军看我立功多就给了我个编制。”伍长滔滔不绝地向单速讲述每一场战役，从他第一次上战场的紧张、害怕、恐惧到后来的从容、视死如归。一个讲得深情，一个听得认真，单速也在幻想自己第一次上战场的情景，会不会像伍长一样会害怕。不过他觉得自己不会像伍长那样，从军是他的梦想，伍长可能是为了生活，他不是！他本可以选择锦衣玉食的生活，他来从军是为了保家卫国的大梦，也是为了施展自己的抱负。

在以后的日子里单速依旧天不亮就起来练武，然后就去灶房干活。他发现最近伍长总是心不在焉，有的时候他和自己说话，说着说着就不知道说到哪里了。

单棠训练休息的时候也会来找单速，告诉他每日学习的内容。夜深人静时，单速就躺在床上思索着父亲教的排兵布阵的方法，按照伍长说的每场战争中应该怎么排兵布阵才能赢。思绪不断，每个片段都在脑海中闪过，甚至想到了兴奋点时候会从床上跳起来，跑到外面的沙地上画出两军对战图。一次，魏伯夜里睡不着，披着衣服在军营里走着，月光下看着单速蹲在地上在那比画着什么，嘴巴里不停地叨叨。走近一看，发现单速正在排演两军对战。单速全神贯注，全然不知道魏伯的到来。魏伯惊讶地看着小小年纪的单速，每个排兵布阵都那么严谨，而且在原有的基础上又有了自己的想法。等单速回过神时，发现正在盯着自己看的魏伯，连忙给魏伯鞠了一躬。魏伯面色凝重地扶起他问：“真的如此想带兵打仗？”单速抬着头迎上魏伯的眼光说道：“嗯！我从小就想做个统领千军万马的大将军！”看着单速坚定而且认真的眼神，想着之前单夫人千叮咛万嘱咐一定要保证单速的安全，一定不能让单速上战场。可是如今面对孩子的希冀，他食言了，他要将毕生所学都教给他，他相信用不了多久单速将会成为整个大周最年轻有为的将军。

单速从伙房离开后，去步兵营、骑兵营、车兵营各待了一个月，之后和单棠一起去了魏伯的身边。魏伯教的知识比在家中跟父亲学习的内容有更深更多层次的变化，征战沙场讲谋略、讲因地制宜，也讲兵出奇招。作为一个将军，每一个决定都关乎这场战争的输赢，更关乎成千上万将士的性命！单速深知这些道理，所以魏伯的每句话他都记在心里，每个排兵布阵都是深思熟虑，力求以最小的损失换取最大的胜利。有时候魏伯赏他一点好酒，单速总是拿着酒去找伍长，把自己每天发生的有趣的事情都跟伍长说一遍。伍长每次都乐呵呵地陪着单速。有时候单速也会在自己的床铺或者枕头下面发现一些好吃的，用伍长的话来说，自己正是长身体的时候，应该多补补。每每想到伍长，单速小小的心都被温暖包围着。

八月的荆蛮热气难耐，很多士兵上吐下泻，而且还找不出原因。军医说可能是热寒病，但按照热寒病治疗效果反而更差，不出七日已经有百余人丧命了。

魏伯不得不将他们都隔离并安排人专门照顾。

伍长来找魏伯，他负责伙食，士兵上吐下泻他们伙房难辞其咎。可是魏伯派了军医去检查伙房，却没有发现任何问题。因为魏伯认识伍长几十年了，相信伍长的为人，安抚他几句就让他回去了。

军医夜以继日想找到解决的办法，单速和魏伯不约而同地想到了在终南山的亦辰，并让单棠快马加鞭地去找他了。单速独自一人在河边散步，清晨的风带着丝丝凉意，吹走了昨夜的疲倦，单速总觉得这次的病来得蹊跷，可是一时之间又找不到原因。一夜未睡的单速算着时间，今日离发病已经第十日了，再过四日又有大批的士兵将走上黄泉路。他们之中很多人都跟自己一样大，还没有好好地看看这大好河山，甚至还没有来得及上战场实现自己的梦想。单速看到河边挑水的人像极了伍长，他走过去发现真的是他："伍长，今日怎么是你来挑水？"伍长看见单速分外高兴，放下水桶，重重地拍了拍单速的肩膀："原来是你小子，这么早吓我一跳！唉！我闲着没事就来挑点水。"单速伸手拿桶想帮伍长挑水，伍长马上夺过去："怎么能让你干这活呢？"单速笑着说："我之前也经常干，你还夸我挑的水不洒一滴！"伍长看着单速眼周一片乌青，猜想他昨夜肯定没有睡好。既然他想挑水，那便任由他挑着。单速高兴地和伍长一边说话一边挑着水朝灶房走去。单速发现伍长的精神比自己还差，几日不见好像老了好几岁。

"伍长，你要是身体不好，这些活就让别人来做吧！"伍长听了单速的话笑着问："怎么，你瞧不上我瘸子彪了？"

"怎么敢瞧不起您，就是怕您累着！"

"这点活怎么能累得着我，想当年我上战场杀敌时，那是以一当十！"单速听伍长这样说也不接话了，认真地听伍长讲他当年的故事，单速特别喜欢听伍长讲他以前的各种见闻。伍长也知道单速是真心喜欢听，也乐意给他说。不知不觉，两个人走到了灶房，伍长帮着单速把水桶从肩上卸下来。伍长弯腰时，单速看见伍长脖子上佩戴的玉饰。单速见过原野身上曾经佩戴这样的玉饰，玉的品种虽不一样，但是图案都是狼图腾。单速曾经问过苏木为何原野要戴这个，苏木告诉自己，猃狁的女子一出生，父母都要给他们戴上象征着她们民族的吉祥物，狼神会保佑她们一生平安。等女子长大有意中人了便把这个玉饰送给她心爱的男子。单速想到这里，突然觉得伍长很陌生，因为伍长从未说过和猃狁有关的事情。单速不敢相信伍长会骗自己，便问："伍长，你有猃狁的朋友吗？"单速多么希望伍长能跟他讲一讲猃狁的事情，可是伍长慌忙地捂住了单速的嘴巴："胡说什么？我是土生土长的大周人，怎么会有猃狁朋友？"

"我倒希望你有个猃狁朋友，这样能带我去猃狁逛一逛。"单速声情并茂地幻想着猃狁的游牧生活，他也希望能去草原上毫无顾忌地疯狂一把。

伍长开始做饭了并让单速回去，单速走后，伍长坐在地上看着架起的柴火发出噼里啪啦的声响，陷入了深思。是不是单速发现了什么才会问这样的话？刚刚单速的话是不是对自己的警告？伍长知道单速是聪明的，只是觉得自己已经做得很好了，应该看不出来任何破绽了。

"魏伯！"单速推门看见魏伯正在跟几个将军商量什么，看见人多单速改口道，"魏将军，我有事禀报！"魏伯看了看单速，知道他不是莽撞之人，便屏退其他人，关切地问："速儿，你怎么了？何事这么慌张？"

"魏伯，我觉得伍长有问题。"单速便把今日在灶房的事情跟魏伯说了一遍。魏伯不敢相信单速的推测，可是他跟单速一样，宁可信其有，自己不能拿着几万士兵的生命去冒险。

"速儿，我们这没有证据，我不能凭你猜测去抓人。"单速明白魏伯的意思，自己目前也是怀疑而已。马上到做午饭的时间了，单速让魏伯派个武功高强的人去监视伍长的一举一动。下毒之人是绝不会善罢甘休的，只要他出手就当场抓住。魏伯同意单速的做法，很快命人去监视伍长了。

"猃狁最近可能要和我们开战了！"单速看着魏伯郑重地说了这么一句话。魏伯并不作声，他在思考单速的话，如果单速的分析都正确的话，那么恐怕将有一场大战了！可是，现在士兵患病、军心不稳、士气低落。如果现在獫狁真的打过来，那么后果不堪设想。单速看着魏伯时而紧锁的眉头，明白他的担心并说："魏伯，我们必须早作谋算，现在只有控制住病情等待亦辰的到来，还需要做好迎战的准备。"单速说的魏伯都清楚，只是现在对于獫狁的一切都不清楚，不知道敌方有多少士兵，不知道这仗应该怎么打。带兵这么多年一直都是在战场上直来直去，突然遇到这样的事情让他有点不知所措。他看见单速站在那里似乎在想着什么："速儿，是不是有什么好主意？"

"将计就计！不过还要等魏伯派出去的人。"魏伯赞成单速的计策，两人都不说话了，他们都在等，具体等多久他们自己都不知道。如果是伍长，他们不知道他会在什么时候下手，也许是今天中午也许是晚上，又或者他停手了呢？更可怕的是万一单速的所有猜测都是错的呢？

不出半个时辰，魏伯派出去的人回来了，他的手里还拽着单速熟悉的伍长。看见两人进来，单速激动地站了起来，单速激动是觉得荆蛮有救了，可是他又有点不敢相信。伍长看见单速站了起来，愧疚地低着头。

"魏将军，属下发现他在食物里面下了这个。"说着就将一小包粉末交给了魏伯。

"彪子，我自问待你不薄。当年你逃亡到半山腰都快要饿死，我看你可怜，收留你，让你参军，如今你却要恩将仇报吗？"魏伯比单速更不相信是伍长所为，他跟伍长相识了几十年，不相信他能干出这样的事情。

"既然已经被你们抓到了，要杀要剐随你们便。十八年后又是一条好汉。"彪子也不隐瞒，大方地承认了。

"伍长，我想听听你的故事。"彪子听见单速的声音，看了看单速又看了看魏伯。魏伯曾经救过他的命，对他有救命之恩；虽然跟单速相处的时间短，可是他打心眼里喜欢这个孩子。良久他才娓娓道来："我是獫狁人，我十五岁就被送来做大周的间谍，为了民族更好地生存，每年都有像我这样的孩子进入大周。

我遇到心善的魏将军，他收留我还让我从军。我给猃狁传递情报，希望有朝一日能被叫回去和我心爱的姑娘完婚。可是随着我提供的消息越来越多，我的家族却不让我回去了。于是在战场上我废了自己的腿，我想我腿坏了，上不了战场了，他们是不是就能接我回去了。没有想到的是，我腿废了，他们就放弃我了，让我在大周自生自灭了。前不久他们联系上我，便给了我这药。说只要我做到，用不了多久他们就会来接我回家了。”伍长说完就不说话了，单速听着伍长说自己的故事就像说别人的故事时一样冷静。伍长心里知道，他已经被族人抛弃了，即使他完成任务，梦里的家也永远回不去了。魏伯看着单速难过的样子，知道他还是个孩子，涉世未深。于是命人将伍长关押起来了。

“魏将军，要是可以的话，放伍长一条生路吧！”

“速儿，我知道你心地善良，但是军法不是儿戏，不从重处罚怎么能服众？速儿，你将来要是想做个统领千军万马的将军就不能优柔寡断，一切以军法为行为准则。”魏将军看着单速语重心长地说道，他也明白单速这样的性格不是一朝一夕能改变的，于是他转移了话题。

“速儿，怎么将计就计？”

“一是继续让人装病，造成伍长继续下药的样子。二是我查看了地形，猃狁要想进攻我们必须走这条路，派一队精兵，藏在这条必经之路，等他们攻进来后，我们前后夹击。三是后山小道两旁也要埋伏一队人马，防止猃狁逃往后山。”单速一口气将自己的想法说了出来。魏伯觉得单速在这么短的时间内能筹划这么多，而方方面面都考虑到了，真是太不简单了。“可是速儿，这猃狁几时会出兵？若派出去这么多人，猃狁一直不出兵……”魏伯没有再说下去，他的担忧不是没有道理的。

“魏伯，猃狁估计会在四日后出兵，今夜派兵出去，三日便能达到敌军后方。”

“速儿这推测可有依据？”

“这毒七日是一个期限，七日发作一次死伤数百人，下一个七日便是四日之后，到时候将士们恐慌，正是进攻的最佳时机。”

“太可恨了！下毒这么卑鄙的下三滥的招数都用！速儿，就按你说的，我现在就去安排。”魏伯说着就把几位将军叫了过来，按照单速说的兵分三路，做好随时迎战的准备。单速现在只希望亦辰能在将士们毒发前赶到，能救下这几百个鲜活的生命。

果然，四日后猃狁大兵压城了，领头的是个年纪跟单速相仿的年轻将领，高高大大的身材，皮肤白净，一身戎装，看着反而像极了从书画里走出来的人。魏伯和单速站在城门上，看着这个年纪轻轻却满身傲气的将领。魏伯大喊：“来者何人？”

“在下猃狁王子莫哈！”坐在马背上的莫哈右手搭在肩上向魏伯等人低头致敬，虽是致敬，眼中却对这荆蛮城志在必得。魏伯之前从未听说过莫哈王子，看着一表人才的莫哈，无法把他和下毒之人联系在一起。单棠走了过来，告诉魏伯昨夜喝下药的士兵全部好了，单速听着终于露出了久违的微笑。抬头时看见莫哈投射来的眼神，只是报以微微一笑。

“魏将军，你若弃城，本王子便可饶你和荆蛮城内百姓不死！否则本王子便屠了这荆蛮城！”莫哈轻蔑而且有信心地说道。

“莫哈王子，这样说大话为时过早了吧！年轻人还是低调点好。”莫哈看魏将军底气十足，内心疑惑，抬头看守城士兵一个个也是中气十足，一点也不像中毒的样子。可是探子说彪子正常给他们下药的，想到这里他又轻蔑地笑了笑。然后大手一挥，后面的猃狁士兵冲上前。这时荆蛮城的大门缓缓地打开了，无数大周士兵出门迎战，而此时猃狁士兵的后方也传来震耳欲聋的喊杀声。莫哈一惊，转头看到了后面的士兵。一时间整个猃狁士兵都懵了，莫哈最先反应过来，立马命队伍就地分成两列，一列向后，应对后面的不明追兵，另一列对付城门里杀出来的士兵。单速站在城门之上，看着莫哈的绝地反击，在这样的情况下有这样的军事才能让他很是佩服。

“魏将军，单速请战！”

“准！”魏伯原本答应了单夫人不让单速涉险的，可是哪有不上战场的将军？他眼睛盯着骑着白马红衣飞驰在战场的单速，仿佛看到了一朵红光绽放在天地间。

“你是何人？”莫哈看着披着红色战衣坐在白马上的英俊青年，微风吹起的红色披风随风飘扬，刺痛了自己的双眼。

“在下单速！请莫哈王子赐教！”

单速看着莫哈王子笑道，谁知话还没有说完莫哈举起刀就劈了过来。

“你就是单速，闻名不如见面！”

莫哈下手极狠，刀刀直达要害。单速想不出何时得罪了这莫哈王子，只能不停地用剑抵挡。单速从小习武善于用剑，对于莫哈的大刀都巧妙地避开了，正在两人打得难分难解的时候，莫哈身边的随从格斯儿冲了过来拉走了莫哈。

“格斯儿，你这是做什么？”莫哈对于格斯儿刚刚的举动特别生气。

“王子恕罪！不可恋战，我们死伤过半了。”听了格斯儿这番话，他才抬头看了下战场，满地的鲜血染红了大地，将士们一个个冲上去，挥舞着大刀浴血奋战，一个倒下了，另一个就替上去。一个战士浑身被划得稀烂，在倒下去的那一刻还高喊口号，悲壮极了。他不忍心看了，这都是草原上最好的男儿，草原上最英勇的英雄，他不能让他们都牺牲在这里。

“撤！往后山撤！”莫哈悲壮且无奈地喊着，今日他带他们出来征战沙场，今日他也必须把他们完好无缺地带回去。狳犺士兵边打边往后山撤，魏伯看着莫哈带着士兵往后山撤，下令不必追杀。慌乱之中，莫哈问格斯儿：“大周士兵追来没有？”

“王子，小心！”格斯儿还来不及回话，只见无数个巨石从天而降。莫哈躲避之中知道中计了，可是现在没有办法退回，入口处的周兵肯定在守株待兔。

“躲到山体下面，沿着山体冲过去！”莫哈嘶哑地喊着，士兵们迅速地整列沿着山体走，避开了山上滚滚而下的石头。由于人太多了，山体外的士兵都在巨石落下的那刻面目全非。士兵们从后山出来之后，格斯儿清点人数。莫哈看着仅有的几百人，转过头去的瞬间红了眼眶。格斯儿看着莫哈，明白他的心情，王子从小在草原上不管是文武还是骑射都是第一，如今这场战役无疑给他的自信一个沉重的打击。

格斯儿拍了拍莫哈的肩膀："王子，胜败乃兵家常事，这个世界没有常胜将军。"

"格斯儿，他就是原野口中的单逨，我太轻敌了！"莫哈难过地说道。原以为这次拿下荆蛮城轻而易举，直到现在都不知道哪里出了问题，都不知道自己为何会输。毒不可能有任何问题，那是他临行前小巫塞给他的，他相信小巫的能力。每日还能接到彪子的信件。那么中了毒的周兵怎么又好了？这些问题困扰着他，回去之后先要把这些弄清楚。

"王子，你说的那个红衣小将就是单逨？"格斯儿甚至整个草原都知道单逨，原野把单逨说得神乎其神。这些计策应该都出自单逨，想着这次猃狁损失惨重，格斯儿对单逨怎么都提不起好感。

"王子，单逨就是个卑鄙小人！"

"将计就计，十面埋伏。他是个少有的聪明人！"莫哈回过头来由衷地感慨，他想今后的生活一定会很有意思，他喜欢跟聪明的人打交道，总有一天自己会打败他！

荆蛮大捷，魏伯将事情原委一一报与大王姬和，这次战争的胜利让姬和龙颜大悦。姬和是个爱才之人，他认为单逨年纪轻轻就有如此计谋，是个不可多得的将才。原想好好地封赏单逨，又害怕单家独大影响他的王位，就给单逨一个百夫长。

随后的十年，单逨不断征战沙场。从年少懵懂的少年成为一个久经沙场的青年将军，其名声超过了他的父亲。正在练兵的单逨接王上命令，令其速速回京，于是一人一马奔向镐京。

第十七章 暗潮涌动

单逨马不停蹄日夜兼程地回到镐京王宫，第一时间面见姬和。在康剌宫内，他跪在大殿之上，一直不敢抬头也不敢起身。王座之上的姬和专心地看着手中的竹简，似有重要的事情举棋不定，一直皱着眉头，像是忘记了殿下还跪着的单逨。过了很久，姬和好像才看见单逨一般让他抬起头来，彼此都是第一次相见，姬和就让单逨在殿上跪了那么久，单逨不知姬和是何用意，但是他抬头的刹那发现姬和正在用探究的眼光看他，他不明所以赶快低下头。姬和看见单逨眉清目秀，如果不是穿着一身将军衣服都不会相信就是这个人在十年内屡建战功，保护大周边界安定。本身作为有功之臣，姬和只是想试试他是否自恃功高，可是跪了那么久他毫无怨言，抬头起身态度谦卑，不由得对他刮目相看。

“单逨，你可知寡人召你回京何事？”姬和眯着眼睛看着单逨问道。

“臣不知，还请大王明示。”

“三日之后猃狁来朝，寡人希望由你来保护猃狁使臣的安全，不容出错！”单逨听着姬和说完，内心本想拒绝，可是看着大王的语气和态度，硬生生地把话憋了回去。“诺！臣遵命！”姬和听见单速的答复便摆了摆手让他下去了。

正午的太阳发出耀眼的光芒，出了王宫的单速看着街道两边来来往往的人，骑着马直奔丰京城。整整十年了！十年不曾回家，十年不曾见过父母了，出走时还是小小少年，归来时也算是个小有成就的男子汉了。想到这里他就忘记了在康剌宫的不快，快一点、再快一点，母亲定是在等着自己。还没有进入单公府的大门便听见福伯那亲切激动又苍老的声音：“三公子回来了！三公子回来了！”单速飞快地从马背上跳了下来，便看见母亲冲出大门，“速儿，我的速儿，你终于回来了，想死母亲了！”单夫人王可儿抱着单速就哭了起来。单速看着母亲的脸庞已经不像十年前那般年轻了，眼角已经添了几道皱纹，不忍再让母亲伤心便说：“速儿不孝，速儿也特别想念母亲，今日终于见到思念已久的母亲，发现母亲竟比速儿走那会儿还年轻了！”单速的话刚刚说完，单夫人就破涕为笑：“你这个孩子，还打趣起我来了。”说着就顺手拧着单速的耳朵。

“哎哟，母亲，疼！”小时候自己犯错了母亲就这样拧着自己的耳朵，虽说拧着也就是轻轻地捏着，生怕弄疼了自己，这十年离家，回到家母亲还是用这样的方式让他感觉到了久违的温暖。单夫人看着单速低头不语，眼中雾气蒙蒙，以为自己弄疼了他，忙松下手盯着单速问道：“速儿，母亲是不是弄疼你了？”单速抱着她：“没有，母亲，我就是想你了！”

“这么大了还撒娇！”单夫人笑着拉着单速的手往府里走，单速在客厅见到了自己的父亲，一直以来父亲在自己的眼中都是高大坚韧的，好像不管多大的事情都没有办法把他打倒。可是十年了，发现父亲的两鬓已经出现了星星点点的白发。他威严地坐在那里，依旧像个一夫当关万夫莫开的将军，可是他的眼神却充满着浓浓的爱意。

“速儿不孝，给父亲请安了！”单速急步走向前给单龚磕了个头，单龚看着眼前这个一身戎装的儿子，内心激动又欣慰。

“速儿，起来！让为父好好地看看你！”单龚把单速拉起来，上下打量着他，拍了拍他的肩膀自言自语说道，“好好好！又壮实了！”父子俩寒暄了一会儿。不一会儿单颂进来了，单颂容貌跟单逨很是相似，只是更清瘦一些，手里抱着几幅画卷，看见单逨回来异常高兴。两人还来不及说话，就听见外面叽叽喳喳地涌进一堆人。“逨哥哥，你可总算回来了！”单逨看着一个长相极美的男子，长眉若柳，身如玉树，身上纯白的上衣微微有些湿，薄薄的汗透过上衣渗了出来。但是你若细细看那浓密的眉，高挺的鼻梁，无一不在张扬着高贵与优雅，孑然独立间散发的是傲视天地的强势。但是他一笑起来还是像十年前一样纯净，只是多了旁人看不透的深沉。他拍了拍胸口，大口地喘着气，想必是跑着过来的。

“静儿！你是静儿！长这么大了！”姬静看着单逨。眼前的单逨光洁不算白皙的脸庞，透着棱角分明的冷峻，乌黑深邃的眼眸，泛着迷人的色泽，战场上独有的英气，让整个人看起来既英俊又有种军人的气势。

“看来还是人家兄弟亲，唉！咱们还是回去吧！”一个个子有点矮小、身穿蓝衫的少年，调皮地对身边高高壮壮的少年说着。

“单华！单之！十年时间，变化真是太大了！你们都长成大小伙儿了！”

“逨哥哥，我师兄他们呢？”

“你大师兄现在是副将，没有大王的命令是不能回镐京的，你二师兄一直在终南山跟着他师父学医，估计最近也快要回来了。”一屋子人说说笑笑，好像又回到了小时候一样。

“逨儿，你去给你祖母请安，然后把老夫人接过来我们一起吃饭，我们先去正厅！”单夫人看着这一群有着说不完的话的孩子对着单逨吩咐道。这些年他们一直把姬静、单之、单华都当作自己的孩子抚养，因为姬静是太子，所以不敢送他们三人去国学上课，原本召公想让商容来单公府给他们上课，又怕太子曝光，加上国人暴动后商容就请辞去云游四方了。后来单龚让他们在自家的书苑请专门的先生来授课。礼、乐、射、御、书、数，三个人样样精通。

晚饭过后，单公府恢复了以前的静谧祥和，单速跟着单龚来到了书房。

“父亲，我今日见到了大王，三日后猃狁来朝，大王命我负责使者安全。”单速把今日在康剌宫的事情都告诉父亲，在他心里，负责使者安全并不比带兵打仗简单。

“大王这是忌惮我们单家，把你召回来，一来夺了你的兵权，二来保护使者的途中出了什么差错便可直接治你的罪。猃狁突然来朝，只怕是来者不善。”单龚把自己的分析都说给单速听，如今他们单家在大王眼里也是根肉中刺，早晚都得拔了，只是现在大王没有找到单家的过错，他们父子两个每走一步都是如履薄冰。

“父亲，我知道父亲担心速儿，只是大王的命令不得不执行。父亲不必太过担忧，速儿自有对策。”单速听着父亲沉重的叹气声，不忍再给他增添任何烦恼。他这样说只是宽慰父亲，其实他没有任何对策，更不知为何多年为敌的猃狁突然来朝。这些都留给自己去慢慢探索吧，不能让父亲再跟着伤神了。

“嗯，速儿注意保护好自己，没事早点休息！”作为一个父亲何尝不懂儿子的心思，速儿这样说只是不想让自己也跟着伤神而已。

单速出了书房，五月的微风不燥，轻轻地拂过脸颊，让人感觉温柔而又清爽。院里的丁香在夜晚盛放开来，单速使劲地嗅着丁香的香气，这样的夜晚让他感觉幸福而温暖。战场上充斥的是血腥味和尸体腐烂令人作呕的气息，回到家的第一个夜晚让他感觉到前所未有的满足和幸福。

远远地他看见姬静在门口等着他，大步上前给姬静鞠个躬：“太子殿下！”

姬静看着单速这么恭敬地给他行礼感觉无所适从：“速哥哥，这是作何？”

“殿下，在外人面前为了不暴露您的身份，不得不把你当作自家弟弟，可是现在无人，礼仪不能废。”

“你若为我好，或者想让我活得更长久点，现在起就从心里把我当作你的幼弟，我算什么太子？速哥哥，我是真心把你当哥哥一样的，我希望你待我也像对脉哥哥一样。”姬静知道单速对自己的好，但是也明白自己的身份在那，不管怎么样单速都不会把他当成姬脉的，而他欠了姬脉一条命。现在的自己隐姓埋名、苟且偷生，又算哪门子的太子呢？

“太子，你是大周最正统的太子殿下，我会一直是你的兄长！”单速看着姬静眼中的忧伤，知道他又想姬脉了，他对脉儿一直都心怀愧疚。十年不见，静儿越发的阴沉了，即使多么努力想让他成长为阳光少年，可是童年的阴影是他头顶上始终挥之不去的乌云。

“速哥哥，我带你去个地方。”姬静带着单速绕到了单公府后面的河边，在一片芦苇丛边停了下来，两个人拨开芦苇走了进去，并排坐下来。单速细细打量，竟不知道单公府的后面居然有这样一块地方，芦苇挡住了这片独立于河中的空地，五月的天气，荷花已经开始打苞了，周边传来阵阵虫鸣。

“真是个好地方！你小子怎么发现的？”

“速哥哥，你等一下！”姬静起身在一块芦苇旁边摸出一个坛子来，随手一擦递给单速，“尝尝，我自己酿的桃花酒！”单速举起就喝了一大口，一股桃花的清香在舌尖蔓延，酒浓而不烈。

“真是好酒，静儿什么时候开始学会酿酒了？”姬静拿着单速喝过的酒就喝了起来。

“你去从军之后夜里总是睡不着，偶尔喝了口酒竟睡熟了，再后来睡前必须喝一口，时间久了，发现喝的大多是清酒，便研究自己酿了起来。后来给伯母送了两坛，伯母说是极好的。”姬静说这些的时候，脸上洋溢着暖暖的笑容，可是单速却明白其中的艰辛，他知他夜夜噩梦，没想到十年了还是如此。

“你这手艺若是去卖酒，怕是镐京的酒家都得关门。”单速打趣姬静，谁知姬静竟一脸落寞地说：“我还真希望我能做个卖酒郎！前段时间舅舅找到我，我见到姬友了，他长得跟母后真像！他特别开朗阳光，我若像他那般该多好啊！”

姬静说罢又喝了一大口酒，酒顺着嘴角流了下来，落在他白色的衣衫上面，就好像盛开的桃花。

“静儿，你有自己的责任，整个大周的希望都在你身上。总有一天你要去夺取属于你的一切！”

“速哥哥，其实很早的时候我觉得现在这样也挺好的，大周国泰民安，我不去想做大王了，可是你看看这个！”姬静从怀里递了一块绢布给单速。单速打开绢布顿时一惊，忙问：“这上面写的可是真的？”

“我背地里找人查过了，是真的！”单速看着姬静的手紧紧地握着手里的酒坛，看向湖面的眼睛里充满了仇恨。

“速哥哥，总有一天我会为母后和脉哥哥报仇的！”

“会的！一定会的！这事我父亲和召公知道么？”

“他们应该一开始就猜到了，毕竟那场暴动后最大的获利者是当今的王上。只是怕我背负太多一直不说罢了！属于我的总有一天我要亲手拿回来！”单速还不能完全从那封信的震惊中回过神来，听着姬静这番话，才发觉那个只会哭鼻子的小孩长大了。只是不知道这样的长大是好还是不好。

“不管你怎么做我都支持你！”单速说。

姬静感激地看着单速，这个世上不管自己做什么都能支持自己的人只有他了，他若想做王，他陪他上刀山下火海；他若想过普通人的生活，他定会护他周全。不是兄弟却比亲兄弟做得都多。有时候他是感激上天的，虽然让自己经历了这么多但也让自己收获了很多。如果一直在王室哪会有什么兄弟情义？他的父王跟大伯就是最亲的兄弟，可是大伯却抢了父王的王座，杀了自己的母后。想到这些他便又喝起酒来，单速看着姬静一直不停地喝酒，知道他心情不好，于是抢过酒坛：“这么好的酒怎么能就你一人独享！”

两个人在河边坐了很久也聊了很久，姬静不知道自己是怎么回到卧室的。想着定是单速送他回去的，起身去单速房间看他，府中丫鬟告诉他单速去镐京了，最近几日不会回府。姬静扶着晕乎乎的脑袋，想着昨夜单速好像说过他负责猃狁使者的事情，估计早早地去布防了。自己是不能出单公府的，不仅自己不能出去，就连跟他一样大的单之、单华都不能出府。他知道这些都是召公的命令，他也是真心实意地为自己好，可是长久地在府内憋着，整个人都是忧郁的，不过有时候他们会偷偷地出去。他从来没有去过镐京，之前舅舅问他是否想回去看看，他不敢回去，不敢面对自己从小生活的地方。他怕看见镐京的街道，想到姬脉活活烧死时看自己的眼神，更怕看见威严耸立的王宫，想起母后的死状。他待在这一方天地还能自己欺骗自己，如果出去了就不得不面对这一切。可是母后的仇呢？失去王宫失去家的恨呢？心里的两个小人都在试图说服彼此，可是一年了都没有胜负，这一年里每日都在这种煎熬中度过。

猃狁来朝的日子终于到了，召公带着大大小小几十名官员依次在镐京城东门等候。街道两边是挤挤攘攘的想看热闹的百姓，猃狁浩浩荡荡的车马开进王宫，底下的百姓指着马车窃窃私语："这猃狁人就是野蛮！看马车都吓人。"只见整个马车用虎皮包裹着，而车帘的最上面竟是整个虎头装饰，那虎头栩栩如生好像随时能扑过来，看的人都是一身冷汗。单速坐在南城门顶上看着马车徐徐开来，而在镐京城最大的醉香楼的包厢里，猃狁的王子莫哈正坐在那里无比悠闲地品尝镐京的美食。"格斯儿，你说他们等了半天发现王子失踪了，那些大周官员的脸会不会绿？哈哈！"莫哈一想到大周忙作一团的样子就止不住地大笑。

"王子，咱们跟大周打了这么久，大王现在年纪大了也不想开战了，大周王有意建交，命咱们来看看这大周有没有那个诚意！"格斯儿和莫哈一直在草原上长大，说话也是直来直去。但是跟格斯儿相比莫哈就沉稳很多，自从十年前和单速那场战役输了以后，每日更是勤学苦练，其后的大大小小战争都不曾输过。在猃狁王众多儿子里面，他是最聪明也是最有计谋的一个。只是他们不知道，他们的一举一动都被在隔壁厢房的人看在眼里。

“渃水，这两个人好好盯着！”申侯看着渃水，若有所思的样子，猃狁王子他还不看在眼里，他是在想静儿的事情。姬和已经让单逨回京了，他还不清楚姬和现在到底想做什么，静儿的安全现在才是最重要的。

“侯爷，荣昌又来了！”渃水看申侯盯着猃狁王子发呆，知道他肯定又是想什么出神了。这荣昌让她头疼而又不得不接待。

“从他嘴里还是套不出任何信息？渃水，你放弃吧，或许荣夷公真的已经死了！你若想走随时可以离开！”国人暴动之后申侯原本想着给渃水一笔钱让她找个好人家安稳过一生，可是渃水死活不同意。一转眼都十年了，女孩子大好的年华都消耗在这醉香楼了！可是这荣昌倒是痴情不改。

“申侯，生要见人，死要见尸。”渃水低着头，眼睛里的决绝都体现在她说这句话的狠戾上面。其实申侯是能理解渃水的，毕竟荣夷公不守信用，不仅利用自己，还杀了自己唯一的亲人，要是换成自己也是至死方休吧。申侯知道自己说服不了渃水，于是也不再说了。只是交代了自己这段时间不会过来，让渃水盯紧这莫哈王子，有事情再联系他。自己则是让人悄悄地给召公送信去了。

第十八章

猃狁来朝

召公他们等了很久，马车里始终没有人下来，召公估计是猃狁王子听不懂周语，于是让西周的舌人靖宇去请王子下车。单速看着这个人举止雍容又自得，稳重如山深似河，一身深红色的官服好像是为他量身定做的一样，他在马车旁边说了很多也不见猃狁王子下车。最后大家在那里面面相觑，一时间都不知道应该怎么办。单速盯着城门下面的一切，看见一个人伏在召公的耳边低语着什么。“猃狁王子可能舟车劳顿在马车上睡着了。先入城，驿馆已经安排好了！”召公说，命舌人靖宇和驿臣带着猃狁使团的人去驿馆，靖宇作为舌人精通猃狁话，能帮助驿臣妥善地安排猃狁使臣。

“各位同僚今日也累了，都回去休息吧！”其他人不知道发生了什么事情，大家都是你看看我，我看看你，但是又不敢多言，只能听从召公吩咐两三人结队地散去了。单速看着眼前发生的一切，明白肯定有什么突发情况，于是迅速地追上召公，恭敬地鞠了一躬：“召公，出了什么事情？”召公看见单速一身铠甲衬托得整个人身姿挺拔如苍松，气势刚健似骄阳，剑眉下一双璀璨如寒星的双眸。他素来知道单速是英俊帅气的，只是从前见他都是一身平常的衣裳，今日却是第一次见他穿着铠甲，他从未见过一个人穿上铠甲可以这么的好看，此刻的他已经找不到合适的词语来形容了，只能说这身铠甲是为单速一个人量身定做的。如果他的脉儿还活着，现在也是一个俊俏的儿郎了，也可以穿着这身铠甲站在他面前，让人眼前一亮。单速见召公盯着自己半天也不说话，好像陷在自己的世界不能出来，于是又轻轻地喊了一遍："召公！"单速的这声喊叫把召公从自己的世界里面拉了出来，他笑了笑："速儿，你去召公府等我，顺便去看看你姑母！"单速听召公这样说知道肯定是出了事。大王让他保护猃狁使团，召公却说让他去看姑母。他跟召公告别之后急忙赶到召公府，管家王福早早地在门口迎接并把他带到正厅。抬脚刚进入正厅，看见一张坏坏的笑脸，连两道浓浓的眉毛也泛起柔柔的涟漪，好像一直都带着笑意，弯弯的，像是夜空里皎洁的上弦月。白皙的皮肤衬托着淡淡桃红色的嘴唇，俊美突出的五官，极致完美的脸型，加上一袭纯白的衣裳，更是气宇轩昂。少年的年纪有十六七岁，看见单速进来，带着笑意给单速深深地鞠躬："在下子白，见过单将军！"单速见此人年纪轻轻说话做事却是如此的礼数周到，连忙扶起说："子白无须多礼，叫我单速就好！"子白看着单速，前日他跟在申侯身边远远地看过单速的，只是觉得他武将出身，年纪轻轻就做了将军定是性格骄傲之人。今日这么近距离地看他，越发觉得他和自己想象的不一样，从他的眼中不仅没有看到傲娇，反而有种让人如沐春风的感觉。

两人还未来得及说话，召公就风风火火地走了进来，进来也顾不得单速和子白在场就生气地坐在椅子上一句话也不说。单速和子白彼此看了一眼也不知道召公为何生气，单速笑着问道："召公，是何事惹您生气？"召公看着单速，注意到旁边还有个白衣少年，想着这个人应该就是申侯跟他说的季子白。季子白发现召公盯着自己看，笑了笑上前走了两步并对召公鞠了一躬："在下季子白，见过召公！"召公见这个十六七岁的少年见到他没有任何阿谀奉承之意，反而是不卑不亢、从容不迫，心里对他的好感又上升一层。这个季子白是申侯选过来送到太子身边的，召公这辈子阅人无数，自然知道季子白是可以信任之人，而且要送到太子身边之人必定经过申侯千挑万选。

“子白，不必多礼，这个是单速，单将军单龚之子，现在也是将军！”

召公转头看向单速说：“单速，这个季子白，是申侯爷送到太子身边的书童！”

单速原以为季子白是哪位诸侯之子，因为他身上自带一种贵气或者说是一种与生俱来的淡然之气。申侯突然送来给姬静做书童的想必是不同寻常的人，最起码是可以信任的人。两个人互相点头表示认识。召公看着两人的举动，想着猃狁使团的事情应该告诉单速一下，便说：“猃狁使团里面没有莫哈王子，他已经提前一日到达镐京了！”单速听召公这样说大吃一惊，而后又想到今日在城门口不管召公他们怎么请莫哈王子下车，都无动于衷。也明白召公为何生气了。单速看着召公虽生气，但是并不急于寻找猃狁王子，猜想召公此刻应该知道猃狁王子的住所了。转头又看见季子白没有一点吃惊的样子，好像早已知晓一样。

“召公，您应该已经知道莫哈的住所了，现下有何打算？”召公听见单速这样询问不由得好奇：“速儿，你怎么知道我已经知晓莫哈在什么地方？”

“召公如果不知道莫哈在什么地方此刻估计应该派人寻找了，毕竟猃狁王子在我们大周丢了，多少也有我们的责任。可是召公并没有这样做，速儿猜想召公定是知道了！”召公听了单速的分析，哈哈大笑，他觉得单速不仅可以带兵打仗，更能透过人心，假以时日，单速的成就绝不只是一个将军那么简单。

“速儿分析得对！不过我倒是想看看这个莫哈王子想做什么。速儿，你近几日还要装作什么都不知道的样子，继续在驿馆保护猃狁使团的安全。”他抬头看了看季子白便说道：“子白，你穿上士兵服跟着单速，等单速回单公府你见机留下。”单速和季子白向召公告辞之后一起去了驿馆。两人一路上聊了很多，单速发现季子白不仅对诗书礼仪多有研究，更是对行军打仗有自己独到的见解。不知不觉来到驿馆，单速虽然知道猃狁王子不在，依旧在驿馆周围查看，子白也跟在单速后面继续讨论两人之前关于排兵布阵的问题。单速从未觉得跟人聊天是这么愉快的事情，他对子白的认知又刷新了一个高度，也从来没有想过自己会和一个年纪比自己小几岁的人有那么多兴趣相投的地方。

天黑以后单速带着子白奔向了单公府，在单公府子白见到了跟自己一样大，甚至相貌还有几分相似的姬静，并把申侯的信交与姬静。姬静读完申侯的信，明白这是舅舅给他的书童，虽说是书童，但是舅舅信中却说他是个足智多谋并且武功出众的人。他看着一身纯白衣裳的子白，就像他的名字一样让人感觉单薄。于是问："舅舅说你武功出众，我想跟你过几招如何？"

"子白还请殿下赐教！"季子白明白和太子怎么也要比试一下的，如果自己没有点本事想必即使是申侯推荐的，太子也不会用自己。季子白一只手背在后面，另一只手向太子做了个请的手势，姬静感觉自己还没有出手呢就被季子白给制服了。两人比试了一阵。姬静一直觉得单速武功高强，现在才发现季子白比单速的武功还要厉害。姬静看着单薄瘦弱的季子白，想着自己也是从小学武，竟比人家差远了。季子白看见太子眉头紧锁似不开心："殿下肩负的是治理天下职责，至于打斗这些事情交与子白即可。"

"我只是在想我也是从小学武，没有想到跟你差距竟这样大！"姬静怕子白误会，忙解释道。

"寸有所短也有所长，殿下有治国安邦的经纬之才，何必为这点小事忧愁。"姬静听了子白的话，明白子白是在安慰自己，也是在提醒自己不要忘记自己的身份。舅舅之前说过会送一个人来他身边保护自己，也知道时间快到了，该面对的总是要面对的。可是他不知道的是申侯送季子白来单公府不仅是要保护他，更是来代替他的。

"此话当真？你可看清楚了？"康剌宫内一个穿着黑衣的男人跪在地上向姬

和禀报着单速带着一个白衣少年去了单公府的事情。

“王上，属下看清楚了，这是我让人临摹的画像。”说着便把一幅画像递给了姬和。姬和接过画像并让那人退下了，打开画像是一幅白衣少年图，正是今天跟着单速进了单公府的季子白。姬和看着图久久不能平静，终于找到了，整整十年了，终于找到了。看着画像他便知道自己找到了，他的眉眼像极了当初的王后依依，脸型轮廓却是有几分和厉王相似的。但是他也在疑惑，这十年召公将他保护得严严实实的，怎么现在突然露面了，可是看这个画像确实跟姬静小时候有着几分相似。他猜不透召公现在这样做的动机是什么，召公一直都知道自己在查姬静的下落，否则不会把召公府把守得这么严密的。这一切一切都让姬和不解，也想不通。听着门口传来细细碎碎的声音他瞄了一眼，知道是琬贞，她的发丝不是很直，略微在发梢带着些弧度，却比直发更加的妩媚动人。她赤着双足踩在厚实的地毯上，她的双脚生得极美，宛若白玉雕成，指甲没有染过，但是个个都饱满圆润，带着健康的粉色。纤细匀质的足踝在层层叠叠的纱衣下若隐若现，烛火将她几乎完美的侧面投射在对面的墙上，端庄又温润如水。她的眼眉极其艳丽，宛若黑夜盛开的罂粟一样。她正在专注地看着自己，唇角微微地上翘着，隐隐地含着几分笑意，那唇色水润光洁如同刚采下的樱桃。她双手提着刚刚脱下的绣鞋，正像小猫一样猫着腰来到自己身边。这样的琬贞是自己喜欢的，在这王宫之中她是最简单的也是最无欲无求的。王宫之大，嫔妃之多，他清楚地知道每个人都想从自己身上得到一些东西，她们背后的势力交错，他也不得不应付，甚至连王后也是为了自己的母家。

“怎么赤着脚，会着凉的。”姬和佯装生气地说道。琬贞一身红衣，就像一团火一样温暖着姬和，她笑着挽着姬和的手撒娇：“臣妾是怕惊扰了王上。”姬和看着她的举动，无可奈何地宠溺地把她抱起来：“下次不许赤脚了，你身体不好，染了风寒寡人定要罚你的。”琬贞从姬和的怀里跳了起来，跪在地上一本正经地说道：“诺！”并用笑起来像月亮的眼睛看着姬和。姬和被她的这一举动惹得笑了起来，“只有见到你，寡人才能开怀地笑。”

“大王是有何烦心事么？琬贞能否为大王解忧呢？”姬和看着想为自己分忧的琬贞，把画卷打开，琬贞看见画像问道：“这个少年让大王忧愁？”说着便试图用手抚开姬和紧锁的眉头。姬和拿下琬贞的手轻轻地放在自己的脸上说道：“他可能是前太子？”姬和感觉自己怀里的琬贞一惊，然后便听见琬贞焦急地问：“大王，他不是被烧死了么？怎么又活了？”说着琬贞还往姬和的怀里钻了钻，这样的琬贞是非常惹姬和喜欢的，她让姬和感觉自己是被需要的，瞬间感觉自己高大了。

“琬贞，别怕，当时烧死的不是他，寡人亲眼看见召公用自己的儿子换了太子，我找了十年，今日发现他的踪迹，突然露面让寡人有点犯难。”看着一脸茫然不知所措的琬贞，他拍了拍琬贞，用眼神安抚她，示意她不用害怕，他会保护她。

“王上，好不容易找到了应该是喜事，怎么会让大王犯难呢？”

“寡人不知道周公、召公现在让姬静露面有什么计划？”

“不管他们有什么计划，都不会影响到王上的。王上，你别想那么多了，臣妾给你揉揉头吧！”

“嗯。好！”姬和知道琬贞心地善良，不愿意她承受太多的血雨腥风，所以也不愿告诉琬贞他心里的计划。这十年来他一直将琬贞保护得很好，也不允许其他嫔妃跟她过多接触，就是怕琬贞被这王宫的肮脏染指了。没过多久琬贞就回自己的柔仪殿了，而姬和则继续留在康剌宫内处理着政务。

此时在蘅晞堂的荣夷公听着今日得到的情报，预感即将迎来一场暴风雨，不过他也不明白召公为何让姬静现在露面，又或者召公故意为之？他看着火云说：“也许用不了多久，你的大仇就得报了！”火云听到这句话感觉自己浑身的血液都沸腾了，如果真的像主公说的那样该多好，那个时候他一定去爹娘的坟前好好地谢罪，毕竟这么多年来自己从来不敢去祭拜他们。

“谢主公！”火云是真心感谢荣夷公，他知道没有荣夷公他定是报不了这血海深仇的，这十年来，主公也算是为他部署了不少。

“先别急着谢我，给你个任务，狁狁王子不在使团里，想办法找到他。还有利用使团，给我们高高在上的大王送个礼物。这十年他在那个位置上坐得太舒心了。”说完这些他本想让火云退下去的，可是又问了句：“荣昌现在在哪？”

“主公，二爷他现在在醉香楼。”火云如实但又不得不小心地回道。

“还是为了那个渃水？盯紧了醉香楼！尤其是渃水。”荣夷公总有一种感觉，感觉这个渃水的身份不明，虽然蘅晞堂查了很久表明身份没有问题。这种感觉让他非常不安，也不知道自己遗漏了什么。

“二爷这次是为了给渃水姑娘送新得的月光锦。”火云知道月光锦的贵重，他倒是听说过，可从未见过实物。只是听说月光锦做的衣裳在夜晚会像月光一样发出淡淡的光，千金难买。

“他倒是挺舍得的。荣家出情种！”荣夷公说着就靠在了椅子上，自嘲地说着这些话。他知道荣昌也是跟自己一样，虽然他单纯很多，但是只要陷进去就谁也阻止不了。荣昌现在还不知道自己还活着，是不是要劝劝他呢？在一个女人身上浪费了那么多时间，人世间唯有情字碰不得。自己不就是最好的例子吗？只是希望荣昌能明白。火云看着荣夷公没有其他吩咐，便悄悄地退了出去，因为他还有任务要完成。

随着一声惊恐刺耳的叫声，新的一天开始了。驿馆外单逨最先反应过来，直奔狁狁使团的房间。此时的房间弥漫着一股血腥的味道，床幔已被鲜血染红，血一直流到了门后，弯弯曲曲像极了修罗炼狱的火焰。单逨看到这样的情况内心一阵荒凉，纵使他看惯了战场上尸体堆积如山，也没有现在的惨烈。随后进来的士兵看到这样的景象都扭头去外面吐了起来。单逨走上前去，看见床上躺着的是个身穿狁狁服饰的男子，他直直地躺在那里，眼睛睁得大大的，身体已经干瘪了，手脚都被划出长长的口子，像是活活被人放干了血。单逨看着吓得蹲在地上的应该是猃狁使团的婢女，看她瑟瑟发抖的样子估计也问不出来什么。虽然跟猃狁打过多次仗，可是单速对于猃狁话还是不精通，于是让人去请舌人靖宇过来。这样的事情估计要不了多久大王就会知晓，自己是这次负责猃狁使团安全的人，现在出了这样的事情，他怎么样都难辞其咎。自己一夜未睡，一直在驿馆外巡逻，却没有发现任何异常，由此可见进来杀死使者的人功力必定在自己之上。环顾四周，这血腥之气里面还带着一种甜甜的香气，虽被血腥味掩盖，奈何单速从小在军营里长大，对血腥气非常敏感。看见桌子上面摆的兰花里面有一些粉末，他趁没有人注意的时候偷偷地藏了一点放在手绢里，想把这个带回去找人给看看。

第十九章

单速入狱

单速正想出门，就被大王姬和派来的士兵给带走了。单速知道不管怎么样都逃不过这一劫，即使自己已经很小心了。因为监狱不准探视，他一个人坐在里面思考着是谁对使团动的手。大王？应该不会，他想着大王不会因为要治他的罪就派人杀了使者，猃狁使团出了问题可能会引起两国战争。他一个小小的单速还没有重要到大王为了他伤了两国的和气。那会是谁呢？这个人可能希望用使团引起两国战争。单速坐在那里怎么也想不出来这个人是谁。

召公进来时，看见单速坐在地上一动不动，好像陷入沉思一样。身处牢狱之中不慌不忙、沉着冷静，反而让人有种此刻坐着的不是犯错之人，更像是一个在此休整的人。召公咳了咳，单速听见动静看见召公，赶忙站了起来，像平常遇见召公一样依旧鞠躬问好。召公看见荣辱不惊的单速，顿时觉得这样的环境或者这样的地方如果换成自己站在这里，恐怕也不会有这份定力吧。

“召公，这个给你，找人去查查，在猃狁使团房间找到的。”单速说着就把手里的东西塞进了召公的手里，召公用手轻轻地接过东西藏在了自己的怀里。

“速儿，这次死的是猃狁部落首长的儿子雷德，猃狁已经给大王施压了！”召公后来的话就没有继续说下去了，他知道即使他不说，单速也能明白自己想说什么。单速当然清楚，如果猃狁施压，大王为了息事宁人肯定会让他来顶这份罪。可是单速想不通到底是什么人要杀了雷德，于是他抬头问召公：“这次是针对速儿还是另有图谋？”召公摇了摇头，因为他和单速一样都是一头雾水，他也不知道是谁这样做。单速看着召公的表情就知道召公跟他一样，对这起命案也是茫然一片。

“召公，你出去以后告诉母亲不要担心，我在这里一切都好！”单速叮嘱一番以后召公急匆匆地离开了大牢，他想快点弄清单速递给他的是什么，这样也能找到线索进而找到凶手，让单速早点离开这里。召公今日在大牢里的一切都被人禀告给了姬和，其实召公也知道这次他能探监也是姬和默许的，如果大王不同意那么他无论如何都是进不来的。可是让他疑惑的是为什么大王不允许单龚去探监却允许他进去看单速。这次猃狁使团的事情，大王在里面又充当什么角色呢？但是他一直坚信大王肯定不会杀猃狁使者来陷害单速，毕竟大周的繁荣稳定才是他最在意的。这次事件真的是针对单速还是有人想故意挑起两国战争呢？大王一直没有放弃过寻找太子，他会不会趁着这次事件来找到太子。毕竟他知道单速从小是跟太子一起读书长大的，单速出事太子肯定会现身的。

就像召公想的一样，单公府现在也是一片死气沉沉。单龚想不到任何解救单速的办法，原本大王让单速回来负责猃狁使团安全时，他的内心就有种不安的感觉，现在这种感觉更加强烈。他命令全府上下都瞒着老夫人，母亲的病因为单速回来已经好转，如果现在让她知道她最宝贝的孙子进了大狱，那后果不堪设想。对于自己的妻子，想瞒也是瞒不住的，只能不停地安慰她单速不会有事的，这句话既是在安慰他的妻子也像是在安慰自己。不同于单龚夫妇的焦虑，太子姬静此刻正在和季子白安静地坐在别苑讨论。他们两个人把今日在驿馆的一切还原，想借此找到蛛丝马迹。

“子白，如果你是凶手，你能让逑哥毫不知情吗？”季子白不曾跟单逑交过手，但是这个人能躲过驿馆的重重巡视，又能不发出任何声音。这样的功夫大周没有几个人有，他知道这样的人大多归隐或云游，不可能来杀这个狁狁使者。子白看着姬静在等自己的答复不得不如实说：“回殿下，臣做不到！”

“子白，我让人查过了，屋内没有打斗的痕迹。”子白看着此刻姬静风淡云轻的，可是这话却让他惊悚，因为这一天他一直和姬静在一起。单逑被抓他也是才知道消息，太子却知道如此多的消息，虽然应该会有人给他传递消息，可是这一天他一直没有离开太子，他是怎么接收到这些信息的呢？姬静好像知道季子白在想着什么，也明白他的疑惑，于是说：“不是不信你，寸有所短己有所长，我只不过是发挥了我的长处而已。”

“殿下，臣不敢！”子白明白姬静并不是他想象中的那样平常，他终究是太子，毕竟是有寻常人不及的地方，否则召公、周公也不会费尽心机地保护他。通过这几日的相处他越发地发现姬静的睿智，那是种大智若愚，一种看淡一切，也能掌握一切的从容。

“殿下，现在应该怎么样才能把单将军救出来？”子白把头埋得更低了，因为他是从心里佩服姬静了。

“子白，姬和现在需要人去查这个案件，我让召公举荐你。”姬静说完就低着头忧伤地走了，子白不知道太子为何说完这句话就难过了。是因为把自己暴露在外面么？是怕自己遇到危险吗？季子白觉得他一个仆人的命不值得主子为此烦恼。可是他不知道此刻姬静的心理，隐姓埋名十年，依旧不能光明正大地走出去。当初姬脉替自己去赴死，如今又是让子白替自己么？别人活着这么简单，到了自己这里为何这么困难？有多少人为了自己死去，又有多少人为了自己能活下去煞费苦心。单逑的这次入狱会不会也是针对自己呢？舅舅说只有自己变得强大了才能保护身边的人不受伤害。是不是自己太弱了才会让别人不断地为自己赴死呢？如果真的是这样那么自己必须变强。王位可以不要，母后的仇不能不报。

果然不出所料，姬和任命季子白负责查单逑的案子，命十五天之内查出凶手，否则任由猃狁人处置单逑。而召公这边找了很多人包括王宫的巫医都不知道那包粉末是什么。时间已经过去五日，不管是季子白还是召公都是毫无头绪。

姬静在别苑的凉亭里面望着远方，现在的他想得更久远，不仅要解救单逑，更要有更远大的布局。看见单之、单华两个人匆忙地跑过来，想必他们两个人是为了单逑的事情过来的。

“单静，快走，带你去看看谁回来了。”单之、单华一直都跟姬静一起读书，但是因为单华跟姬静同岁，两人关系要比其他人亲厚一些。单华从小心地单纯，一直把姬静当成最好的朋友。姬静看到两个人风尘仆仆的样子，猜想是不是单逑的事情有进展了。单华拉着姬静的胳膊，拖着姬静就往大门口走去，姬静也不说话，就这样任由两人拖着，直到看到门口的两个人才明白单之、单华为何会如此激动。站在木棉花树下的单棣一身黑色的纱衣随风飘动，似乎站在烟雾里一般，下颚微微扬起，长发如瀑布一般。那气势那淡然，让姬静也忍不住多看了几眼。一种熟悉的感觉从心底扩散开来，让他想起了十年前在一起生活的某个人，举手投足都与某人的影像重合。甚至连五官都像，只不过现在的五官要比以前都舒展开来。而立在单棣身后的是一个双眸透着雾气的女子，正深深地看着院子里木棉花的花瓣出神，白衣胜雪，长发如墨，不施脂粉的小脸上，亦有几分沉静。身上有着几分傲气，傲气中却隐隐带着自卑。有着生人勿近的淡漠，那种从骨子里发出来的，连她自己都无法察觉到。单棣看着快步走过来的姬静，一身简单素衣，挺拔的身材，立体的五官，发自骨子里的贵气。单棣看着这个人似曾相识，又好像有些茫然。姬静看到单棣眼中的迷茫，知道他认不出自己了，想想也是，他走的时候自己才六岁，现在的他早已不是孩童的模样，而单棣依然模糊地有着曾经的影子。“单棣哥，我是单静。”单棣看着姬静，发现他的变化这么大，但是依稀能看见曾经的影子。“哎哟，小静儿长这么大了！”单棣说着就用手捏了捏姬静的脸蛋，一边捏一边夸姬静的皮肤真好啊。姬静看着单棣各种浮夸的举动，明白什么叫生不如死，心里想着单棣出去一趟回来之后性格居然变化这么大，以后看见他得离他远远的。看着单棣没完没了，姬静不得不咳了一声说：“我哥还在大牢里等我们呢！”此话犹如一声惊雷，在场的所有人都看着姬静。单棣的笑脸在听到这句话时挂满了乌云，而他身后的那个女孩满眼的焦虑、紧张，虽然很好地掩饰了，但是姬静还是看出了她眼中的担忧。

“我就是为了这事回来的。”单棣一脸沉重地说，姬静看着单棣虽然笑着，可是还是掩不住满脸的疲惫，眼窝底下一片晕黑。而跟在他身后的那个女子虽然强打着精神，背挺得直直的，可是从眼中的血丝还是看出了他们这几日连夜赶路的艰辛。

“单棣哥，你们刚回来，先去休息一下，你的房间一直没人动。”姬静想让他们休息一下再从长计议。单棣听到姬静说自己的房间一直没有动过内心特别感动，自己都走了十年了，单公府还留着自己的房间，他第一次有了家的感觉。

“回来我本想去拜见老爷和夫人的，殷管家告诉我将军在见召公。想必召公也是为了单速哥而来的。”单棣原先还疑惑召公怎么会在这里，两家虽是亲戚关系，但是怕大王怀疑大臣结党营私，两家基本很少走动。除了庄重的节日，召公平日里很少来单公府。

“怎么样才能把速哥哥救出来？”单华看着姬静问道，几个人中单华是最单纯的，他想着只要单棣哥回来，他们这么多人就算拼命也要把单速救出来。

第二十章 川青再现

“我们去见一见召公，只有他见过我哥。”姬静说着便带着他们四人去了主厅，因为他也想问问召公那边对于猃狁的案子是否有进展。召公看见他们四个玉树临风的翩翩少年一起进来，顿时眼前一亮。主厅的人都有这样的感觉，可是现在谁也没有心思欣赏他们，都在为了单逨绞尽脑汁。单棣进来之后感觉召公身上有一股若有若无的香气，他摇了摇头想到这是大周，应该不会有这些东西。召公从主座走了下来，把在牢中见到单逨的情况一一描述给他们听，姬静等人听到召公的描述，知道单逨在牢狱不曾受苦，悬着的心也稍微能好受点了。当召公走近单棣时，召公身上的香气就越发明显。

“敢问召公身上可曾带有香囊吗？”单棣问道。

召公听到单棣这样问，先是愣了一下，随即笑道：“老夫没有佩香和熏香的习惯。”

单棣听到召公这样说，低着头不说话，也许常人是闻不到这样的香气，可是他跟随师父学医十年，不敢说闻遍天下草药，但是鼻子要比常人灵敏很多。

一般的香气他都不可能闻错，更何况这个味道他太熟悉了。召公看着单棣一言不发地思索，觉得他也不会突然无缘无故问自己有没有佩带香囊的习惯。召公突然想到单逑给自己的那包东西，单逑说有香气，他回去闻了半天也没有闻到任何味道。他连忙把自己藏在身上的东西拿了出来对单棣说："你过来看看，是不是它的香气？"召公小心翼翼地把手绢打开，慢慢地把东西铺在桌子上，单棣上前看了一眼粉末，又揉了一些放在手上闻了闻。其他人都使劲地吸着鼻子，想闻一闻到底有什么香气，可是闻了半天也没有闻到任何味道。

"单棣，这是什么？"

"这是鬼香，召公怎么会随身携带此物？"召公找遍了镐京的巫医也没有一个认识的，原先拿出来给单棣看看也是抱着死马当作活马医的，没有想到的是单棣居然真的认识。

"这是我在大牢时，逑儿给我的，说是在被杀玁狁使臣的房间找到的。单棣，鬼香到底是什么？"

"鬼香是玁狁少数部落川青家族独门秘制的，川青家族在玁狁只是非常小的一个家族，擅长调香制香。川青家族祖制传女不传男，可是不知道因为什么，在二十年前川青家族就没有在江湖中出现了。鬼香，顾名思义，像鬼一样的香。神出鬼没，只要点一小截，吸入者便会自残，并且感觉不到任何疼痛。"单棣说完，看着在场的每个人都一脸不可思议，他当初听师傅给他解说这个香的时候也是这个表情。

"不是说川青家族灭绝了吗，怎么又在大周出现了？"召公是所有人中最先反应过来的。

"应该没有灭绝，只是隐藏起来了。三年前，我曾无意中吸入过这种香，幸好师父救了我。"单棣说着解开胸口的衣服，胸前露出弯弯曲曲看着像极了山丘的伤痕。众人看到单棣胸前的伤痕都陷入了沉默，单之、单华自小跟单棣在一起，看着自己的师兄受难，难过得流下了眼泪。而单夫人一直把这四个孩子当作自己的孩子来抚养，看到单棣胸前那么大的伤口，流着泪说："孩子，让你受苦了。"单棣看着大家的目光都集中在自己身上，笑着说："我这不是好好的吗？别担心了，我这些年在外面四处游玩，别提多么逍遥自在了。"

"吸入这种香的人都会自残，那为何你们伤口的位置不一样？"召公想到猃狁使者是手脚，而单棣却是心口。

"吸入者会听点香者使命！至于怎么死，看点香者怎么发号施令。"听了单棣的解释，召公就明白了为何单逨在外面听不到任何响动了。

"召公，能否安排我去大牢见一下单逨哥？"听着单棣的请求，召公觉得既然已经知道这是鬼香，只要找到幕后之人就能把单逨救出来。

"好，你跟我回镐京，我安排你去见单逨。"

"单棣哥，我也要去镐京。"一直在单棣后面的女子清冷的声音吸引了所有人的视线，看着大家都看着自己，嬴萤也不胆怯，眼中带着不可抗拒的执着。单棣对召公说："召公，这是嬴萤，我的师妹，跟单逨是老相识。"嬴萤上前给召公行过礼。召公看她一身白衣，头发就用一根红绳随意地扎在脑后，脸上的倔强和眼中的执着倒有一种高高在上的气质，于是说："那就一起去！"于是召公带着单棣和嬴萤回到了召公府，安排他们先住了下来，第二天带单棣去见单逨。

单棣看着嬴萤一个人在院子里的石凳上坐着，眼睛盯着石桌上的杯子，清瘦的背影让人感觉无比的落寞。自从嬴萤的爷爷去世，她就很少与人说话，一心都放在医书上。有时候你与她打趣，她也笑，可是这样的笑容总是达不到心里只在眼睛里。这次他接到单之、单华的信件说单逨有难，他就马不停蹄地赶了回来，嬴萤也执着地跟着。看见嬴萤这么关心单逨，也许这次回来能让她彻底地好起来，快乐起来。

"在想什么呢？夜晚还是有些凉意，早点回屋歇着吧！"单棣看着坐在那里发呆的嬴萤说道。嬴萤想到自己刚刚是有一些走神了，具体在想些什么自己也不清楚，好像习惯了坐在那里发呆。

“单棣哥，没有想什么。你怎么过来了？”

“我怕你不习惯，过来看看你。还习惯吗？”

“这里挺好的，你早点休息吧，明天还要去看单速哥呢。”嬴萤知道单棣是关心自己，其实爷爷去世后她住在哪里都没有太大的关系，不管住在哪里都没有家的感觉。可这话是不能跟单棣说的，说了只让他多担心而已，现在跟着他已经给他添了不少麻烦了。所以她只能装作一副开心的样子。单棣虽然知道嬴萤是安慰自己的，但是还是笑着说：“嗯，你也早点睡吧！后面还有很多事情需要你做。”单棣看着嬴萤进了房间，也转身往自己的房间走去，漆黑的夜空中挂着一轮圆月，周边看不见一颗星星，这样的天空看起来是孤寂的。

在焦急的等待中，终于在第二日黄昏时，召公带着单棣去了大牢。远远地望着夕阳余晖笼罩的监狱，单棣的眼睛微微地发酸，想着十年不曾见面的两人现在却在这样的情况下见面了。十年前单速为了自己差点牺牲了生命，从那时起他就发誓学好医术将来好保他一世平安。现在自己回来了，哪怕拼命也要把他救出来。一进去一股阴凉的气息袭来，昏暗的隔间里依稀能看见一个笔直的背影坐在那里。身上的衣服没有一点褶皱，头发顺从地搭了下来，好像他坐的地方更像一片空气清新、环境幽静的山谷。十年不见的小少年如今变得更像一个顶天立地的翩翩君子了。

“单速哥！”单棣轻声地叫着，生怕惊动了单速，或者更像是在确认这个人是不是单速，毕竟十年不曾见面了。单速听见一个熟悉的声音在叫自己，只是不敢确定这个人是不是自己心里想的人。他迅速地转过头来，眼睛大大地盯着单棣，久久不能言语。

“你是……”许久之后，寂静的牢房里传来单速有点激动又有点不敢相信的言语。单棣没有说话只是慎重地点点头，像是对单速说你想的都是对的，我就是你想的那个人。看见单棣点头，单速的脸上露出惊喜的表情。

“单棣！单棣！真的是你！”单逨看着眼前这个人笑起来有着一双漂亮的桃花眼，修长的身体穿着明黄的衣衫，在这昏暗的牢房里像极了黑暗夜空一颗明亮的星星。

“单逨哥，是我！我回来了！”单棣看见单逨毫不犹豫地叫出自己的名字之后，高兴地向单逨走过去，此时他眼中的单逨更加高大伟岸，十年的军营生活在他身上看不见一点戾气反而多了一种书生的优雅之气。

“因为我的事情回来的吗？你师父也跟着回来了？”单逨眼中有着隐隐的担忧，不想因为自己的事情把单棣叫了回来，更怕自己的事情影响到单棣的学业。

“师父没有回来，嬴萤你还记得吗？她现在是我师妹，她跟着我一起回来了，师父云游去了。”单逨脑海中浮现出一个脸蛋红扑扑的小女孩，弹得一手好琴，更做得一手好菜。想到这些，藏不住眼中的宠溺和脸上的笑意。

“当然记得，她做的饭菜很好吃，你们回来查出什么没有？”单逨收起回忆，现在最重要的事情就是想办法从这里出去，单棣今日过来想必就是来打探那天的情况的。

“嬴萤若是知道你记得她，一定会很开心的。你给召公的东西是‘鬼香’。这个东西很少见，是川青家族的独门秘制，只要点燃一截就会控制人心、让人自残的香。”单逨站在那里一动不动，听得特别认真，单棣说完的时候看着单逨还保持原来的姿势，想问的话也问不下去。

“单棣，你去查查那天第一个发现猃狁使者的丫鬟。我当天值夜的时候没有发现异常，所以我想着凶手定是武功超过我很多，或者就是死者没有任何反抗。我常年在战场上见惯了杀戮、闻惯了血腥，对香气特别敏感，而且这香灰落在花盆里让我感觉异常，只是没有想到是这么奇特的香。我想第一个发现猃狁使者的人应该有问题。”

“单逨哥，丫鬟哪里有问题？”单棣一直都知道单逨比别人聪明，只是没有想到十年后的单逨不仅聪明而且还很细心。今天他也跟季子白打探过案件的审理，没有发现丫鬟有任何异常。

“我也不知道，只是感觉。我拿香灰时，我看到那丫鬟眼中有一闪而过的慌乱，虽然很短，可是我还是看得真真切切。我正想着好好盘问她时就被带到了这里。”单速巡视着周边的环境，无奈地耸了耸肩，单棣看到单速这种无所谓的态度觉得此刻的他还有心情开玩笑，证明他在这里并没有多难受，而且也看不出来他有想出去的意愿。

“嗯，你放心吧！我会好好留意那个丫鬟的。只是你在这里受苦了！我一定会想办法救你出去的。”

“嗯，你把案子调查清楚我自然就能出去了。”单速知道现在所有的人都想把自己救出去，母亲现在肯定以泪洗面。他不希望外面的家人和朋友难过，更不想他们为了救他铤而走险。两个人正说着话，召公走进来说：“时间紧迫，我们得出去了。”单速向召公深深一拜：“有劳召公了。”召公有点不好意思又有点生气地说道：“自家人哪有那么多礼节？”旁观的单棣说道：“我们走吧！单速哥，你照顾好自己！我们定会把案子查清，还你个清白！”

单棣和召公两人从监狱里出来就朝着召公府走去，趁着月色在召公府门口远远地看见一个人身影单薄，头上的草帽压得低低的，仿佛不想让任何人看清自己的面目一样。他一直全神贯注地注视着召公府的大门。单棣想把这个人抓住，他用眼睛询问召公时，发现召公正对着这个人的背影发呆，自己低声叫他几声都没有回应，不得不用手拉了拉他的衣衫。召公回过头时却发现那个人正飞快地消失在拐角的巷子里。单棣飞快地跟上，没过一会儿就回来了，对召公摇了摇头。

“看见长什么样子了吗？”召公有点激动地问，他是希望单棣追上他的。

“没有看见，天太黑了，他戴着斗笠，而且看样子是学过武的，我追到拐角他就消失了。”单棣看着召公的样子，感觉召公认识这个人，或许召公隐瞒了什么。召公看见了单棣眼中的疑虑，可是他并不打算解释。其实也没有什么可解释的，他只是觉得这个背影甚至走路的动作都很熟悉，具体在哪见过他自己也不清楚。

各怀心事的两个人都向府内走去，召公回到府里就直接去看召公夫人了，单棣听说召公夫人病重，想去拜访又怕扰了夫人休息，就径直向自己住的东厢房走去。今日的嬴萤换了套紫色的纱裙，单薄的身影看起来更加消瘦了。嬴萤此刻正在对着院子里不知名的小草发呆，单棣在门口看着这一切，不知道是进去还是转身离开。进去怕破坏了现在这份安静的美好，转身离开又有些不忍，嬴萤一定很想知道单逑的情况。他跟嬴萤在一起生活多年，一直都了解她的。自从爷爷去世后，能让她记挂的只有单逑了。正在这时嬴萤抬头看见了他："师兄，你回来了！"嬴萤轻快地跑到单棣跟前，用略带询问的眼神瞧着单棣。

"嗯，回来了！你刚刚在做什么？"单棣看着嬴萤，想着怎么样才能把今天在牢狱的事情跟嬴萤说清楚。

"没有什么。我只是在看着这些野花，我们终南山也有很多。"单棣顺着嬴萤手指的地方看着那一片小小的蓝色的花朵，每个花朵只有指甲般大小，却开得极其艳丽。昨天进来时并不曾留意这些小花，如今听嬴萤这么一说，这些花真的和终南山上那一片开得一模一样。这召公府怎么会有终南山的野花？嬴萤看着单棣在思索着什么，她知道单棣这个人聪明而且心细，出门前师父叮嘱一切都要听师兄的安排。嬴萤喊了声："师兄！"

单棣回过神来，看着嬴萤一脸焦急的样子，忽而笑了："别担心！我没事！"

"师兄，你见到单逑哥了吗？他没事吧？有没有被欺负？"单棣看出了嬴萤眼中的担忧。"你不要担心，单逑哥无事。他是将军之子，自己也是个将军，而且有召公照看着，他在大牢里面吃穿都有专人服侍，没有人敢欺负他的。"嬴萤听了单棣的话，悬着多日的心终于放下了。爷爷活着的时候曾说过监狱是个进去了就得掉层皮的地方，自己也从古籍上看到不少监狱里面的酷刑。这几日一直坐立难安，就是怕单逑在监狱里受到各种酷刑。

“嗯，那就好！师兄，你想到办法救单速哥了吗？”听着嬴萤这样，他不得不照实回答：“现在还没有想到办法，不过有点头绪了，我回来跟你说一声，马上就得去驿馆看看。”单棣其实是想去驿馆找季子白。虽然他今日早上才见过季子白一次，可是他感觉季子白不是一般的人，他聪慧，在一定程度上他很像单速，但是又有点不一样。单速对谁都是善良的、不设防的，可是季子白不同，他这个人不会轻易地对谁好，他把自己设定在一个相对独立的安全地带。

“师兄，我也想跟你一起去。”嬴萤低着头小声地嘀咕着。本来他是不想让她跟着过去的，因为召公府外面不知道有多少人盯着呢。奈何他更不想让她一个人在这里坐立不安、焦急等待，于是便带着她一起去了。

“一起去可以，不过得多添一件外衫。”听完单棣的话，嬴萤就开心地跑到房间里去拿衣服了。

两人一前一后地出了召公府，天已经彻底黑了，清冷的月色把天地之间照得雪白雪白。看着街上三三两两的行人，或是牵着孩子的母亲，或是坐在门前看月亮的喝茶的老人。镐京的夜晚虽没有终南山的静谧美好，但是终究有着生活的气息，这样的场景让人感觉到温暖。以前在终南山的时候和爷爷在一起，每到十五月亮最亮的时候，爷爷和自己也会坐在门前看着月亮说说话，高兴时爷爷吹着笛子，她弹着琴，那样的生活多么美好啊！单棣回头看见嬴萤一副痴迷的表情看着门前的老人，知道她想自己的爷爷了。其实单棣并不能理解爷爷和嬴萤的感情，他很小的时候父母就把他卖了，师父李卫对他也没有多少呵护和感情，要不然也不会把他们四个丢了。是上天眷顾自己，遇到了单速，也拜了亦辰为师，这些年来才体会到了亲情。可是他永远不会理解所谓的血脉亲情。不过这些都不重要了，重要的是他想保护单速，保护嬴萤，他们就是他最重要的家人。

不知不觉两个人已经到了驿馆，可能是季子白吩咐过了，驿馆外的官兵并未阻拦就直接把他们带到了季子白的房间。季子白看见单棣过来，并没有过多的表情，好像一切都在他的意料之中。其余人都退下，不等季子白开口单棣便问：“子白，你今日可有进展？”季子白看见单棣一副急不可耐的表情，知道他是在外面的天地闲散惯了。对于他这样直接地问自己并不奇怪，相反还很喜欢他的性格，羡慕他自由自在的生活。

“单棣兄，我这边没有任何进展，你今天去牢狱可有收获？”当他说完这些话时看到单棣后面站着一个穿着紫色纱衣、披着白色外衫的女孩，她一直低着头，自从进门就把自己的存在感压得最低，可是她的气质让人眼前一亮。单棣介绍说：“这是我师妹嬴萤！”不等两人自我介绍就拉着季子白说：“单逑哥说第一个发现死者的那个丫鬟有古怪，让我们好好审审她。”

“我今日也审了她，并未发现什么古怪的地方，单棣兄，你会猃狁话么？要不然我把她带过来，你再问问？”单棣是会猃狁语的，师父曾经带着他和嬴萤在猃狁生活过两年，猃狁地处北方，那里有很多珍稀的草药。两人正商量着怎么问这个丫鬟时，外面突然乱哄哄的。

第二十一章 王子被刺

出去发现两个穿着猃狁服饰的人正要进入驿馆，由于之前出了使团被杀的事情，驿馆已经被团团围住，任何人不得进出。守门的将士看见季子白出来，匆忙跑了过去说："大人，这两个人要硬闯驿馆，还打伤了我们几个兄弟！"季子白看见地上歪七扭八地躺着几个士兵，而门口的两个猃狁人，一个人好像受了很重的伤，倒在一个编着大辫子的人身上，嘴里叽里呱啦地说了一大堆听不懂的话。单棣听完一惊，然后把季子白拉到旁边没有人的地方说："那个猃狁人说自己是猃狁的将军格斯儿，他手里扶着的那个猃狁人是猃狁王子莫哈，他们遇刺，王子昏迷不醒，让我们赶快放他们进来，要不然王子出了任何事情他跟我们拼命。"单棣说完看季子白的表情，便知道这个格斯儿说得是真的，王子肯定不在这个驿馆。

"你才回来，好多事情不清楚，我回头告诉你，现在救猃狁王子要紧。"季子白说着就向门口奔去，让人帮忙把猃狁王子扶到床上去。猃狁使团自己带了巫医过来，巫医到来看到莫哈以后就命所有的人都出去了。猃狁王子毕竟在镐京出了事情，大周是有责任的。季子白和单棣一起出来以后，一直坐在院子里等着。

“单棣哥，你能看出来猃狁王子中的是什么毒么？”季子白还是很担心，他不知道猃狁那个巫医能不能解，他原本是想让单棣帮看看的，但是猃狁人不让。

“子白，你不要担心，我刚刚帮忙时摸了一下猃狁王子的脉象，他应该中的是猃狁独有的毒，那个巫医不简单，肯定能解得了。”听到单棣这样说，季子白悬着的心放了下来，他不明白的是申侯一直都在暗中监视猃狁王子，怎么会让他受这么重的伤。他看着单棣满脸的疑惑，便把那日召公带文武百官接待猃狁使团的事情和单棣说了。单棣听完之后反而笑了笑，大声地说了句：“这真是自作自受啊！”说完还看了看猃狁王子的屋子。季子白看着单棣这个任性的样子简直毫无办法。直到等到天边鱼肚快要泛白时，巫医颤颤巍巍地由格斯儿扶着出来，看见还在院子里等候的季子白和单棣，眼中闪过转瞬即逝的震惊，而后就像没有看见一样离开了。

“单棣哥，既然猃狁王子无碍了，我们回屋休息一会儿，然后再审问那个丫鬟。”看着季子白和自己想到一处便答应一声：“好！”转身就回屋休息了。这些天他也累了，需要好好地休息一下了。他的房间就在嬴萤的对门，他看着嬴萤紧闭的房门想着小丫头应该是睡着了，就笑着回自己的卧房睡觉了。单棣这一觉睡到午饭时间，他伸了伸懒腰，拉开门看见嬴萤站在她的门口，像是在等他。

“嬴萤，你怎么在这里？”单棣快速地上前，嬴萤应该是在这里等他许久了。

“师兄，我来等你一起去吃午饭，季大人被大王传唤去了。”嬴萤在前面走着，领着单棣下了楼。而单棣此刻正在思索着季子白因为什么被大王叫了去，是因为猃狁王子的事情还是因为单速的事情？时间越来越紧，还不知道到底是谁杀了猃狁使者。嬴萤也在担忧着单速的事情，饭桌上的菜没有吃几口就饱了，看着越来越清瘦的嬴萤，单棣想着季子白一回来就必须抓紧审问丫鬟，早点将单速救出来。

季子白第一次在大殿上见到了王上姬和，他一直不敢抬头。也不知道跪了多久，只听见一个威严的声音说："起来，抬起头来让寡人看看！"季子白顺从地抬起了头，但是他不敢与大王直视，他只看到黑色的外衣上面绣着金色的章纹。虽然他不曾看向大王，但是他知道姬和一直盯着他看，看了好久好久，仿佛能从他的脸上看到什么一样。季子白不敢移动分毫，他怕一个不小心自己就会人头落地。

"你是虢国侯的老十七？"姬和虽是问但更像是确定，虢国侯一直都是他的人。对于虢国侯的一切，他都是清楚的。虢国侯风流成性，子嗣众多，却从来没有关注过这个季子白。只是听说季子白是一个奴婢所生，生下他不出三日就去世了，他是一个下人养大的。虽说是个侯爷公子，在虢国侯府活得却不如一个低贱的奴才。只是他长得太像太子静了，连年岁都一样。这样的巧合说出来自己都不相信。自己从来没有注意过这些侯府子弟，那么当年的季子白会不会被调包了呢？又或者虢国侯叛变自己和召公联手呢？

"回王上，臣是虢国侯老十七季子白。"季子白低着头回答姬和。

"你父侯经常在我面前夸你聪明能干，今日见了确实是一表人才。"季子白听姬和这样说，若不是在这大殿上估计嘴巴都要抽起来了，不要说他父侯夸他了，估计他父侯都不记得有他这么个儿子。大王也真是什么话都能说出来。

"父侯谬赞了，只是父侯爱子心切才会如此说。多谢大王夸奖！"季子白说起瞎话来也是脸不红心不跳的，姬和看他这样说，内心也是无可奈何。虢国侯估计连季子白长什么样都不知道，季子白居然能说出"爱子心切"。姬和咳了咳用来掩饰自己的尴尬，说道："猃狁使者的案子查得怎么样了？给你们的时间可不多了，我不希望单逨出任何事情。"姬和声音虽不大，可是在季子白听来却是那样的不容拒绝，或许这就是王者的威严。他能明白大王为什么这样说，因为若把单逨交给猃狁，他作为大周的天子在各国诸侯面前有何脸面呢？

"臣定将竭尽所能！王上，臣还有一事需禀告。"

“说吧！”姬和不再看着他，换了一个舒服的姿势坐在那里。

“猃狁王子昨夜回驿馆了，他身中猃狁才有的毒，不过猃狁巫医给解了毒，现在已经无碍了。”季子白看姬和一点也不惊讶，看样子他早已知道了。

“嗯，寡人知道了，你好生招待，他有什么需求你尽量满足即可！”姬和这样吩咐完，看了看还站在那里一动不动的季子白，突然觉得有些无趣，甚至认为季子白不会是太子静的。太子静虽然年岁小，但是大周太子骨子里的东西不会丢失。季子白虽长得像姬静，可是终究哪里不一样，他虽不清楚哪里不一样，但就是有一种强烈的感觉。

“你若无事便退下吧！”季子白看着姬和又专心地看着手中的竹简，便猫着身子退了出去。季子白不明白姬和今日叫他过来的目的。季子白刚刚退了出去，姬和身边的暗卫就出现了，端端正正地跪在下面。

“十一，事情办得怎么样了？”姬和看着大殿底下身穿黑色夜行衣的人，温和地开口。都传姬和身边有一支庞大的暗卫护队，其实传言有一半真有一半假，真的是他的确有一支护卫队，但是却不像传说中的那样庞大，只是比较强大而已。他的暗卫只不过十八人而已，他们都没有名字、没有感情，只是按顺序叫名字。

“王上，属下已查清，召公府并无太子，刺伤猃狁王子的是蘅晞堂！”

“嗯，知道了，你退下。”十一听到“退下”两个字感觉浑身轻松，他作为下属从来不会去揣测主人的心思，而且他的主子向来是喜怒不形于色。姬和看着手中的竹简，眉头紧锁。他现在不知道哪里出了问题，蘅晞堂怎么会插手脚朝堂的事情？太子静不在召公府，又会在哪里？他的直觉告诉他季子白不可能是太子静，召公府没有太子静，申侯府也没有。自己是不是疏忽了什么？突然他想到了一个人，单公府里面的四个义子会不会有一个是太子静。放在单公府十几年的棋子应该要启动了。突然冒出这样的想法让他感到兴奋，也许用不了多久他就能睡个安稳觉了。

第二十二章

解救单速

季子白浑浑噩噩地回到驿馆，他的脑子里面已经把今天见到姬和的画面无数次回放了。可是他直到现在都不明白姬和的目的是什么，现在的他才知道什么是“伴君如伴虎”。单棣和嬴萤看着回来的季子白，一副心不在焉的样子。

“子白，大王跟你说什么了？”单棣首先开了口，他也想知道大王对单逨是怎么想的。季子白回过神来说道：“大王说希望单逨安然无恙地出来！”嬴萤和单棣听到这句话就像吃了颗定心丸一样，他们觉得只要是大王不存心刁难，单逨定会毫发无伤地出来。单棣看季子白神情恍惚便问：“既然大王都开口了，你怎么还是一副心事重重的样子？”季子白甩了甩头发，想着这件事不是自己能琢磨透的，回头见到申侯的时候问他吧。

“我只是在想怎样才能把单逨哥救出来？不是说要审问丫鬟的吗？我这就陪你们去！”季子白也不问单棣和嬴萤的想法就往关着丫鬟的房间走去。单棣和嬴萤紧跟其后，他们都想早点救出单逨，也没有发现季子白的行为是否妥当。昏暗的房间露出刺眼的光芒，丫鬟用手挡着光，长久地生活在黑暗里，突然的光亮让她眯起了眼睛。她无法看清进来的是什么人，只是模模糊糊地看见了三个人影。她无奈地撇了撇嘴巴，心想看来又得重复那问了无数遍的问题，只是等了许久也不见来人开口。

“你好点没有？”嬴萤看见坐在地上用手挡着光线的女子，那么孤单那么柔弱。对于她脱口而出的关心，季子白和单棣感觉他们不像是来审问犯人的，更像是来看望一个好久不见的故人。坐在地上的丫鬟顺着声音看着嬴萤。嬴萤看着她迷茫的表情才想起自己说的是周语，她或许听不懂。当她的视线扫过嬴萤转向单棣时，她眼中闪过一丝错愕，而后是惊喜。单棣一直盯着她看，好像自己也曾经在哪里见过她。

“我叫怜影，顾影自怜盼君归的怜影。”季子白从来不知道这个丫鬟居然会说周语，而且之前审问她都是满口的猃狁话。他看着这个怜影，怎么感觉她好像在对着单棣说话呢？

“单棣哥，你认识她吗？”季子白脱口而出的话引得嬴萤和怜影都看向单棣。单棣只是觉得怜影的眼睛似曾相识，可是具体在哪里见过却不得而知。他摇了摇头说：“不认识！”怜影听到单棣的话，满眼的期待转瞬即逝，取而代之的是满脸的落寞。季子白听见单棣这样说便问：“你既会周语，为何之前一直说猃狁话？”

“那你们之前也没有说周语呀！”怜影俏皮的回答，让季子白不知如何开口，是他自己先入为主了。

“我们问你几个问题，你如实回答。”单棣看着坐在地上的怜影，把她扶起来坐到凳子上。怜影看着单棣，想到了几句词，里面有句“公子世无双，陌上人如玉”，大概就是眼前这样吧！

“他们问，我未必答。你若问，我定搜肠刮肚！”季子白看到原来那个瑟瑟发抖的小丫鬟现在居然如此灵动，看她的表现也一点不像一个小丫鬟。觉得自己之前肯定被这个小丫头给戏耍了，顿时整个人都不好了。

“你的主子是怎么死的？”

“不知道，我进去的时候就死了，我自己也吓了个半死呢！”怜影说着就眼巴巴地看着单棣，希望单棣能怜香惜玉。单棣听了她的回答，眉头紧皱，眼神冷冽地看着怜影。怜影也不害怕，反而是直接跟他对视，眼底有着无尽的温柔，想要把单棣融化一样。

“这就是你的搜肠刮肚？你若再不说实话就别怪我心狠手辣，我可没有那么多时间陪你玩！”单棣看着怜影嬉皮笑脸的样子很是生气，他总觉得怜影什么都知道，只是不愿告诉自己罢了。嬴萤听着单棣说出来的话，大吃一惊。这些年来她从来不曾看见单棣发这么大的脾气，印象中的单棣一直都是温文尔雅的谦谦公子。

“你会对我怎样个心狠手辣？拆皮剥骨吗？”怜影看着单棣生气也不恼，反而是笑着问单棣。

“你若想尝试一下，也未尝不可。”单棣收敛了怒气，反而以一种漫不经心的态度回话。

“你若亲自动手，我倒是很想尝试一下。”季子白和嬴萤看着两个杠起来的人，不知道接下来该怎么办，明明是场审问却变成了旗鼓相当的对手戏。季子白更不明白，同样一个人为何见了单棣和嬴萤，就变得让自己都不认识了。

“你跟川青家族有什么关系？”单棣也不跟她废话了，他只想尽快救出单逨，离大王规定的半个月之期只有五天了，没有时间跟这个小丫头耗下去。他一直盯着怜影看，当他说出川青家族时，他看见了她眼中的波动。

“没有关系！”怜影当即否认了，可是否认后她就后悔了，她的否认太快了，快到让人觉得不可思议。

“你一个小小的丫鬟居然知道川青家族，还说没有关系。”季子白听着单棣的问题，觉得脑袋都是懵的。他是知道川青家族的，之前召公已经派人告诉他房间里面的香灰是什么了，只是没有想到和眼前的这个丫鬟有什么关系。

“我真的不知道你在说什么，我只是害怕脱口而出而已。”怜影说着还流下了几滴泪，不停地拿着手帕轻轻地擦着眼睛。她楚楚可怜的样子加上本身就非常漂亮的五官，给人的感觉真的像受了多大的委屈一样，可是不管是季子白还是单棣和嬴萤都不会相信她。

“你不知道川青家族，也不知道鬼香是吗？”单棣看怜影的眼泪已经不流了，此刻的她正在盯着单棣的眼睛看，好像在探究单棣还知道什么一样。她一直认为他们是拿她没有办法的，只是没有想到单棣他们知道的超乎自己的想象。三个人都看着一直不说话的怜影，怜影也不理会他们，就一直在那坐着。过了很久，怜影拍了一下自己的额头说：“我饿了，你们给我弄点好吃的，我都几天没有吃过饭了。”三个人对于怜影这种逃避问题的方式很反感，而且她看起来一点都不像几天没有吃过饭的人。

“别忘了你在哪里，是什么身份，快点回答我的问题。”单棣的忍耐已经达到了极限，他真的有种一身蛮力打在棉花上的感觉。

“你真的很想救你的朋友哎，你答应我三个条件，我就帮你把他救出来！”怜影胸有成竹地说道，因为她知道单棣一定会答应她的条件。单棣刚想说什么，季子白拦住他，然后对怜影说：“你只是一个丫鬟而已，凭什么跟我们谈条件？”

“哼，你还真以为能把我怎么样？即使我是个丫鬟，也不是你们能够屈打成招的。我若咬死什么都不说，你们那个朋友能活着？”怜影对待季子白的态度可谓极差，季子白很生气，可是他也知道怜影说的是实话。他的确不能把她怎么样。

“什么条件？”单棣知道这样耗下去对单速没有好处，而且怜影说的都是实话。她是猃狁侍女的身份，季子白在没有任何证据的时候是不能对她动刑的。

“放心，不会让你为难的，至于什么条件，我现在还没有想到。等我想到的时候再告诉你！”怜影说着就揉了揉自己的肚子，肚子也不争气地发出了咕噜噜的叫声。她不好意思地挠了挠头，这个时候的她看起来才像个十六七岁的姑娘。她见单棣也不出声，知道他是答应自己的条件了。

“既然你们已经同意了，就在三日后，把猃狁使团的人安排到这里，我自会给他们一个交代。不过这三日，你们要把镐京城所有的好吃的都送给我，必须你来送。”怜影说着就指向单棣，单棣点头默许。季子白忍不住问了一句：“为何要到三日后？”怜影看也没有看向他回道：“我说三日就是三日。”怜影这段抢白让季子白气愤，考虑到救出单速还要靠她也只好不言语。今日在这个小丫头片子手里没有讨得半点好处。怜影也不知道为何是三日后，她只想这三日天天看见单棣，而且能吃到各种美味。驿馆的饭菜实在是难吃，她已经忍到极限了。

单棣一日三餐都给怜影找来镐京城各种美食，每次看见怜影尽情大吃大喝的样子都无奈地笑了。他答应每天给她送饭是因为他怕节外生枝，这样也能天天盯着她。她若出了任何问题，单速出来的希望就更加渺茫了。很快三日之约就到了，怜影每日都睡到日上三竿才起，她起来以后在房间里待了很久才出来。单棣提着早起去街头买的五色粥，还配了一爵他酿的果酒。怜影看着单棣手中的好吃的，就自觉地吃了起来，单棣想说些什么终究也没有张开口。怜影喝了果酒之后问：“这酒怎么这么好喝？若是每日睡前喝上一杯该多好。”单棣看着怜影像孩子一样的心性说道：“这是我自己酿的，你若喜欢，我多送一点给你！”

“你不会觉得我今日就要死了，特地做了这果酒给我送行吧？”怜影笑着看着单棣，单棣内心确是这样想的，只是这样被人看穿了心思反而有些不好意思。怜影看着单棣的表现也知道被自己说中了，只不过想让自己死估计也没有那么容易吧。她一想到单棣还能为自己酿酒，也算她这几日的功夫没有白花。单棣看见怜影开心地笑了起来，他不明白她怎么还能笑得出来。今日她若都交代了，那么不管是猃狁还是大周都不会放过她的。这三日的相处，他相信怜影不是一个十恶不赦的坏人，他也看不透她，她面对食物时开心得像个孩子一样，对待自己不喜欢的人又竖起利爪。她的防御心和嬴萤很像，但是又不一样。嬴萤是冷但是多愁善感，是个心地善良的人；怜影虽表面阳光像个被人宠坏了的孩子，可是谁要触及她的底线，她一样会不择手段。怜影看着单棣若有所思地站在那里，她不想浪费时间了，她还有很多地方要去呢，她可不能一直困在一个昏暗的房间里。

“别发呆了，把他们都叫过来吧，那个猃狁王子也叫来。”怜影吩咐完这些，没过多久，格斯儿扶着猃狁王子莫哈第一个走了进来。随后嬴萤和季子白也跟着进来了，他们后面是猃狁使团里面有头有脸的人物。怜影看着这些人都到场了，她也不害怕，自己找了个位置坐了下来。这些人对于怜影的行为很是生气，怜影用猃狁话说了句：“我马上就是要死的人了，你们何必还在乎我跪不跪呢？”他们听了怜影的话觉得也有道理。怜影看着这些人也不跟自己计较了，端着手边的茶就喝了起来。由于之前喝了点果酒，白净的脸上挂着丝丝红晕，她摸着自己发红的脸说道：“我也是受人之托忠人之事，再说你们那个猃狁世子也是该死，他在草原上强抢民女，鱼肉百姓，以杀人为乐。背地里用各种手段虐待奴仆，自从我来这里短短的一个多月，就死了多少个奴婢，我想你们应该比我清楚吧？”一直不曾开口的猃狁王子莫哈开口问道：“你是受谁之托？”莫哈对于雷德的暴行一直都是知道的，不仅他知道，在座的每个猃狁人都知道。怜影看着莫哈，也不忌惮他猃狁王子的身份，轻蔑地看着猃狁王子笑着说：“拿人钱财，与人消灾。我既然拿了别人的钱，我又怎能把人家的姓名告诉你呢？”莫哈听了也不生气，好像怜影一直都是如此。季子白看着单棣，眼神像是在询问这个怜影到底什么来头。之前莫哈见到他们都不理睬，甚至连个正眼都不曾给他们，可是今天他却对怜影态度这般好。“那怜影姑娘是不是该自报家门呢？”莫哈笑着说完这句话，所有的人都不开口，空气像凝固了一样。大家都在等，等着怜影自报家门，看看怜影到底是何方神圣，能让他们一贯高冷的王子殿下能这般好说话。怜影环顾了周边，又拿起桌边的茶，轻轻地小啜了一下。

“你们就不想知道雷德是怎么死的吗？我可没有杀他，他那样的人还不值得我动手，我怕脏了我的手。他是自己拿着刀朝自己的手脚那里一点一点地割下去，最后血流尽而死的。”坐在最下面的雷德的管家听见怜影这样说，既心疼又气愤，他站起来颤抖地指着怜影说道：“妖女，肯定是你杀了我们少爷，我拼了这条老命也要杀了你！”说着便抽出腰间的大刀向怜影砍了过去，莫哈身边的格斯儿快速地拦住了他说道：“等王子审完，怎么处置都交给你。”怜影看到这阵势也不害怕，对于格斯儿的话就像没有听到一般。单棣看着周边的人除了自己和嬴萤、季子白等相信怜影的话，其他人都不相信。其实这也不能怪他们，如果他们三个不知道川青家族，不知道鬼香的存在，那么对于怜影今日这番说法也会觉得是天方夜谭。怜影本不想跟这些人说这么多废话的，可是看着这些人什么都听不懂的样子真是让她头疼。

“看见你们这群没见识的样子，真是让姑奶奶伤脑筋。”怜影说完便指了指刚刚要砍她的管家说：“你不是不信我的话吗？今日姑奶奶心情好，让你开开眼。”说着就让那管家上前，不知道从哪里拿出来一截香，让其他人捂住口鼻。管家也不疑有他，只是觉得一个柔弱的小姑娘当着这么多人的面能把自己怎么样。别人都捂住口鼻，他却不把怜影放在眼里，不屑地上前看着怜影。那截香烧了一会儿，单棣专注地看着管家，隐隐觉得管家神色不对，目光呆滞。怜影只是轻声地说了句：“往自己身上砍一刀。”管家像一个得到指令的木头人一样，毫不犹豫地就给了自己一刀。所有的人都被这一幕吓得目瞪口呆，即使单棣和季子白也曾经无数遍想过雷德的死因，可是事实发生在自己眼前还是无法接受这种冲击。管家像是没有知觉一样，任由自己身上的刀口不停地流着血，胸前的口子很大，染红了衣裳，也染红了地砖，更染红了在场每个人的眼睛。怜影并不像这些人一样，她就像看见一件再平常不过的事情一样，人命、鲜血在她的眼中都不过这世间的浮萍一样渺小。

最先反应过来的是季子白，季子白看着猃狁王子嘴角的笑意，他突然觉得猃狁王子是认识怜影的，最起码是知道鬼香的存在的。季子白被自己脑中的想法吓了一跳。把大家从刚刚的震惊中唤醒的是驿馆外传出的不知名的鸟叫，怜影听见鸟叫之后整个人的心情像是突然好了起来，她伸手在管家鼻子上面快速地一划，像是给管家闻了什么，具体是什么没有人能看清，然后她对着单棣说道："别忘了我的三个条件，等着我来找你。"说着就大摇大摆地向门口走去。所有人都看着怜影这样离开，可是每个人都不能移动分毫，此刻的他们是清醒的，能看能听能明白所有发生的事情，就是不能动也不能说话。单棣看着嬴萤，他有点懊恼，他从医十年，对于任何药香都了如指掌，可是如今竟然中了怜影的圈套。

驿馆守门将军进来看见季子白坐在那里一动不动，只有一双眼睛在那里转来转去。守卫估计是有重要事情要告诉季子白，看着季子白和所有人都这样，就在房间里走来走去。过了大约十分钟后，所有人都恢复了行动自由，猃狁王子让人把管家带下去包扎。管家还不知道自己怎么受的伤，一直嚷嚷着是谁伤的他。其他的猃狁使者都跟随着猃狁王子离开了房间，不过看着他们的脸色还是煞白的，额头上还冒着细汗，估计即使很多年后他们回忆起这一幕都会心有戚戚焉。

第二十三章

血洗醉香楼

季子白看人都走光了，问守卫何事。守卫伏在季子白的耳后低声说了什么，只见季子白的脸色越来越严肃。单棣和嬴萤见此也不敢打扰，只能站在那里等着季子白。季子白对单棣和嬴萤说："你们去大牢门口等着单速，大王应该很快就放单速哥出来了。"单棣刚想问季子白出了何事如此惊慌，可是季子白已经带着那个将领出了门。单棣和嬴萤也不多想，只以为他有要务在身，然后和嬴萤一起开心地去等单速。

季子白到达醉香楼的时候，被眼前的景象吓到了。每个房间都横七竖八地躺着人，而且这些人都是被人一刀毙命的。中午的醉香楼是不营业的，所以死的都是居住在醉香楼的客人，或者是醉香楼的伙计。季子白知道醉香楼是申侯的产业，也是申侯布局在镐京的信息网络，前段时间申侯还想把这里交给太子殿下的。只是他想不明白是谁突然把醉香楼连根拔起，还是申侯暴露了。季子白从一楼缓缓地走向二楼，浓重的血腥味让他的胃前所未有地难受，这么多人突然就死了，无异于断了申侯的双臂。他落寞地走着，突然想到了住在三楼的荣昌和渃水，他还抱着一丝希望，他希望渃水好好的，也希望荣昌平安。他首先推门而入的是荣昌的房间，他看见荣昌睁着眼睛躺在床上，手里还紧握着一只红宝石的白玉朱钗。白色的罗曼已经染成了红色，他起身拿下那支朱钗，他没有见过这么好看的钗子。百年难得一见的白玉，加上这么大一颗通透无杂质的红宝石，拿它去换一座城池也没有问题。若是求财，这么名贵的宝物怎么会不拿走？他飞快地跑到渃水房间，房间里还是一如既往的干净，没有一丝血迹，盆里的兰花跟着房间的清泉跳舞。确定再三，没有发现渃水，悬着的心突然变得安静平和，只要渃水无事便好！他需要尽快把这里的情况告诉申侯，他转身出门，看见镐京司空晏阳向他走了过来。季子白是晚辈，看见晏阳向他行礼问好。晏阳看着季子白也不说话，只是简单地点头示意。季子白已经习惯了晏阳这样，晏阳入朝为官十年，清正廉洁，为人刚正不阿，镐京城的治安一直都是他负责的，醉香楼出了这样的事情，他出现在这里不足为奇。季子白行礼之后就快速地朝单公府走去，他不能明目张胆地去找申侯，他以看单逨的名义去单公府，他想太子肯定能有自己独到的办法联系上申侯。

蘅晞堂获知醉香楼的事情后，里面一片死寂，地下跪着一群人，坐在最上方的荣夷公面色发青，手指用力地抠着椅子，血顺着椅子流了下来，唯有疼痛能让自己冷静下来。他已经很小心地派人去保护荣昌了，他不明白那人为何要对荣昌下手。这十年来自己不曾破坏过那人的任何事情，就算要寻仇也应该向自己来寻，为何要杀荣昌啊？许久之后，荣夷公颤颤巍巍地离开，回到了自己的房间。星岚看着荣夷公的背影，眼泪就不听话地落了下来。她理解荣夷公的悲伤，她真的能做到感同身受，这十年来，荣夷公无时无刻不照顾着荣昌，派人保护、帮助着荣昌。十年来仅有几次出去也是为了看看荣昌，荣昌是他在这个世间仅有的亲人了。她曾经问他为何不告诉荣昌你还活着，你们兄弟相聚，荣昌若知道你还活着定开心不已。她记得他说，如果这个快乐对荣昌的生命有威胁，他宁愿不要。只是没有想到这样的两个人再也没有见面的机会了。她想跟上去看看，她不管那么多了，这些年来她一直听从他的吩咐，从来没有违背过他。这次她想自己做一次主，只是希望他在无助的时候，自己能陪在他身边，哪怕什么都不做。大黑看出了星岚的举动，两个人在一起共事这么多年，只要一个小小的眼神就能知道对方的意图。大黑对着星岚摇摇头。他们都了解主公的个性，谁要违背主公的心意只有死。星岚看着大黑笑了笑，大黑一直都知道星岚是美的，只是从未见星岚的笑能如此的美，像极了漆黑夜空绽放的烟花，绚烂至极。

星岚轻手轻脚地上了楼，她趴在窗户上偷偷地看见荣夷公坐在床边。不知道过了多久，荣夷公没有任何表情，也没有流下一滴泪水。星岚看见荣夷公这样，内心无比难过，她顺着门板坐在地下，五月的天气已经暖和了，可是地下宫殿还是十足的阴冷。她双腿蜷曲着，她多么希望荣夷公能哭一下，或者骂他们，又或者他能砸东西，甚至杀了自己。她多么希望他能发泄出来，而不是这样一味地自己忍受。她突然想到曾经那个在晋城白衣黑发的少年郎，伸着手对自己说："可愿意跟我走，虽不能保你一生荣华富贵，但能保你一世不受人欺辱。"她已经记不得当年是怎么样的场景，只记得他像一个披着五彩衣的英雄，踏着祥云而来，救她于水火之中。不知是他那句保你一世不受人欺辱，还是那天他玩世不恭的微笑让她动心，总之她把手递给了他。可是她跟着他才知道，他并不像表面那样，他的伤痛、他的执着、他的不顾一切，她都知道。可是她无能为力，她不能改变任何，她好像永远也焐不热他，他也好像永远看不到她的存在。星岚醒来时在暗室，她无奈地笑了，蘅晞堂的规矩：靠近主公卧室者，禁闭三日。她以为他早晚有一天会动心的，只不过没有想到有些人是没有心的。星岚在暗室也不哭也不闹，现在的她相比荣夷公的伤痛不会少多少。没有比这暗无天日的地方更适合疗伤了。星岚听见轻微的脚步声朝这里走来，她的心又死灰复燃了，她想着他终究是担心她的，终究来看看自己了。暗室外，这蹑手蹑足的声音在门口徘徊了很久，星岚突然间很失望，因为她太了解他了，他进入这暗室还需要偷偷摸摸吗？星岚不自主地笑了，这笑里有委屈，有无奈，更有对自己的鄙视。

“星岚，你别怕，我求火云去求主公了，用不了多久你就可以出来了！”大黑压低着嗓子对暗室里的星岚说着。

“大黑，你快走吧！不要去求主公，是我的错！不过三日便可出去了。”星岚学过武，三日对于她而言也不过是反思而已。大黑没有听星岚的话，从衣裳里拿出了一个饼从暗室的门缝里塞给星岚。

“星岚，你拿着，三日不吃你的胃会难受的。”星岚的眼泪流了出来，自己一直有胃疼的毛病，大黑一直记得。她接过饼拿在手里也不说话，也没有吃。大黑看见星岚接过饼开心地笑了。过了许久，星岚看大黑还没有离开的意思。

“大黑，你快走吧，让人看见不好。”

“没事，我在这里陪你一会儿！我怕你害怕黑！”星岚哭了起来，大黑看着星岚哭，不知道自己哪里惹得星岚不高兴了，忙说道：“星岚，我现在就走，你别哭了！我晚上再来！”星岚听着大黑匆忙离开的脚步声，跪在地上放声大哭了起来。那个人若爱你，怎么舍得你难过。那个人若爱你，会把你当孩子宠，他会记得你的一切，会知道你害怕封闭的环境。那个人若不爱你，在他的眼中根本就看不见你，记不得你的一切。可是爱了一个人一生，怎么能放下？即使知道自己从来不在那个人眼里、心里。

火云跪在地上，听着荣夷公的吩咐。火云张了张嘴想说什么，可还是没有张口。荣夷公知道火云大抵是为了星岚求情，可是终究没有给火云任何开口的机会，他不是不懂星岚的心思，只是星岚要的他给不起。自己的一颗心早在十年前就死了，他不想给星岚一丝希望。他觉得只有这样星岚才有机会开始自己的生活。荣夷公看着火云说道：“你盯紧单公府，有必要的时候帮助太子一把！”

“主公，属下获得情报，姬和已经派人潜藏在单公府了。”

“真是不能小瞧了姬和这个老狐狸，这么快就发现季子白是个冒牌货了。”

荣夷公想着自己若是姬和，说不定也能发现季子白是冒牌的，只是召公、单龚也不是简单的人物。想着单公府除了太子还有个跟太子年岁一样的孩子，不知道这次姬和能不能快速地分辨出来。自己也是找了很久才找到。不过既然盯上了单公府，那么估计也用不了多久了吧。火云看着荣夷公说完话就不停地用手指转圈，明白他在思考着什么。

“主公，二公子的尸首已经让人送回荣国安葬了，你要不要过去？”火云想了想还是没有提星岚的事情，现在二公子的事情比什么都重要。

“你们看着下葬吧。我就不过去了。”荣昌身为荣国的国君，姬和命人带回荣国风光大葬，可是人死了，再风光也是看不见了。荣夷公想不通姬和为何要杀荣昌，是因为自己的蘅晞堂，还是因为要断了申侯的羽翼？

“火云，通知霍伯府的人动手，是时候向姬和讨点利息了。”他们已经知道真正的太子是谁了，荣昌这条命总有一天会让姬和还回来的。

季子白在火云之前回到单公府，他直接去前厅看单速，因为他知道只要单速回来，太子一定会在第一时间来看单速。还没有进去便听见屋里的嬉戏耍闹之声，他第一次听见太子的声音可以这么欢快。他进去看见坐在最上面的单夫人在用帕子抹眼泪，看见自己进来了，忙站起来强挤出几分笑容招呼自己坐下。他能理解单夫人的感情，他娘现在如果还活着的话，自己受了委屈她必定比单夫人还难过。不过他已经快记不得娘长什么样子了，听养他的嬷嬷说他娘长得是极美的，自己也就三分像他娘而已。单夫人命人端来了茶水。对于单夫人的善意，季子白内心有着小小的波动。单速和季子白等人说了一会儿话，太子姬静就找了个理由带着季子白出来，回到自己的小院。

季子白不是第一次来到太子的小院了，之前来的时候要么匆忙，要么就是天黑，不曾注意过小院上面居然题了四个字：清风明月。若是从前季子白看到这四个字，定会想到这院子的主人能否担得起这四个字。如今住在这里的是太子，不说身世地位，就是太子的品性和长相也是能担得起这几个字的。院墙四周是一年四季花开不断的龙船花，绯红的小碎花一团团聚在一起，明艳动人，犹如新娘手里的绣球；爬缠在青石墙上的三角梅，粉红的花朵灿若朝阳，一簇簇压在斑驳的旧石墙上，给凉爽的黄昏平添了几分艳色；客厅窗下的红雀珊瑚、琴叶珊瑚开得如火如荼；书房窗外的龙吐珠和九里香累累白花，堆云积雪，煞是好看；厨房转角那株至少一百岁的公孙橘绿意盎然，小小的橘子羞答答地躲在枝叶间。仔细地看了这个小院才发现太子住的这个院落估计是单公府里面最好的院子了。太子姬静看着季子白一直不停地巡视自己的小院，就好像自己私藏的东西被人盯上的感觉一样。他默不作声地哼了一下，季子白才反应过来，想起今天来的急事说道："殿下，醉香楼出事了，渃水不知去向。"季子白一口气说完，抬头看了看太子，发现太子并没有多少表情，好像这是很久之前的消息一样。季子白有时候真想问问太子，怎么做到足不出户尽知天下事的？姬静看着季子白说道："舅舅已经知道了，这事你就不要管了，让晏阳去调查吧。"姬静不再说话了，也没有叫季子白离开。季子白不明白，太子和申侯听到醉香楼出事了，为何不见他们有分毫难过。要知道这个醉香楼可是申侯苦心经营了半生的产业，一直以来都要给太子谋未来的，突然这样被毁了，竟毫无心痛之意，这令他匪夷所思。

"还有事吗？若无事，就下去吧，我想一个人坐一会儿。"季子白听太子下了逐客令，只能带着一肚子疑惑离开了。离开时，他用手握了握藏在手中的朱钗，心想若有机会，一定会把这支朱钗交给渃水。他之前在醉香楼时就听说过荣昌和渃水的事。他很佩服荣昌这十几年来只喜欢渃水一个，终身不娶。可是渃水也是铁石心肠之人，对于荣昌的爱意只当看不见，若有机会见到渃水一定问她一句，如今荣昌死了，她可后悔吗？

第二十四章

原野到来

单华跑向小院时看到季子白正从太子小院出来，高兴地对着季子白喊："子白哥，原野姐姐来了，你去正厅。"季子白抬头正看到笑着对自己说话的单华露出洁白的牙齿，他现在明白为何太子对他冷漠可是对于单速和单华却是关怀备至。因为他和太子的性格极像，都是外表阳光但是内心冷漠的人。而他们这种人都抗拒不了那种毫无城府、内心真正阳光的人。不一会儿单华就站在了他的跟前，鼻尖上还有密密的细汗 。

"单华，谁来了让你这么开心？"季子白打趣单华，这个和太子同岁的孩子，每日吃喝玩乐，过得无忧无虑，任何时候见了都是开开心心的模样。

"子白哥哥，是原野姐姐来了，带了很多好玩的，你快去看看，我来叫单静过去。"季子白看着一口气说完这些的单华，又像一个活脱的兔子一样跑进了院子。单华跟姬静同岁，他见人都喊哥哥，但是唯独对太子直呼其名。季子白想着回去也是无事，不如也去前厅凑个热闹。一会儿，单华拖着太子就追赶上了慢悠悠的季子白。"子白哥，你这走得也太慢了。"单华说着就向前跑，他看着太子被单华抓着手，不自主地跟着单华跑起来的样子，特别滑稽，忍不住地笑了。姬静看见季子白偷笑的表情，白了季子白一眼，季子白不得不假装咳嗽一下去掩饰情绪。

他们一行人走进大厅，见一个穿着猃狁服饰、头上编了很多小辫子的小姑娘拍了一下掌，立刻便有无数的仆人端着茶具从两侧的小门里轻步走到每个茶几后摆设茶具。这个客厅大概也算是单公府里面最大的客厅之一了。北墙上方搁着一张镶大理石面的紫檀木茶几，两旁各摆着一把紫檀木雕花圈椅，东西两向却一溜各摆着八把配着茶几的紫檀木座椅。最难得的是地面，一色的大理石，每块上面还镶着云石碎星！姬静向最上座的单老夫人行礼："孙儿见过祖母。"季子白看见最上面坐着一个慈眉善目又有些白胖的老太太。因为常年养尊处优，单老夫人白白胖胖的，梳着牡丹头，正中一支五凤朝阳赤金镶红宝石钗，两边金丝嵌珠押发，各镶嵌着一颗红宝石。穿着大红的新绸描银缠枝刻丝褙子，褙子领口上一颗金丝八宝攒珠胸扣，一抬手，手上戴着嵌珠大金镯，中指上戴着一枚镶嵌着红宝石的金戒指。季子白多次来单公府，却是第一次见到单公府的老太太。单老夫人忙让姬静起来，招手让姬静上前："静儿长大了，长得越发好看了。"说着便慈爱地摸着姬静的头发，姬静也不躲开，反而是一脸享受的样子。所有人看着祖孙俩感情深厚的样子都洋溢着笑容。

"老夫人只顾疼自己的孙子，连小野送的东西也顾不得了。"原野说着就嘟着嘴巴，身子扭了过来，不再看老夫人。季子白第一次见原野，不施粉黛的小脸上面洋溢着少女独有的青春，不矫揉、不造作的身段，配上一双圆溜溜的会说话的眼睛，顿时让季子白感觉眼前一亮。

"哎哟，我们的小野生气了。来，快看看小野给我这个老骨头带什么来了。"老夫人笑得合不拢嘴，可是离她最近的姬静却发现老夫人的身体好像更差了，白白胖胖的脸上已经冒着细汗了，抓着自己的手也是毫无力气。老夫人仿佛感觉到姬静在看自己，向姬静点了点头，给他一个安抚的眼神，好像在说"我无事"。

原野看见老夫人要看她的礼物便又拍了一下手掌，同时出来四个干练的穿着猃狁服饰的男仆，提着四把锃亮的铜壶，轻步走到各人背后的茶几边，揭开盖碗，铜壶一倾，几条腾着热气的水线同时注进了各人的盖碗里。随着热气散出，碧绿的芽尖慢慢浮上水面，都竖着浮在那里。老夫人率先将茶碗端起来，深吸了一下茶碗里飘来的茶香：“这茶蜜真不错！”

原野笑着：“今年第一茬的狮峰龙井，赶在夜里露芽的时候采的。”

单龚和妻子单夫人、单速等都端起茶碗轻轻啜了一口。

“好。”单龚赞道。茶蜜他府上也有一些，只是没有喝过这么好的茶蜜，镐京、丰京这边多以黑茶蜜为主，很少见到如此好的茶蜜。

“是顶尖的上品。”单夫人也跟着赞道。

原野看着单老夫人和单龚夫妇都夸自己带的茶蜜好，一脸得意的样子看着单速。单速看着原野在等自己，于是低着头抬起手中的杯子看见茶碗里的龙井，茶外形挺直削尖、扁平俊秀、光滑匀齐，色泽绿中显黄。冲泡后，香气清高持久，香馥若兰；汤色杏绿，清澈明亮，叶底嫩绿，匀齐成朵，芽芽直立，栩栩如生。单速轻轻地抿了一小口，顿时感觉沁人心脾，齿间流芳，回味无穷。于是他站起来笑着对原野说：“小野这茶蜜确实是我见过最好的茶蜜。”听完单速的夸奖，原野更是开心得手舞足蹈。她三步两跳地蹦到单速跟前，歪着头盯着单速说道：“速哥哥要是喜欢的话，我送你一罐。”

“小野可真是大方，这么好的茶蜜，说送就送了。”单老夫人说着哈哈大笑起来，原野听出老夫人在打趣她，便一脸谄媚地笑道：“祖母要是喜欢，小野送你两罐。”众人都被原野的语气和动作逗笑了。客厅里正热闹着，门童来报说，猃狁王子来访。单龚听见不解地看着众人，因为他与猃狁王子不曾有任何接触，不知道哪阵风把这尊大佛刮到这里了。原野听到之后嘟囔了一句：“狗皮膏药。”单龚听到原野的嘟囔才明白猃狁王子是追着原野来的。想着原野的父亲是猃狁的护国将军，原野跟猃狁王子认识也是正常。单老夫人听说猃狁王子来了，就让姬静扶着她回自己的院子了。

老夫人刚走没有多久猃狁王子莫哈就进来了，他虽还是穿着猃狁衣服，可是这衣服明显比之前见到的更加贵气，不管是做工还是上面的刺绣都是一等一的。乌黑的头发高高地梳起来，上面还别着一颗镶了红宝石的玉制发带。眼睛笑起来眯成月牙的形状，整个人看起来风流倜傥。莫哈笑着向单龚问好，单龚知道猃狁王子来此的目的并不是跟自己聊天，于是就找了个借口出去了。

“小野，你来到这里，原将军知道吗？”莫哈向单逨身边的原野走过来，原野看见莫哈也不行礼，瞪着莫哈：“我说我怎么到哪里都能遇到你，你这个人怎么阴魂不散啊？”单逨拽了拽她，示意她对王子的态度好一点。在单逨眼中猃狁王子怎么样也是原野的主子，原野刚刚说话态度于礼不合。季子白看到这个情景，也知道不应该掺和在里面，于是带着单之、单华寻了个借口出去了。单逨看着客厅只有他、原野和莫哈三个人，本想自己也跟着出去，可是莫哈看出了单逨的心思，他知道只要单逨一走，原野必定不会多留，于是他抢先开口。

“单将军，不带本王子参观一下单公府吗？”单逨怎么能不知道莫哈的那点小心思，可是既然人家开口了，又不能拒绝，而且莫哈的身份还是猃狁王子。

“王子不嫌弃寒舍，是单公府的福分。”单逨说着就在前面引路，给莫哈介绍单公府的布局。莫哈一边听着一边偷偷地看着跟在后面一脸不服气又毫无办法的原野，开心地笑了出来。单逨之前多次在战场上跟莫哈交过手，莫哈是个心狠手辣、足智多谋的人。如今见他不设防开心大笑的样子，顿时明白莫哈对原野情根深种。

莫哈走到一处单公府小院，问道：“这处是小野小时候生活的院子吗？”单逨视线顺着莫哈手指的方向，笑着说道：“王子真是英明。”原野看不得单逨对莫哈毕恭毕敬，就说道：“逨哥哥，你不必理会他。”

“小野，我只是关心关心你，你可不能辜负我的一片好心。”

“哼，你能有什么好心！黄鼠狼给鸡拜年，没安好心。”

“小野，你是我们草原上最美的格桑花，是我心中的太阳女神。”对于莫哈这些话，原野表现得非常不齿，不停地跺脚，嘴巴里面还说着："我呸！"单速看两个人的互动，慢慢地也习惯了这样的说话方式，单速能看得出来莫哈是真心喜欢原野的。他和莫哈是战场上的对手，莫哈这个人聪明，有勇有谋，将来也会是个明君。他一直把原野当成自己的妹妹，若是原野将来跟莫哈在一起也挺好。

这时原野抬头瞧见了坐在阁楼上的嬴萤，她的视线一直跟随着单速。今日是原野第一次见到嬴萤，她小小的脸蛋有点红扑扑的，站在人群中最不起眼的位置。身穿一袭白衣，长长的头发垂在脑后，安静得像不食人间烟火的仙子。她忘不了单速看见嬴萤时眼中的惊喜，原野是嫉妒这样的女子的，她不需要做任何事情就能吸引住速哥哥的目光。莫哈的视线一直没有离开过原野，当他也发现了阁楼上的嬴萤时，一脸坏笑地低着头偷偷地对原野说了句："嫉妒了？"原野看着莫哈脸上的笑意，愤怒之情油然而生。不过她很快就想到了一个好主意，她一脸坏笑地跑到单速跟前，一只手挎着单速的胳膊，扬起笑脸对单速说："速哥哥，我想吃桃花糕了，我馋了。"单速看着原野还是像小时候一样贪吃，宠溺地说："既然小野想吃，那我这就给你买。"莫哈看到原野这样也不生气，他明白原野的别有用心，任由原野闹着玩。只是他在抬头时，阁楼上空无一人，只能感觉风在温柔地吹着。

单速陪原野和王子莫哈在丰京城转了一会儿，莫哈之前遇刺差点丧命，没过多久格斯儿就劝他回驿馆了，现在猃狁使团的安全由季子白负责。单速刚进单公府就被父亲叫进了书房，推开门，便看见父亲和申侯坐在一起像是在商量着什么。单速向申侯和父亲一一行礼，单龚让单速坐在对面的椅子上。

"速儿，我想让你保护太子去彘。"单速听到父亲说彘，第一次想到的便是在彘的厉王。

"父亲，莫非有急事？"单速明白这些年来他们让太子扮成单静，如果不是急事绝不会现在让太子去彘。大王的眼睛时刻盯着单公府和彘，如果现在让太子去彘就会暴露身份。

第二十五章

探病厉王

“霍伯来信，大王病危，或命不久矣。”单龚说着眼眶就红了，声音也哽咽起来。厉王姬胡不是明君，他凶暴好厉，但是他在单龚心里还是自己的王。申侯看着单龚的表现，微微地皱眉，他认为单龚简直是迂腐、愚忠。如果不是姬胡手上有着调令四六师的兵符，无论如何他都不会同意让太子去见他的，他那样的人危难时抛妻弃子，现在快要死了，倒想起让儿子送终了。单逨看见申侯好像很看不起父亲为厉王伤心的样子，也能明白申侯的痛苦。当年厉王抛下王后和太子独自逃跑，他抱着王后的遗体回去，没过多久，老侯爷也因为痛失爱女而撒手人寰。申侯突然失去了妹妹和父亲两个亲人，厉王就像他的仇人一样，如今自己的好朋友却在为自己的仇人哭泣，申侯生气也是正常的。

“父亲，太子愿意去彘吗？”单龚听到单逨这样问，停止了伤心，他觉得单逨的问题明显有点多余。厉王是太子的父亲，不管这个父亲曾经犯下什么样的过错，现在厉王命不久矣，哪有不去见的道理？

“逨儿说的什么话？天下无不是的父母，再说了厉王和太子殿下血浓于水，怎么会不愿意？”申侯听见单龚说的那句“天下无不是的父母”时特别生气，真的是这样吗？有些人就不配为人父母，抛弃妻子和孩子时，怎么不说血浓于水呢？不过他算是了解单龚的为人，也不与他计较这些。

“单逑，你只管去准备，静儿那边我去说。不过这次你得听我的部署，你们分两队人马出发。你带着季子白和单华一队，最好再把你那个会医术的朋友带上。太子那边我会让长风贴身保护，秘密去彘。”单逑听着申侯的安排就明白这样安排的动机，他不想让单华和单棣跟着冒险。特别是单华，他跟太子同岁，现在的大王一直没有放弃寻找太子。申侯也看到了单逑眼中的犹豫，明白单逑的考量。

“单逑，你不用担心你的朋友，季子白是太子的替身。姬和多疑，单华过去只是迷惑他一段时间，让他晚一点知道真正的太子是谁，好为我们争取一点时间。让你那个学医的朋友过去，听说他医术了得，让他看看能不能医好厉王，本侯保证不会让他们受到伤害的。”申侯把自己的想法毫不掩饰地都告诉单逑，只是他也隐瞒了姬和已经知道季子白不是太子的事情。最近他发现姬和已经开始调查单公府了，所以不得不再扔出一个迷雾弹来迷惑他。

“申侯既然这样说，单逑定当从命，不过太子那边还需申侯自己去做工作。”申侯点了点头，单龚看着儿子同意，便让他下去准备了。申侯在书房里跟单龚说了一会儿话，然后趁着无人去了姬静的小院。

姬静听完申侯的话，沉默了很久之后说道：“舅舅，你知我不愿见他，现在你也逼我吗？”

“静儿，我知道你不愿意见他，兵符在那，必须取回来。我若让友儿去彘拿回兵符，他一去恐怕就凶多吉少。”申侯的话犹如一盆凉水从他头顶上浇了下来，他是绝不允许姬友去冒险的。姬友一直隐藏在申侯府，姬和不知道他还活着，连姬友都不知道自己的身世。现在自己又怎么能让姬友知道这一切，然后像自己一样地活着？

“舅舅，不可，还是我去吧！”申侯知道姬静会去的，这个孩子从小就听话，也会设身处地地为他人着想。只是看见姬静落寞的眼神，他也有点难过。依依去世时说过希望他们兄弟俩平安喜乐地长大，现在的姬静并不快乐，他身上肩负着太多的责任了。他终究辜负了依依的交代。

“静儿，这一路辛苦，我让长风跟随你左右，你要照顾好自己。他见了你定会把兵符交给你，你一定要把兵符收好。姬和处心积虑夺取王位，他一直没有对大王动手的原因之一就是不知道大王把兵符藏在何处。他想见你，应该是想把兵符交给你。”申侯并没有把单逨和单华他们去彘的事情告诉姬静，因为他知道姬静不会同意他这样安排的。当年姬脉的死至今静儿都无法释怀，每到姬脉死祭，静儿都会把自己一个人关在房间里喝得不省人事。姬静听了申侯的话点了点头，申侯也没有多说什么就离开了。姬静站在院子里，整个人陷在黑夜里，思绪跳向远方。有多久没有见过父王了，所有王子中父王对他最好同时也是最严厉的。他总会告诉小时候的自己将来是要做这天下之主的，所以不能在任何人面前表现出任何情绪。不能有任何弱点，你若有弱点就成了别人杀你的利器。若是见了他一定问问他，怎么忍心不顾自己和母后的死活自己一个人逃跑？这十年来一个人苟且偷生地活着，有没有为当年的行为后悔过？

天蒙蒙亮时，姬和就从柔仪殿出来了。听着身边暗卫的禀告，他没有说任何话，只是让他们退下了。单逨带着一行人去彘了，申侯在自己面前痛哭流涕，请求单逨送名医给厉王治病。他知道申侯只不过是打着去给厉王治病的名义，送太子去见厉王最后一面。他同意了这件事，一来在朝堂上为自己博得了一个好名声，二来他一直不知道真正的太子是谁，可以趁着这件事找到真正的太子。说不定还能得到寻找已久的兵符。若是得到了兵符，自己就再无后顾之忧了。至于单逨就随他们去吧，只要自己派人盯紧霍伯府即可。

单逨他们乘着两辆马车赶路，单逨和季子白负责驾驶一辆马车，单华自己坐在里面；另一辆马车由单棣负责驾驶，里面坐了嬴萤和原野。单逨的计划里是没有原野的，不知道原野是怎么知道的，她一早就在那车里坐着了。单速无奈，想着嬴萤一个女孩子在路上也不方便，带着原野一起上路，她们也能相互照顾。

出了城，每个人的心情都很好，其中也包括单速。单速小的时候一直生活在单公府，长大后一直在军营。如今自己虽是带着任务，可是能看看这一路美景，心情就莫名的激动。相对于单速的激动，单棣、嬴萤和原野长期生活在山野之间，他们觉得这里的景色并不是他们见过最美的，可是相比较单公府的四方院墙，现在能在广阔天地之间遨游，他们已经满足了。

马车顺着泥泞的小路曲折盘桓，不太宽的山路依着山势一直通到山顶。因为一直向上走，所以单速他们把马车赶得很慢，顺着盘山路绕来绕去，一会儿绕到这个山，一会儿又钻进那个山。单华从未觉得像今日这样愉快，他掀开窗帘，看见漫山遍野郁郁葱葱，高的是山核桃树、松树，一株株首尾相连。低的是灌木、杂草，一丛丛、一簇簇挤挤挨挨。满眼的绿色，把大山遮盖得严严实实的，不透一点缝隙。路边不知名的野花随风招摇，眯起眼睛尽情地感受阳光的抚摸。

“啊！我好开心啊！”单华像一个孩子一样大喊大叫，这让单速想到他十三岁那年第一次走出家门去从军路过终南山时的场景，当时自己心里就像单华一样高兴。一路上一群人有说有笑，在太阳快要落山时，他们在一个小镇上住了下来。第二日清晨，单速早早地起来了，推开窗远远地望去，大片高矮不一的草甸和成群的牛羊，一些农田种植着青稞和油菜，绿油油的青稞和鹅黄色的油菜花，好似一幅天然的水彩画，煞是好看。绵延的草地，风一吹动，牛羊若隐若现。片片油菜花，被绿草和青稞间隔，黄绿搭配，如诗如画。单速被这样的景色迷住了，他终于明白为何这个镇子叫画乡了。低头看见季子白已经在整理马车了，他快速地跑下去帮忙，季子白看见他笑着说道：“单速哥早啊！这里真是镇如其名。”

“子白，你也起来这么早？这里的风景真是很美！”单逨说。

“早点收拾好上路，恐怕厉王没有多长时间了。”单逨听了季子白的话，觉得这个比自己小七岁的孩子思虑得比自己成熟。为了节约时间，单逨让人打包了点粗粮，一行人在马车上吃。单逨坐在马车上，知道周边肯定有人盯着他们的一举一动，只不过他现在最担心的是姬静，不知道姬静现在到哪里了，有没有人盯着他们。

在单逨一行人出府的那天中午，姬静和长风打扮成单公府送菜的父子，出了府之后直奔城门而去。姬静和长风两人马不停蹄日夜赶路，只用了两日时间，在傍晚时便到了霍伯府。在霍伯的安排下见到了厉王，他斜靠在棕红色的雕花床头上，眼神空洞，望着窗外发呆，几缕发丝垂下，与苍白的脸形成对比。宽大的玄色衣裳包裹着仅剩骨架的身体，五官变得更加立体，看上去依旧是那样的威严，不可侵犯。厉王感觉有人进来，缓缓地抬起头，浑浊的眼睛紧紧地闭了一下又猛地睁开。眼前这个少年拥有着白皙的皮肤，一双仿佛可以望穿前世今生的耀眼黑眸，如果笑起来一定像一轮弯月，只是他不笑，一脸肃然地站在那里，像极了寒冬的星辰。他那直挺的鼻梁和依依一样，他确定站在他面前的就是自己的儿子。霍伯告诉他，太子没有死，召公用自己的儿子换下了太子时，天知道他有多么激动。他们大周的未来有希望了，姬和从他手里夺去的一切，早晚有一天自己的儿子会替自己夺回来。

“咳！咳！”厉王不自主地咳了起来，越咳越严重，整个人从床上跌了下去。姬静只是那样地看着，好像看着一个与自己毫无关系的陌生人，不，如果是陌生人自己也许会上前扶着，可是眼前这个人哪怕多看一眼都不愿意。厉王看着眼前这个无动于衷的儿子，心想如果今天自己还在王座之上，还是大王，他还会这样对待自己吗？如今丢了王位，不要说别人，就连自己的儿子都看不起自己了吗？

“你这个不孝子，你就看着你的父王摔死吗？”厉王用尽全力喊出这句话，却也说得断断续续，他看见姬静只是那样站着不动，看不出任何情绪。这时他是有点高兴的，一个帝王在任何时候都不能让人看懂。姬静不懂刚刚还在生气的厉王为什么会有一丝欣慰，他也不忍心自己的父亲一直躺在地上，看他的样子好像真的时日不多了。他轻轻地抱起厉王，把他放在床上。他不敢相信厉王如此的轻，抱起他就像抱起一个孩子一样容易。他真的老了，姬静的内心特别矛盾，自己是恨他、怨他的，可是看见现在他的样子，又有点心疼，毕竟是自己的生父，毕竟他给了自己生命。姬静深陷这种纠结矛盾中，直到他看到厉王正在用探究的眼神看向自己。

“兵符在哪？”厉王看着姬静，想知道他的内心深处在想些什么，直到听到姬静直接说明自己的来意。他并没有生气，反而有点高兴。自己已经是将死之人了，并不在乎他对自己怎么样。之前派出去调查的人说太子只是每日待在院中看书画画，足不出户，他以为姬静不想要王位，只想安稳地过一生。现在他开口要兵符就证明他是有想法的，这样的结论让厉王开心不已。

“兵符，什么兵符？我不知道你在说什么。”厉王装作什么都不知道的样子，他想看看姬静到底是自己想要还是别人让他来骗自己。

“你不知道？你不知道让我来做什么？”姬静生气地瞪着厉王，他生气的是到现在了他还在骗他。

“你的父王都要死了，难道你作为儿子不应该来看看？”厉王也生气地看着姬静，在一定程度上他们父子两个很像，吃软不吃硬。

姬静冷冷地哼了一声说：“你现在知道你有个儿子，十年前你自己逃跑时，怎么不想想自己还有儿子呢？你怎么不想想你是一个父亲？天底下有几个父亲遇到危难时自己逃跑，丢下孩子的？”

“你那个时候在召公府，我没有办法带你走。”姬和咳得更厉害了，他还想为自己申辩，他不指望姬静能原谅他，至少能不恨他。

姬静听了厉王的话，觉得非常的可笑。他一直以来觉得父王固执己见，任性妄为，可是事到如今居然还在诡辩。“那好，你说带不了我，那母后呢？友儿呢？他们都在王宫，你走的时候带上他们的时间是有的吧？你带了吗？如果你当时带上母后，也许她就不用死了。你作为一国天子，弃城逃跑，丢尽了大周王室的脸。你作为一个男人，危难时抛妻弃子，枉为人夫，枉为人父！”厉王内心也是有几分悔意的。他有想过带上依依的，可是康寝偏远，一来一回估计连自己都逃不出城。那群暴民是冲着自己来的，他没有想到他们会对依依和友儿下手。可是当他听见姬静在骂他时，感觉要窒息了，他大口大口地喘着粗气。即使他有百般错误，也轮不到儿子来教训老子。

“逆子，你这个逆子……”姬胡抬起手艰难地指着姬静大声地骂道，姬静看着那瘦得仅有一层外皮包裹着骨头的手指，上面的血管弯弯曲曲就像趴在上面的蚯蚓一样。这让他想起小时候那个高大的人有着宽厚的大手，总把自己举得高高的抛向天空。当时觉得只要他站在那里，那里就是世界上最安全的地方。他不忍心再看下去了，他怕自己一个不小心就原谅他。他转身想离开这个房间，走到门口时，听见床上传来微弱似是哽咽的声音：“静儿……别走……”

他回过身，向床走过去，他想确认那个声音是不是从床上发出来的。他看见他双目紧闭，双手无力地随意搭在床上，可是枕头下的泪渍证明他流泪了。厉王睁开眼睛，看着一直低头看着自己的儿子，艰难地开口说道：“静儿……你别走……”他喘了口气接着说，“我知道你恨我，也怨我，我不怪你，我只想知道你是怎么知道兵符在我这的？你要兵符有何用？”厉王知道自己的时间不多了，有些事情还是要尽早地交代，他现在只有静儿一个孩子，他未完成的梦只能靠静儿去完成。

“兵符能有何用？调兵之用！”姬静面无表情地说。

厉王这会儿感觉不喘了，也能接上气了，这样平躺着感觉很不舒服。他试图坐起来，试了两次都失败了，现如今的他连坐起来的气力都没有。姬静把他扶了起来，把旁边的枕头拿过来，让他靠在枕头上。厉王感觉整个人都舒畅了。

通过刚刚的交谈，他知道他的儿子不是个草包。即使姬静不说他也知道，让姬静来这里问自己要兵符的是申侯，他知道申侯恨他。同时他也知道申侯很疼静儿，静儿是依依的孩子，申侯定会视如己出的。只是他现在放心不下的是这兵符对静儿到底是福还是祸？如果静儿没有那个能力，这个兵符给了静儿，就相当于一个定时炸弹绑在他身上。虽然他很想让姬静去夺回属于他们的东西，但是如果姬静没有这个能力，他只希望他能平安地活着。毕竟姬静是他在这个世间唯一的骨血了。

“私藏兵符是叛逆之罪！”姬胡把双手放在胸口，看着远方幽幽地说。

“何来叛逆之说？这大周的江山本来就是我的。只不过是姬和联手荣夷公给偷了而已。他们才是真正的叛逆之人，如今我只不过是要取回我自己的东西而已。”

“你可想好？这条路道阻且长，若成功可登王座，若失败则送命！”厉王把这件事的利弊分析给他听，让他明白自己的选择会有怎么样的后果。

“我十年前就已经死了，现在活着就是为了给母后报仇，帮那些死去的人讨个公道，拿回属于我的一切，这是我的责任。”姬静平静地回答厉王，他很早之前就知道举事不成的后果，不管怎么样他都要成功，因为失败付出的不仅仅是自己的生命，还有很多支持者的生命。

“静儿，你过来坐这里，我不行了，有几句话交代你！”厉王一边说着一边用手指比画着，姬静看得出这样的比画对现在的他而言也是用尽了全力。厉王看姬静没有走过来的意思，心里非常失望，泪水溢满了眼眶：“静儿，我再不好，也给了你生命，你好好想想小时候我对你如何？你怪我丢下你母后和友儿，生死关头，人不为己天诛地灭。我身为大周的天子，每走一步都是以天下为重，我若不逃，死于王宫之内，你就开心了？”

“为什么到现在你还在狡辩？你明明有时间带上母后的？母后明明可以不用死的，以天下为重，只是你为了逃生自我麻痹的借口。”

第二十六章 父子之情

姬静说完，不管厉王在后面怎么喊叫，头也不回地离开了房间。长风拉住了他，霍伯趁机进入房间去看厉王了。

“太子，冷静，这是霍伯府！”姬静听完长风的话，瞬间冷静下来，他不能因为自己的情绪影响舅舅煞费苦心的布局。长风见太子的情绪已经冷静下来，便问：“太子，兵符拿到没有？”太子没有说话，只是摇了摇头。他想问为什么没有拿到，可是又开不了口，他一直跟随申侯左右，深知兵符的重要性。可是他又不忍心让太子再进去求厉王，他理解太子的为难之处。两个人都陷入了沉默，在门前等着霍伯出来。姬静想到兵符没有拿到，有点后悔自己的冲动。没过一会儿，霍伯就出来了，霍伯看见太子修长的背影在黄昏的余晖中显得落寞而孤寂。他上前跪在地上，给太子磕了个头。姬静见他一把年纪向自己行了个这么大的礼，连忙上前将他扶起。霍伯让太子跟随自己去了书房。在书房里，霍伯跪在地上，不管姬静怎么拉他都不起来。

“殿下，老奴有罪啊！”霍伯一把鼻涕一把眼泪地哭诉着，姬静看着年过花甲的老人在自己面前长跪不起，内心不是滋味。

“霍伯，你起来再说。你何罪之有？”

“殿下，我没有照顾好大王，大王的身子一天不如一天，是老奴的过错。殿下，你就原谅大王吧，这些年他为了自己曾经做的事情也受尽折磨。”霍伯原是不喜厉王的，但是毕竟照顾厉王十年了，这十年他亲眼看着厉王的改变。厉王病重，眼看就要不行了，自己告诉他太子尚在人世，大王才能挺到现在。他知道太子还在恨着大王，试图化解他们父子之间的仇恨，好了了大王的心愿，让大王走得无牵无挂。

“霍伯，你告诉他，我不恨他也不怨他，只是没有办法原谅他。”姬静已经不想恨他了，他说得没有错，他毕竟给了自己生命。可是想到母后的死，还是不能做到原谅。

“殿下，你能再见大王一面吗？大王还有事情告诉你！”姬静想了很久还是点了点头。霍伯说现在厉王需要喝药了，等天黑后再想办法让他和厉王见上一面。霍伯把这些年厉王在彘的事情都告诉了姬静。“最开始的时候厉王在姬和登位后也想过自杀，他把自己关在房间内不吃不喝三天三夜。醒来后整个就像变了个人一样。后来厉王慢慢地治理彘。彘水发生洪涝时，大王以身犯险，亲自带人治理了彘水。现在的身子这样都是那个时候泡在水里留下的病根。他知道你还活在人世后就拼命地吃药，说就是见你一面，他死也能瞑目了。”霍伯一边说着一边用手擦起了眼泪，顺便还瞄了瞄太子。太子知道他有五分说的是真的，另外五分就是说给自己听的，也不恼，知道他也是为了自己好。两人在书房正说着话，霍伯府的管家说厉王病重，现在昏迷不醒。霍伯听到大惊，便让太子留在书房，自己直奔厉王房间。管家把太子领到书房的隔间，让太子在书房先休息，等大王醒了再安排他们见面。

姬静在书房的卧榻上翻来覆去怎么也睡不着，这两天他日夜兼程，身心疲惫不已。但当他听见管家说父王昏迷不醒时，怎么也无法入睡。今日见到的父王跟他记忆中的父王好像不是一个人，那个像山一样伟岸的人也会变得像孩子一样脆弱。小时候的记忆一一浮现在眼前，让他更加难以入睡，索性就站起来看向窗外。其实窗外都是漆黑一片，什么也看不见。他的内心深处希望父王能好转起来，他还有点私心，觉得父王好起来之后必定会把兵符交给他。

直到第二日午饭后，厉王才转醒。姬静再次见到厉王，不像上一次见到厉王时那么冷漠。厉王知道他还愿意进来，一半是因为他眼里还有自己这个父王，另外一半是因为自己手里的兵符。知道静儿还活着的时候就已经想好把兵符给他了，只不过自己有点私心。罢了，左右静儿也不会原谅自己，自己也时日无多了，早点儿让静儿回去。想着也许这是两人的最后一面，姬胡看姬静的眼睛就要化出水来。姬静最受不了的就是姬胡这样的眼神，这样的深情可能是小时候自己最期盼的，但是对于现在的自己来说只会让人感觉恶心。

“静儿，我可以把兵符给你，只是你得答应我一个条件。”姬静听完姬胡这样说，眉头皱得更深了。他想要兵符不错，可是却不想为了兵符去做一些违背良心之事。

“不是让你为难的条件。”厉王不忍心看着儿子纠结，开口提醒道。

“那是何条件？”姬静听到厉王这样说，想着决定权最终还在自己手里，如果父王的条件过分了，自己不答应即可。

“你我父子二人今日在这说的话不许告诉任何人，兵符之事也不许告诉任何人，包括申侯和你最信任的单速。”厉王淡淡地说着这些，姬静看着他，总觉得今日的厉王跟平时的都不一样。

“舅舅和单速是我最信任的人。”姬静不知道怎么了，没有经过任何思考就说了这么一句没有头脑的话。

“这我知道。静儿，如今你也不小了，现在父王只教你一条：这世间能信的只有自己，能靠得住的也只有自己！我知道你现在还不愿听也不愿意相信，但人总是会变的。你看父王走到这一步虽说都是父王咎由自取，可到底还是父王信错了人。申侯是你舅舅，单逑是你兄弟，更是你心里的救命恩人，可是谁又能保证他们就不会是下一个荣夷公呢？”厉王说不下去了，想到荣夷公他咳得更厉害了。这些年派出去的人查了那么久都没有查到他的下落，总归不相信他死了，他那样的人怎么可能不给自己留一条后路。

“嗯，我答应你，兵符这事不告诉舅舅和单逑。”姬静想了想，即使不告诉他们也无妨，兵符只有万不得已时才用。有了兵符不过锦上添花，对于他们成事也就是多了几分胜算。

“你拿着这个去齐国找仓科。”厉王说着就从身上把自己随身佩戴的坠子扯了下来递给了姬静，姬静看见这是由上等的血玉雕刻而成的圆形坠子，拿近了才发现上面刻着人龙合一的纹饰。厉王看着姬静对着这个坠子发呆，笑着说：“这是我很小的时候父王给我的，你拿着这个去，仓科就会把兵符交给你。”厉王说完这些有点喘不过气来，他看了一眼桌上的水。姬静端起桌上的水，一勺一勺地喂他。厉王久久地看着姬静，此刻他还不敢相信自己的眼睛，一边喝着，眼睛就湿润了。

“仓科怎么去了齐国？”姬静一边喂厉王一边轻声地说，就像平常父子间说家常话一样。他第一次进来的时候没有看到仓科就觉得奇怪，仓科跟随父王多年，忠心耿耿，一直都不离父王左右。

“我让他去的，他是我身边最信任的人，除了他没有人能帮我办成。我来到霍伯府后就知道回不去了。兵符在我手里，姬和就不会轻举妄动，而且他不能也不敢杀我，杀了我，他也坐不了现在的位置。我便在这苟活了下来。我暗中派人把仓科送到齐国侯府，他改名换姓在齐侯府做了仆人。你拿着这个他便会把兵符交给你。”厉王停了下来，想了想又说道：“拿到兵符后，也不用留着他了。”姬静听到这里，不敢相信，仓科跟随父王一辈子，出生入死，甚至不惜去别的国家苟且偷生只为完成父王交代他的任务，可如今父王居然想要他的命。厉王看着姬静不可置信的表情说道：“静儿，你不用这样看着我，你拿到兵符之后，他知道我去了就会随我而去，他要是怕死你就了结了他。他知道得太多了，对你不好。”姬静知道厉王说的都是真的，可还是接受不了。

“仓科没有做错什么，让他回乡安享晚年吧！”姬静考虑了很久，慢慢说了自己内心的话。厉王没有说话，知道这个儿子是不会听自己的，也不难过。历代做帝王的有几个不狠的，心不狠，手不辣，江山哪里容易坐得稳。看看时间也不多了，他说了一句：“都出来吧！”接着出来十来个穿着黑色衣服的人，着实把姬静吓了一跳。

“这些人以后就归你了，他们都是死士！”厉王看着领头的黑衣人，指了指姬静说：“这是太子，以后你们的新主人。”所有人都整整齐齐地跪下并给姬静磕了个头。姬静不明白这是什么情况，连忙把他们扶起来。

“你们叫什么名字？”姬静还没有反应过来，想着以后吩咐他们办事应该怎么称呼。

“奴才们都是死士，死士是不配有名字的。”领头的应该是他们的队长，语调平和不带一点感情地回答姬静的问题。看着姬静犯难的样子，“主子，我们很好区分，我是一号，依次排下去。”厉王坐在旁边也不说话，只是一直观察着姬静。姬静很快从慌乱中反应过来，便让这些人退下了。厉王看他处理得很到位，便说道：“这些死士有五十人，其他人都派出去办事了，后期他们都会到你那里报到的！”姬静没有想到他的父王现在居然还隐藏着这股力量，现在看来他的父王也不是没有能力的。厉王好像看出来姬静在想什么，于是说道：“我也是坐过王位的人，我也用不着了，他们会保护你！你办事也需要人手。你一会儿便回镐京吧，把你带的人甩了之后再去齐国。单速马上就要到了！”

“速哥哥怎么来了？”厉王看着姬静吃惊的表情才知道单速此次来申侯是没有告诉姬静的，想到这儿，厉王也明白自己说错了话。不过既然说了就直接告诉静儿也无妨。

“申侯怕你被人盯上，特地请求姬和让单速送一个神医来救我。姬和想借着我这次病危找到你，申侯原先想用季子白来代替你，但姬和见了他一面就识破了，这次跟着他们来的除了季子白还有单华。”剩下的话厉王没有说下去，姬静也猜到了。他不愿意这样做，更不愿单华牵扯进来，他那么小，什么都不知道。厉王知道姬静有多么痛苦。他就是故意说出来的，姬静将来走上王位，太过信任申侯也不行，留一点隔阂在他和静儿之间也是好的。

霍伯进来看着厉王和姬静都一言不发，不同的是厉王看起来心情很好，而太子却有点失魂落魄。

“大王，单逨他们到了，太子该回去了！”霍伯还是说了出来，他虽然知道大王舍不得太子，但终究是要分离的，太子在这待得越久越不安全。

“嗯！安排人护送太子回去吧！”厉王倒是没有多少挽留，他该交代的已经交代了，以后的路只能靠他自己走。姬静才想到自己就要离开了，只此一别，或许即是永诀，伤感之情油然而生。

“父王保重身体，单棣医术很好的，我会再来看你！”姬静说完这些话也不等厉王是何反应就走了。厉王听到姬静喊他父王了，高兴地对霍伯说：“他刚刚喊我什么？父王是吗？”霍伯也听见了，看来自己昨晚的话太子是听进去了。

“是的，是的，大王，他喊的是父王！”厉王听到霍伯的话更加激动，眼泪流了下来：“他终于叫我了，他说他以后还会来看我！”霍伯由衷地为大王感到高兴，这十年了，第一次见大王这么开心。

“大王，你要把病养好，我马上让单逨进来，让他带的游医给你看看。”厉王听了霍伯的话，点了点头，已经没有了刚才的兴奋。他自己的身体自己知道，不过他还是很想见见单逨。跟姬静说了这么久的话也累了，就躺在那里闭起眼睛休息了。

单逨一行人进来之后就向厉王行了个礼，并未跪拜，也不敢跪拜。这四周可能都是姬和的眼睛，若今日跪拜了，传回镐京，姬和定不会饶了自己的。厉王就当没有看见也不生气，转头对单逨说：“姬和派你来的？”单逨看着厉王脸上毫无生气，但是眼睛却紧紧地的盯着自己。

“是的，臣奉大王之命带游医来看望大人。”单速的话还没有说完，姬胡就伸手拿起床头的杯子直接砸向单速。单速站在那里也不躲闪，额头顿时就冒出血了。

“滚！都给寡人滚！”厉王并不是存心要给单速难堪，他也是为了单速考虑。单速在他这里受了气，回去以后姬和才不会难为他。单速也知道这一点，所以杯子飞过来的那刻，他并未躲闪。霍伯此时也看出来了，他站了出来打圆场说道：“大王也是一片好心，单将军只是奉旨行事。大人还是让这位神医给看看吧。”霍伯说着就到厉王跟前给厉王顺顺气，谁知道厉王咳得更厉害了，直接晕了过去。一直在后面看着这一切的单棣上前，手搭在厉王的脉搏之上，这脉搏虚弱无力，已是油尽灯枯了。但是此刻的厉王却不是真正的昏迷，应该是假装的，可是为什么他要假装昏迷呢？单速看着单棣的表情又看着躺在床上的厉王。

“单棣，大人身体怎么样了？”单棣猜测单速应该也看出来厉王是假装昏迷的。他原本想拆穿厉王的，因为他刚刚砸了单速。可是单速这么急切地问，明显是不希望自己说出来的。

“单速哥，大王只是情绪激动昏睡了过去。我给开一副药，不出半个时辰就能醒过来。”霍伯听见单棣这样说，忙命人去煎药，然后一脸笑容地看向单棣。

“神医，你看我家大人的病还有救吗？”霍伯说完就一直盯着单棣看，他知道单速是自家人，但不知道单棣是不是真心来为厉王治病的。单棣也知道霍伯在考验他，他不想掺和朝堂之事，只不过看在单速的面子上才一道过来。单速看着单棣不说话，知道他在等自己开口。不管怎么样厉王都是静儿的父王，出来之前父亲也是千叮咛万嘱咐，只要有一点希望也是要救的。

“单棣，来时大王叮嘱一定要尽心尽力医治大人。”单棣听完单速的话就明白了，便看向霍伯说道：“大王的嘱咐，我等不敢忘。只是大人现如今已经是油尽灯枯，想要彻底医治好是不可能的，但是延缓两年还是可以的。”霍伯听完单棣的话，高兴得合不拢嘴，现在有人能让厉王拖上一两年，对他来说就是天大的喜讯。

“神医的话可当真？若是真的能做到，老身就给你做牛做马！”霍伯说着就给单棣跪了下来，生怕单棣反悔不给他们家大王医治了。躺在床上的厉王真是百感交集，原本他已经不抱任何希望了。突然听到单棣说能给自己延长两年，自己的心思又活泛起来了。单逨看到厉王有个手指动了一下，就知道自己猜测得没有错，厉王是为了让单棣给自己治病故意装晕倒。

“霍伯爷，严重了，身为医者，治病救人是我的本职。只是大人身上有种毒，已经十年之久了。这毒已入心脉，即使解了，也就延长两年而已。”单棣说完就看见霍伯吃惊的表情，包括单逨等在内的人都不敢相信厉王在十年前就中毒了。

“大……大人怎么会中毒？怎么有十年之久？”霍伯还是不敢相信地问单棣，单棣也不知道如何回答这个问题，只是这个毒他断然不会看错的。

“单棣医术高超，不会看错的，等大人醒了，问问大人就知道了。”单逨的话还没有说完，一个丫鬟端着熬好的药进来，霍伯接过药，小心翼翼地喂厉王喝下。没过多久，厉王就醒了。厉王看见单逨，表面上还是冷若冰霜，但是语气已经不像刚才那样冲了。霍伯把单棣的诊断告诉了厉王。厉王表面也是愤怒不已。原先他就在脑子里回想自己是如何中毒的，十年前，在他身边的人只有仓科和荣夷公，仓科是不可能害自己的，那剩下的就是荣夷公了。自己若真有两年时间，一定要找到荣夷公，生吞活剥了他。

“我也不知道自己怎么中毒的，你替寡人解了，寡人定重重有赏。”单棣听了厉王的吩咐，想着周边都是姬和的眼睛，他怎么还自称寡人。厉王也知道他在想什么，即使他自称寡人又如何，姬和能对自己怎么样？若说十年前给自己下毒的人说不定也有可能是姬和，他可是比谁都盼着自己死呢！

"大人，我等受大王吩咐，定当尽心尽力替大人医治。"单速上前去替单棣说话，在单速看来，不管是姬和还是厉王都是不能得罪的。他虽然知道太子早晚有一天会夺回王座，可是现在王座之上的毕竟是姬和，目前他们还没有得罪的必要。

"哼！左口一个大王，右口一个大王，你当我是死人吗？即使你父亲现在站在我面前也是要跪的。"单棣听到厉王这样说，眉头紧皱。霍伯想到还要单棣给厉王医治，不能得罪这些人，便好心地劝道："大人说这么久的话，也乏了，神医一路赶来也需要休息。"厉王闭上眼睛点了点头。单速等人就跟着霍伯出来了，众人跟随仆人去吃饭，吃过饭以后就各自回屋休息了。

单速回到房间之后一直担心姬静，不知道他现在有没有到，有没有见到厉王。心事重重的单速不知不觉向小院走去。在小院门口看见一身紫衣的嬴萤站在树下发呆，风一吹，三千发丝随风飘扬，即使隔着很远依旧能感觉到她身上的落寞。单速想着自从出来以后很久都没有跟嬴萤好好说话了。单棣把嬴萤的事情都跟自己说了，爷爷的离世让嬴萤的性子变得冷淡很多。

"嬴萤，怎么一个人在这发呆？"单速上前微笑着跟嬴萤打招呼，嬴萤看见单速向自己走过来，忽然心跳加速，脸上也飞起一块红晕，不过还是强迫自己克制着心底那份愉悦，疏离地说道："单速哥，屋子里有点闷热，我出来走走。"单速看见嬴萤见到自己没有惊喜反而有种疏离，想到小时候自己生病时，嬴萤在床前给他读书，和他说话是那么随意自然。如今彼此都长大了，却变得这般淡漠了。

"生活还习惯吗？这里比不上终南山的美丽。"嬴萤有几分错愕，单速说这话的意思不过是怕她不适应这边的环境，毕竟终南山的美让他终生难忘。可是这话在嬴萤看来就是另一番感受了，刚开始她以为单速是关心自己，内心还有点小感动，可是最后一句话让她脸色骤然就变得冷清下来了，她认为单速是想让她回终南山。

“挺好的，这里是比不了终南山的，等师兄处理完这边的事情，我就会跟他离开的。”单速看着嬴萤眼眸的寒意，不知道自己哪里说错了。他听到嬴萤说要走，不知怎的内心突然有丝悲凉，舍不得让她走，可是这样的话又没有办法开口。

“等我忙完了这些事情，我带你到处逛逛。”单速想了想还是没有挽留，他想到自己即将会陷入一场无边的黑暗，而嬴萤应该有着属于自己的平淡生活。当他抬头看向嬴萤时有个黑影向东边飞去，单速随即起身去追，转过头对嬴萤交代了一句：“赶快回屋去！”说着就消失在黑暗里。嬴萤这些年也学了一些武艺，她担心单速，于是也跟了上去。

第二十七章 莫哈和谈

单速追了很久，蒙面人突然停了下来，站在那里等着单速走过来。单速觉得这个人的身影像是在哪里见过。越走近单速脸上的笑意越浓了。蒙面人终究无奈地把脸上的黑布扯了下来。

“知我者，莫如单速也！”莫哈虽是笑着可是这笑意始终达不到眼底，不管自己怎么装扮还是被认出来了。想到这里，他内心就怒火难平。

“莫哈王子穿上这身周服，颇有我周人风范。”单速直接拿他打趣。莫哈一直穿着猃狁衣服，满头的辫子，让人看起来有股异域风情的味道。今日他穿一身黑色夜行衣，虽简单但是一针一线都是精工细作。坊间传闻猃狁王子莫哈对人对物都有极高的要求，对待自身的用品更近乎苛刻。莫哈原先长得就颇有书生气，今日又梳了个周人发饰，月光倾泄在他背上，有种遗世而独立的感觉。

“都说单将军行军打仗厉害，没想到嘴上功夫也是不饶人啊！”莫哈看着单速拿自己打趣也不生气，背靠着树，随手从树旁拽了根草，放到嘴里叼了起来，一副悠闲的样子。单速知道，莫哈现在出现在这里肯定是有事。原本两个人是死敌，不过现在看莫哈的态度，应该不是找自己麻烦的。

“我这行军打仗厉不厉害想必狁狁王子是最了解的。”莫哈听到单速这样说，一口气差点上不来，堵在心口。他跟单速这十年来大大小小的仗打了无数次，每次都是自己吃亏。战场上输了，现在还要在这里平白地受单速羞辱。不过想到自己还有正事没说也就忍下了，心想赶快和单速谈完，自己好早点儿离开。

“单将军，本王子今日找你来可不是跟你打嘴仗的。”莫哈不等单速说话就继续说道，“你们如今在筹划什么我都知道，今日不过是来和你谈笔买卖而已。”莫哈没有说下去，他想看看单速是何反应，毕竟自己是狁狁王子，他是大周将军，两个人做买卖那就是通敌叛国。单速听着莫哈的话，脸上的笑意越来越少，转而不带任何表情地对莫哈说：“我还是对打仗感兴趣，谈买卖的话，莫哈王子还是另寻他人吧。”说完转身就要走。

“姬静回去的路上遭到埋伏，单将军不关心一下吗？”莫哈阴冷的语气在单速背后响起，单速停下来，但是始终没有回头看莫哈。他不是不想回头把静儿的情况问清楚，只是他需要时间来控制自己的情绪。单速不明白的是，莫哈怎么知道静儿的身份？

“单将军只管放心，刺杀姬静的人都被本王的人灭口了，保证一个活口也没留。我替单将军守住了秘密。这么大的人情，我想想单将军应该怎么还呢？”莫哈一边笑着一边做着夸张的表情。单速转过身，一脸凝重地对莫哈说：“不知道王子希望我怎么还呢？”单速眼中闪过一丝杀意，不过很快就收敛了。既然莫哈敢一个人来找自己，那他肯定已经做好万全的准备了。单速眼中一闪而过的杀意还是被莫哈看到了，莫哈只是笑了笑，如果今天换成自己被人威胁，肯定也会毫不犹豫地杀了那个人。单速是个聪明人，肯定知道自己备好后路了，所以才没有动手。

“本王子喜欢聪明的人，聪明人说话就是痛快！我们要不是战场上的死敌，可能是最好的兄弟。我知道单将军忠君爱国，绝不会做背叛国家、损害百姓之事，所以今日跟单将军谈的事情也绝不会让单将军为难。”单速看着莫哈收起脸上的笑意一脸沉重地说完，内心并不全信莫哈。

“既然莫哈王子说不是通敌叛国、伤害百姓之事，不知道是何事需要王子半夜来此与我详谈？”莫哈看单速态度已经松动，便嘴角抽了抽，如果不是猃狁的内患，自己又何苦来找单速这个硬茬子。不过他还是有信心让单速同意的，因为姬静和单公府百年声誉都压在他身上。

“本王子也不跟你玩那些弯弯绕，我们猃狁人向来有什么说什么。想必你也知道，猃狁各部落都有自己支持的王子，我虽是嫡王子，但是母妃早逝，母族势力不如大王子。父王最喜欢三王子，他得到部落支持最多。”单速不知道莫哈为什么跟他说这些，他说的这些自己是知道的，虽说他无心猃狁朝堂，可是战场上讲究知己知彼，所以这些年来一直派人监视着猃狁的一切。莫哈停了停接着说，“我本可以拉拢原上飞，可是我不希望这样强迫原野，我虽势力不如那两位，可是我终究是嫡出。此次来大周议和，也是我的提议，我没有那么多心思分割在战场上。你们大周大王也是这样想的，他现在最重要的是找到姬静，所以也不想打仗了。本来一切都在朝我计划的方向发展，可是我收到父王病重的密报，而且他已经被三王子囚禁了。”单速大吃一惊，不敢相信莫哈能把这么重要的信息透露给自己。要是这个时候带兵进攻猃狁，那猃狁就灭国了。

“不知道我能为莫哈王子做些什么？”单速想了想，既然是做买卖，肯定是需要自己做些事情的。莫哈听到单速这样问就哈哈大笑起来，爽朗的笑声中透露出发自内心的开心。

“所以我说单将军是聪明人，我替你保守姬静的秘密，必要时可以为你提供姬静猃狁人的身份，不过我要单将军做的也简单：一截‘鬼香’，随时可借的兵。”莫哈势在必得的样子，单速不是第一次见，只是这次好像少了战场上的敌意和恨意。现如今只要自己答应他，他们就是战友。

“王子太抬举我了，我只是一个小小的将军，怎么会有随时借兵给你的权力？”莫哈看着单速说出自己的顾虑，痞气地说了句话：“单将军过于自谦了，单公府的府兵就有不少吧，再或者单将军出兵攻打猃狁呢？”

“王子莫非是想借单速的手除去威胁你王位的人？”

“本王子已经不是第一次夸单将军聪明了。”单速知道这样一笔买卖对于自己来说是稳赚不赔的，只是那截鬼香不知道要去哪里寻？想到莫哈已经知道姬静的身份，不管怎么样，自己都处于劣势，不管莫哈需要自己做什么，自己都没有选择的余地。由此看来，莫哈还算个正人君子。

“莫哈王子，我只能答应帮你夺位，至于这鬼香，我也是爱莫能助。”单速想了想还是把顾虑和莫哈讲清楚。虽然他从监狱出来时也知道这川青家族之事，可是他觉得自己还没有能力能拿到鬼香。

“单将军可以拿到的，用不了多久怜影就该来寻单棣了。”莫哈是知道怜影的，川青家族是他们猃狁最古老的巫医族里面的一支。他看出来怜影看上了单棣，而且单棣答应了怜影三个条件，他相信用不了多久怜影就该寻来了。单速不明所以地看着莫哈，还是选择相信他，以他对莫哈的了解，没有把握的事情莫哈从来不会说出来。

“好，我若能得到鬼香，一定送与莫哈王子。”

两人就这样达成了协议，单速想着姬静的身份也不知道能瞒多久，回去之后就得和静儿商量一下。必须考虑静儿的感受，不管他怎么选择，自己都站在他的身后。他若想为王，自当拼尽全力为他打江山；他若想平安度日，他必护他一世安稳。

“单将军，本王子还有一事相求。”莫哈诚恳地看着单速，仿佛有很重要的事情一般。单速不知道什么事情竟这样严重，不由自主地面色也凝重起来了。莫哈还以为单速不能同意自己的事情，想着单速不会也跟自己一样喜欢原野吧。不过看他对小野的态度反而不像是喜欢的样子，最多只是把她当妹妹一样。想到这里，莫哈好像又有信心了一样。他抬起头对单速说：“求单将军照顾原野，不要让她受伤，也不要让她回猃狁。”

听莫哈这样说，单速才明白为什么原上飞愿意送原野来大周。之前原将军一直不愿意原野离开猃狁半步，估计他也是怕原野回去人身安全受到威胁，目前大周的确是原野最安全的地方。

“莫哈王子尽管放心，即使王子不说，我也会保护好原野的，毕竟我一直把原野当成自己的亲妹妹。”单速向莫哈表明自己的态度后，明显地感觉莫哈整个人都放松了，心情好像也愉悦不少。单速大约能猜测到莫哈因为什么开心，从心底里为原野感到高兴。

“原野以后烦劳单将军了，既然佳人来寻，我就不打扰单将军了。”说着就消失在月色中。单速听着从后面树林里传来簌簌的声响，站在那里没有动，他知道跟在后面来的是嬴萤，只是没想到莫哈的功力这样深厚，竟比自己先发现嬴萤的到来。嬴萤看着月光下的单速，身体好像跟月色融为一体，只有发丝随风飘动。五月的风吹动着延命菊的芳香，少女的心在那一刻沉沦了。她不敢轻声地呼唤他回头，也不敢走动，生怕发出的声响惊扰了少年的心，就这样痴迷地看着。单速见嬴萤已经出来却迟迟不叫自己，回过头看见嬴萤正盯着自己。眼神碰撞在一起，瞬间仿佛闻到了月光花的味道，甜甜的，又有点清香。嬴萤看见单速闪着光的眼眸，忙低下头，如果不是月色的笼罩，现在她的脸一定被发现红得像个苹果。

“嬴萤，你怎么过来了？”单速首先打破了尴尬，他记得自己走的时候让嬴萤回房的，她一个人出来实在是太危险了。

“单速哥，我……我有点担心你，就跟了过来。”嬴萤感觉自己的到来让单速有点不开心，连忙解释之后就低下了头。她看了看周围就单速一人，想着刚刚追着出来的黑衣人是什么人。

“我没事，我们回去吧！”单速看着嬴萤不敢抬头看自己，又发现她的眼睛还偷偷地瞄了瞄四周，顿时觉得特别想笑。他虽听说嬴萤性格改变不少，但是他感觉赢萤还是原来那个爱笑的女孩。

“单速哥，那个人没有为难你吧？”赢萤想问的是单速有没有受伤，她虽然跟师傅学了点武艺，也只是防身之用。他们的速度太快，自己赶来的时候只剩下单速一人，所以她不敢确定单速有没有受伤。

“没事，一个故人而已。”单速知道赢萤是担心自己，于是安慰道。他这十年来第一次这么近距离地看着赢萤，十年前那个赢萤还有着婴儿肥，现在的她比十年前清瘦了很多，五官越发的美丽，只是多了种生人勿近的清冷。

两个人并排走着，路上说着儿时的趣事。单速使劲地嗅了嗅，感觉这空气中有股说不出的清香。赢萤是学医的，鼻子要比很多人敏感，只是没有想到单速也能嗅到这股清香。

“赢萤，我带你去个地方，你肯定喜欢。”单速突然想到之前来㷒时，自己一个人路过的那片月光花林。目之所及都是月光花，花随叶舞，那种美是种震撼心灵的美。当时脑海里冒出来的念头是，如果赢萤看到这个画面一定会非常开心。现在趁着这个机会正好带着赢萤去看看。赢萤不知单速要带自己去哪里，她没有问，只是本能地相信单速。

林间的树木并不算多，越是临近湖泊，就会有越来越多的青草和野花。到了湖边，竟是一大片月光花，全部都是白色的花瓣，黄色的花蕊。在星空之下，湖面在月光的映照之下泛着点点的银光，再加上这白色的花海，此情此景宛若仙境一般，静谧，无瑕。这片月光花真是太大了，大到没有边界，湖水倒映着萤火虫的光亮。白色的月光花上飞舞着点点星光，像极了散落在人间的水晶。月光花只有在夜晚绽放，所以白天经过的人自是看不到这样的美景。

赢萤显然也被眼前的景色惊呆了，她是真的没想到㷒的城郊会有这么漂亮的地方。单速牵着她的手走进去，惊起了藏匿在花丛之中的萤火虫，星星点点的萤火虫从白色的花海之中飞起，宛若星辰一样围绕在他们周边，如梦似幻。

而嬴萤此刻所有的心思都在单逨牵她的那只手上，她听到了自己的心跳声，更能感觉到从心底发出的小幸福。她抬眼看到萤火虫在自己身边起舞，漫天的月光花在月光下摇曳身姿。此时此刻便是人间四月天。

“漂亮吧？”单逨像个孩子一样骄傲地看向嬴萤，好像给她看的是自己珍藏许久的糖果一样。嬴萤从来没有看见过这样的单逨。一直以来单逨给自己的印象都是不苟言笑的，很少露出这样孩子气的一面。嬴萤大声地笑着，仿佛又变成了十年前那个活泼开朗的小女孩。单逨笑着看着眼前这个完全放松的嬴萤，这个沉浸在这花花世界的嬴萤。

“单逨哥，这里真的太美了！你快过来！”嬴萤在花丛里大喊着，萤火虫在她四周飞舞着。嬴萤长长的头发随意地披在背上，转身喊他时那微笑的眼睛、那甜甜的笑容好像能把自己融化一样，单逨看呆了。随后他调整好自己的情绪，走向嬴萤。

单逨脸上始终挂着宠溺的微笑。嬴萤看着单逨，身披白月光，脚踏月光花，所到之处萤火飞舞，像个盖世英雄一般。嬴萤歪着头，此情此景好像还缺了点什么。她突然露出狡黠的微笑，做了个鬼脸对着单逨：“单将军在上，小女子给单将军献上一舞，以表单将军为国之辛劳。”嬴萤说完还盈盈一拜。单逨笑看着眼前这个古灵精怪的嬴萤，想着这个世界上最好的事情便是她在闹，我在笑。

“蒹葭苍苍，白露为霜。所谓伊人，在水一方。”嬴萤一边起舞一边唱歌，只唱了一句，单逨顺手从月光花上面摘下一片叶子，吹出优美的旋律配合嬴萤的舞蹈和小曲。单逨吹出的乐声和嬴萤的歌曲相附和，乐声轻扬而起，悠扬而缥缈，嬴萤长袖漫舞，无数娇艳的花瓣轻轻翻飞于天地之间，沁人肺腑的花香令人迷醉。漫天月光花雨中，身穿紫衣的嬴萤，如空谷幽兰般，随着她轻盈优美、飘忽若仙的舞姿，宽阔的广袖开合遮掩，更衬托出她仪态万千的绝美姿容。

蒹葭苍苍，白露为霜。所谓伊人，在水一方。

溯洄从之，道阻且长。溯游从之，宛在水中央。

蒹葭萋萋，白露未晞。所谓伊人，在水之湄。

溯洄从之，道阻且跻。溯游从之，宛在水中坻。

蒹葭采采，白露未已。所谓伊人，在水之涘。

溯洄从之，道阻且右。溯游从之，宛在水中沚。

舞随乐声歌声，时急时缓，单速目不转睛地看着宛若水中央的嬴萤，如痴如醉！舞毕，嬴萤笑意盈盈略喘着气对单速说："不知小女子这一舞，单将军觉得如何？"单速从未见过这么灵动的嬴萤，只是痴痴地笑着。

"嬴萤，你跳得特别好！"单速只是这一句简单的话，却好像是想了很久才憋出来的，嬴萤笑了笑，莫名就觉得这样的单速特别的可爱。她突然为自己脑海中冒出可爱二字觉得好笑，像单速这样身经百战的人，也能用可爱来形容吗？两人一路有说有笑地回去了，在霍伯府门口看见了焦急等待的单棣、季子白和原野。季子白急忙拉着单速去了霍伯的书房。

"速哥哥是我的，不许你跟我抢！"原野挡住嬴萤的路，非常生气地指着嬴萤，嬴萤看着眼前这个个子小小的、编着满头五彩辫子的小女孩，轻轻地说道："辫子不错，很漂亮。"然后就侧身走了过去，原野听见嬴萤夸自己的辫子好看，正为自己的头发得意时，听见在后面的单棣憋着笑，"我已经很努力地忍住了！"单棣说完就哈哈大笑起来。原野看着这两个人都走了，只留下自己一个人在这无奈地跺脚。

第二十八章 渃水归来

霍伯把单逨和季子白叫去书房时，太子姬静已回到了单公府。这一路上虽都是走的山路小路，还是遇到了埋伏，不过不知道何人帮他们一把。长风这一路尽心尽力，为了保护姬静还受了伤，这让姬静很是感动。姬静回去时申侯就在小院等着他了，姬静看见申侯觉得分外的不好意思，毕竟自己答应了父王，隐瞒了兵符的事情。申侯之前就收到长风的信息，也知道了姬静没有拿到兵符。姬静看见站在院子中的申侯两鬓已经有了白发，不自觉地放缓了脚步。他有点怕见到申侯，更觉得自己对不起申侯，毕竟舅舅为了他和友儿耗尽心力，而自己却不能对他坦诚相待。申侯见他脚步缓慢，眼中有着几分难为情，想到太子第一次出去做事就没有成功，难免有几分失落。

“静儿，无碍，没有他的兵力我们也可以的。”申侯安慰着姬静，担心姬静受到打击。姬静听见申侯这样安慰自己，先是吃了一惊。原本是想着自己开口跟舅舅说，没有想到舅舅早已知道了。不过转念一想定是长风，他在获知没有拿到兵符的那刻就把信息传到了舅舅这里。

“对不起舅舅，静儿让您失望了。”姬静向申侯道歉。姬静的话在申侯听来就是为了自己没有拿到兵符而难过，姬静越是这样，申侯就越讨厌厉王——都要死了还舍不得手里那点兵力，自己的亲生儿子都舍不得给。

“静儿不难过，你看看今日还有谁来了。”申侯说罢，房间里走出一个体态丰盈、面容姣好的女子，姬静知道她是醉香楼的渃水。姬静不敢相信自己的眼睛，醉香楼被洗劫之后，自己也四处派人打探渃水的消息，都没有结果。

“渃水拜见太子。”

“使不得，渃水姑姑客气了！”

渃水看姬静好似有很多话想问她，就主动说了起来。

“醉香楼被洗劫那天刚好是我妹妹的生忌，那日天还没有亮，我就早早地起来，拿上早已准备好的她爱吃的糕点，也给她带了身新衣服去看她。当我回来时已经傍晚了，一进城门就听说了醉香楼的命案。我怕别人是冲侯爷来的，就在驿馆住了两天，之后我发现不是冲我和侯爷来的，这才联络了侯爷。”姬静听完渃水的解答后，由衷地为渃水的平安归来高兴。只要渃水没事，醉香楼随时可以重开。既然不是冲着渃水和申侯来的，那就是为了杀荣昌，想到荣昌，姬静又看了看渃水说道:“姑姑知道荣昌死了吗？”

“一个仇人的家人，死了就死了！”姬静看着渃水面无表情地说着，可是还是从她的眼中看见了难过。他一直都很佩服荣昌，他是真的喜欢渃水，在他短暂的一生中，自从见到渃水，便十年如一日地一心对她好。为了渃水，终身未娶。人非草木，孰能无情。姬静想了想，还是决定把真相告诉渃水，她应该知道，也有权利知道。

“姑姑，荣昌死了之后，季子白去了醉香楼，他在荣昌手里发现了这个。他死的时候手中死死地握着这支朱钗，不管季子白怎么掰都掰不开他的手。后来季子白说了句我替你转交渃水，才拿到了这支朱钗。”姬静把季子白交与他的朱钗递给渃水，原以为渃水会感动，会难过。可是渃水没有，甚至在她的脸上看不见任何表情，还是那副冷冰冰的样子。姬静看着她一直不说话，然后小心翼翼地问：“姑姑，如果再给你一次机会，你会接受他吗？”

“这支朱钗是无价之宝，他说这是他将来娶妻用的，要赠予我，我一直不曾收下，今日却要你来转交与我。”渃水好像在说别人的故事一般，她还记得那个烦人的他，每日站在她面前像个孩子一样不停地献着他从各地寻来的宝贝，只是希望能博她一笑。她还记得那个会在冬天拿着把扇子假装文人的、一笑露出一个小虎牙的男子为了她在冬日里堆了一夜的雪人。姬静看着陷入沉思的渃水，问道：“姑姑，要不要去祭拜一下？”

“太子，永远不要去爱一个不爱你的人，你以为即使她的心是石头也会有焐热的那天，却忘了有些人就是没有心的。祭拜就不用了，他对我而言只不过是个随时可弃的棋子而已。”渃水说完就离开了，该见的也见了，该知道的也知道了，自己也该去做自己的事情了。姬静看着渃水离去的时候把那支朱钗插在了自己头上，不得不说荣昌的眼光极好，这朱钗衬得渃水越发明艳动人。看着渃水离开的背影，姬静在想如果荣昌活着，那么也许他们之间就是另外一个结局。渃水不是没有心，她只是太要强了。

“静儿，你不用担心渃水，她会替荣昌报仇的。”申侯看着渃水的背影肯定地说道，“醉香楼的事情是姬和做的，他这样做的目的是引出蘅晞堂背后的主人，姬和这次是彻底地跟蘅晞堂杠上了。荣昌的死，荣夷公一定不会放过姬和的。让他们狗咬狗吧！”姬静没有想到当年那个奸佞小人还活着，这十年来，世人都要将他忘记了。没想到他不仅没有死，还成了蘅晞堂的主人。

“他还活着，真是好人不长寿，祸害遗千年。舅舅可查到蘅晞堂所在位置？”姬静在想，若能找到荣夷公一定不会放过他，就是不给渃水报仇，也要给他父王母后报仇。厉王看出了姬静的想法，于是说道：“静儿，不可冲动，敌人的敌人就是朋友，我们的力量不足以和姬和抗衡，如果能拉拢荣夷公，那就事半功倍了。”姬静虽知道申侯说得都是对的，目前最有利的方法就是联合荣夷公来对付姬和。但只是只要想到父王和母后，就怎么也下不了这个决心。而且渃水知道了也一定不会同意的。

“我可以等，可是渃水呢？她都等了十年了，为了报仇她连爱情都放弃了，她能等得了吗？”姬静不相信渃水能等，如果现在荣夷公出现在她面前，她恨不得能生吞活剥了他。

“渃水会等的，除了报仇，她现在更想杀了姬和。现在的她恨姬和多过恨荣夷公。”申侯叹了口气，他一直都知道渃水对荣昌有情。虽然她总是冷冰冰地对待荣昌，可是又会在荣昌走后一副后悔的表情。他也能理解渃水的苦，也曾劝过渃水放下仇恨，跟着荣昌择一城白首。渃水只是过不了心里的那道坎，现如今的渃水还不知道内心有多么痛苦呢！

“渃水要是同意的话，我再等上一等也无妨！”姬静想了想，觉得申侯的话很有道理，现如今为了那个位置也不能意气用事。申侯见姬静能以大局为重觉得很欣慰，姬静越发有帝王的气度了，自己也可以放手了。

“静儿，你能这样想，我很欣慰。醉香楼重开之后，我想把一切都交给你负责。”申侯说完害怕姬静不同意，又不忘在后面加了句“我有更重要的事情要做”。姬静看着申侯，知道舅舅是想锻炼自己，于是只能点头。

“好！舅舅，不知舅舅要做何事？”姬静原是不想问的，可是内心总是不安，有点担心申侯的安危。现在的申侯是姬和最想除去的人，周公久不上朝，朝廷里能帮申侯的也就召公和单将军。申侯虽很谨慎，但是姬静还是很担心。毕竟除了友儿，申侯就是他在这世间少有的亲人了。

“静儿不必担心，与朝廷无关，有些私事。”申侯也知道姬静是关心自己，其实自己哪有什么重要的事情要做，只不过是为了让静儿能接受醉香楼，信口胡说的。申侯看时间不早了，怕在这里耽搁太久会暴露静儿，于是带着长风匆匆地离开了。姬静一个人坐在院子里望着远方发起了呆。他在担心单逨一行人怎么样了。自己那么小心谨慎地乔装打扮都没有躲过刺杀，单逨虽武功高强，可是单华呢？他面无表情地想着，他以为他会质问舅舅的，可是他没有，因为他明白申侯是为了自己。总归是自己太弱了，如果有一天自己强大了，强大到做这天下之主，又何须让别人白白替自己牺牲。现在的他什么都不能做，能做的只是看着这四方天，祈祷单逨他们一路平安无事。

姬静在这边为单逨他们担忧时，单逨一行人已经在收拾东西准备离开霍伯府了。厉王的毒已经被单棣解了，单棣开了个药方，让厉王按照药方每日煎服。或许知道自己不用死，厉王对他们一行人也客气很多。厉王始终没有见单华和季子白，单逨对厉王这样的行为不理解，按照申侯的计划，厉王应该要单独见他们两个的，可是他没有这样做。单逨在这一点上还是很感激厉王的，因为只要他见了季子白或者单华，那么他们的生命就多一分危险。

坐在马车上的单逨脑海里还停留在自己走的那刻，厉王抓住自己的手，仅用两人可以听见的声音说道："静儿就交给你了。"他忘不了厉王眼中的恳求和说话时的落寞。单逨突然明白厉王为何不单独见季子白和单华了，因为姬静。他疼爱姬静，也知道姬静这些年为了姬脉的事情愧疚，他不希望姬静继续生活在这种愧疚之中。想到这里，单逨突然明白那句"父母之爱子，则为之计深远"。厉王便是如此吧。

第二十九章

贞妃有孕

申侯从单公府离开后，跟着申侯的人向王宫奔去。

“大王，申侯已经离开单公府。”地上跪着的人穿着一袭黑衣，低着头向姬和禀报着单公府的一切。

“他见了谁？说了些什么？”姬和没有抬头，专心地写着手中的字，一个大大的“静”字已经写了一半。他行笔迅捷，用笔有力，发力沉重。姬和很满意这次练的字，明日定让晏阳来看看。

“禀大王，申侯见了单将军，而后去了院子里，申侯和单将军都派了人把守，奴才不敢靠近，不曾听到他们在说什么。请大王责罚！”姬和听了放下手中的笔，盯着一直跪在地上的十一。十一知道大王在看他，背后已经冒出了冷汗，可是他别无他法，只能一动不动地跪着。身为暗卫，都不知道下一秒随时会发生什么。像和他同吃同睡的人，出了趟任务就再也没有回来过。

“退下吧！”十一听到这三个字，知道自己的命是保住了，赶忙退下。十一走后姬和站在书桌前，看着刚刚写好的字，完全没了刚刚的好心情。他把刚写好的字使劲揉成一团，生气地扔向门后。还是不解气，索性把桌上的东西一股脑地全给掀翻了。他颓废地坐在地上，万分的沮丧。他已经接到彘的情报，莫名其妙失踪了一批死士，现在连尸体都找不到，更别提是谁杀的了。总之他好像漏了什么，可是又不知道。他想杀死死士的人肯定和真正的太子有关。

姬胡又能多活两年，其实厉王的生死他是不在乎的。更多的时候，他是想让厉王活着的，毕竟自己是高高在上的王，而他只能是苟且偷生的蝼蚁。可是姬静他是万万容不下的，费尽心力却找不到姬静。厉王没有见季子白一行人，也没有见单华，厉王想保护的人是季子白还是单华？季子白不可能是姬静，单华呢？厉王会为了保护单华，从而不见他。姬和想了想也只有这一种可能了。可是姬和又有点迷糊了，厉王病重，自己唯一的儿子出现他就不想见一面吗？都传厉王藏了一部分兵力，自己都要死了，这兵力不留给自己儿子吗？他不知道姬胡在打什么算盘，又或者他觉得自己还能活下去，所以不着急见自己的儿子。姬和想这些想得头疼，他仰面朝天地躺在杂乱的地上，只有这样看着康刺宫的屋顶，他才有种活着的感觉。门后的太监听到了屋内的动静，没有大王的吩咐谁也不敢进来。他们小心地候着，不明白最近大王为何总是生气。

“大王，大王，贞妃娘娘晕过去了。”柔仪殿的一等丫鬟，也是贞妃的贴身丫鬟闭月在康刺宫门口大声地叫着。屋内的姬和听见琬贞晕倒时，一下子就跳了起来。门口的太监富贵着急地刚想捂住闭月的嘴巴，就听见大门打开的声音。闭月知道自己犯错了，跪倒在姬和面前：“大王，奴婢错了，请大王责罚，娘娘晕倒了，求大王给娘娘找个巫医看看。”姬和看着跪倒在自己面前的闭月，闭月是自己精挑细选送到琬贞身边的人，他自然是信得过的。

“贞妃晕倒，为何不去宣巫医？”姬和不明白闭月为什么不去找巫医反而是来找他？

“禀大王，巫医都在王后宫里，奴婢求不来。”闭月哭着，眼睛偷偷地看向姬和。大王向来宠爱娘娘，想必大王这次也会为娘娘做主的。

"胡闹，王后宫中要这么多巫医做何？"姬和生气地甩着袖子，转头对富贵说，"你去王后宫中走一趟，带大巫医去柔仪殿。"姬和说着就向柔仪殿走去，闭月赶忙爬起来跟在姬和的身后。

"贞妃一向身体健康，怎么会突然晕倒？"闭月听见走在前面的大王突然这样发问，连忙快步离大王近两步说道："禀大王，娘娘这几日身子乏得很，吃饭也很少，总是说没有胃口，今日娘娘看天气不错，就让奴婢备了一些吃食在院外的绒花树下。娘娘独自一人一边看着绒花一边吃着糕点，起来的时候突然晕倒了。"剩下的话闭月没有说出来，她相信即使自己不说，大王也能知道。娘娘晕倒，他们本能地去巫医院找巫医，可是凑巧的是巫医院的人都去给大王子会诊了。她在康寝里面跪了半天也没有见到一个巫医，实在是没有办法了只能去求大王。

"吃食可有问题？"姬和想不通贞妃怎么会突然晕倒，这些年来，他时不时地敲打过各宫，不明白现在谁会对贞妃下手。贞妃性子柔弱，身份又低，偏偏这样一个人能得到三千宠爱。想想贞妃的性格像极了他的母妃，只是母妃没有贞妃那么幸运，最起码自己把贞妃保护得很好。他一定不会让贞妃有事的，不会让贞妃落得和他母妃一样。

"吃食都是奴婢准备的，想来不会有问题的。"闭月想了想还是如实答道，柔仪殿里面不能说都是大王的人，可是很多都是大王一一筛查过的。大王这样做就是怕别的宫会加害娘娘，娘娘的恩宠永远是这王宫里头一份的。可是有时候闭月能明显地感觉娘娘是忧伤的。闭月看着一直没有说话的大王，一路小跑才勉强跟上姬和的步伐，到达柔仪殿时，闭月背后的衣服都已经湿透了。

姬和刚到柔仪殿，大巫医也进来了。

"大巫医，你快来给贞妃看看，她这是怎么了。"姬和急切地想让大巫医给琬贞看看。大巫医是整个巫医院医术最好的巫医，巫医院所有的巫医都会巫术和医术。但是有的更擅长巫术，有的更擅长医术，大巫医就是擅长医术的。他向姬和行礼之后就匆忙地给贞妃诊脉。来的路上，富贵已经跟他说了贞妃的情况。

“恭喜大王！贺喜大王！贞妃娘娘脉象快而滑，实则有孕了。”大巫医不紧不慢地如实禀报着。

“赏！重重有赏！”姬和激动得有些说不出话了，他已经五十岁了，他已经 是有孙子的人了。老来得子的幸福感让他不知所措。他本身子嗣就少，膝下只有王后所出的大王子姬翼和雨妃所出的二王子姬睿。他以为这辈子就两个孩子了，只是没有想到上天恩赐了他。其实在太医说贞妃怀孕时，琬贞已经醒了，只是她一直闭着眼睛在装睡。她不敢醒来是不知道自己怎么面对这些事情，这十年来她不断地偷偷地喝避子汤，从未间断过。包括王后送来的那些掺有红花和麝香的食物，她都来者不拒，她只是不希望自己怀他的孩子。如今看着那个兴奋得像个孩子一样的人，才觉得自己是多么残忍。可是回过头想了想身边的闭月还有这一屋子的丫鬟，有几个不是他的人呢？说好听点是照顾自己，说白了就是派过来监视自己的人。从来帝王心有几个能动真情的，三千宠爱集于一身，不过都是因为自己这身世而已，自己又何尝走进过他的内心，得到过他的信任呢？

“大王……”琬贞闭着眼，声音轻轻的，像在梦魇一样。姬和听见琬贞的声音连忙坐在床边拉着琬贞的手：“琬贞，寡人在！琬贞……”姬和不敢大声，怕惊扰了正在梦中的琬贞。他有点感动，琬贞时时刻刻都在思念着自己，可是由于性格柔弱从来不敢表达。甚至都不会主动地让自己陪她在这王宫走一圈，因为她怕自己对她太好了，惹得别人不满。闭月会跟他汇报琬贞的事情，受了欺负也会像遇到开心事一样对自己微笑。有时候自己很心疼她的懂事，可是后宫之事他一个帝王终究不能插手过多。

“大王，你怎么来了？”过了一会儿琬贞才慢悠悠地转醒，她有气无力地坐了起来。姬和扶着她，给她背后放了一床被子，想让她靠得更舒服一点。

“寡人来看看你！”姬和看着琬贞深情地说道。

“我……这是……怎么了？”琬贞一脸茫然地说道，“我刚刚还在院子里面吃东西呢。”琬贞指着院子，姬和被琬贞脸上的孩子气折服。

“已经三十岁的人了还是像孩子一样迷糊，你要做娘亲了。”姬和轻轻地拧了拧琬贞的鼻子，看着琬贞的眼睛睁得圆圆的，一副不可思议的表情，随即就黯淡了下去。

“大王莫拿臣妾打趣了！”琬贞说完就低下了头，姬和理解琬贞的心情，她这十年来恩宠是这王宫中最多的，可是从来没有有孕过。闭月曾经告诉自己琬贞偷偷地寻一些能怀孕的汤药喝。琬贞喜欢孩子，是那种发自内心的喜爱，每次见到孩子两眼都放光，眼睛里的柔情都要把自己融化了。

“娘娘，你真的有孕了，刚刚大巫医已经来过了！”站在后面的闭月上前说道。

“真的？”琬贞看着闭月，眼中满满的是期盼。

“娘娘，是真的！”闭月狠狠地点着头回答道，她是由衷地为娘娘高兴，娘娘待人是极好的，从来不打骂奴婢。

“大王，你听见了吗？我要做娘亲了！”琬贞一边说着，一边激动地拉着姬和的手，眼泪不听使唤地就流了下来。闭月看见这里不需要自己做什么就带着丫鬟们都出去了，留下姬和和琬贞两人。

“傻丫头！哭什么？做娘亲不开心？”姬和一边说着一边小心翼翼地给琬贞擦了擦眼泪。这是姬和第二次看见琬贞流泪，第一次是在柔仪殿见到琬贞的时候，那个时候小小的她躲在屋檐下偷偷地哭。自从她在自己身边了，不管受了多大屈辱从不流泪，只是因为不想自己替她担心。如今知道自己要当娘亲了，多年来的夙愿要实现了，怎么还哭了起来？

“开心，大王，臣妾是太开心了，我不哭了，我要是哭对孩子不好。”姬和听着琬贞孩子气的话，有点哭笑不得。

“你呀！”姬和原本想说孩子还没有成形呢，他能知道什么。可是看着琬贞正低头看着自己扁平的肚子，时不时还用手摸摸，这样的话怎么也说不出口。她能这样一直单纯、善良不正是自己希望的吗？在这个王宫大染缸里，琬贞是唯一一朵出淤泥而不染的莲花。

“大王，你说他是男孩还是女孩？你说叫什么名字好？”琬贞说完就一副做错事的表情，刚刚她太过激动了，王子出世三天后才由大王取名。她的孩子刚刚怀上就想起名字，如果被有心人听到难免有种想王位的妄念。她反应过来想起来给大王道歉，姬和按住她说道：“你我之间不用这些虚礼，我知道你是太过高兴了，寡人与你一样。”姬和笑着继续说道，“我希望是个男孩，将来我教他骑马射箭，我们两个一起保护你！”

“我倒是希望她是女孩，穿上裙子，那样一定很美！”琬贞憧憬地想象着孩子长大时的样子，那样萌萌的小人儿一定非常可爱。可是她也明白这个孩子只能活在自己的憧憬里，自己是留不住这个孩子的。

“不管是男孩女孩，寡人一定给他这个世上所有的荣耀和宠爱！”姬和目光坚定地看向琬贞，他很少对子嗣上心，当年他是无人问津的落魄世子，封地偏远又寒凉，王后不嫌弃自己无权无势下嫁于自己。后来自己登上这王位了，与王后之间的感情却越来越淡薄，念及当年苦难时王后对自己的不离不弃，所以后宫他睁一只眼闭一只眼。他不想孩子出生后跟当年的自己一样从来没有得到过父亲的关注，所以王后对宫中其他嫔妃动手他也不闻不问。世人皆道他子嗣单薄，却不知道他压根就不想要那么多孩子。琬贞的孩子是他想要的，无论如何他都会保护好琬贞和她肚子里未出世的孩子。

大巫医刚刚离开，王后就收到了贞妃怀孕的消息。康寝里的宫女、太监都屏住呼吸，王后穿着松香色衣裙，上面绣着大朵牡丹，外面披着金丝薄烟翠绿纱，高高的发髻配着玉步摇。眼睛看向手边的雕花红木桌，上面摆着的龙窑前不久送来的三角纹壶里插着几枝尚未全开的蜡梅，插着满满的一囊水晶球的白菊一尘不染，反射出耀目的光彩。这样的光彩越看越像贞妃那张洁白无瑕的脸，她眼里射出仇恨的火花，也不顾还有这些奴才在场，伸手就打翻了那三角纹壶。随即那三角纹壶的碎片崩得一地都是，可是那几株梅花还是完好无损地躺在那里。王后立马站了起来，用那凤屐使劲地在梅花上跺了几脚，直到看不出来花和叶，只留了一地清香。看着那一地碎泥，王后才觉得心里舒服点，她颓废地坐回到椅子上面。

“王后，喝口水顺顺气！”王后的贴身丫鬟望秋回来，看着满屋的狼籍和畏缩的宫人便明白发生了什么。她给王后倒了杯水，然后吩咐宫人都离开。她从小和娘娘一起长大，平日里的娘娘是高高在上的王后，是天下之母，可是王后受的苦谁能理解。

“望秋，你说琬贞那个狐狸精怎么就怀孕了？我实在咽不下这口气。”王后猩红的眼睛盯着望秋，里面的仇恨之火恨不得吞噬了这个宫殿。可是她说话的语气却是那么无助，在这个偌大的王宫之中，她虽是女主人，可是唯一能让她感觉温暖的就只有望秋。她的丈夫不屑于看她一眼，日复一日的煎熬，熬光了她对丈夫的感情，她不再对他有任何期待，哀莫大于心死。她可以允许后宫的女人分享她的丈夫，甚至允许她们夺走自己的丈夫的爱，但是她不允许任何人威胁她儿子的王位。

“王后，这后宫女子怀孕的多了去了，可又有几个能安全落地。自古女子生产就是九死一生，王后又何必急于一时。”望秋的话让王后又看到了一丝希望，是啊，这后宫之中现在不就两个王子成年吗？可是她又有些犹豫，琬贞不同于其他妃子，以前不管自己对其他人做什么，大王都可以当作不知道，可是这个琬贞是不一样的，从一开始她就明白琬贞和她们所有人都不一样。

“望秋，不一样的，大王待她终究是不同的。”望秋看着王后无比落寞地呢喃，她又何尝不知道大王对贞妃是不一样的呢？可是王后毕竟是王后，依旧是这天下之母。别的不说，就是当年王后不顾家族反对嫁于大王的这份恩情岂是一个贞妃能比的。

“王后，您和大王的感情那是共过患难的，旁人是比不了的。”望秋安慰着王后，其实也是她内心的想法。王后看着望秋，觉得望秋想得太过单纯了。她无奈地笑了笑。她与大王哪还有半分感情，如果不是大王念及她家族势力，现在的她早已不在人世了。原来的恩情只不过是现在大王的痛处，一旦揭开，自己与儿子都不会有好下场的。

“望秋，给我拿点清酒过来，有酒好入眠。”望秋看了看王后，还想说些什么，可是看着王后伤心的样子终究没有说出口，跑去取酒去了。王后看着望秋小跑出去的背影，陷入了无限的深思之中。

第三十章 怜影来寻

姬和打赏了柔仪殿的所有宫人，又亲手喂琬贞喝了粥才离开。他这段日子实在是太忙了，根本无暇顾及琬贞，不过现在琬贞有孕了，他要花些心思保护她。彘那边还在等他的消息，他没有办法杀单逨，不仅不能杀还要保护单逨平安归来。申侯在朝堂之上是请求单逨带人给厉王治病的，若单逨在路上有个三长两短，谁都会认为是他做的。他深知厉王是因为失了民心才失去天下，他不能走厉王的老路。想了想还是觉得自己这个大王做得委屈，凡事都要顾及这天下人的眼睛，何时才能做自己。不过天子就是天下之子，怎么能随心所欲呢？所以他又派了一批人去彘，沿途保护单逨等人的安全。

单逨一行人已经走了一上午了，几个人席地而坐看着山中景色。此次返程相比来时，几个人的心情都是愉快而轻松的。尤其是单华，对于这次出来吃了这么多地方美食、看了这么多美景更是兴奋不已。他说他回府后就准备去各地游学。

“逨哥哥，这马车太慢了，等下个镇子我们全部骑马怎么样？”原野是猃狁人，虽是女子，到底是马背上长大的。她觉得坐在马车里特别憋屈，呼吸不到新鲜的空气，看不到辽阔的天空，她还是觉得骑马好，可以肆意驰骋。现在的她都开始怀念在猃狁每日奔跑在大草原上的日子了。可是想到在这里能天天见到单速，她那活跃的小心思又收敛下去。

“原野，骑马不安全，这一路上不知道有什么等着我们呢！”季子白想了想还是对原野说了实话。单棣和嬴萤听到季子白的话眉头一皱，他们两个心思细腻，对于此次来彘虽不知道全部但是也能感觉到危险，不像原野和单华还是像孩子一样单纯，以为就是来看病的。

“子白哥，有什么等着我们？好吃的吗？”季子白听到单华的话，脑子就疼，他无奈地对单速说：“你跟这个傻子解释吧！”

“无碍，小野若想骑马我们到下个镇子就换马。”单速宠溺地说道，全然不顾季子白的黑脸。单速跟季子白想得不一样。他们是光明正大地出来，大王若是想杀他们也不会在他们回去的路上动手，大王一直以来都标榜自己是仁德的君王，否则也不会留下厉王这个肉中刺了。

“好哎！可以骑马喽！”单华听说可以骑马很开心，他想跳起来和原野击个掌，但是一想到原野手中的鞭子还是悻悻地放弃了。他还记得小时候原野绑了他们那副凶神恶煞的样子。这位大小姐对谁都是凶巴巴的，只有面对单速哥才有笑脸。季子白看着单华高兴的样子，直摇头。他偷偷地向单速身边坐过去，问道：“骑马多不安全。万一一箭射来……”季子白还用手比画了个抹脖子的表情，单速第一次见季子白一本正经地搞笑。

“无事，大王在乎自己的名声，我们若在回去的路上遇到意外，谁最有动机？”单速也偷偷地在季子白耳边说道，季子白是个聪明人，一点就通。季子白明白了为何申侯能跟单将军说，单速定会毫发无伤地回来。季子白想到这里，悬着的心也放了下来，也放眼望向这周边美景。这个季节正是山红柳绿的时候，没有了心里的压力，季子白觉得空气都是甜的。

“季子白，你莫不是有龙阳之好吧？”原野一直盯着单速，她不知道单速和季子白说了什么悄悄话，季子白就笑开了颜。在原野的认知里，季子白这个人很少笑，一直都是苦大仇深的。单棣听见原野的话，刚刚喝进嘴巴里的水直接就喷了出来，坐在那里大笑了起来。季子白被原野气得说不出话来，觉得她一个小姑娘家什么话都能说出口。

“你……你……”季子白不知道怎么回原野，连说了几个你。

“我什么我？是不是说中你心事了？”原野盯着季子白的脸看，好像要把季子白看穿一样。单速和单棣、嬴萤都笑而不语，好像在看戏一样。单华也跟着原野学，盯着季子白看，好像认为原野说得很有道理一般。

“简直无理取闹！哼！我懒得与你计较！”季子白气得说不出话来，只能不看原野，从单速旁边站起来走向马车。原野看季子白无话可说了，以为自己说中了。便噘着嘴、插着腰神气地对季子白说道："速哥哥是我的，你休想！”说完还不忘看看嬴萤的表情。单速和单棣还在取笑季子白，谁也没有注意嬴萤。原野看见嬴萤皱了皱眉头，心想嬴萤肯定是对速哥哥有意的。她觉得单速这一路上都用余光在打量嬴萤。

“都捂住口鼻。”嬴萤的话刚刚说完，坐在嬴萤身边的单棣最先反应过来，可是已经迟了，这香气飘浮在空气里，他们每个人都吸进去了。所有人都保持着刚刚的姿势，口不能言，手脚不能动，只有两只眼睛在不停地转来转去。

“你们刚刚不是还挺开心的吗？现在都不能动了吧！”从树林后面走出一个十七八岁的少女，一头如墨般的黑发散落在身后，额头两侧两个小辫随意地挂在胸前，两鬓是碎碎的卷发。身穿鹅黄纱裙，裙摆自然垂直。白皙的手腕上挂满了银色的镯子，手指上还戴了个纯色的银戒，斜挎一个彩色的针线包，里面鼓鼓的。姑娘的装扮是那样简单又奢华精致，却让人感觉不到半点多余和累赘，好像她本该就如此，整个人充满着青春和灵气。单棣看着这个明黄色的身影，又看见她在每个人面前跳来跳去，然后自己在那捧腹大笑。单棣原本一眼就认出了这个人是怜影，只是不敢相信自己的眼睛，他使劲地眨眼，再三确定这个淘气的女子就是怜影。

怜影也看到了单棣不敢相信的表情，还有眼神里不断让自己给他们解开的请求。

“真没劲！”怜影从自己的小包里掏出来一些粉末撒在空气中，所有人都能动了，原野是第一个冲上去的，说着就用鞭子抽怜影。怜影轻易地躲过去，原野越发生气，鞭子落得更快了。

“你要是再不停手，小心我让你毁容！”怜影一直躲来躲去，躲得着急了，忙把手伸进口袋里。单棣怕怜影伤了原野，便说：“原野住手，她是怜影。”原野听见单棣说的话，知道她是怜影后也害怕她给自己使毒让自己毁容。她来了之后听他们说过怜影，而且她是猃狁人，自然知道川青家族的厉害。原野停下鞭子，生气地瞪着怜影。

单速在刚刚能动的时候就跑到嬴萤跟前，他担心嬴萤有危险。嬴萤给他一个安抚的微笑，仿佛在说我没事一样。单速听到单棣说这个人是怜影时，不禁又打量了一下面前这个一直挂着坏坏微笑的女孩。如果单棣不说，他可能真的以为那只是一个不谙世事的有钱人家的小姑娘。

“怜影，你来这里做什么？”在这里唯一能跟怜影熟一点的就是季子白和自己，看着季子白靠在马车上，一副看戏的表情，自己不得不开口。单棣想不通原野找来了，难道是因为那三个条件？

“我闲着无聊，看看你们在做什么，没想到你们日子过得还挺滋润。”怜影随便编了个借口，她上次回家之后就被父亲关起来，不许她再出门了。她好不容易偷偷地跑了出来，也是找了很久才找到他们的。

“她肯定是偷偷跑出来的。”原野看见怜影的表情就知道她肯定是背着家里跑出来的，自己曾经偷跑出来，别人问时，就是这样的表情。

“谁偷跑出来的，你才是偷跑出来的！”怜影见被原野说穿了心事，生气地回应道。

“我偷跑出来也比你强，敢做不敢当！”原野这次来镐京确实是偷偷跑出来的，可是她也看不起怜影敢做不敢当的样子。更主要的是她特别讨厌怜影，自己还打不过人家，心里憋屈着呢。

“好了，怜影你来寻我有何事！”单棣看着两个人没完没了地争执下去也不是办法，只好问问怜影来有什么事情。

“没事，就是无聊，想跟你们一起回镐京。”怜影的话还没有说完，原野立马就说：“不行，我不同意！谁要跟你一起啊！一不小心就把我们毒死了。”

“我要是想毒死你，你还能在这跟我嚷吗？也不看看自己有几斤几两。”怜影打击完原野觉得心情很不错，她看着单棣，等着他的回答。单棣原本不想带着怜影一道，原野说的话不是没有道理的。带着怜影就等于带着一个定时炸弹，随时就送命了。

“我们一路都听单速哥的！”单棣说完就看向单速，他也不想这样的，可是他欠怜影三个条件，只能希望单速能拒绝怜影了。怜影听单棣说都听单速的，她就向单速走去。

“单速哥哥，你带上我呗！”怜影说着就抓着单速的衣袖做可怜状，希望单速能收留她，带着她一起出发，她可不想一个人在外面，最主要的是她想跟单棣在一起。原野看着怜影拉着单速的衣袖，上去就把怜影和单速隔开了。

“不许你碰我速哥哥！”怜影看着气鼓鼓的原野盯着自己。

“怎么哪里都有你，烦不烦？”怜影生气了，她真的想给原野一包药让她永远都开不了口，这样自己就永远不能听见她那讨厌的声音了，怜影想到这里心情方能好受一点。

“带上你可以，不过你得答应我两个条件！”单速想了想怜影应该是冲着单棣来的，就像她说的，如果她想杀他们，他们早就横尸荒野了。

“好好好！你说！”怜影急切地想跟着单棣他们一起走，别说是两个条件了，哪怕是二十个条件估计她都会答应，跟着单速他们还有个好处，就是她父亲大人肯定是找不到自己的。她可不想被抓回去，要是再被抓回去等着自己的不知道是什么呢。

“第一，不许对我们这群人用毒或者迷香！第二，给我一截鬼香。”单速不顾原野和单棣的眼色，毅然地说出了自己的两个条件。怜影想都没有想就点头答应了，说着还从自己包里掏出了一截鬼香给单速。对于怜影的痛快，单速有点不可置信。

“这个东西你省着点用，我也只有这么点儿。”怜影显然也感觉到单速不敢相信自己会这么大方，她也是有自己的小算盘的。在来找单棣之前，她已经把这一行人的人品都打探清楚了。她知道单速为人忠义善良，即使拿着鬼香也不会做一些害人的勾当。她感觉单棣好像不希望自己留下来，她一个眼神扫过去，单棣不得不低下头。嬴萤看着单速和怜影已经达成协议，不忍让单速为难，于是笑着走到怜影跟前说道：“怜影妹妹，我是嬴萤，单棣的师妹。既然留下来，你便和我乘一辆马车行吗？”

怜影知道嬴萤是单棣的师妹，也知道单棣对嬴萤更是疼爱有加。她抬头对上嬴萤带水的眼眸，被她那浅浅的一笑给征服了。对于嬴萤的友好，她也抱着极大地诚意说道：“谢谢嬴萤姐姐！”说着就上前挎着嬴萤胳膊要跟嬴萤同乘一辆马车。

“谁同意她可以和我同坐一辆马车了？”原野张开双手双脚挡住了她们的去路，死活不愿意让怜影上车。

嬴萤原本的笑脸被面无表情替代，她冷冰冰地看着原野说道：“我把我的那一半让出来，不占你的地方总行吧？”嬴萤本身对谁都有种防备心理，而且原野对单速的态度也让她很介意，所以她对原野显然做不到笑脸相迎。原野看着嬴萤原本还笑着对怜影，如今见到自己就换成了那副冰山脸，也是很生气。她觉得明明自己和嬴萤相识在前，即使再不喜欢自己也不能去喜欢怜影，而且这个怜影刚刚还让大家都中了毒香。

“那也不行，我不喜欢她，不愿跟她同乘一辆马车！”原野自从被原上飞找回去之后，原上飞因为觉得亏欠原野，所以极尽所能地对她好。草原上不管大人还是孩子都不敢惹原野，即使莫哈贵为王子也被原野用鞭子打过。所以原野的性格直来直去，有什么就说出来。

“你不是也不喜欢我，那为什么还愿跟我同乘一辆马车？”嬴萤站在那里不动声色地看着原野，她自己心里也特别好奇，原野讨厌自己胜过怜影，可她跟自己同坐一辆马车却不愿意让怜影上车。原野听见嬴萤的话，看着怜影高高昂起的头，像在藐视自己一样。

“你以为我想跟你坐一辆马车啊？还不是因为……”原野正要说出来时，看着单逨探究的眼光和拧着的眉头终究没有说下去。其实她讨厌怜影，是因为怜影对她的态度不好。她更讨厌嬴萤，因为她发现自己喜欢的单逨哥总是偷偷地看着嬴萤。可是她要是不跟嬴萤同坐一辆车，那单逨就不会让她跟着。

“小野，不闹！等到了镇上我给你寻一匹白马。”原野一听单逨这样说，开心得跳了起来，原来逨哥哥一直都没有忘记自己的喜好。小时候跟单逨去骑射的时候，自己总要骑白马，没有白马就不愿意去。原以为这么多年都过去了，没有想到单逨还记得。想到这里原野神气又有几分骄傲地看向嬴萤，然后像示威一样地跑到单逨跟前。

“谢谢逨哥哥，你还记得我喜欢白马！”原野笑着看向单逨，单逨看着原野蹦蹦跳跳的，还像小时候一样可爱。余光看向嬴萤时，他从嬴萤的眼中发现了一丝落寞。他看着嬴萤拉着怜影向马车走去，久久地回不过神来，他觉得自己和嬴萤之间好像有一些隔阂。那晚月光花间的嬴萤就像一场梦一样。

“你难过了？”怜影看着嬴萤魂不守舍的样子，她好像明白了为何原野跑向单逨时是那种得意的眼神。

“没有！”嬴萤笑了笑，简单的两个字回答了怜影。她是有点难过的，她知道单逨只是把原野当妹妹，可是原野呢？她在原野的眼神中明显地看到了敌意，也看到了原野对单逨的执着。她也有点生气，可是她又有什么资格生气呢？单逨从来没有对自己表白心意，哪怕那夜他带她去看了那片月光花，她以为他是有意的。可是看见他对原野的态度，看见他亲切地称呼原野为小野。那刻她是嫉妒的，她是难过的。可是好像自己并没有什么资格去嫉妒或者难过，只剩下了无尽的悲哀和落寞。怜影看着嬴萤这个样子感觉很奇怪，她觉得大周的女子和他们猃狁的不一样，大周的女子什么事情都放在心里，可是她们猃狁女子却不是这样的，像她和原野都是一样的，有什么都会说出来，绝不会委屈了自己。

不一会儿原野也上了马车，一行人又浩浩荡荡地出发了，一路上三个人都没有说话，看向窗外，各自想着内心的事情。

第三十一章

单速谋划

单速一行人一路上唱着歌，吹着乐，好不开心。到达单公府的时候，单速被眼前的景象惊呆了。单公府大门上绕着白布，两旁的红灯笼此刻已经变成了耀眼的白灯笼。他的大脑已经失去思考的能力，木头一般地站在那里不动，愣着两只眼睛发痴地盯着门口那耀眼的白。单棣一行人的吃惊程度不亚于单速，但是他们快速地反应过来。这时门口的徐伯颤颤巍巍地走过来，单速看着他头顶的白巾和腰间系着的白布，愣是说不出一句话。

"三公子，老夫人过世了！"徐伯流着泪，跪在单速跟前带着浓浓的鼻音哭着说道。单速听见祖母过世，第一反应是不可能。他去皛之前才去看过祖母，她穿着浅蓝色的衣裙，搭着灰色外套，头发一丝不苟地梳了上去，还在自己的发髻上面插了个海棠步摇，威严却又不失慈爱。自己那时还取笑祖母说她还如少女一样，喜欢那海棠花。祖母一辈子都爱海棠，不管首饰还是衣物，总喜欢让人在上面绣着海棠花的样式。哪怕后来自己去从军时，祖母亲手给自己做了件外衣，也在上面绣了金边的海棠花。这样的祖母怎么会走了呢？去皛前还笑着让自己给她带一些新奇玩意的祖母怎么可能没了？

单棣看着单速一言不发、一动不动地站着，看了看还跪在地上的徐伯。他伸手扶起了徐伯，徐伯原本已经上了年岁，由于伤心过度，加上跪了一小会儿，起来时差点摔倒，幸好单棣扶住了他。他感激地说了句："谢谢棣公子！"

看着单速茫然无助的表情，单棣开口问徐伯："祖母什么时候过世的？"

"刚刚不足一个时辰，这些天病情反复，嘴里一直不停地喊着三公子！"徐伯断断续续地叙述着，眼睛不时地看看单速，看见他还是没有反应，只是眼神空洞地望着大门上面的白布。

"祖母！"单华在单公府住了十年，这十年来他早已把单老夫人当成自己的亲祖母了。单华边哭边喊着祖母。坐在马车里的嬴萤、怜影和原野也下了车。她们没有听见徐伯和单棣的对话，可是她们听见了单华的那声"祖母"，再看看一片皓白的单公府就明白了是怎么回事。嬴萤看向单速，想必此刻的单速一定很难过吧！相对于怜影和嬴萤的冷静，此刻的原野早已泪流满面。她想到小时候那个总说自己是个"皮猴子"，那个总会偷偷给自己桃花糕，那个总是捏着她小脸然后亲上一口的慈祥的老奶奶怎么就离开了？

徐伯带着他们进府，单速像个木偶一样跟随着人群向前走着。单老夫人已经被挪至正厅中央，大周风俗，人刚刚死的时候要举行复礼。单龚忍着悲痛，登上正屋房顶对着北方不停地喊着："母亲单姬氏归来兮！母亲单姬氏归来兮！……"如此反复半个时辰，为单老夫人招魂。单龚浑厚略带沧桑的声音，在房顶上传向四方。单龚不停地喊着，眼泪化作雨，随风飘落了下来。众人看着单将军声嘶力竭的样子，都倍感难过。但是众人只是无声地流泪，没有一个人大声哭泣，"招魂"不许众人哭泣，怕吓着死者魂魄，不愿归来。"招魂"便称为复礼。

"招魂"之后，单龚将军已经说不出话来了，他被人扶着从房顶下来。长年打仗的他身体硬朗，可是这次母亲的突然离世给他的打击太大了，才一个时辰整个人都老了十岁。他下来时路过单速旁边，心疼地看了一眼儿子。单夫人王可儿拿着盛着清水的杯子适时地递给单龚，单龚看了王可儿一眼，对她摇了摇头。王可儿看向单龚，两人大声哭喊着："娘亲啊！我的娘亲啊！你怎么丢下我们就走了？"一路哭喊着向灵堂走去。单公府众人听见单将军和单夫人的哭喊声之后也哭喊了起来，一时间，哭喊声震天。整个单公府都笼罩在悲伤当中。管家殷通给单速拿来孝衣并给他换上，看着一直默默哭泣的单速说道："三公子若难过就哭出来，莫憋在心里憋坏了自己！"此刻的单速才慌忙跑向灵堂，他的祖母去了，他竟连祖母最后一面都没有见到。他一路哭着跑向灵堂，看到哥哥、嫂嫂、姬静、单华、单之都已经跪在灵堂两侧。灵堂两侧挂着一副挽联，上面写道：半世沙场留典范，一生贞烈传嘉风。横批：风木同悲。

"祖母……"单速看见灵堂中间躺着的祖母，内心才真正意识到祖母真的离开自己了，他不停地哭着喊着。他已经没有办法思考了，抬眼就是躺在那里的祖母和两旁哭在一起的哥哥。家族里那些庶出的子女都来了，按照辈分从灵堂一直排到了门口，整整齐齐地跪在地上哭喊着。这一切的一切都在提醒他祖母真的离开了，永远不会回来了。从此这个人就消失在自己的生命中，再也不能听见她说话，也不能看见她的样了了！

管家殷通把单速和在场的男子都叫了出去，因为这个时候她们要给单老夫人举行沐浴礼。原野不愿出去，单老夫人养了她几年，她不曾孝顺过单老夫人一天。她想做一些力所能及的事情，她想帮老夫人沐浴穿衣。单夫人见原野一心想留下，怎么劝也劝不动，看着原野的眼睛已经哭得红彤彤的，王可儿便让她留下来了。所有男子出去之后，两个丫鬟抬着一个木盆进来。单夫人是嫡子之妻，所以由她轻轻地脱去单老夫人的衣服，单龚二弟的妻子在旁边用勺子舀水，她轻轻地舀起水，第一勺浇洒头部，第二勺是上身，第三勺是下身。三勺毕，她拿起一块细葛做的白色纱巾递给王可儿。王可儿接过纱巾，从单老夫人的额头开始，一点点、轻轻地、一丝不苟地给单老夫人擦拭。王可儿擦得极其认真，在场的每个人都动容了，原野捂着嘴巴，尽量不让自己哭出声音来。

王可儿擦拭完毕，从管家手里接过一个白色的羊脂玉雕成的玉蝉，她轻轻地掰开单老夫人的嘴巴，把玉蝉塞进老夫人的嘴巴里。之后管家又捧来了一堆单老夫人即将要穿的衣服也就是寿衣，管家在那堆衣服上使劲地用手拍了一下说道：“子孙买来的！”单老夫人年岁也大了，可以说是寿终正寝了。单夫人王可儿和弟媳妇两个人一起给单老夫人穿衣服。这是原野第一次参加大周的葬礼，她不敢相信自己的眼睛。因为她看见王可儿给老夫人穿了十一件上衣、九条裙子。她想问问为什么要穿这么多，但是看见大家都一脸严肃的表情最终没有问出口。

单夫人给老夫人穿好衣服以后，单将军派人找的大巫已经来了。她要了单老夫人的生辰八字，然后开始念念有词地帮单老夫人挑一块风水宝地。单将军已经顾不上悲伤了，因为需要他做的事情还有很多，他必须打起精神来办好母亲的身后事。这是他作为儿子最后一次，也是唯一一次能为母亲做的事情了。单将军父亲早年战死沙场，他是母亲一手带大的，想起他与母亲相依为命的日子，想着以后再也见不到母亲了，他抑制不住自己的悲伤。单速知道也理解父亲的心情，他帮着父亲安排府里的事务，并开始派人报丧。

单速一直忙着前厅的事情，直到单老夫人即将入棺，管家殷通才找到单速，让他去送老夫人最后一程。单速快速地跑到灵堂，看见厚重的棺木上写了个大大的“寿”字。他穿过众人走近棺木旁，看见祖母还是双手叠在胸前，眼睛闭着好像睡着了一样。“祖母只是睡着了！”单速低声地呢喃着，他多么想大声地把祖母叫起来。他想告诉她：“你快点起来，你心心念念的孙子回来了。你快点起来，你起来揍我啊！我可没有从彘给你带任何东西，你起来骂我啊！”他知道不管他怎么呼唤，那个人还是会躺在那里一动不动，她不会睁开眼睛，也不会微笑了。这种感觉实在是太过悲痛了。外面的丧乐声响震得单速耳朵有些疼，巫师跳舞的铃铛发出清脆的声响，透过这丧乐传了进来，巫师口中的歌词让单速又莫名地想哭。

停殡三天，单速不吃不喝，夜晚就在灵堂为祖母守灵。躺在那里他感觉自己就像睡在祖母身旁，好像又回到了小时候自己睡在祖母旁边，祖母搂着自己说着那战场的故事一样。

三天之后送葬的路上，众人一路号哭着，快要抵达墓穴的时候，忽然传来一阵马蹄声。原本在送葬途中，灵柩是不能停下的，众人也只管往前。可随着那阵马蹄声越来越近，骑在最前头的那人喊了句：“等一等！”听到这个，又是宫里太监的声音，族长便抬手停了下来。众人纷纷回头望去，发现竟然是大王身边的德福公公。德福公公总算赶上了，喘了喘气便道：“咱家是奉了陛下的旨意，前来为单老夫人赠助丧之物的。”单龚便走到了最前面，带头跪下，“臣多谢大王隆恩，大王万寿无疆！”既然是大王派人来赠助丧之物，那中途灵柩停下也无妨，况且这也算是大王给单公府的恩泽。

在棺木入土的那刻，单将军哭喊着，硬是用手挖棺，几个人拉着都拉不住。单龚在坟头不停地哭着，单速看着父亲在风中的背影，泪眼朦胧。他和父亲一样，甚至父亲比他还难受。祖母走了，父亲内心的依靠走了，从此父亲再也不是谁眼中的孩子了。祖母在，不管何时何地，父亲都觉得自己还有母亲，内心认为自己还是个孩子。可是祖母走了，这个世界最疼爱他的人离开了，父亲无法接受也是正常的。单速看着父亲的难过，他没有办法想象自己有一天也会像父亲一样，他没有办法接受父母的离开。父母在，人生尚有来处；父母去，人生只剩归途。所有的人都走了，只留单速一个人坐在祖母的坟前发呆。

“单速哥，你不要太难过，爷爷说过人死了，只要我们不忘记他，他就一直陪在我们身边。”嬴萤走过来，蹲下身来，看着单速笃定地说道。

单速听到嬴萤说的这些话，一把把嬴萤搂进怀里大声地哭道：“嬴萤，我没有祖母了，从今以后再也看不见祖母了！”单速抱着嬴萤，把这几日的隐忍都发泄了出来。

“不会的，她会在天上永远陪着你的！你还有我，我永远陪着你！”嬴萤也哭了，她安慰着单速。

祖母走后的一个月已经进入盛夏，白杨树上的知了叫个不停。单速无精打采地趴在院子里的石桌上发呆，姬静看到他这个样子便知道他又在想祖母了。他轻轻地坐在单速旁边，学着单速的姿势，两个人一模一样地趴在桌子上发呆。单速看到姬静学着他的样子，不禁觉得好笑：“怎么想起来学我了？”

“我在想这样趴着看世界是不是看的东西不一样？”姬静故作深沉地说道。

“那你看到什么不一样的了吗？”单速挑着眉笑着问道。

“好像并无不同之处！”姬静坐了起来，眼光看向远处。单速见他一副欲言又止的样子，不知道他因为何事这副吞吞吐吐的样子。

“静儿，你有心事？”单速也站了起来，跟姬静并排站着，眼光看向他所看的位置，那里只不过有一株快要谢了的长春花。

“单速哥，我想出去一段时间！”姬静转过脸看着单速。

“去哪里？”单速对于姬静突然想出去有点不可思议，他并不是好动的人，更多的时候他都宁愿待在自己的一方天地里。

“不知道，还没有想好，只是想出去走走！”姬静的眼神又飘向那株长春花，他第一次尝试到了骗人的滋味，这种感觉并不好受，甚至他都不敢回应单速询问的眼神。

“自己一个人？”单速对于姬静的想法并未过多地猜测，他已经成人了，再也不是那个需要保护的孩子了，现在的他也应该出去看看这个世界，体验一下百姓的疾苦。他能有这样的想法自己应该为他感到高兴。可是内心还是有种隐隐的担忧。

“嗯，自己一个人！”姬静看了看单速，发现并没有自己想象中的反对。但是内心还是有点担心，毕竟舅舅、单将军那里不好去说。

“需要我做什么？”单速站得有点累了，他坐了下来，示意姬静也坐下。姬静在单速的对面坐了下来，听到单速的话，他知道单速是愿意帮助自己的。

“谢谢单速哥，帮我瞒着府里，等我走了再告诉他们，免得他们担心。”姬静一口气说完之后就笑着看向单速，单速当然明白姬静口中的他们是谁。这些不是难事，只是单速始终担心姬静一个人不安全。

“嗯，好，这些我可以答应你。但是静儿……你一个人出去，我终究不放心！”单速还是表示了自己的担忧，姬静也知道单速的担忧不是没有道理的，但是他要去的地方只能自己去。

“单速哥，我出去最多一个月便回。我若连自己都保护不好也不配你们如此保护我！”单速见姬静主意已定，而且他说了一个月的时间，看来他应该是已经想好去的地方了。就像姬静说的，若是自己在外都活不过一个月，那他又怎么能担负起这天下的重任呢？虽不放心，单速还是重重地点了点头。

“单速哥，我想拿回属于我的东西！”姬静想了很久，决定还是告诉单速自己内心的想法，不管怎么样，单速都应该自己选择自己要走的路。他不想因为自己连累了单速，更不希望单速和姬脉一样的命运。回想在召公府读书的那段时光，让人觉得美好得不真实。

“好！我陪你！”单速看着姬静认真的眼睛，毫不犹豫地说了自己的想法。其实这些年单速虽不在镐京，但是也知道申侯、召公和姬静的谋划。他在军中努力立功，就是想着有朝一日，姬静用到自己的时候能帮他一把。

“单速哥，只怕这条路不好走，说不定单家百年世家都会毁在你手里。”姬静听到单速简单的三个字时内心非常激动，可是他必须要跟单速说清楚，哪怕他退缩了自己也不会怪他的。

“不怕，我自有打算！再说只是物归原主而已！就算我不陪你走这条路，让你独自走，就凭收养你十年，替你隐瞒身份这一条，姬和也不会放过单公府。十年前我就说过，不管将来你做什么决定，我都陪在你身边。”单速不是不知道姬静害怕连累单公府，可是即使现在退出，单公府也不能全身而退。况且他早已把姬静当成自己的弟弟，不管这条路多么艰难，自己也要在前面替他开路。

“单速哥……”姬静有些哽咽，自古都是锦上添花易，雪中送炭难。对于单公府和召公、舅舅这些人的大恩，他不知道以后要怎么报答。

“静儿，你有什么计划吗？”单速给姬静倒了一杯茶，这是原野之前带来的茶叶，他今日泡了一壶，他看姬静有些伤感。

“并无计划，单速哥，你有什么想法吗？”姬静端起茶来，吹了吹，然后喝了一口。他知道单速必是有了计划才问自己的。姬静想到这里有些开心，他知道单速从小就有谋略，有了他的帮忙定会事半功倍。

“静儿，登上王座并不容易，若想取得王位无外乎两种方式。一是打仗，二是禅让。现如今百姓生活才安定，他们定不会支持战争，得民心者得天下。不到最后实在没有办法的时候坚决不发动战争。只有第二种方法最快最安全。”

“单速哥，姬和怎么可能会让位？”姬静认真地听着单速的分析，听到单速说让姬和退位时忍不住问了一句。在他的内心深处，让姬和让位那是不可能办到的事情。

“大王子姬翼和二王子姬睿最近闹得厉害，他们就是突破口。宫里的贞妃娘娘有孕了，那两位的生母就要坐不住了。想必用不了多久王宫就要大乱了。”单速端起茶杯，看着姬静肯定地说道。姬静不敢想象一直不在镐京城的单速却对镐京王宫的事情了如指掌。但是他同时又是有些感激的，这说明单速在很久以前就开始谋划这些事情，只是为了自己有朝一日需要。单速看姬静听自己说到这些也不问自己是怎么知道的，他给姬静解释道：“你六岁时就失去了王宫、失去了家，我想着你早晚有一日想要回这王宫替你母后报仇，我也想让脉儿死得明白，我入军营之后也着手在王宫里安插了自己的人，只是以防万一。”

“单速哥深谋远虑，静儿远不及。单速哥要是需要什么就去醉香楼找渃水。”姬静喜欢单速的性格，单速单纯善良但是善良得有底线，任何事情都提前谋划，这是自己远远不如单速的地方。

“好！”单速很早就知道醉香楼是申侯的产业，只是没有想到申侯这么快就交给了姬静，由此可以看出静儿这些年也没有闲着。

第三十二章 姬静赴齐

当天晚上姬静假扮成倒夜香的出了单公府，然后直接出了城。第二日中午单速拿着姬静留下的书信去告诉了父亲。单龚听见姬静走了，顿时像五雷轰顶一样定在了那里。单大人喊了他好几次他都没有反应，直到单夫人晃了晃他。反应过来的他，看着单速，尝试着几次说话，最后只蹦出一个字："读！"单速知道父亲是想看看姬静信件的内容。他还从未见过父亲这个样子，哪怕是祖母去世让父亲难过，他都没有这样失态过。

"出门办事一月，勿念！"单速看着帛书上就这简单的几个字，可是看了看父亲迫切想知道的表情还是硬着头皮给读了出来。

"没了？"单龚瞪着眼睛不敢相信地问道。

"嗯，没了。"单速无可奈何地回答。

单龚不敢相信就这简单的几个字就没了，他一把抢过单速手中的帛书，一连看了好几遍。他脑袋里满满的都是疑问，太子能去哪儿？他怎么跟申侯、召公交代。看着眼前这个一点都不着急的儿子，他突然想到了什么。

“速儿，静儿去哪里了？”单龚狐疑地看着单速，希望能从单速这里得到一些信息。

“父亲，静儿去哪里我怎么知道？我也是刚刚才知道静儿不在府里。”

“静儿去哪里会不告诉你吗？我看你好像早已知晓一样。”单龚不死心地问道。

“父亲，我真不知道静儿去哪里了。不过我并不担心，静儿不是说出去一个月就回来吗？他这么大人了，不会丢的，或许申侯让他出去办事了呢！父亲把心放在肚里即可。”单速安慰着单龚。单龚觉得单速的话有道理，于是他转脸就出门。单速看见父亲突然要走便问道：“父亲这是去哪里？”

“我得去问问申侯派静儿去了哪里？”单龚说着就走出了门。单速无奈地笑了笑，想到自己十三岁离家时，父亲也没有这么慌乱。

“速儿，你别理他，由他去！”单夫人知道自己丈夫的性格，他把静儿看得比单公府都重要。

单公府正在忙着找姬静时，姬静已经出了城门直奔西南而去。姬静快马加鞭，一刻也不敢耽搁，整整用了十日才到达了齐国。他牵着马去了离齐侯府最近的旅店想休息一晚，然后再想办法进入齐侯府找到仓科。

“先付钱后住店！”店家看着姬静穿着上好的丝绸做的衣裳，一看就是富家公子，可是听口音又是个外乡客，生怕姬静是个骗子。

姬静看着店家一副看不起人的样子，摸了摸自己的口袋，发现布币都不见了。原来在姬静一进入齐国时，就已经被几个神偷手取走了钱袋。姬静想了想说：“店家，我钱袋丢了，我门口那匹马卖给你，你能让我住宿一夜吗？”

店家一听说姬静用马抵住店钱，顿时眉开眼笑，拉着姬静就去门口看马了。看着门口熙熙攘攘的人，哪有马的影子。

“我的马呢？”姬静在店门口左看看右看看，只有街道两边各自忙碌的人群。

店家觉得姬静在耍自己，顿时没有了好脸色地说道："看你穿得人模狗样，竟是个招摇撞骗的。"说着就甩着袖子进店了，进去时还狠狠瞪了姬静一眼。姬静着急地想跟店家解释，马刚刚就拴在店门口的，自己也不知道它去哪了。可是看着店家生气的样子，也只好无奈地出来，在街头闲逛。他无奈地揉揉自己的肚子，想着这齐国的治安实在是太乱了。走着走着，他来到了齐侯府的大门口，围绕着齐侯府转了几圈，想着自己如何能进入这齐侯府。

天气闷热得要命，一丝风也没有，稠乎乎的空气好像凝住了。整个街道像烧透了的砖窑，使人喘不过气来。狗趴在地上吐出鲜红的舌头，骡马的鼻孔张得特别大。这些时日马不停蹄的赶路让姬静又渴又饿，一时之间姬静又找不到进入齐侯府的办法。这时，姬静看见一辆四面丝绸装裹的淡蓝色的豪华马车向自己这边奔了过来，他想躲过去，可是突然他的脑袋闷闷的，眼前一黑晕了过去。

马夫急忙拉住马匹，轮子在地上拖出两条长长的痕迹。

"宁伯，怎么了？"一个清脆的女声不急不缓地响起。

"燕姑娘，有个人晕倒了！"宁伯如实回答道，他看着这日头太大，如果不救，这个人不知道会如何呢。

"带回府！"坐在马车里面的人没有任何犹豫地说了话。宁伯叫来府里的人帮忙，把姬静抬回府里。

姬静伸出右手两指轻轻揉按太阳穴，头晕目眩的感觉稍微好受了点。他疲惫地睁开双眼，映入眼帘的是一张雕花的木床，深灰色的纱幔轻柔地挂在床的两侧，阳光透过窗纱射进来，温暖又祥和。想着自己之前明明是晕倒在路上，现如今怎么到了这里？环顾房间四周，清一色的红木家具，干净整齐地摆在那里，一切都象征着房主不是一个普通人家。一段时间的休息让他恢复了体力，他走下床倒了一杯水，大口喝完之后又喝了一杯。

一连喝了三杯之后，他才觉得整个人清爽了许多。他拉开门，立夏的晚上空气中带着丝丝凉意，迎面吹来，吹走了白日的焦躁，抚平了夏日的忧伤。清澈透明的天空中，繁星点点，月色下满园的花儿在风中摇曳着身姿。不远处的琴声悠然响起，时而舒缓如流泉，时而急越如飞瀑，时而清脆如珠落玉盘。姬静被这样的琴声吸引，他想看看能弹出这般优美琴声的是什么样的人。顺着琴声，姬静来到一处花园，一路上并未遇到一个人，想来是夜深了都入睡了。院中错落有致的假山、层层叠叠的花木，琴声就是从高处的凉亭里传过来的。姬静寻台阶而上。

姬静看见一个女子正在出神地弹着琴，那柔密乌黑的青丝梳成芙蓉髻，斜插一只蝴蝶玉钗通体莹透，仿佛展翅欲飞。一张精致的瓜子脸，眉若黛染，目若点漆，顾盼之间勾魂摄魄，像深谷的清泉，灵动清澈。端正挺翘的鼻子微微一皱，说不出的俏皮可爱。花瓣一样鲜艳的双唇闪着诱人的光泽。口内一排细密洁白的贝齿。肤白胜雪，腮似桃花。小巧的耳垂上戴着淡蓝色的琉璃耳坠。淡粉色的薄纱衣恰到好处地露出精致的锁骨和光洁细长的脖颈。一袭白色拖地软罗纱裙，袖口裙摆处绣着一朵朵粉色的睡莲，雅致却不失妩媚。一条锦带束住纤腰，盈盈不堪一握。外披一件浅蓝色外衫，整个人飘逸得似乎不食人间烟火，又像那跌入凡间的仙子。

这样美的女子是姬静第一次见，哪怕他从小生在王宫，见惯了他父王的各宫姬妾，却从未见过像她这样美的。她的美，似空谷幽兰，不张扬，但沁人心脾。姬静的目光无法移开，感觉心跳像漏了一拍。她像一朵雪莲，不畏严寒，不屑世俗，于雪山之巅静静开放。遗世独立的风姿让人想接近又不敢接近。姬静抬着的脚不敢落地，他怕眼前的一切都是自己的梦幻，他怕脚落地的声音惊扰了正在弹琴的仙子。直到姬静实在坚持不住，差点跌倒在地，琴声戛然而止。

姜燕看着眼前这个与自己年岁相仿的少年，清冷的五官，身着玄色水墨山水圆领衫，样式看似普通却极好地衬出他出尘的气质。风轻轻一吹，衣袂飘飘，姜燕的脸上飞过一块红晕。

“在下失礼了，无意打扰。只是琴声太美，寻琴而来，打扰了姑娘雅兴。”姬静慌忙低下头，向姜燕赔不是。

“无碍！”姜燕看着眼前这个人不管礼节还是教养都是极好的，说话也是温文尔雅的书生模样，不禁对他的好感又多了一层。

“敢问姑娘这是何处？”姬静总要知道自己现在在什么地方。

“这是齐国齐侯府，你是……”姜燕想了想还是如实告诉了他，只是这个人是谁？为何不知道自己在哪里？

“我晕倒在路上，想必是这府中之人救了我，所以我才在这里。”姬静听到这是齐侯府的时候别提多开心，真是踏破铁鞋无觅处，得来全不费工夫。不过他很快就藏起自己的情绪。

“更深露重，公子早些歇息，明日就赶路吧。”姜燕看着姬静，想必这个人就是今天在路上捡回来的人。姬静听到姑娘让自己明日离开，猜想这个姑娘定是府中的人，看她的穿着打扮应该是齐侯的女儿。

“姑娘府上还要人吗？我想做些长工，我从外地寻亲而来，现在身无分文。”姬静一口气说完，看着姜燕，生怕她会不答应自己，毕竟自己来历不明。

“那你便在这府上住下，直到你寻到亲戚。”姜燕说完之后后悔不已，心想自己怎么就这么快答应了。不过看这个人的穿着打扮和言行举止都像世家公子，而且自己对他的印象也是极好的，如今父侯不在家，留下他应该也无妨。

“多谢姑娘，只是无功不受禄，姬宣还是想做一些力所能及之事。”姬静不想让姑娘第一次见面就认为自己是那种纨绔子弟，白白地占了她们齐侯府的便宜。

姜燕笑了笑，想到自己终究没有看错人，君子有所为，有所不为。

“你会驾车吗？我缺个马夫！”姜燕想了想，宁伯年纪大了，现在又酷暑难耐，如果眼前这个男子会驾车的话，既能解决了他的工作，又能让宁伯休息一段时间，毕竟每日都要驾车去围场实在是太辛苦了。

“我会驾车的，多谢姑娘了！不知姑娘怎么称呼！”姬静想了想还是问下这个姑娘名字。

“姜燕！”姜燕说出了名字之后就抱着自己的琴离开了，姬静还呆呆地望着她的背影，久久不能回神。当他回过神时，他想着姜燕的名字才想起她是齐侯嫡女，大齐的第一美人和才女。今日一见，她的确能担得起第一美人和才女的名号。可是看看如今的自己，他无奈地笑了笑。当务之急是找到仓科，父王曾说过仓科就在齐侯府，却没有说他在齐侯府做什么。齐侯府说大不大，可是说小也不小。想着自己答应单逨一个月便回，如此看来一月的时间应是回不去了，不知道现在的他们找不到自己该有多焦虑。

单龚去了申侯府，申侯知道后震惊不已。申侯不敢明目张胆地找姬静，只能私下派人去找。同时收到消息的还有姬和和荣夷公。

姬和此刻坐在柔仪殿的书房，自从贞妃怀孕，他就把书房移到了柔仪殿。一来他能有足够的时间陪着琬贞。二来也是做给各宫的女人看看，让他们知道自己是多么重视贞妃的这个孩子，也好让她们收了那份心思。听了暗卫的禀报，他站了起来，环顾四周。书房并无繁杂的装饰，一套黄梨木的桌椅，桌面上一支竹制的笔筒，内插几支大小不一的毛笔。一方砚台，一把白玉镇尺。椅子上铺着锦垫，两侧的扶手微微翘起。墙边的书架上摆满了古香古色的书籍。窗前一架瑶琴。这书房的一切都是琬贞亲手布置的，他很喜欢这种布置。其实之前他还是伯爵时，王后也给他布置过书房。他讨厌王后的布置，那是极尽奢华的。他最讨厌读书的地方奢华，铜臭的味道让人无法静心思考。雅室不需大，花香何在多。他想这是他喜欢琬贞的地方，喜欢她的简单、喜欢她的不争，更喜欢她对自己的用心。椅子上的锦垫是她亲手绣的，里面放了厚厚的棉花，这样坐上去很舒服。

他起身看向窗外，他看不懂申侯、单龚在做些什么。他只知道单龚拿了封信件进了申侯府后，申侯就派人四处秘密寻人。寻的是什么人？是太子！可是申侯和单龚都不知道太子在哪里吗？暗卫说申侯府、单公府、召公府都没有人离开。那么到底要找谁？他无从得知。他叹了口气，回到座位上，扶着脑袋轻轻地按着。

这时琬贞敲了敲门，他起身打开门，看见琬贞端着自己最爱喝的果茶。

“隔着门寡人都闻见这香味了。”姬和开了门，笑着接过琬贞手里的碗，扶着她踏过门槛。刹那间，琬贞有种错觉，仿佛他们就是这个世上最平凡的夫妻一样。可是她明白，他们不是。

“大王，不必搀扶着臣妾！”琬贞娇羞地低下头，后面的闭月很有眼色地随手把门带上了。在她的眼里大王是非常看重她们家娘娘的，主子受宠，她们这些做奴才的在宫中的地位也跟着涨了起来。现在别人见到她都客客气气地向她行礼，喊她一声闭月姑姑。

“不是让你躺着吗？怎么还动手做这些。”姬和扶着琬贞坐在椅子上，自己则站在旁边端起果茶喝了一口。他爱喝果茶，只有琬贞知道这个，每次都是琬贞给他煮。作为帝王喜怒不形于色，口味也是一样，吃任何东西都是浅尝辄止。谁能想到坐在王座上的这个男人爱吃甜食，喝最浓的果茶。用姬和的话说，日子太苦了，只有吃点甜的才能感觉生活是甜的，才能感觉活下去是件有意义的事情。从前他和母妃在宫中日子难挨，常常吃不上东西，可是每年生日的时候，母妃总会给他煮一壶果茶，母子两人依偎在一起说说话，喝喝茶，那样的幸福日子现在想起来还会让自己的脸上溢出笑容。

“臣妾无事，现在月份还小，大王不必紧张。”琬贞笑着接过姬和喝完的果茶，她总是觉得姬和太过紧张了，这才两个多月。不知道以后月份重了会紧张成什么样呢。琬贞想了想就笑了起来。

“以后这些杂事就交与下人去做，你安心养胎。”姬和一脸严肃地说着，琬贞从不因为自己得宠就趾高气扬，很多事情都亲力亲为。对于自己的事情更是如此，每次来这柔仪殿所吃的饭菜都是琬贞亲手做的。想到现在她怀孕了还要去做这些事情，难免有几分不开心。

“好了，好了。臣妾以后什么也不做，就吃喝睡！这样总可以了吧？”琬贞佯装生气地嘟着个嘴巴，看见姬和想笑的表情她才开怀大笑起来。琬贞一笑，姬和感觉天地间都失去了颜色，他从未看见琬贞这么放肆地笑过。

相对于柔仪殿的欢声笑语，其他各宫则是哀愁一片。蘅晞堂的荣夷公得知这些消息的时候，并没有表现得像姬和一样毫无头绪。他知道姬静出走了，他可不相信太子是出去游玩了，姬静肯定有自己的打算。太子虽小但是头脑却不简单，至于太子为什么出去，想必用不了多久他便能查到。不过太子能在他的眼皮底下离开单公府逃出城去，这个人不简单。

“火云，召公府可有什么动静？”荣夷公想到最近的召公府是不是安静得有点过了。

“主公，召公府最近并无任何动作，只是属下发现有人盯着召公府。”

“召公府被人盯着太正常了，肯定是姬和的人，那个傻蛋现在还以为姬静在召公府呢！”荣夷公想着现在只有姬和还对召公府情有独钟，不过用不了多久姬和就得给荣昌偿命。

“不是姬和的人，那个人武功在我之上，总是戴个面具。他的目标好像是召公夫人。”火云想到最近几次发现那个人都是尾随召公夫人然后在召公府门口徘徊，好像也没有出手伤害夫人的意思。

“哦！那可有趣多了！想办法查清是什么人。”

“是！”火云出去之后，荣夷公陷入了沉思，他在想还有谁会对召公夫人有兴趣。

第三十三章 召公家事

单速早上刚要出门，就看见站在门口焦急等待的碧儿。

“碧儿，你怎么在这里？”单速好奇这天刚刚亮碧儿怎么就在这了，这碧儿是姑姑身边的丫鬟。

“三公子，是夫人让我来叫你的，夫人让你去趟召公府。”碧儿恭敬地向单速行了个礼。

“出了何事？”单速听见姑姑喊他立马就向前走着，肯定是比较严重的事情。

“奴婢不知道！”碧儿摇了摇头，天还没有亮夫人就让自己去请三公子，却没有说是什么事情。

单速说道：“碧儿，你坐马车回去，我骑马先走！”说完就大步地离开了。

不多时，单速来到了召公府，直接被带到了单琳儿房间。

“速儿，没有吃饭呢吧？喝点粥。”单速刚刚进房间就看见单琳儿穿着一袭深蓝色的衣裙坐在那里招呼自己吃饭。单速笑着坐了下来，抬头看见单琳儿的眼窝深陷，即使浓重的粉底也掩饰不了脸上的倦色。

“好！姑姑，你可是昨夜没有休息好？”单速每日早起晨练，早已吃过饭了。看着姑姑这一桌吃食分明是给自己准备的，不想拂了姑姑的一番心意，端起桌上的粥喝了起来。单琳儿看见单速喝粥，脸上才露出少有的笑意。这些年单速从军，不知不觉已经长这么大了。如果自己的脉儿还活着也许也像速儿一样一表人才了。

“姑姑！”单速看姑姑盯着自己看得出神，便知道姑姑这是想脉儿了。小的时候他和脉儿就有几分相似，自从自己从军回来很少来召公府，有时候来了，姑姑也以身体不适推脱不见。其实所有人都知道，单琳儿是怕见单速然后想到自己的儿子。今天姑姑突然找他应该是有事情。

“哦，速儿，我无事，可能是昨夜没有休息好！”单琳儿回过神来才发现自己竟盯着速儿看出了神。

“速儿，我看见脉儿了。脉儿没有死！”单琳儿想了想，然后看着单速认真地说道。单速看着姑姑的手帕都被她拧成了一团，想必姑姑是思虑很久才说的，其实单速之前就听父亲说过姑姑思虑成疾，见人便说看见姬脉了。可是单速看着姑姑的样子不像是生病的。

“姑姑，你在哪里见过脉儿？”单速想了想开口道。

“速儿，你相信我对不对？”说着单琳儿就号啕大哭起来，这些日子她过得实在是太苦闷了。每个人都不相信她说的话，每个人都觉得她疯了，甚至都不问自己怎么看见脉儿的。

“姑姑，脉儿的尸体一直没有找到，当年被救了也是可能的。姑姑，你不要激动，你慢慢说。”单速把自己心中的怀疑说了出来，对于脉儿的事情，他一直是愧疚的，如果当年自己不提出要代替姬静，也许召公就不会想到用脉儿。而他也查过当年的事情，谁也不知道姬脉的尸体在哪里。都说被大火烧了，即使烧了，也不会连个渣都没有的。

“速儿，我真的见到脉儿了。虽然隔着纱帘，可是我知道那是我的脉儿，我一眼就认出他来了，他跟你一样高了。可是我看不见他的脸，他跟着我，我发现了追他，我喊他脉儿，他就跑了。我怎么追都追不上。速儿，那是脉儿，我没有疯，我真的见到脉儿了，你帮我找到他好吗？”单琳儿边说边哭，她希望单速能去找到脉儿，都说母子连心，那刻她真的感觉那个人就是脉儿。

“好！姑姑，你在哪里遇到的，遇到过几次？”单速想了想，只要有一点希望他就不想放弃。如果这个人跟着姑姑，不管是不是脉儿，为了姑姑的安全自己都要好好查查。

“我遇到过两次，一次是脉儿生祭的时候，我在寺庙祈福回来的路上，还有一次我带容叶去玲珑绸庄给叶儿做衣服。他好像故意让我看见他。”单琳儿回忆前两次的见面，她想不通脉儿如果还活着为什么不与自己相认。一定是脉儿恨她，恨她没有保护好自己。他当时那么小，自己身为他的母亲却不能保全他。

“姑姑莫要伤心，我一定将脉儿带回来见你。”单速看见姑姑陷入自责之中，他明白这十年来姑姑的煎熬，只能安慰她。

“速儿……谢谢你！”单琳儿拉着单速的手，现在唯一能相信自己的只有单速了，其他的人都认为自己疯了。

“姑姑还需要跟速儿客气吗？姑姑，我看你气色不好，脉儿要是知道你这样折磨自己会难过的。”单速印象中的姑姑是明媚的，像一朵向日葵一样，可是自从脉儿走了，姑姑就枯萎了。他那日是见过姑姑歇斯底里的样子的，他希望姑姑能照顾好自己。

“夫人，清露姑娘要见你。”单琳儿正想跟单速说话时，听见门口的丫鬟说道。

“不见！”单琳儿怒气冲冲地说，如果单速不在场，估计那桌上的盘子就被单琳儿扔了出去。单速看到这一幕，有点不敢相信自己的眼睛。刚刚还温柔的姑姑突然间就变得疯狂起来，他能明显看见姑姑眼中的恨意。在单速的印象中，姑姑待清露是极好的，甚至比对自己这个侄子还要好上几分。清露在召公府住的那段日子，她们不是母女胜似母女。

“姑姑……”单速不明白姑姑为何有这种转变，他用手抓住姑姑的手想让她冷静下来。当他触摸到姑姑的手时，发现姑姑的手像冰块一样寒凉，身体控制不住地发抖。

“没事！”单琳儿朝单速挤出一丝笑容，可是她不知道此时自己的笑比哭还难看。可是这样的事情她又怎么能跟单速说呢？家丑不可外扬，虽说她早已与召公虎一刀两断了，可是终究还是要维护他。

“姑姑，到底发生了什么？你怎么会突然这么厌恶清露？”单速看着姑姑一直在伪装坚强，她从来不对任何人说她的苦。如果自己不知道便算了，知道了就一定要弄清楚。

“唉！”单琳儿叹了口气，她是了解自己这个侄子的，单速从小就聪明，他认定的事情不管怎么样都会查个水落石出的。与其让他自己去查还不如把事情跟他说了。

“速儿，清露你应该还记得，她小时候在我们召公府住过一段时间。品性才貌都是好的，我因为没有女儿对她格外喜爱。自从脉儿出事后，我虽与召公还是夫妻，但是早已恩断义绝，若不是为了等脉儿回来，我肯定不会再喝召公府的一滴水。脉儿走后那段时间，清露常常过来陪我。转眼清露大了，芮良夫心疼她，也没有逼她早嫁，就想让她多陪自己两年。后来我说要给她指一个人家，她居然要给召公虎做妾。”单琳儿越说越气，最后的声音都是冷冷的。

“姑姑，姑父和芮良夫知道这事吗？”单速冷静地问道。

“哼！怎么能不知道？芮良夫气得卧床不起，召公虎都可以做她父亲了。再说了我之前可是认清露做干女儿的。”

“那姑父呢？”

“他？他肯定早与清露勾搭在一起了。脉儿不在的第二年他就纳妾了。他做什么我不想管，也不愿管。但是清露不行。”单琳儿冷笑一下，她想着一个连自己儿子都能送出去送死的人又有何感情可言。当初对自己的承诺也不过是过眼云烟。想到清露与自己说的话，她恨得牙齿痒痒。那日她打了清露一巴掌，刚好被召公虎看见，就扶着清露走了，她看到了召公虎眼中的厌烦。可是清露转身的时候对自己一笑，她便明白中了清露的计。她怎么从未发现清露竟是这样一个不择手段、充满心计的人。

“姑姑，我去见见清露。”单速说着站起来就向外走去，单琳儿看着单速的样子，知道他也不是一个胡来的人，便由着他去，不过还是不放心地在后面叮嘱道：“清露可不是像你表面看到的样子。”

单速走出屋子便看到在太阳底下跪着的清露，单速的眉头皱了皱，姑姑并未罚她，她想见姑姑也用不着这样的方法，若是让别人瞧见了不知道怎么看姑姑呢。他走过去，看见一个随时都会晕倒的娇弱女子穿着一袭浅粉色衣裙，头上戴着金色兰花步摇，她一动步摇就发出清脆的声响。

“清露姑娘这是做什么？”单速上前居高临下地看着清露，清露抬头看单速穿着一套青墨色的圆领衫，上面绣着银色的四方纹，简单而大气。她一眼就认出他是单速，只是单速眼中的敌意太过明显了。看样子他是都知道了。

“单速将军今日怎么会来这里？”清露从地上站了起来，毫不客气地对上单速的眼睛。

“清露姑娘说笑了，这是我姑姑的府中，我来这里不是很正常吗？倒是清露姑娘为何会在此？”单速的话让清露顿时无话可说。

“清露姑娘，听说你父侯病了，你身为国君嫡女，万万不该自暴自弃不请自来。”清露还没有缓过神来又听见单速这样说，等于朝她脸上打了一巴掌，也是告诫她明白自己的身份。

“有劳单将军了，我只是听说召公夫人病了，特地过来看看。”清露被单速当面这样说脸色变得又青又红，奈何人家说得都是真的，无法反驳，想不到十年不见单速倒是越发的伶牙俐齿了。

“既然来看望姑姑为何会跪在此处？不知道的人还以为清露姑娘喜欢与人跪着说话。”单速看清露楚楚可怜的样子并没有半点怜悯之心，反而越发地讨厌她。以前在一起读书的时候，她聪慧善良，现如今怎么变得如此工于心计。而且她居然把主意打到了姑姑身上，真是太过分了，单速看清露的眼神也变得怨恨起来。

“单将军说笑了，清露不过是摔了一跤，让单将军见笑了。若单将军无事，清露便告退了。”清露向单速行礼之后才离开，而且从始至终一直面带微笑，好像单速说的人不是她一般。单速从未对任何人这般刻薄过，看着清露离开的背影，单速觉得自己好像做错了一样，毕竟自己不问缘由只听姑姑一面之词就这样说清露。想着日后若有机会见到清露，定问清缘由，若是自己做错了，一定要向清露赔罪。

“速儿，你怎么在这院中发呆？”召公清亮的声音将单速的思绪打乱，只见召公穿着一身红色冕服，大步流星地走了过来。单速细细观察他，微微的胡茬，自然的肤色，经过岁月的洗磨之后整个人充满着男人的阳刚之气。一双丹凤眼仿佛会笑一般，五十岁的年纪看起来只像一个三十多岁的男子。单速明白为何清露会钟情于召公了。

“召公！”单速主动上前给召公行礼。

“速儿，在家还与我这般客气作甚？”召公扶住单速，不让他行礼，然后笑着拍了拍单速的肩膀。单速是他看着长大的，他非常喜欢他。

“姑父，这是刚刚上朝回来？”单速问。召公听见单速喊他姑父更是高兴了，只不过想到朝堂上的事情便有些伤神。

“嗯，刚刚下朝，等你假期过了也该上朝，学学为官之道。”召公带着单速向前厅走去，单速现在属于休假期，所以没有机会上朝。不过召公也知道大王是不希望单速去朝堂之上的，在大王的眼里单速和自己是一伙的，是不能被大王信任的人。

“朝堂之上有何事让姑父如此忧愁？”单速当然也明白大王的想法，而且他本人也不想上朝，为官之后大多身不由己，做起事情来也不如现在方便。

“唉！大王子、二王子如今分成两派。朝堂之上两派支持者斗得是乌烟瘴气。”召公想着以后单速总是要了解这些的，要不然上朝了站哪里都不知道。

“姑父觉得谁更好一点？”单速如此直白的问题让召公一时间竟不知如何回答。他自己从未想过两位王子谁更适合这个王位，只是觉得大王现在春秋鼎盛，没有必要考虑这些问题。

“大王子嫡出，理应大王子即位，可是他自幼体弱多病，而二王子文武皆精，奈何是庶出。自古嫡庶有别！而且这大周天子也不一定就得从他们两个里面选。”召公话里有话地说道。

“姑父，嫡庶终究不同，大王的王位当初也是暂代。现在太子已经长大成人，他是否才是最有资格的人呢？”单速小声地跟召公说出了自己的想法。一来是探探召公有没有让姬静继位的想法，虽然他当初保住了静儿，但并不代表现在也是这样想。毕竟已经过了这么多年，人总会变的。

“速儿，静儿的身份还没有公开，他是没有资格的。静儿的安全比什么都重要！”召公听到单速的话也是吃惊得很，他担心单速和姬静会沉不住气，又看着单速说道，“速儿，静儿能活下来多不容易，你和静儿就不要掺和了，万事都有我！”单速大概明白召公心中所想。为了不让召公担心，他还是说道：“姑父说得是，速儿都听姑父的。”召公放心满意地点点头。

第三十四章 二王之争

单速在召公府用了午饭后才向单公府走去。他一直没有忘记姑姑交代他的事情，他一回府就去找了季子白。

“子白，我有件事想交与你。”单速看着正在院中练剑的季子白，一身白衣素服，额头还冒着汗，便从凳子上拿起纱巾递给他。从彘回来以后，季子白听从太子的吩咐，事无大小都跟单速汇报，早已把单速当成了自己的主子。单速也不跟季子白客气，有什么事情就吩咐他去做，不管多难的事情，季子白总会非常完美地完成。

“单速哥，有事你尽管吩咐就好！”季子白接过纱巾擦了擦汗，然后非常爽朗地说道。

“小司寇泰弘经常出入醉香楼，想办法把二王子在顺山周边养兵的事情透露给他。”单速想了想又加了一句，“不要让自己人透露，想办法让他无意中得知。”季子白听到单速的话大吃一惊，他没有想到小司寇是大王子的人。小司寇是朝廷之上出了名的清流，从来不站派系，深得大王赏识。据说他掌管的刑司，判案铁笔无私，从不向任何贵族折腰，在民间有着较高的威望。

“单逨哥，你怎么知道二王子私自屯兵？”季子白还是想问清楚，如果是事实，那么大王子一定会查出来的；如果不是真的，那么污蔑王子可是大罪。

“去办吧！不会有误的。”单逨知道季子白的担心，然后说道，“这二王子私自屯兵我也是碰巧遇到的，有一次我和在军营的兄弟去顺山附近打猎，刚巧碰见一个老人家找儿子。老人家劝我们快离开，说他们那个庄子里的男丁都被朝廷抓到对面的山头从军了。我们当时觉得好奇就悄悄朝老人家指的山头摸了过去，结果真的发现有人在那私自练兵。后来我又多方打听，才知道那是二王子私自屯的兵。”

“好，我这就办！”季子白说着就进屋换衣服，他明白这件事情的重要性。

季子白去醉香楼时，荣夷公也得到了信息。荣夷公满意地笑了，单逨和姬静蛰伏了这么久终于出手了。

“火云，把二王子贪污和官员勾结的账本一并找人给大王子送过去。”荣夷公笑着，好似心情非常好。火云感觉已经很久没有见到过这样斗志昂扬的主公了。

“是，主公！”火云低头回答道，他不想被主公瞧见自己的心思。只是荣夷公好像并不关心此刻他在想什么，只是叮嘱道：“鱼青不适合你！”火云不可置信地看向荣夷公，他以为他已经隐藏得够好了，只是主公居然知道。

“属下没有那样的心思。”火云忙低头为自己辩解道。

“你没有那样的心思最好，她心思太过深沉，不适合你！”荣夷公想说她就是下一个噩未晞，可是他终究没有说出口，毕竟现在的火云不管说什么都听不进去，就如当年的自己一样。

“王宫里什么情况了？”荣夷公没有再说鱼青的事情，这让火云悬着的心放了下来。他太了解主公的性子，如果自己稍有违背，鱼青可能就会成为一具尸体，这是他不敢想象的。

“琬贞那边没有什么信息，王后最近四处求医拜神，像是给大王子求药。雨妃暗地里给二王子送了很多珠宝。”火云把这几日的信息都一一说给荣夷公听。

“告诉琬贞，孩子她若想要就留下。”荣夷公想了想对火云说道。他虽恨姬和，但是琬贞对自己一直都是忠心耿耿，而且也为他付出了那么多。他想着若有朝一日姬和死了，琬贞有个孩子陪伴也算是个安慰。火云看着荣夷公，总觉得主公已经不是原来那个心狠手辣的人了，也许自己和鱼青之间也不是不可能。

“是，属下告退！”看着火云出去，荣夷公望着火云走过的门槛发呆。他何尝不明白火云的心思，可是鱼青只不过是利用火云而已，她一心倾慕的只是二王子。

王宫内，王后在康寝和大王子说着什么。今日的大王子满面春风，这是他从出生到现在最开心的日子了，从出生他就身体不好，任何事情都比不过小自己一岁的弟弟。小时候，自己不能骑射，那便在琴棋书画上下功夫。可是琴棋书画也没有一样比得上姬睿。长大后，他想努力做出点政绩，可是父王甚至文武百官都夸二王子。除了自己嫡出的身份，他没有一样比得过姬睿的。

“王儿，今日怎么这么开心？”王后很少见到大王子这样开心，以前他不愿意来王宫，每次来这里不是抱怨自己不如姬睿就是抱怨自己的身体，看见他愁容惨淡的样子，自己没少为他心疼。今日的姬翼从进来到现在都是一副笑眯眯的样子，王后看见乐呵呵的儿子，也发自内心地高兴起来。

“母后，要不了几天，你就成为这王宫中最得宠的女人了。”大王子一说完这话，王后的脸色立马变得不好了，脸上的笑容也消失不见了。姬翼意识到自己失言了，母后即使再不得宠也不能由自己说出来，这样的话不亚于当面打了母后的脸。

“翼儿，你知道自己在说什么吗？”王后满面怒容地看着姬翼，同时也扫了一眼望秋。望秋明白王后的意思，把所有宫人都赶了出去。王后看着地下跪着的这个不成器的儿子万分生气，不知道自己怎么养了这么一个不着调的儿子。这些年若不是自己在背后帮他出谋划策，估计他都不知道自己是怎么死的。她有些心痛地看着这个儿子，他实在不是君王的材料。可是她膝下只有这一个儿子。

“唉……”王后难过地叹了口气。

“母后，儿臣错了！儿臣太高兴了，有些得意忘形了！”姬翼说着还憋红了脸咳了几声。他知道不管自己犯了多大的错，只要他咳嗽两声，母后必定是心疼他的。王后不忍心地扶着他起来说道：“翼儿，君子谨言慎行！更何况你将来是要做这大周的天子的，言行断不能让人挑出毛病。”姬翼顺着王后的手站了起来，说道：“母后教训得是，是儿臣得意忘形了。”

王后看姬翼听进去了，便问：“什么事情让王儿如此开心？”

“母后，姬睿勾结官员，还在顺山私自屯兵，你说他想做什么？”姬翼把二王子的事情都跟王后说了，他想这一次母后总要对他另眼相看了。

“这事可有证据？”王后虽震惊，可是她不像大王子那般单纯，她是在这深宫里摸打出来的女人，没有点心计也不会有今天的地位。

“母后，绝不会错。儿臣亲自去查看的。”姬翼信誓旦旦地说，可是王后总觉得哪里不对劲，于是便问道：“你这消息从哪里来？”

“是泰弘无意中听到，儿臣花了一番功夫查到的。”姬翼看王后不相信，于是说了自己多么努力去查，差点送了命。王后听姬翼这样说，才露出了笑容。泰弘是她的人，她相信泰弘的能力。只是这么大的消息怎么会无意中得到，这让王后感觉隐隐的不安。但看见姬翼兴奋的样子，又不忍心打击他。

“母后不必担忧，不管是谁将消息透露给我们，这个人必定是恨老二的，敌人的敌人就是朋友。我们只要除了老二，至于别人想得到什么那我们就不必过问了。”姬翼看王后并没有像自己一样兴奋，大约猜到王后和当初自己刚得到信息一样犹豫。他安慰王后的话却让王后激动一把，因为王后发现自己的儿子并不是像自己想象的那样一无是处。

“望秋，你看翼儿长大了。”王后眼泪汪汪地看着望秋，望秋点了点头。

“母后，用不了几天，老二和雨妃都……”姬翼没有说下去，只是用手比画了一下。听到这里王后并没有开心，她知道只要事情没有落地就不能开心得太早。

“翼儿若是无事便回去吧！出了这个门就当任何事情都不知道。”王后叮嘱姬翼，姬翼点了点头退了出去。

王宫外的二王子姬睿也收到了大王子掌握他证据的消息，知道自己明日上朝之后很难再活着回来了。他是个从不认命的人，就因为自己是庶出的身份，从小到大不管自己怎么努力都与王位无缘。可是他的父王也是庶出，最后也登上了王位。可是父王却亲口对他说，希望他将来辅助姬翼，成就帝王霸业。自己怎么可能甘居那个病秧子下面，于是他笼络官员，私自养兵。

姬睿召集幕僚，把大王子掌握他们的罪证都跟这群人说了。最后一致决定，与其等死，不如置之死地而后生。他们调集人马，连夜逼宫。左右都是一个死，倒不如拼死一搏，说不定能给自己拼个锦绣前程。出发之前，姬睿让鱼青离开，说是等过段时间再去接她回来。鱼青知道姬睿这一去是九死一生。

“二王子，外面的世界自由自在，跟鱼青一起走吧。”鱼青看着姬睿，想着自己不过是歌姬的身份，可是他始终都要护自己周全。

“鱼青，过了今夜，我便去接你回来。”日光暖暖，鱼青看着穿着秀致尔雅的姬睿站在那里，锦衣华服，笑容温暖，刹那间便觉得百花盛开的场面也不如眼前这人莞尔一笑。 过了今晚他真的能接自己回来吗？她想再说些什么的时候只是觉得脑袋昏昏沉沉，然后便睡了过去。

夜幕降临，皎洁的月亮悬挂在空中，清如流水的月光倾泄在斑驳的树影上，花鸟鱼虫都已入睡。单逨独自一人看向窗外，这一夜有多少人颠沛流离，这一夜有多少人丧失生命。他听见房顶上的动静，知道是自己要等的人来了。

“子期，你回来了。”他说话的语气像在等一个多年不见的老友。

“嗯，回来了，姬睿已经出发了！”不知何时那个叫子期的已经站在了单逨身后，他双手背后，一身黑色的衣服，脸上看不见任何表情。

“子期，我是不是做错了？”单速小声地问，声音中有着嘶哑。二王子与他无冤无仇，他却设计他，今夜之后世上再无二王子这个人了。

“即使你不这样做，他也只能是这个结局。”子期知道单速心地善良，想了想上前安慰道，“他勾结官员，私自养兵，不管哪一样都是死罪。哪怕我们不揭露他，他迟早都是要兵变的，我们只不过是把他的计划提前了，再说你已经提前把大王子掌握他证据的消息传给了他。”

“子期，你明知道我把消息传给他不是让他提前兵变。如果他不兵变，姬和或许会念在父子一场给他一条生路。”单速看着子期无奈地笑了笑，子期觉得单速的笑多少有些苦涩。

“那都是你的想象，帝王之家哪有亲情可言？”子期也走到窗前看向单速目光所及之处，却发现并无任何特别的东西，每当这个时候子期便知单速在思考，于是转身消失在月色之中。

单速虽为姬睿可惜，但是他别无选择。就像他当初在战场上杀敌一样，手起刀落人头落地。他何尝不知道每杀一个猃狁人，就有一个猃狁家庭失去亲人，或是儿子，或是丈夫，或是父亲，他能做的就是还大周百姓一个安宁。如今他能做的也只有护姬静安宁，扶他走上王位。

单速守在窗边一夜未眠，他一直在等。可是等什么呢？他也不知道自己在等什么。在太阳露出头时，他抬起酸痛的脚走回床前，蒙头大睡。直到黄昏时分，单夫人王可儿担心单速生病，来院子里看他，他才匆忙起床，安慰母亲两句便让她离开了。

“子期，外面什么情况？”子期进来看见单速坐在床前，头发随意地披散着。

“二王子逼宫失败，当场被杀，王府内所有人发卖为奴。”子期站在那里，还是一如既往地双手背在后面。单速听完跟自己料想的结果差不多，起身想了想便自言自语说道：“快一个月了，姬静快回来了吧！”子期看了看他，只是笑着并没有说话。

单速走出府门，他想在外面走一走。街头巷尾还是一如既往地热闹，吆喝声、嬉闹声不绝于耳。酒馆里、茶楼里也有人在小声地讨论着二王子府的事情，还有很多人在去往官府的路上，他们想看看能不能买个王府的丫鬟。

离镐京城还有十里远的郊区，一辆疾驰的马车正向城门口奔去。鱼青看见路中央站着一个身穿蓝衣服的人，不得不放慢马车，可是走近看清这人的脸时，她用尽全力赶着马车冲了过去。

火云看着冲过来的马车时，无奈地笑了笑，她终于还是恨自己的。他跳上马车，控制住鱼青，停下了马车。

“放开我！”鱼青大声地叫喊着，她不知道他想做什么，但是她相信他无论如何不会伤害自己。

“你要去哪里？”火云没有搭理鱼青的喊叫，也不去看鱼青怨恨的眼神。

“我要去救姬睿，你放开我！”鱼青还在不断地挣扎着，手腕已经被绳子磨破了。火云看着一抹殷红，心不由得痛了起来。

“他死了，王府所有人发卖为奴！”火云看着鱼青，面无表情地告诉她。

“不！不可能！他说过他今日便要来接我的。”鱼青说着挣扎得更厉害了，她不相信火云的话，姬睿是二王子，是大王最为得意的儿子。哪怕犯了死罪也不会那么快被处死。

“真的，昨天夜里他带兵攻入王宫，当场被杀！我什么时候骗过你！”火云不忍心看见鱼青那样折磨自己，也不忍心看着她现在进城去送死。

“为什么？为什么要告诉我？”昨夜他送自己走的时候便猜到他要做什么了，她愿意跟他同生共死。可是她还来不及说什么就晕了过去，直到第二日起来时，她已经远离镐京几十里外了。她知道火云说得是真的，可是她不愿意相信，总觉得自己没有看见就不会发生。可是火云为什么要这么残忍告诉自己呢？

“我只是想你平安！”火云看着鱼青痛苦的样子，说出自己的心里话。

“平安？你早就知道了对不对？姬睿的事是不是还有你们蘅晞堂出的一份力？”鱼青冷眼看着火云，他们很早就相识。就像火云说的自己从来没有欺骗过她，她一直都知道火云是蘅晞堂的堂主。她为了帮二王子对火云只是利用，可是眼前这个人何尝没有利用自己呢？想到这里鱼青看火云的眼神就多了一分毒怨。

“鱼青，他知道自己此去可能再也回不来，所以把你送走，你现在回去他的心血就白费了。”火云没有回答鱼青的问题，因为他不想骗她。姬睿的死他们蘅晞堂确实是出了力的，既然不能骗那就不说。鱼青看火云不回答自己的问题便明白了。

“放了我，我不回去。我去看看他。”鱼青说完话，火云就轻轻地给她松绑，看到绳子上的血迹时，火云的眉头紧皱。获得自由的鱼青看着火云说道：“蘅晞堂很闲吗？从今以后不要再出现在我面前，看见你我就觉得恶心。”鱼青说完转身骑马离开，留下火云一人定格在那里。

鱼青不停地挥动着马鞭，随着马的嘶叫声，眼泪像断了线的珠子不停地随风飘落。耳边却响起那句：“鱼青，你要相信，总有人山高路远，为你而来，护你周全。”可是那个要护自己周全的人再也没有了，那温暖的笑容再也没有办法看见了，此后留下自己一个人要如何度过这漫漫一生！

第三十五章 遇见仓科

二王子的事情改变了朝堂的风向，一时间最得势的莫过于大王子。镐京王宫内再也没有能和王后制衡的人，可是大王始终没有立大王子为太子的意思。朝堂的这些变化传到了齐国。

姬静早早地站在马车旁等候，一身粗布衣衫遮挡不住他周身的贵气。他看见从门口出来的姜燕，今日的姜燕身着一袭淡紫色双绣裙，开肩披着同色的云肩，如此淡雅的装扮，却将她本就精致的五官衬托得极美。美到伫足前殿门口的姬静只静看着她。似是感觉到姬静的视线，姜燕眉心轻颦，虽不是第一次见姬静穿下人的衣衫，可是能将这身粗布衫穿得如此贵气的也只有他了。

今日他们要去见的是卿大夫的女儿也是姜燕的闺中密友女鸠，女鸠与姜燕相约一起去淄河。姬静驾着马车接上女鸠一起向东出发了。

“燕儿，你这驾车的长得真好看。”女鸠一上车便趴在姜燕耳边说起了悄悄话，虽然声音压得极低，奈何姬静从小学武，听力自然要比一般人灵敏。姬静听见后装作不知道，可是嘴角的弧度却上扬了起来。

姜燕看着一脸花痴的女鸠，指了指她的鼻子说道：“你看看你可还有点女儿家的矜持吗？”

“唉！本来我是要举办个乐舞大赛的，谁知道二王子出了那事，只能约你来淄河玩了。不过只要和你在一起，不管做什么都觉得有趣至极。”女鸠活泼的性子是一天都闲不住的，因为二王子的事情，父亲不允许她载歌载舞。她和姜燕自幼认识，在一起总有说不完的话。

“你最近没有往杜伯那里跑？”姜燕是不信女鸠会无聊的，她在的地方总会有欢声笑语。

“燕儿，你怎么哪壶不开提哪壶？他不爱搭理我。”女鸠瞪大眼睛气鼓鼓地看着姜燕，然后又叹气地低下了头。

“你不是已经习惯了？要不然咱们就不理他了，天下好男儿多得是。”姜燕看着女鸠戏谑地说道。女鸠也知道姜燕说的话一半是真的一半是打趣自己的。她性格虽大大咧咧，可是也知道女孩子家的矜持，她三番两次地向杜伯表明自己的心意，可是杜伯各种拒绝自己。然而她心里又放不下他，总是不自觉地向他靠拢。

姜燕看着女鸠一脸落寞的表情，有点后悔自己怎么说了这个话题。她何尝不了解女鸠，要是能放手她早就放手了，奈何情根深种，不能自拔而已。如今又要怎么安慰她呢？

“姑娘，到了！”姬静的声音响起，解决了姜燕的尴尬，姜燕觉得这四个字有如天籁之音。

“啊！真好看！”女鸠完全没有了在马车里的忧郁，不顾后面的姜燕自己跳下马车朝着河边跑去。姜燕和姬静看着女鸠兴奋的样子都无奈地笑了笑。姬静扶着姜燕下了马车，她紧跟着女鸠走去，姬静找了个草木茂盛的地方把马儿拴好。

姬静远远地看着两个女孩在水边玩起了水，尤其姜燕全然没有了在齐侯府时的教条束缚，就好像换了个人一样，姬静也是第一次发现姜燕居然会有如此生动活泼的一面。看着四下无人，姬静想着她们是安全的便不上前去打扰。二王子被杀，朝堂之上的事情都已经传到齐国了，想必镐京城此刻都乱成一团了。他还没有找到仓科，原本跟单速说一个月便回，现在都过了两个月了自己却还在这里。这两个月他已经把齐侯府该找的地方都找过了，却没有发现一点关于仓科的线索。

三人玩到傍晚才回去，乘兴而往，尽兴而归。姬静和姜燕把女鸠送回家之后，走在回侯府的路上。

“姬宣，你还没有找到你的亲戚吗？”姜燕在车上无聊，坐在前面和姬静聊天。姬静有几分受宠若惊，这还是姜燕第一次主动和自己聊天。姜燕仿佛看到了姬静的吃惊，不好意思地笑着说，“难得出来一次，你亲戚什么样？我帮你找找！”

“让姑娘操心了，我再寻一段日子，找不到的话我就回家去了。”姬静把自己心里的打算说给姜燕听，来这里的时间太长了，若再不回去，估计申侯能把镐京城翻个底朝天。姜燕听到姬静要回去了，内心一阵失落，她想着该面对的总要面对，他不属于这里，早晚都要离开的。

“你家在什么地方？家里还有些什么人？”姜燕想了想，好像自己只知道他的名字，连他家在哪里都不清楚。姜燕通过这段时间跟姬静的相处，总感觉姬静举手投足之间都显示着很好的教养，琴棋书画、骑射也是样样精通。想必他的家庭必不是一般权贵世家。

“我家在镐京，那里山巅年有雪不消，盛夏视之犹灿然。姑娘有机会去镐京，我带姑娘去看看。”姬静驾着马车看着远方说道。自己对姜燕是有意的，可是自己的身份在那里，这份感情只能放在心里。

“那里一定很美！”姜燕看姬静不想说自己的家人，甚至都不愿意告诉自己家具体在哪儿，只简单地说了句镐京。姬静不想说，姜燕也不会强人所难。两人都不说话了，姜燕闭上眼睛靠在马车里休息。好在路程很近，不一会儿两人就到了。

到了齐侯府，天已经黑了。姬静从来没有这么晚回来，他把马牵到马厩里，听见不远处有骂人的声音。他看见齐侯府负责养马的阿壮，正在骂骂咧咧地说着一个穿着虽破旧但很干净整洁的老者，老者没有出声，只是蹲在地上低着头。阿壮看见姬静来了，立马换了一副嘴脸笑着上前谄媚地说道："宣公子，你怎么到这里来了？"姬静好看眉头微微皱起，问道："怎么了？"

"晦气，弄了我一身屎尿！"阿壮说着还朝那个老人身上踹了一脚。

"阿壮！"姬静想制止他，阿壮吃得肥头大耳，他这一脚下去，老人家痛得叫了一声。阿壮自然也是看见了姬静眼中的厌恶，想到姬静是姑娘眼中的红人，他自然不敢得罪，解释道："这个老东西长相丑陋，是个哑巴，干的活也是最脏的，宣公子还是离他远些。"

姬静听完阿壮的话，看着老人佝偻着腰，似乎一座大拱桥。他鼻子一酸，上前扶起老人。阿壮看见姬静非但没有听自己的还上前扶起老人，就不服气地走了。

老人抬起头来，一张饱经风霜的脸，两只深陷的眼睛，深邃明亮。半张脸上躺着横七竖八的裂痕，狰狞的样子看得姬静心惊胆战。当姬静看到老人的另半面脸时，刹那间睁大双眼，用颤巍略带疑问的声音问道："大监？"

仓科神经紧绷，瞪着眼睛看着眼前这个眉清目秀的少年，似乎有些眼熟，可是回忆了下并不认识这个人。而且他能叫出自己曾经在宫中的官职，他紧握着藏在袖中的匕首。姬静看见他的反应便知道眼前的人必定是仓科了，只是不明白他怎么会落得这般田地。

"大监，我是姬静。"姬静发现仓科藏在袖中的匕首，抓住仓科的手向他表明自己的身份。仓科听到姬静两个字后，眼神凌厉得有些吓人。姬静想到仓科还不知道自己还活着的事情，于是从怀里掏出父王给他的那块玉递给了仓科。仓科看到那块玉石，整个人都松懈了下来，号啕大哭。

“太子，太子殿下啊！”仓科抱着姬静的双腿，跪地不起。而后又像被电了一下，立马松开了，只是不停地哭泣。

“怎么了？”姬静看他松开自己，以为他身体不舒服就伸手去扶。

“老奴手脏，别污了殿下！”仓科躲避着姬静，这让姬静的眼泪流了出来。仓科从小看着自己长大，小的时候自己完成不好父王交代的学业被父王关了禁闭，他总是偷偷摸摸地给自己递东西吃，或者站在门外陪着自己。看着眼前这个年迈的老人，姬静迫切地想知道他是怎么过的。

“大监，你的脸怎么了？”姬静扶着仓科找了个地方坐了下来，这里挨着马厩，几乎没有人经过。姬静终于知道为什么自己在齐侯府一直没有找到仓科了。如果自己早点找到仓科，也许他就能少受一点罪了。

“没事，这是老奴自己弄的。我这张脸有太多人认识了，我若不这样做又怎么能在这安稳度日呢？”仓科摸了摸自己的脸笑了笑，就好像在说再普通不过的事情。姬静听了反而是一阵心酸。

“大监，你明明会武功，也会说话。刚才……”姬静有些着急，他不明白以仓科的身手，为何还要受阿壮的欺负。

“太子，我的声音特殊，我一说话别人必然能猜到我的身份。我在这里有重要的任务，我不能辜负大王的嘱托。我毁了容貌，装作哑巴，在这里倒夜香。也不是经常被人欺负，只是今日有些大意了。”仓科知道姬静心疼自己，尽可能简短地叙述这些年来的经历。姬静自从见到仓科眼泪就没有断过，他觉得仓科为了父王的一个嘱托就把自己弄成这个样子，这样的忠心又有几人能做到呢？

“大监！你受苦了！”姬静抱着大监哭了起来，就像一个很久没有见到亲人的孩子一样。仓科看见姬静这个样子，也是不停地流眼泪。

“殿下，你不是被大火……”

“当年国人暴动，父王逃走，国人围住了召公府，召公用自己儿子换了我一命。后来我一直被养在单公府，做单将军庶出的儿子。他们都对我很好，只是母后在那场暴动中死了。前段时间父王病重，我去了彘，父王告诉我你在齐。”姬静把这些都告诉仓科，他想告诉仓科自己过得很好，让他可以放心。相比仓科的境遇，他和父王的生活的确是好太多了。

“太子，你受苦了！一想到你那么大就要受这些罪，老奴心里难受。”仓科知道姬静都是拣好的说给自己听，想到姬静当时只有六岁就要经历丧母之痛，国亡家破，仓科就更加心疼姬静。姬静看见仓科那丑陋的面容因为过分的悲伤而扭曲在了一起，于是拍了拍他的肩膀安慰道：“都过去了！都过去了！”

“大王怎么样？”仓科一心都在姬静身上，突然想到姬静说大王病重。大王九五之尊的龙体在彘那个地方过着那样艰苦的日子，身体又怎么会好？

“父王体内的毒素已深入骨髓，虽全力救治，也只有两年的生命了。”姬静把从单逑那里听到的情况转述给了仓科。

“大王怎么会中毒？”仓科听到大王中毒，激动地抓住姬静的肩膀，想到自己这样的行为是逾越，连忙就放下了。

“不知道，只是说这毒已经十年之久了。”姬静知道仓科对父王的忠心，所以他把自己知道的都告诉了仓科。毕竟他们从小一起长大，仓科陪在父王身边风风雨雨几十年了，是父王最信任的人。

“怎么会呢？”仓科木讷地坐了下来，他不敢相信大王已经中毒那么久了，十年前大王的衣食住行都是自己负责的，凡是大王用的东西他每样必过目的。他想不通大王怎么会中毒。突然他眯起眼睛，像是想到了什么。

“应该是荣夷公！”仓科喊出这句话之后又想了想跟姬静说，“他还活着！”对于仓科说的荣夷公还活着，姬静没有感到意外，毕竟当年谁也没有见到他。

“嗯，应该是！像我都能活着，他那样的人必定是安排好后路的。”

“苍天无眼啊！”仓科听姬静这样说，愤恨地看向天空。在他的眼中厉王是个好人，只不过是被荣夷公蒙蔽和利用了。荣夷公把厉王和自己害得那么惨，他却活着，这就是上天的不公。姬静笑了笑，他认为这些并不全是荣夷公的过错，他父王的过错应该更多，只是这些话他没有办法对仓科说。

“殿下，这个你收好！”仓科从怀里掏出一个月牙状的青铜塞到了姬静的手里。姬静知道这个就是父王自己养的兵。

“大监，这……”

“殿下，这是兵符，你拿着这个就可以直接调遣大王在这的兵。”仓科不放心地交代着，还不忘用手拍了拍姬静手里拿着的兵符。姬静看着仓科那颤抖的手覆在自己的手上，厚厚的茧子刺得自己有点疼，手指弯弯曲曲的像树根一样。

“好！我收下，大监，你收拾收拾东西，明日我就带你回镐京。”姬静不想让大监再受这样的苦了，这些年来他活得太不容易了。

“殿下！老奴不值得您这样！”仓科听到姬静这样说，感动得又要给姬静下跪，姬静扶住了他。

“大监，你这一生为父王尽职尽责，忠心可撼天地。你跟我回去享几年清福。”姬静已经决定无论如何都要带仓科回去，他不想遵从厉王的嘱托，更不愿自己为了王位变成一个冷血之人。

“好！那老奴回去收拾东西，我们明日在这里见。殿下，你一定要照顾好自己！”仓科知道太子的脾气，只要认定的事九头牛都拉不回来。他一步一回头地看着太子，直到门口才一狠心咬牙走了。姬静看着仓科离去的背影百感交集，他掂了掂手中的兵符，忽然感觉有千斤重。这是仓科用了十年时间苟且偷生、忍辱负重才保护好的兵符，如今交到自己的手中，不管如何都要保护好它。想到明日就要离开，内心牵挂的还是姜燕。要去跟她辞行吗？去了又要说些什么？

姬静一直都没有去见姜燕，直到晚上他收拾好几件简单的随身衣物来到马厩等仓科。可是等了很久都没有看见仓科过来。夜渐渐地深了，他有种不好的预感。他忘了问仓科住在哪里，现在唯一的办法就是等……

一直等到第二天，仓科也没有来，姬静的不安越来越严重，总感觉要发生什么。姬静打听到仓科的住处，他看见破旧的茅草屋外面放着几个大木桶，每个桶都被刷得干干净净。门口还种着叫不出名字的小花，开得正好。整洁的环境与茅草屋的破旧格格不入。姬静明白仓科从小就在王宫生活，王宫的生活习惯已经深入骨髓，不管生活的条件怎么样，他都保持着整洁与优雅。

姬静在门口喊了几声都无人应答，他轻轻地推开门，屋内只有一张床和一块大木头根做的桌子，上面整洁地摆着一个破旧的水壶和一个水杯。姬静看着床上躺着一个人，他试图走近并试探地喊着："大监？大监……"

姬静快速上前，看见仓科双手叠放胸前，眼睛闭着，嘴角微微上扬，就像睡着的人做了一个好梦一样，可是嘴角的血还是刺红了姬静的眼睛。他应该早点想到的，现在终于明白为何那日仓科与自己分别会那么不舍，还有那句"照顾好自己"。那日他就已经想好了去处，他完成了任务，这人世间再也没有他留恋的东西了。他不想连累也不愿意拖累自己，所以就了结了自己这悲惨的一生。父王当时就说过，仓科完成任务后就会自裁。当时的他不相信，他低估了仓科的忠心。他也没有认真思考过父王的话，如果当时……可是人生哪有那么多如果？

姬静找了个环境优美的地方把仓科安葬了，他在墓前深深地鞠了一躬。

"大监，一路走好！愿你来生能按自己心愿生活！"

他没有回齐侯府跟姜燕告别，直接上马向镐京城奔去。

第三十六章 王后被废

姬静不知道的是，在他快马加鞭地赶向镐京城时，镐京王宫发生了一件大事。单逨坐在书房里看着子期问道：“真的不是你们做的？”

“没有你的吩咐，我们怎么可能擅自行动？”子期翻着眼睛看了一眼单逨说道。

“子未呢？她怎么说？”单逨不死心地问道，他担心子期他们着急对后宫王后下手。不管怎么样他都不想对孩子出手，特别是没有出生的孩子。

“不是子未做的，应该是琬贞自己打掉的。”子期把事情说了出来，单逨不可思议地看着子期。

“你别用这种眼神看我。”子期将这些日子从子未那里得来的消息都告诉了单逨。

镐京王宫，姬和守在琬贞的床前，他用手紧紧地抓着琬贞，生怕一不小心就永远看不见琬贞一样。闭月跪在地上，她知道今日估计是难逃一死了。她没有说话，一直低着头，没有大王的吩咐也不敢出去。琬贞乌黑的长发散落在枕头上，略显柔美。那皮肤好像只有十七八岁的少女一般洁净白皙。原本会说话的眼睛紧紧地闭着，睫毛在微微地颤动，像是梦到了什么可怕的东西。脸色苍白得看不见一点血色。姬和看着这样的琬贞，他有些害怕，从未像今日这样害怕。

姬和回想着今天这一幕，冷汗就冒了出来。闭月跑去找他，他匆忙跑过来时，就看见琬贞面无血色地躺在血泊之中，像极了绽放的牡丹。刹那间，他感觉自己不能呼吸，心脏好像也停止了跳动。他咆哮着，无助地直到大巫医过来。他们的孩子没有了，可琬贞保住了。他不敢想象没有琬贞的日子。他子嗣不多，而且这是他跟琬贞的第一个孩子，他知道琬贞多么想要这个孩子。他管不了那么多，他只要琬贞活着就好。可是他不知道琬贞醒来自己要怎么告诉她孩子没有了，她从今以后也失去了做母亲的资格。

琬贞幽幽地转醒，看着大王微微一笑。苍白的脸因为这一笑仿佛有了生机。她像是想到了什么一样，她猛然间坐了起来，掀开被子看向自己的肚子。

“大王，孩子呢？孩子还在对不对？”琬贞用祈求的语气询问着姬和，姬和受不了琬贞的眼神，低下了头。

“你回答我！你回答我啊！”琬贞看着姬和不敢看向自己，也不顾君臣礼仪，双手抓紧姬和的胳膊，摇着他问道。

“琬贞……孩子没有了。”姬和拿下琬贞的手，抓在自己的手里。看着琬贞的眼睛，试图希望这样能让琬贞冷静下来。

“不……不可能……”琬贞甩开姬和的手，眼泪不由自主地流了下来。姬和看着这样疯狂的琬贞，内心感到一阵阵抽痛。如果自己再小心一点，如果今日能……

“琬贞，以后会有的，一定会有的。”姬和紧紧地抱住琬贞，在她耳边不停地说。他倒不是欺瞒琬贞，他是大周天子，他一定会找最好的巫医，他们一定会有一个属于他们自己的孩子。

“会有吗？我不要，我只要这个孩子，我做梦都梦见他在喊我娘亲。为什么？为什么？”琬贞撕心裂肺地哭喊着，委屈地趴在姬和的肩膀上不停地哭泣。

姬和感觉到肩膀的衣服粘在了自己身上，他知道这些都是琬贞的泪水。想到琬贞受到这样的罪都是因为那个可恶的女人，他不明白为什么那个温柔能干的王后会变得这么蛇蝎心肠。

“琬贞，寡人定会给你个公道！”姬和拍着琬贞的肩膀像是发誓一样，姬和感觉到琬贞身体突然变得僵硬。

“大王，再多的公道也换不回我的孩子，琬贞要公道何用？”琬贞挣脱姬和的怀抱，冷冷地一笑，那笑中包含着绝望，包含着凄凉。姬和见不得这样的琬贞，他心中的琬贞是单纯的、快乐的，他不希望心中的白月光变成一个凄凉的人。这宫中已经太多凄惨的人了，他不愿琬贞变成那样。

姬和离开后，闭月起身给琬贞盖上被子，也悄悄地退了出去。琬贞看着床幔，眼泪无声地流了出来，所有人都出去了，这个时候的自己才是真的自己。她的孩子是她亲手杀死的，这一辈子她都不可能再做母亲了。像她这样的人有什么资格做一个母亲呢？她相信天道轮回，这就是给她最好的报应。自己酿的酒，再苦也要喝下去，自己选的路，再难也只能走下去。

姬和离开柔仪殿就一脸怒气地向康寝走去，事发之后他便命人把王后锁在了康寝。现在的康寝是在原先康寝的基础上改建的，所以这里的布局更加规整，工艺精美，楼阁交错，充分地展现出皇室的辉煌富贵和民间的清致素雅的风韵。姬和刚进来的地方是在康寝的横向中间位置，这边是供王后散步、歇息的楼阁和殿屿。殿堂屋顶采用的都是绿琉璃瓦，更显示了皇家的气派和威严。再往前走，是一处花园，古木参天、怪石林立、环山衔水、亭台楼榭、廊回路转，景致千变万化，漫步于园中犹如漫步在山水之间。

姬和无心观赏康寝的布局，当初这康寝是他和王后一起设计的。最终他走到了康寝最美的地方，就是王后房间前面的荷花池，满满一池子的水芙蓉，正值它们开放的最好时节，给人以最美好的视觉享受。看到这一池子的荷花，姬和放慢了脚步。当年他还是共伯时，经济紧张，王后带人在府里种荷花，又命人去卖莲藕，换取钱财支持他。想到这里，他的心又像被什么触动了，如果她态度良好，自己可以考虑留她一命，让她在这后宫安享晚年。

姬和看见王后时，眼睛闪过一丝光芒，他看见一个面容清丽的王后。今日的王后没有浓妆，没有繁重的首饰，只是素颜。正是这素颜让姬和看得有点痴呆了。他从没有见过这样的王后，她嫁给他后，她永远都是威严的正妻。现在的她，不施粉黛，面容姣好，身形婉转，还有一双明眸楚楚动人。一身鹅黄轻纱褶裙淡雅秀气，她看见他进来，不曾行礼，还是坐在那里看着他。

“这就是王后的礼仪？”姬和看见王后没有穿凤冕也就算了，居然看见自己也不下跪。

“现在的臣妾，跪与不跪有区别吗？”王后看着姬和，淡淡地笑着问道，仿佛不管姬和生再大的气也与自己无关。

“你也知道自己错了？”姬和看着王后无所谓的态度，虽然气愤，但是念她这些年来对自己的好，还是耐心地问道。姬和想着或许王后能有个认错的态度，自己会顾全大局的。

“错？对！错了！我错在不该不听父母劝嫁于你，我错在生在帝王家却奢望真心，我错在一腔真心错付人！”王后越说越激动，她从椅子上站了起来。她真的错了，父亲曾经说过她这样的女子只适合嫁入平常家，一生一世一双人，没有一个权贵之家能做到。可是她不信啊！她在佛寺前第一眼看到他的时候就认定这是自己要找的人。她一直以为她与他是上天注定的缘分，从未想过这个人是否适合她。

“好！好！好！”姬和看着王后绝望的表情，说着那样决绝的话，气得无言以对。

“既然你不知悔改，一意孤行，也不要怪我不念夫妻情意。”姬和过了好久才平息了自己的怒气。

“呵！夫妻情意？大王你好好想想你何时把我当成你的妻？你何时对我有过

情意？”王后原本已经不想再说任何话了，她累了！可当她听到姬和说的话时，怒火中烧。

“你简直是不知所谓！”姬和瞪着王后，可是王后却看着他冷冷一笑。他没有见过这样的王后。原来的王后都是温顺的，从来没有忤逆过自己。

“我再问你一遍，为什么要伤害琬贞的孩子？”姬和已经不想跟王后多说一句话，但是他想知道她为什么要伤害琬贞的孩子。

“如果说我没有伤害你信吗？”王后笑着看着姬和，虽是笑着，眼睛里还有一丝希冀。如果姬和能信她，也许一切都不一样。

“事到如今，你还不知悔改吗？你现在怎么变成这样？”姬和不相信眼前的这个人会是跟了自己半生的妻子，这么多证据摆在她的眼前，她居然还想抵赖。

“哼！我一直都是这样，大王现在厌倦我，自然看我百般不如意，样样不如你的心头好。可那又怎么样呢？她从此以后都不会有孩子了！哈哈！”王后看见姬和鄙夷的眼神便应该知道，可笑的是自己居然还抱着一点希望，希望他能相信自己。她不好过，她也不能让任何人好过，他不是心疼那个狐狸精吗？再心疼又能怎么样，他们永远都不能拥有自己的孩子。而他们的儿子终究是要坐上这王位的，不管怎么样他也不可能杀了自己的儿子，她要等着……等着看见她儿子坐上王位，看见那个女人生不如死。

“你以为你做的那些丑事寡人不知道？寡人睁一只眼闭一只眼，你就当寡人死了？你这样心肠歹毒的女人不及琬贞万分之一。”姬和听见王后这样说琬贞，想到还在床上痛不欲生的琬贞，甩手就给王后一巴掌。王后不敢置信地看着眼前这个男人，真是无情。姬和原本因为一冲动打了王后还有点愧疚，当他看到王后轻蔑的样子，这点愧疚也荡然无存了。

“哈哈！有本事你就杀了我！我若活着，绝不会放过琬贞那个贱人！”王后从地上爬起来，看着姬和狠狠地说道。

“那你就在这座宫殿老死吧！王后怀执怨怼，数违禁令，心肠歹毒，残害子嗣，即日起，废除位分，幽禁康寝！”姬胡说完抬脚就走，看也不看王后。

望秋听到大王说的话，泪流满面地跑进来，看见跌坐在地的王后。她从没有见过这样的王后，她坐在那里，似笑非笑，眼神是那么绝望。

“王后，起来吧！地下凉。”望秋上前扶起王后，让她坐在椅子上。王后看着望秋凄美地笑了笑说道：“凉？地下再凉有人心凉吗？”

“娘娘，今日你若服个软，大王会原谅你的，你何苦把自己弄成这样？”望秋从小跟着王后，两人感情就像姐妹一样，说起话来自然也很随意。她不知道王后今日是怎么了，怎么会突然这般强硬。

“望秋，你也不相信我？你觉得是我杀了琬贞的孩子？”王后紧张地抓着望秋的手，她想看看望秋是不是也同所有人一样。

“娘娘，望秋自然是信你的，只是事情怎么变成了这样。”望秋没有跟着王后娘娘去柔仪殿，王后说不是她做的自然就不是她做的。

“我不知道！我不知道！”王后哭着抓着自己的头发，她真的没有想伤害琬贞的孩子，她自己都不知道事情怎么会变成这样。

“琬贞，一定是琬贞，她杀了自己的孩子，用来冤枉我。她真是下了一步好棋，只是用孩子、用一辈子不能生育来换值得吗？”

“娘娘，咱们可以告诉大王啊！”望秋听王后这样说就像是看到了希望，只要不是王后做的，那就一定会留下证据。

“没用的，谁会相信一个母亲会杀死自己的孩子呢？”王后绝望地摇摇头，而且现在的她也无所谓。这个后位对她而言已经没有任何意义了，甚至活着也没有任何意义。

“娘娘，柔仪殿到底发生了何事？你怎么会去那里？”望秋知道王后心死，可是她必须去还王后一个公道。

“今日我闲来无事，想着大王这几个月都不曾来康寝，我炖了一点鸡汤去看他。结果大王不在，看着琬贞假惺惺的样子，我有些生气。琬贞暗示我有话对我说，我就命人都出去了。我本也怀疑她会做什么对我不利的事情，想到她绝不会拿自己孩子开玩笑，也就放心了。我刚刚坐下她就大喊：‘王后，我错了，以后我再也不敢了，我绝没有独享大王的意思。’然后自己就朝桌角撞了过去。我当时吓坏了。后来我看见琬贞流血了，便让人去找巫医了。”王后把今天在康寝发生的事情都告诉了望秋，她自己都不知琬贞为何如此狠心地去设计自己。想到自己在深宫这么多年，居然还被一个贱人这么简单的计策给嫁祸了。

“娘娘，你怎么不跟大王说这些？你好好解释，大王对你还是有情意的。”望秋听完王后说的话，已经惊得目瞪口呆了。虽说王宫中经常发生嫁祸陷害这样的事情，可是谁也不会拿自己的孩子做赌注啊！

“有情有意这词他不配！琬贞这招实在是高，谁也不会相信一个母亲会拿自己孩子的命去陷害人。我这次永远翻不了身了。”王后看着眼前的荷花池，冷冷地说着。

“那王后有何打算？”望秋心中的王后从来不会轻易认输的。

“望秋，我累了，我不想斗了！我以为我能换到他的真心。可是今日我才明白，有些人根本就没有心。琬贞的孩子没了，他就翼儿一个孩子了，这王位他只能传给翼儿一人。往后余生，我只想与这一池荷花为伴。闲时种花养草，累时榻枕而眠。你也走吧！不必为我画地为牢。”王后抬头看着天说道，她终于不用在这深宫中钩心斗角了，她也该为自己活了。

“娘娘！望秋不走！望秋自小就跟着你，无处可去。求娘娘留下望秋！”望秋说着就哭了，一直不停地跪在地上磕头。

“好！不走！你便留在这里陪着我！”王后笑着宠溺地看着望秋。还好这个世界还有望秋，还有一个对自己忠心耿耿的人，足矣！

姬和出了康寝，一路气愤地回康剌宫了，身边的奴才大气不也敢出，生怕一不小心迁怒到自己。姬和头疼得很，王后太让他失望了。可是他刚到康剌宫坐下来，水都没有喝上就听大监说太史虞求见。

第三十七章 太子归位

姬和因为王后和琬贞的事情头痛欲裂，现在谁也不想见，只想一个人静一静。他让大监婉拒了太史虞，现在的他实在没有精力去应付太史虞。太史虞掌天时、星历，脾气古怪。每次见他，姬和都有种无力感。

太史虞回到望星阁就发现有人进来了，不过他并不慌张，因为没有他的指引，即使有命进恐怕也无命出。他慢慢地向前走去，看见一袭蓝衫悠闲地站立在望星阁的主位旁，俊美的脸上似笑非笑，嘴角微微勾起一抹弧度，俊眸里洋溢着兴致盎然。太史虞看清来人的脸时，脸色一沉。

“单将军，深夜到访望星阁有何指教？”太史虞看见单逨，生气地说道。

“太史大人，单逨不请自来，打扰了。”单逨知道太史虞不高兴，赶忙向他行礼。

“哼！既然知道打扰还来？”太史虞一点都不给单逨面子，然后就在主位上坐了下来。

“哈哈！太史大人果然风趣幽默。”单逨看着太史虞瞪着眼睛吹着胡子看自己的样子，觉得这个太史虞也不像外界传说的那样古怪，难以相处。

“到底有什么事情？”太史虞最讨厌别人跟他打太极了，看着单速这副不急不火的样子，就有些生气。

“久闻太史大人精通星象，特地前来请教。”单速看着太史虞焦躁的样子，便知道他是个性格豪爽之人，对他的好感多增了几分。

“老夫活了这么多年，还不知道请教需要翻墙而入。”太史虞讽刺单速，而且他不认为年纪轻轻的单速懂什么天象星座。据他所知，这个单将军只是武夫一个。

“十月之交，朔日辛卯，日有食之。”单速轻声地说着。

“你如何知晓？”太史虞听到单速这样说，立马从椅子上跳了起来，激动地站在椅子上。日食之事他也是今日才推测出来，原本想把此事禀告大王，谁承想连大王的面都不曾见到，所以这事除了他也没有第二个人知道。他狐疑地看着单速。

“太史大人不要激动，单速只是闲来无事推算出来而已。今日你想入宫见大王不过就是为了禀报日食之事，不承想大王没有见你。”单速笑意盈盈地说道，他觉得太史虞站在椅子上的样子像极了一个老顽童。

“你说你是如何推算出来的？”他之前不相信单速能观星象测天，现在的他才意识到眼前这个人恐怕不简单，而且单速居然在监视自己的一举一动。

“不知太史大人可曾听过《星经》，我是从那里习得一二。”单速知道太史虞不相信自己真的会测，不过说《星经》他应该会相信并有兴趣的。

“《星经》？斗老的《星经》？”太史虞一下子跳到单速跟前看着他，然后又怀疑地说道，“黄口小儿，你怎么会有《星经》？”然后又失望地回到座位上颓废了。太史虞脾气古怪，终身未婚，一辈子都痴迷星象。斗老的《星经》是传世之作，这个世界上没有几个人看过。据说书里面记载着五星运行和出没的规律，甚至还有800多个恒星的名字以及划分的星官。只可惜他追寻一生也没有找到过，只听人说早已失散了。

“太史大人，你看看这是什么？”单速看着太史虞失望的表情也不想太过折磨他，便从怀里掏出一个颜色有些旧的竹筒。

太史虞看着单速掏出来的东西，颜色虽旧了一些，但是上面刻的“星经”二字却越发地清晰。他慢慢地向单速走了过去，眼睛始终盯着单速手里的东西，时不时地还咽一下口水。单速看着太史虞看见这书像是久饿的人见到美味的食物一样，才相信太史虞是爱星成痴、把星象看得比自己命还重的人。单速把《星经》递给太史虞，太史虞双手使劲地在衣服上蹭了好几下，才接过竹筒。他拿到之后就站在那里迫不及待地翻看，一边看一边用手比画，嘴里还嘟囔着星官，然后又突然狠劲地拍了一下自己的头说道：“我怎么没有想起来呢？”全然忘了近在咫尺的单速。单速看着太史虞已经进入忘我的境界不由地笑了，他多么感谢当初自己无意之举得到的这本《星经》，否则他真的没有办法说服太史虞。

当年他在行军途中救了一个孤寡老人，老人穿着破烂，身受重伤，他把自己的口粮分了点给他。他当时婉拒了单速，说自己命不久矣，不必浪费粮食。单速拼命抱起他，想带他去找巫医，他说：“小将军陌生人都能施以援手，内心定是纯良之辈。我已是将死之人，将军不要费心了。我无儿无女孑然一身，走得也是无牵无挂。只是我斗老一生的学问怕是可惜了，我怀里的这本书是集我毕生所学，现在赠予小将军。”说完就把《星经》给了自己，然后就离开了人世。后来才知道这本《星经》竟是稀世珍宝，看着太史虞入迷的样子，也许送给他才能让老人家的学问发扬光大。

“太史大人，这可是真的《星经》吗？”单速笑眯眯地看着太史虞。

“真的！真的！”太史虞头也不抬地回答。

“你干什么？”单速从太史虞手中夺过《星经》，太史虞生气地质问单速。可是随后他才反应过来，这本书本就是单速的，自己已经看了很长时间了。不过即使看了很久他也才看了一点而已。

“我只是想把这本书送给太史大人而已！”单速并不是真的想拿走，只是太史虞太痴迷了，估计没有办法和他说正事。

“黄鼠狼给鸡拜年，没安好心！你会好心送我书？”太史虞看着单速，又看了看单速手中的《星经》，生气地转脸就回到座位上了，不过心里还是念着单速手里拿的东西，时不时地用眼睛瞟一下。

“的确有事请太史大人帮忙，还望太史大人能鼎力相助。”单速眼神真挚地看向太史虞。

“你先说何事。”太史虞没有起身，他虽很想得到单速手中的《星经》，但是自己也不是没有底线的人。

“太史大人还记得十年前的国人暴动吗？当年的召公用自己的亲生儿子顶替太子，如今太子已经十六岁了，如果继续流落在外是对大周的不忠，恳请太史大人帮忙让太子回宫。”单速简单地把当年的事情跟太史虞说了一下，他今日过来就为了太子。

“太子还活着？”太史虞不敢相信自己的耳朵，不得不又向单速确认一遍。他听到太子还活着别提多高兴了，他们祖上蒙大周王室照拂，到他这一代夷王又对他有恩。之前他得知太子被活活烧死也是痛苦得夜不能寐，现在太子还活着，也算是上天对大周王室的眷顾。

“嗯，还活着，现在需要太史大人为太子正名！”单速看着太史虞的表情就知道这次找他是找对了。太史虞年纪大了，他和周公一样，对夷王都是有着深厚感情的。

“利用天象为太子正名，到时候召公、申侯也会昭告天下！让大王拒绝不了。”单速看着远方说道，不过内心还是想着姬静快回来吧！只有姬静回来，他这场戏才能唱下去。

“我要如何做？”太史虞看着单速问道，他总觉得单速一肚子的坏水。单速附在太史虞的耳边把自己的想法跟他说了一遍。说完之后太史虞看着单速，久久不能说话，单速的谋略实在非常人能比。他又上下打量了单速，现在觉得越看单速越喜欢。想到自己一辈子无儿无女的，一直在找一个聪明人做徒弟，单速就是那个可遇不可求的人。单速看太史虞盯着他就像在盯一盘美味的食物一样，不由得有点害怕。

“单速，你做我徒弟如何？不要去行军打仗了。”太史虞看着单速殷勤地笑道。单速看着太史虞有点瘆人的笑容说道：“单速毕生所愿是戎马一生。太史大人的好意单速心领了，这本《星经》就送予太史大人了。”说完就跑了出去。太史虞想叫他时已经看不到他的影子了。想到单速都能测算出日食，那么从望星阁出去也不是难事，于是就迫不及待地看他刚刚得到的《星经》了。

单速从望星阁出来还心有余悸地向后看了看，生怕太史虞从后面追了过来。他回到单公府时看见姬静的院子居然有灯火，便走了进去，发现姬静已经回来了。他笑了一下，没有想到姬静回来得正是时候。他把今日去望星阁见太史虞的事情和他的计划都事无巨细地跟姬静说了一遍，姬静听了后直点头。

“单速哥，原野和嬴萤他们呢？”姬静回来之后没有看见他们。

“嬴萤和单棣去昆明河那边的乡村治病救人已经两个月了，估计也快回来了。我因有事在忙，让原野去陪姑姑了。”单速想到原野和清露掐架的样子顿时觉得好笑。两人又在院子里说了这些日子发生的事情。

金秋的天气温馨恬静，镐京城的风轻柔而又多情。太阳照着路边的小摊闪闪发光，街上人来人往，热闹的气息扑面而来。单速和姬静走在大街上笑着，等着将要发生的一切，也远远地看到了站在高处的太史虞。

过了许久，姬静的头抬得有点累了，他晃了晃自己的脑袋，突然太阳从原来的圆圆的像一个球一样在边缘一点一点地消退。天空越来越暗，周边的商户和路上的行人都在惊恐地看着这一切。四周的人叫嚣着：“太阳没了！”

慢慢地，慢慢地，太阳一点点地被蚕食，直到最后消失不见。天空彻底地黑了下来，周边有妇女儿童的哭声。姬静已经看呆了，单速用手碰了一下他的胳膊，他才反应过来。子期已经用火把把周边点亮了，单速知道日食的时间之短，便让姬静站在镐京城的高处。

“乡亲们，稍安勿躁，我有办法驱散这黑夜，找回太阳。”姬静说完这句话，大家你看看我，我看看你，全都安静下来，静静地等着看姬静如何唤回太阳。

“万物有灵，我本大周天子第十一代孙——姬静。今以大周王太子之身份，求太阳归位，润泽万物，庇佑大周子民！”姬静看天空还是漆黑一片，想着单速说的有三四分钟的时间，于是又道，“姬静跪求，定至人无为、兼济天下！太阳归位！”姬静这话刚刚说完，太阳慢慢地露出了光芒。重见天日的人们拥抱着、欢呼着庆贺太阳的新生，也庆贺自己的新生。他们赶忙向姬静跪谢。年纪大一点的人想到十年前的暴动中太子已经被大火烧死了，而后又想到太子连太阳都能控制，区区大火对他来说也是不足挂齿，自然能活下来。

镐京的街头巷尾都在传唱着姬静是上天选中的儿子，是天神之子。日食姬和也是亲眼所见，那日他站在王宫中和众人一样恐惧，之前从未出现过这样的景象，只是没有想到姬静用这种方式出现，可是他并不相信这是偶然。他生气地打砸着康剌宫的一切，可是他毫无办法，他无力还击。他命人叫来了太史虞，或许那日就应该见太史虞的。

太史虞一进门便看见屋内随处扔着东西，他找了个空地跪了下来。他一直低着头，亦不敢起来。姬和看着跪在下面的太史虞，也知道他年纪大了，估计再跪下去身体也吃不消。

“起来吧！”姬和的语气明显地带着不满与压制的愤怒。

“诺！”太史虞从被宣进宫就知道姬和为何宣他，看到这一地凌乱的碎片，他没有想到姬和会如此生气，而且毫不掩饰。帝王向来都是不管有多生气，哪怕是恨得要死，可是表面依旧是笑如春风。姬和不避讳他，要么自己是他的心腹，要么自己是个将死之人。想到这里太史虞背后直冒冷汗，他不得不打起十二分精神应付。

“日食之事，你是否早已知晓？”姬和斜靠在椅子上眯着眼睛看着太史虞。

太史虞不知如何回答，好像不管怎么回答都是死路。如果说早已知晓，那为何不报；如果不知道，身为太史居然连日食都测不出来，那自己可以辞官回家了。想了想太史虞说道：“臣夜观星象是有异常，于是连夜来报，奈何大王把微臣赶了出去。微臣回家后，倒地不起，昏迷至今才醒！”

“居然这么巧？今日才醒？”姬和之前确实不想见他，后来太史虞就没有再求见过。之后都请病假不上朝，当时还以为是因为自己拒绝见他而生气，想来可能真的昏迷了，只是这事情发生得太过凑巧了。

“臣孤身一人回家，不知大王为何拒绝见微臣，微臣诚惶诚恐，回到家时从台阶上摔了下来，经巫医院的大巫医抢救，今日才醒，大王传召便赶了过来。”太史虞表面难过，多次提及大王不愿见他，不得不佩服单逨的安排，这小子心计谋略实在太深，一定要想办法让他成为自己的徒弟。

“辛苦你了！回去歇着吧！”姬和听着太史虞多次提及自己不见他的事情，也是后悔不已。事已至此，他也想不出什么办法来阻止姬静恢复身份，好像所有的事情都选择在这一刻发生，有种挫败和无力感。

第二天朝堂之上，召公、周公、申侯、芮良夫等都要求恢复太子的身份，姬和无奈答应，但是没有让他入住东宫。姬静可以堂堂正正地生活在阳光之下，他无比的高兴。当天夜晚他和单逨两个人去了单公府的后面，喝了很多酒，谈及最多的还是觉得对不起姬脉。如果当初没有姬脉的舍命顶替，怎么会有今日的自己？姬静边说边哭，直到单逨将他带回了家。看着酩酊大醉的姬静，单逨百感交集。姬静恢复了身份就等于把自己暴露在阳光之下，从前敌在明，我在暗，做任何事情都不需要太过担心。现在就成了自己在明处，敌人在暗处了，明枪易躲，暗箭难防。单逨关上了门，看着外面的天空，黑压压的一层，有种说不出的压抑感。也许更大的暴风雪要来了。

第三十八章 姬静大婚

前827年冬。

漫天的大雪，席卷了全城，将整个镐京都笼罩在了这片雪白之中。金碧辉煌的宫墙大院也被雪花覆盖，天地之间，似乎只余下一抹明晃晃的白，将往日这深墙大院中的阴鸷全部掩埋。柔仪殿燃起了火盆，温暖得如同阳春三月，似与外面的冰雪天地，由一方白墙，隔绝成了两方天地。一群宫女穿梭其间，一样样华美的衣饰由宫女捧着，跪在了一扇山水画意的屏风之后。火盆在殿内烧得滋滋作响，可是除了这声音，却再无其他。在屏风后，有紫檀下卷式的琴案，上面放着的是万金难求的大圣遗音，琴弦上似乎已经落了些灰尘，雾蒙蒙的，隔着几步便能看见琬贞躺在床上，盖着厚厚的被子。闭月站在旁边，鼻翼上已经冒出了汗珠，她看着琬贞不由得有点心疼，自从娘娘失去孩子以后身体也越发地差了，这大殿里已经放了五六个炭火盆了，娘娘依旧觉得很冷。闭月只能给琬贞又加了一床被子，所幸这些年来大王对娘娘不错，只要一有好东西就往柔仪殿送。

姬和一进入柔仪殿就感觉一股热浪扑面而来，他快速走向床前，想看看今日的琬贞有没有好点。琬贞看见姬和焦急的表情笑着说道："大王，你怎么来了，外面那么冷。"说着就要掀被子下床，姬和忙用手按住她，顺势把被子替她掖好。

"琬贞，你身体不好，不要起来了。寡人来看看你就得走，还有一堆事务等着我。"姬和说着便用手指使劲按压自己的太阳穴。

"大王，是有什么事吗？"琬贞看着姬和紧皱的眉头，便起身给他按了按头部。姬和感觉到琬贞手的热度，这让他的头痛好像缓解了不少，便闭上眼睛任由她按着。

"翼儿好像撑不了多久了。"琬贞听到姬和这样说，手一顿，但是看到因为自己停止按摩而皱起眉头的姬和，琬贞又继续按着。

"大王子福泽深厚，一定会平安无事的。"琬贞乖巧地说着，她明白大王子对姬和的意义。现在姬静虽恢复了太子的身份，可是姬静对于姬和来说终究是外人，谁愿意把江山拱手让人呢？

"贞儿，寡人当初不该杀了睿儿，寡人是不是做错了什么？所以才会后继无人。"即使姬和闭着眼睛，琬贞依旧感觉到了他此刻的绝望与无助。

"是臣妾不好，是臣妾不争气，没保住大王的孩子！"琬贞的泪珠落在了姬和的脸上，姬和才反应过来抱住琬贞说："是我不好，是我没有照顾好你，有你万事足。"姬和想到不该在琬贞面前说子嗣的事情，只是最近太烦躁了才会一时失口。姬和安抚好琬贞便让她继续睡下，自己迎着风雪去了康刺宫。他路过康寝，望着雪白的世界，想着那一池荷花在这样的天气该是枯萎了。只是站了站，便扭头离开了，消失在这雪色之中。

单公府里，姬静看着满园雪色，镐京城的第一场雪下得那么认真，又那么美丽。申侯进去便看见姬静直立在雪中，头发上、衣服上都飘落了一层雪花。

"静儿，外面那么冷，怎么在这站着，小心冻坏了身体。"申侯说着便把姬静拽回了屋里。进到屋里仿佛进入了春天一般，眼睛、眉毛上的雪化成小水滴沾在睫毛上。申侯想到姬静这样任性的行为和小时候的依依一样，那个时候她总是拉着他张着嘴巴在外面接雪。

“舅舅？”姬静看着申侯盯着自己，便伸手在申侯面前不停地晃来晃去。

“你这孩子，越长大越顽皮了。”申侯看着姬静的动作好笑地说着。

“静儿，你也不小了，舅舅给你说了一门亲事。不管你愿不愿意你都得同意。”申侯一脸严肃地说着。大王子快要不行了，静儿必须在大王子之前成婚，否则到时候姬和又会找其他条件不许静儿入宫。

“舅舅，大事未成，谈何成家？”姬静想也不想地就拒绝了。

“静儿，舅舅给你选的这门亲事就是对你大事有助的，只要你成婚了，你就能入主东宫。女孩还是齐侯的嫡女，样貌、家世都是一等一的好！”申侯知道想要说服姬静成婚那不是一般的难，他已经做好以命相逼的准备了。

“静儿全凭舅舅安排！”姬静看着申侯点头道。对于姬静的转变，申侯反而有点不适应，他没有想到姬静刚刚才说以大业为重怎么突然就同意了，或者之前他就认识齐侯的女儿，想了想静儿从未出门，不可能认识的。

“你小子怎么突然同意了？刚刚还说以大业为重。”

“舅舅不是说婚后就能入主东宫吗？只要对大业有帮助的，静儿都会去做。”姬静认真地答道。申侯看着姬静的样子觉得他不像在说谎，可是以他对姬静的了解，即使为了大业他也不可能这么轻易就答应的。不过不管怎么样，静儿同意了。

“我已经与齐侯商量，婚期定在了这个月的六日后。”申侯小心翼翼地说着，他原本想过两天再找个借口跟静儿说婚期的，今日看静儿没有反对索性都说了。

“舅舅看着办吧！”姬静没有任何表情地说着。申侯也不知道静儿是生气还是开心，他的内心还是有点愧疚的，虽说静儿没有说不同意，但是太子大婚没有如此草率的。

“时间虽仓促，但是六礼、纳采、问名、纳吉、纳征、请期这些该有的流程舅舅定要安排妥当，聘礼按祖制即可！”姬静又加了一句，他不想亏待了姜燕。

“静儿放心，定不会辱没了王室的面子。召公、周公已经得到姬和的同意了，这些都从国库出。”申侯这段时间联合周公、召公为了太子的婚事可没少往姬和那里跑。姬静早已到了成婚的年纪，他们又说姬静和姜燕情意相投，姬和作为天子又不能拆散人家只能同意。申侯交代完了事情就急忙离开了小院，因为还有更多的事情等待着他。申侯刚走就看见单逨进来了，单逨向申侯行个礼就看见姬静在那发呆。

“开心得都藏不住笑容了，听说姜燕是齐国第一才女和美女，你小子有福了。”单逨看着姬静打趣他，单逨很早就知道申侯的计划了，想着这也是一步最快捷的棋，否则不知姬静何时才能回到镐京王宫。

“我哪有开心，单逨哥你不要胡说。”姬静反驳着脸就红了起来，单逨看见了就笑得更大声了，原来那个小孩子终究是长大了。

“单逨哥，你和嬴萤姐也该成家了。”姬静想到自己也算是愿望达成了，可是单逨和嬴萤还是这样拖着。

“你别操心我，好好做你的新郎官。还有最近都不要出门。”单逨发自内心地替姬静高兴，不过他更担心姬和会在姬静大婚前动手。不过只要静儿不出单公府应该是安全的，子期告诉自己静儿身边有很多暗卫，想着应该是申侯给他的。

“知道啦！单逨哥，你还是想想怎么娶嬴萤姐回家吧！”单逨走后听见姬静在后面吼了这么一句。他比姬静大七岁，早就到了该成亲的年纪，父亲母亲都为他操碎了心。他也想着和嬴萤早日成亲，可是有太多的无奈了。为了这个事情自己也跟母亲谈了很多次，母亲总是以各种理由推辞，其实他明白，母亲是觉得嬴萤的家世不好。他相信只要用时间母亲总会接纳嬴萤的。

转眼就到了六日后，镐京王宫张灯结彩，街道两边都高高地挂起了大红灯笼。

申伯大喊一声："启程！"单逑骑马在前，率先起行，引领迎亲队伍走向丰京。太子大婚仪式分两步走：第一步，在丰京明堂祭拜祖先。第二步，在镐京康穆宫里举行大婚典礼。

在明堂大殿里，尹吉甫主持祭拜祖先仪式，太史虞辅助主持。姜燕走了出来，姬静才看清了姜燕。大红色的外袍上面用金线佐以南海珍珠绣着龙凤呈祥，丈长的袍尾袖口是栩栩如生的牡丹，里面的裹胸长裙上面是百鸟朝凤的刺绣，那层层叠叠的大红嫁衣，繁复的绣纹精致绝美，凤凰的图案栩栩如生。喜服一共五层，象征着五谷丰登，发饰一共九个，象征着长长久久。头顶上的黄金凤冠做工更是精美绝伦，那金流苏随风发出悦耳的声音。姬和这次为了姬静的大婚，为了堵住天下人的嘴可以说是相当于倾国之力了。

当姬静与姜燕并肩走至大殿时，尹吉甫主持道："列祖列宗在上，吉日太子大婚，前来祭拜列祖列宗，列祖列宗之神灵护佑太子、太子妃，护佑他们一生平安，承继祖业，延嗣万年！"停顿片刻，他宣布道："祭拜祖先仪式现在开始！"太史虞见姬静和姜燕走至铺放着的两副跪垫前，即大声主持道："跪！"

姬静与姜燕同时跪了下来，面向摆着诸位祖先牌位的供台。

太史虞继续主持道："一叩首！"

姬静与姜燕向着祖先牌位一叩首。

"再叩首！"

姬静与姜燕向着祖先牌位再叩首。

"三叩首！"

姬静与姜燕向着祖先牌位三叩首。

"起！"

姬静与姜燕站了起来。

祭拜祖先仪式结束，姬静与姜燕相携走出明堂，踏上彩车。单逑依然骑马在前引路。一行人从丰京走向镐京。

午时一刻，姬静与姜燕从康穆宫的前门进入，过午门，绕康穆宫大殿，向后走向太子东宫。经过修缮，东宫富丽堂皇，光彩夺目，喜气洋洋。

太子大婚典礼由召公虎主持。召公虎与周公和申伯等人已在东宫前院等候。姬静与姜燕走进了坤宁宫前院，顿时，锣鼓喧天，琴瑟齐鸣，舞女翩翩起舞。

半刻钟后，乐停舞止。召公虎主持道："太子大婚典礼现在开始！"姬静与姜燕并列站好。

"一拜天地！"

姬静与姜燕跪下，朝着东宫的方向叩首。

"起！"

姬静与姜燕站了起来。

"二拜长辈！"

姬静与姜燕向右边坐着的姬和和王后跪拜，姬和和王后笑着看着姬静和姜燕。姬静又带着姜燕向坐在下方的申侯和周公跪拜！

"起！"

姬静与姜燕再次站了起来。

"夫妻对拜！"

之后便是送入洞房。姜燕一直都怀着忐忑的心情，她不知道太子是什么样的人，而且她的心里还是有着那个叫姬宣的少年，那个能将一身粗布衣裳穿出贵气的少年，那个不辞而别的少年。蒙着盖头的姜燕不停地捏着手帕，不断地对自己打气，告诉自己父侯为她选的人是人中龙凤，过了今日便要放下过去。

姬静心里惦记着姜燕，单速也看出了姬静的心情。凡是找姬静喝酒的人，单速都替姬静一一挡了回去。在姬和带着王后走了以后，姬静就去找姜燕了。

姜燕听见了开门声，手帕拧得更紧了。看见太子进来，两旁的宫人都退了出去。姬静并没有揭开姜燕的盖头，看着姜燕紧攥的手指就知道姜燕的紧张，他忽然有种逗一逗她的想法。姬静不说话，只是把合卺酒递给了她，姜燕接过合卺酒，可是隔着盖头她要怎么喝呢？自己总不能把盖头揭下来，来的时候嬷嬷交代过这盖头必须由太子揭开。

姬静看着姜燕举手无措的样子笑出了声，然后他挑开了盖头，姜燕看到姬静那一刻简直不敢相信自己的眼睛。姬静看着姜燕惊讶的表情，笑着道："太子妃，不认识姬宣了？"

"你不是姬静吗？"姜燕说着就想到父亲跟她说过当今太子的身世，不过对于他化名骗自己而又不辞而别，姜燕还是有些生气的。她扭过头去不再搭理姬静。

"燕儿，我不是故意要瞒你的，我身份特殊，不辞而别只是觉得自己配不上你。"姬静的话还没有说完，姜燕就捂住了姬静的嘴。她知道他要说什么，也理解他的艰难……

单速喝得有点微醉，他在王宫门口看见了等着自己的嬴萤，正一个人低头看着自己的脚，百无聊赖地走来走去。

"嬴萤，你怎么一个人在这？"单速上前握着嬴萤的手。北风呼呼地吹，嬴萤的小脸已经冻得泛红。

"单速哥，我在这里等你！"嬴萤看着单速眼里已经开了花，她是等着单夫人等都回去了才在这里碰碰运气的，她并不知道单速会从哪个门出来。看来自己的运气真好，嬴萤为了这难得的好运气而开心。

"太冷了，下次不许等我了。"单速说着便搓揉着嬴萤的手，时不时地还哈气给她的手取暖。嬴萤看着单速的举动，眼睛都要化出水来了。她奢求的不多，只是希望能陪在单速身边，享受这难得的简单幸福。可是她也明白单夫人不会同意的，单夫人疼爱单速胜过任何人，她怎么可能允许单速娶个乡野女子呢？

"嗯，知道了。单速哥，原野快来了。"嬴萤嘴上答应着单速，但是心里想着如果还有这样的机会一定还会选择在门口等着他一起回家。莫哈即位后，原野就回到猃狁看自己的父母。前段她收到原野的来信，说她要回来了，让自己帮她看好清露。想到这里嬴萤笑了笑，自从原野去了召公府，清露在原野那里没少受气。她也能明显地感觉到原野不再排斥她，反而还撮合她和单逨。

“小野来了，你也有个伴，过段时间我会更忙。等我忙完了，我们也举办一个盛大的婚礼。”单逨说着就拉着嬴萤向前走去，徐伯的马车离他们有一段的距离，不紧不慢地跟着。冬日的天气虽冷，但是空气分外的清新，月亮照耀着两人。嬴萤看着姬静婚礼的布置，看着姜燕的喜服也是很羡慕，幻想着如果有一天自己也能穿上那大红的嫁衣嫁给站在自己身边这个心爱的男人。

“单逨哥，只要能跟你在一起就好！”嬴萤明白，想嫁给单逨还有很长的一段路要走，她孤身一人不管怎么样都可以，可是单逨背负着整个家族的兴衰。单夫人不可能看上自己的，未来怎么样她也不敢确定，只是希望能站在这个人身边久一点……

“一切都会有的！”单逨抓紧嬴萤的手，他明白她心中的顾虑和担心。身为一个男人这些事情都该自己去解决的，不该让嬴萤如此费神。可是想到母亲执拗的性子也是很让自己头疼。

第三十九章 贞妃惨死

单速把嬴萤送回房间后躺下正想睡觉时，子期来了。

“子期，出了何事？”自己没有叫子期，子期一般都不会出现，现在肯定是有急事。

“大王子殁了。”子期还有些气喘吁吁的，今日他一直守在大王子身边。大王子一殁他就赶回来报信了，虽说这是他早已料到的结果，但是这件事还是有些棘手。

“子期，无事，已经很好了。”单速安慰着子期，他们一直让单棣用药吊着大王子的命。大王子能撑到今天已经很不容易了，用不了多久伶影和单棣就该回来了。

“太子刚刚大婚就发生这样的事情怕是不好。”子期还是说出了自己的顾虑。

“太子已经完婚了，大王子的事情影响不了什么。”单速拍了拍子期的肩膀，示意他放松自己。

“还有件事，子未说姬和在调查贞妃，我们要不要插手？”子期听着单速的话已经不去想大王子的事情了，只是子未说一定要把这个消息传给单逨。他心里并不知道贞妃背后的人是谁，但是也绝不相信贞妃会毫无背景。

“子未有没有说姬和因为什么事调查贞妃？”单逨只是突然好奇，姬和一直都把贞妃当成自己的挚爱，不知道什么样的事情能让姬和起了疑心。

“具体的子未没有说，但是她说应该和孩子有关。”子期把子未告诉自己的都跟单逨说了，自古人心难测，更何况姬和这个人多疑得很。

“嗯，先不管，贞妃应该没事。”单逨想了想回答道，贞妃背后是蘅晞堂，他觉得荣夷公不会让她有事的。

大王子殁的事情也传到了姬和耳朵里，坐在王座之上的男人像老了十岁一样。他屏退所有的人，独自一人坐在王座之上。他一生有两个儿子，一个被自己杀了，另一个年纪轻轻的就走了。他环顾着康剌宫，环顾着周边的一切。

“为什么？为什么要这样对我。”他的咆哮声穿透了大殿又回到自己的耳朵里，他无奈地流下泪水。他很累，真的很累了。姬静回来了，他是名正言顺的太子，是大周的继承人。朝堂之上周公、召公、申侯、齐侯……把持着朝政。姬静大婚入主东宫就是在逼着自己让位了。原来自己还有点念想，可是翼儿却早早地走了…… 不知道这样发泄了多久，他知道还有事情在等着自己，就让暗卫进来了。

“有结果吗？”姬和面无表情地看着底下一直跪着的人。

“禀大王，属下查出贞妃娘娘应该是蘅晞堂的人。”暗卫嘴上流利地说着，心里却害怕得要死。他一开始接到这个任务的时候就知道这个结果，他只能在内心祈求贞妃千万不要有什么。可是事与愿违，多项证据都指向贞妃。

“有证据吗？”对于这个调查结果，姬和好像并没有意外，这些年他的内心并不是没有疑惑，只是愿意爱着她、宠着她。原以为只要自己努力，早晚有一天她会感动，也会爱上自己。想来这十几年的时间都是错付了。

“有！”暗卫说着就把调查取证的资料呈给了姬和。姬和什么都没有说，只是挥了挥手就让他下去了。

柔仪殿内，琬贞坐在床前发呆，她是聪明的也是敏感的。这段时间大王虽然也一直对自己很好，只是那种好带着疏远，这是他们之间从未有过的。闭月看着娘娘发呆，上前去把披风给她披上。

“娘娘，这么晚了，大王不会来了，你早点睡吧！”闭月劝着琬贞。她不知道大王跟琬贞之间是怎么了，只是感觉大王好像不怎么来这柔仪殿了。

“闭月，我不困，我再等一会儿。”琬贞一边说着一边玩着自己的头发，她知道他今日不会来了，可是她还想固执地等待，甚至还想就这样不穿鞋在冰天雪地的冬天走去康刺宫找他。看看他心疼的深情，也看看他因为在乎又不忍责备自己的样子，可是她终究没有这样做，因为她明白现在的她已经没有了让他心疼的资本了。闭月张口还想说什么的时候，大王进来了。

“闭月，你出去，没有我的吩咐任何人不许进来。”姬和进来后看都没有看琬贞，只是十分威严地看着闭月吩咐道。闭月看到大王的表情时就知道大王已经是在愤怒的边缘了。闭月无助地看向琬贞，只见琬贞笑着对自己点头示意之后，闭月才放心地带着所有宫人出去。

“看看，你是不是需要给寡人一个解释？”姬和将暗卫给自己的一沓证据甩向琬贞。那些布帛从琬贞头顶落下，遮住了琬贞的视线。还有些竹简划破了琬贞的脸，脸上立刻有了一道血痕。若是在往日，姬和看到琬贞身上哪怕破了一点皮都心疼得要死，可是如今却冷眼看向自己，甚至眼神中还有深深的厌恶。

“大王既然已经查到，又何必来问臣妾？”琬贞迎上姬和的眼神笑着说道。姬和看着琬贞脸上的血还在流着，心痛得无法呼吸，可是他还是很快地调整好了自己。眼前的这个女人背叛了自己，欺骗了自己的感情，自己只不过是被她愚弄的工具。

“哼！背叛寡人是何下场？”看着连解释都懒得解释的琬贞，姬和的怒火越来越旺盛，内心深处不断地在叫嚣着，“杀了这个女人，杀了她。”可是他没有动手，还是一动不动地站着，他希望她能告诉自己她是迫不得已，她是有难言之隐的，甚至她可以跪下来求自己。可是琬贞始终抬着头笑着看自己。

“既然做了早就想到这一日了，不管大王如何处置臣妾，臣妾都没有怨言。”琬贞早就知道会有这么一天的，她提心吊胆地过了十几年，也提心吊胆地防了十几年，可是自己终究还是爱上了他。

“那寡人再问你最后一个问题，那个孩子是你亲手打掉的？”姬和看着低着头不说话的琬贞，他想知道这一切都是因为什么。

“是！”

“为何不让寡人有后，甚至不惜杀死自己未出世的孩子，甚至不惜自己一辈子不能生育。琬贞啊琬贞！你的心怎么这么狠毒啊？”姬和在听到琬贞说是的时候已经崩溃了，今日的琬贞已经抱着必死的决心了。眼前的这个女人就是自己爱了十几年、宠了十几年的女人，他告诉自己一定要睁大眼睛看看眼前这个蛇蝎心肠的女人。可是他不忍，即使知道了所有的一切都是她做的，他还是不忍心去杀了她。

“琬贞，寡人只问你一句，跟寡人在一起的十几年你有没有一刻是真的爱寡人？”姬和还是不死心，他想只要琬贞还愿意骗自己，他都愿意放过她。他不得不佩服衡晞堂，杀人最狠不过诛心。

琬贞看着姬和，在一起生活了十几年，她怎么能看不懂他眼中的希冀。可是如今面对这样的境况，自己又怎么好苟且偷生。与其这样生不如死地活着，慢慢地等着姬和对自己的爱消亡，那不如自私一点，让眼前这个自己心爱的男人永远地记住自己。

“没有。我从来不曾爱过你，跟你在一起的每分每秒都让我感到恶心。”琬贞看着姬和，眼中是掩饰不住的厌恶，可是只有琬贞知道自己的内心有多难过。姬和听到琬贞这样说，笔直的身体晃了晃。琬贞想去扶他，终究还是忍住了，冷眼看着他。姬和稳定了心神，看着琬贞散发出从未有过的冷意。

“好，很好，既然这样就不要怪寡人绝情了。”姬和盯着琬贞，眼睛里就要冒出火来了。他已经想到了最恶毒的办法来惩治琬贞，惩治这个把自己一片真心践踏在脚下的女人。她不是怕冷么，那就让她用自己最害怕的方式结束自己的生命。

他命人抬来一个特别大的水缸，水缸里装大半缸水。他让琬贞走进水缸，坐好。琬贞坐进去时，水刚好到心口那个位置。琬贞在水缸里冻得直打哆嗦，她能清晰地听见自己牙齿打架的声音。闭月看见琬贞一袭纱裙地坐在水缸里，她能感觉到琬贞的无助和寒冷。她不明白娘娘哪里得罪了大王，明明是这王宫里最得宠的娘娘，怎么突然间就这样了？

“大王，求求你放了娘娘吧，娘娘体弱怕寒，这样下去会死的。”闭月跪在地上不停地磕头。她看着一句软话都不曾说的琬贞，她明白只要琬贞求饶，大王肯定会放过她的。

“娘娘，奴婢求求你，你求求大王！”闭月看大王无动于衷，连忙爬向琬贞，跪着哭求着琬贞。可是琬贞始终一句话没有说。姬和看着一心求死的琬贞大声说道：“把这个贱婢拖下去杖责五十大板。”闭月求着大王饶命，可是琬贞始终没有抬头或者说一句话。不是她不想替闭月求情，只是现在的她已经无法开口说话了。姬和看着琬贞对这个跟着她十年的仆人都无动于衷，果然她的心是狠毒的。

姬和不再看琬贞，他命人再用厚重的大理石把缸盖上，这样是为了防止琬贞逃出来，或者她的同伙来救她。盖上石板也相当于盖棺，这就是琬贞最好的去处。寒冬的天气极寒，在缸里的琬贞此刻已经不知道用什么词来形容自己了，她已经无心想其他的事情了。耳边突然有个脆弱的声音在问自己，值得吗？琬贞想了想，眼泪落了下来。值得吗？值得吧！明早的自己将会变成一个冰雕，那么自己该以怎样的表情出现呢？微笑，对，大王最爱自己的微笑，明日他若能打开这盖子看到自己，一定不要以丑陋的表情面对他。他说过自己笑起来像花儿一样，那样明日阳光洒下来，他看到的自己一定是一朵开在阳光下的花儿。

所有人都离开了柔仪殿。康寝的王后得知大王子去世了，之后又得知大王亲手用这种方式折磨死琬贞时，她哭了又笑了。王后疯了，她什么都记不得了，只知道每日在荷花池旁边翻各种杂草，有时候把枯萎的荷叶当成稀世药材，嘴巴里不停地念叨："翼儿，母后给你找到药了。"

果真如琬贞所想，姬和第二天打开缸时看到的是琬贞笑着的模样，阳光洒在冰上，折射出五彩的光芒。琬贞的笑容定格在那一刻，姬和看着好像还活着的琬贞，伸手想去摸琬贞的脸，可是刺骨的寒冷让他明白，这个微笑的琬贞已经死了。即使她死了也不愿放过他，还要这样笑着看着自己。姬和并没有安葬琬贞，而是一直放在柔仪殿的外面，对外只说贞妃病重。而后没有多久，姬和就一病不起。

第四十章 姬和禅位

琬贞的事情当天晚上就传到了荣夷公的耳朵里，火云气得攥紧了拳头向荣夷公禀报这一切。

“琬贞自己的选择，你不该……”荣夷公盯着火云，知道火云跟琬贞从小一起长大，琬贞就像他的妹妹一样。可是当他们得知姬和在调查琬贞时就让她离开，琬贞不愿意离开。这样的结局琬贞自己早已想好了。

“是！”火云何尝不知道这是琬贞自己的选择，琬贞那么爱姬和，最后却是这样的死法，姬和的心实在是太黑了，早晚有一天自己要让他尝尝琬贞的痛苦。

“听说姬和病得不轻了，今晚我也该去看看我的老朋友了。”火云听到荣夷公这样说，惊讶地抬起头盯着荣夷公，一副不可思议的表情。

“主公，虽说姬和现在生病了，可是想杀了他还是……”火云没有说下去，即使姬和现在疏于防范，但是进王宫杀姬和还是很困难的。

“谁说要杀他了，我们只是去看望一下我们尊敬的大王。”荣夷公看着火云欲言又止的样子，便知道他想错了。凭自己的实力想进王宫还是可以的，况且还有申侯给自己的随时可以进出王宫的令牌。很久以前他就明白一句话，杀人不过头点地，可是诛心最难。姬和通过利用自己走向今天的位置，最后又亲手杀了荣昌，自己怎么可能轻易地让他死。

“属下这就去安排！”火云明白荣夷公的意思后，有点羞愧。他怎么会这样想主公呢，主公任何时候都不做没有把握的事情。

单公府里。

子期把子未从王宫里送出来的消息告诉了单逨，单逨听后为琬贞和王后的遭遇感到惋惜。虽然他从未见过琬贞和王后，但是他想这两个女人都该是动了真情的，否则以琬贞背后的力量不可能等死。自古帝王多薄情。

“还有，荣夷公今夜会入宫。”子期把从蘅晞堂打探到的消息告诉了单逨。

“他带多少人？”单逨若有所思地看着子期，他觉得难得的机会来了。

“据说只带火云一人，他有申侯令牌。”子期笑着看着单逨，他突然觉得他有点了解单逨了。每当单逨不说话的时候就代表他在策划着一些事情，看样子今夜他们都有事可做了。

“联系渃水，把这封信送给渃水和申侯。”单逨走到桌前，在布帛上写了一些什么，然后交给子期，“你也打开看看，然后安排下去。”子期接到信件，看到单逨写的字，顿时笑了起来，都说荣夷公足智多谋，其实眼前的单逨才是真正足智多谋的人，心中更加佩服单逨。

镐京王宫内。

姬和躺在宽大的床上，头枕着上好的和田白玉，身体忍不住地发抖。他屏退所有的人，脑海里还是不停地回放着琬贞的笑脸以及王后怨恨的语言。即使王后疯了，看见自己时还是不停地说着：“二十年夫妻情却敌不过外面的狐狸精。”那一刻，他觉得王后没有疯，可是看着她不停地守着荷花池，他知道她真的疯了。他突然有点后悔了，不该为了琬贞那样的女人负了王后。纵使他是帝王又如何，想得的终究没有得到，还亲手毁了。姬和的思绪不停地跳跃，头痛欲裂。

“看来我们的大王很享受现在的时光？”荣夷公看着躺在床上的姬和笑着讽刺道。

“果然是你！只是没有想到你亲弟弟死了你也没有出来。今日怎么想起来这里了？”姬和躺在床上眯眼看着荣夷公，他一点也不担心荣夷公会把自己怎么样。即使外面没有人，就凭自己身边的暗卫也不会让荣夷公伤害分毫。

“听说大王杀了自己的爱妃，如今也病倒了，我自是来看看大王的。”荣昌的事情并没有让荣夷公生气，他来之前已经想过姬和会说这件事。他来这里的目的是告诉他，琬贞有多爱他。

“琬贞是你的人？蘅晞堂的当家人也是你？”姬和平静地说道，他应该早就想到的。

“我在你调查琬贞的那刻，就让琬贞离开的。她不愿意，她想陪着你，哪怕多一天也是好的。”

“不……不可能……怎么可能？”姬和咆哮着，琬贞怎么可能不走，她说过从未爱过自己。眼前的荣夷公一定是来骗自己并看自己笑话的。

“你以为凭我蘅晞堂的能力不能救出琬贞，你也太小看我蘅晞堂了！”荣夷公藐视地看了一眼睡在床上动也不能动的姬和，毫不客气。

“你是来看我笑话的？”姬和眼中冒出了杀意，今日一定不能让荣夷公走出这大殿。

“算是吧！我来是想知道，杀了自己最骄傲的儿子和最爱的女人是什么感觉。”荣夷公还不知死活地在姬和伤口上撒盐。他也看到了姬和眼中的杀意，可是他并不畏惧。然后又补了一句：“你杀不了我，你只要杀我，那么召公、周公都会以救驾名义带兵入宫，那时候是你死还是我死还未可知。”姬和听着荣夷公的话终究是没有动手，因为他明白今日荣夷公能光明正大地走进来，除了自身的实力，背后可能也有其他的势力。荣夷公看着姬和像是想通了，眼中的怒火像是消了下去。他指了指火云说道:“姬和，你还认识他吗?”

姬和顺着荣夷公所指的方向，看见一个身材修长、穿着一身黑衣的人，用玉环装饰的头发一丝不苟地高高竖起，眉眼给人的感觉甚是熟悉，他仔细地看着这个少年，像是在哪见过又好像没有一点印象。姬和迷茫地看着火云然后摇了摇头说道:“荣夷公这是何意?”

“大王日理万机怎么会认得小人。”火云头都没有抬，只是嘴角轻蔑地上扬。姬和看到火云这样的表情内心有股怒火莫名的窜起，自己什么时候轮到一个下人来鄙视了。荣夷公看出了姬和的愤怒，然后说道:“这是丁侯府的遗孤——丁狄。”姬和大吃一惊。他再次看向火云，眼中居然还泛着点点泪水。火云和荣夷公对姬和的表现都觉得莫名其妙，但是火云的眼中是一种厌恶，而荣夷公的眼中却是一抹精光，或者火云的身世当年自己查得不够彻底。再细细地看着火云，竟发现他和姬和居然有三分相似。荣夷公被自己脑中的想法吓了一大跳，他甩了甩头，想把这么荒唐的想法甩开。

“你……你就是丁狄?当年你跌落悬崖，寡人派人找了你很久……”姬和断断续续地说着，有点不可置信还有着失而复得的惊喜。

“哼!我没有死，你一定很失望吧?”火云一直以为他跟姬和见面定是一场血雨腥风，从未想过会这般平静。他更是不懂都这时候了姬和怎么还这么能装，好像当年的事情不是他做的一样。

“寡人……”姬和还想辩解什么，可是终究没有说出口，毕竟当年灭丁侯府满门的真的是自己。可是他真的没有想杀丁狄，只是想让人把他带回来。可是有些事情即使计划得再好，也有脱离自己掌控的时候。

“寡人没想杀你!”姬和张了张嘴巴，还是为自己辩解了一句。

“那是你没能杀得了我，但是灭我侯府满门的仇总有一天我会让你血债血偿!”火云盯着姬和，眼中的恨意是那样的浓烈，仿佛随时能把姬和撕碎一样。荣夷公看着火云和姬和，又听见外面的信号，拉着火云快速地离开了。

姬和看着火云离开，想伸手挽留的时候从床上摔了下去。大监进门就看到姬和躺在地上，上前刚要扶起，姬和一口血喷了出来。大监要去找巫医，姬和笑着对他摇了摇头。

荣夷公和火云刚刚翻过宫门，迎面而来的箭像雨一样密集地飞射而来。荣夷公此时明白自己已经中计了。

“火云，你走，别管我了，今日我是走不掉了。”荣夷公知道自己的武功不行，想从这里逃出去是不可能了。但是火云不一样，他一个人走的话，肯定不成问题。

“主公，要走一起走！”火云冲到荣夷公身边来，拼尽全力想护住荣夷公。正在两个人觉得必死的时候，星岚和大黑带着人过来了。

“主公，我们有救了！星岚她们来了！”火云一边挥舞着刀剑抵挡着那些箭头，一边兴奋地跟荣夷公说着。此时的荣夷公左肩已经中了一箭，他不敢有一丝懈怠，因为自己只要放松一点，可能就要命丧这里了。星岚她们的到来没有让自己感觉放松甚至有种更可怕的想法。这街道周边不知埋伏了多少人，星岚她们过来也只是送死而已。

“撤！你们快点离开这里！”荣夷公对着星岚她们大喊，希望她们不要白白送死。可是星岚、大黑她们都杀红了眼，谁也听不进去，带来的人越来越少，却连对方是谁都不知道。一直站在城门对面的牌楼上的子期看着单速，他挺想下去跟他们光明正大打一场的，不知道为何单速一直不下命令。

“硬碰，你不是火云的对手！”单速一直盯着火云他们，但是他也知道子期的眼睛时不时地瞄向自己。他怎么能不知道子期的想法，只是他不希望有太多自己的人受伤而已。眼看星岚带的人基本都覆没了，可是星岚、大黑一直护在荣夷公的前后。火云已经找到弓箭手的位置，他开始反击了。子期急得直搓手，他是真的想去跟火云比试一下，看看他是不是真如单速说的那般厉害。

“去吧！”单速的话刚刚说出口，子期就已经向火云那里跑去。由于子期牵制住了火云，弓箭又开始密集了。

“主公！”星岚看着一支箭飞向荣夷公，毫不犹豫地向荣夷公扑了过去。

“星岚！”荣夷公听见大黑撕心裂肺的叫声，回过头时看见星岚倒地。他顿时明白星岚是替自己挡了一箭。

“星岚，你这是何苦呢？”荣夷公蹲在地上，泪流满面地抱着星岚。星岚虚弱地看着荣夷公，看见这个男人第一次流泪，而且还是为自己流泪。她笑了，那是一种发自内心的开心。能为他而死，能死在自己爱的男人怀里，值了！这便是她这一生最幸福的事情。星岚笑着伸出手想拂去荣夷公脸上的泪水，可是手终究还是无力地落下了。

“星岚！”荣夷公的哀号之声传到了单速耳中，单速感觉到从未有过的凄凉，成者为王败者为寇，为了姬静的江山不得不如此。如画的江山有几个不是双手沾满鲜血打来的，单速宁愿自己的双手沾满鲜血，也要给姬静一个锦绣江山。

单速想着这些时，看见对面指挥的渃水，夜色里他看不清渃水的表情，只是能感觉到渃水的后背挺得直直的。单速看着荣夷公和大黑相继倒下，而子期和火云打得难分难舍。火云转头看见荣夷公半跪着抱着星岚，背后插满了箭。他已经看不见大黑的身影，他愤恨地瞪了一眼子期之后就逃走了。

“让那个火云逃跑了！”子期跑到单速跟前有些懊恼地说道。他看着单速一副早已知晓的样子，好像这都在他的算计之中一样。

“我说过你不是他的对手！”单速的眼神一直停留在荣夷公的身上。火云从小就有武功底子，这些年来没有一日不刻苦练功。即使他和子期两个人联手都不一定是他的对手。

“那现在怎么办？”子期对这样就放走火云有些不甘心。

“穷寇莫追，而且他现在也无地方可去！”单速宽慰子期。

“常言道，斩草不除根，后患无穷。不对，他没有地方可去？你把蘅晞堂怎么了？”单速话里有话，子期突然想到火云若是看见蘅晞堂没有了，该气成什么样。这样想着的时候，他顿时觉得心情好像好了很多。

“申侯应该安排人铲除了蘅晞堂，火云回去时只能看到一堆废墟！”单速不紧不慢地说着，脸上没有任何喜色。子期现在也不觉得奇怪，很多将军打胜了仗以后都会特别开心，可是单速不一样，他的表情无喜却挂着半分忧，就如今夜一样。他曾经问过单速为什么不开心，单速总是说我们虽胜了，可是还是有很多人失去了生命。子期觉得单速有时候善良得有点过分了。

荣夷公的尸体第二日出现在镐京城的广场，申侯和周公、召公都出现了。“十三年前，大王代政答应你们追杀荣夷公。斗转星移，答应你们的事情从未忘却！如今我们二公也算兑现了对你们的承诺。”周公颤颤巍巍却铿锵有力地说着这番话，台下的平民中有的从中年成了老年，只是没有想到身在高位的二公还记得当时的承诺。

“谢谢二公！”广场上的平民都跪下来感谢二公，同时也有很多人想起当今的大王只不过是代理执政，现如今的太子早已成人。由于太子之前在民众里积攒了很高的威望，现如今太子即位的呼声越来越高。

在荣夷公死的第二天，霍伯传来消息，厉王死于彘。单速带着姬静匆忙奔向彘。

厉王死后一个月已经是四月天，冰雪已经消融。在悄无声息、不知不觉中，春天已经来了。草儿绿了，枝条发芽了，遍地的野花、油菜花开得灿烂多姿，一切沐浴着春晨的曙光，在春风中摇曳、轻摆，仿佛少女的轻歌曼舞，楚楚动人。姬和一直养病在床已三个月有余，奈何不住朝堂的呼声，他在四月中旬发布了“禅位令”。

得到禅位令的当天，谁也没有看见姬静。申侯、单龚所有人都在找姬静，单速并不像他们一样慌张，他猜想姬静得到这个消息的第一时间应该会去跟他的母后和姬脉说一声。于是，他在姬脉的坟前看见了坐在地上喝酒的姬静。他什么都没有说，只是一直陪着他，直到天黑才把他背回了家。这一路上，他都在想脉儿到底有没有死。如果没有，可是调查迟迟不出结果；如果真的死了，那他为什么总是感觉脉儿好像就在这附近呢?

前828年，姬静登上王位，号宣王。姬静登上王位第一件事就是封姜燕为王后。而后封姬友为郑侯，分封地在镐京城附近的咸林。封单速为护国大将军。此后，开始了姬静和单速一起面对朝堂风风雨雨的几十年。

第四十一章 整顿吏治

康剌宫内。

姬静继位以后，在镐京城给单逨单独买了一处宅子。这个宅子是姬静亲自去选的，院子不大不小，坐落于闹市之中，可是进入院中却仿佛置身于山野之间。小门、竹苑、篱笆墙。为数不多的房间都被独立的花园隔断开来，每个房间互不干扰，都是独立的存在。院子里种满了花花草草。如意草、美人蕉、金钱叶，还有些单逨都叫不出来名字。姬静说住在这个院子可以感受人间四季的轮回。春看桃花相映红，夏听雨打芭蕉，秋收菊花清煮酒，冬藏寒梅随雪舞。单逨第一次进这个院子的时候就惊住了，可是不愿接受，姬静说是便于单逨入宫议事特地选了个离王宫近的院落，单逨才收下了。

姬静曾邀单棣和怜影入宫做大巫医，单棣因为习惯了自由自在的生活拒绝了姬静的好意。单棣和嬴萤、单华等人都住在单逨这个院子中，而怜影则被父亲抓回去准备她和单棣的婚事，单棣因为无父无母自愿入赘川青家族。结婚后的单棣就要和怜影回川青家族生活的地方——杀天谷。不过单逨包括单棣都不曾去过杀天谷，只有等单棣结婚的日子，单速等人才能跟着单棣进去。

单速和单棣、单华、嬴萤等人一起坐在院子里面闻着花香喝着清茶，淡雅的茶水入口后，单棣轻微地叹了口气。

“原野不来了，这样好的茶叶怕是难寻了。”单棣无比遗憾地摇着头，脸上又挂着几分坏笑地看着单速。

“据说原野做了獫狁王妃之后，把莫哈王宫清理得干干净净。”单华像是说什么惊天秘密一样小声地对着大家说。大家都没有理单华，因为他说的并不是什么秘密，这是所有獫狁人都知道的。原野入宫后，整个王宫只有她一个王妃，并无妾氏，这也是她答应嫁给莫哈的必要条件。但是獫狁并没有安定，莫哈即位后，他哥哥桑吉不满，自立为王，号姜戎，獫狁一分为二。

几个人有说有笑地喝着茶，大监小雷子探头探脑地出现在院子里，看见单速就立刻上去行了个礼。

“单将军！大王有事宣你！”小雷子对单速说话客客气气，像是跟自己的上司说话一样。小雷子从小是申王后宫中的，申王后怕姬静一个人太寂寞了，就从宫里挑了几个跟姬静一样大的小太监陪着姬静。国人暴动时，很多宫人都死了，只有这个小雷子活了下来，并且一直在宫中做着最低贱的活。直到姬静认出了他，并把他留在自己身边，封了他大监之职。要说小雷子也是个聪明伶俐的，很多事情一点就通，他知道姬静对单速的特别，所以特别尊重单速。

“大监，有劳了！”单速抱着双手向小雷子客气道，随后就跟小雷子一起进宫了。

“单将军，奴才说句不该说的话，你帮奴才劝劝大王，他这样没日没夜地下去，身体怎么能吃得消？”小雷子一路上都在跟单速说着姬静是怎么废寝忘食工作的。单速看出小雷子眼中的担忧是真的，多一个人关心姬静，他也为姬静感到开心。

姬静看到一袭水墨色进来后立刻从书桌后走了出来。单速看见姬静连忙跪地行礼，小雷子把单速送进来后就关上了门，留在了门外。

“单速哥，你与我还需要这些虚礼吗？”姬静笑着拉起单速，有几分抱怨的口气。自从自己即位后，召公、申侯包括单速，每个人都对自己规规矩矩。他也知道礼不可废，大周以礼乐治天下，可是他真的觉得这样就跟所有人疏远了。尤其是单速，从前说好不管以后怎么样单速都会是自己哥哥，奈何自己身在高位，真是高处不胜寒。

“多谢大王！”单速扶着姬静的手站了起来，笑着对姬静说道，“大王，礼不可废！”

“单速哥，这又没有外人，你与我之间不必这样生疏。”姬静扶起单速后，陪着单速一起站着。

“大王，深夜找我来有何事？”单速知道姬静的脾气，有些事情他认定了怎么劝说也没有用。只是自己作为臣子，切不可恃宠而骄。

“自父王亲政起，赋税增多，民不聊生，贪官污吏频出。虽姬和在位十三年，减轻赋税、整顿吏治，但民依旧食不果腹，贪官横行屡禁不止。我从小长于民间，深知百姓疾苦，痛恨官吏勾结，想为百姓谋福祉，惩治贪官污吏。”姬静慷慨激扬地跟单速说着自己的打算，他刚登基不久，根基不稳，朝堂之上做什么事情都束手束脚。因为单速和莫哈的约定，大周和猃狁边界安定，他希望单速能在朝堂之上帮自己。虽然申侯、召公、周公都是站在自己这边的，但是他们始终上了岁数，很多措施难以得到他们的肯定。

“大王如此想法是百姓之福，是大周之福！”单速发现姬静越来越像个明君了，他与生俱来的贵气和睿智，在说这番话时让人陡然间敬佩不已。姬静继位后夜以继日地处理政事，朝堂之上对他的赞扬越来越多。

“单速哥，你就别跟我说这些官场话了，我今日找你来是有事商量。”姬静让单速坐在旁边，自己还像从前一样给单速倒水。单速站了起来，姬静没有坐，他也不敢坐啊，君臣之礼不能逾越。

“大王，有事尽管开口。”单速接过水，赶忙也给姬静倒了一杯，姬静看到单速小心翼翼的样子有些无奈地苦笑。

“寡人想广进谏言，安顿流离失所的百姓，整顿吏治，但是朝堂之中有些人不除不行，你帮寡人想个广开言路的办法，私下调查贪官污吏，还有姬和之党的余孽。”姬静把自己的想法告诉单速，现在除了单速也没有人能帮自己了。

“大王，自从你登基之日起，臣已经暗中调查姬和余党。微臣认为姬和之党为官清廉者、兢兢业业者，可收为己用，如晏阳等。贪污腐败者、残暴虐民者，可除之，像小司寇泰弘。至于大王说的查贪官污吏，可利用修缮武器、修复公室等查出。”单速把这些日子的谋划说了出来，他其实一直都在暗中观察朝堂，只是想替姬静除去障碍，好让他能实现他的抱负，还百姓一方乐土。

“好！好！单速哥，你可解决了寡人的一个大问题。寡人这些日子坐卧难安，生怕自己无能，治理不好国家，辜负你们的心血。”姬静激动地从椅子上站了起来，单速提的建议解决了他的困扰。这些日子，他真的太累了，每天都有成堆的事情等待他去解决。他努力地去学习去解决，不想自己变成他父王那样的人。

“大王，国事虽重要，但是身体更加重要，你这样勤政爱民是百姓之福，切不可透支身体。”单速看着姬静深陷的眼窝担忧地说道，他认为任何事情都不能操之过急，冰冻三尺非一日之寒，姬静想重修大周这只大船，不是一日之功。

“单速哥，我知道，我会注意的，你也一样。对了，这是晚甘喉，你拿回去煮着喝。这是七闽之地上贡而来，我想着你和单夫人、单将军都爱喝茶，所以给你留的。”姬静说着就把桌子上准备已久的陶罐递给了单速，单速有点颤抖地接过，姬静隔三岔五地就会把得到的好东西分给自己。听说他还把上贡的珠宝玉器、布匹罗裙给姑姑送去了很多。

“谢谢大王！大王已经给微臣很多赏赐了，再这样下去微臣的小院子该盛不下了。”单速恭恭敬敬地接过陶罐并规规矩矩地行个礼。两个人又在一起商量了明日早朝的事情。

第二天，天蒙蒙亮，单速穿戴整齐向康刺宫走去。路上他和各色官员微笑点头示意，现在的他是大王眼中的红人，又有和大王自小长大的情分，所有人都想上来和单速寒暄两句。单速谁也不得罪，依旧是谦谦君子的作风。

"单速哥，等我一下！"季子白小跑着追上单速。季子白一身朝服穿在身上反而有种仙气。

"子白！你今天怎么来了？"季子白不在镐京城居住，所以他基本不用上朝。

"我想你了！来看看你！"季子白说着还撞了一下单速，单速没注意，差点摔倒。季子白趁机扶住单速笑嘻嘻地看着他，单速翻眼瞪了他一下。季子白这个人你要是与他不熟，你会感觉他难以接近，但是相处熟了以后会发现他孩子心性。他与单棣不同的是，单棣内心火热，纯良；而季子白内心是冰冷的，即使笑着也达不到心底。

"我才不信呢。大王给你什么任务了？"单速头也没有抬地问，季子白是申侯派给姬静的，现在完全听命于姬静。今日他来上朝，姬静肯定已经给他安排好了任务。季子白始终没有回答，两个人就这样一路走着说着上了朝。

单速看着每个人都笔直地站着，欲转头时看见上穿黑色丝衣，下穿红色围裳，纯色的衣服腰间用茅蒐草染的韦布，棱角分明的脸上有着刚毅和天生的王者之气的姬静阔手大步地走了进来，坐在康穆宫中央的漆金雕花龙椅上，接受百官跪拜。单速听见大监小雷子用那特有的尖锐的嗓音喊："起！"

他随着百官站起来，还没有站稳，就听见大殿之上有人启奏，他眯着眼睛看着站在他旁边的中央司徒樊毅。

"大王，微臣有事启奏，熊渠在荆蛮自立称王！不将大周和大王放在眼中，实在可恨！"中央司徒一边说着一边还愤恨地捶着胸口。熊渠在荆蛮称王也不是一两日了，姬和在位时因为国库吃紧并没有攻讨。这些年在姬和的整治下，国库虽充裕了一些但并没有攻打荆蛮的能力！中央司徒现在让姬静去攻打荆蛮，不知道安的什么心。单速看着中央司徒樊毅又看看周边的人，他在等待！

"众大人认为本王应该如何？"姬静不动声色地看着樊毅，樊毅任中央司徒，表面忠心耿耿，其实背地里却和姬和等人勾结。姬静想趁着这次事情，看看有多少人是和司徒樊毅一伙的。

“大王，微臣认为司徒大人所言不虚，荆蛮之地，荒凉杂乱，熊渠自立为王。我大周天子若任由其发展，天子之威何在？”小司寇泰弘也站起来趾高气扬地说着，字里行间都透露着刚正不阿。不了解他的人一定以为他是难得的清官。

“简直一派胡言！”朝堂之上一个铿锵有力的声音响起，单速顺着这个声音望过去，看见方叔站了出来。然后他恭敬地向姬静行了个礼说道，“大王刚刚即位，国库吃紧，你们现在就让大王攻打荆蛮，你们是安的什么心？”方叔是方国诸侯的嫡子，在姬静即位后，方侯年纪大了把侯位传给了方叔。方侯年纪轻轻却一副少年老成的样子，不管说话还是做事都不像年轻人。

方叔的话刚刚说完，中央司徒和小司寇泰弘立刻跪在地上。中央司徒老泪纵横地说道：“大王，老臣冤枉啊！臣一心一意为大王的威严考虑，为了大周的江山考虑，如今却被别人说意有所指，臣不服。”

“大王，方侯爷年轻气盛，说话难免肆意妄为，臣可以不计较，可是他这般离间君臣感情，实在是让臣难受。”小司寇泰弘跪在中央司徒的旁边，情深义重地看着姬静。周边的大臣都不了解泰弘，他们眼中的泰弘为官清廉，都私下对方叔的行为议论纷纷。

“大王，臣没有排挤和挑拨任何人，臣不会拐弯抹角只会实话实说。司徒大人和小司寇大人不知道国库情况，情有可原。如今百姓渴望安居乐业，大王在百姓之中声望较高。如果贸然出兵攻打荆蛮，先不说百姓流离失所，就是国库也拿不出多余的战资。尔等认为荆蛮是荒僻无人之地，却不知荆蛮地理位置优越，物资丰饶，易守难攻。”方叔有条不紊地叙述着自己的观点，他不像中央司徒和小司寇一样声嘶力竭，这样的气定神闲反而有种不可抗拒的力量。方叔的话刚刚说完，众大臣纷纷觉得方叔的分析句句都是道理，对樊毅和泰弘都露出了鄙夷的神色。

“三位大臣都是寡人的股肱之臣，是大周之福。不知道其他各位认为如何处置荆蛮之事？”姬静全程看着底下的众人，也没有让跪在地上的泰弘和樊毅起身，好像忘了一直跪着的两个人。其实他是故意的，他要惩治底下这两个满口仁义道德的小人。

“大王，微臣以为应先修缮武器，广招将士，将士入伍可放宽要求和家世。”单速此刻站起来说道，他虽然知道姬静想通过此次朝堂之争看清百官，可是任何事情都应顺其自然，不可操之过急。而且朝堂之上，口角相争，不足为据，整顿吏治需要的是官员贪污腐败的证据。

“大王，老臣以为单将军言之有理！”太史虞站了出来，他虽是观天象的，很少听见他在朝堂之上发声，也很少见他上朝。百官见到太史虞上朝都觉得不可思议，更别提替单速说话了。

“大王，臣以为不仅要修缮武器，更应兴史学，修公室，效仿文王、武王之遗风。”季子白站了出来，一袭白衣，眯着眼睛看着众人。周公、召公坐在姬静下方的两侧，眼神中满是欣慰。果真是长江后浪推前浪，一代更比一代强。看着这些青年才俊，就跟看见了大周振兴的希望一样。

“大王，微臣以为应广开言路，解百姓之疾苦，妥善安置百姓。”张仲一身官服有些瘦小，好像是偷了别人的衣服穿在身上一般，众人窃窃私语却无人嘲笑。因为张仲出身贫寒，单速在破旧寒窑里遇见他，发现他文韬武略样样精通，有治世之能，便把他引荐给了姬静，做了高官之后的张仲却不改原来本色。

“好！好！寡人能有众爱卿相助何愁不能征讨荆蛮，大周何愁不能昌盛？”姬静开心地笑着说道，单速站出来的时候，姬静就明白他的意思了，有些人相处时间长了，即使一个眼神一个手势你都能知道他想做什么。这便是默契，一种两个人长久合作之中产生的一种难以言喻的默契。原本是他有点操之过急了，经单速这么一提点他反而不着急了，想让国家达到富强也不是一朝一夕的事情。姬静想到朝堂上有这么多人帮助自己，而朝堂之后的后宫也是一片祥和。

第四十二章 整肃后宫

姜燕穿着碧绿色丝锦上衫，纯灰色的席地长裙上面绣着散花水漫绿草，身披鹅黄色的薄烟纱，颜色鲜明又不失大气。颦眉促在一起，纠结地看着手中的竹简。立在她身后的邓石不敢言语一句，他向来信奉多一事不如少一事的原则，所以才会做到总管这个位置。眼前这个王后，看上去小小年纪好似是个好拿捏的，其实邓石知道，她不是。先不说别的，就她是齐侯府嫡女，就谁也不敢小瞧了去。邓石规规矩矩地站着，等着姜燕的吩咐，他已经站了许久。

姬静即位不久，后宫里没有多少人，大多是姬静刚刚即位时各大家族送过来的。国事太多，姬静都不曾见过她们，只是嘱咐姜燕照料好她们，根据家世分封位而已。姜燕体恤姬静的辛劳，只想把这后宫管理好，不让姬静操心，替他分担一些。现在的后宫虽然安稳，但是规矩还是要立的。姜燕跟邓石说着一些需要改动的细节。

当天下午，邓石将根据以前的宫规拟定的后宫宫规送到了康寝。

“邓石，你给本宫读一下！”姜燕午休过后，一般都会起来练字。她的字迹娟秀，一笔一画都写得极其认真。

“诺！”邓石恭敬地拿起竹简读了起来！

《后宫宫规》如下：

一、王后主内治，贵妃佐内治。

二、中宫为坤宁宫，东宫为延禧宫、景仁宫，西宫为承乾宫、咸福宫。严格遵守宫规，如有违反者降级或打入冷宫。

三、举止幽雅，谈吐文明。各依本分，谦恭和顺，修养贤德，善待下人。

四、不可恃宠骄横、目中无人。严禁争风吃醋，钩心斗角。

五、妃嫔遇娠，每日食用照常额加倍。

六、凡王子诞生未赐名者，皆称王几子。恭逢王子、公主诞生，其年、月、日、时，系内廷某位某氏所生，宫监敬谨登记，恭修玉牒载入。王孙、王孙女并同。

七、各妃嫔等父母年老，奉特旨许入宫会亲者。或一年，或数月，许本生父母入宫，其余外戚不许入宫。

八、各宫遇年节，奉主命往外家，或以事故慰问前往者，不许传宣宫内事。宫监负责稽查，若不稽查，宫监与犯者一并从重治罪。

九、宫妃严禁干涉朝政，一经发现，轻则鞭笞杖责，重则赐死。

十、王宫各级以下犯上，视情节轻重，轻者赐罚掌掴、笞、杖责。情节严重者打入冷宫、废黜。

十一、宫妃私会外男或与人私通，一经发现皆当死罪。宫妃若通外敌，以叛国罪惩处，将其所诞子嗣过继与其他妃嫔。

十二、宫妃谋害他人，视情节轻重，轻者赐禁足、鞭笞、杖责，重者打入冷宫、废黜、赐死。

“好！甚好！”邓石读罢，姜燕觉得非常满意，事无巨细都有规矩，无规矩不成方圆，这样整个王宫管理起来就容易很多。

“即日颁布。”姜燕抬起头看了看手里拿着竹简的邓石说了句，她打心眼里赞赏邓石。邓石为人不骄不躁，处事也是有条不紊，身处高位却谨小慎微。

“诺！”邓石恭敬地答道。

《后宫宫规》面向所有后宫嫔妃，包括厉王朝的老嫔妃以及姬和的老嫔妃。

姜燕写完了手中的字，只见纯白的粗布上面写着“未几见兮，突而弁兮”。心情也跟着变好，原先她是不愿入这王宫的，可是为了家族荣耀还是来了。还好来了，还好是姬静，一切都是那么好！姜燕面带喜色地看见邓石怀里还抱着另外两个竹简，不禁有些好奇，问道：“邓石，你怀里抱的是什么呀？”

“王后，奴才拟了两个守则，乃针对太监宫女、御医御厨的。”邓石恭敬地将两册竹简呈给姜燕。

姜燕接过竹简，先翻看了《太监宫女守则》，又翻了一下《御医御厨守则》，读完之后不由得双眼冒光，大悦道：“甚好！即日颁布，三个一起颁布。”姜燕再一次觉得邓石考虑得比自己还要周全，这样的人办事，自己也能放心。

“诺！”邓石不高不低的声音答道，这声音中既没有被姜燕夸赞的喜悦，也没有谄媚，拿着手中的三个竹简轻轻地退了出去。姜燕环顾着康寝四周，姬静即位以后，姜燕就入住这康寝。姬和的王后和姬和一起去别苑休养。姜燕并没有大肆修建宫殿，她觉得现在的康寝已经很好，她很喜欢对着寝殿的那一池荷花。

“娘娘，老太妃……”姜燕身边的大丫鬟白芨慌慌张张地跑了进来，大口地喘着粗气。姜燕放下笔看着身边的白芨叹了口气说道：“白芨，这可不是齐侯府，怎么还这般不稳重，你若再是这样，便收拾东西回齐国。”姜燕板着脸训斥白芨。白芨立马跪了下来说道：“姑娘……不……娘娘，你就原谅白芨吧！”说着就用委屈的小眼神看着姜燕，姜燕问：“到底是何事如此慌张？”

“老太妃和萧疏妃打了起来。”白芨用无奈的声音说这老太妃是厉王的妃子，姬静即位后封她为太妃。萧疏妃是姬和的宠妾，论辈分都是长辈。两个人在这王宫里互不相让，吵架是常有的事情，可是打架还是第一次。

“因为何事打了起来？”姜燕也知道这两个人经常把后宫搅得不得安宁，但是毕竟是长辈，在大周是以礼治国，对她们两个也是无可奈何。想到这些事情姜燕顿时没有了练字的心情，只觉得头疼。

“奴婢听说是萧疏妃在花园里看中一棵白牡丹便让人给折了回去，谁知这牡丹是老太妃放在花园里的，老太妃觉得萧疏妃是故意和她过不去。一来二去两个人就动手打起来了，身边的奴才也对打了起来。”白芨把事情的来龙去脉都跟姜燕说了之后，看姜燕没有任何反应，好像在思考些什么。

“娘娘……”白芨不得不又叫了一声，把姜燕的思绪拉了回来。

“无事，走，我们去看看！”姜燕回过神来，放下手中的笔就出门了。白芨反应过来紧跟其后。

姜燕一行人来到了乾星宫的后花园。乾星宫是王宫里单独的院落，里面住着的都是厉王的姬妾和姬和没有带走或者不愿意走的姬妾。姜燕远远地看到后花园里乱成一团，地下零星躺着几个人，转眼便看见太妃和萧疏妃两个人的衣着和头饰都凌乱不堪，哪还有点皇室的样子？众人见姜燕过来都向姜燕行礼，姜燕向太妃和萧疏妃行礼之后，瞪着地上的奴才问道：“怎么回事？”简短的四个字，威严的表情，除了太妃和萧疏妃，其他人都战战兢兢地跪在地上不敢说一句话。

“你说！”姜燕随手指着离自己最近的一个宫女，她知道这个人是太妃身边的贴身丫鬟。

“回王后娘娘，太妃午休后，来后花园看看之前放在花园里养着的牡丹，谁知来了之后发现这牡丹花戴在萧疏妃的头上。这牡丹是之前先王在世时送给太妃的，已经二十年了。太妃心疼便与萧疏妃争吵了起来，谁知……”这个丫鬟说了一半就不说了，姜燕看着这个丫鬟，想着倒是一个聪明伶俐的。

“王后娘娘，臣妾真的不知道是太妃养的花，臣妾只是一时兴起看这花开得娇艳便摘了戴在头上。”萧疏妃说着便歪着头给姜燕看头上戴着的那朵歪歪斜斜的牡丹，脸上的伤痕也暴露出来了。姜燕看着萧疏妃还算细腻的皮肤上两道血淋淋的印子，明显是人用指甲划伤的。

“这点事情，也值得在这大动手脚的，把王宫当成了什么地方？”姜燕冷眼看着眼前这些人，眼睛扫过太妃和萧疏妃。两人看见姜燕的眼神都吓了一跳，虽说两人都是姜燕的长辈，但是也明白自己现在能在王宫里全是因为姜燕心善。

“把她们都拖下去杖责二十大板！”姜燕看着跪成两排的奴才毫无表情地说道。太妃和萧疏妃两个人看着姜燕，都不敢开口求情。

“太妃和萧疏妃以及先王姬妾嫔妃全部搬迁至镐京西边的利康院。”姜燕说完就毫不留情地走了。太妃和萧疏妃两个人瞪着眼睛看着彼此，都说不出话来。

“都怪你，现在去利康院了，你如意了？”萧疏妃跋扈地指责完太妃就走了。太妃张口刚想说什么，可被气得说不出话来。

“怎么能怪我呢？”太妃气得跺着脚，指着身边那个跪在地上的，也就是回答了姜燕的话的丫头说着：“子未，你说，能怪我吗？”

“不能怪娘娘！这跟娘娘没有关系！”得到子未的安慰，太妃的心情舒畅多了。只是子未陷入了烦恼之中，如果离开王宫的话，再想从王宫之中得到消息怕是难上加难了。

“子未，怎么办？我一点也不想去利康院。”太妃忧愁地看着子未，利康院虽说是之前历代大王休养的地方，实则是安置弃妃的地方。太妃年轻时不得宠，可是自从姬静登位之后，善待她们，现在的她比以往任何时候过得都要有尊严。

“娘娘，咱们回宫再说吧！”子未说着就扶着太妃回到自己的寝宫。一路上太妃紧紧握着子未的手，现在的她才后悔当初自己怎么会这么冲动。

“子未，你想想办法？”太妃刚刚坐下就立马站起来，紧张地抓住子未的手。子未是她身边能信得过的人，而且很多事情都是子未帮她想的，今日子未不停地拦着她，她就是不听，现在后悔也来不及了。

“娘娘，怕是难办了，王后这次是下定了决心的。原本这王宫就不好管理，如今清走了咱们，更便于她掌握后宫。咱们之前不会威胁到她，她才放任不管咱们，可是一旦乱起来影响到她，又碍于您的身份，最好的办法就是把您送走。”子未这样的话原先也跟太妃说过，当时太妃满脑子都想着自己是姬静的长辈，不管怎么样姜燕都不会对自己如何的。一心只想跟萧疏妃较劲，如今听着子未的分析，更是坐立不安。

“子未，你想想办法，我真的不想去利康院。”太妃看着子未恳切地说道。

“我与邓石还有点交情，我去找邓石看看有没有办法。”子未更不想离开王宫，虽说王宫现在已经是姜王后接手，可是难保里面没有别有用心的人，所以她必须留下来。

子未去了邓石的住所等着他。现在的邓石是这王宫的总管，又因两个人是同乡，邓石对子未也是多加照顾。

“子未姑娘，你怎么过来了？”邓石远远地看见门口走来走去那抹淡红的身影，便立刻快步走了过去。

“邓总管，今天在乾星宫后花园的事情，你应该也知道了吧！我们太妃不想走，你有没有办法啊？”子未开口就直接把自己来这里的目的跟邓石说了。

“子未姑娘，你说的这事我知道，王后的脾气你应该也知道。”邓石犹豫着还是跟子未说了实话，王后下了命令谁能更改?

“不过，子未姑娘，你若留下我倒是有办法，但是太妃娘娘必须得走。”邓石也不想让子未离开，他们都是一个地方出来的穷苦孩子，在这王宫也算相互有个照应。

“嗯，好的，谢谢邓总管了。”说着就要转身离开。

“子未姑娘等等！”说着从怀里掏出了今日王后才赏给他的一块玉塞进子未的手里，子未只需一眼就认出这玉是少见的好玉，死活不愿意收下。

“子未姑娘，你就收下吧，去了利康院，哪一样不需要花钱打点。”邓石以为她要离开王宫跟着太妃去利康院，所以想把这玉给她。子未有些感动但是很快就说道："我不跟太妃走了，麻烦邓总管想个理由将我留下。"邓石以为自己劝动了子未，有些激动得语无伦次。

"放心！包在我身上了。"邓石看着子未拍了拍自己的胸脯说道，他不能留下太妃，但是留下子未还是没有问题的。原本去利康院太妃只能带两个丫鬟跟着去，只要子未不去就可以了。

子未把在邓石这边的情况如实地告诉了太妃。太妃听了以后，跌坐在椅子上，眼睛空洞地望着前面。

"太妃，利康院没有什么不好，都是独自的院落，也适合休养。"子未安慰太妃的话还没有说完，邓石就带着人进来，把子未调到王后宫中了。

"子未，你走了也好，省得跟着我受苦。"太妃舍不得子未，但是看着子未能去王后宫中侍候，至少比跟在自己身边要好很多。子未看着太妃舍不得的样子，内心有些难过，但是想着原本就是自己要留下的，又何必装作什么都不知道的样子。子未把今日邓石给自己的玉和之前的赏赐全部拿出来给了太妃，太妃死活不肯收下。

"娘娘，此去利康院，人生地不熟，你带着红杏、春桃，你们三人衣食住行都需要打点，有备无患。"子未说着就将这些东西塞给了太妃，太妃流着泪收下了。

子未想着去王后宫中肯定有诸多不便，看着王后这些日子整理后宫的手段，便给子期写了一封信。

第四十三章

瓮中捉鳖

子期收到子未传递过来的信息就立刻跑去单逨的院子了。

“单逨哥，子未发来信息了。”子期推门看见单逨正在教嬴萤练剑。嬴萤看见子期过来，忙丢下剑，低着头，红着脸跑了出去。单逨对于子期推门而入微微地皱着眉头，子期知道他是生气了。

“子未说什么了？”单逨把剑收起来，用纱巾擦了擦手，看都没有看子期问道。

“打扰你的好事了？子未被调入王后宫中了。”子期自知理亏，摸了摸鼻子用来掩饰自己的尴尬，但是还是调侃着单逨。

“你要是闲的话，我不介意再给你找点活。子未的信拿过来我看看。”单逨认真地看完子未的信，然后一脸凝重的表情。

“你怎么这副表情？”子期不明白单逨为何整个人都笼罩在忧郁之中。

“我有些担心子未，从前她在太妃身边不会引起别人注意，如今去了王后宫中，不知是福是祸。”单逨把自己的担心告诉了子期，他虽然希望子未、子期他们能帮助自己，但是这种希望不是拿生命换来的。

“子未那么聪明不会有事的，她已经在王宫生活了那么久，知道该怎么做。王宫还有必要监视么？要不要让子未撤出来？”子期知道单速是担心子未的安全，但是在他的心里子未是他们四个人当中最聪明的。

“暂时不用撤，你告诉子未不要太过显露，只要做好自己的本分即可。”其实王宫已经交给姜燕了，朝堂内外已经整顿得差不多了。按理说子未可以从王宫中撤退出来了，可是不知为什么他总觉得子未应该留在王宫，具体有什么事情他也不知道。很多年后，单速才发现当初这个决定拯救了他们一家。

“好！泰弘和中央司徒行动了。”子期这段时间一直在监视中央司徒，他发现中央司徒要比泰弘狡猾得太多了。

“还有其他官员牵涉里面吗？”单速对于子期的信息一点都不吃惊，这段日子中央司徒和泰弘已经忍耐得够久了。他知道他们总有显露出来的一天，只是没有想到会这么沉得住气。

“有，都是他们的一些小门生。”子期一本正经地和单速说着这些日子的情况。

“嗯，按计划行事。”单速总感觉哪里不对，可是又无证据。他总觉得中央司徒后面还有一个更大背景的人支持着他，可是却不知道这人是谁，是什么目的。这样的感觉困扰着单速。还好他不是那种纠结的人，他相信只要等待，总有一天那个人会浮出水面的。

中央司徒趁着月色悄悄地送走了泰弘，原本他觉得神不知鬼不觉的。他伸头看了看门外，见没有人监视便关上了门。泰弘一回到家就迫不及待地向自己的书房走去。回到书房他就打开账本，一笔一笔地记着这些日子以来的账目。原本他是不应该记下这些账目的，可是他怕自己成了中央司徒的替死鬼，他必须为自己留一条后路，一个保命符。

他做完这一切就把账本藏在了一个自以为很安全的地方，可这一切都没有逃过在屋顶之上的人的眼睛。藏完账本的泰弘靠在椅子上闭目养神，突然就笑了出来。世人都传姬静和单逑聪明能干，在朝堂之上口口声声地说要整顿吏治，可如今几个月过去了，这朝廷还不是一堆乱麻。泰弘想着自己又要进很多土地和商铺，嘴角的笑容越发地多了起来。想着中央司徒胆小谨慎的样子，不禁觉得他有点过分担忧了，自己打心眼里看不起中央司徒了。

中央司徒樊毅送走了泰弘坐在书房里，手中紧紧地捏着今日巫师给自己的龟壳。巫师说自己将有血光之灾的话语不停地在耳边响起。他盯着龟壳上面的裂纹，就像透过龟壳看到自己的命运一般。有些时候他是不信命的，一直以来他觉得姬静是聪明的，可是时间越久看他在朝堂上越发的软弱纵容，就认为他是个可拿捏的。姬静刚刚出茅庐的小孩子能有什么能耐，不过是召公、周公帮忙撑着而已。那个人还让自己停手，原本是想好了停手的，可是看着那么多钱财不动心，他真的做不到。他突然想到了什么。

“来人。”中央司徒喊了一声，一直站在门外，自小跟着他的管家推门进来了。

“大人！”管家进来后向中央司徒行个礼。

“克哈，你跟着我几十年了，今日我有一事拜托与你。”中央司徒面带犹豫地说道。

“大人，你有事尽管吩咐就好。克哈定当完成任务！”克哈从未见过大人这么严肃的表情。

“克哈，司徒府估计有大劫难，今夜你带着画娉出府，走得越远越好。”樊毅交代着克哈。

“大人，小公子们……”克哈想着画娉虽是嫡女可是始终比不过公子们。司徒府若有大劫难，也该送公子们走。

“按我吩咐的做就可以了。”樊毅妻妾众多，儿女也多，可是只有这个女儿聪明伶俐，其他的都是一群酒囊饭袋，以后能有出息的只有这个女儿了。

克哈走后，樊毅看着窗外黑色的天空，连一颗星星都没有。漆黑的夜空，伸手不见五指，他在窗前站了一个晚上。

单速听着子期的禀报笑着说道："这个中央司徒倒是个有才华的，只是用错了地方，跟错了主子。"

"那中央司徒送出去的女儿还要追吗？"子期试探地问单速。

"不用追了，原本就与她无关，希望她能过自己的生活。"画娉他是见过的，那个像画中走出来的女子，真是印证了"人从画中来，娉娉一笑焉"。

"这是账本，里面牵涉的大小官员一应俱全。"子期笑着把手中的账本递给单速，也不枉他这几个月来日夜监视，他想着把这个东西交给单速以后，找个机会去王宫见见子未。想到子未他嘴角的笑意更深了。单速不知他笑什么，自己也不想过问。子期这个人，他若不想说，谁问他都不会回答。

"嗯，你回去休息吧。"子期听到单速这样说便知道自己的任务完成了，转身离开。单速看着子期迫不及待的样子，便知这段时间他们是累狠了。单速翻看这些账本，虽有心理准备，可还是被震惊得说不出话来。单速看完这些账本时，东方的天边鱼肚一样的泛白了。单速望着远方的天空，不由地打了个喷嚏。

朝堂之上，姬静看到这些账本，只需看一眼，他就无法在这金碧辉煌的大殿上控制自己的脾气。他生气地把账本砸向中央司徒。

"司徒大人，中央司徒位列六卿之首。寡人如此信任你，将教化民众和众事务交与你，你就是这样做表率的吗？"姬静站在王座之上，生气地指着中央司徒说着。泰弘看见地上是他的账本，吓得连一句话都不敢说，直直地站在那里动也不动。百官从未见姬静发这么大的火，一时之间都低下了头，连大气都不敢喘了。

"大王，樊毅知罪。"樊毅只看了一眼，就从散落的账本里看到了一些零散的内容，即使这些零散的内容也足够定自己死罪的。既然知道自己逃不掉，倒不如大方地承认，也许还能给司徒府留一线生机。

“知罪？你与众位说说你犯了什么罪？”姬静冷笑一声，心里想着中央司徒倒是个聪明的，知道自己逃不了，就选择主动认罪。

“大王，臣……”樊毅跪在地上不停地磕着头，不出一会儿额头上殷红一片。百官不知樊毅犯了什么事情，但是看着姬静的怒火，也没有人敢上前多说一句。

“樊毅，你身为朝廷官员又得本王信任，命你修复公室，却贪污腐化，骄奢淫逸，甚至连修缮武器的钱都能中饱私囊，害我大周战事连连失利，大周多少好男儿丧生战场！”姬静的一席话激起了千层浪，原先百官可以置身事外，可是修复公室关系到他们贵族的利益，又有很多官员的或者亲戚之子战死沙场。原本以为是意外，可是如今发现是武器出了问题，现在百官看着樊毅的眼睛都能冒出火来。如果不是在这大殿之上，众人恨不得现在就扑上去撕咬樊毅。樊毅也感觉到了周边的人的怒火，只是不停地磕头，让自己显得更加可怜。

“还有哪些人参与了，自己站出来，别让寡人一一点名了。”姬静扫过底下的官员，把每个人的神态都看了一遍。对上单逨时，只见单逨向他微微点头，便知道这次该是把朝堂清理干净了。

“大王，臣有罪！”泰弘突然上前跪倒在地，那个账本是他的，如今也只能把所有的事情都推到樊毅身上了。

“哦？你何罪之有？”姬静玩味地看着泰弘，泰弘稍一抬头看见姬静的眼神，立马又低下头。他突然想起了中央司徒的话，姬静不是个简单的人物，现在如此年轻，身上的气势不比当年厉王差。

“臣不该鬼迷心窍听从中央司徒大人的命令，辜负了大王的信任。臣对不起大王，对不起大周！可是臣没有办法啊，中央司徒拿我妻儿性命威胁臣，臣不得不这样做。”泰弘一边声泪俱下地说着，一边不停地磕着头，不管谁见了都会觉得有几分可怜，而且他这个人一向声誉很好，中央司徒又比他官阶高，所以众人看着中央司徒又多了几分憎恨。

“大王，臣有话说。”中央司徒并不像泰弘那样一味地装可怜，他原本想一人承担所有的事情，只是没有想到这个泰弘会如此不顾情义倒打一耙。

“大王，臣并没有威胁过泰弘。泰弘说所有事情都是微臣指使的，臣不认。臣早知会有今日，只不过是没有想到泰弘会把脏水都泼到微臣身上，可是这并不代表臣没有准备。”中央司徒说着就把一堆信件从宽大的袍子里拿了出来。小雷子看了姬静一眼，便下去把这些信件拿给了姬静。泰弘看到信件的时候已经明白自己犯了一个多么大的错误。如果自己不把责任推给中央司徒，自己便会是从犯，可是自己这样做了，中央司徒怎么会饶过自己？

“大胆泰弘，这些都是你写给中央司徒的信件。现在你还有何话说？”姬静把这些信件全部甩给了泰弘，看着从天空中飞下来的信件，他仿佛看到了自己死后的样子。

“大王，饶命啊！”泰弘明知自己犯了不可饶恕的罪，可是在死亡面前还是存在着一丝侥幸。中央司徒没有任何表情地跪在那里，他现在担心的就是克哈有没有把画娉送出去。

“大司空，这两个人就交给你了！”姬静说完就上来四个人分别把樊毅和泰弘两人带了下去。相对于泰弘的歇斯底里，中央司徒一直都很冷静。姬静和单逨看着樊毅，只是觉得这样的人才可惜了。晏阳看着被拖下的樊毅和泰弘，明白自己这个大司空可能要更忙了。

此后的一段时间，晏阳协助单逨扫清了朝堂之上的贪官污吏，姬静开始在朝堂之上大放异彩。

第四十四章 赴杀天谷

前825年（周宣王三年），大周西部的西戎活动频繁，常进城残杀百姓，守城将领十人去，九人死。姬静看着一沓沓的竹简，听着底下的禀报，怒火中烧。第二天上朝，姬静早早地就在王位上坐着。众大臣见姬静早已到来，个个羞愧不已。

“西戎屡犯我边界，扰我百姓，杀我子民，各位看怎么办？”姬静面无表情地说着，他的愤怒已经在昨夜消耗了。他在这康穆宫坐了一夜，在黑暗里感受着这威严的王位，他甚至有种透不过气来的感觉。他不仅要成为这王宫的王，他还要成为这大周的王，他要的是“四方既平，王国庶定”。所以在他心里有了一个更疯狂的计划。

“大王，微臣愿领兵剿杀西戎。”秦仲站出来请旨，看着秦仲走了出来，姬静笑了。

“好！命秦仲为大夫带兵征讨西戎。”姬静期待着的大周盛世用不了多久就能实现了。站在秦仲后面的嬴其深深地皱起了眉头。他刚刚明明拉了一下父亲，他不明白父亲为何会无视自己突然自请出战。

下朝后。

“小雷子，单速那边有消息传过来吗？”姬静斜躺在王座之上，他有点困乏了。如果单速在这宫中的话，今日他一定会要求带兵出战的。

“大王，单将军说他们已经到达杀天谷了。单将军还说现在百姓安居乐业，大王应命太史虞撰写太史教授史学童的课本教材。”小雷子把单速信中的内容转述给姬静听。

“单速居然还记得这事，好，小雷子你明日去趟摘星宫，就说寡人命他做大篆《史籀》。”姬静想到太史虞听到这个消息的表情，便发自内心地笑了起来，然后他又想到什么。

“小雷子，你等等！顺带去把寡人的白玉罗盘送给太史虞。”姬静看小雷子走了之后，心里想不知道单棣他们怎么样了。当初单棣结婚，朝堂当时内忧外患，所有人都没有去参加。如今单棣的孩子满月，大家都去了就留下他一人。他虽让单速带了很多东西过去，可是他还是想跟着他们一起过去。

“大王，怎么一个人在这发呆？”姜燕轻轻走进来，看着坐在王座之上发呆的姬静，轻言轻语地问着。

“燕儿，你怎么过来了？”姬静笑着站起来拉着她的手，接过姜燕手中的陶罐，让她坐在椅子上。

“我过来看看你，做了点小吃你尝尝！”姜燕坐下来，接过姬静手中的陶罐，拿出自己做的齐国小吃，拿了一个送到姬静的嘴里。姜燕从齐国来到镐京之后，身体越发地差了。

“燕儿，这是你做的吗？真好吃！”姬静吃了之后故作夸张地看着姜燕，姜燕何尝不知道自己做的点心怎么能叫好吃呢？姬静这样说只是想让自己开心而已。

“真的吗？好吃你就多吃一点。”姜燕轻笑着，嘴角的两个梨涡深深地旋起。

姬静看着这样的姜燕，深深地陷了进去，忘记了所有的忧愁。

“肯定不好吃，要不然大王怎么就只吃一口？”姜燕笑着看姬静，姬静才回过神来，姜燕刚刚在对自己撒娇。好像从姜燕成为这王宫的王后起，就很少再见到她小女儿家的一面。

“好吃！好吃！”姬静说着又捏了两块点心放进自己的嘴巴里。只要是姜燕做的，哪怕是毒药他都愿意吃下去。姬静有时候觉得自己是可怜的、孤独的，他母后早死，父王抛弃他，有家不能归，隐姓埋名地苟且偷生。可是很多时候他又觉得自己是幸运的，庆幸自己活了下来，庆幸自己遇见了单速、遇见了姜燕。身为天子，有几个人的婚姻不是利益的结合，哪有什么感情可言？可是他娶的是他心爱的姑娘，世界上最幸福的事情不就是你所爱的人也爱着你吗？

“大王在担心单将军吗？”姜燕足够了解姬静，她知道现在的朝堂之上已经一片祥和，姬静现在所担心的只不过是单速他们。

“是啊，单速他们已经到达杀天谷了，寡人还不知道这个地方在哪里。据说那是个独立于世的桃花源，在海的尽头！寡人也想去看看！”姬静总是把自己的话毫无保留地告诉姜燕，姜燕也是一个非常好的倾听者。

“等朝廷的事情忙完，大王也带我去看看。”姜燕安慰着姬静。

单速一行人来到齐国的境内，他们被杀天谷的族人带着都不知道走了多远，直到看到一望无际的大海。

“单速哥，这就是大海吗？”单华激动地抓着单速的手。这是有生以来第一次见到大海。单速的震撼并不比单华小，只不过他能控制自己。单速闻着空气中的海腥味，在大海的潮汐中，静聆那博大深邃的大道之音。那一刻，单速深沉若石，沉致恬淡，于沉沉博大的海之心声中，端坐泰然，心平似水，开始默觉那股震天动地、水天合一的大道情怀。

杀天谷的族人看着这些第一次见到大海的人，就像当初他们第一次走出杀天谷的心情一样，他们从未想过杀天谷之外居然还有那样的陆地。而这群人也从未想过天地之外居然还有着如此广阔的大海。

几个人都站在海边看着大海的尽头时，只听见哒哒的马蹄声，然后就看见一个偏瘦的身材、身穿水蓝色长衫的男子奔跑过来。高高的个子，棱角分明的脸庞，一双眼睛即使笑着也能让人感觉到一股肃杀之气。

“师兄，是大师兄！”单华高兴地叫着，即使隔了十几年他还是一眼就认出来了。

单棠听着有人叫自己，这些年来，有人叫自己单棠，也有人叫自己单将军，可是有多久没有人叫自己一声师兄了。单棠看着人群里那个叫得最欢的、蹦蹦跳跳向自己跑来的单华，眯着眼睛笑了起来。

单华跑到自己跟前，单棠只想试试他的身手，没想到两下子就把单华撂倒在地。

“这么多年过去了就这些长进？”单棠直接从单华身上跨了过去，留下还在地上坐着的一脸委屈的单华，气得抓起身边的沙子直接就向单棠砸了过去。谁知一阵海风刮过，全扬在了自己脸上，眼睛、嘴巴里到处都是，众人看了都笑弯了腰。

单棠看着一行人中一个身穿玉色堆花长裙的女子，亭亭玉立地站在那里，就像碧海蓝天里走出的仙女一样。走近一看，不算好看的五官笑起来竟像极了海上闪闪发光的泡沫。

“单棠，回来了！”单速看着径直走过来的单棠，拍了拍他的肩膀。

“单速，这是？”单棠看了看这一行人，只有那个一直站在那里笑而不语的女孩子不认识。可是若细看久了竟好像在哪里见过，尤其是那双爱笑的眼睛。

“单棠，你不认识了？这是嬴萤啊！”终南山的爷爷和那个脸蛋红彤彤的小女孩。单速提到终南山，单棠就想了起来。此时嬴萤也上前向单棠行个礼，用那软糯又带着几丝清甜的声音说道：“单棠哥！”

“真的是嬴萤？一转眼长成亭亭玉立的大姑娘了。”单棠看着嬴萤笑着说道，此时单华跑了过来。

“单棠哥，你认识嬴萤姐。她是单速哥的未婚妻。”单华整理好自己之后看见单棠和嬴萤认识，就把单速和嬴萤的关系告诉了他。单棠听到之后，猛地喘不上气来，好像才寻得的宝贝正要伸手去拿时被别人快了一步。

“单速，好福气！”单棠说着就拍了拍单速的肩膀，收起了眼中的失落，换上了一副戏谑的表情。

“快看，有船！”大家随着单之手指的方向看见茫茫大海中几只小船漂泊而来。迎接单速他们的族人吹着口哨打着节拍，像是在传递川青族人独有的符号。不一会儿大家都上了船。单速一路上都在跟单棠聊现在的形势以及打探外面的消息。自从他们来到齐国，镐京那边的消息传过来得就特别慢。单速从单棠那里得知西戎侵犯大周，大王命秦仲出征了。

“你不看好这场战事？”单棠可以说是所有人中最了解单速的，只要单速一个眼神他就能知道他在想什么。

“我只是觉得大王不该派秦仲去，秦仲虽为官多年但是对西戎不了解。现又是六月，正是西戎兵壮马肥之时，若不采取迂回政策很难打赢。”单速把自己的担忧都说给单棠，单棠常年在外打仗，自然也知道西戎的厉害。现在的大周早已不是原来的大周了，但是很多官员还自以为他们是天朝上国，看不起蛮夷之地。

“既来之则安之！”单速不忍让单棠以及其他人都跟着忧心，说了这句话安慰着大家。不知船在海面上漂了多久，直到雾气散开，他们看见海面上出现了一个枝繁叶茂的小岛，偶尔还有炊烟升起。

一行人跟着族人进了岛，发现岛内环境优美，鸟语花香。岛内的居民和镐京城一样地生活，男人在摆摊，女人在做饭，孩子们在门前嬉戏奔跑。若一定要说出来有什么区别，只能说岛内的居民更加淳朴。

领路的叫阿布，他一路上给他们讲着岛内的生活，这里什么都有，百姓安居乐业，孩童玩耍嬉戏。这里与外界唯一的区别便是这里没有战争，没有掠夺，没有残酷和冷血。

阿布一路上都跟在街道两旁的人打着招呼，说着话，单逨听不懂，大概也能明白。族人看见他们虽不说话，但是每个人脸上都洋溢着幸福。嬴萤像是被这种幸福感染了，拉紧了单逨的手。单棠看着他们紧握的手指，默不作声地走在最前面。

他们一直走到了一座高墙大院旁，只见院门上面写着“杀天谷”三个大字。守门的人看见阿布带着一行人进来，便明白这个是他们姑爷的亲朋好友。说着就殷勤地迎着他们入门了。青砖绿瓦之间的小桥流水，让人感觉身处水乡之中。在这里只有心旷神怡的美，各种花花草草竞相开放，湿润的空气中带着甜甜的花香。

“单逨哥，你们总算来了，我们可是等了你们很久了。”单棣搀扶着怜影，笑着看着单逨一行人的到来。

“怜影姐，你这里太好看了！”单华跑到怜影跟前笑着说道，他真的是第一次看见这么美丽的地方。原先的单公府在他心里就是很美很美的地方了，可是这里更像是个世外桃源。美得像做梦一样，亭台水榭、小桥流水，还有一些从未见过的花草都让他感觉新奇。

“喜欢你就在这多住一段时间。”怜影看着单华，虽然她跟单华差不多大，但是自从做了母亲以后成熟了很多，而且她也从内心深处把单华他们当作自己的弟弟!

“大师兄！你来了！”单棣看见单棠站在那里，即使分开了那么久，儿时生活的片段不停地在脑海里闪现。

“你小子长得越发俊俏了！”单棠看着穿单棣着一身白衣，洁白的脸庞，微笑的眼睛，怎么看都不像当初那个泥泞的小孩子。

“大师兄也是越来越强壮了！”单棠虽穿着长布衣衫，却遮不住那强壮的体魄，单棣看见单棠前面头发遮住的地方有道浅浅的疤痕，想着这些年来他征战沙场的不容易。

“别在这里站着了，进屋说吧！”单棣听着怜影的话才回过神来，把所有人都迎了进去。单速看着嬴萤，知道这样的房子和环境都是她喜欢的。

“等以后我们也建个这样的房子！”单速在嬴萤的耳边轻轻地说着，嬴萤害羞地笑着。这一幕都落在了单棠的眼里，单棠总会不由自主地观察着嬴萤的一举一动，他不由得苦笑一下。

几个人有说有笑地走了进去。此后的一段时间，他们看了海上的日出、日落，环绕过岛屿。每天日出而作，日落而歇，星辰、大海还有出海航行，一切的一切都让人感到前所未有的幸福。

第四十五章 兵败西戎

“嬴萤，你这是在做什么？”单速回到院子里就看见嬴萤在收拾包裹，看着满地的药材和衣物，单速不知道嬴萤想要做什么，他的第一个念头就是嬴萤要离开。可是嬴萤从来没有跟自己说过要离开，而且嬴萤很喜欢这里，他清楚地记得嬴萤跟自己说，以后也要在这样的岛上生活，远离纷争，只有面朝大海、春暖花开的幸福。

“单速哥，我在收拾东西啊，除了衣物我还带了一些难得的药材！”嬴萤看见单速进来，就起身拉着单速的手，让他过来看看自己整理的药材。

“我是问你为什么收拾东西？”单速顺着嬴萤在小凳子上坐了下来，看嬴萤摆弄这些草药。

“单速哥，我们回镐京。都出来这么久了。我知道你肯定不放心镐京那边的事情，现在回到镐京也要是冬天了！”嬴萤扶着单速坐好后，就开始低头摆弄这些药草，岛在海中央，这里的气候湿润，适合草药的生长。

“谢谢你，嬴萤！”单速低声地说着，他自己何尝不知道嬴萤喜欢这里，回到镐京又要面对很多问题。嬴萤跟着自己这么久，连个名分都没有，可是她不仅没有怨言反而时时刻刻替自己着想。

“你我之间还用谢谢！”嬴萤轻笑着看着单速，其实她并不想回去，这里的一切都是她喜欢的，每日和怜影讨论医术，散步、采药，无忧无虑。可是回去之后呢？她不怕纷争也不怕艰难，可是她害怕单母的眼睛，更怕单速低头不语时的沉默。这段时间以来，单速虽是每天都和他们在一起玩闹，可是她知道单速不是真的开心，他虽笑着，可是那种笑不达眼底，不上心头。单速那样的人适合在战场上发号施令，适合在朝堂上呼风唤雨。那样的单速才有生机，那个时候的单速才是真正的单速。这里简单平淡的生活不适合他！

“怎么突然想离开了？你在这玩得不是很开心吗？你若是喜欢我们可以在这多住段时间。”单速低下身来，轻轻地揉着嬴萤的头。他原本想离开这里的，这里与世隔绝，不知道镐京怎么样了。但每次看见嬴萤她们玩得开心，到了嘴边的话就咽了下去。

“已经住得够久了，再不回去怜影该赶我们了！”嬴萤笑着跟单速说话时，后面响起了洪亮的声音。

“可不是吗？你们再不走就要给我这杀天谷吃穷了。啧啧……走了也不忘带点东西走！”怜影说着还拿起嬴萤铺在地上的药材看了看，一副夸张的表情逗笑了跟在后面的单棣。单棣一脸宠溺地看着怜影。

随后，单棠、单之、单华三兄弟也背着包裹进来了，单棣看着以前的兄弟三人即将要走，内心有些不舍。怜影明白单棣一直都是跟着他的师父四处游医，如今却为了她留守一处。

“等我爹回来，我和单棣哥也去找你们。”怜影笑着跟单速他们说道，这话更像是说给单棣一人听的。怜影的父亲自从他们结婚之后就出去游玩了，说好一年，如今都三年没有回来了。留下怜影和单棣守着杀天谷，不能离开半步。单棣还好，可是怜影好动活泼，时间久了她便烦了，自己也想出去走走。

“都是做母亲的人了，还像个孩子一样。”单棣一眼就看穿怜影的心思，笑着看怜影。其实单棣也想去看看外面的世界。他听单逨说姬静登位后，大刀阔斧地改革，重新清理了朝堂。如今的大周一片欣欣向荣之气。

“好！我们等着你们，到时候把小星儿带着！”单逨看着他们夫妻两个说道。小星儿是单棣和怜影的女儿，小小的孩子一笑起来眼睛里像有星星一样。单逨看着他们，想着回镐京之后无论如何都要去母亲那里把他和嬴萤的婚事定下来。

单逨他们告别了单棣夫妻二人，还是由族人阿布把他们送了出去。一行人回到齐国时，看着一望无际的海面，仿佛做了一场梦一样。因为他们不知道那个岛在哪里，更不知道怎么样才能去那个岛。单逨握着手里单棣给他的东西，单棣告诉他这是与他们联系的唯一方式，只能用一次。单逨明白这是杀天谷保护族人的一种方式，他们川青家族好不容易才躲避战乱，寻得这样一块世外桃源之地，所以才会如此谨慎。

回到齐国之后单逨就从行人那里得知，镐京已经快一年不曾下雨了，干旱严重，颗粒无收。大周征讨西戎的战争也是节节失利，损失惨重。单逨听到不免有些焦虑，只想快点回到镐京，看看能不能解决眼前的困难。

“单逨哥，别急！”嬴萤看见单逨焦虑的样子便用手轻轻地拍了一下他的胳膊。单逨面对嬴萤关切的眼神笑着说：“无事！”单逨快速地思考着眼前的事情，长久的干旱，庄稼颗粒无收，如果还是继续收赋税的话，定会出大乱子的。现在就是希望姬静已经减免赋税，妥善安置流离失所的百姓。至于战场上的事情还是回去之后问问姬静再想对策。

此时的姬静站在康寝里，面对着已经衰败的一池荷花，姜燕拿着黑色的披风给他披上。

“燕儿，我不冷！”姬静看见姜燕过来，接过披风顺手就给她披上。姜燕看着姬静落寞的样子，多少也知道朝堂之上发生的事情。

“大王，你要注意自己的身体！”姜燕把姬静的手握在手里，像是在默默地传送给他力量一样。

“燕儿，我无事，倒是你，单棣开的药还是要喝的。”姬静怎么不明白姜燕是在担心自己，可是姜燕的身体一直不好，后宫的事情已经够让她烦恼的了，自己又怎么能让她为这些事情担忧？

“大王，今年百姓都颗粒无收，很多地方都闹饥荒。大王可有对策吗？”姜燕知道自古帝王都厌恶后宫干政，可是关怀百姓就不一样了。天下子民都是大王的子民，也是她的子民。

“燕儿有何对策？”姬静一直都知道姜燕是聪明的、有主见的，他想看看姜燕会怎么解决这件事情。

“大王，臣妾哪会有什么对策。臣妾只不过是可怜那些无家可归的百姓，希望大王能命各处开仓放粮，召集权贵之家搭棚施粥。如果大王能减免旱区百姓的赋税，我想百姓定会感念大王的恩德。”姜燕一口气说出了自己的想法，她想着那些诸侯、权贵为了自己的名声定会开仓放粮的。

“燕儿的想法非常好，只是眼下时局艰难，权贵之家也不一定舍得舍粥，救济难民。我登位没有几年，一些权贵世家也不一定会……”姬静的话没有说下去，西戎的战争节节失利，又面临干旱，现在朝堂之上对他的微词颇多。

“大王，若臣妾身为一国之母，每日在王宫附近熬粥施粥呢？”姬静看着姜燕俏皮地笑着。原来她早就想好了办法帮助自己渡过这个难关。姜燕身为一国之母，亲自熬粥施粥，那些权贵之家也会争相效仿。

“燕儿，你真是解决了寡人一道难题，只是你这副身体怎么受得了？”姬静想到一直头疼的问题终于解决了一个，有些感激地看着姜燕。姜燕若去施粥，不仅解决了百姓暴动的问题，也会为自己博得一个好名声。只是姜燕的身体到了冬天就更差了，姬静突然觉得自己娶了姜燕，虽给了她一国之母的荣耀，也给她带来了无尽的烦恼。

“大王，大王，单将军来信了！”小雷子拿着信件就小跑了进来，姜燕看着莽撞的小雷子就瞪了他一眼：“在殿下面前也这样莽莽撞撞的像什么样子。”

“娘娘恕罪！”小雷子想到自己这样莽撞已经是失仪，连忙跪地谢罪。在这王宫长大，一直都是谨慎的，只不过想到大王盼单将军的信件已经盼了很久才会失了分寸。

“起来吧！”姜燕也没有过多地责罚小雷子，因为她也知道姬静盼单速的信都盼了半年之久。今日她只是想给小雷子提个醒，时刻谨记自己的身份，照顾好姬静。

“燕儿，单速已经到达齐国，不日就会到镐京了！”姬静高兴地给姜燕看单速的来信。姜燕看着手舞足蹈的姬静，明白此刻她的心情，就像当初收到女鸠的信件一样激动。她和姬静表面都是淡漠之人，骨子里却都是注重情义的人。

“大王，这里还有封西北战报！”小雷子手里举着另一封信件，他之所以先拿出单速的信件，只是希望大王能高兴，这半年来大王日夜辛劳，很久都没见过大王发自内心地笑了。

“来人，把小雷子拖下去打十大板！”姬静生气地夺过小雷子手里的战报，生气地命令道。小雷子看着姬静，求情的话还是没有说出来。战报原先就应该第一时间呈给大王，自己却把单将军的信件先给了大王，大王打自己十个板子算是格外开恩了。

“秦大人说什么了？”朝廷战事不是她一个深宫妇人能打听的，只是看着姬静苍白的脸庞越发觉得事情的严重。姬静看着战报上的字，感觉像是被人当头一棒一样。姜燕接过姬静手里的战报，看到信件上的几个字也是震惊。但是她反应很快，因为她知道姬静是多么在乎这场战事。

“大王，秦大人为大周而战，死得其所，只是现在军中无主帅，军心溃散，大王应早日选出合适的人选。单将军回镐京还需要一些时日。”姜燕扶着深受打击的姬静，把目前的情况告诉姬静。她也知道姬静想等单速回来，只要单速出征，这场战争胜算就很大。可是从齐国到镐京至少还需要半月，国不可一日无君，军不可一日无帅！早点定下主帅才可能赢得这场战争！

“嗯，燕儿说得是！”姬静说着就笑了起来，看到“秦仲战死”刹那，他承认他慌神了。姜燕的话让他冷静了下来，当务之急应该是确定主帅人选。姬静随后就去了康刺宫，召见了召公、申侯、季子白还有秦仲之子嬴其。

第四十六章 旱灾之苦

康刺宫内，姬静把战报的内容和四人说了，嬴其悲伤不已，但是始终镇静地站在那里。虽然之前他认为父亲此次出征大胜的把握很小，但是没有想到父亲会战死。他们秦国是新封的诸侯国，还是因为替大周养马有功才封的，所以秦国在其他诸侯国面前始终抬不起头。父亲想为家族争取一份荣耀，原以为将女儿也就是自己的亲妹妹秦羽送进王宫能俘获大王。谁知秦羽进宫后连姬静的面都没有见过，只得了个不咸不淡的秦夫人的封号。秦仲才会自请出战，战事一再失利，原以为大王会怪罪，谁知父亲就战死了。父亲战死，大王也没有办法发作，还得到了大王的同情。

“大王，臣愿请兵出战，我秦家五子，自小军中出生，微臣也曾多次随兵出征！还请大王给微臣一次机会，雪国耻、报家仇！”嬴其很快就想通了，只要这场讨伐西戎的战役能胜，那么他们秦国就不再是其他诸侯国耻笑的对象。他跪下来，请求姬静让他秦家五兄弟一起出征。他不能独自出战，他得带上他的几个弟弟，否则秦国国君肯定就不是他的了。

“这……容寡人想想！”姬静没有想到的是嬴其见自己父亲战死，不仅没有慌乱反而自请出征。他原本计划让季子白出征，或者方叔也可以，只是方叔不在镐京，而季子白一直在思考，好像没有出征的意思。

“大王，老臣认为应派嬴其做主帅带秦家四子一起出征。”申侯也跪下推荐嬴其。

姬静沉思了一下，他对嬴其的了解很少。既然申侯能推荐他，那他必有过人之处。可是大周已经战败一次，这一次一定不能失败！

“大王，臣愿立下誓言，不胜不归！”嬴其抬着头，倔强地看着姬静。这次出征自己是抱了必胜的决心，也做好了必死的准备。

“秦仲战死沙场，秦仲嫡长子嬴其即日即位，号庄公。命秦庄公带兵七千人，战车百乘，讨伐西戎！”姬静铿锵有力的声音在康穆宫的大殿之上响起，嬴其怎么都没有想到姬静会同意自己的请求，还给他这么强的兵力。他知道有了这些兵力的支撑，加上马上就要进入寒冬了，这为这次的战役增添了必胜的筹码。

“诺！谢大王，嬴其必定凯旋，不辱使命！”秦庄公谢过姬静就回去清点兵马，第二日就出征了。他的四个弟弟也接到了命令一起出征。

单速回到镐京时，看到镐京城郊外随处可见的粥棚，难民虽多，但是都井然有序地排队。可是十二月的天气，寒风呼啸，难民们紧裹着身上单薄的衣衫蜷缩在墙角，尽可能地挤在一起取暖。这时，墙角传来一声孩子的哭叫声，稚嫩的声音里有着无尽的不舍与绝望，大家随着声音看见墙角处的一对母女。

“阿娘，你快起来，喝了这粥就好了。”一个五岁的小女孩，蓬乱的头发随意地扎成两个小辫，一身单薄的破布衣裳，跪在地上喊着她旁边的妇人。睡在草地上的妇女看不见脸，只能看见她单薄的身上盖着一个五岁孩童的外衫，身下压着薄薄的一层枯草。单速想着这个妇人身上盖的外衫应该是这个小女孩的，她赤着脚，眼中只有躺在地上的人。单速见她可怜，便解开自己的狐狸披风给这小女孩披上，小女孩茫然的泪水汪汪的大眼睛看着单速的披风，随后说了句谢谢，便解下披风给她阿娘盖上了。她把披风紧紧地裹在她阿娘身上，嘴里不停地嘀咕着："阿娘，不冷了，这可暖和了。阿娘，你盖上，再喝点粥就能好了！"女孩的话一直没有得到任何人的回应，所有人的耳边只有呼啸的风声。

嬴萤有些昏沉，一直在马车上昏睡，那声惊呼声将她吵醒，她走下马车，看见单速等人围成一圈。她走了过去，看见跪在地上的小女孩和躺在地上的一动不动的妇人。她蹲下身，查看妇人的身体并给她号脉。

"别怕，她是大夫！"单速看着小女孩警惕的眼神，大约她是不想让任何人伤害她的母亲。单速想到自己这么大的时候还在母亲的怀抱里撒娇，哪里会知道要保护母亲。可是眼前这个小小的人，这么小就如此坚强，坚强得让人心疼。环顾四周，席地而坐的难民哪个不是衣裳单薄，都用冷漠的眼睛看向这里。

"你能治好我阿娘吗？"小女孩胆怯地抬头看着嬴萤，眼中满是希冀。单华是他们当中最小的，也是最单纯的，他听到小女孩的问题，像是安慰小女孩说道："嬴萤姐的医术是最好的哦，一定会治好你阿娘的。"他相信嬴萤的医术，更想治好躺在地上的妇人，这样这个孩子也许就不会这么辛苦。

单速看着背影有些僵硬、一直沉默的嬴萤，轻轻地蹲下来。

"怎么了？"随着单速的话，大家才发现嬴萤的异常。看着众人关切的眼神和那个小女孩期待的表情，嬴萤怎么也不忍心开口。

"人已经去了。"嬴萤木然地开口，所有人都吃了一惊，然后是无尽的心疼。单速更是难过，他难过的是如果自己不离开镐京，如果能建议姬静给他们安排合适的住所，如果能妥善地安置他们，也许就不会有这样的悲剧发生。

"姐姐，什么是已经去了？阿娘病好了吗？"稚嫩的童声再次响起，她天真的话语让嬴萤瞬间有种泪流满面的冲动。她很久没有这样的感觉了，还是爷爷走的时候她这样难过呢。

"走了就是去另外一个世界了，那个世界四季如春，没有寒冷，到处都是食物和衣服。”嬴萤不知道应该怎么去跟一个孩子解释什么是死亡，这样说也许孩子能接受。

“你骗人！阿娘说过这个世界最爱的人就是璃儿，阿娘才不会丢下我走呢！你是个大骗子！”璃儿的声音透着愤怒更透着绝望，对于璃儿这样的疑问，嬴萤不知道该怎么回答。原本只是想让她能释怀一点，结果反而让璃儿泪流满面。

“阿娘，你起来，不要走，不要丢下璃儿好不好？璃儿一个人好害怕！”璃儿趴在妇人的怀里，不停地哭着。她的话让人分外心疼，单华还偷偷地流下了眼泪。单逨轻轻地拍着小女孩的后背，害怕她哭得抽噎了过去。

“你阿娘死了，她也不想丢下璃儿一个人，这个世界上最爱璃儿的人离开了，她会变成天上最亮的星星一直守护着璃儿！”单逨轻声地跟璃儿说着，他原以为璃儿不懂什么叫死亡。谁知他的话才说完，璃儿就不哭了，擦了擦眼泪，看着单逨说道：“我阿娘说过，她会死的，就像他们一样。死了就不冷不饿，也没有病了，就是以后看不见我了！”璃儿指着街道两边的难民，这些日子，她每日都能看见有人被拖走。那个时候她便问她阿娘这些人都去哪里了，她阿娘告诉她，这些人都死了，死了就不会饿、不会冷了，死了就去天上了，那里有漂亮的衣服，还有很多食物。

璃儿的话让嬴萤落了泪，更让单逨震惊。按照璃儿的说法，不知道这镐京城死了多少人。他想着应该快点解决难民的住宿问题，否则大寒到来，所到之处将会是哀鸿遍野。

单逨等人帮着璃儿安葬了她母亲，事情办完之后天就快黑了。单逨见她无处可去，便让她跟在了嬴萤身后。嬴萤看着小小的璃儿，像看见了曾经的自己一样，就把她带在身边，想着日后教她点医术也能谋生。他们带着璃儿一起进了镐京城。

回去之后，嬴萤就开始给璃儿洗漱，找来干净的衣服给璃儿换上。打扮之后的璃儿露出了原来清秀的五官，原本众人看着璃儿大大的眼睛，并不觉得璃儿是个好看的孩子，除去一身污泥的璃儿漂亮得让人移不开眼睛。单速回来就急匆匆地进宫了。

深夜的康刺宫灯火通明，姬静在书桌前焦虑地走来走去。

“大王，单将军求见！”门外响起了小雷子的声音。姬静突然觉得小雷子的声音是那么好听，那么悦耳！

“快快宣他进来！”姬静连忙说着，这些日子他已经被这些问题弄得焦头烂额。西戎的战役，嬴其去了之后也一直只守不攻。而难民的问题始终得不到妥善的解决。他自小在民间长大，现在民间已经有流言说他无德，才会一直干旱的。他一直以来想做一个跟他父王不一样的天子，即使面对流言他很难过，但是只能装作不知道。

“臣单速，参见大王！”单速进来之后就低头向姬静行礼。一直等待单速进来的姬静，立刻上前扶住了单速。

“单速哥，你终于回来了！”姬静扶起单速，看着有些憔悴的单速。他知道单速定是已经知道大周的情况才会日夜兼程地赶回来。单速回来了，他好像也能松一口气了，这些日子以来他没有一夜能睡一个安稳觉。

“大王，微臣从齐国回来，发现一路上都是难民。臣知道大王已经开仓放粮，搭棚施粥。臣替天下百姓感谢大王仁德。”单速又一次跪地感谢姬静为百姓做的这些事情。

“单速哥，寡人做得不好！大寒将至，寡人现在还没有想出妥善的办法安置他们。”姬静何尝不知道百姓生活在水深火热之中呢？可是他能做的只是给他们一口饭吃，冬天就要来了，他却没有办法安置他们。

“大王，臣就是为了这事过来的。”单速看着姬静难过的样子，就知道他已经尽力了。

“单速哥，你有何办法？我知道你肯定有办法的，这个世界上就没有难倒你的事情。”姬静高兴地扶起单速，他知道单速回来就能解决这一问题。他相信单速的能力!

“大王，臣回来的路上想着，一直施粥不能解决根本问题，不是长久之计。修复公室和修缮武器都需要大量的劳力，让这些难民去做劳力换取报酬。这样既能防止难民泛滥滋事，又解决了修复公室的问题。至于那些背井离乡的难民如若愿意回家，府衙根据受灾情况和每户人口补贴粮食，这样他们也有地方居住，不至于挨冻受饿。那些不愿意回去的，让各个府衙、郡守包括宗庙收留他们，让他们过了冬天。”单速把这一路上的想法告诉姬静，其实他想说应该把明堂拿出来安置百姓，可是想着里面供奉着大周历代天子，即使姬静同意，大臣们也不会同意。

“单速哥，寡人怎么会没有想到呢？明堂也可以安置百姓，只要把供奉祖先的那几间派人守好即可！”姬静想着单速的提议就觉得莫名地开心，终于解决这个困惑他半年的难题。他想着如果他这样做，外面的那些流言就会不攻自破了吧。

第四十七章 流言四起

第二天，姬静就在朝堂之上说大寒将至，想让居无定所的难民进入明堂避难。朝堂之上古板的大臣坚决不同意让难民入住明堂。姬静力排众议，颁布了这项举措。

这项举措颁布之后，百姓欢呼。让姬静意想不到的是很多难民选择了返乡。这些都在单速的意料之中。有了足够的粮食谁愿意背井离乡呢？也有一部分人留了下来，去干一些修复公室的活。因为留下的难民较少，府衙就能安置，并没有人入住明堂。但是姬静能让这些难民入住明堂，加上姜燕亲自煮粥施粥，姬静猜想那些流言应该很快就下去了。

因为姬静的妥善安置，这次大旱虽然让大周经济有些损失，但是对治安并没有太大的影响。转眼新年将至，镐京城里家家户户都忙碌着准备新年。

这几日天上倒是有了阴云，此时镐京城上空虽黑沉沉的不见星光，却仍然看不出有降雪或者降雨的可能，只有冷风还在呼呼地刮着。快一年没有下雨了，每个大周人都在等着降雨。西戎的战事一直没有进展，冬季到来，西戎就躲了起来。长久的压抑，百姓之中关于上天惩罚姬静不仁不德的流言又再次传了起来。只是很快到了除夕，流言在这种新年的气氛中渐渐地淡了下去。

除夕的爆竹、元宵的灯火。雪没下，灯笼照旧要点。宫里的规矩比民间早一天点灯，这天所有的太监宫女都要在丑时末起床，寅时初点灯。人影幢幢，西苑各处殿宇的屋檐下一盏盏灯笼次第点亮了，渐渐连成一片片的红。远远看去，那一片片的红映对着天空无边的黑，一座座巨大的殿宇檐顶就像飘浮在下红上黑的半空中。康寝里的姜燕也早早地起来，她身为后宫之主，第一个灯自然是她点的。她点灯之后便由其他人把各处的灯点亮。康寝里一个太监抱起另一个太监在点其他的灯。被抱的太监大约是由于手冻得有些麻木，那火绒擦了几下仍没点燃："鬼老天，又不下雪，还贼冷贼冷的。"抱他的太监说道："点吧，哪来那么多废话！早点儿点完，早点儿去主子那里领赏。"点灯之后，王宫里的宫女、太监都要去主子那里领取今年的赏赐。由于今年大旱，考虑到百姓疾苦还有奋斗在一线的将士，姜王后下令王宫衣食一切从简，连奏乐、宴请都免了。但体谅宫人的辛苦，打赏还是跟往年一样。所以王宫里面的奴才们更是感念姜王后的仁德。

转眼之间都到了春种之时，还是滴雨未下，河流早已干涸了。农民把庄稼看得像自己的命一样重要，看着又是一年没有办法种庄稼，所有的百姓都把这一切归罪于姬静。历代天子在位时，从来没有发生过一年不降雨的事情。民间都传言是召公之子姬脉代替姬静被大火烧死，现在回来报仇了。姬脉日夜在地府受大火煎熬，现在他要把这大周烤干。

这些流言日益严重，召公听了之后觉得是无稽之谈。而单琳儿却不相信，因为她的脉儿根本就没有死。姬静听到这些流言时就把自己关在房间里，一天一夜不吃不喝。姜燕也劝不动，她知道姬脉是姬静的死穴，于是让小雷子去找了单逨。单逨早已知道这些流言，只是感觉这次是有人故意针对姬静。可是他想不出还有什么人，而且这个人特别聪明，知道利用脉儿。

"单逨哥，是不是脉儿来找我报仇了？我现在还能记得脉儿当时绝望的眼神，如果当初我能勇敢点，脉儿就不用替我去死了。”单速看着醉醺醺的姬静，伤感地说着这些。桌子上的爵杯歪歪斜斜地放着，房间里有股难闻的酒气。

“静儿，不是脉儿，脉儿不会伤害你，他是最善良的人了！”单速扶着姬静向床铺走去。

“脉儿是这个世界上最善良的人，可却被我害死了！”姬静虽然喝醉了，却能接着单速的话说下去，单速看着姬静这样又好气又好笑。单速守了一夜，直到第二天姬静醒来。看见趴在床头上睡着的单速，想着自己作为天子却一日不理朝政，昏睡到现在，实在太过任性。

“醒了？喝口水吧！”单速醒来看见坐在床上发呆的姬静，想着他昨天喝了那么多酒，就起身给他倒了杯水。

“单速哥，对不起！”姬静确实口干舌燥，他接过单速递给他的水，喝了一大口，用有几分嘶哑的声音说道。

“静儿，无事。我知道你心里难过，但是今日我要跟你说说，希望你听了后能放下心结。”单速找了个地方坐下来，跟姬静平视着。这一刹那姬静有种流泪的冲动，多久没有这样了，自从自己坐了这王座之后单速多久没有和自己这样亲近了。原以为再也不会有这么一天了，原以为自己被抛弃了，可是在自己遇到困难时，单速永远第一个站在自己身边，不是以臣下，而是以兄弟的身份。

“单速哥，你说那些传言是不是真的？上天是不是要惩罚我？”姬静抬头看着单速，眼中都是疑问和困惑。流言刚刚传出来的时候，他也是不相信的，可是时间久了，他自己都要以为是真的了。

“静儿，不要相信，传言不可信。脉儿没有死，我想等这个事情确定之后再跟你说的。”单速的话还没有说完，姬静就抓住单速的手说道：“脉儿没有死！真的吗？”

“目前只是推测而已，姑姑之前说过见过脉儿，请求我调查，找到脉儿。这些年我一直派人暗中调查，发现有个戴着面罩的人经常会去看姑姑，只是远远地看着。可惜只要我们稍微靠近点他就消失了，这些年出现的次数就更少了。当年一直没有找到脉儿的尸体，也没有任何人亲眼看见脉儿被烧死。我和姑姑都怀疑脉儿可能没有死。”单速把知道的都告诉姬静，希望他能明白自己的苦心。

“那这次事情是有人故意为之？”单速的话刚刚说完，姬静便想明白了。可是他有些迷茫，他想不出现在还有谁能对自己有这么深的恶意，而且也想不通别人为什么这样做。

“嗯，我怀疑是有人故意这样做的，但是现在还没有查到源头。”单速有些忧愁地说着，不过他相信若要人不知，除非己莫为。既然是有人做的，那就一定能抓到这个人。

“大王，这事就交给微臣吧，你准备上朝吧！这个时刻容不得一点……”单速看着还在思考的姬静话就没有说出口，然后跪地请求他上朝，余下的事情交给自己就可以了。姬静明白单速话的意思，立刻准备上朝。

下朝之后，单速直接去了太史虞的摘星宫。太史虞非常殷勤地出来迎接。

“乖徒儿来了！回来第一件事就是看我这个糟老头子，这让为师很欣慰！”太史虞笑着拍着单速的肩膀就把单速拉了进去。单速看着太史虞这个样子，有些无可奈何。这些年来太史虞对收自己为徒可谓用心良苦，不管是上朝还是在家总能看到他的身影。

“太史大人，单速这次是有事请你帮忙！”单速进门后恭敬地向太史虞行了个礼。

“单将军这是不认我这个师父了。既然不认我这个师父，老头子也没有可以帮你的地方！”太史虞摸了摸自己的白胡子，瞪着单速，表情还有些气愤。单速看着太史虞这个样子，大概只有认下这个师父才能让太史虞帮自己了。

“师父在上，受徒儿一拜！”单速很快就反应过来，认真地给太史虞行了一个拜师大礼。太史虞看着单速这个样子，突然有点不敢相信自己的眼睛。他使劲揉了揉自己的眼睛，然后看见还跪在地上的单速，哈哈大笑起来，之后想着还跪着的单逨，可不能跪坏了好不容易得来的徒弟。

“好徒儿……好徒儿……为师的好徒弟！哈哈，我终于有徒弟了！”太史虞扶起单逨，脸上、眼里的笑容怎么都隐藏不住。单逨看着笑得像个孩子一样的太史虞，自己何德何能让一个老人家这么挂心。作为大周星象学第一人，想拜太史虞为师的人太多了，不知道太史虞为什么就选中了自己。单逨笑着，当初自己怎么也不同意拜他为师，只是没有想到兜兜转转这么多年过去了，还是拜了太史虞为师。人生在世，很多事情都是命中注定的，容不得你有半点反抗。

“对了，你刚刚说有什么事情需要我的？”太史虞才想起单逨有事找他。

“师父，大周已经一年多没有下雨了，你日夜观察星象，春种之前会下雨吗？”单逨把自己的问题告诉了他。

“你小子不是会观星象吗？”太史虞想到单逨之前已经测出日食，像风雨这样的应该也不是问题啊。

“师父，徒儿这不是没有您老人家厉害吗？”单逨适时地对着太史虞谄媚，太史虞看见单逨变相地夸自己，高兴得合不拢嘴，白胡子都翘了起来。

“大王每天都会问我这个问题，看这天啊，没有下雨的迹象。”太史虞有些忧愁地说道，再这样下去，都不知该如何是好了。

“师父可测过何时才会下雨？”单逨即使不看天也知道最近是下不了雨了，他只是想知道到底何时才会下雨，这样的干旱还要多久能结束。

“最近两个月之内肯定是不会下雨了，唉……春种……”太史虞把自己预测的都告诉了单逨，大王问他的时候他也是这样说的，每次大王召他都是问何时有雨。从一开始的满怀希望，到听了自己的回答之后的失望，渐渐地，他都不召见自己、不再问了。自己也很难过，天一黑他便躲进这摘星宫，只是希望天象能改变一点，突然来一场暴雨，解百姓之苦，解大王之忧。

“师父，你根据土圭定方位，然后再占一卦。”单逨虽看过《星经》，但是还是不熟，这些专业的问题还是得请教太史虞，尤其占卜这一块。

“我怎么没有想到呢？你等着。”太史虞高兴得手舞足蹈，快速地带着单速进了最东边的房间，那里放着他最宝贝的仪器和工具。单速进来后被这一房间的工具震惊了，不过他并无心情观赏这些。

他紧跟着太史虞，看见太史虞从柜子的最底层拿出一个龟壳，小心翼翼地放在手里，嘴里念叨着什么，然后点火烧龟壳。太史虞拿着龟壳看了很久之后对单速说了句：“卦象显示大吉。”

“既是大吉，师父为何愁眉不展。”

“我观天象并无下雨的可能，怎么就大吉了？”太史虞相信自己不会观错天象的，可是这卦象又有些让自己犯愁。

“师父夜观天象是最近两月之内不会下雨，不代表一直不会下雨，依徒儿看，不出三月定会下雨。”单速听了这个卦象有些高兴，他相信不会一直干旱下去。听了太史虞的话，他的内心很快就有了算计。

单速和姬静对百姓之中的流言不过问，放任自流。可是朝中大臣包括召公、申侯都有些坐不住了。

一日召公建议姬静捉拿散布流言者。姬静笑着问召公：“我六岁起在召公府求学，父王施暴于民，堵百姓之口，寡人曾问召公父王这样是明君所为吗？寡人记得召公回答寡人说：‘防民之口，甚于防川。川壅而溃，伤人必多，民亦如之。是故为川者决之使导，为民者宣之使言。’如今召公怎又堵百姓之口了？”召公看着坐在上面的姬静从容不迫的样子，想着自己这次是有些心急了。在他眼中姬静和厉王终究是不同的，姬静即位以来勤政爱民，这些流言都是莫须有的。

“大王，这些流言都是一些莫须有的罪名，损大王清誉。”召公有些恨恨地说道。

“召公，寡人理解你的用心，只是清者自清，若是为了这些莫须有的流言去伤害百姓，那寡人跟昏君有何区别？”姬静笑着看着召公，自从单速告诉他姬脉没有死之后，这些流言他就不放在心里了。

第四十八章 告神祈雨

召公看着毫不在意外面那些流言蜚语的姬静，想着自己纵横官场几十年，经历了这些风风雨雨，气度还不如一个二十来岁的孩子。不过他还是很开心姬静能这样明事理。回去之后的他，对于那些流言也不管不问，只管每日定时施粥救济百姓。

镐京城上至大王，下至卿、士大夫，每个人各司其职，好像流言不存在。百姓看朝廷对流言放任的态度，就更加猖狂了，流言越传越离谱。

“哼！太过分了！他们怎么能那样说大王呢？”单华从外面回来看见坐在凳子上的单逨、单棠、嬴萤等人，自己也找了个位置坐了下来。他拿起杯子就狠狠地喝了一大口，然后气鼓鼓地看着眼前的石桌。

“他们说了些什么？”单棠皱了皱眉，他最近都不愿出门了，因为那些百姓每日无事就聚在一起讨论或者是谩骂大王。他们都是从小和姬静一起长大的，每每遇到这样的事情总要上去争执一番，久而久之，就不愿出去了。可是他听见单华的话还是很想知道外面现在传成什么样了。

“他们说……”单华刚想说就看见单棠怒气冲冲的样子，想到之前因为这些话单棠还跟别人打了一架，就不敢再说下去了。

“他们说什么？你说啊！”单棠有些着急地看着单华，他最讨厌说话说一半，吞吞吐吐的人了。

“他们说大王每日只知道花天酒地、荒淫无度，后宫姬妾数不胜数。他们还说大王昏庸无能，每日只知道酒池肉林，不问朝中之事。所以才会弄得天怒人怨，人神共愤，他跟他父亲一样都不配做王。所以上天才会惩罚他，让他的国家颗粒无收，才会一直打不赢任何一场战役。”单华看着众人的脸色越说声音越小。

“他们怎么能这么说呢？他们忘了谁给他们减免的赋税，谁给他们分发的粮食……一群狼心狗肺的人！”单之听到单华这样说，气愤地站了起来。

“大王若知道你们这样关心他，一定很高兴。”单速看着他们像随时会找人打一架一样。单华看着单速的嘴角还带着笑容就有些生气地说道：“单速哥，你怎么还能笑得出来？”所有人都抬头看向单速，单速笑着说：“我是为大王有你们这群兄弟感到高兴。”单速说完话就笑着拉着嬴萤的手出来了。

“上来！我背着你！”出了院子门以后，单速蹲在地上，让嬴萤爬上他的背。

“好好的背着做什么？我自己能走。”嬴萤觉得今天的单速有些孩子气，自己好好的，干吗要背着，而且让院子中这么多人看见也不好。

“无事，就是想背你走一段！这条路这会儿很少有人过来，一段就好！”单速知道嬴萤有些害羞，就一直蹲在地上没动，等着嬴萤。嬴萤看着执拗的单速，就趴在单速的背上，任由他背着。

“怎么突然想起背我了？”嬴萤笑着问道，单速虽看不见嬴萤的表情，但是从她说话的语气里也能感受到她的开心。

“还记得我第一次背你吗？”

“当然记得，那个时候我走不动了，你背着我，最后还跑了起来，吓坏我了！”嬴萤笑着回忆着，那还是好几年前的事情了，可是现在想起来就跟昨天一样。她还能清晰地记得那天的路和那天傍晚的夕阳以及那日少年明媚的笑脸。

“我也是想着很久没有背过你了，等你老了不能动了，我就天天背着你，做你的马车！”单逑也不知道自己为何突然兴起要背嬴萤，或许是今日在母亲那里碰了壁，又或者是连父亲都不赞成自己。

“好！到时候你就背我走遍大周的山山水水，最好再背我去一次终南山，你背着我爬上去！”嬴萤满是憧憬地希冀着，不过她才舍不得让单逑背她走那么远的路，上那么陡的山。

“行！你说去哪里就去哪里！击鼓其镗，踊跃用兵。土国城漕，我独南行。从孙子仲，平陈与宋。不我以归，忧心有忡。爰居爰处？爰丧其马？于以求之？于林之下。死生契阔，与子成说。执子之手，与子偕老。于嗟阔兮，不我活兮于嗟洵兮，不我信兮。”单逑背着嬴萤去往院子里少有人走的路，他一边背着嬴萤小跑，一边唱着歌。嬴萤听着单逑那温柔、低沉又流转的声音感觉前所未有的幸福，她深深地陷入歌声里，不可自拔！这是她最喜欢的一首歌了，他虽然很忙，可是永远都把自己放在心里的。

“好听！”单逑唱完，嬴萤只是简短地说了两个字。单逑放下嬴萤，看着嬴萤的脸蛋红红的，知道她是害羞了，只是轻轻地点了点嬴萤的头宠溺地笑着说：“我得进宫了，可能这段时间都比较忙。你要照顾好自己！”单逑看着嬴萤郑重地嘱咐道，他总感觉嬴萤像是瘦了。

交代了嬴萤几句，单逑就进宫面见大王了。

“大王，外面的流言已经十分严重了，到了该消除流言的时候了。”

“单逑哥，你是找到散布流言的人了吗？”姬静好奇地看着单逑，他也是不堪流言的困扰，可是他从未听到单逑抓捕任何人。

“禀大王，没有！”单逑如实地回答，其实这些日子他根本就没有去找散布流言的人，甚至他还让子期去散布了流言。

“既然没有，如何终止流言？”姬静不解地看着单速。

“若大王去明堂求雨，然后不出七日就会下雨，那么流言是不是就不攻自破了呢？”单速笑着问姬静，姬静听到单速这么一说就明白了。

“小雷子，吩咐下去，三日后带领百官，明堂祈雨！”姬静高兴地吩咐着。小雷子看见大王这么高兴，他也非常开心地应和。

“大王，三日后不仅要到明堂祈雨，还要去郊外！”单速想着明堂扩散的范围还是太小，姬静若是去郊外祈雨，必有很多百姓围观，也好为姬静在百姓中赢得好名声。

“小雷子，听见单将军的话没有，照办就好！”姬静高兴地吩咐道，困扰他的问题终于解决了，大周终于有救了！

三日后，镐京城郊外。

姬静和姜燕带着文武百官在郊外早已搭好的高台上，并肩而站。姬静身穿黑色冕服，一头黑发高高地束起。他紧紧地握着站在旁边身穿赤色章纹的姜燕的手，两人均一脸严肃地看着天空。烈日当空，站在下面的百官都开始流汗了。

“上天！我犯了何罪？死亡祸乱从天而降，连年不断生饥荒。我自即位之日起，日夜忧勤，毫无声娱之色。只求我大周百姓安康，国力强盛，可上天你呢？你做了什么？涤涤山川、旱魃为虐、如惔如焚、周余黎民、靡有孑遗。群公先正，则不我助。父母先祖，胡宁忍予？何求为我，以戾庶正。敬恭明神，宜无悔怒。但求久旱降甘霖，解百姓之苦，解百官之苦！”姬静对着上天说完就拉着姜燕跪了下来。站在下面的百官听着姬静的话，也顾及不到天气炎热了。他们怎么感觉姬静在问责上天呢？

姬静跪拜完上天以后就拉着姜燕下了高台。将士把事前准备好的酒抬了过来。姬静和姜燕两人高高地举起碗，然后把里面的酒洒在了地上，如此反复了三次。之后小雷子举着一块完整的上好的青玉来到姬静面前，姬静拿着青玉来到早已挖好的大坑前。

“我以青玉请雨，感念上苍有好生之德，以雨救万物，以雨解我之苦！”姬静说完就把青玉扔进了深不见底的坑里，然后不用任何人帮忙，用手捧着土开始埋玉。不知道埋了多久，他只是机械地捧土、埋土，不停地重复着。百姓和百官看着姬静的手开始流血，都感动得流下眼泪，他们想阻止姬静不要这样做了，姬静不予理睬。姜燕泪眼模糊地看着姬静的背影，心疼得不得了。单速看着天空中有团乌云游了过来。

轰地一声，一颗惊雷炸响！人们还来不及看向天空，只感觉大风像是要把人刮跑一样，风沙迷乱人的眼睛，还没有眯着眼睛看看到底怎么了。倾盆大雨从天而降，像一道银帘挂在空中。耳边只有“哗哗”的响声。风吹着雨，打在脸上，众人没有感觉到疼痛，所有的人都高兴得手舞足蹈，欢呼着：“下雨了！下雨了！……”

滔滔大雨打得单速睁不开眼睛，他眯着眼睛看着姬静正高兴地抱着姜燕在雨中转圈。每个人身上都湿透了，可是没有一个人找地方躲雨，他们都尽情地淋着雨。雨水顺着头发流到了嘴里，单速舔了舔是咸的。如果这场雨能早一点来，也许就不会有那么多人家破人亡了。

第四十九章 单府家宴

雨一直下了一天一夜，人们尽情地在雨中载歌载舞。河流奔向大海而去，山野间的小草努力地崭露着头角，野花用力地开放着。原本干裂的土地开始慢慢地愈合。

朝野上下对姬静一片赞扬，还有人把姬静祈雨的事情写成诗歌《祈雨》，大肆传唱。街头巷尾那些奔跑的孩童嘴里都唱着：“倬彼云汉，昭回于天。王曰：于乎！何辜今之人。天降丧乱，饥馑臻。靡神不举，靡爱斯牲。圭璧既卒，宁莫我听……”孩童清脆的歌声中带着软糯的香甜，单逑听着这些由近及远的歌声，发自内心地笑了。

单逑喜欢看镐京城的热闹，出摊的小贩、奔跑的孩子，又或者飘起的炊烟，这一切都让他感到快乐和安定。他站在路中央，看着来来往往的人群，看着慢慢复苏的山林和活络起来的镐京城。他闭着眼睛感受着这一切，感受着人们从死亡线的新生。

“三少爷，可算找到你了！”徐伯苍老的声音在单逑耳边响起，单逑睁开眼睛看着徐伯弯着腰，正一脸关切地看着他。

“徐伯，你怎么过来了？”单速扶着气息喘喘的徐伯，看他的样子一定是找了自己很久。

“三少爷，今日家宴，夫人差我寻你回去。”徐伯因为从小看着单速长大，所以对单速的搀扶也不推辞，他无儿无女，一辈子都奉献给了单家，把单速当成自家孩子一样疼爱。

“嗯，我正准备回去呢！”单速想着前些日子，母亲嘱咐他今日的家宴，他务必要出席，只是没有想到母亲还让徐伯来寻他了。他坐上马车，徐伯驾着车，不到一个时辰就到单公府了。

单速刚刚走进单公府的大门，迎面跑来一个四五岁的孩童，眼看就要撞到自己身上了，单速接住他抱了起来。

“畅儿，你又调皮了？”单速看着这个侄子有些头疼地说，单畅是大哥的嫡子，人长得小巧可爱又聪明，甚得单速母亲宠爱。只是性格有些刁蛮任性，不喜文章字画，每日就喜欢舞刀弄棍。这可愁坏了单家人，只有单速母亲毫不介意，每日把这个小魔王宠得跟祖宗一样。

“三叔，畅儿可没有调皮，畅儿可乖了呢！”单畅瞪着水汪汪的大眼睛，嘴巴嘟嘟地看着单速。单速看着孩子这样笑了起来。

“真是个机灵鬼，去玩去吧！”单速放下他，顺便在他肉嘟嘟的屁股上拍了一巴掌。单畅回头委屈地看了一眼单速，敢怒不敢言地快速跑了。徐伯看着叔侄两人的互动笑了起来。单速心情大好地朝着他母亲的房中走去。

进入正堂，坐在椅子上的正是单速的母亲王可儿，她穿一件绣着福字的灰色衣裙，身子有些瘦削，脸上神情有些急切。见单速进来，还未说话就站了起来，拉起坐在自己手边穿着水绿色的衣裙，梳着利索的双环髻，一个婉约大方、年龄有十七八岁的娇俏女孩走到单速跟前。

“速儿，这是你舅舅家表妹！嘉言，快来见过你表哥！”单母慈爱地看着嘉言。

阳光从门边照过来，嘉言乌黑的眼眸在阳光的照耀下，闪闪发着光，歪着头看见单逨的柔和的侧脸。单逨身着象牙白衣，衣领镶着墨边，用金线绣着精致的云彩图案，又在下面滚了层淡淡的金边。宽大的长袍穿在他身上，显得卓然飘逸，从敞开的斜襟领口微露出里面的黑色衣襟，黑白相配，显得既妖异又神秘莫测。嘉言从未见过任何一个男子能把衣服穿得这么好看，陌上人如玉，公子世无双，说的便是眼前这样的表哥，只是她不知道的是，单逨这身衣服，一针一线都出自嬴萤之手。

单逨一头乌黑的长发随意地束了一只黑玉，俊美到极致的眉眼间看似温柔多情，脸上恰到好处的笑容又有着几分纯真，让人忍不住脸热心跳，有种沉沦的感觉。嘉言出生大家，身为王家嫡女，什么样的男子她不曾见过？可是看着这样的单逨也不由得微微红了脸，心跳顿时乱了次序。

“嘉言见过表哥！”嘉言用不高不低的声音问候着，嘉言有着甜美的外表，声音也是清脆婉转。

“嘉言妹妹有礼了！”单逨看着小巧的嘉言，笑着对嘉言还礼。单母满意地看着眼前的一对璧人。单逨是自己的儿子，从小就对他宠爱有加，而且单逨也争气，文武双全，人品也是极好的。嘉言是自己的外甥女，也是看着长大的，出生世家，琴棋书画样样精通，性格也是温婉可人，很是惹自己喜爱。她看不上嬴萤的除了她的家世还有她那孤傲的性格，这样的性格不适合高门大院，以后也不会成为逨儿 的贤内助。

“姑姑，我扶您！”嘉言小巧的身影来到单母身边，扶着王可儿坐在主位上。单母非常喜欢嘉言，看着嘉言就笑得合不拢嘴。单逨看着母亲露出笑容也十分开心。他已经很久没有看到母亲这样开心地笑过了，每次母亲见到他都因为嬴萤的事情甩脸子给自己看。

不一会儿单龚走了进来，跟在他身后的还有一个毛茸茸的小脑袋。单畅进来之后越过单速的哥嫂，径直跑到单母的怀里。

“祖母，畅儿可想你了！”说着就亲了亲单母的脸颊。

“哎哟！我的小宝贝啊，可真是会哄祖母开心！”单母把单畅抱到自己的腿上，捏了捏他那胖嘟嘟的小脸。

“他就会讨母亲开心，为了讨母亲开心连自己的爹娘都能拿去卖了。”单速嫂子轻掩着嘴巴笑着打趣着自己的儿子，单颂听着自己的妻子这样说儿子不由自主地笑了起来。单龚夫妻听着儿媳的话也跟着笑了起来。

单畅盯着嘉言两边的耳垂上缀着一对相称的翠绿的耳坠，就从单母的怀里挣脱了出来，跑进嘉言的怀里。嘉言看着这么个肉嘟嘟的小家伙要自己抱也是很吃惊，笑着就抱进自己怀里。嘉言知道单畅是被自己的耳坠吸引，伸手就从袖中拿出了一个精巧的玉佩送给单畅，单畅接过玉佩拿在手上开心地把玩然后还不忘作揖说道：“畅儿谢谢姑姑！”众人都被他那憨憨的模样逗得再次笑了出来。因为嘉言的举动，单府众人对这个表小姐更加另眼相待，小小年纪，礼数周到，才情俱佳。单颂看着自己弟弟还不明白单夫人这是在给他介绍媳妇呢。再看嘉言表妹看单速的眼神明显是对单速动了心的，单颂突然有些可怜地看向单速。

“老爷、夫人，开饭了！”管家殷通走进来站在中央弯腰说道。

“嗯，我们吃饭去！”单龚扶着夫人起来向饭厅走去，嘉言抱着单畅跟在后面，一行人浩浩荡荡地向饭厅走去。进了饭厅，单龚坐下，对管家殷通说：“把咱家自己酿制的陈年老酒拿过来，今天我们畅饮一番！”在饭吃得差不多的时候，单母看了看单速说道：“速儿，嘉言没有去过镐京城，你带着她多转转。”

“母亲放心！速儿一定照顾好表妹！”单速放下筷子笑着回答。

“嘉言多谢姑姑和单速表哥了！”嘉言向单母做着鬼脸，用极其调皮的语气说道。单母看着这样的嘉言，有些高兴又有些心疼，这个丫头从小母亲去世就早，偏偏她那个哥哥又纳了几房妾室，嘉言虽不说，但是也知道她在府中过得并不开心，也难为她还保持着孩子心性，单母想到这里不免又慈爱地看着嘉言。

饭后，单粪夫妇和一行人看着单逑带着嘉言坐上马车返回镐京城了。

回到镐京城正好是傍晚，一抹殷红色的夕阳照在镐京城，湛蓝湛蓝的天空中浮动着大块的白色云朵，在夕阳的辉映下呈现出火焰一般的嫣红，倘若你仔细地看，就会看见那云絮在空中飘动，就像置身于轻纱中一般如梦似幻。雨后的路面干净而清新，微风轻轻地吹动衣裳，让人感觉无尽的美好。嘉言从未进过镐京城，看着来来往往的人，衣着鲜艳明媚的少女还有周边来往的商贩，一片忙碌的景象，看得嘉言有些激动更有些紧张。

“嘉言表妹，下来走走怎么样？我带你转转镐京城。”单逑看着嘉言的样子，想着她是第一次来镐京，便提议带她出去看看。

“嘉言谢过表哥！”嘉言原本就想看看镐京城的繁华，看着单逑如此善解人意便轻提着裙摆下了马车。一路上单逑给嘉言讲述着镐京城的一切，并说如果下次大王有宴请的时候，替她求一张请柬，让她看看王宫的雄伟气派。嘉言跟在单逑的身后认真地听着，偶尔也说一些自己的见解。单逑觉得这个表妹不仅见识了得，说话做事礼节也非常到位。

单逑带着表妹嘉言在镐京城转悠时，单华一脸生气地坐在嬴萤旁边。

“怎么了？谁惹你不高兴了？”嬴萤正在花园里修剪手中的香槟色的牡丹，抬眼看着坐在自己旁边的单华笑着问道。单华年纪小也没有什么心机，大家都把他当作最小的弟弟看待。

“哼！”单华看着嬴萤还在这风轻云淡地摆弄这些花花草草，就有些不开心地转过身，负气地不再看嬴萤。

“你说谁惹你生气了，我帮你出气好不好？”嬴萤有些苦笑单华的孩子气，但是还是柔声地安慰道。

“谁惹我生气了，还不是你？”单华有些生气地吼着嬴萤，然后又像做错了一样低下头。

“我……”嬴萤听着单华的话觉得有些莫名其妙，不敢置信地用满是泥土的手指着自己。

“你别搭理他，不知道在哪抽风呢！”一直在弄土的单棠看着嬴萤没有好气地冲着单华说道。

“嬴萤，你看这草是不是这样种，这里阴凉一些。”单棠看着嬴萤问道，他不懂草药，嬴萤要种，他便过来帮忙。

“单速都跟别人跑了，你们还有心情在这弄这些草药！”单华看着两个人只关心自己的草药，一点都不关心他为什么生气。他的话刚刚说完，原本一脸笑意的嬴萤就沉默了。单棠看着嬴萤的表情就知道她不开心了。

“小孩子什么都不懂，胡说些什么？”单棠有些生气地看着单华，然后对他使了个眼色叫他不要说下去。

“我才没有胡说，我看见单速哥和一个漂亮的女孩子逛街呢！”单华看不懂单棠的意思，只感觉自己的大师兄也不相信自己，就把自己知道的事情一股脑地说了出来。嬴萤没有说话，只是笑了笑，然后就继续摆弄花园里那些花草了。单棠知道嬴萤不高兴了，可是他也不知道怎么说，只说了句：“华儿的话，你不必当真，单速定是有任务在身。”嬴萤知道单棠在安慰自己，只是笑了笑回应道：“嗯，我知道！”嬴萤其实也知道单棠说得是对的，可是毕竟是女子，那个人还是自己心心念念的人。换句话说，自己又有什么资格去管他呢，自己终究是一个永远也嫁不进单府的人。当初以为自己不会介意名分，自己出生乡野，只求与单速一人白首，不计名分、不计得失。今日才明白，自己终究是计较了，她想做个名正言顺陪在他身边的人。

第五十章 御驾亲征

嬴萤在埋头想着自己的事情，单棠看着这样的嬴萤有些心疼。可是他的身份又能说些什么，只能在这夕阳中陪着她种下花花草草。

“单棠哥，我想把这片地方开垦出来，种上四叶金。”嬴萤站了起来，看着花园旁还有一大片空地，那块空地对着的就是单速的院子。

“好啊！今天就把它开垦出来！”单棠看着嬴萤的心情好像不似刚才那样难过，便拍了拍胸脯开心地承诺道。

“单棠哥，嬴萤姐，雷总管来了。”单华跑了过来，好像刚刚的事情不曾发生一样。嬴萤和单棠相互看了一眼，小雷子来这里除了大王找单速，还能有什么事情？只不过单速现在不在府里，他们应该要出去看一下。单棠和嬴萤放下手中的活，跟着单华向客厅走去。

嬴萤他们看见站在大厅里的小雷子，旁边坐着一个看不清面容的人。这个人戴着面纱，但是小雷子对此人毕恭毕敬的态度又不免让嬴萤对此人多看一眼。正当嬴萤和单棠想说话时，单速带着一个女子进来了。嬴萤打量着这个女孩，一看就是花一样的年纪，清澈的眼眸笑起来像月牙一样。她跟每个人问好，礼节周到又大气。

“雷总管，你怎么来了？”单速一进门就直接走向小雷子，这个时候小雷子来找自己肯定是有重要的事情。

“还烦请单将军借一步说话！”小雷子环顾四周后对单速说道。众人都明白小雷子肯定是有重要的事情跟单速说，便找了借口退了出去。

“嬴萤，这是嘉言表妹，你安排一个院子给她。”嬴萤刚要走，身后响起单速的声音。嬴萤看着比自己小很多的嘉言笑了笑。

“嘉言表妹，你随我来！”嬴萤在前面走着，时不时地回头看着嘉言，轻声地叮嘱道。

“有劳嬴萤姐姐！”嘉言看着一身海蓝色的衣裳把嬴萤衬托得如梦如幻，雪白的肌肤在海蓝色的衬托下更加白皙。头上一支玉兰花簪子简单优雅，就像是掉下凡尘的精灵仙子。尤其是那周身的气质，更让人移不开眼睛。可是当她看见嬴萤看单速的眼神，就明白这个人便是姑姑口中那个勾了表哥魂的女子。嬴萤也知道这个女孩就是单速今天陪着逛街的女孩子，可是她依旧带着她向府中最好的院子走去。

正厅内，坐在小雷子旁边的人解开面纱。单速看见之后大吃一惊，然后立马跪地行礼。

“臣见过王后娘娘，不知道王后到来，不周之处还请王后恕罪！”单速不知道王后怎么会突然来了，而且还这身装扮。

“单将军免礼，是本宫唐突了。”王后扶起跪在地上的单速。

“王后娘娘到访有何事？”单速站起来，直接问出自己的问题。

“单将军，本宫是偷偷出来的，想有两件事拜托单将军。一是想请单将军阻止大王御驾亲征；二是烦请单将军劝说大王广纳后宫。”王后一口气说完来这里的目的，单速对大王的情义她是知道的，所以跟他说话也没有必要拐弯抹角的。

只不过自己说让大王广纳后宫时，还是有些难过。

“大王要御驾亲征？”单速有些不敢相信王后的话，因为大王从未对他提起过这件事，现在西戎那边的战事没有听说有何问题啊。嬴其虽未主动攻击，但是也没有战败。

“嗯，大王说要亲自上战场，本宫担心大王的安危！”姜燕看单速都不知道大王要出征的事情，想着一定是大王不想让单速知道。想到自己是大王最信任的人，大王虽说是跟自己商量，但是她明白姬静是下了决心了。

“好，我去趟王宫！”单速也不纠结姬静没有和自己商量的事情，姬静是大周的天子，他想做什么事情不需告诉自己。姜燕看单速同意，便戴上面罩和小雷子急匆匆地回王宫了，她偷偷地出来，不能在这里耽误太多的时间。

王后走了没有多久，单速就向王宫出发了。

单速跟着小雷子一路来到御花园。六月的天气微风吹过，带来平静湖面的风，有些凉意。单速看见姬静背手站在湖中的凉亭里，落寞的背影映在湖中，影子被拉得很长很长。

“大王！”单速在姬静的背后跪地行个礼，正在思绪中的姬静被这一声大王拉回到现实中。

“单速哥，你怎么突然来了？”姬静回过头来，扶起单速。单速没有自己的召见一般不会进宫，刚刚听到小雷子说单速求见，他还纳闷。

“大王，臣是想自请去西戎战场！”单速直接说明自己的来意。

“单速哥，寡人已经想好要御驾亲征了！”姬静看着单速，并不知道王后去找过单速。但是他听到单速说要去西戎，也明白只要单速过去，打败西戎只是时间的问题。可是他想自己去，很早之前看见单速他们都去战场杀敌的时候他就想去，奈何那个时候的自己隐姓埋名，怎么可能去战场呢？现在大周国泰民安，但是西戎还有东夷、荆蛮这些地方时不时地扰大周的安宁。他想亲自走上战场，像他的祖先一样建立一个令四海臣服的大周。

“大王怎么想起亲征了？”单逨知道姬静要亲征并未表现出过多的惊讶，只是好奇。

“身为大周男儿，有几人不想走向战场、建功立业，回顾大周的祖先，又有几人不是手持战刀、开疆扩土？”姬静一直盯着远方的湖面，单逨懂他在想什么。

“大王，那请让单逨随你一起西征！”单逨看着姬静不紧不慢地说道，他明白姬静已经下定决心了，他没有能力让姬静放弃这个想法，但是他可以随姬静一起去，这样不管是在沿途还是在战场上都能保护姬静。

“单逨哥，你同意？你不劝劝我吗？”姬静不敢相信单逨能同意自己去战场，不可置信地看着单逨。

“单逨的劝说有用吗？大王的决定会改变吗？”单逨抬头笑看着姬静，眼睛中闪着戏谑的精光。

“哈哈！知我者单逨也！但是百官那里怎么办？单逨哥可有主意？”姬静听见单逨说的话，开心地笑了起来。单逨真的很了解他，知道他已经下定决心便不再开口劝说。

“大王只需在朝堂之上说出自己的想法，然后请太史虞占卜即可，至于太史虞怎么说，就看大王什么意思了。”单逨在来的路上就想到了大王要去出征必定会受到百官的阻止，他一直想不出什么好的办法说服百官。可是在姬静问他的刹那，他想到了太史虞。

“这都让你想到了！”姬静拍着单逨的肩膀笑着说道，一直困扰他的问题被单逨三言两语就给解决了。姬静心情大好，要拉着单逨去看他在康穆宫收藏的好酒。单逨看着姬静高兴的样子，故意装作一副疑虑的样子问道：“大王不赏这湖景了？”

“不赏了！不赏了！寡人的问题都解决了，走，单逨哥，陪我去喝两杯！”姬静背着手在前面走着，偶尔还回头看看在后面跟着的单逨。姬静命人在御花园设了宴，又命人搬来他珍藏的果酒。屏退所有人，像从前在单府一样，两个人一边享受着晚风一边喝酒聊天畅想着未来。

第二日，康剌宫内，姬静刚坐在王座之上就说：“西戎战事长久没有进展，耗费我大周兵力、财力，各位爱卿可有办法？”百官都是你看我，我看你，不知大王为何突然在大殿之上说起这事。嬴其兄弟五人去了以后，虽未胜但也没有败，可以说坚守住了战场。看着面无表情的高高在上的大王，谁也不敢说话。

“大王，现在正是草原雨水充沛的季节，西戎兵强马壮，秦庄公定是在等待最佳时机给予西戎致命一击。”季子白上前替秦庄公说话，百官都惊奇季子白何时与秦庄公如此要好。单速听着这话有些发笑，这明显就是给大王的事提出个开头。

“等待时机，都等待一年了，还要等待到何时？我大周的兵力、财力就这样浪费下去吗？”姬静有些生气地看着季子白质问道，季子白有些委屈，还是昨天他让自己这样说的，表面上还是一副大王说得有道理的样子，毕恭毕敬地站着。

“太史虞，嬴其出征时，你和大巫都预测是大吉，为何一年没见动静？”姬静眼睛瞄准太史虞，看着他就厉声讯问。太史虞掌管天文历法，在百官中有着较高的地位。众人看着太史虞不紧不慢地走出来，都知道他脾气古怪，可是大王正在气头上，大家都为他捏了一把汗。

“启禀大王，当时是根据当时的情况而占卜，现在情况有变，自然结果就不一定了。”太史虞弯着腰恭敬地回答。

“既然太史大人这样说，那你就根据今日的情况再卜上一卦。”姬静挑了挑眉说道。

“大王之命，臣莫敢不从。”太史虞从宽袖里拿出龟壳，又命人取火，然后嘴巴里低声念叨着。众人也听不见太史虞说什么，不敢上前打扰，更不敢出声。

“大王，卦象显示平和，除非有一贵气相助，打乱这种平和，定是要极贵之人才可。”太史虞拿着龟壳一本正经地说道。单速想到太史虞脾气古怪，姬静到底说了什么能让太史虞这么帮他说话。

“贵气？极贵之气？”姬静不停地重复着这两句话，然后他像想到了什么一样，拍了一下自己的大腿。

“寡人决定御驾亲征。”姬静像是刚刚想到一样，一脸激动地说着。

“大王，万万不可！”姬静的话刚刚说完，召公第一个站起来反对。单逨看着召公认真坚定的表情，突然觉得他们这样做有些对不住召公。姬静看着召公，就是眼前这个男人用他儿子的命换了自己的命，也是他在有危险的时候不顾众人的反对站出来保护自己。

“召公有何意见？难道大周之内还能找到比寡人还贵的贵人吗？”姬静板着脸盯着召公，毫不留情地问道。

“大王，臣……”召公不知道如何回答姬静，大周之内确实找不到比天子还贵的贵人，可是刀剑无眼，身为大周天子亲赴战场，受伤总是难免。可是他又不能说太史虞占卜得不对，而且刚刚姬静看自己的眼神明显是发怒了，自己还从未见过这样的姬静。

“召公无须多言，寡人心意已决。我大周自开国以来，历代先王都是马背上夺来的江山，寡人身为大周天子，祖先定会保佑！”姬静不想听召公的劝说，更不想因为这件事情伤害了召公。召公看姬静去意已决，知道自己多说无益，只好随着百官恭贺大王旗开得胜。

第五十一章 救命之恩

姬静带着单逨一行人终于来到了西戎战场，嬴其见到姬静时高兴地告诉他，因为他们的到来，军心得到了极大的鼓舞，将士们只想尽快地上阵杀敌，扬大周国威。

嬴其在大王的帐篷里面，把这一年来与西戎交战的情况都细说给姬静听。他抬眼看到了站在姬静旁边的单逨，有些激动。从军之人，无人不知单逨的能力，用兵奇特，战无不胜。单逨的到来也让嬴其感觉这场持久的西戎之战，应该离结束不远了。望着这荒凉之地，自己的父亲曾丧命在此，嬴其突然百感交集。

帐篷内。

“单逨哥，你看这仗怎么打？”姬静站在沙盘边上看着两军对峙的阵营，幽幽地开口问道。他来这里不可能像嬴其一样，一直等待。镐京城虽交给了召公和申侯，但是他还是有些担心。

“速战速决！”单逨知道姬静此刻的心情，他和姬静想得一样。

“哦？单逨哥是有办法了？”姬静很想听听单逨是怎么打仗的，这是他第一次出来，他还没有实际的作战经验，一定要多听多问多学习。

“西戎这一年以来都在不断地试探，并没有拿出真正的实力。经过这一年的休养生息，他们也有了足够的资本与我们大战一场，臣猜测他们一定在找最佳的时机，本来嬴其防范得极好，他们没有找到这样一个时机。可是今天大王来了，这个最佳时机也就出现了。”单速盯着沙盘，把自己的猜测告诉姬静。可是这个猜测的实现还需要他去部署一些东西。

“为何寡人的到来是最佳时机？嬴其说寡人的到来军心得到了极大鼓舞，将士们斗志激昂。西戎这个时候进攻不是自寻死路吗？”姬静疑惑地问单速，他料想西戎应该不会在这个时候进攻的。

“正常情况下是这样的，但如若西戎的主帅是个极其自负的人呢？又或者大王来了以后心情大好，为了鼓励将士们举行了庆功宴与将士们不醉不归呢？”单速说完之后，姬静觉得单速真是少有的谋略家，这样一来他们就有了主动权。只要西戎敢进攻，那么他们就能关门打狗。姬静觉得这个主意实在是太棒了，可是转眼想到西戎万一不来呢？

“单速哥，你就肯定西戎会上当？万一军营里有敌军安插的内线呢？”姬静转过头来，看着单速问道。

“无碍，就怕他们没有内线，不过这个还得看秦庄公对军队的了解。大王念及将士们辛苦，与将士喝酒的事情就需要内线传给西戎。”单速想了想，军队在这打仗几年了，尤其秦庄公被杀，西戎策反几个人为他们传送消息应该也很正常。

“好！把嬴其叫来！”姬静相信单速做的局一定会让西戎上当的，嬴其作为这里的主帅，很多事情还需要他去吩咐。

当天夜晚，将士们的情绪都比较高涨。只见一车一车的美酒从外面运进军营里。单速命人将一坛子酒倒进一口大锅里，架上火，不停地加热煮开。浓浓的酒香在军营里飘散，一直飘到了十里外的西戎军营。

“大哥，听说单速用兵如神，我们应该另寻时机，徐徐而图之。”沙图布认真地劝阻着坐在虎皮椅子上的西戎主帅也是他的亲哥哥沙图鲁。

“沙图布，你哪里都好，就是性格像个娘们儿一样！”他的话引来各个部落的将士们哈哈大笑。沙图鲁看着站在底下的弟弟，他从前几日知道大周天子要来就开始不停地劝说自己要冷静、冷静。他这个弟弟为人聪明又谨慎，他基本上都会听弟弟的，可是有时候沙图布谨慎得有些过分了。

“大哥，周人讲究知己知彼、百战百胜，我们对大周的天子和单速还不了解，应该再等等。”沙图布并没有因为众人的取笑而放弃劝说，直觉告诉他，这次可能是大周设下的陷阱，见哥哥如此轻敌，他多少有些气恼。

“等，等到什么时候？再等又是冬天了。老子可等不了那么长时间了。拿下叶城，你们跟着我吃香的、喝辣的。”每次都是让他等，秦仲来的时候让等等，等了很长时间最后还不是把秦仲杀了？今天不趁大周喝醉时突然袭击，错过这个机会还不知道要等多久呢！叶城物产富饶、良田又多，而且叶城的美女可比草原上这些悍妇强多了。一想到美人在怀，沙图鲁多一天也不想等。

“大哥，万一这是大周设的陷阱呢？”沙图布有些气愤地说着，他这个大哥什么都好，就是冒进，根本不适合做主帅。

“陷阱？哈哈，老子还怕大周那群窝囊废？你们怕不怕？”沙图鲁说完看了看下面坐着的人，这里的每个人都是草原上最勇猛、最强壮的男子，块头比大周男子大多了，压根儿就看不上大周男子。他们觉得大周男子更像他们草原上的女人，甚至草原上的女人都要比他们有力气。

“哈哈哈！不怕！”沙图鲁的话说完，底下的笑声就更大了。他们都站起来举着拳头不断地呐喊，向他们的主帅表示决心。

“来人，将沙图布绑起来，扔进帐篷，没有我的允许不许放他出来。”沙图鲁真的不想再听沙图布的劝说了。沙图布还想说什么，可是沙图鲁完全不在意，以为他还是劝说那一套，便说：“你安心地在家等着，等着大哥取了那大周天子的人头，拿下叶城，给你享不尽的荣华富贵。”沙图鲁傲慢地说着。沙图布只能无奈地低下头，任由下人搀扶着往外走了。沙图鲁以为自己的话弟弟听进去了，心情大好，便举杯和众人喝了一些酒。不过他只是轻轻地尝了一点，毕竟一会儿还有重要的事情。他可不想喝得跟大周士兵一样，只有任人宰割的份。

夜晚，沙图鲁带着西戎几乎所有的士兵突袭了大周的大营，他们一行人杀过来时，到处都是散落的酒罐，扑鼻的酒味中带着让人恶心的呕吐味。西戎士兵看着这些哈哈大笑。他们所到之处都是惊慌失措、拼命逃跑的周兵。他们像老猫逗老鼠一样，提着刀一直跟在他们后面，保持着不远不近的距离。

沙图鲁越往里走越觉得不对劲，等他反应过来想喊撤退的时候，已经来不及了。铺天盖地的箭头向他们射来，空旷的平原连个躲藏的地方都没有。他命人向两头撤退，能跑的尽量离开。他突然想起沙图布的话，如果今夜他在的话就不一样了，也许他能想出逃生的办法。看着这么多的草原好儿郎因为自己的自负丢掉了性命，沙图鲁用尽全力嘶喊："姬静小儿，有种你出来跟我单挑，躲在后面算什么好儿郎！”

单逨看了一眼在帐篷里的姬静，姬静笑道："我不会蠢到被他激怒出去跟他单挑的，自古兵不厌诈，要怪就怪他学艺不精。”

“等会儿有你上战场杀敌的时候。”单逨看穿了姬静也想走上战场的想法，便笑着对他说。姬静只是笑笑，没有说话，眼睛一直盯着沙图鲁。

沙图鲁得不到任何回应，看着越来越多的士兵倒下，他生气地大喊大叫，拼尽全力抵挡着这些向他射来的箭，稍不留心就可能被射中。突然所有的箭都停止了，沙图鲁和所有的西戎士兵都惊讶地看着，有些发呆更有一些紧张，他们在仅有的时间内大口大口地喘着气。忽然间，两头传来震天的呐喊声，沙图鲁知道这是大周的天子准备出来迎战了，同时他也明白，他们被人从两头包围了。

“兄弟们，今天沙图鲁可能不能带你们回去了，可是即使死也要大周天子给我们陪葬！这趟值了！”沙图鲁大声地呐喊着，长久的抵抗已经让他没有多少力气了。但是只要能看见敌人，面对面地打一架，总比在看不见人的地方被人射成刺猬强。

“愿和大王同生共死，要大周天子陪葬！”西戎士兵的话淹没在呐喊声中，耳边只是大刀与剑的碰撞声还有血肉被大刀砍过的刺啦声。沙图鲁在寻找，他在找大周的天子，他想着擒贼先擒王，也许擒住了姬静他们便有条活路。

姬静抬眼与沙图鲁的目光相遇，姬静微微一笑，笑意中明显的带着嘲讽和鄙夷。沙图鲁有些愤怒地朝着姬静走来，一直跟随着沙图鲁的耶尤看着姬静，明白那就是大周的天子。姬静看着沙图鲁笑着说：“你死在寡人的刀下，也不枉你此生了。”

“姬静小儿，若不是你们使用诡计，哪有你猖狂的时候？”沙图鲁眼中就要冒出火来了，他用尽全力向姬静砍去，刀刀致命。姬静从小学武，总能轻松地躲开。沙图鲁更生气了，他块头大，力气大，一身蛮力全部化在大刀上向姬静砍去。突然他发现在姬静身后不远处的耶尤。耶尤的一个眼神他就知道他要做什么。他默默地配合着耶尤，拼尽全力转移着姬静的视线。

姬静看沙图鲁的脸上突然出现一抹笑意，这种笑意让姬静有种恐惧感，总觉得这个笑容特别诡异。姬静还来不及思考更多的时候被人狠狠地推了一把摔倒在地，当他回过神时，就看到一个彪形大汉的长刀刺进了单逨的后背。他看见单逨还在看着他，看见他无事，单逨竟笑了起来。这是姬静这辈子都无法忘怀的笑容，因为他从这个笑容里看到的是发自内心的关切。

“单逨哥……”姬静从短暂的失神中迅速地跑向单逨身边，耶尤看砍倒的人变成了单逨后又向姬静袭击。嬴其一直盯着姬静这边的情况，单逨受伤是他始料未及的，他一刀就了结了耶尤的性命。姬静看沙图鲁的眼睛就要冒出火来。

“给寡人割下他们的左耳！”姬静朝着大周所有的士兵怒吼着。他不知道为什么自己会突然间下这样的命令，他一直认为自己不是一个残忍的人。可是此刻他明白了自己骨子里的嗜血，单逨受伤，他们也必须付出代价。

“单速哥，我扶你进去！”姬静扶着单速就往里面撤退，前面的士兵替他开辟了一条畅通无阻的道路。

“大王，我无事，一点小伤不伤及性命。”单速看着姬静说道。姬静摸着单速后背的手感觉黏糊糊的，他知道那是单速的血，即使隔着盔甲也流了出来。看着单速苍白的脸，他不得不加快步伐。

“巫医！巫医！”姬静走进帐篷咆哮着，他突然害怕单速就这样替自己死了，他想到了他和姬脉、单速一起读书的时光。姬脉已经为自己死了，如果单速也为自己死，不……他坚决不允许这样的事情发生。

巫医拆开单速的盔甲，整个背部都是殷红的，像极了满山盛开的杜鹃花。雪还源源不断地冒出来，就像一个血色的泉眼一样。巫医小心翼翼地清洗着，他看着站在一旁紧张的姬静，想着大王还是年轻，这样的伤口在战场上太常见了。

“大王，单将军没有生命危险！”巫医看了看单速的伤势跟姬静说道。

“大王，一点小伤，你先坐下休息一会儿。”单速看着姬静一直盯着自己的后背，他这样一直看着，巫医的手都有些颤抖。姬静到后面坐了下来，他瞥见一条大大的刀痕贯穿单速整个背部，血肉翻滚，隐约可见一根白骨。这一刀要是砍在自己的头部，想了想姬静摸了摸自己的脖子有些后怕。

第五十二章 女鸠入宫

巫医清理好单速的伤口后就退下了，他很少见到像单速这样的人。清理伤口时的疼痛正常人没有几个能忍受，可是他一声不吭，即使疼到身体已经变形，依然咬紧牙关不肯发出一点声音。

“大王，西戎全军覆没，活捉四百六十一人，获缴战车一百六十二辆，割耳三百五十一人！”嬴其用手端着一堆耳朵上来，血淋淋的耳朵放在盘子里，依稀还能看到耳朵上面的痉挛。单速瞥过眼去，不忍直视。

“好！赏……重重有赏！”姬静太开心了，虽然一开始就知道这是个必胜的战役，但是没想到这场持续了数年的战役，由于自己的到来便告结束，他就说不出地开心。

“把那个砍伤单将军的人和沙图鲁的尸体吊在叶城城楼上暴晒！”单速听到姬静这样吩咐，想要阻止，可是当着秦庄公等人的面，劝阻的话终究还是吞了下去。

战争胜利后，因为单速的伤势，没有办法长途远行，姬静就在军营里和士兵一起操练。沙图鲁的尸体在叶城挂了半个月，姬静他们返回镐京时单速让人偷偷地给放了下来。所有人包括沙图鲁的尸体被随便扔到了荒山，其实是被沙图布接了回去。

在回镐京城的路上，姬静的心情好了很多。因为不着急赶路，一日趁着夕阳正好，山里开满了不知名的野花，两人不约而同地走下车看看这湖光山色。

“大王，微臣有件事不知当不当讲。”单速轻轻地扶着腰坐了下来，他想着姜燕让他做的事情还有一件没有做完。

“单速哥，我的命都是你救的，还有什么当讲不当讲的。”姬静回头看了一眼单速笑着说道，他不喜欢单速与他过分生疏，要是没有单速也不会有自己的今天。即使这天下都应该与单速共享，可是他总是一副君臣有别的样子，弄得自己也是很无奈。

“大王，您是天子，我是臣下，保护您就是臣的职责。不过我即将要说的还是国事。大王与王后伉俪情深，臣都明白。只是大王与王后已成婚数年，并无所出，朝中大臣对大周子嗣很是担忧。王后娘娘的压力也很大，还请大王多为王后娘娘着想，广纳后宫，繁衍子嗣。”单速委婉地从王后的角度分析了事情，朝中的呼声大多是建议大王废后。单速明白姬静无论如何都不会废后的，所以他只能提议扩充后宫。

“燕儿找你了？”姬静想都没有想就问了单速这一句，虽说是问，但却是极其肯定的语气。

“嗯！”单速没有想到姬静一下子就想到了王后，知道也隐瞒不下去，只好承认。

“那便纳吧。等回宫的时候就让小雷子吩咐下去。”姬静听到单速这样说便直接同意了扩充后宫的事情。单速看得出姬静是难过的，姬静何尝不知道姜燕的压力大呢？可是自己的压力又比姜燕少多少呢？文武百官总会变着法子跟他说纳妃的事情。有时候连申侯都来劝说，自己总以国事为重推拖了。自己只不过是一心一意地爱着她、护着她，只想与她一人白首。他都能顶住各方面的压力，为什么她不能？有些时候她居然会劝自己到别的宫歇息。有些时候他负气真的留宿别的宫里，她不仅毫无反应，第二天见面还对自己笑脸相迎，居然还赐给他留宿的妃子各种珠宝。她成了镐京王宫内最贤良淑德的王后、万人敬仰的王后、毫无妒意的王后，可是姬静的心里却越来越难受，真的爱一个人不应该是这样的，那么姜燕是不是压根儿就不爱自己？

"我以为劝你要花费一番功夫呢？"单逨看着姬静落寞的样子，打趣地说道。身为帝王，三宫六院，多少妃子都是正常的。但是姬静的王宫除了王后就是一些诸侯国送来又不得不要的妃子，估计很多姬静都没有见过。

"只要王后想要的，我都尽量满足她！"姬静落寞的声音让单逨感觉一震，怎样的深情才会如此的执着。姬静说完也没有心情欣赏这山花烂漫了，起身拍了拍身上的尘土就要上车赶路了。赶路前还不忘揭单逨的伤疤说道："你也抓紧时间成婚吧，像你这个年纪还没有成婚，大周还有几人？"单逨听了姬静的话，整个人感觉都不好了。他不在乎别人怎么看自己，但是他在乎别人看嬴萤的眼光。突然耳边传来母亲声嘶力竭的话："你若敢娶嬴萤，便当没有我这个母亲。"单逨摇了摇头，跟着姬静一起向镐京城前进。

姬静打胜仗的消息传了回来，百官和百姓浩浩荡荡地跪在街道两侧，迎接凯旋的姬静。姬静回到王宫后便命小雷子把扩充后宫的事情吩咐了下去。

九月初一，各个地方选出来的才情兼备的世家女子都入宫了。姬静和王后坐在王座之上，一起接受众位佳人一一上前跪拜。

"臣女女鸠拜见大王、王后。"这一声清脆婉转的声音惊醒了正在出神的姜燕和姬静。姜燕一脸不可置信地看着跪在地上的女鸠，看着那纤细、挺直的身姿，还有那熟悉调皮的声音。

"抬起头来，让寡人瞧瞧。"姬静看着失神的姜燕，也不敢确定这个人是不是女鸠。他依稀记得女鸠是姜燕最好的闺中密友，即使姜燕来到了镐京王宫，偶尔也会收到女鸠的来信。

衣服的剪裁把女鸠的身材恰到好处地显露了出来，不会太过火，也不会固守陈旧，一切都刚刚好。瀑布般的长发半扎半散，看起来仙气飘飘，两朵小小的芙蓉花戴在发髻上，跟芙蓉相对应的白玉耳坠在风中摇曳。一抬头是双水汪汪的大眼，眼中既有纯真又有着几分风情。微胖的脸颊恰到好处地衬托出她娇憨的气质。看到这样的女鸠，姜燕愣了。

“女鸠……”姜燕情不自禁地喊出了女鸠的名字，正在跪拜的佳人不知是什么情况都有一些紧张。姜燕很快就收拾好自己的情绪让女鸠下去了。

姜燕全程都没有看其他人的长相或者才情，她一直都在想女鸠来了，她来选妃了，最好的朋友要来分夺自己的丈夫了。女鸠一直爱着杜伯，为何她会突然进入这深海似的王宫。姬静看着一直在走神的王后，突然有些心疼。他见过女鸠，也知道女鸠和姜燕之间的情义。这次扩充后宫，他一直强调本着自愿的原则，女鸠为何会自愿来到这里和自己最好的朋友共享一个丈夫？

姬静笑了，终于出现一个让姜燕难受的人了。他一定要留下这个女鸠，看看姜燕到底在不在乎自己。

女鸠不久就接到了大王旨意，封她为鸠夫人，入住章华宫。女鸠接到旨意时突然笑了，这笑让来宣旨的小雷子有些莫名其妙，只当她是飞上枝头变凤凰时的开心就离开了。世人都解错了，女鸠的笑是种绝望，是报复成功时的快感，更是对自己的鄙夷。此时她的心里想着的还是那日杜伯对自己说他永远不可能。女鸠的心很疼，可是她还是装出无所谓的样子。她只想告诉他，你可以不爱我，请让我一直爱着你就好。她已经卑微到了尘埃里，可是杜伯为什么还要那么残忍地将自己撕碎呢？他告诉自己他一直爱的是姜燕，呵！姜燕，那个自己最好的朋友，那个大齐第一才女。她不甘心，为什么姜燕都是王后了，都是一国之母了，却还要拴着杜伯的心。为什么杜伯一开始的时候不告诉自己。如果一开始就告诉她，她也许能控制好自己的感情，也许就不会执着，伤得也就没有这么深。

姜燕听到大王封女鸠为夫人时，突然站不住了。她原本想着趁着大王不注意把女鸠送出去，王宫这个地方不适合她，没有想到姬静这么快就封她为夫人了。 想到这里她的心里有些疼，她知道姬静一直对她有些微词，觉得自己三番两次把他推向别的女人。谁愿意把自己爱的人推向别处，可是她能有什么办法呢？他是一国之君，自己的身体又迟迟不见动静。想到这里时她不禁有些想落泪。

“娘娘，大王今日歇在章华宫了。”邓石偷偷地看了一眼姜燕，只见姜燕什么也没有说只是点头，表示自己知道了。邓石退下后，姜燕一下子跌坐在椅子上，她不想任何人看见她的软弱。

只是后来她没有想到的是姬静夜夜留宿章华宫，经常早睡晚起。她想见姬静，劝劝他不能如此荒废朝政，可是他连姬静的面都见不到。她想见女鸠，可是女鸠总是以身体不适不愿见她。她没有办法治女鸠的罪，她寻不到合适的理由，因为大王已经以女鸠身体不适免了她的请安之礼。一时间女鸠宠冠六宫。

第五十三章 私定终身

单逨随着大军回镐京后就返回了丰京，第一时间回家向父母报平安。单夫人接到单逨回来的消息早早地就在门口等待。单逨远远地看见母亲坐在门后院子里的样子，眼睛有些发酸。父母在，不远游。从十三岁从军起，陪在父母身边的时间就越来越少。不管自己变成什么样，在父母的眼中永远都是那个需要他们保护的孩子。不管自己去往哪里，家中永远有个身影在等待你。

“母亲，逨儿不孝，让母亲担忧了！”单逨看着母亲两鬓的白发，有些难过地说道。

“回来就好，回来就好！”单母拉着单逨的手，眼泪就流了下来。她的父兄和丈夫都是将军，小的时候看着母亲担忧着父亲，长大后她也为自己的丈夫担忧，她千方百计地阻止单逨从军，就是不希望自己年老了还要为儿子担忧。可是天不遂人愿，她的儿子是天生的将军。

单夫人不知单逨受伤，哥哥单颂带孩子过来时就发现了单逨的不正常。

“受伤了？”单颂在单逨耳边轻声地说着，生怕别人听见。好在所有的人都被单逨的侄儿单畅吸引过去了。

“嗯，不要告诉母亲，不想让她担心。”单逨跟随着众人一起笑着，同时小声地叮嘱哥哥。

“母亲早晚会知道的。”单颂有些心疼地看着单逨，他这个弟弟从小就比自己聪明，文武双全，对自己也非常的敬重。自己作为嫡长子从小身体不好，不能习武，这个对于世代都是将军的单家来说无疑是沉重的打击。可是还好有这个弟弟，骁勇善战，才换得如今自己想要的生活。他柔情地望着站在前面笑着的娇妻稚子，这一切都归功于这个弟弟。

“我吃完饭就寻个借口回镐京，家中父母还望大哥多多照顾。”单逨笑着和单颂说着，在所有人的眼中就是兄弟两个随意的聊天一样。单母看着她的两个儿子，又看着眼前乖巧的孙子，感觉眼前的幸福就是自己一直梦寐以求的。

“吃饭喽！”嘉言笑着端着一个高大的陶瓷坛子进来，随着嘉言的话，众人都围着桌子坐了下来。嘉言放下坛子，扶着单母入座。

“唉！还是嘉言疼我老婆子！”单母笑着拍了拍嘉言的手说道，这些日子和嘉言相处下来越发地喜欢她了。她想着今日无论如何都要和单逨谈谈他和嘉言的婚事。嘉言虽没有说对逨儿有意，可是作为过来人，一眼就看出来嘉言是相中逨儿的。

饭后。

“逨儿，你可知我为何把你一人留下来？”单母看着单逨语气严肃地说道。

“莫不是母亲许久不见孩儿，万分想念。”单逨当然知道母亲留下他的原因，他不想与母亲讨论这些事情，每次都不欢而散。

“少要贫嘴！老大不小的了，我上次与你说的事情怎么样了？”单母看着单逨努力哄自己开心的样子，又有些不忍。

“母亲，我也与你说过很多次了，我的心里只有嬴萤。”单逨想到母亲上次的话，内心还有些气愤。母亲同意嬴萤进门，但是只能以姬妾的身份入单公府。

嬴萤的脾气他是清楚的，她要的是一心一意一双人。

“我也说了很多次，嬴萤不适合你。我是坚决不会同意她进这个家门的。”单母从来没有见过这样的单速，原来那个孝顺听话的儿子，只要遇到与嬴萤有关的事情就失了分寸。

“母亲，你每次都说嬴萤不合适、不合适……是我与她过一辈子，我觉得合适便好。”单速站在母亲面前，他看着母亲生气有些不忍，自己外出打仗，母亲为自己牵肠挂肚；回到家，不能为母亲解忧，却惹她生气。想到这里单速又柔声道：“母亲，儿时嬴萤对速儿有救命之恩，她是我第一喜欢的人。她家世不好但是为人善良，温柔贤淑，琴棋书画也是样样精通的。”单速想把嬴萤的好都展现在母亲面前，希望母亲能改变对嬴萤的看法，他不明白母亲为何会对嬴萤有这么大的成见。母亲是战场上长大的、性格豪爽、不在乎门第的人，唯独对于他和嬴萤的婚事态度坚决。

“速儿，母亲知道嬴萤是个好孩子，也知道你对她的心意。颂儿体弱多病，这单公府迟早是要交给你的。嬴萤很好，但是性子寡淡，为人偏激，不适合这深宅大院的生活。她要的是远离世俗，你行吗？你能抛弃单家、抛弃你身上的责任吗？速儿，你听母亲说，母亲不会害你。你还年轻，若真的让你们在一起，以后的日子也不会好到哪里。”单夫人只是希望自己的儿子能少走一些弯路，希望能有个人帮单速支撑这份家业。她苦口婆心地说着，但是看单速的表情就知道他没有听进去。单速小时候不管是生活在单公府还是在军营，环境都比较单纯，所以现在的他理解不了母亲讲的这些。

“母亲，你说的这些速儿不赞成，嬴萤孤身一人，性格冷淡却对人真诚。嬴萤她了解我、理解我、支持我，我会和她一起支撑单公府的。”单速明白母亲说他和嬴萤不合适是说性格，他也知道嬴萤喜欢世外桃源的生活，可是他相信嬴萤会为自己改变，会留下来陪着自己的。

“速儿，不管母亲如何劝说，你一句话都听不进去。自古成婚都是父母之命、媒妁之言，我意属嘉言！”单母大口喘着粗气，不停地咳嗽。单逨想着来之前哥哥叮嘱自己的话，他说最近母亲的身体不好。他上前轻轻地拍着母亲的后背，意外地发现母亲竟如此消瘦。母亲发现了单逨的异样，她克制着自己说道：“你走吧！好好想想我的话。”

母亲破天荒地没有挽留自己，单逨看见母亲消瘦得厉害，想留下来陪陪她，可想到自己身上还有伤，只好回镐京城了。单逨牵着马走出丰京城时，太阳快要落山了。寒风吹着，他裹紧身上的衣服，脑袋还是昏昏沉沉的。他抬眼望去，城外熙熙攘攘的人群，想趁着城门没关之前进来。他看见站在城门下不远处、一袭素色锦衣的女子倚靠在城门上。水蓝色轻纱在微风的浮动下轻舞飞扬，一股淡淡灵气在女子周身散发出来，三千青丝挽成一个简单的发髻，一支清雅的梅花簪子戴在其间！她笑着招着手看向自己，单逨看见那笑容，内心的阴霾一扫而空。

“你怎么跑来了？”单逨小跑过去，看着嬴萤嘴角止不住地上扬。

“我担心你，想看看你！”嬴萤抬头目光迎向单逨，俏皮地说着，丝毫不见小女儿家的娇羞，有的只是陷入爱情中的甜蜜。

“万一今天我不回镐京，你怎么办？难不成在这城门口过夜？”单逨有些生气地看着嬴萤。但是看到嬴萤委屈又讨好地看向自己，又有些不忍责备。母亲的话还在耳边，他眼睛直直地看着嬴萤，生怕她会突然消失一样。

“心有灵犀一点通！我的直觉告诉我你会回来，我就来这里等着你了。”嬴萤说着就一跳一跳地跑到单逨面前，用手挽着单逨，一脸的讨好相。单逨的气早就消了，看到嬴萤这么孩子气的一面就笑了出来，嬴萤也跟着笑了起来。

“以后别这样了，在家乖乖地等我就好！”单逨还是不放心地叮嘱道。

“好啦！好啦！我知道了。你就像爷爷那样啰唆！”不等单逨的话说完，嬴萤就假装生气地甩开单逨的手向前走去。

“你说什么？我像爷爷？你说谁像爷爷……”单逨说着就追上嬴萤，然后不停地挠着嬴萤。嬴萤边跑边笑，单速在后面慢跑追着。

夕阳西下，漫天的云彩像上天打翻了调色盘。晚风轻轻地吹，少女的衣袂飘飘在彩色的颜料里，也开在单速的心里。晚归的路人听着爽朗的笑声，看着追跑嬉戏的男孩女孩，脸上挂着笑意，曾经的自己也像他们这般年轻这般张扬过。

“嬴萤，你会离开我吗？”单速有些忧伤地看着嬴萤，他有些患得患失。看到这样美好的嬴萤，总感觉有一天会失去她。或许今天母亲说的话起了作用。

“单速哥，你怎么了？”嬴萤在单速出来的时候就感觉到了他的不正常，可是她什么都没有问。她大概猜到是单夫人和单速说了些什么，问了只会给单速徒增烦恼。在单速没有回来之前，单夫人找过自己一次，无非就是让自己离开单速，她清楚地记得自己对单夫人说除非单速不要自己，否则自己绝不会离开他。经过这一次后，她明白自己想嫁给单速就难上加难了。

“我害怕你会离开我！”单速突然抱紧嬴萤，嬴萤吓得不知所措，她从来没有见过这样的单速。随后她手紧紧地拴住单速，试图以这样的方式告诉单速自己永远不会离开他。

“单速哥，不会的，我永远不会离开你！即使你不要我，我也会以另外一种方式陪伴你！”嬴萤等单速的情绪平稳一点时，眼睛盯着单速，认真地对单速说。

“我不要你了，你会以什么方式陪我？”单速看着嬴萤认真坚定的样子突然想逗逗嬴萤，想看看她脑袋里到底在想些什么。

“你会不要我吗？”嬴萤听了单速的话，想着他们会不会最后被世俗打败。

“不会，我心匪石不可转。”单速话刚刚说完，嬴萤就拉着单速向郊外跑去，单速不知道嬴萤要做些什么，只是茫然地跟在她后面。

“单速哥，我带你去个地方。”嬴萤回头巧笑着看着单速，三千发丝在风中飞扬。

“单速哥，你看这里美不美？”嬴萤指着远处的高山，成片的银杏树自然地伸展着，叶片如黄蝶飞舞，落到地上铺成金黄色的地毯，一脚踏上去，软绵绵的。光秃秃的树枝不再遮住阳光，让太阳把温暖送给渐寒的大地，金色的世界在夕阳下显得温暖而宁静。

“美！太美了！怎么发现这个地方的？”单逨被眼前的美震撼了，他没有想到银杏树也能这么好看。他从小长在丰京，居然不知道丰京城边有这么好看的地方。

“偶然一次采药发现的。”嬴萤看着风吹过，银杏叶就在空中飞舞，然后打个圈落在地上。单逨走后，她就开始在丰京城等他归来。自己的人生只有两件事——采药和等他归来，单逨走的这段时间她才明白单逨对于自己是如何的重要。

“单逨哥，你愿意娶我吗？”嬴萤突然转向单逨，看着他深情地问道。

“我愿意！我要给你最盛大的婚礼，要让你做这个世界上最幸福的人！”突然认真的嬴萤让单逨有些惊愕，但是对上嬴萤的眼神时，他在那眼神中看到了期待、认真、坚定……还有更多不明的感情。单逨决定遵从自己的内心，自己想娶的自始至终只有嬴萤。母亲说得再多只不过是她的想法，自己喜欢的就要努力去争取，因为生活是他和嬴萤的。

“苍天厚土为证、山林银杏为媒。我嬴萤孑然一身，不惧世道艰难，不念过往忧伤。今日在此嫁与单逨，不求他功成名就，但求风雨同舟、不离不弃。”嬴萤跪在地上看着远方的山林，语气坚定、神情肃穆地说着。

“苍天厚土为证、山林银杏为媒。我单逨浮生若寄，不怕千难万险，不畏路途险阻。今日在此娶嬴萤为妻，不求她宜家宜室，但求执子之手、与子偕老。”单逨也跪在嬴萤旁边，看着嬴萤说道。嬴萤听到单逨说不求她宜家宜室，只是希望自己陪在他身边。她感动地看着单逨，原来身边的他一直都知道自己喜欢的是什么样的生活，他也愿意给自己这样的生活。

两人相视一笑，嬴萤为自己的大胆感到后怕却不后悔，她生长在山野，爷爷对她百般宠爱，想要的总会不惜一切代价送到她的面前。可是单速不一样，他生于世家，长于世俗，学的是礼仪教条，却能为自己不顾一切。嬴萤看着单速，感激上天让自己遇到了一个为自己遮风挡雨的人，往后余生不再是自己孤身奋战。单速看着眼前的嬴萤，发现她有很多自己不了解的地方，这个女孩每一次总能给自己惊喜。他想着等姬静处理好自己的事情后，就去求姬静赐婚，他要给嬴萤一个盛大的婚礼。他知道穿上凤冠霞帔是嬴萤一直以来的梦想，无论如何他都要让嬴萤穿上那身火红的嫁衣。

第五十四章 姜后脱簪

康刺宫大殿之上，百官毫无生气地站着望着空空的王座，等待姬静的到来。直到小雷子尖利的声音传来："大王有旨，今日免朝！"

百官虽未说什么，但是都摇头叹气地走了出去，这样的事情已经是这个月的第四次了。女鸠祸乱后宫，君王从此不早朝。可是他们一时间又没有办法去指责姬静，毕竟扩充后宫是他们上表的。

"速儿，等我一下！"召公快步跟上单速的步伐，今日他想让单速去劝劝姬静，不可这样荒废朝政。

"召公！"单速回过头看见召公便向他恭恭敬敬地行礼。

"我们一起走走，顺便跟你说些事情。"召公指了指前面的路，两人一同走出王宫。

"召公，有何事？"单速语气温和而恭敬，但是召公还是听出了单速语气中的疏离，他无奈地笑了笑。

"大王今日又没有来早朝，你与他要好，可否找他聊聊？"召公看着单速小心翼翼地说着。自从他纳了清露后，每次面对单家人都会心怀愧疚。

“召公无须担心，大王知道自己在做什么。”单逨原本不想跟召公说那么多，但是看着他那关切的眼神，有些不忍还是说了。召公听单逨这样说，再看单逨胸有成竹的表情，就知道大王不是真的疏离朝政。

“你若无事就来召公府看看你姑姑！她看见你应该会很开心。”召公的事情解决了，也明白单逨不想与自己太过亲近，但是他还是希望单逨能陪陪单琳儿。自从清露进宫，他已经很久没有见过单琳儿了，她虽是府中的主母，但是只在自己的院子里画地为牢，谁也不见，也不出门。

“好！”单逨想着下次带嬴萤去召公府看看姑姑，他也想知道姑姑现在过得如何。召公见单逨答应便低头离开了，单逨有些忧愁地注视着召公离开的背影。

单逨刚刚推门进入院子，就看见嘉言走了过来。

“表哥，一起去前厅吃早饭吧。嬴萤姐和单棠哥都在等你。”嘉言款款而来，轻声细语地说着。

“好，我正好也饿了。”单逨听到嬴萤都在，便和嘉言一起朝前厅走去。

“单逨哥，快来坐下！”单华远远地看见嘉言和单逨，便招手让单逨坐下。单华之前对嘉言有着很大的偏见，自从知道嘉言是单逨的表妹之后就好了很多，嘉言小小年纪，为人处世都非常成熟。

“今日早餐怎么这么丰盛？”单逨看见桌子上摆放着各色各样的早饭，每一样都不多见，有些好奇地问道。

“这些都是嘉言姐做的。”单华看着桌子上红的、黄的，有些形状像花儿，有些像动物的点心开心地说。

“嘉言还会做这些呢？”单逨笑着夸赞嘉言，只是不曾发现嬴萤眼中的落寞。嘉言明白嬴萤为何难过。

“嬴萤，你也尝尝！”嘉言听了单逨的话只是笑笑，然后她给嬴萤夹了一个像桃花一样的点心。嬴萤惊愕地抬头，看见嘉言如沐春风的笑容，突然间觉得只有嘉言这样的大家闺秀才能配上单速。她明知自己喜欢单速，却处处为自己着想。即使所有人都没有发现她的忧伤，她一眼就发现了，并及时给予安慰。

“嗯，嬴萤，你也尝尝，确实好吃。”单速没有发现嬴萤不开心，他不知道嘉言喜欢自己，只把嘉言当成自己的妹妹。

“嗯，好！”嬴萤露出笑脸，夹起嘉言给自己的点心，轻轻地吃了一口。味道甜而不腻，她想不出来像嘉言这样的世家小姐也会有如此好的厨艺。

“想不到我们嘉言小小年纪还有这么好的手艺。”单速一直不在府里，所以不知道嘉言会经常做饭给他们吃，于是毫不吝啬地夸奖嘉言。嬴萤听到单速的夸奖也只是笑了笑，曾几何时，单速也夸过自己的厨艺了得。她在想单速到底知不知道嘉言喜欢他呢？单棠看着嬴萤强装开心的表情，又看了看单速毫不知情的样子，低头不说话，吃着自己碗里的饭。嘉言看着单速吃得开心的样子，也是发自内心的高兴。一顿早饭就在大家各怀心事中结束。

“单棠，你随我来一下书房。”单速吃过饭对单棠说道，然后等单棠跟他一起去书房。书房坐落在院子的最里面，弯弯曲曲的穿过花园即到。恰好有种曲径通幽处的感觉，单速喜静，书房选在这里远离喧嚣。书房的窗户正对着花园，每当他累了的时候可以看看花园里的景色。从这里就能看出当时姬静选这个院子的用心。

“单速，找我什么事？”单棠进了单速的书房，自顾地找了个地方坐了下来。他不经常来单速的书房，他不喜欢一些舞文弄墨的东西，每次来书房看见满房间的书和挂在墙上的字画他就有些头疼。

“大王想让你进宫做禁军的统领，你怎么看？”单速见单棠只是随意笑笑，他们两个同岁，早已像兄弟一样。姬静之所以没有直接下旨只是尊重单棠，如若他不愿意，姬静自然不会勉强他。

“大王托你来问我的？”单棠不知道这是姬静的意思还是单速替他求来的，这些年来他一直带兵打仗，已经是将军了。现在边疆安定，他便一直赋闲在家。

“是大王的意思，大王怕你不愿意，所以先托我问问你，尊重你的意见。”单逨知道单棠不希望自己为他求任何功名。

“单逨哥，我想打仗，我喜欢在战场上的感觉。我不想一辈子困在那四方天，像一个笼中鹰一样。”单逨第一次发现单棠喊自己哥哥，有些震惊地看着单棠。他在姬静跟他说这事的时候就感觉单棠不会愿意的，单棠是那种只属于战场的人，宫里的繁文缛节不适合他。

“嗯，我知道，但是大王说现在没有合适的人，希望你过去顶替一段时间。”单逨还是把姬静的意思转告给单棠，他不知道姬静这样做是为什么，总觉得姬静这样安排是有自己的意思。

“嗯，好！我去！”单棠知道是姬静希望自己去顶替一段时间就不再拒绝了。两人正说着话，就听见小雷子在外面喊：“单将军！”

单逨和单棠彼此看了看对方，眼神中都是不解。虽不知道小雷子是因为什么过来，但他是天子身边的人，他过来定有重要的事情。两人出门就把小雷子迎了进来，单棠看见小雷子进屋就把房门带上出去了，留下了单逨和小雷子两个人。

“雷总管，你怎么过来了？”单逨让小雷子坐在椅子上。

“单将军，我是偷偷过来的，是王后娘娘吩咐我过来的。”今日本该轮到小雷子休息，王后一大早就把他喊过去。王后娘娘让他在早朝后找单逨，可是单逨早朝后跟召公在一起，他一直没有机会，不得不寻到小院来。

“王后娘娘有什么事情吩咐？”单逨听是王后找自己，就明白应该是大王独宠女鸠的事情。

“王后娘娘说是想请单将军规劝大王效访文王勤政爱民，切莫疏离国事。”小雷子把王后的原话带给单逨，心里也是对单逨佩服得很，王后娘娘办不成的事情，单将军三言两句就能解决了。

“烦请雷总管给王后娘娘回个话，规劝大王是臣子本分。只是王后所说之事，解铃还须系铃人。”小雷子听了单将军的话，有些不解地看着单逨，单逨看着小雷子一脸迷茫的样子笑着说道，“你把我的话传给王后娘娘，王后知道怎么做。”

小雷子把单逨的话传给王后，王后便让他下去了。姜燕坐在椅子上，脑袋里一直回想着单逨那句“解铃还须系铃人”。她不懂单逨是什么意思，坐在那里一动不动。

“王后，想不通就别想了，身子骨还没有好利索呢。我说请个巫医来看看，你又不许，看看人都瘦了一大圈了。”傅嬷嬷看着王后眼神空洞地想着事情，有些心疼地说着姜燕。姜燕是她从小看着长大的，聪明伶俐，心地善良，自然也知道她和女鸠的关系。

“傅嬷嬷，你说解铃还须系铃人是什么意思啊？”姜燕并没接傅嬷嬷的话，而是突然问了傅嬷嬷这个问题。

“那还用说，这事就是你的不对，没事给大王纳什么妃，你看现在招来这么个妖精。”傅嬷嬷是姜燕的奶娘，说起话来也毫不留情面。

“大王肯定是因为我给他纳妃生气了。”姜燕有些情绪低落地看向傅嬷嬷。

“你现在才知道吗？谁不知道大王对你的感情，可你呢？三番两次把大王往别的宫里推就算了，还给他从各地纳了那么多漂亮妃子。”傅嬷嬷看着姜燕明白过来，就把自己说了很多遍的话再次说给姜燕听。

“傅嬷嬷，我知道！我都知道！可是我有什么办法啊？我这肚子不争气……”姜燕说着就哭了起来，把这些年的委屈都哭了出来。

“好孩子！好孩子！嬷嬷知道你不容易，可是大王或许不这样想，他在朝堂之上的压力不比你小，万事还有他顶着呢。”傅嬷嬷抱着姜燕，轻轻地拍着，安慰她。

“嬷嬷，我明白了。”姜燕听了傅嬷嬷的话，一下子从傅嬷嬷怀中起来。她只想着自己，却没有站在姬静的角度考虑。

“嬷嬷，快，你去给我找套素净的衣服，然后你去见大王，就说我在永巷跪着不愿意起来。”姜燕擦干眼泪，吩咐傅嬷嬷。

“王后，这……”傅嬷嬷不懂姜燕是什么意思，只是愣愣地看着姜燕。

“哎呀，嬷嬷，你别问了，照做就好了！”姜燕推着傅嬷嬷让她快点走！傅嬷嬷知道姜燕是个伶俐的人，有自己的主意，就去大王那里了。

姜燕摘掉所有的饰品，穿着一身鹅黄素服，用白色腰带做个简单的装饰轻缠腰间，美好的身段展露无遗。瀑布般的黑丝用一根丝锦扎在脑后，如清水出芙蓉，天然去雕饰般美好。

姬静听了傅嬷嬷的话，急忙丢下手中的竹简，飞快地跑到永巷。夕阳西下，纤细的背影，那盛开的晚霞，是姜燕的陪衬。黄昏中，微风起，浓黑的瀑布长发随风飞舞，像极了那一池盛开的白莲。姬静慢慢地向前挪步，他不想破坏这种美好。他注视着姜燕，一步一步向她走去，眼中都是姜燕的一颦一笑。

“大王，您来了！”姜燕知道姬静在自己身后，她在等姬静向她走来，可是后面的姬静一直不动。

“燕儿……”姬静喊着姜燕的名字，走到姜燕跟前，盯着她的脸看。这些日子他对姜燕都避而不见，真正见到她时，千言万语只能无语凝咽。

“阿宣，我向你赔罪来了，是我不好，我没有考虑你的感受就坚持给你纳妃。是我太自私，看不见你的爱！”姜燕说着眼泪就流了下来。姬静从来没有看见过姜燕流泪，他把姜燕搂在怀里，不停地安慰着。

“燕儿，是寡人不好，寡人不该这样试探你！是寡人不好！”姬静看见姜燕难过，内心很自责，只能不停地跟姜燕道歉。

“阿宣，你不生我气了？”姜燕泪眼点点地看着姬静，姬静看着姜燕红着的眼睛，可怜的样子甚是可爱，便笑着点头然后扶起她一起去了康寝。

第五十五章 单速大婚

姜燕永巷脱簪，规劝大王姬静勤于朝政，一时间成为大周的美谈。自从姜燕向大王请罪后，姬静就再没有踏进章华宫半步。女鸠得知姬静带着姜燕去参加单速的婚礼后，把章华宫能砸的东西都砸了。宫女劝不住，只能任由她砸着。

“你们都给我滚下去！”女鸠的声音从章华宫传了出来，宫人只能跑了出来，留下女鸠一个人在章华宫里面对着一地的凌乱。

“为什么？为什么？”她不停地哭着，她不懂自己为什么样样都输给姜燕。姜燕不想要的时候随便一扔，等她想要的时候只需要一个眼神，姬静就乖乖地跟着她走了。自己成了王宫里最大的笑话，杜伯是这样，大王也是这样。不是说帝王没有心吗？为什么姜燕能得到帝王的心？

女鸠抱紧自己，无声地哭泣着，这个时候一个大胆的宫女走了进来。

单公府内。

单公府喜气洋洋，到处都是红色的绸缎、红色的灯笼，仿佛给这十二月的天气映红了。因为大王和王后的到来，单速的婚事办得热闹而庄重。姬静没有想到才短短的两个月，单速居然要结婚了，结婚的对象居然是嘉言。姬静问单速，他每次都不说话。

姬静和姜燕坐在上方，看着单龚忙来忙去地招呼着客人，姬静抓紧姜燕的手，感觉到前所未有的幸福。单速骑着高头大马，笑迎着要进门的新娘子。在单速的心里策划过无数场婚礼，也想象过婚礼时他是种怎样的心情，可是此时此刻轿子里坐的却不是嬴萤。他不知道嬴萤去了哪里，怎么都寻不到她，或许她去了别的地方，想以另一种方式开始新的生活。

单速望向身后的轿子，轿子里坐的是他即将过门的妻子。他负了嬴萤，他满心愧疚，可是对于嘉言又何尝公平。

那日母亲告诉自己，她命不久矣。她流着泪说："速儿，母亲最放心不下的人就是你了，母亲不是不开明的人，只是嬴萤不适合这高门大户的生活。没有一个母亲不希望自己的儿子幸福的，母亲求你，求你了，你就娶了嘉言吧。你就信母亲一回，就信母亲一回。"他不信母亲说的。他把嬴萤叫来号脉，把镐京城所有的医者请来号脉。可是真如母亲说的那样。

那日母亲也当着自己的面问了嘉言愿不愿意嫁给自己。嘉言说愿意。母亲又问，即使单速心里住着嬴萤，你也愿意嫁给他吗？他记得嘉言看着他，用坚定的声音说她愿意。不得不承认嘉言是个万里挑一的姑娘，单速问自己如果自己没有先遇见嬴萤，会不会爱上嘉言，他心里回答会的。他跟嬴萤说了母亲的情况，也说了自己会娶嘉言。当他说要娶嬴萤为平妻时，他看见了嬴萤眼神中的失望和震撼。嬴萤始终一句话都没有说，只是看着他笑了笑就走了。

单速想着自己曾经对嬴萤的承诺，他说过要给嬴萤最盛大的婚礼，他说过要让她穿上最美的红衣，成为这个世界上最幸福的新娘，誓言历历在目，转脸间他娶了别人。他一直都知道，知道自己只要娶了嘉言，他与嬴萤这辈子都不可能了。嬴萤那样心高气傲的人，怎么可能与别人共侍一夫。她与这世俗不同，与这世界上的每个人都不一样。她要的是一生一世一双人，她要的是执子之手，与子偕老，她要的是遇一人白首，择一城终老。她的心里只有自己，可是自己的心里却有太多太多的东西，嬴萤只是其中之一。

单速迎着嘉言进门，就看见单华慌慌张张地跑了进来。

“单速哥……单速哥……嬴萤姐……”单华由于跑得太快，不停地喘着粗气，断断续续地说着。

“嬴萤怎么了？”单速上前抓住单华的衣领着急地问道。周围的人都不解地看着单速，姬静听到嬴萤的名字也站了起来。嘉言轻轻握住单速的手，单速知道嘉言是提醒自己注意场合。自己找了好久都没有找到的嬴萤突然现身，突然听到她的消息怎能不激动呢?

“嬴萤在南城门……她……”单华的话还没有说完，单速就跑了出去。

“她要跳城门……”单华把话说完，嘉言就扯下盖头，也跟着跑了出去。她有些生气，觉得嬴萤是故意扰乱她的婚礼，她要去看看她到底想做些什么。姬静扶着姜燕也跟着去了。

嬴萤穿着及地的嫁衣，衣尾拖在城门的台阶上。嫁衣如血样红，上头用金线绣了并蒂莲，样式简单却很大方。嬴萤很喜欢，这是她花了两个月绣好的嫁衣，一针一线都是自己美好的回忆。她垂目，朝着城门下方望去，看了半晌也没有看到单速的踪影。

“嬴萤，你下来。”身后传来单棠颤抖的声音，他伸着手要拉嬴萤下来。

“不！你不要过来！”嬴萤看着单棠，疯狂地喊着，单棠不敢上前。

“嬴萤，你知道这两个月我都去哪儿了吗？我去羌地看了湖，去衡山看了花鸟，还去了漠北看了当地的风土人情，最后还在北冥看了阴阳交替。”单棠说着，顿了顿，凝眉看着嬴萤。

“嬴萤，这世间，还有种种美好。这人间，还有种种值得，嬴萤，既然来了这人间走一趟，便跟我一道走吧。我带你去看日升日落，带你看遍四季花开，好不好？至少给我一次机会。给我一个对你好的机会，给我一个爱你的机会！”

单棠望着嬴萤，眼中带着悲伤。嬴萤从未见过这样的单棠，她有些心酸，有些难过，可是很多话都没有办法说出口，只是不停地摇着头。

“嬴萤！你下来！”单速连气都不敢喘地看着站在城门上面的嬴萤，一袭红衣似血，长发在风中飞舞。嬴萤看着站在城下的单速，眼眸里瞬间泛出了一抹酸涩。

“单速哥，你来了。”嬴萤望着单速，他的脸色无比苍白，紧咬着唇角，眼睛瞪得大大的等着嬴萤，他大抵是知道嬴萤想要做什么。

“嬴萤，你别做傻事，你下来！我们有话好好说，这两个月我找你找得好辛苦！”单速冲着嬴萤咆哮着，他希望嬴萤是在跟自己开玩笑，可是他知道不是，她一直都是那种决绝的人。

“单速哥，下不来了，回不去了！”嬴萤看着他，哽咽着说道，城门底下聚集的人越来越多，可是嬴萤的眼睛里只看见单速。他的表情微微一愣，迟疑着没有说话。或者他想说些什么，看到身后奔跑而来的嘉言，终究是什么话都没有说出口。嬴萤看着他，视线变得无比模糊。仿佛银杏树下的少年还在说着娶自己的誓言，当日没有大红嫁衣，今日自己穿来亲手绣的嫁衣，弥补当日的遗憾。

“嬴萤，能回得去，你还有我，我带你回终南山，再也不回这地方。”身后的单棠小心翼翼地说着，又朝着嬴萤迈了一步。嬴萤没有回头，只是睁大了眸子，不让眼泪流下来。她不敢回头，也不能回头。

“可是怎么办呢？我只爱单速哥，就是爱着他。除了我，他已经娶了我，他不能娶任何人。除了他，我不愿心里再住任何人。”嬴萤说完就看着脚下，风一吹，整个人晃了晃，城下的人一声惊呼。单棠看着嬴萤，伸手抓着空气，眼眸猩红一片，这一幕，无论对于他，还是对于嬴萤，都无比的残忍。

“嬴萤，你下来！你下来！跟我回去，我们现在就成婚！”单速看不见嬴萤的表情，只见嬴萤的嫁衣在风中摇摆。嘉言听着单速的话，微微地握着手，面色紧张地盯着城门上的嬴萤。单逨已经无法顾及嘉言，他一门心思全在城门上的嬴萤身上。

“单逨哥，你不用骗我，我生在乡野，长在乡野，这辈子都嫁不进你们单府。今日是你成亲的大好日子，我不愿等，也不忍看。你说娶我做平妻，可是我不愿与人共侍一夫，我不愿你的心里除了我还有别人！单逨哥，对不起，用这样的方式让你记住我！”嬴萤看着单逨，笑得特别凄美。说罢便朝着城门下，纵身一跃。

“嬴萤！”身后传来单棠的一声惊呼，而底下那些排着队的人，也瞬间四散而开。单逨不敢置信地看着城门上落下来的那抹艳红，用尽平生最快的速度向那落下的红衣跑过去。脑袋一片空白，只有一个声音在耳边说：“接住她，接住她。”

“扑通”一声响，嬴萤落在了单逨的脚下，单逨眉头一蹙，便颤颤巍巍地蹲了下来，满地的鲜血像极了盛开的红玫瑰。

“嬴萤！”单棠趴在城墙上，向下看嬴萤躺在血泊里。他的呐喊声像悲泣的相思鸟，让人听了泪目。

单逨看着鲜血不停地从嬴萤的身体里流出，嬴萤的嘴角上扬，好像还在微笑，单逨抱起嬴萤。“为什么要这样？为什么要这样？”他哽咽着，眼中已经蓄满了泪水，说不出一个完整的句子，只是不停地问嬴萤。

“因为只有这样今天我才是你的新娘，因为只有这样此后余生你的记忆里永远都有我！只有这样你才不会忘了我！”嬴萤说完，艰难地抬起手想要抚摸他脸颊上的泪水，却没有半分的力气。

“嬴萤，我要你活着，你给我活着，我们还有很多地方没有去！我答应你的事情还没有做到。你起来！起来啊！”单逨抱着嬴萤狠狠地摇晃着，可是怀里的人像睡着了，怎么摇都摇不醒。单华站在后面哭着，嘉言上前拍着单逨的肩膀：“嬴萤姐已经走了，你带她回家吧！”

单速看着眼前的人模糊了视线，他点了点头，如同行尸走肉一般抱起嬴萤向家的方向走去。

“嬴萤，别怕！我带你回家！”单速在嬴萤的耳边轻轻地说着，好像声音大一点就会吵到熟睡的嬴萤一样。匆匆赶来的姬静和姜燕看着单速抱着满身是血的嬴萤，又看见哭红了眼睛的单华，愣在了那里。姜燕刚要开口，姬静拉住了她，姜燕顺着姬静的视线看到单速空洞的眼神便不敢出声，他们跟在单速的后面默默地走着。

第五十六章 再战荆蛮

单逑的婚事因为嬴萤的事情中途取消了，原本大红的装扮全都换成了诰白色。嬴萤以单逑正妻的身份下葬，嘉言全身素白地操办着嬴萤的丧事。单夫人病倒，单逑变得像活死人一样，嘉言挑起了单府的大梁，有条不紊地操办着嬴萤的丧事。对于嬴萤这样决绝的做法，受伤最大的莫过于嘉言。女人这辈子就一次婚礼，原本属于她的盛大婚礼竟成了别人的葬礼。自己的正妻之位让给了个死人，她自己莫名其妙地成了平妻。嘉言没有哭没有闹，只是平静地料理着单府的大小事务。

“嘉言，我们没有拜堂，你若是想回去，这门亲事可以不作数的。”嬴萤入土的那天晚上，单逑看见嘉言忙碌的样子于心不忍，他害死了嬴萤，不想嘉言也一样。

“表哥，事到如今，已经没有回旋的余地了。我已经出了家门，便是单公府的人，你若不想要我，只需给我一纸休书即可！”嘉言看着单逑，一脸疲惫地说着，可是单逑却从嘉言的眼神里看见从未有过的坚强。他一直不懂像嘉言这样养在深闺的女子，养尊处优，为何还会如此倔强。嬴萤的事情对自己无疑是晴天霹雳，但是对于嘉言也相当于致命的打击。可是她不仅没有倒下，而是顽强地站了起来，把每件事情处理得恰到好处。

“嘉言，我对不起你！”单逨知道被休的女子回到娘家过的什么日子，想再嫁个清白人家怕是难了。可是自己的心里住着嬴萤，这样便是害了嘉言。

“表哥，不需要说对不起，一切都是我自愿的。你能让我留在单公府，给我一个安身立命之所就可以了，嘉言不求其他。”说完就留下单逨一个人走了。嘉言出了门，她的贴身丫鬟蓝桃眼看她就要晕倒，上前扶住了她。

“姑娘，你这是何苦呢？”蓝桃有些心疼地看着嘉言，姑娘虽在府内不得宠，可终究是嫡出的小姐，从未受过这样的罪。

“蓝桃，扶我回去！”嘉言未接蓝桃的话，她太累了，只想安静地休息。

蓝桃伺候嘉言躺下，看嘉言闭上眼睛，带上门退了出去。躺在床上的嘉言听见了关门声时睁开了眼睛，眼泪就顺着眼角流了下来。她一直人前装作若无其事，可是她的苦楚谁又真正能体会。有些时候她是羡慕嬴萤的，她无父无母、无牵无挂。单逨虽跟自己结婚，可是心里装的一直是嬴萤。这个世界上，嬴萤虽是一人，但是有很多人关心她，自己呢？母亲早死，父亲妻妾成群，自己被人遗忘甚至得不到半分真心。嬴萤的果敢是她所没有的。

有些时候她是恨嬴萤的，恨她破坏了自己的婚礼，可是看着她跳下来的那刻，自己又是钦佩她的。自己永远做不到那样，不管多么爱一个人，自己都不会为之付出生命。这些年来，大宅院里的生活早就教会她一个道理，不管多难，咬咬牙，挺过去就好了！人若死了，就什么都没有了。嘉言就这样想着想着，一直睡到了第二日中午。

“蓝桃，我睡了多久？”嘉言起身，外面的阳光有些刺眼，她用手挡着眼睛，正好外面的蓝桃打水回来。

“姑娘，已经是第二日中午了，马上吃午饭了。”蓝桃把水放下，看着嘉言似乎有话要说，可是又不敢说的样子。

“你想说什么就说吧！”嘉言看着蓝桃，蓝桃是自己的丫鬟，只要一个眼神就知道她的想法。

“姑娘，要不我们还是回去吧！”蓝桃看着嘉言吞吞吐吐地说了这样一句话。

“蓝桃，以后这样的话不许再说了！”嘉言盯着蓝桃，不怒而威。蓝桃看见嘉言这样的表情就知道嘉言是生气了。嘉言叹了口气，看着蓝桃小心翼翼的样子说道：“蓝桃，咱们在将军府过的什么日子，你应该知道。明面上我是将军府嫡出大小姐，实则与下人无异。父亲指望我出嫁能结个好亲事，那些姨娘们也不敢对我怎么样，如今我要是回去了，一个被休弃之人，大约连父亲都不愿收留我。我们在单公府，表哥对我没有爱意却会以礼相待，单公府里我还是三少爷的妻子。”嘉言面无表情地分析着，好像说的都是别人的事情。蓝桃看着嘉言沉着冷静的样子，明明是跟自己同岁的人，如果换成了自己估计早就不愿活在这世上了。

“可是姑爷太过分了，说好的正妻变成了平妻！”蓝桃抬头有些气愤地说着。

“他也不想的，再说我跟个死人争什么？不管什么位分，死了还有什么呢？我又何必跟个死人过不去。蓝桃，人只有活着才有希望。”嘉言看着蓝桃，她想说不管单逨心中是否有她，她都愿意去等，她相信只要活着总会有希望的。只是这话她不能告诉蓝桃，怕蓝桃担心。

“知道了，姑娘！刚刚姑爷过来了，见姑娘还在睡就走了！”蓝桃似懂非懂地点着头。

“嗯，替我梳妆，我去看看！”嘉言听说单逨来找她，有些吃惊，有一种不安的感觉。

嘉言在单公府的花园里，看见单逨正负手立在那棵茂盛却没有一片叶子的合欢树下，背影有说不出的寂寞与孤寂，嘉言轻轻地走上前，不想破坏这种美好，更不想打扰单逨的思绪。

“嘉言，你来了！”单速在嘉言刚刚进入院子的时候就知道她来了，可是他不敢说，也不知道怎么跟她说。

“表哥，回屋去吧，这天太冷，小心身体。”嘉言柔声地说道，她看着单速单薄的衣裳在风中感觉格外的清冷，如同现在他的人一般。她在想原来那个笑起来温暖如玉的表哥应是随着嬴萤的离开一起离开了。

“我无事，只是你身子单薄，要小心些。”单速看着嘉言还是素色的衣衫，不加任何装饰，头发只是随意地挽着，在寒冬里显得更加的清瘦。

“表哥寻我何事？”嘉言不知道单速因为什么事情找她，但是她总感觉他有事情和自己说。

“嘉言，我要去荆蛮了，不知多久才能回来。”单速不敢看嘉言，但是要说的话还是说出了口，他不知道嘉言是什么样的表情，但是他知道嘉言定是难过的。

“表哥，你应该去战场，那里适合你！”单速听着嘉言的语气里没有悲伤，没有责怪，甚至连一点怨气都没有，他惊奇地抬头看着嘉言。

“表哥，我知道你心里难过，我也一样。你出去走走也好，你本该属于战场的，家里交给我，你放心！”嘉言笑着看着单速，她明白单速想去战场是因为嬴萤的事情难过，他需要发泄的地方，战场对于单速来说就是最好的发泄场所。

“嘉言，我这一去不知道多久，你该有自己的生活……”单速抬头望向远方，他不知道自己这一去还能不能回来，他希望嘉言能有自己的生活。

“表哥，你不用担心我，我不是嬴萤，没有她的洒脱，我只是这万千红尘中最平凡卑微的尘埃。我出身世家，接受的是世家的礼仪教养。固有的观念无法改变，我相信时间是最好的良药，我留在单公府是因为我没有比这更好的去处。表哥，无须为我担心，如果有好的去处，我会自行离开。”嘉言看着单速，神情淡漠地说着，好像单速出去或者不出去对于她而言都是无关紧要的事情。单速听着嘉言这样说，突然感觉整个人都轻松了不少。

“嘉言……”单速还想说些什么，但是看着嘉言坚定的眼神终究没有说出口。他知道嘉言外表柔弱内心刚强，自己下定决心的事情谁也没有办法改变。

“表哥，你什么时候出发？”嘉言不想听单速的劝说。单速也听出了嘉言的意思，也放弃劝说嘉言。但是他听到嘉言问他何时走的时候，竟然不知怎么开口。

“明日就走！”

“好，我帮你收拾一下，你去看看姑姑吧！”嘉言没有任何惊奇，对她来说早走或者晚走都没有区别，总归是要走的。单速听到嘉言提醒自己去看望母亲，他有些不敢直视嘉言。母亲病重，自己真的能毫无牵挂地走向战场吗？这一去，不知道何时才能回来，母亲怎么办？单速突然为自己的自私感到羞愧。嘉言看出了单速的纠结，笑着对单速说：“表哥，姑姑没事，我和大表哥会照顾好她的。她也希望你能快乐。若是姑姑有什么事情我会第一时间通知你。”单速听到嘉言这样说，感激地看着嘉言。嘉言只是对他笑笑。

“我会尽快回来的！”单速看着嘉言说道，这次荆蛮他不得不去，原想去了就不回来了，可是就在刚刚他改变主意了。他舍不得，这里有自己的家，有生病的母亲，有自己的责任。他不能就这样自私地抛下一切让嘉言独自面对，这对嘉言不公平。像她这个年纪的女孩本该躲在父母怀中撒娇，可是这段时间她经历了她这个年纪不该经历的一切。嘉言听单速的话，明白他应该是想通了。

“好！我等你回来！”嘉言看着单速，他能想明白是最好不过的，她相信在不久的将来，单速会淡忘嬴萤的事情。自己只要有恒心，慢慢等待，总有一天会走进单速的心里。

“楚国国君僭越称王，此番讨伐荆蛮，我不得不去。”过了许久，单速试图跟嘉言解释，他不明白自己为什么要跟嘉言说这些，或许嬴萤的离开改变了他的一些认知，又或许他想找个倾听者。他不懂自己怎么会这样。

“楚国称王，大王多番忍让，现在大周国力强盛，自然要讨伐他们。只是荆蛮地势险要，此番出征表哥定要照顾好自己。”嘉言虽是闺中女子，但是父亲身为将军，对局势自然要比旁人看得透彻。自从自己见过单速后，就更加关注朝堂，想着日后嫁于他便可助他一臂之力。

“嗯，放心吧！”单速说，“这次讨伐荆蛮，大王是下定了决心的。”因为担心单速的伤势，姬静除了命他率领三万将士之外，还命方叔跟随左右。这场战争是必胜的，只是时间问题。

第五十七章 鲁国送亲

单速在荆蛮的战争势如破竹，荆蛮节节败退。单速和方叔正在商量下一步的进攻方向。

“报，大王急件。”一个衣服上沾满灰尘、脸上露着疲态的人跪在下面，看他的样子肯定日夜兼程，单速接过信件让人带他下去休息。

“大王所说何事？”方叔看单速拿着信件发呆，想着定是大王有重要的吩咐。

“大王召我回镐京，荆蛮之事都交与你！”单速把信件递给方叔，方叔不可置信地拿着信件看了起来，他不明白荆蛮之战眼看胜利在望为何突然要召单速回去。他更担忧的是突然间主帅离开，军心大乱，这场必胜的战役会不会有变数。

“你不必担忧，你在军中的威望已经远超过我了。”单速虽不解大王现在急召他回去，但是看见方叔紧皱的眉头便知道他在想些什么。

“这个时候你还有心情打趣我，我是真的担心。”方叔听到单速的话不仅没有高兴，反而更忧愁了。

“你骁勇善战，足智多谋，关键是你比我年轻，打了这么多仗，你完全可以做主帅。”方叔看着文文静静的，但是上了战场就跟换了个人一样，他的身上有一种一夫当关、万夫莫开的气势，像极了年轻时候的自己。单速相信不久的将来方叔定会成为大周征战四方的主帅。

“在我的心里，将军才是主帅，我只是跟着将军学习的。”方叔崇拜地看着单速，他眼中的单速是常胜将军，他南征北战、戎马一生却没有半点浮躁之气。他一视同仁，待人温和有礼。这些日子他跟随着单速学习了很多，不仅仅是作战，更是做人。

“若说学习，那你已经出师了！方叔，你一定没有问题了。至于下面的战役想怎么打全由你决定。大王召我定有急事，我现在就回镐京。”单速拍了拍方叔的肩膀，就匆忙离开了。

单速披星戴月、风餐露宿地赶到镐京城时，小雷子已经在城门口等他。单速好奇小雷子怎么会知道自己今日到达。

“单将军，我已经在这等了两天了，大王估计你差不多该到了就命我在这等候了。”小雷子看着单速风尘仆仆的样子，就知道单速定是不眠不休地一路赶来。

“出了什么事情？大王为何突然急召我回来？”单速想从小雷子这里打探出姬静叫他回来的原因。除了遇到了非常棘手而且是姬静没有办法解决的事情才会把他从战场上叫回来。

“我也不知道是何事。”小雷子也觉得莫名其妙。

“那最近宫中有何事发生？”单速看着小雷子的样子是确实不知道。

“鲁国给大王送公主，大王自从见过鲁国的公主后就不对劲。经常走神，晚上还做噩梦。”小雷子在脑中搜索着朝廷发生的大事，想来想去只有鲁国送亲一事。

“各国国君没有少往宫中送美人，一般大王只是给她们位分就放在后宫里了。可是这个不一样，大王见过使者之后就说选个吉日封妃。然后大王就命人召单将军回来……”小雷子把自己的疑惑尽可能详细地说给单速听。单速听了小雷子的回答就更加疑惑，若是别的事情姬静叫自己回来还说得通，感情的事情好像不应该叫自己，毕竟自己的感情都处理得一塌糊涂，想到这里脑海中就出现了嬴萤跳城那一幕。他摇了摇头，姬静和姜燕感情那么好，不可能是因为感情的事。小雷子见单速沉思也不再说话，两人一直到宫中。

“单将军进去吧，大王在里面等着你呢！”小雷子的话把单速拉回到了现实，看着眼前红色的雕花门窗，单速才明白自己到了。他抬脚进去，里面的人好像听到外面的动静一样跑了过来。

“单速哥，你终于来了！”姬静快速地走到单速面前，这让要跪下行礼的单速只能木讷地站着。看着姬静慌张又兴奋的模样，单速好像已经很久没有见到这样的姬静了。这些年的姬静早已经习惯了喜怒不形于色，可是眼前的他好像又回到了小时候。

“大王，何事如此慌张？”单速看着姬静，有些惊讶又有些心疼。

“单速哥，我看见姬脉了，他没有死！”姬静突然变得很忧郁，又有些自责地说道，“他一定很恨我！”

“大王，你看见谁了？脉儿？在哪儿看见的？”单速看着姬静一连串地发问。

“鲁国送亲的队伍里，不过他现在不叫姬脉，他叫公子戏。我第一次见他时，只感觉他很熟悉，可是又不认识。直到他说了句诗我才知道那是姬脉。”姬静把宴会当天的情况说给单速听，他想让单速回来看看姬脉真的没死。

“他说了什么？”单速不解地问道。

“红光漫天火中飞，棠棣之花血中泣。”姬静没有任何表情地读着姬脉念的那首诗，他清楚地记得姬脉念这两句话时，眼睛中的戏谑和嘲笑。姬静知道他为什么回来，他怨自己更怨召公。朝堂之上的召公也认出了姬脉。单速听到这句话时，就知道脉儿没有死，他真的回来了。

“他在哪里？”单速想去看看这个人，他必须亲眼确认这个人是姬脉。他不明白姬脉怎么成了鲁国国君的次子，更不明白他以这个身份回来的目的。

“驿馆，我怕他走，就寻了个借口把他留下。”姬静现在想想应该多此一举，就是自己不留他，他也会找个借口留下来的。姬脉真的是回来报仇的吗？自己应该怎么做呢？开始的时候他以为只要姬脉一句话，自己都能把命还他。可是现在不行，他舍不得，舍不得这人世繁华，舍不得姜燕，更舍不得姜燕腹中的骨肉。

“我去看看。”

“嗯！”单速在得到姬静同意的时候就快步地离开了。

单速到驿馆的时候，看见站在门口的召公。

“召公！”单速上前向召公行礼。

“速儿？”召公连忙上前扶起单速，有些不敢置信地看着单速，仿佛站在自己面前的不是单速一样。

“大王召我回来的。”单速看到召公吃惊的样子，知道他是想问自己现在应该在战场上，怎么回来了。

“胡闹！”召公生气地抽出扶起单速的手，语气中带着不满和气愤。在单速来之前他已经在这里受了公子戏的气，他想见见公子戏，想确认眼前这个人是不是他的儿子，可是公子戏不但不见他还让人侮辱他。

“召公，荆蛮节节败退，方叔能力不低于我。”单速看着召公气愤的样子，知道他是心系大周，便耐心地跟他解释。看着他站在驿馆前的样子，单速也猜测到召公在这里必定受了不少气。要说姬脉恨自己和姬静，那么他一定更恨召公。他现在还记得脉儿当时看召公的眼神。

“单将军，我家公子请您上去。”单速和召公正说着话便跑来一个长相秀气的仆人。单速看向驿馆，他当然知道请他去的人是谁。

“召公大人，我家公子说只请单将军。”召公也跟在单速后面，不想仆人伸出双手挡在了召公面前。召公看着眼前这个稚气的少年，内心的怒火就要发作。

“召公大人别为难小人，小人只是听从公子吩咐。”小仆人看着召公威严要爆发的样子，只能装作可怜搬出公子来。单速看着这个聪明的仆人，关键时刻知道怎么保护自己不受伤，连一个小厮都如此聪慧，那么他的主人又是何等的智慧。

小厮把单速送进房间就退了出来，驿馆还是一如既往的陈列，不同的是房间的主人换成了别人。单速看着背向自己、一直看向窗外的人。青色的衣服、青色的腰带，头上还戴了个青色的玉饰。他站在那里不动，即使隔着一段距离，单速依旧能感觉到那人身上的冷漠。单速不禁蹙眉，眼前这个人真的是小时候那个开朗温暖的姬脉吗？是那个看见自己就喊哥哥、吵着让自己抱的脉儿吗？

“你来了！”没有温度、没有起伏的声音，像极了才见面没有多久的老友再次归来。

“是你吗？”单速颤抖地问道，时间过了那么久，单速看不见眼前人的容貌，也听不出来他的声音。这么久了，很多事情都变了。

“单将军以为我是谁？”姬脉转过身来，眼睛直视着单速。单速看着眼前的人戴着面具，身上的白色里衣紧紧地围着脖子，只能看见眼睛周边的皮肤。即使这样单速还是一眼认定这个人是姬脉，因为那双眼睛就是脉儿的眼睛。

“脉儿，是你吗？”单速不敢向前走，也不敢大声地说话。他害怕眼前的这个人会突然消失，即使来的时候他做了十万分思想工作，可是见到姬脉的那刻他还是不敢相信。

“单将军说笑了，我是鲁国二公子，公子戏。”姬脉笑着看单速惊慌失措的样子，既然回来了那不管是召公还是姬静，欠自己的总要讨回来。

“不，你是脉儿！”姬脉眼中一闪而过的恨意被单速捕捉到了，一定是姬脉，否则不会有这样的眼神。

“单将军口中的姬脉是不是召公之子？听说已经被大火活活烧死了。唉！真是可惜。你说一个六岁的孩子被家人扔进火海是种怎样的心情啊？”单速看不见姬脉的表情，但是他眼中迸发出来的冷漠和绝望还是让单速感到震撼。这个时候单速才意识到有些伤害一辈子都无法弥补，有些伤害不会随着时间的流逝而消失，只会越来越深。

“脉儿，你还恨我？”单速看着姬脉，不知怎么的就问了这么一句。明知道脉儿肯定会恨自己的，如果当时不是自己提出那个办法，也许脉儿的人生就会不一样。不管自己的初衷是什么，我不杀伯仁，伯仁却因我而死。单速看见姬脉在听到自己喊脉儿的时候，身体一僵。他知道姬脉对自己还是有感情的，并不全是恨。

“单将军，这话你应该问姬脉不应该问我，我可没有办法替你传话给个死人。”姬脉看着单速的样子，突然觉得这样的方式索然无味，从小就异常聪慧的单速也不过如此。其实自己没有心思在这跟他打哑谜，他想着怎么样才能让驿馆外的人痛不欲生，听说他纳了小妾，听说容叶文武双全。呵！自己这个儿子对他可真是一点影响都没有呢？

“姬脉，我知道你回来了，若有空去看看姑姑吧。自从你离开后，她生不如死，如今把自己困在召公府内的一处院子里不愿见任何人，只拜佛念经。她一直在等你，她说你不会死的，她说她活着全部都是因为等你，等不到你她就不会死。”单速把姑姑的近况讲给姬脉听，这个世界上若有他在乎的人，那便是姑姑了吧。他承认他这样做有些自私，可是若是姑姑能化解姬脉的怨恨，也许脉儿就不会这样痛苦。有些时候恨一个人很痛苦，苦到时时刻刻把自己的伤口撕裂然后再舔干净。

“单将军，本公子已经说过了，我不是姬脉。你若是有什么话还是去姬脉的坟上对姬脉说吧。本公子可没有兴趣听单将军在这打亲情牌。”姬脉看着单速笑着说，好像单速说的一切都跟自己无关一样。自己作为一个局外人只不过是看了一场戏而已。

第五十八章 偷天换日

单逨走后，姬脉跌坐在椅子上，双手不停地颤抖。他害怕见到母亲，这个世界上若真有让自己牵挂的人，那就只有母亲了。以往每年他总要偷偷地远远地看看母亲，可是她好像发现了自己，看着她求自己出来的时候，他真是恨不得想立刻出去抱抱她，告诉她自己还活着。可是他不能，他还有重要的事情没有做，他还没有让那个人后悔。这些年自己不曾去看她，但是每年不管自己的生祭还是死祭，她总会去坟前和自己说说话，每次都会给自己做几身衣服。他真的希望她能像父亲一样开心地活着，看着她这些年来过得生不如死，他的心像被别人剜了一样难受。

姬脉走着走着就来到了召公府，他轻而易举地就进入了单琳儿的院子。她看见清露正在教训下人，俨然一副当家主母的样子。如果不是母亲无心过问府中事务，哪里有她说话的地方。当年在一起读书，觉得她是知书达理的，没有想到她使用各种手段嫁进了召公府，不过说到底还是个妾。姬脉鄙夷地向单琳儿的卧房走去，总有一天清露让母亲受的屈辱，他会替母亲讨回来。

房间还是自己走的时候一模一样的摆设，单琳儿坐在床前认真地缝着什么。她的双手已经有些颤抖，眼睛离着布匹很近，视线应该也不太好。

“夫人，歇歇吧，别缝了，你的眼睛已经看不见了，就不要再做这些了。”采荷端着茶水进来，忧心地说道。姬脉认得采荷，那是外祖母送给母亲的陪嫁丫头，她与母亲一样大的年纪，可是母亲却像一个年近古稀的老人。

“采荷，没事，我趁着没全瞎之前多做两套。”单琳儿笑着回答采荷，眼睛却没有离开那做了一半的长衫。青蓝色的布料，上面一针一线绣着飞鹤，看着款式是年轻男子的衣服，应该做给容叶的吧。

“夫人，你做这些大少爷也穿不到。”采荷有些生气地说道，她不明白夫人为何如此固执，大少爷明明已经死了那么多年，她还是雷打不动地一年做八套衣服，四套烧了，四套留下。明明自己的眼睛就要看不见了却毫不在乎。

“采荷，我跟你说了多少次了，脉儿没有死，他会穿到的。莫不是连我的话你都不听了。”单琳儿抬起头，生气地看着采荷说道。与其说看，倒不如说只是朝着采荷说话的方向望去。采荷看见单琳儿真的生气了，悄悄地走过来，蹲在单琳儿旁边。

“夫人，大少爷要是还活着这些年为什么不回来啊？采荷跟您一样，希望大少爷活着，可是我们不得认清现实吗？生活还要继续，你看看老爷现在已经把这个家都交给那个狐狸精了。”采荷苦口婆心地劝着，她知道只要夫人愿意，老爷对夫人还是有感情的。她不希望夫人用这种方式度过余生。

“采荷，你出去吧！我这里不需要你伺候。”单琳儿面无表情地抽出被采荷紧握着的手。采荷知道自己真的是触怒了夫人，默不作声地退了出去。姬脉看着采荷出来的时候躲了一下。当他再向屋里看去时，看见单琳儿坐在床边捂着嘴巴哭泣。

过了一会儿，单琳儿好像情绪平和一点之后，向床边的柜子走去，她打开柜子，映入眼帘的是满满一柜子的衣服，这些衣服用料考究，刺绣各式各样，颜色也各异。单琳儿从衣服里拿出一个木制的拨浪鼓。

“脉儿，你在哪里？你若活着为什么不来见母亲一面。母亲想你了！母亲不相信你死了，你看看这些衣服，都是母亲替你做的。母亲记得我的脉儿最喜欢穿青色的衣服，母亲不知道我的脉儿长大了还喜不喜欢青色了。母亲每一种颜色都做了。脉儿，我的脉儿，你现在是不是也像速儿那么高了？母亲想你了，你若活着就来看看母亲吧。让母亲好好地看看你，你若再不来，母亲就看不到你了。脉儿，我的脉儿，你现在在哪儿？为什么不来见我？你恨我对不对？你恨我没有保护好你。你恨母亲是对的，是母亲没有用，让我的脉儿那么小就受这样的罪，是母亲没有用。脉儿，你真的恨母亲恨得如此之深吗？母亲不敢死，我怕脉儿回来找不到母亲。脉儿，我的脉儿，母亲还能等你多久？”单琳儿一边说着一边抱着那些衣服哭了起来，而站在门外的姬脉在单琳儿拿起拨浪鼓的刹那就泪流满面。那是他小时候母亲亲手为他做的，他看见母亲为了帮他做拨浪鼓手指磨出了血泡。听着母亲字字如血的质问，看着母亲痛哭流涕，姬脉才发现自己是如此残忍之人。他不忍也不敢再看下去了，仓皇地逃出了召公府。

回到驿馆的姬脉让木鱼拿来了镜子，木鱼看着姬脉，总觉得二公子和平日不一样了。自从大火过后，二公子从不照镜子，也不许他的房间出现镜子，今日怎么突然要镜子了。姬脉没有理会木鱼探究的眼光，只是让他放下镜子出去。

木鱼出去后，姬脉拿起镜子，坐在床上，看着镜子中包裹严实的自己，就像黑夜里的燕别故一样，永远见不得光。他轻轻地解开里衣，一直包裹着的肌肤裸露出来，上面横七竖八的裂痕，歪歪扭扭地挤在一起，一种无法形容的丑陋的颜色像贴敷在脖子上一样，张开狰狞的口子，讥笑着他苦涩的人生和坎坷的经历。他小心翼翼地拿下面具，盯着镜子中的自己，眼泪就流了出来。镜子中那是怎样的一张脸，左边的脸大大的眼睛，根根分明的睫毛附在上面，睫毛上的雾气更为这半张脸增添了一种韵味。宝剑一样的眉毛，因为白皙的皮肤越发的黑亮。不看别的即使这半张脸已经颠倒众生。他依稀记得母亲说过的话，她说："我们脉儿，将来长大定是一个难得一见的美男子！"可是镜子右边的脸呢？那是脸吗？脸上没有皮没有肉，凹陷下去的脸蛋密密麻麻地撮在一起，只有一双清澈的大眼。

"母亲，你若看见脉儿这个样子，还想见我吗？"姬脉摸着自己那半面丑陋的脸呢喃着。

"啊！"姬脉生气地把桌上的镜子挥倒在地，屋外的木鱼听到镜子碎裂的声音，无奈地叹息着。姬脉趴在桌上，即使很痛苦却始终没有掉下眼泪。如果当初商容没有救自己，如果自己丧生在那场大火里，是不是就没有这么多痛苦。姬脉看着远处，这些加在自己身上的痛苦定百倍地偿还给他们。

单逨确定公子戏就是姬脉后，就回到小院。他没有告诉姑姑，他怕姬脉不认姑姑，徒增了姑姑的伤感。

"子期，你知道公子戏的底细吗？"单逨进入院子，看着正在喝茶的子期问道，子期看见单逨像见了鬼一样，一口茶喷了出来，幸好单逨眼疾手快才不至于让茶喷在自己身上。

"你怎么回来了？"子期的惊叫声引起了其他人的注意，单之、单华也出来了，看见单逨回来，大家都很疑惑也很开心。

"大王有急事就召我回来了。"单逨扫了一圈没有看到单棠，自从嬴萤死了以后他就再也没有同自己说过一句话。子期看着单逨的目光知道他是在找单棠便主动说道："单棠带兵去攻打东夷了。"单逨笑着点头。单棠喜欢战场，也许战场才是他疗伤的地方。

"单逨哥，你别担心大师兄，他挺好的，现在他是先锋将军。"单之把自己知道的都告诉单逨，他不像单华一样心思单纯，他能看出单棠与单逨之间的问题。

"你怎么想起问公子戏了？"子期看着单逨，想着他刚刚才回来就问公子戏，应该知道公子戏来大周送亲了。

"我今日回来的时候先见了大王，大王说他是送亲使者，我想知道他的底细。”单速不想告诉他们公子戏就是姬脉，他想等以后一切都公开后再告诉他们。

“单速哥，我知道！”单华高兴地举着手，第一时间把自己知道的告诉单速。

“公子戏是鲁国侯的二公子，为人英俊，才华横溢。但是他上面有个哥哥公子括，他与公子括一母同胞，但是两人感情不和，从小就各种比试。据说五年前鲁侯府发生了一场大火，失火的地方正是公子戏的住所，公子戏虽捡回了一条命但是毁了容貌，从此后只能以面具示人。听闻从那以后公子戏性情大变。”单华把这些日子从街头和茶馆听到的绘声绘色地讲给单速听。单速听了后皱着眉头不说话。

“怎么个性情大变？”单之对公子戏也起了兴趣，看着单华问道。

“原来的公子戏性情善良，对待下人那是温和有度。喜欢结交朋友，隔三岔五就宴请朋友载歌载舞。可是自从发生大火后，整个人变得冷酷无情，喜欢独处，身边除了一个仆人，其他人根本近不了身。”单华得意扬扬地看着单之，好像在说“我厉害不”。单之看到单华的表情笑着说道：“你居然能打听出来这么多信息，看来去茶馆的钱没有白花。”单华看着单之当着这么多人的面取笑自己，脸都红了，想反驳可是居然找不到反驳的话，因为他说的是实话，而且他花的钱都是单速的。

“能打听到这些东西真的很不容易，单华，你以后没事就打听着。”单速看着单华认真地说道，单华原以为单速也跟单之一样嘲笑自己的，但是他看着单速一副认真的表情知道他并不是开玩笑的。想着自己还是能帮到单速的，心情也变得好起来了。

“好了，我去茶馆了，看看有没有什么最新的消息。”单华神气活现地迈着大步离开了，单之也追上单华随他一起去茶馆消遣时光了。

“你是为了这个公子戏回来的？”子期不明所以地看着单速。公子戏一直生活在鲁国，单速怎么会跟他有联系？

“嗯，是的，你可曾打探过什么？”单逨看着子期，觉得他应该知道得比这些街头巷尾的传闻多。

“打听不出什么，能打听出来的都是大火之前的，大火之后他的一切都比较神秘。”一个人能把自己保护得这么严密，想来也是个不简单的人。单逨点头，他猜想姬脉定是在那场大火时把自己和公子戏调换了，只是真正的公子戏去了哪里？或许早就葬身那场大火里，他戴着面具就是为了更好地骗过众人。那么在他没有成为公子戏之前，他在哪里？在做些什么？有一点可以肯定，姑姑曾经看见的人应该就是他。他现在回来的目的肯定是报复，可是他要从谁下手呢？

子期看着单逨紧皱的眉头，明白他这次定是遇到难题了，什么样的难题能让他这样纠结？十有八九与这公子戏有关。

“子期，吩咐子未时刻盯着王后，务必保证王后胎儿安全。”单逨虽觉得姬脉不会这样做，但是仇恨会让人失去本性、失去理智。

“好！”子期虽不知道单逨这样做的本意，也想不出谁会对王后下手，但是看着单逨严肃的凝重的表情，还是点头吩咐下去。子期出去单逨都不曾抬头，他一直在思考着应该怎么做才能化解姬脉心中的怨恨。

第五十九章 召公遇劫

单速昨天一夜苦思冥想可是还是毫无所获，他穿戴整齐上朝时，远远地看见跪在康剌宫的门口披头散发的芮良夫。芮良夫的身边已经围着一群人，单速上前想问怎么了，还没有开口，芮良夫就瞪着他，仿佛看见仇人一般。单速对于芮良夫的行为觉得莫名其妙，不知道自己何时得罪他老人家了。季子白看见单速不明所以的样子就把他拉了过来。

“你还不知道发生什么事情了吧？”季子白把单速拉到一个没有人的角落小声地问道。

“发生了何事？芮良夫怎么了？”单速皱着眉头，直觉告诉他应该是发生了什么大事。

“芮良夫唯一的女儿，后来嫁与召公做平妻的清露昨夜在召公府被杀了！”单速不可置信地看着季子白，他虽讨厌清露，但是始终没有想过她死。

“谁杀的？”单速紧张地抓着季子白，不会是姑姑一气之下杀了清露的，姑姑那么善良不会做出这样的事情。可是除了姑姑他想不出谁有动机杀清露。

“是召公，大王有意想把事情压下去，奈何清露是芮良夫独女，他誓死要替清露讨个公道。”单速听了季子白的话觉得不可思议，他不相信是召公杀了清露。他见过召公看清露的眼神，那是有爱意的，而且他没有理由也没有动机杀清露。

“不可能！召公没有杀清露的动机啊？”单速不假思索地反驳。季子白听到单速这样说也没有惊讶，因为所有人都和单速想的一样。召公府的主母自从儿子去世后就万念俱灰不问世事，每次宫中家宴，都是召公偕清露参加。看召公和清露的互动，谁也不敢相信召公会杀了清露。

“我当时听说也是跟你一样的反应，但是清露死在了召公的床上。被发现时召公还宿醉未醒，清露是被人掐死的，掐痕刚好与召公的手吻合。召公只说自己喝醉了，什么都记不得了。”季子白把从晏阳那里打听到的信息全部告诉了单速，他看着单速已经不像刚才那样惊魂未定，心想毕竟是身经百战的人，心思也是让人看不透。

两人站在那里正说着话，就听见小雷子那尖细的嗓子喊道：“今日早朝免了，大王宣芮良夫进殿。”小雷子的话刚说完，大臣们相继离开了，都是长年在官场上混的人，都明白不该知道的别瞎打听。单速想着尽快去召公府问问召公究竟发生了什么。召公府要是倒了，姑姑连个安身之所都没有了，自己深陷牢狱之时，也是召公不遗余力地救自己的。

单速和季子白准备结伴而行，走到城门口时，听见小雷子的喊声。两人停步等着跑得满头大汗的小雷子。

“雷总管，可有何事？”季子白看着小雷子，心想莫不是大王有何吩咐。

“大王让奴才给单将军带句话！”小雷子恭敬地回着季子白的话，眼睛却看向单速。季子白听小雷子这样说，就知趣地先离开了。单速笑着看向小雷子问道：“雷总管，大王说了什么？”

“大王说，召公之事怕是难办，他给拖延时间，单将军还是早日查清。”小雷子担忧地瞄着单逨，他也知道这次事情怕是难办了。召公位列三公，是朝堂举足轻重的人物，可是芮良夫也是芮国的国君啊，这次他势必要同召公拼个鱼死网破的。

“好，我知道了！烦请雷总管回复大王，让他安心即可。”小雷子看单逨一副不慌不忙的样子，想着他应该是有办法的，就回去向大王复命了。

单逨一路沉思，不一会儿就走到了召公府门口。看着街口对自己指指点点的人，单逨面无表情地越过，可是耳边却传来：“东边的巨石开裂了，据说咱们王后怀的是亡国之子。”单逨停下脚步看着私下讨论的人，原以为这些人是讨论召公府的，仔细一听才明白说的是王后。

“福伯，怎么回事？”福伯看见单逨过来就迎了过去，他看见单逨就像看见救星一样，只要单逨肯帮忙，那他们老爷定是有救了。福伯看着单逨正在看周边窃窃私语的人，就明白单逨问的何事。

“单将军，昨夜东边山上的巨石爆裂了，不知道怎么就传出了王后会早产，而且生的还是个王子。如果王子身体有缺陷，那国泰民安；若王子生下来四肢健全，那就是亡国之兆。”福伯把今日一早就传遍镐京城的消息告诉单逨，单逨想着姬静此刻应该也知道了。单逨看着召公府的门头，想着流言而已，只要王后不早产，那么流言就不攻自破了，现在还是先调查召公的事情最为重要。单逨抬步向召公府走去，福伯在后面小心翼翼地跟着。

单逨推门看见召公红着眼睛、毫无生机地看向自己，才过了短短一日，他就胡子拉碴，头发蓬乱。召公看见单逨进来后眼睛又转向别人，从前单逨见的召公都是容光焕发，即使国人暴怒也会以一己之力力挽狂澜。可是如今懒洋洋地、无精打采地躺在椅子上的真的是那个位列大周三公的召公吗？这与街上蓬头垢面的乞丐有何区别？

“想不到你还能来看我？”召公看着单逨，吐出的话低迷而又嘶哑。看样子昨夜真的是醉得不省人事。一个不省人事的人又怎么会掐死一个年轻的女子呢？单速觉得事情不像自己表面看到的那样简单。

“我奉大王之命来彻查此事，我相信这事不是召公所为。”单速看见召公的态度也不生气，只是告诉他自己来的目的，希望召公能振作起来配合自己。

“你是第一个相信我的人，我连自己都不相信自己！”召公内心是感激单速的信任的，自古锦上添花易，雪中送炭难。他能来看看自己、能相信自己已经够了。毕竟自己做的事情伤了他姑姑，从那以后自己便与单速形同陌路了。

“既然如此就更要调查清楚，召公何时变得如此懦弱，是你做的我定不会偏袒，不是你做的自然不能白白地认了，中了他人奸计。”召公听到单速这样说，突然有点看不起自己，自己活了这么大岁数，在朝廷沉浮几十年，竟没有一个孩子的胸襟和睿智。

“对！速儿说得对！是我做的，我不会抵；不是我做的，我绝不认。此乃大丈夫所为。可是速儿我真的是醉得不省人事，我记不得我中途做了什么。”召公前一秒还激情昂扬，但是想到自己醉酒误伤人命就悔恨地捶着自己的脑袋。

“你能跟我说说昨夜的事情吗？”单速看着召公自责的样子，有些唏嘘。他想知道当天晚上到底发生了什么，这一切都好像一个巨大的网，等着他们往里跳。

“我在驿馆想见公子戏，他以身体不适不能见外人为由，把我拒之门外。你来他请你进去，而我却在门口站了半天。原本我寻思着不能着急，慢慢来，但是我实在太想知道他是不是脉儿了，就有些执拗，便在驿馆外一直等到天黑。我想着如果是脉儿，他应该不忍心看我一直站在门外。后来他让仆人给我带了句话：‘父教子亡，不敢不亡。’速儿，这句话是不是告诉我他就是姬脉。但是他不会认我，因为脉儿已经被我杀死了。我伤心难过之余，不知不觉就走到城中，看到一个酒馆就进去了，我只记得我一个人喝了很多酒。其间老板劝过我，我没有听还拿召公府压了他。后来我就喝醉了，怎么回的府，怎么杀的清露一概不知。我不敢相信自己会杀清露。清露是我看着长大的，嫁与我后处处为我着想，嘘寒问暖。我虽不爱她，但是也不厌恶她，长久的相处我对她还是有感情的。”召公陷入了回忆，回忆着与清露在一起的点点滴滴。他不敢相信自己会做出这样的事情，可是除了自己又没有人进过这个房间。

“谁送你回来的？你在酒楼就醉了？清露是死在你床上？”单速环顾这个房间，这是召公书房的一间卧室，看样子清露应该是死在了主卧。

“我不知道谁送我回来的，我没有心思问这些。我是早上起来的时候发现清露一丝不挂地躺在我旁边，脖子上的掐痕明显。”召公想了想还是把自己知道的都告诉单速，现在自己的心乱得很，很多事情没有办法捋清楚。单速从小就聪明，他作为一个局外人能客观地分析问题。召公见单速不说话，应该是在思考问题。

“速儿，脉儿的事情先别告诉你姑姑，我怕她跑去找脉儿再像我一样受了委屈。”召公试探地和单速商量着，他有信心单速会答应的，因为只要是为了琳儿好的，单速都会去做。

召公的话还没有说完，门就被人用力地推开了。单速和召公同时回头，看见单琳儿一脸愤怒的表情望着他们。

“脉儿回来了是不是？你们告诉我脉儿是不是回来了？”单琳儿知道单速因为召公的事情而来，原本她对召公已经没有感情了，若说有那只剩下了恨。可是她不相信召公会杀清露，而她更不希望召公府就此没了。其实召公府有没有都与她没有关系，可是若召公府没有了，脉儿回来会找不到家的。当她到门口时，听到他们在说脉儿，原来脉儿真的回来了，只是瞒着自己。

“姑姑，你先坐下听我说。”单速扶着单琳儿坐在椅子上，单琳儿的胳膊细得只剩骨头了，刹那间单速有些心酸。召公看着单琳儿，他有多久没有见到她了，原本那个丰腴的人已经变得枯瘦如柴，胖嘟嘟的脸蛋儿凹陷了下去，即使她已经梳妆打扮过，依旧能看出她粉底下沧桑的容颜。

“速儿，脉儿回来了是不是？我想见他！”单琳儿无视召公的眼神，直接抓住单速的手激动地问道。单速有些痛，看着姑姑紧张的表情亦没有表现出来，任由她抓着。

“姑姑，脉儿没有死，他回来了！”单速看着单琳儿，温柔地笑着说。既然姑姑已经知道了，索性就告诉她。脉儿不愿意认他们，但是并不代表脉儿不愿意认姑姑。这个世界上，唯一让脉儿感到温暖并牵挂的人那便是姑姑了。

“我就知道脉儿没有死，我就知道脉儿不会死的。我的脉儿！”单速的话刚刚说完，单琳儿号啕大哭，仿佛要把这些年来所受的委屈全部哭出来一样。那凄婉的声音让召公红了眼。这些年来只有她一直认为脉儿没有死，可是所有人都把她当成疯子。如今单速亲口告诉她脉儿没有死，脉儿回来了，长久的压抑在此刻找到了宣泄的出口。

“速儿，脉儿现在怎么样了？多高？胖不胖？这些年他怎么过的？”单琳儿像突然想到了什么一样，不停地问着单速。她想知道姬脉所有的事情，一点一滴都不想错过。单速皱着眉头不知道该怎么回答她，他要怎么说才能让姑姑接受脉儿不愿认他们的事实呢？

“姑姑，脉儿很高，长得跟我一样高，比我瘦一点。不过他现在有个身份，鲁国的二公子，叫公子戏。”单速笑着把他看见的事情跟姑姑说，姑姑这么聪明的人很多事情一点就通，即使他不说想必姑姑也会明白。

“公子戏？脉儿不准备与我们相认了。呵！也对，当日我们亲手把他送进大火里，如今怎么能奢望他与我们相认呢？”单琳儿笑中有太多的凄惨与无奈，她看向召公的眼神有着太多的恨意。单速看着两人，一时间不知道说些什么。姑姑的经历谁也不能做到感同身受。

“姑姑，你可以私下去见见脉儿，也许他会同你相认。”单速的话刚刚说完，召公就抬头看向单速，显然他不同意单速的提议。

“不可！”一直不曾说话的召公有些激动，说完后他就低着头，不敢与单琳儿对视。脉儿都能让他这个父亲在门口站那么久，单琳儿身体不好，怎么能受得了这样的打击。

“我不是你！速儿，他在哪里，我要去见他。”单琳儿知道召公在想什么，可是她不是他，即使她的脉儿让她下跪，她也是要见的。不亲眼看见自己的儿子，她怎么能甘心？

“他在驿馆！”单速看着召公不说话，明白他那是默认了，就把姬脉住的地方告诉了单琳儿。单琳儿趔趔趄趄地跑了出去，现在的她一心只想见到姬脉。

“我走了！”单速看着走神的召公，见召公没有任何反应，完全沉浸在自己的世界里。

第六十章 亡国之言

“福伯，昨夜是谁送召公回来的？”单逨出门看见福伯正在门口焦虑地走来走去。

“单将军，昨夜是同福馆的小二送召公回来的。老奴看见召公醉了就想扶他回屋休息。夫人见召公一直没有回来，也跟老夫一起等。后来老奴帮着夫人把召公扶进屋就带上门出来了。”单逨明白福伯口中的夫人是指清露，想着清露还是有些能耐的，连福伯这样的老人都称她为夫人。福伯是苦恼的，他不明白昨夜还好好的人，早上起来就没了。

“其间有人进过召公房间吗？”单逨看着苦思的福伯问道。

“召公回来时都是后半夜了，所有下人都去休息了。”福伯已经问过府中下人了，没有人进过召公房间，而且主人的房间其他人也不敢随意进入。单逨是不信的，显然是有人趁人不注意时进入了房间杀了清露，诬陷召公。是府中的人吗？谁会恨清露至此呢？

“没事了，福伯你去忙吧！”单逨想着先去同福馆问问小二他送召公回来时的情况，就让福伯离开了。

单速在去同福馆的路上，单琳儿已经到了驿馆外。她站在驿馆外，却不敢向前走，她终于明白那句“近乡情更怯”了。她看着这个驿馆，这就是她日思夜想的儿子住的地方。在她疯狂跑向驿馆，又在驿馆外张望时，姬脉站在窗户边已经看见了她。姬脉捂着嘴巴，眼泪不听话地流了出来。过了很久，他让人带她上来。

单琳儿一直没有开口，只是盯着眼前这个戴着面具的少年。他穿着蓝色的衣衫，上面什么图案都没有绣，只露出两只明亮的眼睛。身材高大但有些清瘦。看到眼前的这个人就是自己的儿子，眼泪就流了出来。原以为过了这些年，眼泪已经流干了。

“召公夫人，你见我何事？”姬脉克制着自己的感情，冷漠地看着泪流满面的单琳儿。

“脉儿，我的脉儿！”单琳儿根本不理会姬脉的眼神和问题，直接上前抱住了姬脉。她感觉怀中的人身体一僵。姬脉感受着母亲的怀抱，还是那样的味道，还是一样的温暖，只是瘦了很多，抱自己时竟感觉硌人。

“召公夫人这是何意？在下鲁国公子戏！”即使再贪恋这个怀抱，姬脉也要推开她。现在他还不能相认，恶人还没有受到惩罚，他和母亲这些年受的罪还没有得到偿还，人生这是应了那句话，“恶魔在人间，地狱空荡荡”。他必须把那些恶魔送回地狱。

“对！你是公子戏，我不能害了脉儿。”单琳儿放开姬脉，她想保护他，他现在是公子戏，若让人知道他的身份，他会有麻烦的。姬脉看着单琳儿小心保护自己的样子，心猛然疼了起来。这个人不管任何时候都以自己为先。

“脉儿，现在没有人，我能叫你脉儿吗？”单琳儿看看四周，空荡荡的房间。她还是想叫他脉儿。

“随夫人高兴吧！”姬脉看着单琳儿紧张地环顾四周，便不忍心再说一些让她伤心的话。

“我的孩子，这些年让你受罪了，是母亲无能，保护不了你！”单琳儿知道姬脉这是变相承认了自己。她看着姬脉，想摸摸他的脸，想看看他如今长成了什么样子，可是那副面具阻断了她所有的向往。他为什么要戴个面具呢？因为不想暴露还是不想见自己。

“脉儿，我能不能看看你？”单琳儿的话刚说完，就看见姬脉眼神中的愤怒，她突然意识到自己不该这样问。

“召公夫人，没事请回吧。”姬脉面无表情地下了逐客令，他不敢揭开面具，他怕吓到她，他也不敢想象单琳儿看到那张丑陋的脸是一副怎样的表情。

“脉儿，是我错了，我不看了！不要赶我走好不好？”单琳儿哭着求着姬脉，她不离开，一刻都不想离开。好不容易才见到他，怎么能就这样离开？

“你是召公夫人，我是鲁国二公子，身份有别，还请召公夫人回去吧！”姬脉不理会单琳儿，他必须让她离开，因为现在的他还不能认她。他怕和她多待一分钟就会控制不住自己。他想好好地抱着她哭一场，把这些年来受的委屈都告诉她，他想把他在火场的惊恐都告诉她。

“脉儿，我明天再来看你！”单琳儿怕给姬脉添麻烦，想着明日再过来，她要回去给他做小时候爱吃的小米酥，她要回去给他的衣服上面绣满漂亮图案，而不是像现在这样素蓝一片。

单琳儿一步一回头地离开了房间，离开房间后她就快速地奔跑。姬脉看着她不顾形象地跑着觉得有些莫名其妙，他摇着头坐回椅子上。想着召公府和王宫都忙得不可开交了吧。

单速到了同福馆时已经是正午，嘈杂的环境因为单速的到来突然异常安静。召公的事情估计已经传遍了街头巷尾，此刻的单速想着广开言路、给百姓言论自由这一点是不是错了。掌柜的看见单速就把他迎上了二楼的一间包房里。单速进入包间后，小二就出现在单速面前。单速想着这个同福馆的掌柜不愧是做生意的老手，不需要你开口就知道你需要什么。

“单将军，他就是昨天送召公回去的小二大开，您有什么尽管问他，我就不奉陪了。”掌柜恭敬地向单速介绍着小二，然后等着单速发话就要退出。

“麻烦掌柜的了。”单速谢过掌柜并把他送了出去。

“大开，你能跟我说说昨天召公的情况吗？”单速看着拘谨地站在门口的大开，语气温和地问道。

“好的，单将军。昨天小人看见召公进来就招呼他坐下，感觉召公的心情不怎么好。他说要最好的酒，我就给他上了几壶白云酿，这是我们店里最好的酒。后来召公又要了几壶。最后关门的时候他趴在桌上睡着了，掌柜就让我送他回去了。回去的时候我把他交给他们府里的管家还有个女的了，看穿着打扮应该是个贵夫人。”店小二把当天晚上的事情尽可能详细地说给单速听，生怕自己漏了任何细节。

“其间有人去过召公那桌吗？”

“没有，小人记得很清楚，只有召公一人，小人看他心情不好，怕他喝多了闹事，时不时地就会看看召公那桌。”因为来的人是召公，所以店小二就格外地关注一些。

“你送他回去的路上，他醒来过吗？”单速想知道召公到底醉到何种程度，如若醉得不省人事，虽不能洗清他的嫌疑，但是也能证明他没有行动的能力。

“没有，怎么可能醒来？他可是喝了整整十坛白云酿。正常人喝五坛就不省人事了，更何况召公喝了十坛。”大开肯定地说道。

单速见也问不出什么，就让小二下去了。有了店小二的证词，至少能证明召公是无辜的了。可是凶手是谁呢？找不到凶手，以芮良夫的个性是绝不会善罢甘休的。单速出了同福馆就看见前来找自己的子期。

“子期，出了何事？”单速看见子期慌忙的样子，就知道肯定是大事。这些年来他从未见过子期因为何事慌张过，即使自己身陷大狱，他一直都是稳如泰山。

"王后早产，亡国之言得到印证，大王欲杀子。"子期上前，与单速肩并肩地走着，用只有两人能听到的声音说着。单速有些头疼地想着，一波未平，一波又起。

"子未看着王后怎么会早产？大王好不容易得到的孩子，怎么舍得杀？"单速怀疑地看着子期，虽然子期从未传递过错误情报，可是他还是有些不相信。姜燕能怀上孩子多么不容易，姬静膝下只有这一个孩子，他怎么可能杀了？王后的身体一直正常，又有子未跟随左右，怎么会突然早产？亡国之言，是真的给世人的警示吗？他从不相信这些。

"子未一直形影不离地跟在王后左右，天冷她回去拿个披风，见还有两个宫女陪着……转眼的工夫王后就摔倒了。大王原本想把事情压下来，不知道为何消息还是散了出去。我刚刚来的路上发现已经有人在讨论王后早产的事情了。"单速快步地向王宫的方向走去，他必须制止姬静。

"一切都发生得太快太反常了，快到我们所有人都措手不及。子期，你召子来、子之回来，让他们日夜不停地监视公子戏。"单速原来不曾怀疑姬脉，也不觉得两件事有任何牵连。可是他一回来，召公和姬静都遇到麻烦。两件事一起发生，都是姬脉最恨的人，他不得不怀疑。

"你是怀疑公子戏？"子期不明白公子戏和王后之间有何仇，恨到要杀了她的孩子。他见单速点头，他相信单速的判断。他快速地和单速分开，去做单速吩咐他的事情。

"单将军，你可来了！"小雷子看见单速，激动得就要给他下跪了。

"单将军，王后娘娘让我在这等你，说您一来就带你去康寝，大王也在那里。"小雷子语速飞快地和单速解释，说完就小跑着跟上单速，谁也没有时间在乎那些礼仪，他们只想着怎么劝说大王。单速到达康寝时，门口已经跪了一圈大臣。

“单将军，他们都是从康刺宫一路跟随着大王过来的，有的是劝大王杀小王子的，有的是阻止大王的。”小雷子一抬头就看见单逨疑问的眼神，就主动说这群跪着的大臣是怎么回事了。

“传得这样快。”单逨不敢相信，王后早产到现在才几个时辰，这传得太快了，快到像有人早就知道一样。

单逨越过跪着的大臣，在康寝内见到了大王和王后。生产后的王后身体还是很虚弱，她努力地坐正，她是大周的王后，代表的是大周的威严。她看见单逨进来，很想上前跟单逨说话，可是她不能，她只是看着单逨，希望单逨能劝劝姬静。

“臣单逨，拜见大王、王后。”单逨看见王后的表情就知道小王子应该无事。

“单将军起来吧！可有何事？”姬静不想单逨掺和到这件事情里面，也不想他劝说自己。原本他是不相信亡国之言的，可是王后早产而且生的是个男孩，这就让他不得不信了。

“臣为小王子之事而来！”单逨不避讳姬静，直接说出自己来的目的，现在亡国之言已经传得满城风雨了，自己也没有什么好遮掩的。王后听到单逨这样说，眼泪就掉了下来。她生的孩子，自己都没有看一眼就要被杀，她何尝不难过？明明只是一个婴儿，怎么就成了亡国的人呢？他还那么小，无论如何一定要救出她的孩子。

“单将军有何高见？寡人决计不会拿国家存亡当赌注的。”姬静看着单逨，他虽语气决绝，可是内心还是希望单逨能有办法解决眼前的困境。那是自己的亲骨肉，他也舍不得！

“大王，亡国之言子虚乌有，应是有心人恶意为之。单逨现在还不知道是何人为何这样做，但是请大王不要冲动，等单逨查明真相。”单逨的话刚刚说完，坐着的王后就晕了过去。王后一直强撑着，只是不希望姬静杀了她的孩子。她听到单逨说的话就知道自己的孩子有救了，心中的信念也放松了，终于可以好好地休息了。

“来人！快叫巫医！”姬静看着姜燕晕了过去，立马扶着姜燕，宫人们忙作一团。单速悄悄地退了出去，直到巫医和姬静说王后只是产后虚弱又受了刺激才会晕倒。姬静看屋内没有单速的身影，心想单速应该没有离开，就去找单速。他出去时，发现门口跪着的人都已离开。

第六十一章 破解困局

在曲折的楼阁小道上，姬静看见单逨正盯着一棵棠棣树发呆。

“单逨哥，有心事？”姬静上前走到单逨旁边，看着这些棠棣树，随手摸了摸枝丫。

“大王，我怀疑杀死清露和传播亡国之言这些事情都是脉儿做的。”单逨转向姬静，语气有些哽咽，更多的是笃定。

“脉儿？不可能！他没有理由也没有动机，他与王后不相识，更与小王子无冤无仇，为何要杀他？”姬静想也没有想就否定了，姬脉不可能要伤害小王子。

“他有理由，大王便是他杀小王子的理由。当年召公拿他换大王，今日他要大王亲手灭子。”姬静的反应，单逨早就猜到了。他冷静地给姬静分析姬脉这样做的目的。

“脉儿不会这样做的，他要动手早就动了，不会等到现在。”姬静还是不肯相信，他对姬脉一直是愧疚的，即使他身为天子，他一直都明白自己欠姬脉一条命。

“他之前没有动手是在等我，他知道你见到他定会召我回来。我回来他才动手。他早就筹划好了，他讨厌清露霸占了他母亲的位置，杀了清露诬陷召公。他恨召公亲手把他交出去，所以他要召公身败名裂。他恨大王，因为大王的命是拿他的命换的，他设计让大王亲手杀了自己的儿子，让你在负罪和王后的怨恨中过一生。他也恨我，他恨我不能救他，看着他被大火烧死却无能为力。现在他要我亲眼看着你和召公犯错却不能救。”单速笑着把姬脉做这些事情的目的告诉姬静，姬静看着单速的笑，知道他的笑是多么无奈和心疼。单速原本想不通，可是他看到这棵棠棣树时，一切都明朗了。

“原来他这么恨我！”姬静听完单速说的话，一个趔趄差点摔倒。此刻的他没有怪姬脉而是更多地心疼姬脉。一个人受了怎样的罪才会有那样的恨？这样的恨伴随了他二十年，直到现在还那么浓烈，他不敢想象姬脉每个夜晚是如何度过的。

“他内心的苦，我们无法了解。现在我们应该想办法化解眼前的困局。亡国之言已经传遍镐京，召公的事情更加急迫，芮良夫不会轻易放弃的。”单速忧愁地叹道，姬脉真的给自己出了个难题。清露的命在他眼中分文不值吗？现在的姬脉还是以前那个追在自己身后叫哥哥的姬脉吗？

“你随我出宫去见他！”姬静想出去与姬脉好好地谈谈，如果可以尽可能地弥补他。希望姬脉能放下心中的仇恨，更希望姬脉能就此收手。

“大王，明日早朝后再去！先把小王子的事情解决了！”单速看着太阳快落山了，想再去一趟芮良夫的府第和他好好地谈谈。明日早朝，大王应该能解决流言的事情。

“嗯，好！”姬静明白单速的意思，刚刚是自己冲动了。王后还在那躺着，小王子的事情还没有解决，他应该把这些流言消了然后有所准备地去见姬脉。那个时候不管姬脉是何态度自己都不会受制于人。

单速在芮良夫的门口站了许久才鼓足勇气进去，他看着素白一片的府内，脑海中出现他与清露第一次见面的场景，想着与清露上学时的点滴，想着芮良夫白发人送黑发人的悲伤。此刻的芮良夫定是不想见到自己的。

管家领单速进入灵堂，看见一个白发苍苍的老人穿着一身白衣趴在棺材上。看见那消瘦又倔强的背影，往日对清露的偏见都随着满屋的白色飘零。看着灵堂前摆满了黄色的秦兰花，那是清露生前最爱的花，清露喜欢的一切，芮良夫都用心地准备着。清露是他心尖上捧着的人，是他这辈子用生命保护的人。

芮良夫看见单速进来，眼神中的恨意是那样的明显，哪怕他知道清露的死与单速没有关系，但是只要和召公沾边的人他都看作是仇人。

“你来做什么？”芮良夫站了起来，虚弱地走向单速，眼神中带着不解和质问。

“我来看看清露，也来看看你！”单速眼神诚恳地看着芮良夫，之后便上前对着清露的棺材拜了三拜。祖母的死、嬴萤的死还有清露的死都让他明白，很多事情都是无法改变的，只能接受。转眼看这个年近古稀的老人，他经历的何尝不比自己多。

“看也看完了，你可以走了。”芮良夫克制着自己，不断地告诉自己与单速无关，但是现在的他真的不想看见单速。清露死了，他最爱的女儿死了。他看见清露躺在那里一动不动，心像被人掏出来，一刀又一刀地剜一样难受。他抱着她，把她带回来，他要为她讨个公道。

“清露不是召公杀的！”单速知道芮良夫不想见到自己，但是芮良夫有权知道真相。

“单速，我敬你为我大周立下汗马功劳，今日不想当着清露的面跟你争吵，你快些走吧！”芮良夫听了单速的话很生气，心想又是一个替召公虎说情的人。在单速来之前，周公来了照样被自己赶出去。如今为了清露，别说这些人，就是大王他也不怕。

“芮大夫，我说得是真的。我今天去了召公府，召公说自己喝醉了，什么都记不得了。然后我又去了召公喝酒的同福馆，他在那里喝了十坛白云酿。白云酿想必芮大夫应该知道。他醉得不省人事，是店小二大开送他回去的。回府已是后半夜，清露一直没睡在等待召公，而后和管家一起扶着召公回屋的。清露一直等待召公，可见召公与清露之间的感情深厚，召公没有杀清露的动机。况且已经喝得不省人事的召公也没有办法杀清露。”单速不紧不慢地把今天调查的信息都告诉芮良夫，他相信芮良夫会自己去查。芮良夫也是爱酒之人，自然也知道十坛白云酿意味着什么，他需要做的就是点醒芮良夫。

“哼，我最后悔的事情就是任由清露嫁给召公虎，要不然也不会有今天的下场。你说凶手不是召公虎，那凶手是谁？”芮良夫责怪自己对清露太过纵容，如果当初他不理会清露的以死相逼，今日自己看到的就不会是清露冰冷的尸体。纵然千般万般后悔也于事无补，自己能做的就是为清露讨个公道。

“我不知道凶手是谁，但是我相信总会有水落石出的那天。”单速不卑不亢地说着，坚定的语气让芮良夫浑身一震。

“别以为你这样说我就会放过召公虎，这只不过是你们为他脱罪的话罢了！”芮良夫有些松动，他已经相信单速的话，但是还没有调查清楚真相之前自己还是不能完全信任他。况且即使清露不是召公杀的，他也有责任。

“至于我说的是不是真的，芮大夫去调查一番自然就能知道。清露是芮大夫的爱女，你也不想让杀了她的人逍遥法外。芮大夫与召公同朝为官这么多年，召公是什么样的人，芮大夫应该比单速了解。”单速说完话之后留下了还在沉思的芮良夫，自己独自一人在夜色中回到自己的院落。

奔波劳累了一天，他和衣躺在床上，脑子里回放着今天发生过的所有事情。他有个习惯，每日睡前会反思今日自己做的事情，以找到做得不合适的地方，以求下次改进。虽然很累，脑袋昏沉，闭上眼睛还是无法入睡。就这样一直昏昏沉沉的，直到天快亮时他才睡着。

第二天日上三竿，单速才起来。这是他第一次起来这么迟，他看着窗外的阳光洒了进来，树影在窗外晃动，原来赖床也是一个不错的体验。因为睡得充足，心情也跟着好了起来。

子期见他醒来，告诉他今日早朝，周公带着众大臣替王子求情。大王命太史虞去看东山之石，测天象。结果在巨石背后发现了一个“兴”字，太史虞说是天降祥瑞。此乃“复兴之象”，预示着我大周将迎来复兴之治，大王听后特别高兴。在朝堂上许诺“思昔先王之德，兴滞补弊，夙夜不懈，以求使大周复兴之治”。后来百官和百姓都去看了东山之石，并参拜祈福。大王还命人在那里修建庙宇供百姓参拜。单速明白今日的姬静早已不是原来跟在自己后面的姬静了。自己一句话他就明白怎么破解眼前的困局，而还破解得这么完美。他已成长为一个真正的帝王，一个战场上杀伐果决、朝堂上翻手为云覆手为雨的天子。

看着外面的时辰，单速估摸着姬静应该快到了。正想着呢，外面传来小雷子的声音，单速看了子期一眼，子期就从后门出去了。单速打开门就听见小雷子说：“爷，你慢点！”小雷子一边说一边盯着姬静的脚下，时不时地为姬静清除路上的杂草，生怕绊倒了姬静。姬静一路上眉头紧皱，一脸的不悦。他是一个上过战场的天子，小雷子把他当成了一个娇弱的女儿家。

“雷总管，你回去吧。大王交给我了！”单速的话让小雷子的面色露出一丝不悦，他身为大王的贴身奴才，只有大王能指使他。他看向姬静，才发现姬静正盯着他看，眼中的愤怒不言而喻。此刻他才明白单速这是在帮他，他感激地看了单速一眼就退下了。

“爷，小心点！走吧！”单速充满戏谑地看着姬静，非常绅士地向姬静做了一个请的手势。

“走吧！单公公！”姬静知道单速在打趣自己也不生气，昂着头傲娇地走了。单速听到姬静的话，额头直冒黑线。两人很久没像少年时开玩笑了。这时院子里吹来的寒风竟觉得温暖起来了。

第六十二章 往事清零

两人出了院子，看着街上来来往往的人，相视一笑，向驿馆走去。

驿馆门外，单琳儿怀中紧紧地抱着两个篮子，任由冷风凌乱地吹着。她天未亮就在这等着了，姬脉不愿见她。她不懂昨日还与她说话的脉儿今日就如陌生人一样。她就那样站着，直到姬脉愿意见她为止。单逨看到在风中瑟瑟发抖的单琳儿时，快步地跑上去，站在风口，用自己的身体尽可能地为她挡风。

“脉儿……你……来了……”单琳儿见有人影遮住了洒下的阳光还有寒风，抬头看见单逨以及他眼中一闪而过的恨意，她牙齿咯吱响地蹦出几个字。单逨把自己的手覆在单琳儿的手上，尽可能地传递一些温度给她。单琳儿看着单逨的举动笑着说：“不要怪脉儿，这些年他活得不容易！”单逨心疼地点头。

这时小厮过来说二公子请他们三人过去，单琳儿立刻走到前面，差点因为跑得过急摔倒。单逨跟在后面无奈地摇着头，姬静一言不发地走在最后。他有些害怕见到单琳儿，这些年他派人打听过单琳儿的事情，也知道她受的苦并不比姬脉少。单琳儿与召公不同，她是个母亲，不管国家大事，只想保护自己的孩子。他没有勇气面对她，毕竟是自己让她骨肉分离。

单逨看着单琳儿快速准确地找到姬脉的房间便知道昨天她定是来见过姬脉了。姬脉看着单琳儿焦急地跑了进来，没有世家女子的端庄温婉，眼中有的只是自己。她的头发被大风吹得凌乱，头上的发饰有的脱落了，穿的还是昨日见他的那身衣服。脸色苍白而发红，应是在外面冻的。他觉得自己的心真的太冷了，竟然让最爱自己的母亲站在外面那么久。

“脉儿，你看看娘给你带了什么？”单琳儿不管不顾地直接把篮子放在桌子上，好像怕下一秒姬脉就将自己赶出去一样。她像献宝一样，从篮子里拿出一盘又一盘吃的。

“脉儿，这是水晶糕，这是合意酥、如意饼、合欢汤……这些都是你小时候爱吃的，这是娘亲手做的，你快尝尝。”姬脉看着单琳儿摆了一桌各式各样的点心，他闻着味儿就知道这是母亲亲手做的。看着母亲双手冻得红肿，怪不得她没有换衣服没有梳头发，原来是一夜未睡替自己准备这些吃食，眼泪就要夺眶而出。目光触及单逨和后面的姬静时，眼中一片清冷。

单琳儿看着姬脉站着也不说话，神情冷漠，忙说：“凉了，凉了，脉儿不吃，娘回头再重新做，做热的给脉儿吃。”姬脉听着拿了一块糕点塞在嘴里，味道和小时候一样。在梦里多少回思念的就是母亲做的糕点，小时候母亲总是端着热气腾腾的糕点，面带笑容眯着眼睛看着自己吃。那个时候的她年轻、漂亮，如今的她满脸的沧桑。

“人肉都吃过更何况凉了的点心。”姬脉吃着嘴里的点心，说着就像吃平常饭菜一样的话。单琳儿听到这话眼泪就像断了线的珠子，她的儿子受的罪是她无法想象的。一个六岁的孩子是怎么样死里逃生？又是怎么样到今天的？她捂着嘴，不停地摇着头。

“以后不会了，娘以后给你做热乎乎的饭菜。”单琳儿上前抱着姬脉，姬脉也不动，任由她抱着，他贪恋着母亲的怀抱，只有在母亲面前他才觉得自己是不被遗弃的人。

“脉儿，快！来试试合不合适。”单琳儿手忙脚乱地从篮子里拿出一件青色的衣衫，姬脉一看就认出来这是她那日替自己做的衣服，这么快就做好了。这应该也是她昨夜熬夜赶出来的。单琳儿看着姬脉盯着衣服也不说话，就以为他同意穿自己做的衣服了。说着就像小时候一样，上去解姬脉的里衣。

“啊！滚！”姬脉像触电般甩掉单琳儿的手。因为昨天一天没有吃东西加上又在风中站了许久，单琳儿摔倒在地，额头碰到桌子，顿时肿了起来还冒着血。姬脉反应过来，想上前扶起单琳儿。抬头看见单速攥紧拳头向自己走来，单琳儿立刻抱着单速的脚："速儿，脉儿不是故意的，是我不好！"单琳儿不顾自己的伤势抱着单速哭着说，单速不忍心，放开拳头，扶着单琳儿坐了起来。

“你们若无事请回吧！”姬脉怕自己会忍不住，只想把他们都打发走。他不是故意要推倒母亲的，他怕母亲看见自己的伤疤，他身上没有一块好的地方，容貌丑陋得像个怪物，怎么能生活在阳光下？

“脉儿，我原以为你不管受了多大的苦，哪怕你恨我们，想召公死、想静儿亲手杀了自己的孩子，可是我都认为你是善良的。姑姑这些年为了你过得多不容易，你怎么能这样对她？”单速刚刚平息下去的怒火因为姬脉的逐客令再次升起。单琳儿听到单速的话，惊恐地看着单速。

“不可能的，不会是脉儿的，我的脉儿是这个世界上最善良的孩子！”她不相信单速的话，虽然她不问世事，可是清露的死和亡国之言她都是知道的，这些都是她的儿子做的吗？想到这里，她发抖了，她的脉儿不会变成这样的。

“单将军现在站在道德的至高点来指责我吗？怎么不想想当年若不是你出的主意那个六岁的孩子会死吗？”姬脉咬牙切齿地盯着单速说道，如果现在的他不戴面具，他的脸定是扭曲在一起的。单琳儿听到姬脉这样说，就明白这些事情都是她儿子做的。她瘫倒在椅子上，不敢相信她的脉儿会杀人。

“当年的事情是寡人不对，是我！全部都是因为我才会害了你！对不起！脉哥哥！”一直不说话的姬静站了出来，这些年他一直想有机会当面向脉儿赎罪。可是真正有这个机会了，他竟不敢说我的命你拿去吧。

“对不起？是你的不对？你一句对不起就能让我原谅你吗？凭什么？你一句对不起就能弥补我这些年受过的罪吗？六岁的我被人架在火台上，眼睁睁地看着众人骂我，他们不愿我死得痛快，他们要看着我一点一点地被大火烧干。我那么小，看着火从我的脚下慢慢地爬上来。我呐喊、我绝望，你们在哪里？你们没有受过皮肤一块一块从身上撕扯下来的痛。是谁让我受这地狱般的煎熬。不是敌人、不是坏人，是生我养我的父亲、是爱我护我的速哥哥和静哥哥！是你们！现如今你们只尝到我万分之一的痛苦就鄙夷我，就怨恨我。试问这样的你们有什么资格乞求我的原谅？”姬脉疯魔一样地轻笑着，而后是大笑，笑到眼泪流了出来。他看着坐在椅子上的单琳儿，看着站着的单速和姬静。看着他们眼泪流了下来，只觉得那么可笑，自己能看见别人流泪，可是自己呢？谁能看见他流泪？自己的心早已千疮百孔了。

“脉儿，我的脉儿！是娘无能，娘让你受了这么多的苦。娘不配为人母！”单琳儿再也控制不住了，号啕大哭了起来。单速站在单琳儿的身后任由她哭着，他自己也红了眼眶。姬脉所经历的是他无法想象的，即使听他说都感觉不寒而栗。

“脉儿，你所经历的一切都是因为我，你所受的苦本该是我受的。我不敢乞求你的原谅，我的命在此，你拿去吧！”听到姬脉那番话，他才明白姬脉经历的恐怕比他说的还要多。自己在这人世这二十年都是姬脉替自己挣来的，如今没有道理不还。再说他也有儿子了，这大周也是后继有人了，自己去地下见了祖宗也算有了交代。

“你以为我不敢杀你吗？”姬脉瞪着眼，此刻他只想活活地掐死姬静。单琳儿不顾一切地扑向姬脉，挡在了姬脉面前。

“如今连你也不理解我吗？”姬脉看着单琳儿，眼中充满了哀痛之色。别人可以不理解不明白，但是母亲应该能理解他。

“脉儿，母亲理解你，母亲知道你这些年受的苦。杀了他，你怎么办？母亲不想再失去脉儿，等你这二十年母亲等得太辛苦了，母亲不能再失去你了。是不是只有杀了他，你才能放下心结，你的心中才能没有仇恨？”单琳儿抱着姬脉，拍着他的后背，就像哄着小时候的他睡觉一样。姬脉已经做好了与他们一起死的准备，可是自己死了母亲怎么办？

“脉儿，让母亲动手！”单琳儿说着转身就抽出挂在姬脉身后的剑向姬静刺去，这些年姬静欠脉儿的也该还了。脉儿还年轻，他还要好好地活着。就让她这个做母亲的去替自己的儿子完成他的心愿。

“母亲！”姬脉没有想到母亲会去杀姬静，他不能让自己的母亲去做这样的事情。就在这千钧一发之际，单速甩过的凳子打掉了单琳儿手中的剑。姬静此刻正闭着眼等着单琳儿的剑刺向自己的胸膛。

“速儿！为何挡我？”单琳儿一脸怒气地看着单速。

“姑姑，姬静是个好帝王，在他的统治下，大周一天比一天昌盛。您不能这样做，即使为了天下苍生您也不能这样。”单速看着姑姑，不敢相信姑姑为了姬脉真的什么事情都做得出来。

“二十年前，召公虎也是用这段话来说服我的。你知道我怎么回的吗？我说天下苍生与我何干，我只要我的脉儿平安。今日我也一样回你，天下苍生与我何干，我只要我的脉儿心愿达成。速儿，我不想伤你，退到一边去！”单速从来没有见过姑姑用这么冷漠的眼神看着自己，好像随时都会因为姬脉与自己翻脸，她手中的剑也会随时刺向自己。

“母亲，算了吧！让他们走吧！”姬脉失魂落魄的声音在单琳儿的身后响起，她不知道姬脉为何突然改变了主意。她惊喜地看着姬脉，刚刚他喊了自己母亲，他叫她母亲了，他肯认她了！

“我活着的目的，就是有一天让那些亲手送我去地狱的人，也尝尝地狱的苦。可是就在刚才我舍不得你死，也舍不得自己死。看到你刺向姬静，我的心好痛。我不敢想象如果那一剑真的刺死了姬静会怎样？他是大周的王，我将会永远见不到你……”姬脉哭得像个孩子一样，他对失而复得的母爱分外的珍惜。如果之前谁要告诉他，放弃复仇、放弃报复，他一定会杀了那个人。可是就在母亲刺向姬静的那刻，他突然明白了，相对于复仇，余生陪着母亲更重要。

“脉儿，我的脉儿。我的脉儿一直都是那个善良的孩子。”单琳儿抱着姬脉，放声大哭，哭声中有欣慰也有心疼。在她抱着姬脉的时候，她发现姬脉脖子上面弯弯曲曲的像无数蚯蚓攀爬在上面。她难以置信地打开姬脉的里衣。姬脉看出了母亲的意图，只是看着她摇了摇头。

单琳儿作为一个母亲，孩子受了伤怎么会不看，她不管不顾地拉开姬脉的里衣，看见上半身几乎没有一块好皮肤，红红的皮肤一块一块地扭在一起。她眉头紧皱，眼眶中溢满泪水，用手使劲地捂住嘴巴，泪水就顺着手一串一串地滴了下来。站在后面的姬静和单速也看到了姬脉那满身都是被大火亲吻过的痕迹，久久地说不出话来。单速感觉空气已经凝固了，喘不过气来。他曾经在出征时见过城里被大火烧光了毛的小猫小狗，光溜溜的身体，血迹斑斑。那时的他，觉得杀人不过头点地，这些猫狗残喘地活着跟生活在地狱有什么区别？听着那些凄惨的叫声，看着那求助的眼神，他一刀了结了它们的性命。如今有个这样的人活生生地站在自己的面前，他感觉连空气中都有股血腥味。

姬脉看着众人的反应，无奈地笑了笑。这样就被吓到了吗？他优雅而轻柔地揭开自己的面具，那动作美好得就像出尘的仙人。他不知道自己为什么要这样做，为什么要把自己最不堪、最丑陋的一面展现在他们面前。他只是想看看这群人会不会害怕，也包括最爱他的母亲。他心中更多的是种报复的快感，让他们一辈子生活在内疚中。

单琳儿看着姬脉那张不像人脸的脸，用手轻轻地覆盖在上面，小心翼翼地摸着，就像摸着一个价值连城的宝贝一样，生怕弄碎了。

“脉儿，不怕！娘在！”单琳儿轻柔的语气，让姬脉的眼泪再次流了出来。

单琳儿见他哭了，温柔地擦去他落下的泪。单琳儿发誓从此以后再也不让姬脉受一点委屈，这辈子他受的委屈太多了。

“你们走吧！我不会原谅你们，也不会恨你们了！往事清零，从此陌路。你们就当姬脉已经死了，我会带母亲回鲁国。”姬脉扶着单琳儿坐下，看着单速和姬静说道。眼前的两个人自己恨了二十多年，他没有办法做到原谅，也不想原谅。他不想对伤害自己的人做到一笑置之，更不想为了让他们良心好过而委屈了自己。他不愿在这镐京生活，也不愿看到这里的一草一木，只想换个环境，过一段自己向往的生活。至于母亲，他想带着她一起生活，可是他不知道母亲是什么意思，毕竟他还有个叫容叶的弟弟。他尊重母亲的意愿。

单琳儿听姬脉说要带自己去鲁国生活，从不可置信转而开心与激动。她对这片土地早已没有任何感情，唯一的牵挂就是自己的小儿子。她陪了容叶二十多年，余生她想尽一个母亲的责任，陪着自己这个死而复生的儿子。单琳儿对上姬脉的询问和渴望的眼神，她明白他想问什么。

“脉儿，我跟你去鲁国！镐京城对我而言只是一个伤心地，也许是该离开这里去看看大周的大好河山了。”单琳儿笑着看向姬脉，姬脉听到单琳儿的回答眼中满是惊喜，母亲最终选择的是自己。

单速知道自己乞求姬脉的原谅是多么愚蠢的决定，自己不能给别人一刀然后又装可怜地乞求别人原谅，好像不原谅就不道德一样，不管自己怎么做，伤害已经造成，姬脉不原谅自己也是理所当然的。

“脉儿！谢谢你！谢谢你不恨我！”单速看着姬脉，由衷地为他和姑姑高兴。不管脉儿原不原谅他，他都会把脉儿当成自己的弟弟。

“脉儿，我欠你一条命！这条命永远属于你！”许久不说话的姬静冷冷地开口，他欠姬脉的这辈子都还不清。姬脉说他不恨自己，说往事烟消云散，但是自己一定会谨记自己欠着姬脉的命。

第六十三章 急流勇退

单速回到召公府时，采荷主动承认了清露是她杀死的。她身为单琳儿的婢女，见单琳儿活得太过卑微，心中充满怨恨，只是她一直都不懂，单琳儿对召公虎一点爱都没有所以才会无所谓。可能之前会有很深的感情，但是这种感情会随着失望堆积而一次一次地寒心，最后消散得无影无踪。

姬脉带着单琳儿回鲁国去了，临走之前召公想见见他，被他们母子婉言拒绝了。不管召公做什么，姬脉都忘不了当年是自己的父亲送他去的地狱。单琳儿也无法忘记召公对自己一次又一次的伤害。既然无法原谅，见与不见又有什么区别？母子二人回到鲁国，开始了另外一种生活。

此后的二十多年，在姬静的统治下，南征北战，周王室权威得到恢复，诸侯又重新朝见天子，四夷咸服。姬静实现了“四方既平，王国庶定”的局面。太史虞的“复兴”之言再次得到了印证，他得到了前所未有的尊敬。而小王子姬宫涅也在这样的环境中被呵护长大。只是姜燕因为身体太差，在姬宫涅八岁时就去世了。姜燕去世后，姬静对姬宫涅的管教就更加严格，命单速任太子太傅。

单速躺在院中的椅子上睡着了，嘉言拿来薄被轻轻地盖在他身上，她小心翼翼地，生怕弄醒单速。在嘉言走近的时候，单速就醒了，他特别享受嘉言的照顾。

“醒了就起来走走吧！你这样成天地躺着对身体也不好。”嘉言轻笑着，她不再是十几岁的少女，现在的她成熟稳重，带着世家女子少有的韵味。

“我在享受你的照顾！”单速深情地看着嘉言说着，嘉言已经习惯了单速这样但是还是娇羞地低着头，对着单速训道：“这么大年纪了，也没有个正形。”

“东西都收拾好了？把我那些书都带上。”单速突然忧伤地看着嘉言问道，他环顾四周，这小院他生活了这么久了，要走了竟有点舍不得。

“都收好了，你想清楚了！”嘉言在单速旁边找了个位置坐了下来，一脸凝重地看着单速。

“嗯，该走了，我已经和大王辞行过了！”单速想着和大王辞行时，姬静虽嘴上说不同意，可是他还是看到了他眼中的希冀与喜悦。原以为他早已交出兵权，现在只不过是个管理农业的虞林，不会再让姬静疑心了，可是他终究还是不信任自己。

“嗯，你这样做是明智的，往后带我去看看名山大川吧！”嘉言怎么能看不出单速的舍不得，可是有些事情总是要面对的。

“哦？我怎么个明智之法？”单速饶有兴趣地看着嘉言，跟嘉言在一起这么多年，他不管做什么嘉言都支持他，无怨无悔。他辞去高官带着家人归隐山林，若是别家夫人定会哭闹不止，可是嘉言却一句话也没有说，只是收拾细软，做好随他浪迹天涯的准备。

“大周现在四海臣服、国泰民安，你戎马一生，数次救主。有句话叫功高盖主，大王尊敬你，也重用你，把你当成良师益友，更尊你为兄长。念在你的功劳和往日的情分上，大王只会对你赏赐有加。可是古语云：‘可共患难，不可同享福。'战乱年代君臣之间并肩作战，同生共死，彼此相依为命，你与大王之间关系很好相处。况且你与大王又何止是君与臣的关系，没有你就不会有现在的高高在上的大王。但是一旦国强民安，没有了共同的敌人，没有了强大的外在威胁，人类内心深处潜藏的好斗本性显露无遗，谁又能容忍一个时刻提醒着自己过去是如何不堪的人存在呢？兔死狗烹的道理不用我说了。而且最主要的一点是太子已经成人了，他需要为太子扫除障碍。"嘉言狡黠地看着单速，那神情分明是期待单速快夸自己聪明的样子。她这些年不仅把单府打理得井井有条，更熟知朝堂的风向，为的就是更好地帮助单速。

"嘉言，我真是小看你了，你比我看得还要透彻。我今日跟大王辞官交出兵权时，我还希望大王能挽留我，我还有点难过。要知道我这一辈子都征战沙场，一辈子为了大周尽心尽力，虽不说鞠躬尽瘁、死而后已但是也做到了无愧于心、无愧于大周。我原以为手中无兵，可安心做个虞林。我与大王之间的感情永远不会变，却忘了这个世界最不会变的就是永远在变！"单速忧伤地诉说着自己的心情，语气悲切而又落寞。

"没有想到一向在战场上杀伐果决的单将军，竟有如此细腻的感情。"嘉言站了起来，从桌边拿起一杯茶水递给单速，开玩笑地说着。

"骨子里还是个文人！"单速顺着嘉言的话接了下去，好像说得理所当然一样。嘉言一愣，当年就是单速身上的儒雅气质才会让她一眼就沉沦其中。这是他与别的将军的区别，这些年过去了自己从未后悔嫁给这样一个人。

"嗯，大文人！现在可以告诉我我们到底要去哪里吗？彦儿、儒儿还在等着呢？"嘉言说到自己的两个孩子，嘴角就不自觉地上扬，脸上流出的母爱光辉，让人挪不开眼。单彦和单儒两个孩子都像他们的父亲一样，文武双全。

"哈哈！让那两个小子等着吧！出了散关再告诉他们！"单速听到嘉言说到自己的孩子，也是非常开心。这两个孩子比自己还要优秀很多，知道要出远门，那兴奋之情不亚于当年十三岁从军的自己。想到十三岁的自己时，单速的脑海里浮现出第一次在终南山见到嬴萤的场景。嘉言看着单速由兴奋转向低沉，知道单速在想什么。

“表哥，我陪你去看看嬴萤吧！”嘉言抬头，清澈的眼眸里看不见一丝波澜。嘉言知道嬴萤永远活在单速心底的最深处，随着岁月的沉淀，自己在单速的心里也有一定的位置。很多时候她都是知足的，她有两个聪明懂事的儿子、丈夫是功勋赫赫的将军，并且没有姬妾。这样的幸福正是她从小到大一直以来的梦想。

“嘉言，你后悔嫁给我吗？”单速从来没有问过嘉言这样的问题，不知道怎么地就问出了口。他一直以来觉得自己是误了嘉言的，自从嬴萤离开后，他觉得自己不可能再爱上任何人。

“只有终点是你，才对得起我这一路的颠沛流离！”嘉言从未后悔过，她爱他，最终他也爱上了她。虽然这一路历经坎坷，但是还好终点是彼此，这就足够了。她一直都是那种明白自己要什么的，不是为了爱情活着的。她爱单速但是没有嬴萤爱得那么狂热，嬴萤为了单速可以不要命，她做不到。这就是她从不恨嬴萤反而有些钦佩她的原因。单速听了嘉言的话，拉过她的手，紧紧地握着，久久无语。

第六十四章 西出散关

单逨在辞官之前已经安排好一切，单公府由单颂管着，哥哥嫂嫂不涉朝政，他们只要安心地过自己的生活即可。而且他们还有个智慧的儿子，所以单逨可以放心地离家。单逨带着嘉言和两个儿子站在嬴萤的坟前，单彦和单儒第一次来嬴萤的坟前，他们兄弟彼此看了一眼，都没有说话。他们通过别人知道嬴萤的事情，可是从来不敢问。在他们的眼中父亲是个严肃不爱笑的人，而嬴萤更是父亲的禁忌。

“嬴萤，我带嘉言和彦儿、儒儿来看你了，他们两个也是你的孩子。还不上前来见过你们母亲？”单逨瞪着单彦和单儒。

“彦儿、儒儿见过母亲。”兄弟俩反应过来就在嬴萤的坟前磕了三个头。嬴萤是单逨正妻，名义上也是他们的母亲。

“去玩去吧！”单逨看着两人向嬴萤行礼，脸色才稍微缓和点。单逨看见单彦和单儒两人跑远了，拉着嘉言的手就坐在了嬴萤坟边。

“嬴萤，我要走了，可能以后都不回来了！”单逨用手摸着墓碑，就好像轻轻抚摸嬴萤的脸一样。他经常来看嬴萤，这是第一次带着自己的孩子来。

“你在那边过得还好吗？我过得挺好的，嘉言待我很好，我们有了孩子，也是你的孩子。”单逨一脸平静地说着，好像面对的不是一座冰冷的坟墓，还是鲜活的嬴萤。

“我知道你一直想过一种远离纷争的生活，我说过等我老了就带你去看看大周的大好河山，然后择一地终老。我的诺言终究没有实现，现在那边的你是不是过着最自由的生活。你现在还怨我、恨我吗？我知道是我负了你，这二十多年来你从来不曾入梦来看我，我想你还是怨我的，或者你饮了孟婆汤将我忘了。用不了多久我可能就要见你了，你等着我，欠你的定用来生来弥补！”单逨苦笑着看着墓碑，他不知道如果真的在地下遇到嬴萤时，嬴萤会原谅他吗？嬴萤那样的人怎么能允许自己娶了嘉言又有了孩子呢？嘉言看着单逨绝望而悲切地盯着墓碑，仿佛在等嬴萤在给自己一个答案。

“嬴萤不会怪你的，她过不了的是自己内心的坎，她走不出自己的执念所以才会放手离开。她希望你过得好，只要你过得好才不枉她一片苦心地成就。我与嬴萤姐相处过一段时间，我知道她，也了解她。她很爱很爱你，所以希望你能永远记住她，也希望你能永远爱着她。她的离开表面上是让你愧疚一辈子，实际是为了让自己解脱也让你解脱。你出身世家，尊崇礼仪、孝典，若让你为了她与世俗对抗，她不忍！”嘉言把带来的祭品摆好，这些都是嬴萤之前爱吃的，单逨惊讶地看着她，不知道嘉言是为了宽慰自己还是因为别的才说这番话。

“我也是很久之后才琢磨透嬴萤姐的用意。嬴萤姐，我会照顾好单逨哥的，你放心吧！”嘉言笑着看着墓碑，把一杯清酒洒了下来。她记得嬴萤说过，酒是最好的解忧药，希望喝下这杯酒，嬴萤能忘却忧愁，过自己的生活。或许她早已忘记，毕竟时间是最好的疗伤药。

单逨还想说些什么的时候，看见一人策马而来。近了一看是太子穿着一身便服，在离墓前一段距离下了马，快步跑了过来。

"太子殿下，你怎么来了？"单速绷着脸，看见太子没有好气地说着。

"殿下一路赶来定是辛苦了，喝口水吧！"嘉言看着单速的神情，瞪了他一眼，虽然他身为太子的老师，但是这样对太子也太过分了。

"太傅！我是完成学业想着过来送您的。"姬宫涅恭恭敬敬地给单速行礼，眼中一片清明，语气中没有一丝委屈。

"嗯，不能耽误学业！要好好地跟着季子白学习，他是个很有才华的人，离虢公鼓远一点，这个人心术不正。"单速听宫涅是完成学业才过来的，语气才缓和点。他要离开了，却放心不下宫涅，不过好在宫涅还算勤奋努力，只是他整日与虢公鼓在一起多少让自己不喜。他不是一个对人有偏见的人，但是活了几十年，看人还算很准的。

"诺，宫涅谨记太傅之言。宫涅想来送送太傅，太傅可想好去往何处？宫涅若有问题不懂应去何处寻太傅？"太子还是很有礼貌地回应，单速做了他十几年的师傅，他对单速有着本能的畏惧。他的父王又非常信任单速，他要是调皮偷懒，单速就会罚他扛着重物跑步。在姬宫涅的心里单速从未把他当作过太子，也没有把他看成大周的继承人。单速对他严厉得难以想象，有时候学业不好还会用鞭子抽他，父王知道后不仅不气，还教训他。

"宫涅若遇到朝廷上不懂的问题，就去请教季子白或者方叔；若是带兵打仗不懂的就去问单棠单将军，他带兵打仗几十年，作战经验丰富。我也没有想好去哪里。想先去齐国再往南走，余生想与名山大川为伴，阅尽这如画的江山。"单速带着兴奋和喜悦地向宫涅说着对以后生活的向往，说到名山大川时，眼睛就要冒出光来了。

"他呀，他一直都想着要用自己的脚去丈量这大周的江山，说到这些都激动得晚上睡不着觉。"嘉言看着单速激动兴奋的样子，当着姬宫涅的面前打趣他。

"那以后我若想太傅了可怎么办？"姬宫涅眼中满是委屈，好似真的很舍不得单速一样。他偷偷地打量了一下嘉言，试图从她的脸上看出些不一样的东西，结果两人都是万分期待的样子。

“不必寻我，你只要勤政好学、爱民如子，就是对我最好的想念。以后的我四海为家，我会回来看你们的！”

“太子妃人品贵重，是可以相伴终身之人。你规劝大王，现国泰民安，应休养生息，不应加民于刀兵。”单逨最后还是叮嘱着太子，其实他自己心里清楚大王不会听的，这些年来大王四处征战，劳民伤财，大周的国力已经不像早些年了。想到这里单逨还是忧心忡忡，只能寄希望于太子，希望他上位后能尧鼓舜木。

“宫涅谨遵师傅教诲，定会将师傅之言传于父王。将来做个爱民如子的君王。”单逨听着姬宫涅的话，看着自己一手教出来的徒弟备感欣慰。

“回去吧！”单逨说完就拉着嘉言朝马车那里走去，单彦和单儒以及带着的仆人一众一路向东走去。

出了东边的城门，单逨命人停下马车。嘉言疑惑地看着他，并未发问，只是微笑地在马车上等着他。单逨遣散了府中的仆人，给他们足够的安家费用，命他们自谋生路去了。一家四口上了路。

“彦儿、儒儿驾车向西去，向散关出发。”单逨安排好一切让两个儿子驾车，单彦和单儒也不问，好似早知道父亲会这样安排一样。

“要去散关直接从西门走即可，怎么还绕这么一大圈？”嘉言看着单逨，对他的举动万分不解。

“嘉言，你说太子怎么会知道我们在嬴萤墓前的？他可从来没有去过那里？”单逨一脸平静，目光冷冷地盯着前面。

“你的意思是太子一直派人跟踪我们？”嘉言大惊，听单逨这么一说她想明后吓出了一身冷汗。

“不一定是太子……”单逨的话没有说下去，嘉言也明白了。

“你怀疑咱们府里有人被收买了？”嘉言这才明白单逨为什么要解散仆人，原以为自己府中的人都是忠心耿耿的，终究还是低估了人性。单逨看着嘉言的表情，知道这个家一直都是她在管，若府里出了内奸，她肯定自责难过。

“不一定是府里的人，但是以防万一还是让他们散了，而且我们带着这么多人出行难免惹人注目。”听了单逨的安慰，嘉言的心情才平静一点，她一直都明白兔死狗烹的道理，但是亲眼看见还是无法接受。她偷偷地瞄了一眼单逨，见他直直地坐在那里，不悲不喜。

“你早就想好了去散关，故意绕了一圈是给大王看的，不想让他们知道你去哪儿了？”嘉言笑着看着单逨，觉得他总是未雨绸缪。很多时候他就像一个狡猾的兔子一样。

“嗯，既然远离朝堂就不想牵扯太多，只想远离是与非，过些逍遥自在的日子。”单逨横卧在马车上笑着说，仿佛向往的生活就在眼前一样。嘉言知道他嘴上这样说，心里还是牵挂朝堂。

“那你为何不召回子期他们几个？还留着单之、单华他们在军营？你的心真的像你嘴上说的那样吗？”单逨被嘉言说中了心事也不恼，只是无奈地笑着。他是真的放心不下，姬静为了实现自己心中的宏图，不恤民生、穷兵黩武。他知道大王忌惮他，为了让大王安心，他选择离开。可是他不放心大周，所以让子期他们留下，能为大周出份力。

“他们也该磨炼，让他们为大周出份力。以后彦儿、儒儿也要走上战场的。”单逨说话的时候故意加大了声音。

“父亲，父母在不远游！我们兄弟二人毕生志愿就是陪在父母身边。”单儒年纪最小，也颇得父母宠爱，平时虽畏惧单逨，今日看着单逨心情不错便向父母撒娇。

正值蜂鸣蝶舞的季节，一路行来，时有蝴蝶在眼前飞舞，轻灵柔美，亦有那灞山的鸟鸣，或婉转清亮，或细若游丝，或交织成任何乐器也无法奏出的天籁之音，使人迷醉如痴、神清气爽。单彦兄弟二人从未见过这样的美景，时不时地请求父亲放慢脚步，好下去观赏这大自然的馈赠。单逨想都不想就拒绝了，一家四口日夜兼程地不停赶路，不像外出游玩，反而有种逃命的感觉。

第六十五章 落户小镇

到了散关之后，兄弟两人果然被眼前的景色惊呆了。若说这一路而来见到的花花草草已是人间美景，那散关就是人间仙境。眼前连绵不绝的山被葱绿的树木和花草包裹着，弯弯曲曲的溪流绕着山体顺流而下。站在山脚下仰望，单彦和单儒只是木讷地看着，头脑中所有形容山高大巍峨的词一股脑儿全涌了出来，但最终无法准确地用上一个，只能在心里发出深深的慨叹。越往上看山体显得越优美，山顶上是皑皑的白雪，像极了山体开出的白色雪莲，耀眼而美好。山中蜿蜒无尽的翠绿的原始森林，密密的塔松像撑天的巨伞，重重叠叠的枝桠，只漏下斑斑点点细碎的日影。这样静谧的环境，只有溪水和偶尔一两声鸟叫以及站在这里的心跳声。

“哥，你快看！”

大家顺着单儒指着的方向看过去，一座又一座烽火台隐藏在山林间，让人感觉到战争时的悲壮，险要的地势更为这些烽火台创造了气势上的雄厚。

单速看着眼前的景色只觉得震撼，若论美景他的脑海中只有终南山的美。

他这辈子去过很多地方，见过很多美景和人，能让他觉得美的还是终南山上的景。单速看着两个孩子激动的样子，想起霍伯第一次带他们去终南山的样子。

“彦儿和儒儿两人一起去走走，你母亲身体不便我陪她在附近转转。傍晚之前回来，我们在前面等你们。”单速顺手指了指前面两山之间的平地，那里有丰富的草和水，可以让马儿休息。两个孩子得到父亲的允许就跑了，他们期待看看这山里的样子。嘉言叮嘱的话到了嘴边还没来得及说出口就不见了人影。

“不须担心，他们已经长大，也该锻炼锻炼了！”单速知道嘉言担心孩子，他是出来过的，他永远记得第一次出远门时的那种心情。

“景色正好，夫人不陪我去转转吗？”单速笑着把一只手伸向嘉言，另一只手指了指周边的景色。嘉言原本就被这散关的景色吸引，她一只手覆在单速的手上。

远远地看见一处桃树林，粉粉的桃花一簇一簇地围在一起就像一个粉色的世界。周边溪水环绕，溪水清澈见底，像是山上的雪水融化而来，又像是从山中飞下的泉水。光滑的鹅卵石在阳光的照耀下呈现出五彩斑斓的颜色。嘉言看着这样的美景，高兴地跑到桃树林不停地跳着叫着。这一刻，世家女子的矜持统统抛诸脑后。风轻轻地吹过，落花满地，还有的随风飞舞，嘉言转着、跳着，手舞足蹈地像个孩子一样发出银铃般的笑声。单速看着这样孩子气的嘉言，脑中浮现出那个在月光花下翩翩起舞的女子，那样的笑脸与今日的嘉言重叠在一起，一时之间竟分不出究竟是真实还是幻境。

“表哥，你快过来！”嘉言的叫声把他从幻境中拉了回来，他甩头，笑着看着嘉言已经脱了鞋子，卷起了裤脚，一步一步向水中走去。单速走近一看，清澈的溪水中飘落下一层又一层的粉色花瓣，煞是好看。

“你这样可一点也不像将军夫人！”单速站在河边看着在水中踩着石头，玩得不亦乐乎的嘉言。

“现在你可不是将军，我既然不是将军夫人，只不过是平常女子见着美景忘乎所以进而释放天性而已。”嘉言头也不抬地回着单速，只顾踩着各色的鹅卵石，经过时间的打磨，这些石头已经没有了棱角，踩在上面滑滑的。

“释放天性？”单速呢喃着嘉言说的话，像是在思考什么。

“来吧！”嘉言不管不顾地把单速拉进水里，四月的天气有些微凉，水有些刺骨。单速看着大笑的嘉言就像一个计谋得逞的孩子，不忍心责怪只是无奈地摇着头。

“表哥，你有什么计划吗？”玩累了的两个人躺在草地上望着蓝蓝的天，白色的云朵像棉花糖一样映在天空中。嘉言从未像今日这样放肆，以地为席、以天为盖的日子也不错。原本对以后的日子充满担忧，到了这里之后担忧反而消失了。

“没有想好，当时只想着出了散关，离开大周。你要是喜欢这个地方咱们在这买处宅子怎么样？这边出了关就是秦界了。”单速想着这边已经算是出了关了，其实他是放心不下朝廷，想着若有什么事情，这里在关口，回去也近。

“好啊！买个靠山的宅子，前面围个篱笆，里面种满花，小花爬满篱笆。夏季了我们就在院子里看花喝茶，冬季了我们就站在院后看山煮酒。清晨时看那破云而出的阳光，黄昏时追那翩翩起舞的蝴蝶。这样的生活多好啊！如果我们想哥哥他们还方便回去看他们。”嘉言一脸憧憬地规划着以后的生活，她很喜欢这里的环境，最主要的是她知道单速想在此定居的目的，怎么能不成全他的一番用心？

“好！等彦儿、儒儿回来我们就去寻处宅子。到时候我给院子里种满你喜欢的木槿。”单速高兴地说着，他看似无意的话，让嘉言始终盯着他，一刻不曾离开，眼中泪水闪闪。

“嘉言，你怎么了？”单速怔怔地看着嘉言，不知道自己哪里说错了话。

“没事，我只是没有想到表哥居然知道我喜欢木槿。”嘉言看着惊慌失措的单速，破涕为笑地说道。二十多年的夫妻了，原以为他们之间只是父母之命、媒妁之言，只会相敬如宾。嘉言万万没有想到表哥居然能知道自己喜欢木槿，这让她分外地惊喜和感动。

“郑国有歌曰：‘有女同车，颜如舜华。’你便如这木槿花一样美好。”单速眼睛空洞地望着天空，谁也不知道此刻的他在想些什么。

“我喜欢木槿是因为它不像别的花儿只开一瞬，我喜欢它的坚韧，放在那里不管不顾，来年就有一树繁花。我喜欢它的矜持，春有百花它不开，百花落尽它从夏开到秋。我们做人不应该也是这样吗？不争朝夕之长短，单论一生之作为。不过你说到郑国的歌，我倒想起姬友了，郑国在他的治理下一片欣欣向荣。”嘉言告诉单速自己为何喜欢木槿，也是想让单速放宽心，现在大王猜忌他，总有一天大王想通了会召他回去的。单速转眼看了看嘉言，发现嘉言只是眯着眼睛，像是聆听着大自然的声音。嘉言的一席话有意无意地是在劝诫自己放宽心，她要比自己想象中更聪慧。

傍晚时分，单彦和单儒满头大汗地回来，单速让他们两个上了马车，自己亲自赶车。他们要在天黑之前在附近的镇子上住下来。

这个镇子地处秦和散关的交界，到了镇上后，单速他们打听到一座两进的四合院，由于原主人要去外地便把这房子卖了。单速带着嘉言去看了房子，不管是里面的摆设还是院子都是他们喜欢的。最主要的是房子离镇上还有一段距离，远离喧嚣，背山临水，有大大的院子，这一切都符合嘉言对家的想象。即使价格高一点，单速也毫不犹豫地就买了下来。

因为之前一直有人住，原主人还留下了一个守门的大爷康叔，单速见其老实忠厚便留下了。舟车劳顿了一天，他们四人很快就休息了。

第二日一大早单速就起来练武，这些年他也习惯了早起。不一会儿两个儿子也起来了，单家是武将世家，所以他的两个儿子也是从小练武。看着两个儿子练了一会儿，他就到院子后面看他带来的信鸽了。他答应子期，只要找到落脚的地方就告诉子期。他望着信鸽飞去的方向，像是放飞了自己的希望一样。

第六十六章

千亩救主

春去春又来，经历了两个春夏秋冬，单逨一家已经融入这个边疆小镇，生活安逸而自足。这两年来，他们走遍散关周边的国家，也看遍这附近的美景。过着日出而作、日落而歇的日子。这样的生活让单逨感到前所未有的放松与满足，以前在战场上的日子可以说是刀尖上舔血，眼里只有硝烟与战火，脑子里都是尸骨和哭喊声。如今自己的眼里是春夏秋冬四季的美景，脑中是山花开满山谷和院中繁盛的木槿。回到家中有嘉言亲手做的羹汤，吃的用的都是自己动手做的。这两年的时间自己不问世事却也知世事，战争越来越频繁，即使远在秦国这样的地方也受到波及，所幸这些战争都胜利了。可是今日子期传信来说大王又亲征了。原本不该他问的事情可是知道了又不能不牵挂。

“有心事？”嘉言一边问他，一边给他盛了一碗粥。

“没有！”单逨不想嘉言为自己担心，只是笑着摇头。两个孩子只顾吃着碗里的饭，好像没有听见他们的谈话一样。

“从早上看到信开始就心神不宁，已经一天了，当真以为我看不见？”嘉言把碗一放，单速抬头看着嘉言，知道她是生气了。

“子期说大王亲征姜戎，我怕大王好胜心切，会一败涂地。”因为是和嘉言说话，所以单速也不隐瞒自己的看法。两个孩子听到父亲这样说，有些不明所以地抬头看向父亲。单速看着两个儿子，平时没事也会教他们战略战术，知道他们是感兴趣了。

“父亲为何这样断言？我大周国力强盛，兵强马壮，不管是刀剑还是战马都要比姜戎强很多。大周之前平淮夷、定西戎，就连楚国也被父亲打败了，如今已是四海臣服，一个小小的姜戎还战胜不了吗？”单儒年纪小，沉不住气，有什么就必须说出来。

“彦儿，你怎么看？”单速看着一直不说话的单彦，他不停地搅动碗里的饭菜，却一口没有吃下，好像在想着什么重要的事情。

“骄兵必败！大周上至大王、下至士兵都想得跟儒儿一样，自视武器过人，骄傲自大。殊不知打仗需要‘天时地利人和’，这一仗咱们大周胜算并不大。如果父亲出马，可能就不一样了。”单彦面带微笑地看着单速，眼中充满了担忧，是对大周这场战役的担忧，更是对天下百姓的担忧。

“父亲也是像哥哥这样想的吗？”单儒抬着头看向单速，幼稚的眼中充满疑惑。在他看来，大周这么强大，怎么可能打不过一个小小的部落民族呢？

“儒儿，你年纪还小，看待问题不要太过主观，战争不仅需要武器、兵力还有战略战术。古代以少胜多的战争不在少数。”儒儿还需要静下心来跟着哥哥学习，不仅要用眼睛看还要用心去揣摩。

“好了，赶快吃饭吧！饭都凉了，一谈起带兵打仗你们三个的眼睛都冒光。吃完饭你还要去讲课，你们两个去帮休爷爷家翻新一下，他那房子真没有办法住人了。”嘉言看着爷三个有说有笑，自己也跟着笑了起来。只是这笑中多少有些无奈，自己的丈夫和儿子都是难得的国之栋梁，若是在战场上那就是名震一方的盖世英雄。可如今丈夫在镇上开了个私塾免费教孩子读书，两个儿子无所事事地帮别人做些碎活。

“好好好……都听你的！”单逨快速地往嘴里送了一大口饭，嘴巴立刻就塞得满满的。嘉言看见他卖萌的样子，只能干瞪着眼。

“老爷，您的信！”康叔苍老的声音在门口响起，单逨和嘉言对视一眼，他不明白早上才收的信件怎么现在又来信了？

“彦儿、儒儿吃完便去休爷爷家吧！”嘉言对着两个儿子吩咐道。两人看了一眼嘉言就立刻出去了。

“怎么了？”嘉言看着拿着信件不说话的单逨，神色中充满了担忧。

“子期说大王从南方征调来了数千人马，人数上比姜戎多了一倍，可是姜戎不积极应战，大周的南国之师在草原上疲惫不堪，士气大减。”单逨拿着手中的信件，忧心地对嘉言说。他明白如果不是万不得已，子期绝不会传信于自己。

“那早上的那封信是怎么回事？”嘉言不解的是为何一日之内会收到两个不同内容的信件。

“早上那封应是前几日写的，只不过是路上耽搁了。”单逨把信件放在桌子上。如今收到的信也该是十日前传来的了，如今的战事怎么样了？

“表哥，你若不放心就去看看！”嘉言看着单逨坐在那里，一句话也不说，好像丢了魂一样。嘉言何尝不知道单逨的想法，现在的他恨不得立刻奔赴战场，只不过是碍于情面不好说出口。

“嘉言……我……”单逨有些愧疚地看着嘉言。

“表哥，你若想去就去吧！不要做让自己后悔的事情！”嘉言的手轻轻地覆在单逨的手上，拍了拍！

“别犹豫了！我给你收拾东西！”嘉言起身向里屋走去，单逨并没有阻止，默许了嘉言。他明白这是姬静第二次亲征，他缺乏作战经验，他若不去看着怎么都不会放心的。

嘉言把收拾好的包袱递给单逨，康叔已经从后院把马牵了出来。单逨看着嘉言，拿过包袱，一个翻身潇洒地坐上马背。

“嘉言！等我回来！”

“好！我和孩子们等你回来！”嘉言笑着向单速挥手，催促他快点离开。她向来不喜欢这样送别的场面，单速多次带兵奔赴前线，她从不出门送他。只是没有想到今日倒经历了。

单速带着自己对嘉言的承诺奔向千亩。内心有一万种准备，也设想了一万种见到大王时该如何说的画面。

可是眼前的景象超乎他的想象，那面绣有“周”字的大旗随意地扔在地上。地上躺着密密麻麻的人，确切地说是目之所及都是人身体的部位。手、脚、头颅，左一样又一样地被抛弃在那里。草地已看不见一丝绿色，殷红的鲜血正灌溉着这片草原。没有比这更惨烈的景象了，若说这是修罗的炼狱场也不为过。

“大王在哪？”单速不停地在尸体里翻找，试图找到一个能回答自己问题的人！

“大王在哪？看见大王没？……”单速的咆哮声响彻天际。

“大王向那逃了……”单速跌跌撞撞地跑向那个士兵，不管他满脸是血，慌忙抱起了他。单速顺着他指的方向望去，前面是荒无人烟的戈壁。再低头想问些什么的时候，怀中的人已断了气。

一阵狂烟起，脚下的地微微地震动，好似有千军万马奔赴而来。单速驻足手握青铜剑等待即将到来的战斗。

“单将军……”公仲远远地看见单速站在一堆尸体前。

“公仲！”单速看见大周的旗帜鲜明而摇曳，内心充满了激动。来不及多说一句话，单速跨上马，现在的他一心只想找到姬静。

“公仲跟我来！”单速大喝一声，公仲立刻甩动鞭子跟上单速。公仲不明白单速为何会在这里，但是他知道跟着单速定会找到大王。他扭头看着满地的尸体，内心的悲凉油然而生。自古征战几人回，年年战骨埋荒外。

走进戈壁滩，犹如进入原始荒野，满目苍凉，毫无生气。茫茫戈壁滩上布满粗砂、砾石，踏在上面，沙沙作响。漫天的黄沙在空中迷得人睁不开眼睛，除了马儿的嘶叫在戈壁盘旋，见不到一只飞禽走兽。

“跟着前面的马蹄印走！”单速向着公仲喊道，一直在公仲后面的副将姬禹眉头紧皱，似有不满。单速看着他的表情没有说话，低头顺着马蹄印而去。

“主公，单速太过分了！”姬禹骑马上前，只要公仲一句话，他就上前将单速教训一顿。在他的心里单速是无官无职的平民，有什么资格吩咐他们的主公？

“姬禹，不得放肆，找大王要紧！你若想活命就把心思用在正事上！”公仲瞪着姬禹，面露怒色，但是依旧让马儿紧跟着单速。

单速远远地看见一群骑着高头大马的姜戎人围成一个圈不停地叫嚣着，打着转。单速向后看时正好跟公仲的眼睛对视，只见公仲向单速点了点头。接着就是震天的呐喊声和马蹄的飞踏声。从未输过的大周铁军刚刚在那里看着自己的同胞横尸荒野，内心早已被愤怒占据，他们紧握手中的兵器向姜戎奔去。他们要为大周雪耻，更要为死去的兄弟报仇。

姬静已经快要放弃抵抗了，这一路上被姜戎牵着鼻子走。原以为就要卧倒在这荒无人烟的戈壁，可是看着带头的单速，他一身素衣却像光芒万丈的帝王。反观自己满身血迹，此刻正像一个等待被救赎的孩子。看见单速时，他知道自己有救了。人在绝望中哪怕有一丝希望都会感激万分，但是当知道自己能活下来还是那个至高无上的帝王时，他思考的就是单速是怎么调动军队的。

“大王，小心！”单棠上前一刀抵挡了向姬静袭来的大刀。单棠在嬴萤死后第一次见到单速。他不清楚自己是怎么样的感情，或者他毫无知觉，只是觉得自己这次不用死了。

第六十七章　君王之心

单速和公仲迅速地加入了战斗，姜戎领将滕格看见单速只是鄙夷地笑了一下。他一眼就认出了单速，都说单速是大周不可多得的将才。他举起斧子向单速砍了过来，单速侧身弯腰就轻而易举地躲过了。滕格气急败坏地怒视着单速，双手举起板斧，整个人从马上跳跃起来，快速地向单速袭来。单速眼疾手快地从马背上翻腾而下，只见马儿扑腾了几下就不再动了。单速看着不停冒着血的马匹，这是一路从散关过来一直跟着自己的白马。

单速看着体格庞大的滕格，眼中满是愤怒和不齿。滕格看到单速因为自己杀了他的战马而气愤，格外高兴进而哈哈大笑了起来，笑声中充满了鄙视。

单速见其太过嚣张，他脚底生风，地上的砂石向滕格飞去。滕格眯起眼睛的刹那感觉腋下疼痛无比，转眼间自己的胳膊没有了。滕格的哀号声淹没在喊杀声中。

“公仲，快带大王离开！”单速环顾四周，发现追姬静他们的并不是姜戎军的主力。他只有让姬静他们先走，否则姜戎的援军到来谁也走不了。

公仲明白单速的意思，他向姬静靠拢。

“大王，单将军让我等先护送你离开，以图日后。”公仲明白单逨在大王心中的地位，他早已看出大王对单逨既像兄长一样尊重又像功高者一样提防。姬静看着正在浴血奋战的单逨，明白这场战役他是彻底地输了。他头也不回地跟着公仲撤离战场。

单棠没有选择离开，他跟单逨并肩作战。将士们看着年迈的单逨在战场上还如此勇猛，顿时士气大涨。滕格因为少了一只胳膊，又看着身边的将士一个接一个倒下，不得已撤退。

单逨和单棠彼此相视而笑。单逨看着单棠满脸的血迹，仿佛又回到了初识他时，有着满脸泥土一样。转眼间都过去几十年了，他们都由十来岁的少年到了如今已经胡子花白的老者。一眼万年，都在彼此眼中看到了自己的一生。

姬静回到大营，南国之师全部覆灭。大周最为骄傲的南国之师毁在了自己手里，姬静恨不得抽自己两巴掌。他焦急地望着门外，此刻的他一直在等待单逨的出现，他希望他平安可又不希望他出现。他突然被脑海中这种可怕的念头吓了一跳。自己怎么可以这样？单逨对他比对自己的亲兄弟还要好，多次舍命救了自己。自己不知恩图报就算了，竟然想让他不回来。

单逨和单棠一前一后地相互搀扶着进来，这样的场景像极了单逨带着小小的他从召公府逃难的时候，那个时候的他们就这样相互搀扶着，即使那个时候的单逨才十三岁，他也从未丢弃过自己。背着他回家，把仅有的干粮给他吃。如果不是眼前这个人，自己怎么会坐上今天这个位置。如果不是眼前这个人，自己早已埋进黄土了。

姬静上前抓住单逨的手，紧紧地抓住。其实他更想紧紧地抱住单逨，就像小时候做噩梦的时候，单逨轻拍他的后背，告诉自己没事，有他在！可是现在他不能抱着他，因为他们已经长大，因为他们是君臣。

单逨感觉到自己的手被姬静抓得有些疼，可是他一句话也没有说，一个表情也没有流露。他知道他的心情，看着草原上躺着无数的大周男儿，这些都是姬静带过来的人，现在他在这里，可是那些大周男儿却长眠地下。姬静想得更多的是他将怎么回去面对大周的子民，面对那些战死沙场的将士的亲人，大周的脸面都被自己丢光了。

“大王，你有没有伤到哪里？”单速扶着姬静，让他坐下来。

“单速哥，谢谢你，你又一次救了寡人！寡人毁了南国之师。”姬静像个犯错的孩子一样低下头，语气之中满是无奈。因为这里没有旁人，所以他称单速为哥。

“大王，胜败乃兵家常事，知耻而后勇才是真君子所为！”单速看着姬静，目光中充满了安慰和坚定。他希望今天的事情能让姬静吸取教训，而后整理朝政，重新振兴大周。

“嗯，单速哥，你放心吧！寡人知道怎么做。我想即日就启程回镐京，你们同我一起！”对于姬静的邀请，单速本能是拒绝的，嘉言和孩子们还在等着他，他答应他们会尽快回去。

“单速哥，你不要拒绝，这回镐京一路山高水远，寡人希望你一起，护寡人周全。”姬静看单速的表情就知道他不想随他一起去镐京，可是不管怎么样这次他都要带着单速回去。他转眼看见单棠，这些年他一直戍守边疆，为了大周鞠躬尽瘁，他也该回去安享晚年了。

“你也跟着一起回去！”姬静指着单棠，不给他一点辩白的机会。

单速和单棠两人望了一眼彼此都笑了，姬静也跟着笑了起来。

康穆宫内，这是千亩之战后，姬静回来的第一个早朝。对于千亩之战的失败，朝堂笼罩着一片乌云。

“千亩之战，寡人的南国之师全部阵亡。思此皆因人口不足，寡人决计在晋原普查人口。”姬静的话刚刚说完，大厅里顿时鸦雀无声。众大臣面面相觑，好像都在确认刚刚的话是不是大王说的。

“大王，万万不可。普查人口劳民伤财，我大周仅此一役应休养生息，不宜再次扰民。”杜伯的话刚刚说完，大臣们才反应过来，大王的确是说普查人口。

大臣们都同意杜伯的方案，纷纷跪地请求姬静不要去做这些劳民伤财之事。姬静看着这些纷纷跪地的大臣，怒火中烧。他作为天子，普查人口，以补充兵员，征调物资，怎么就成了劳民伤财的事情？

早朝以姬静怒气冲冲地离开而结束。

小雷子看姬静心情不好，提议他去花园转转，现在正是百花盛开的季节。姬静一句话也不说地朝着花园走去，小雷子连忙跟着上前。

姬静望着绚丽多彩的花儿竞相开放，乱花渐欲迷人眼。偶尔一两只小蝴蝶在上面飞来飞去，像极了舞蹈的精灵，这样的景色多少让自己的心情得到了释放。望着花丛中一袭青衣在那飘飘，姬静不由得寻着青衣而去。女鸠抬头时看着姬静探究的目光，莞尔一笑。这一笑在姬静的心里开出了一朵花，刹那间百花竟失了颜色。

“臣妾参见大王！”女鸠款款地向姬静行了个礼，手中还拿着刚刚折的一株叫不上名来的白色花朵。洁白的花瓣，蕊心还微微地有些鹅黄。

“这是什么花？”姬静指着女鸠手中的花问，小小的花在这百花盛开的花园里低调而灿烂地开着，他不懂相比那些芍药、牡丹，女鸠为何会喜欢这不起眼的小花。

“禀大王，这叫含笑！臣妾采撷回去可以做花茶，喝了能让人心情愉悦。”女鸠缓缓的声音像甘泉一样沁人心脾，抚平了姬静烦躁的心情。看着女鸠的一颦一笑，想起和姜燕在一起的时光。如若燕儿还活着，应该也是这样与自己说话吧！

“那给寡人沏一壶吧！”姬静望着远方，眼神空洞而无奈。女鸠嘴角轻轻地上扬着，她有多久没有见到姬静了。这偌大的王宫想要遇见一个人何尝不容易，可是自从姜燕死后，她就不愿再见到姬静了。很长时间她都以为自己会这样无欲无求地老死在这冷漠的王宫了。可是上天还是让自己遇见了他，人群中一眼就看见了。时间过得真快，他已不是那个翩翩少年，而她却还在原地等待。原以为再次见面，彼此会道一声："好久不见。"可是没有，他眼里、心里、脑中都是姜燕，却不知姜燕的心里何曾有过他半分。她为他不值，可是自己又何尝不是如此呢?

"大王，是有什么心事吗?"女鸠看着姬静没有任何表情，今日早朝大王发火的事情早就传遍了后宫，而她是特地在这里等着他的。

"有些烦躁。"姬静不愿与她多说，朝堂之上的事情除了姜燕，他不想跟任何人说。

"可是朝堂之上杜伯的事情?大王，不必与杜伯计较。杜伯与我和燕儿从小一起长大，脾气是耿直了些。"女鸠无视姬静错愕的眼神，王宫里的人只要是姬静不想让人知道的事，大家即使知道也装作不知道。可是女鸠不一样，越不想让她说，她偏要说。

"从未听燕儿提起过。"姬静看着女鸠，想从她的脸上看出她说的话是否属实。他的语气中充满了疑问和落寞。女鸠眼中闪过刹那的鄙夷，姜燕不提及杜伯皆因杜伯在她心里没有任何分量。

"可能在燕儿心里杜伯是个无关轻重的人。"女鸠抬眼看着姬静，眼中是闪闪发光的纯真和灵动。姬静遮掩了眼中的阴沉，女鸠看似无心的话在他的心中种下了疑惑的种子。

"大王，臣妾给您沏茶去。"女鸠又摘了一些含笑花的花瓣，放在脚下的竹篮里。洁白的花瓣像极了它的名字，对着谁都露出温柔的微笑。

"寡人想起还有重要的公文没有处理，改日再去你宫中喝茶。"姬静说着就离开了花园，留下了独自在风中凌乱的女鸠。女鸠的眼中闪过一丝得逞后的狠厉，然后挎起一竹篮含笑花轻飘飘地走了。

姬静回到康剌宫就命人去查杜伯，他总觉得女鸠的话前后矛盾。前面还说是从小到大青梅竹马的玩伴，后一秒就说是无足轻重的人。姬静总感觉这里面有着不为人道的事情。长久生活在这宫里，看一切都不一样了。

第六十八章 分封单速

第二日早朝，姬静再次提及了晋原人口普查之事。

“大王，臣有一个办法，可以不用普查就能清楚晋原人口数量。”尹山甫不等杜伯说话就第一个站起来，他知道昨日杜伯的话已经引起了大王愤怒，他不想杜伯再次引起大王的反感。

“哦？有何办法？”姬静眉头一挑，眯着眼睛饶有兴趣地看着尹山甫。尹山甫想着昨夜单速教给自己的话，抬起头对上姬静的眼睛。

“大王，自古人口数量不需要普查。因为司民负责登记生死；司商负责赐族受姓；司徒负责人口来往；司寇负责处决罪犯；司牧知晓职员数量；司工知晓工匠数量；司场负责人口迁入；司廪负责人口迁出。人口数量天子通过询问百官就可以知晓了，还可以通过管理农事来调查。”尹山甫像背书一样流利地说出这样一番话，姬静看着尹山甫，他不知道原先那个只会打仗的人何时口才如此伶俐。他沉思着，考虑尹山甫的办法是否可行。

“大王，臣觉得尹山甫说的办法是极好的，完全没有必要因为普查人口去劳民伤财。”一看见杜伯出来，尹山甫转头看见大王扶着额头，难受极了。大王原本已经动摇了，这个杜伯也不知道是有意还是无意，三番两次指责大王劳民伤财，仿佛是在揭大王伤疤一样。

“你也赞成？”姬静不笑反怒，众人看着姬静的表情倒吸了一口冷气。他们跟随姬静多年，早就揣测透了姬静的心思，知道他这是发怒的前兆了。可是转眼看向杜伯却是一副众人皆醉我独醒的自信。

“尹山甫的办法既省时又省力，又不干扰百姓，自是再好不过了。这几年大周连年战事，尤其是千亩之战后，大周国力已不如从前了。”杜伯理了理衣服，上前对着姬静说了自己的想法。尹山甫此刻只想让杜伯闭嘴，可是在大殿之上，他只能看着杜伯气定神闲地说完这些话。众人明白杜伯这是在撕大王的伤疤，千亩之战大王已经觉得颜面尽失，不希望任何人提及这事。反观杜伯却一而再再而三地伤及大王颜面，众人没有一个敢上前劝说一句。

“你这是在责怪寡人？”姬静看着杜伯，声音不高也不低，此时康剌宫内静得连一根针掉下来都能听见。杜伯看着姬静，知道他生气了，他也知道天子一怒，伏尸百万。可是他不愿意违背自己的心愿，即使姜燕已经去世多年，姬静为了她也没有再立王后，但是他就想看看姬静是个怎样的帝王。

“臣不敢，只是大周经不起折腾了！”杜伯说完就双腿跪下，虔诚地向姬静磕头。姬静藐视地看着杜伯，眼中冒着杀意，可是他不能这样杀了他，否则他就是无道昏君，听不进忠言。

“寡人偏要看看晋原普查之后，我大周是否像你说的那样风雨飘摇。”姬静笑着看着杜伯，他就要折腾给他看看，大周绝不会因为一次战役而倒下，也绝不会因为某个决定而倒下，大周开国至今能屹立不倒靠的是自己的祖先一拳一拳打下来的。

“大王，万万使不得！大王若要一意孤行，臣愿以死相谏。”杜伯站了起来，眼睛直视姬静。杜伯的话无疑让姬静更加愤怒，他调查过杜伯，他在齐国时就追求姜燕，一路追随来到镐京。如今燕儿去了那么久，他也不曾离开，念他痴情不愿伤他性命，此刻却站起来挑衅他的帝王权威。

“大王，杜伯不知轻重，但是也是为了大周尽心尽力。望大王大度，不与他计较。”左儒是杜伯好友，明白杜伯的驴脾气上来了，只好硬着头皮上前向大王请罪。他瞪了杜伯一眼，那眼神似乎在说也不看看你跟谁较劲。杜伯低下头不说话了。

“寡人不仅不与他计较，还给他一个好差事，命杜伯任焦司农。”姬静的话刚刚说完，左儒愣了一下，立刻拽了一下还在出神的杜伯，杜伯跪下谢恩。尹山甫难过地摇了摇头，一盘好棋就这样被杜伯给下坏了。

姬静下了朝以后，觉得胸口闷得难受，就请了大巫医。大巫医走后，他失魂落魄地在椅子上坐了很久，把自己关在屋子里一天没有吃饭。此时单逑来与姬静告别，他要回散关生活。

“单将军，你来得正好，大王把自己关在屋里，不吃不喝一天了！可急坏奴才了！”小雷子听说单逑求见立刻就迎了上去，用那尖细的嗓音焦急地和单逑说着姬静今天的反常。

“可知道因为何事吗？”单逑皱着眉头，他记忆中除了姬脉去世和王后去世的时候，姬静会把自己关在屋里，可是今天何事能让姬静这样失态？不等单逑思考，姬静把门打开了。单逑看着姬静憔悴的样子，不免担忧起来。

“单逑哥，我想让你帮我做件事情。”姬静把单逑拉进房间，躺在椅子上，神情淡漠地说道。

“大王只管吩咐即可，臣定照办。”单逑看着姬静蓬乱的头发，萎靡的坐姿。他有多久没有见到这样的姬静，这样的他一点都不像那个气吞山河的帝王。

“寡人要封你为历人，命你铸十鼎！”姬静抬眼看向单逑，眼神中是不可置疑的坚定。这是他这思虑一天的结果，如若自己不行了，最放心把大周的江山交给谁——只有单逑。宫涅作为太子，只有单逑会为他保驾护航。

“大王，切不可胡说！你这是要臣的命！”单逨连忙跪地，他不懂姬静为何这样做，历人已经是大周最高的官了。大王能封他这个官已经是感激不尽，可十鼎是什么概念。天子九鼎，他怎么能越过天子呢？

“寡人心意已决，自寡人六岁起，你便护寡人周全。寡人年少，你未雨绸缪，寡人这王座有一大半是你替寡人夺来。寡人即位后，你替寡人守住江山，令四方臣服。没有你，何来寡人的今天。这鼎不是你一个人的，也有脉儿一半。”姬静这一天想得很清楚，自己欠下的债总要还的。还了这个债，自己也能安心地离开。

“大王，你我之间何必计较这些，我说过只要你需要臣一直都在！只是臣若铸了这十鼎，臣必将受万民指责。今日臣来见你，就是想与你告别！”单逨知道姬静一直防着自己，害怕自己的势力过大，今日自己进宫就是来辞行。对于姬静这样的封赏，自己突然有些看不懂姬静到底在想什么。他一直觉得物极必反，如今这样的赏赐是福是祸都不好说。

“单逨哥，就当这是你为我做的最后一件事情吧。寡人已经让人算好日子，两日后在明堂正式册封！”姬静知道单逨的担忧，只能在心里希望单逨能原谅他的自私。看着单逨跪在那里不愿起来，仿佛在想着什么说辞能说服自己。

“就这样定了，你下去吧。寡人想休息一会儿！”姬静不等单逨开口就让他下去了。看见单逨出去后，想着大巫与他说的话，自己已经是“消渴症”晚期。他想在有生之年实现自己的理想，想给宫涅一个强大的帝国。他走之前都需要把这一切安排好，他不希望他的儿子跟他一样，接手的是个烂摊子。

单逨想着小雷子告诉他，姬静是见过大巫医后才这样的。他得快一点回去联系子期，让他打探一下大巫医与大王说了什么。

转眼两天的时间就过去了，谁也不知道大王为何会下这样的命令。大巫医突然去游历了，至于大王见大巫医的事情就像从来没有发生过一样。

天刚刚亮，单逨已经在仆人的装扮下穿上了冕服。他无心观赏其他，直接上了马车去往明堂，因为接下来等他的将是前所未有的荣耀。

他走近明堂时，原本想从侧门而入，这时司马寿上前："单将军，大王命我在此处迎你！"单速看着司马寿笑着向自己行礼，不明白他为何在这里等他。

"大王可有什么要吩咐的吗？"单速穿着冕服行礼诸多不便，可是司马寿是老臣也是有名的贤臣，他恭敬而标准地向司马寿行了礼。司马寿看着单速极其标准的礼仪，白花花的胡子也跟着乐了起来，看单速的目光也柔和了很多。

"大王吩咐我引着单将军从正门进入明堂，大王已经到明堂了。"单速听到司马寿这样说不禁有些吃惊，自己何德何能从正门走，而且还有司马寿这样的人替自己引路。看着司马寿认真的样子不像与自己开玩笑，便把心中的疑问压了下去，跟着司马寿进了明堂。

天已经微微发白，明堂的四周站满了人，红色的冕服围成一个长长的红色丝带，环绕在明堂四周。人群后的鼓声震耳欲聋。单速站在正中央，看着面南北立的姬静，他穿着黑色的冕服，头发高高地束起，身背一把青色大斧，看着进来的自己微微一笑。单速跪地向姬静行礼。姬静看着他不说话，只是让太史苍把册封的竹简呈给他。单速看着太史苍突然想到了那个怪脾气的老头，那个教自己看星象的白胡子老人，不知道他踏尽山河没有。

姬静拿着竹简似有千斤重，他给单速大周任何人从未有过的荣耀。他希望单速能明白自己的良苦用心，也希望宫湦能理解自己的用意。他的目光扫了一眼尹山甫，尹山甫接到大王的授意，缓缓上前。他接过竹简，站在那里看着单速，然后打开竹简。刹那鼓声停息，周围安静得连鸟叫声都听不见。

尹山甫那浑厚的、具有穿透力的声音在每个人的耳边响起："速！你的祖先曾经辅佐先王创立基业，有功于国家。你又辅佐荣兑管理天下的山林川泽，负责为宫廷提供御用物产，你工作认真，表现出色。我现在要嘉奖提拔你为官司历人，负责监督朝廷官员。你务必做到以下四个方面：其一，你要兢兢业业、恪尽职守、勤勉工作，执行邦国的大小谋划，不能贪图安逸、荒废政事；其二，你在施政时要以身作则，遵守各项规章制度，秉公执法，严格依法行政；其三，你在审理案件时要明辨是非，遵循法规，公平公正；其四，你不能中饱私囊，如果你贪污受贿就意味着宽容和放纵那些目无法纪之人，等于欺侮了那些无依无靠的百姓。如果你没有按照我的要求去执行，那也是我一个人的过错，因为是我自己察人不善、用人不当的责任，同时我将对你严惩不贷。”尹山甫刚刚读完，单速正要谢恩时，姬静对单速说：“单速，我今日对你所说的话，你要时刻铭记在心，切勿辜负我对你的信任。”

“诺！”单速跪谢大王。

“来人，赐单速十鼎外加红色的蔽膝、黑色的绶带、有铜辔的革制马龙头。”姬静的话刚刚说完，小雷子双手捧着玉制的盘子，里面整齐地放着礼服和马龙头向单速走去。单速双手接过盘子，像接过千斤重担一样，再次磕头谢恩。观礼的众大臣皆目瞪口呆，却因为在明堂之上，无人敢说半句。

第六十九章 制鼎祭祖

官至历人，一时之间每日来小院探望的人络绎不绝。单逨烦不胜烦，不得已命人把大门从外面锁了起来。

“你还要在这小院躲多久？”子期从外而入，翻越这样的小院对于他来说轻而易举。

“突然感觉身上的担子重了很多，有种不真实的感觉。”单逨望着子期说出了心里的想法，他一直不明白大王为何会这样重用他，一时之间他成了大周一人之下、万人之上的人。

“可惜查不到任何信息，大巫就像突然人间蒸发了一样！”子期派了不少人去查大巫的下落，可惜一无所获。他和单逨一样都有种不真实的感觉，这些年跟在单逨身边，他知道大王是多么忌惮单逨。对于这样丰厚的赏赐，直觉告诉他，这事不像他们表面看到的那样简单。

“既来之，则安之。我相信静儿不会对我怎么样的。明日同我一起回丰京，我要回家祭祖，把这光耀祖先的事情跟父亲母亲说一下。我想他们泉下有知应该会开心！”单速想自己已经到了土埋半截的年纪了，有时间思考这些无用的东西，倒不如想想如何做好这个历人。他还想着姬静交代自己铸十鼎的事情，这些事情要尽快办好才能去做些为国为民的事情。

“你去帮我接嘉言母子回来，我去见单棠，是该好好和他谈谈了。”单速看着子期，不管是祭祖还是铸鼎都应该有嘉言的一份荣耀。算着铸鼎的时间，嘉言回来刚好能赶上祭祖。

“单棠走了，这是他让我交给你的。”子期看着单速，从怀中掏出一封信件。今日单速册封时，单棠找到他，让他代交给单速。

“走了？去哪里了？”单速拿过手中的信件，充满疑惑地看着子期。

“我只是转交信件，至于他去哪里我也不知道。”子期问了单棠，他只是笑着说自己去该去的地方。

单速打开信件，单棠有力的字体便映入眼帘：“单速吾兄，见字如面。往日种种，譬如昨日死。但吾兄之恩，单棠无以为报。吾兄赐吾名，养吾弟，恩同父母。嬴萤之死，难以忘怀，远离吾兄二十年。战场一见，念不断，情不忘。念往日所为，无言以对吾兄。虽知吾兄心海宽广，但单棠难以自处。访名山大川，寄情于山水之间。吾兄勿念！单棠敬！”单速看着信，回想当初第一眼见到单棠他们四个的画面，想着从军路上的经历。他收留他们一时，他们四个追随自己一生。他一直都知道单棠是喜欢嬴萤的，可是他装作什么都看不见，因为他舍不得嬴萤离开自己，最后嬴萤用这么惨烈的方式离开。如果当初自己放弃嬴萤，如果当初自己狠心一点，又或者当初自己坚定一点，也许一切都不一样。也许自己会和嬴萤抛弃一切浪迹天涯，又或者过着另外一种生活，他低头苦笑，这个世界没有如果，人生也不会重来，谁也不知道哪种选择、哪种生活更好。每个事情都有好的一面也有坏的一面，这才是人生。

“单棠说什么了？”子期看着手中握着信件一动不动的单速，眼神早已飘向了远方。

“哦，他说他出去远游了！”单逨说着就把信件递给了子期，这些年来他已经习惯了任何事情或者信件都告诉子期。子期是他最信任的人。

“我还是不看了，他既然写信给你就证明他已经放下了！”子期笑着摆手拒绝了，他想着单逨回去祭祖的时候，单之、单华也该回来了。看着单逨的兄弟们能聚在一起，不由得想起在王宫的子未和远在边疆的子来、子可，不知道他们四个何时才能再聚。单逨看出了子期心中的担忧，安慰道：“子未想回来吗？安排她出宫吧！”

“她说她已经习惯了王宫的生活，她还有重要的事情要做。对了，子未说：大王在谋划再次亲征的事情！”单逨听见子期的话，不由得睁大眼睛。千亩之战还不够惨烈吗？黎民百姓的生活还不够苦楚吗？他不敢相信，因为见面的时候姬静从未提过出征的事情。

“不可能？大王从未提及。”单逨想了想，觉得姬静不可能选择现在反扑。

“你站在大王的角度考虑一下，如果把你换成大王，从未失败过的大周，因为他的御驾亲征而失败。如果是你，你会不会卷土重来，一雪前耻？”子期对上单逨的眼睛，想让他明白现在大王的心情！

“子未的信呢？拿来我看看？”单逨觉得姬静即使被愤怒冲昏了头也不可能再次出兵，毕竟现在的国力还不允许！不过他还是有点不敢确定，因为现在的姬静好多想法都是自己所猜不透的！子期从袖子里掏出子未的信件，递给单逨。单逨接过信件看到上面写着：“王动，不详。”看到这四个字时，单逨的眉头皱得更紧了。

“你是通过这四个字猜测的？”单逨皱着眉头，斜着眼睛看着子期，语气中充满了疑问。

“嗯，是的！”子期看着单逨点头道，难道单逨跟自己的想法不一样？从前子未给自己传来的信件都是很详细的，可是这次不知道为何如此简洁！

“子未的意思是大王对王宫进行了一次整顿，所以传出来的信息这样简洁，具体大王为何这样做，她也不知道！最近不要给子未传递任何信息了，免得给她增加不必要的麻烦！”单速解读了子未的信后，非常鄙视地看了子期一眼。他怎么感觉别人随着年龄的增长，智商也在增长，为何子期与别人相反？子期看着单速的眼神有些生气地吼道：“你那是什么眼神？”单速不想与子期做无谓的解释，径直地离开了，留下一脸蒙圈的子期。

单速写了段文字，他想将这段文字刻在鼎上，这样也能让子子孙孙记住这件事。单速准备拿着竹简去找司空，正要准备出门时，小雷子过来了。

“雷总管，大王有何吩咐？”单速看见小雷子就直接把他引进门，等他在主座上坐下之后，给他倒了一杯水。

“单将军，你让我先喝口水，缓缓！”小雷子说完后又自顾地倒了一杯，大口喝了起来，嘴里还嘟囔着：“真是热死我了！”

“单将军，大王让我陪你一起去司空那里挑选一些鼎的纹样。”小雷子喝完水后就迫不及待地告诉单速，他认为单速定会高兴，这样的荣耀大周国仅此一人。

“谢大王厚爱！有劳雷主管了！”单速越发看不懂姬静到底在想些什么。此时的姬静正在康寝里，看着那一池开得正艳的荷花。他的病拖不了几年了，用不了多久他就能与姜燕团聚了。他再一次地利用了单速，父王在去世的时候告诉过自己这个世界谁都不能信任，除了自己。他要用这一切把单速套住，让他去牵制表哥，也就是申侯。自从舅舅去世后，表哥的野心越来越大了。为了更好地控制表哥，便让宫涅娶了他的女儿。他依稀还记得舅舅说过申家的女儿永远不许嫁入王室，除非她们自愿。他知道舅舅这样做为的是母后，如果母后不嫁入王室，也许会有另外一种人生。可是表哥为了利益还是将自己的女儿嫁了过来，至于仙儿愿不愿意没有人知道。

单速全然不知道姬静的想法，正和小雷子挑选鼎的花样。两人商量了很久才定下了一个满意的图案，送走了小雷子，单速马不停蹄地赶往丰京，通知哥哥和族人准备祭祖事宜。

第七十章 初见褒姒

祭祖之后的第二天，太子的儿子满百天，大王在康穆宫宴请大臣。单速和单彦、单儒三人皆在马车上等待嘉言。嘉言今日穿着一身青灰色的衣衫，上面绣着几朵粉色海棠，温柔又不失端庄。父子三人看着嘉言出来，纷纷惊呼好看，嘉言也不说话直接上了马车。一家四口直奔王宫。

单速刚到王宫就被姬静叫去了康刺宫，嘉言带着两个儿子在宫里与其他大臣的夫人闲话家常。因为都是世家女子，很多人都是年少时的好友，在一起总有说不完的话。

单速看见坐在书桌边看竹简的姬静，皮肤发黑，整个人消瘦不少。

“大王，不可整日劳累，要多注意休息！我看近日你憔悴了不少。”单速进来之后恭敬地向姬静行了跪拜之礼，后叮嘱姬静一番。

“哈哈！寡人壮如猛虎！”姬静听了单速的话，有些感动，自己瘦了，连太子都没有发现。只有他自己清楚自己为何会这样消瘦，眼中闪过一丝不易察觉的落寞。

“还是不宜劳累，大王，小雷子呢？”单速想起之前都是小雷子传话，今日怎么找个面生的，如果不是大王的玉诀，他还以为是人假传大王口谕！

“我让他去办其他事情了，之所以现在见你，是有事需要你办！”姬静坐在椅子上平静地说，好像办的只不过是件微不足道的小事。

“何事？”单速一脸认真地问道。姬静的语气虽平淡，但是让一个生面孔去找自己，肯定就是为了隐藏什么，应该不会是小事。

“这段时间我整顿了后宫，皆因为这后宫里鱼龙混杂。各个诸侯国，别有用心的人都往寡人身边安插眼线。谁能受得了每天几十双眼睛盯着自己？寡人封你为历人，虽说地位不如三公六卿，可是权力却在三公六卿之上。我想让你去各个诸侯国明察暗访，实行你历人的职责。更重要的一点是了解各国举动，尤其是申国和褒国！”姬静最后几乎是咬着牙说出了申国和褒国。单速虽知道自从老申侯离世，姬静和现任申侯的关系不好，只是褒国地处偏远，还有什么不轨之心吗？

“大王，申国和褒国有何异动？”单速不解地看着姬静。

“寡人不知，暗中派人调查也毫无结果。”姬静站了起来，望着远方，眼神中都是迷茫。清理后宫时，他发现申国和褒国安插进来的人最多。申侯安插人进来他或许能理解，他想替太子妃筹划什么。可是褒国呢？为什么要这样做？

“那大王因何故怀疑他们？”单速尽量将自己的声音放低一点，生怕惊扰了正在沉思的姬静。

“因为他们在寡人的王宫安插了太多的眼线，明面上安插得已经很多了，那些隐藏的更是数不胜数。”姬静盯着单速，眼神中充满探究。单速看着姬静这样的眼神，不安的感觉越来越强烈。以往姬静见他总叫单速哥，今日进门到现在都不曾叫过他一声。

“单速哥，你把子未带回去吧！”姬静的声音幽幽响起，单速听到子未的名字就明白姬静今日为何会反常了。

“大王，臣不是为了监视你，子未进宫是为了共和伯。后来我想让她出宫，可是她已经习惯了宫里的生活……”单速知道姬静是误会了自己，不过自己的辩解好似也很苍白无力。毕竟姬静都已经登基三十多年了，子未早就应该撤出来了。

“子未前段时间还给你传了信！”姬静面无表情地看着单速，其实他一直都知道子未的存在。她在宫中原先是保护王后的，后来又照看太子妃。他也知道单速的用意，原本他是想让子未在宫中安享晚年的。可是现在不行了，他要利用她一下。

“臣……有罪……”单速还想解释什么，可是最终还是垂下眼眸认罪！姬静看着单速的样子，眼中闪过一丝悲痛。一辈子爱他、保护他的哥哥，最后还要被自己利用。

“单速哥，我已命人将她送回你府中！看在你的面子上寡人不会惩罚她。宴会过后你也离开镐京，走遍诸侯国，做好你历人的职责。”姬静不敢再看向单速。

“诺！”单速没有再为自己多说一句话，他知道既定的事实说再多的话都是无用。他悄悄地退了下去，姬静看着单速的背影只能在心里默默地说了句对不起。

单速来到康穆宫的大厅，刚刚坐下就看到坐在对面的季子白对自己微笑。单速的目光却被季子白旁边的身穿粉色衣服的小女孩吸引，那个应该是季子白的女儿。坐在他下方的是方叔，他带着自己的儿子。单速一一与他们点头示意。

单速刚刚落座，太子和太子妃就抱着一个胖嘟嘟的婴儿一脸笑意地进来了。太子身穿墨蓝色的衣衫，显得高贵而庄严，脸上挂着初为人父的喜悦。刚进门的太子就被褒国国君旁边的一个穿着一袭白色衣衫、外面披着水蓝色薄纱的谪仙一样的女孩吸引了目光。单速顺着宫涅的目光看了过去，发现坐在褒国国君旁边从容大方，甚至有些清冷的女孩。她直直地坐在那里，眼睛一直盯着自己放在座位下面的手。身处热闹豪华的王宫宴会，目不斜视，毫无好奇之心，仿佛身处山林田野间清新寡淡。她身上的那种气质与嬴萤倒有几分相似。

太子妃也察觉出太子的目光，她随着看过去时，发现一个眼观鼻、鼻观心的女子。她轻轻地扯了一下太子的衣衫，太子回过神，依旧脸上挂着笑意向单速走去。单速是他的师傅，他和太子妃向单速问好。

“大王到！”随着小雷子的一声低吼，热闹的大厅瞬间安静了下来。单速抬眼向王座看去，姬静大步生风，脸上挂着难得的笑容落座。

嘉言在单速进入宴会厅时，就感觉到了单速的不正常。直到宴会结束回到府中，她才问道：“大王找你何事？我看宴会上你心不在焉？”

“无事，大王让我走访各个诸侯国，监察百官！”单速不想嘉言替自己担心，更不想让她生活在担惊受怕的日子里。嘉言看着单速轻松的神情，总感觉他有什么事情在瞒着自己。

“表哥，若有什么事情，一定要跟我说。两个人想办法，总比一个人想办法容易。”嘉言知道事情不像单速说得那样简单，否则单速也不会一直紧锁眉头。既然单速不想说，那就等他想说的时候再听。

子期匆忙地从屋子里走了出来。嘉言看子期过来，就牵着一直跟在身后的两个儿子回屋了。

“子未回来了！”子期快速地走到单速身边，压低声音告诉单速。

“嗯！”

“你早就知道了？”子期激动地拽着单速的手，瞪着双眼看着单速。他最在乎的人就是子未，她突然从王宫出来，吓得他一直坐立不安。

“大王发现了她是我安插在宫里的人，大王没有责怪她，只不过让她出宫。”单速看着激动的子期，把子未的情况告诉他。

“子未没有跟你说吗？”单速的目光放在子期抓着自己的手上，子期立刻缩回了自己的手。

“子未告诉我了，我有点不相信，怕她是安慰我的。”子期支支吾吾地说着，好像做错事情的孩子一般。单速无心与他计较，只是低头想着他自己的事情。

“大王没有把你怎么样吧？”子期才想起来关心单速，大王既然没有惩罚子未，更不会对单速做什么。只不过看着单速愁眉不展一副心事重重的样子，总觉得应该有什么事情。

“没有，要不然我现在还能完好地站在你面前吗？”单逑思索着觉得还是告诉子期比较好。

“不过大王命我离开镐京，暗中走访各个诸侯国，行使监察之责。”单逑总觉得姬静将自己调离镐京不仅仅是因为子未的事情，应该还有其他他不知道的。

“大王才封赏了你，又将你贬往外地。再说你孤身一人去往他国，怎么能安全呢？这兵荒马乱的岁月。”子期有些懊恼，他不知道姬静葫芦里卖的什么药。

“我第一个要去的是申国，你通知一下子来！”子来在老申侯时期就被单逑安排到申国，这些年一直都有传递消息回来。他已经在申国安家落户，如果不是自己这次去，他应该永远不用暴露。单逑想着无论如何都要保护好子来，申侯与姬静可不一样。姬静能看在自己的面子上放了子未，申侯就未必了。

“我与子未也跟着你一起去，正好也跟子来见一面。”子期一听说去申国就高兴得乐开了花。自从他们四人分开后，已经很久没有见面了。

“嗯，到时候也去见见子可。”单逑点头笑着说道。

“还去褒国吗？”子期疑惑地看着单逑，他无家无业的了无牵挂，单逑去哪里，他就跟着去哪里。当初子可非要去褒国，因为他的家在那里，他还有未完成的事情。他去了之后就留在了那里。如果到了申国后再带着子来一起去褒国，那么他们四个又能生活在一起了。想到这里子期感觉自己的心脏好像要跳出来了一样。

“今日在宴会上见到褒国国君姒响和他的女儿了。大王直觉褒国有问题，让我去看看。”单逑把大王告诉他的事情都告诉了子期。既然决定一起上路，那就该毫无隐瞒。

“都说褒国出美女，褒国侯的女儿更是倾国倾城，传闻是真是假？”子期问单逑。

“嗯，她一直低着头，看不清容貌，但是那周身的气质却是独一无二的。”单逑回忆着今日在大殿上见到褒姒的场景，太子都看得出神了。

第七十一章 宣王托孤

一晃三年的时间过去了。这三年里，单逨带着子期他们走遍了大周的分封国，遇到过刺伤，也交过真心的朋友。这三年里，他每月给姬静和嘉言各写一封信件。给嘉言信件多是说一些外面的经历和家中事情，给姬静的信件更多的是汇报自己做的事情和所在的地方，姬静从未回过一封。直到他收到姬静的来信，像晴天霹雳一样，劈得他久久不能言语。

漫天的大雪席卷了镐京，单逨驾着马车日夜不停地赶路。他使劲甩起马鞭，抽打着马匹。他希望能快一点再快一点，飞扬的雪花打在脸上、头上、马车上。他盼望姬静一定要等到自己到来，坚持住，他在心里为自己打气也是为姬静打气。

已经看见镐京城门了，不论怎么抽打，马儿也不愿再向前走一步。

“老伙计，你真的是老了，你也不愿回这繁华世界？”单逨下来对着马儿说话，然后又拍了拍马的脸。马儿陪着他很久了，很少像今天这样。

“罢了罢了，你不愿进去我也不勉强。咱们两个今日各奔东西吧！你走吧！”单速看着马儿倔强地不抬头只是低着头，笑着解下马鞍，让马儿离开。单速心里想着姬静，也顾不上看着马儿抬脚就向镐京城内跑去，毕竟上了年纪，一不小心就滚在了雪地里，若不是姬静在等，他还真想在这雪地里睡一会儿。

姬静躺在床上，容颜苍老得好像会随时凋落，只有一双眼睛一直紧紧地盯着大门。盼望着、盼望着，久违的身影终于出现了。同样苍老的小雷子扶着单速从大门跨了进来。姬静看着单速，笑着用微弱的声音说道：“单速哥，你终于还是赶来了。我就知道你一定能赶来的。”姬静说着，浑浊的眼睛就流出两行清泪来，三年没见了，如果不是自己一意孤行，也许他们也不会像现在这般。只是希望单速能理解自己的苦心，自己这样做都是为了宫涅，为了大周。

“我说过不管任何时候，只要你需要我就在！”单速看着老泪纵横的姬静，上前握住他的手说道。姬静的手枯瘦而寒凉，单速使劲地握住，想把自己的温度传给他。

“单速哥，没有用的，我快不行了。能见你一面，我已经……”姬静激动得说不出话了，小雷子快速地跑过去，用那苍白毫无血色的手在姬静的胸前拍了拍。

“静儿，不急，慢慢说。”单速上前把姬静扶着靠在床头的被褥上面，姬静听见单速喊他静儿，无奈地笑了。几十年了，单速有多久没有这样喊自己了。人啊，只有到失去生命的时候才能明白自己真正想要的是什么。现在的姬静舍不得离开这个世界，即使三年前就知道自己活不久，一直苦撑到了现在，又如何？结果还是不得不离开这个世界。这人世间有太多他牵挂的东西了，舍不得啊！姬静想着想着就双目紧闭地靠着休息了一会儿。

“单速哥，我时日不多了，念在你我兄弟一场，你再劳累几年吧！”姬静缓了一会儿，不得不开口求单速。现在的大周千疮百孔，哪有一点大周的威仪。他放心不下这江山啊，放心不下这天下的黎民百姓。唯有单速，能挑起这份重担，可是越想就越觉得对不起单逨。他比自己年纪还要大，本该安享晚年，却为自己一次又一次地远走他乡。

“静儿，你说！只要我能做到的，我必竭尽所能。”单逨大约猜到姬静要说什么，可是他不能拒绝。这个时候，静儿一定是没有可托之人才会不远千里把自己叫回来。

“单逨哥，我放心不下这大周江山，还记得那个亡周预言吗？我怕祖宗基业毁在我手里，我怕这天下不再是姬家的天下。我膝下只有一子，是我与燕儿所生。自小也跟着你学文习武，内心善良却不是帝王之才。我怕我一闭眼，宫涅就成为亡国之君。单逨哥，你回来帮帮我好不好？帮我看着宫涅！”姬静一口说完这些话，心情好受多了。现在不说，他怕以后再也没有机会说了。

“静儿，你不用操心，宫涅是你儿子也是我徒弟，我会帮你看着他的，大周不会亡的。你要养好身体，我带你出去走走，看看我大周江山是多么美好。”单逨安慰着姬静。他真的想带姬静出去走走，静儿这辈子困在王宫之中很少出去，自己走了那么多地方，才明白天地之间竟是那样广阔。他不想再过朝堂上钩心斗角的生活，可是姬静的嘱托他又不得不做。

“单逨哥，你不用瞒我，我自己的身体我自己清楚。只是对不起你了，你这一生都在为我操劳，好不容易可以安享晚年还要受我的连累！我让你去走访各个诸侯国，实际是贬你出京，一是让你肃清别有用心的贪官污吏，二是让宫涅召你回来，为他树立仁德的一面。单逨哥，若说我这辈子对不起谁，那只有你。脉儿，我已经给了他所要的一切。”姬静何尝不知道单逨喜欢山水之间的简单生活，他就是这么自私，如今的大周只有单逨辅助，宫涅的王座才能坐得稳。当初他赐单逨十鼎，就是宣告他赋予单逨的权力，也是警告宫涅，让他心中警钟长鸣。单逨淡然地看着姬静，其实在他去往申国的路上就想明白了，也知道姬静为脉儿做的事情。

“你我之间还需要这样客气？我定不会负你所托，辅佐宫涅成为威震八方的天子。”单速笑着看着姬静，目光柔和。

“单速哥，有你这句话我就安心了。回顾我的一生，前半生兢兢业业，一切都是为国为民。后半生有了自己的执念，当年没能听你的，才害得大周如今满目疮痍。我多疑、嫉妒，甚至还怀疑过你，不信任你……”姬静说不下去了，眼泪又流了出来。小雷子泪眼朦胧地看着姬静说道：“大王，您少说一点，休息休息吧！把这药喝了！”说着就低下身来想喂姬静喝药。

“寡人不想喝这药了，这药对寡人而言白受罪而已！”姬静看着小雷子手里端着那团黑乎乎的药就皱着眉头，摆了摆手。小雷子又用求助的眼神看了看单速。单速也明白姬静的心情，况且已经时日不多，何不顺其自然，强求又有何用。单速对小雷子摇了摇头示意他不要勉强了。

“小雷子，你去把我藏着的桃花酒拿过来，再拿两个杯子。”小雷子拿好了东西，姬静伸手去拿那壶桃花酒，单速站了起来，拿起酒倒在杯里。小雷子离开后，房间里只有卧在床上的姬静和站着拿酒的单速，仿佛回到了小时候两人一起睡的卧房。姬静看着单速倒酒都有些羡慕，现在的自己提不起酒壶。

“单速哥，现在你我之间没有君臣之分，只有兄弟之情。这桃花酒是三年前你走时我酿的，今日我们不醉不归。我若醉了，你像儿时那样背我回家！”姬静说完以后就笑了，这王宫不就是自己的家吗？可是自从姜燕走后就感觉再也没有家了。醉了也好，正好也印证了那句一醉不醒。单速看着姬静苦涩地笑了，鼻子有些冒酸。原以为活到他这个年纪早就看淡生死了，如今这样的场面还是控制不住。

“好香的桃花味儿啊，你若去卖这桃花酒，一滴值千金。”单速用手轻轻地在杯子的上方挥了挥，桃花的香气就跑了出来，仿佛置身于桃花坞一般。房间的火炉散发着热气，伴着桃花酒的香气，突然像回到了十六岁的四月。

“哈哈。春有百花，秋有月，夏有凉风，冬有雪，若无闲事挂心头，便是人间好时节！单速哥，我现在是但愿长醉不复醒！”姬静端起酒杯一口喝了下去，脸上带着笑意，“但愿长醉不复醒。”

火炉里的木炭火烧得正旺，偶尔发出一两声吱吱声，倒像极了春天的虫鸣。单速看着喝了酒躺那里休息的姬静，端起酒杯，一口喝尽杯中酒。顿时感觉口里的桃花味儿像精灵一样四处逃散，撞击了心房，在那里开出了一片桃花林。

“静儿，你这桃花酒，若称第二，绝不敢有人称第一！”单速还陶醉在这桃花酒的香味里。

“静儿……静儿……静儿……”单速见姬静不说话，不由得多喊了几声。姬静一直不说话，脸上带着笑意，像是睡着了一样。单速站在那里，久久不能自语地看着姬静，眼泪就流了下来。

单速打开门，在风雪里一直站着的小雷子迎了上来。单速看着他面无表情地说了句：“大王薨了！”

小雷子跌跌撞撞地向屋里跑去，屋内传来小雷子悲切的痛哭声：“大王！”紧接着单速就听见撞击柱子的声音，小雷子随着大王去了！单速一个人看着苍茫的天地间，白雪皑皑，刺痛了他的眼。孤寂的天地间只有他一人缓步独行！

第七十二章 褒姒入宫

前 782 年，姬宫涅继位，为周幽王。立妃子申后为王后，申后所生之子姬宜臼为王太子。

“在想什么？”子期和子未进来就看见一直望着天空发呆的单逨。

“我在想大王的用意。”从子期和子未进门时，单逨就知道是他们了。他没有看他们，继续抬头看着蓝蓝的天空，微风轻轻地吹过，又到了他最喜欢的春末夏初的时节。

“大王处置褒国侯的事情了吗？”子未想着今日朝堂上发生的事情，她的信息要比子期灵通很多。这些年她都生活在王宫里，虽说出宫了，但是以前认识的人不少，只要留心打听总会知道别人不知道的事情。

“子未怎么知道？现在消息都传得那么快吗？”单逨笑着看着子未，眼睛扫过子期，只见两人都点了点头。

“只知道褒国侯被大王囚禁。至于其中缘由，我们并不知道。”子期抬起头看着单逨说道。单逨明白这事肯定会传出来的，他有些乏了，大王登基一年了，慢慢地感觉像换了一个人一样。

“褒国侯朝堂上说话对大王不敬，大王一怒之下将他关了起来。”单速向子期他们解释大王关押褒国侯的原因，可是单速感觉事情不是那么简单。今天朝堂上，大王和虢公鼓的眼神对望，虽是一刹那，可是单速还是看见了。直觉告诉自己，两人在计划着什么。

“褒国一个偏远小国，大王不会对他们怎么样的。只要他们献上点礼物向大王赔礼即可！”子期知道单速是因为这事烦恼，就笑着解释道。

“大王这是醉翁之意不在酒！”单速突然拍了一下手，他知道姬宫涅这样做的目的了。自姬静去世后，大王疏于朝政，很多事情都是单速在打理。好在姬友能帮他分担一半，今日久不上朝的大王突然上朝，三言两语就将褒国侯惹怒并将他收押。原来大王是这个用意，这样聪慧的办法定不是宫涅想得出来的。

“那大王为了礼品囚禁褒国侯，这也太无道理了吧？”子期听了单速的话，有些不满地皱着眉头，这个姬宫涅真是越发地不着调了。子未拽了他一下，示意他说话注意点。这是在单速府里，不知道有多少双眼睛盯着呢。

康穆宫里，姬宫涅正躺在软榻之上欣赏着舞蹈，看着这些身段玲珑有致的美人，眼前出现的却是那张美得出尘、不苟言笑的脸。

“滚下去！”姬宫涅暴躁地将酒壶砸向那群舞女，没人敢吭一声，都默默地退了出去。虢公鼓看着姬宫涅烦躁的样子也不怕，只是笑着上前说道：“大王，这舞不合您意？”

“这些庸脂俗粉能入得了寡人的眼？”幽王眉头一皱，眼睛斜视，语气中还有几分不满。若是换作别的大臣早就下跪求饶了，虢公鼓从小与幽王一起长大，对他的脾气习性相当了解，也知道他现在在想什么。

“大王莫急，不出两日，美人就能入怀！”虢公鼓站了起来，拿着酒壶给幽王加满了酒之后轻声说道。

“寡人总觉得这样不好，寡人抓了她的父亲，她母亲会把她送给本王吗？”幽王看着虢公鼓说道，语气里满是担忧和怜惜。他担心她不会来镐京，更怕她恨他，毕竟是自己关押了她的父亲。

“大王放心，姒雪虽是褒国侯的女儿，但是从小就不受宠，受尽府中人的冷眼。褒国侯夫人对她非打即骂，一点都不像亲生的。大王若将她解脱苦海，她必感念大王恩德，从此对大王一心一意。”虢公鼓自从三年前得知大王在宴会上看见姒雪后就念念不忘，便派人打听，才发现这世界上还有这样可怜的女子。如果不是她长得漂亮，褒国侯见她还有利用价值，恐怕很难活到今天。最让人匪夷所思的是姒雪竟是褒国侯夫人亲生的女儿。

“哈哈！好！”幽王被虢公鼓说得开心极了，他自然也派人去打听过姒雪的身世，知道虢公鼓说得都是真的。想着自己夜思日想的小美人儿不久就能入宫了，幽王又开心地豪饮了三大杯。有些微醺的他嘴里呢喃着：“寡人绝不会再让她受一点委屈。”

虢公鼓看着幽王有些醉了，可是知道他说的话都是发自内心。然后他故作忧愁地对幽王说：“只怕单大人会阻止！”

“师傅来了？师傅在哪儿？”幽王听到单大人三字，一个激灵就醒了。在他的内心深处还滞留着害怕单逨的阴影。

“大王，单大人没有来，只是怕他到时候不同意姒雪姑娘入宫！”虢公鼓看着幽王那没有出息的样子，内心一阵鄙视，这样的人怎么做天子。随即他就谄媚地说着心中的顾虑。

幽王酒醒了点，想着自己刚刚的行为真是丢人。随即他双眼露出怨毒的神情说道：“寡人连纳妃的资格都没有吗？这国家大事我已经不管了，我想娶个心爱之人就那么难吗？”幽王愤恨地说着，不时地用手捶着桌子，发泄心中的不满。

“大王，您是大周的天子，您说的话那是一言九鼎，谁敢说什么？”虢公鼓知道幽王早就对单逨不满。

“可是他十个鼎，他比寡人还多一个鼎！”幽王听见虢公鼓说一言九鼎时，想到单逨的十个鼎就难过得哭了起来。他不懂他的父王怎么会赐他十鼎，父王是不是从来就没有爱过自己。生前处处约束自己，死后给单逨十鼎还让单逨约束着自己。原以为坐上王位能随心所欲，却发现每天有处理不完的大事小事。

“他鼎再多，那也是臣。您是天子，他那鼎还不是天子给封的。”虢公鼓站起来，掐着腰说着。他比幽王更讨厌单逨，单逨从小就看他不顺眼，事事都与他过不去。幽王还是太子时，他就不允许自己靠近幽王。想到这里，虢公鼓更是气愤难耐。

“对！鼎再多也是臣！寡人不必怕他！来！喝！”幽王重复着虢公鼓的话，在内心告诉自己，自己是天子，没有必要再惧怕单逨。再说他已经是大王了，父王也死了，他就是这个国家最高的王。

果然不出所料，三日后，姒雪真的出现在镐京王宫里。幽王命人放了褒国侯，并送他回国。不过让幽王没有想到的是单逨并未阻止姒雪入宫，王后也是对她以礼相待。幽王当天就封她为妃，按惯例取名褒姒，入住康怡殿。

单逨走出宫门时，看见一直在等他的季子白。夕阳下的季子白已经不是年轻时的容颜，单逨朝着满身金光的季子白微笑。

“单逨哥，我等你很久了！”季子白上前，还是一如既往的称呼。单逨喜欢他这样叫自己，有时候感觉自己还年轻，还像二十多岁的时候。

“子白，找我何事？”单逨猜测季子白应该是说褒姒入宫之事。

“单逨哥，无事，就是想与你说说话！”季子白说着咳了起来，单逨上前扶着他。

“身体不舒服吗？”单逨看着季子白的脸色有些惨白，便抓着季子白的手问道。季子白朝单逨笑了笑说道：“人到了年纪，病痛就来了！”单逨不置可否地点了点头。

“单速哥，西周镐京和附近的泾、渭、洛三条河川都发生震动。大王封妃之事不可举行典礼了，不可铺张浪费。”季子白想了想还是把这事说了出来，大王今日在朝堂上说要举行封妃大典，看着幽王兴致勃勃的样子，无人敢说一句话。

“子白，大王已经长大了，很多事情不是你我能阻止的。明日我再私下与他说说！”单速看着季子白的身体也不忍让他再操心，想着明日见幽王再与他说说，让他以天下苍生为重。

第七十三章 貌合神离

单速回到家中就向子未的房间走去。

“单速哥！”子未放下手中浇花的水壶，站了起来迎接单速进屋。单速看着满园繁华，还有很多都是嬴萤在世时种的草药。他就选择院子中的一处石凳坐了下来，子未给他倒了一杯花茶。

“单速哥，你怎么来了？”子期走了进来，看见单速坐在那里喝茶很是惊讶，原先都是他去找单速，单速来找他们的时候很少。

“找子未打听一些事，还有些事情需要你们去做。”单速喝了一口茶，也品不出什么香味。

“单速哥，什么事情，你说。”子未也在单速旁边的凳子上坐了下来，看着单速一副忧心忡忡的样子。

“子未，你在宫中可有认识的人？能不能安插一点我们的人？”单速的这些想法是经过深思熟虑的，现在的他有些看不透宫涅，但是他能感觉到宫涅的疏远和冷漠。

“单速哥，你还记得璃儿吗？”子未小心地开了口，眼睛盯着单速，生怕一不小心就牵出单速的伤心事。这些年，他们从未在他面前提过嬴萤，也不知道这些年有没有抚平他的伤口。

“记得，嬴萤走后她就不知所踪。”单速低下头。他也找过她，可是没有人告诉他下落，再加上那段时间自己一直沉浸在痛苦中，也无心去寻她。

“单棠哥将她送到我那里生活。嬴萤之前教她一些制药的本领，她被大巫医选中，在巫医馆做差。如今已经是巫医馆技术了得的女巫医了。”子未笑着说着璃儿，眼光变得柔和起来。在宫中的那段日子因为璃儿的陪伴，变得分外温馨。

“她心里定是恨我的。”单速垂下眼眸，想着那个小小的孩子对嬴萤的感情。嬴萤因他而死，别说替他传递情报，就是与自己多说一句话也不肯。

“没有，我与她谈过。嬴萤死前的两个月都跟她在一起。嬴萤把自己毕生所学都写在书中然后交给璃儿，还告诉璃儿她之所以这样做只不过是她的一种执念。要璃儿好好地跟着你，你不会弃她不顾的，更希望璃儿将来学好医术，如果你有用得着她的地方，希望她帮你一把。”子未把那日与璃儿谈话的内容告诉单速，她记得璃儿大大的眼睛里满是泪水和思念。想必嬴萤定是待她极好的，否则不会过了那么久提到嬴萤时，璃儿的眼泪不自觉地就会流下来。

“除了璃儿还有其他人么？”单速不想璃儿冒险，他不敢想象璃儿若被人发现会怎么样。

“还有原姜王后的总管邓石，只不过年纪大了。璃儿不会那么容易暴露，她是巫医，信息灵通，收发信息都比较方便。”子未端起水壶给单速又添了一杯茶，她虽不知道单速为何要在宫中安插自己的人，但是她看单速的表情这事应该很重要，还是璃儿去做最让人安心。

“单速哥，你当时一直让子未撤出来，现在为何要安插人进去？”子期脱口就问了子未一直想问的问题。子期有些不明白现在单速在朝中的权力除了大王就是他了，为何还要安插人进王宫。

“我虽是看着大王长大，也是他的师傅，但是大王并不是那样尊我敬我。我与大王貌合神离，时间久了，大王杀我之心就越甚。”单速知道子期的想法，只是他们没有与大王接触，不了解大王的性格。这几次与大王见面，大王已经按捺不住内心的想法，连掩饰都不想掩饰了。

“这小子翅膀硬了？大王不是赐你十鼎吗？他还敢对你做什么？”子期听单速这样说，腾地一下站了起来。原以为姬静成了帝王处处防着单速，但是怎么样也不会伤及单速。姬宫涅却有杀单速之心，这不由得让他感觉恼火。

“自古伴君如伴虎，可能就是这十鼎让宫涅忌惮。你也不要那么大火气，现在告诉你们就是希望未雨绸缪，我们这把年纪了无所谓，但是单家整个家族不能倒。”单速看着子期和子未，自己是生是死都不重要，重要的是单府百年世家的名节不能丢，单府不能灭族。当年父亲、母亲将单府交与自己，自己就肩负着让它不倒的使命。

“嗯，我知道了，我去安排！”子未听到这里就明白单速为何要安排人进宫了。单速比他们所有人都有远见，任何事情都会从容不迫。子未拉着子期离开了，留下单速一个人在思考着明日进宫如何劝说姬宫涅放弃封妃大典。

夏日的清晨，太阳刚刚冒出了头，天际一片火红。单速早早地进入王宫，幽王还没有起床，他站在宫门口一直等着姬宫涅。单速不知道过了多久，只觉得太阳照得他快要站不住了，姬宫涅的贴身总管小关子才宣他进去。小关子是小雷子的徒弟，看着单速受到这样的屈辱有些不忍，伸手要扶着他进去。单速笑着拒绝了，姬宫涅既然想要给自己点下马威，又何必再连累了小关子。

“臣单速拜见大王！”单速进去后恭敬地向姬宫涅行礼，因为长时间地站立，他索性就装作头晕想要摔倒的样子。

“师傅这是怎么了？”姬宫涅立刻从椅子上下来，搀扶着单速站了起来，扶他坐在椅子上，神情满是担忧。如果不是眼中一闪而过的笑意，单速就要当真了。

“人老了，不中用了。才站了一会儿就这样了。”单速艰难地抬起脚来，让人感觉好像一不小心就昏倒一样。姬宫湦看着七月的天气，太阳这个时候已经有些毒辣，换作自己站那么久也有些受不住。想到小时候跟单速习武时，自己也是经常站在太阳底下练习的。

“小关子，师傅来了这么久怎么不禀报？”姬宫湦故作生气地吼着小关子，小关子忙跪地求饶。他不是没有禀告，而是禀报了被大王赶了出来。

“不怪他，是我没有让禀告的。”单速看着小关子的表情就知道他肯定是禀告过的，只是没有想到自己一手教导的徒弟学会逢场作戏、两面三刀了。

“下次师傅过来，一定要第一时间叫醒寡人。”姬宫湦看着小关子咬牙切齿地吩咐道，小关子连忙点头退了出去。

“大王，你可能听过姜王后的故事。”单速笑看着姬宫湦，眼中满是慈爱，就像看着自家的孩子一样。

“母后去世时，寡人尚小。故而很多事情都是听宫人说的，不知师傅说的是何事？”姬宫湦有些奇怪地看着单速，若是平时自己起来这么晚，估计师傅早就教训自己了，今日怎么这么和颜悦色地和自己说话。

“先王自从登基之日起就晨兴夜寐，穷其一生，勤勉至极。可是有几日他与你母后置气，便天天偷懒，早上天亮才起床。你母后见到先王这样就想出了一个办法，她披头散发、一身素衣跪在永巷请罪！她说：‘是我无德无才，滋生淫逸享乐之心，以致使君王受累，常常晚朝失礼，给人留下君王好色而忘德的印象。一旦迷恋女色，就一定会穷奢极欲，疏于朝政，由此诸侯叛离，百姓怨声载道，引起社会的动乱。今天国家存在动乱的潜在因素，根源就是臣妾，所以特请君王治罪于我。’你父王听说后如梦初醒，心生愧疚，从此早朝晚归、谨小慎微、勤勤恳恳。你母后是一位贤德女子，不合礼之言，从不说；不合礼之事，从不做。”单速陷入回忆中。姬宫湦认真地听着，也从这个故事里听出了单速的用意。父王天亮起床都被说不勤朝政，自己睡到日上三竿岂不是昏庸至极。

“母后是少有的贤德女子，当称后宫楷模。”姬宫湦转移话题，只夸奖他的母后。他认为单速必不会当面指责自己。

“大王的申王后也是个贤德的王后，至于才封的褒姒定也是贤德的妃子。”姬宫涅看着单速不仅夸奖了王后，连姒雪也一并夸了，内心高兴极了。单速看着提到褒姒时，姬宫涅脸上的笑意像吃了蜜糖一样，便明白大王是对褒姒动了心。

“褒姒温婉贤淑，甚合寡人心意。”姬宫涅也不瞒着单速，他就是想告诉单速自己对褒姒的宠爱。他见姒雪第一眼就深陷其中，如今在一起了，更加珍惜她，宠爱她。

“既然大王如此宠爱褒姒，定不能让她受流言蜚语伤害！”单速站了起来，义愤填膺地说着，好似褒姒就是自己的女儿一般。

“师傅这话从何说起？何来流言蜚语？”姬宫涅走到单速跟前，他从未听说过什么流言蜚语。

“大王有所不知，三川震动，附近百姓受灾，度日艰难。国库亏空，若举行封妃大典置百姓生死于不顾，恐给褒姒带来诸多流言蜚语。”单速看着大王痛心疾首地说着，言语之处都是替褒姒着想，替大王着想。

“依师傅之见应该如何？”姬宫涅突然明白单速今日来的目的，原以为他说母后的故事是为了劝谏自己勤政，没有想到却是冲着封妃大典而来。第一次见到姒雪时，即使当时匆匆一眼，也明白自己想娶她的冲动。娶申表妹不是他所愿，是父王的命令。第一次有一个人想与她执手一生甚至生生世世，自己给不了她王后之位，现在连给她一个风光的典礼也不可能。

“把封妃典礼的花费救济百姓，让天下人感念褒姒贤德。”单速知道姬宫涅不愿意，可是如今这样说也由不得他了。他喜欢褒姒必在乎她的名声，也不会让她被世人指责。

“师傅言之有理，就按师傅说的办吧！”姬宫涅虽不开心但是也无可奈何。他再一次感觉到了作为天子却受制于大臣的那种窝囊与不甘。

单速看着姬宫涅的眼神，知道与他之间的隔阂越来越深，恐怕无法化解了。

第七十四章 褒姒身世

单逨走后，周幽王起身去康怡殿。一路上看着宫殿里的花花草草，他从未像现在这样害怕去见一个人，害怕看到她失望的眼神。小关子紧跟在后面，时不时地瞄着前面的幽王，既不敢跟得太近，又不敢离得太远。姬宫湦在想他要如何向褒姒开口说取消典礼的事情，她会是一副什么样的表情。

褒姒生性冷淡，不喜太多人照顾，除了自己跟过来的两个丫鬟，其他人都在外屋伺候。姬宫湦不让人禀告，他想看看自己不在时，姒雪在做些什么。姬宫湦走进屋内，看见坐在桌子旁一动也不动的姒雪。一袭白衣拖地，长发轻轻地披在身后，头上没有多余的饰物，只是插了一根极其简单的像梅花一样的白色簪子。整个人宛若一个雕塑一样，不食人间烟火。姬宫湦盯着她的侧颜，长长的睫毛扑闪扑闪，才感觉她是活生生的人。她的灵动、她的美还有那一身的气质都让他为之痴狂。

姒雪感觉一束视线一直盯着自己看，转眼看见姬宫湦的眼睛像是长在自己身上一样。四年前那场宴会她就见过这样的眼神，那时他是太子，而她是褒国侯的女儿，如今他是大王，她是他的妃子。她起身向大王行礼，规规矩矩，没有因为他的到来而开心，也不因他是大王而谄媚。姬宫湦看着这样的姒雪，想说的话也不知道从何说起。

“大王可是有事要与褒姒说吗？”姒看着姬宫湦窘迫的样子，不知道身为大王的他有什么事情需要这样难为情。他是天子，只要随便吩咐一声，这天下还有他得不到的东西？自己不也是这样吗？只要他想要，自己就得像个物品一样地送给他。

“姒雪，今后不要喊我大王，叫我宫湦即可！”姬宫湦看着姒雪脸上的淡漠，好像随时能失去她一样。他上前抓住姒雪的手，想要告诉她，她与别人不一样，却始终说不出口。

褒姒抽出姬宫湦拉着她的手，面无表情。

“随你吧！寡人不会勉强你做任何事情。今后这王宫就是你的家，在这里一切有寡人给你做主，你只要做你自己！”姬宫湦看着低下头的褒姒，不知道她在想些什么，也看不见她的表情。若是那些宫妃甚至王后听到他这样说，估计早就感动得流泪了。

“褒姒谢大王！”褒姒向姬宫湦行礼表示感谢，简单的话语，没有再多的动作，这让姬宫湦有些碰壁，他不知道到底怎么做才能让褒姒开心起来。

“姒雪，你坐。寡人要与你说件事！”姬宫湦扶着褒姒让她坐下来，然后才开口说道，“寡人之前计划给你一个盛大的封妃大典，给你除了王后以外最大的荣耀。可是三川震动，百姓流离失所。若在此刻封妃定会伤了百姓之心，所以想以你的名义将这笔钱捐献出去救助百姓。不知姒雪以为如何？”姬宫湦一边说一边盯着褒姒看，想在她的脸上看到除了冷漠以外的其他表情。

“大王，就按您说的办，姒雪不在乎典礼，能得到大王的垂爱已是万幸。”褒姒从凳子上起来又给姬宫湦行了个礼。她原本就不喜欢那样热闹的场合。褒姒这样的谨小慎微多少让姬宫湦有些心疼，终有一天，他一定要让褒姒在自己面前不必遮掩，做最真实的她。

取消封妃大典的消息很快就传了出来，申后的贴身丫鬟九月告诉申后时，申后并没有太多的惊讶和开心。她正抱着宜臼在看书。四岁的孩子聪明伶俐，看见九月进来便拿着书本出去了。

“九月，下次不许在太子面前说宫中之事。”宜臼出去之后，申后有些生气地对着九月说。九月看到王后的表情是真的发怒了，便跪地求饶。

“起来吧！我想让太子有个温馨的环境，不想他小小年纪被这些琐事羁绊，下次若是再当着太子的面说这些俗事，别怪我罚你！”申后还是叮嘱她。宜臼小小年纪聪明好学，为人孝顺、善良，将来他若为君定是一个贤明君主，决不能让这些事情扰了他。

“王后，据说是单将军建议大王取消封妃大典的。”九月还是不死心地将这事告诉王后，她以为王后不喜褒姒，会因为这个事情开心。

“大王这些日子还是日日留宿康怡殿吗？”申后没有接九月的话，抬头问她。九月点头应道：“是的！”九月的语气中颇为王后不满，自从这个褒姒入宫后，大王就从未踏过康寝一步。

“九月，你命人去库房挑一些上好的布料与褒姒，就说本宫赐予她的，今后康寝的人不要轻易去招惹她！”申后坐下来盯着九月吩咐道，四年前，宜臼满月那日她就知道大王对褒姒是上心的。她虽与大王是表兄妹，但是他们之间并无感情。自己只想好好地守着宜臼过自己的平静日子，只要不伤及宜臼，一切她都能忍。再说有很多事情，父侯应该会替她安排好的。

“诺！”九月不甘心，但是还按照王后吩咐的办。

单速才离开王宫，就被申侯带到一个不知名的酒楼包间坐了下来。

“单速哥，今日请你来是有事想与你商量！”申侯是姬静的表哥，比单速小两岁，他们之前虽有接触，只不过他与姬友的感情更深，毕竟姬友是在申侯府长大的。

"侯爷，您说。"单逨拿起酒杯给申侯倒了杯酒，他想大概是因为褒姒的事情。

"单逨哥，你我之间我也不必拐弯抹角了，褒姒之母，你知道是谁吗？"申侯拿起酒杯喝了一大口酒。他有些后悔当初不听父亲的话，将女儿送入宫门。他的女儿聪慧、善良、孝顺，用这个世界上所有美好的词来形容她都不为过。他原以为他给她这个世界上最荣耀的地位就能让她幸福，他以为姬宫涅看在申侯府、看在郑国公的面子上，他的女儿会有享不尽的荣宠。谁能想到他的女儿在王宫生活得那样艰辛，康寝就像个冷宫一样。

"褒姒之母？"单逨疑惑地看着申侯，他之前派人去调查过褒姒，家世挺好就是生活凄惨，为人冷淡。并未发现不妥之处，所以他才会不反对她进宫。

"单逨哥，可还记得中央司徒画娉吗？"申侯慢慢地靠近单逨，在他的耳边轻轻地说着。单逨听到司徒画娉这个名字时，脑袋里出现了一个画一样的女子，再仔细回忆，竟与褒姒有几分相似，怪不得四年前第一次见褒姒时，就觉得好像在哪里见过一样。

"她是褒姒的母亲？"单逨皱着眉头，不可置信地看着申侯。当年的她随着管家逃难，自己念她一个女子不曾参与就放她一条生路，如今却成了侯府夫人。

"嗯，她就是褒姒的母亲，现在褒侯府的夫人。她不仅嫁给了褒侯，还替他生下一儿一女，备受褒侯宠爱。凭一己之力，还救出了她母亲还有同胞的弟弟！"申侯说司徒画娉时，眼中满是欣赏之气，一个隐姓埋名、逃亡的女人能坐上国侯夫人的位置是多么不容易。但是同时也有数不尽的担忧，这样聪慧狠辣的女子培养出来的女儿又岂是简单的人。自己的女儿从小备受宠爱，根本不懂得人间险恶。

"申侯是如何知道的？"单逨还是有些不敢相信，因为子可在褒国那么久都没有查到这些信息。老申侯在世时，将醉香楼交给了静儿，静儿登基后就让渃水他们解散了。

“我们申国世世代代与天子联姻，如果没有自己的势力又如何在这弱肉强食的时代生存百年！”申侯看着单速不屑地笑了，单速以为他们只有一个醉香楼。父侯将一切都给了静表哥，可是静表哥连王后之位都不想给申国。

“据我所知，褒姒似乎不受她母亲喜欢，即使她是司徒画娉之女，跟入宫有什么关系？”单速不知道申侯到底想说什么，司徒画娉的仇人应该是自己和姬静，是他和静儿害得她家破人亡，这与姬宫湦有何关系？

“你与静儿害得她从名门嫡女成为逃亡之人，她处心积虑走到今天这一步，你觉得她会放过你吗？大王宠爱褒姒，日久天长，你觉得大王对您还会初心不变吗？”申侯激动地游说着单速，他想借单速的手除去褒姒，只有这样他和他的女儿才不会被大王记恨。

“我不会对褒姒出手的！”单速看着申侯，想着姬静说他这个表哥心术不正，如今看来确实如此。他想利用自己对付褒姒，就不动声色地劝说自己。

“为何？单大人不顾太子和王后的生死吗？我马上就要回申国了，申国离镐京山高水远，我不放心太子与王后。”申侯说着眼泪就要掉下来，王后每次见他都笑嘻嘻的，好像毫无忧心之事。他怎么会不知道她是不想让自己担心。后宫里，如果不是自己安排人进去，她不知道要受多少人欺负。他的外孙聪明伶俐却不得他父王的宠爱。原先大王还做做样子，自从褒姒进宫后，康寝就成了真正的冷宫。

“侯爷，王后现在的情况最好不过，王后贤德、不争不抢，只要一心抚育好太子即可。后宫之中，宠爱最多的人反而是最危险的人。咱们的王后是大智若愚的人！申侯放心！”单速看着申侯疼爱女儿的样子突然笑了起来，所谓关心则乱，申侯竟然看不出王后的用意。

第七十五章 王后生辰

申侯听单速这样说也不便再说些什么，唯一能做的就是希望能多安排一些人在王后和太子的身边，照顾他们的生活起居，自己也放心一些。只是出乎申侯意料的是，姬宫湦怕宫中有对褒姒不轨之人，将宫中的人全部换成了自己信得过的人。

太子宜臼小小年纪，见其母亲终日闷闷不乐。今日正好是母后的生辰，宜臼在做完功课后，想去花园里摘一束最漂亮的花送与母后。

“这花你们可得看好了，这是大王送给我们娘娘的礼物！”一个身穿紫衣的丫鬟吩咐完之后扭头就走了，带着几分宫中之人不常见的傲气。她是褒姒的贴身宫女，褒姒宠冠六宫，连带着康怡殿的丫头们都趾高气扬。

“这是什么花？”母后曾经叮嘱过宜臼只要是关于褒娘娘的东西或者事情都不要碰，恰好他今日来寻花又见到这么好看的花，好奇心驱使，一时忘记了母亲的叮嘱。

“回太子，这是褒妃娘娘的曼珠沙华。”花旁边两侧的宫女向宜臼行礼并回答他。小宜臼被眼前的花震撼了，大红色的花，红得艳丽、红得惊艳、红得像鲜血一般，像极了那烈日下的红莲。康寝里有一片池塘，每到六月就有各色的荷花相映开放。他觉得那是人间极美的景色了。如今再看这曼珠沙华，才发现那一池荷花庸俗极了。

“太子，不能碰！”宜臼刚想伸手去摸摸这曼珠沙华，那红色的蕊娇艳欲滴。宫女的一句话让宜臼回过了神。

“我为什么不能碰？”宜臼扬起稚气的脸，有些生气地问宫女。他身为太子，连这花都碰不得。

“这……这是大王送给褒娘娘的礼物，太子若碰坏了，大王会责怪的。”小宫女答不上来，站在另一边的小宫女笑着回答道。宜臼听到小宫女的话，站在那里有些生气。母后生辰，父王不来看他们却给褒娘娘送这么美的花。不行，他要把这花送给母后，只有母后才配这么漂亮的花。

“你起来，我就要这些花！”小宜臼推开两边站立的丫鬟，伸手就将曼珠沙华给折断了。一支、两支……一直折光了所有的花才罢手。宫人吓得都跪地求太子住手，宜臼也不予理睬，一心想着母后看到这么漂亮的花一定会开心极了。

姬宫湦正带着褒姒，来看他命人找来的几株曼珠沙华，想到褒姒看到这样漂亮的花时眼中的惊讶，不由得加快了步伐。褒姒喜欢花，但是只喜欢白色的花。她听说大王为她寻来一种红得像火一样的花时，已经没有看的兴趣了，但是面对大王如此的热情，她装作喜欢的样子跟了过来。

“姬宜臼！你在做什么？”大王看着花园里散落一地的红色花瓣，有些已经被踩得看不清原来的模样，只能看见一些红色的水渍染红了地面。抬眼看见宜臼手中抱着一大束红得刺眼的曼珠沙华，心中的怒气不由得上窜。

“宜臼拜见父王！拜见褒娘娘！”宜臼看见大王过来，小小的身体直接跪了下去，恭恭敬敬地向幽王和褒姒行礼，手中的花紧紧地握着。褒姒看着宜臼小小的身板跪在那里，有种说不出的坚韧。

“宜臼，谁让你摘这些花的？”幽王克制自己的情绪，满园这么多开得正艳的花宜臼不采，偏偏折了自己要送给褒姒的礼物。瞄了一眼褒姒，看不出她的情绪。

“禀父王，是儿臣见这些花儿开得漂亮就折下来了。”宜臼跪在那里，声音洪亮，其实他是怕他的父王的，只是今日他心中有些生气。母后生辰，父王不去看母后却整日陪着褒妃。幽王看着眼前这个小小的人，从他的脸上看到了一些怒气。自己都没有责怪他毁了自己辛苦寻来的礼物，他却一脸怒容。

“你们没有告诉太子这是我送给褒妃的礼物吗？”幽王面带怒容地对跪在两旁的宫人大声地吼着。宫人们瑟瑟发抖，无一人敢说话。

“父王莫怪她们。她们告诉儿臣了，是儿臣执意要采的。”宜臼抬起头来对上幽王的眼睛。

“逆子！”幽王看着宜臼的眼中毫无敬畏之情，一脚就踢了过去。两旁的宫人无一人敢吭声。褒姒被幽王的举动吓了一跳，惊叫了起来。幽王明白自己吓到了褒姒，连忙扶着褒姒安慰。褒姒看宜臼即使被踢得那么重，手中还紧攥着那束曼珠沙华。

王后听宫人说太子在花园闯祸，赶到时正好看见大王踢了宜臼一脚。

“大王，太子年幼，是我这个做母后的教育不当。大王要责罚就责罚我吧！”王后立马跪在幽王面前请罪，她甚至都不敢看一眼宜臼。

“母后！”宜臼看见王后过来，跑到王后面前抱着王后哭了起来，手中还拿着那束曼珠沙华。王后看见太子还拿着手中的花，不禁有些气愤，当着大王和褒姒的面又扇了太子两巴掌。

“大王，是臣妾的错，你罚臣妾吧！”王后打完太子又不停地磕头。褒姒似乎刚刚受到了惊吓，紧抓着幽王。幽王看了一眼跪在地上的母子二人说道：“王后教子不当，康寝闭门思过三个月！”

跪在地上的王后在幽王走后立刻上前去查看太子的伤势，并命人去请巫医。

“臼儿，你今日为何要招惹她啊？”王后紧紧地把宜臼抱在怀里，她刚刚看见大王踢宜臼那脚有多深，她掀开宜臼的衣服，宜臼胸口红了一片，看到这里，申后又抱着宜臼哭了起来。

“母后不哭。宜臼无事！这是送给母后的！”宜臼奶里奶气的声音安慰申后，申后看着宜臼把花送给自己哭得更凶了。

“母后不哭，今日母后生辰，若是一直哭就不美了！”宜臼把花塞进申后的手里，软软的小手给申后擦眼泪。申后看着宜臼听话懂事的样子，抱着宜臼一步一步艰难地向康寝走去。

子未向单速禀报王后母子在宫中的情况时，单速放在桌子上的手紧紧地攥了起来。王后是大王明媒正娶的妻子，太子是嫡子，将来要继承天子之位的。大王如今连最起码的尊严都不给他们。单速有些气愤地想着自己必须进宫一趟。

“单速哥，你进宫也无用，只会让王后母子生活得更加艰难。”子未看出了单速的想法，大王整日不理朝政，早就不将单速这个师傅看在眼里，去了只会让大王更加记恨他。单速身为朝中重臣，大王自然不敢轻易动他，可是王后和太子就不一样了。

“子未，你说得对，我是有些冲动了！”单速想着子未的话不无道理。可能因为年纪大了，见不得这些破坏伦理纲常的事情。

“子期去哪里了？”单速见子未一人过来，却不见子期。

“他去有重要的事情办。”子未想着子期走之前交代自己，不要告诉单速。

“嗯，只是朝堂之上对大王这样的做法微词颇多，诸侯恐会不满。”单速也不多问，心想子期应该是有自己的事情要办。大王如此宠爱褒姒，连王后都不放在眼中，那诸侯国送进宫中的妃子地位更是堪忧。长此下去，国将不国。

“单速哥，你明日在朝堂之上还需要多加周旋。”子未看着单速疲乏的样子有些心疼，明日朝堂之上必会有人替王后打抱不平。子未想着单速还需要想应对的法子，就退下了。

第七十六章 分化权力

康剌宫内，早朝的时间一推再推，始终不见幽王到来！七八月的天气，酷暑难耐，众人穿着厚重的官服站在那里汗流浃背。望着空空的王座，都无奈地低下了头。大王上朝时间一日比一日晚，单速看着众大臣敢怒不敢言的样子，眉头不禁皱了一下，随即又面无表情。

“大王有事，早朝取消！”众人看着小关子进来，习惯性地挺直了腰板等待大王的到来。小关子的话音刚落，众人摇着头离开了，还有个别人轻声地嘀咕：“这叫什么事啊？”

看着众人厌恶的情绪持续高涨，单速站在那里，第一次觉得手足无措。

“单速哥！”季子白和方叔走了过来，单速停下来，觉得他们似乎有话与自己说。

“单速哥，一起去喝一杯怎么样？”方叔笑着邀请道。

“我知道有家酒馆的酒好喝极了，单速哥，一起吧！”季子白也跟着一起劝道。

“好！你们两个带路。”单速笑着看着两个人，知道他们应该是有事找自己说。

单速跟随着他们走走绕绕来到了一个像是院落的酒馆，环境清新雅致。院中大片的荼蘼开着白色的花朵，层层堆叠，地上铺满了白色的花瓣。旁边还摆着几盆青色的兰花，一青一白，好似传递着院中主人要告诉别人的话语。

季子白和方叔两人习惯性地坐下，也无人招待。单速看着两人，猜想两人应该是这里的常客。季子白看单速还在看院中的布置，便把他拉过来坐下。

“单速哥，坐下喝杯茶。”季子白倒了杯茶给单速，然后自己也端起来喝了一大口。单速轻抿一口，口舌之间一股清香与甘甜浸入其中，沁人心脾。

“这是什么茶？”从未发现如此特别的茶水，单速看着两人笑着问道。

“单速哥也觉得这茶极好吗？我问过老板娘，她说只是普通的茶水里面添加了一些香薷和檬果。”季子白看着单速说道，他第一次误打误撞进入这酒馆时，也跟单速一样的表情。

“这里的酒要比茶水更特别。”方叔用手掩着嘴，轻声地和单速说着。方叔常年征战沙场，在寂寞的荒野中习惯了与酒为伴。能让他说特别的酒定是不错的。

“哦？有何特别之处？”单速斜眼看着两人，一副不相信的表情。

“春有桃花酒，夏有荷花酒，秋有菊花酒，冬有梅花酒。若是运气好老板娘还会送杯百花酒！”季子白也不着急，慢慢给单速说着这酒馆的妙处。

“只听你们夸了，要喝过才知道！”单速看着两人，端起茶杯又喝了一口茶说道。

“单速哥，你想喝什么酒？”季子白为了证明自己的话没有夸大之词就想着让单速自己品尝。

“桃花酒！”单速毫不犹豫地说桃花酒，他曾说过静儿的桃花酒天下第一，不知道这院中主人的桃花酒酿得如何。

季子白轻轻地伸手拉了一下座位旁边木色的绳子，风铃轻轻地响了一下。不一会儿，出来一个穿着灰色长衫的少年，眉清目秀，像极了画中走出来的翩翩少年郎。他手中托着一个白玉制的酒壶，上面刻有粉色的桃花瓣。看这酒器都非凡品更何况里面的酒。少年放下酒器就悄悄地退了出去。

“单逨哥，你看！”季子白知道单逨的疑惑，他第一次来时，不管怎么与这些人说话都是不答。后来看到院中的字才明白这院中为何如此安静。季子白指了指院中墙上的两行字。

“百舌无言桃李尽，小院深处荼蘼了！”单逨看着娟秀又刚强的字，竟不知道写这字的是男子还是女子了。不过能写出这两句话的人，也不是一般人能有的境界。

“单逨哥，你尝尝！”方叔看着对着字发呆的单逨，给他倒了一杯酒。打开壶口，桃花香伴随着酒香就塞满了房间，单逨感觉自己好似坐在桃花林里一样。若说姬静酿的桃花酒的香味需静闻，而这小院主人的桃花酒却是钻进你身体的每个毛孔，让你不得不闻。

“好酒！”单逨尝了一口，发现却不像它的气味那般霸道，酒的甘甜带着桃花的芬芳顺着喉咙而下直达脾胃，而后胃部竟有一丝清凉。盛夏喝这样的酒原以为会有灼热感却不想是清凉之意，让夏日的浮躁一扫而空。

方叔听到单逨这样说不禁昂起了头，好像夸的人是他自己一般。

“单逨哥，我想辞官归隐乡下！”季子白抬着头看向单逨，语气中满是不舍与无奈。

“为何？”单逨看着季子白和方叔，这事应是两人相约与他说的。

“大王不思朝政、沉迷享乐，酒池肉林、宠爱褒姒，礼崩乐坏。幽王无道，害我大周满目疮痍，我不忍啊！”季子白咬牙切齿地说着，这些年他们看着大周从厉王时期的艰难到宣王时期的兴起，这一路都是他们赤手空拳打下来的。

“正因为如此，大周才需要我们这些老骨头顶着啊！”单逨理解季子白的痛心，自己何尝不是如此呢。如果不是姬静的临终嘱托，他早已带着家人躲进山林，不问世事，但求人间自在！

“单速哥，你还不知道。大王任命郑恒公姬友担任周王室的司徒，掌管全国土地和户籍。任命虢公鼓为卿士，执掌政事。他这样做是在削夺你的权力，架空你，让你在朝中空有位分并无实权！”季子白捶着桌子说着这一切，他不敢看单速的眼睛，因为虢公鼓是他虢国的人。

“何时的事情？”单速从不把权力放在眼中，可是幽王这样分化，以后的他在朝中一点话语权都没有了，自己又怎么能替静儿看着姬宫涅呢？

“昨夜！大王任用奸佞小人，我等还有何颜面站在朝堂之上。”季子白一杯接着一杯地喝着，好似这桃花酒不会醉人一样。方叔听着两人谈话也不说话，只是盯着院中的花草。单速也不问季子白的信息从哪里来，他明白这应该是真的。原以为姬宫涅要等一段时间才能动手，没有想到他下手如此迅速。

“你意已决？”单速不知道应该如何劝说季子白他们，毕竟自己若有权力在手还能护他们一时平安。如今自己只有一个大王师傅的身份，想护他们怕是难了。

“我意已决！”季子白喝了一口酒，郑重地说着，就像将要上战场的将士那样坚决。

“你也是这样考虑的？”单速转向一直不说话的方叔。

“嗯，我会以身体不适为由回方国颐养天年。”方叔把玩着手中的酒杯说道，他有些过意不去，不管是先王还是单速对自己都是百般照顾，可是如今大周面临如此困境，他竟退缩了。

“大周的气数怕是要到头了！”单速点点头，没有挽留，只是长叹一声，这一声长叹竟然使三个身经百战的将军悲从中来，仿佛亲眼看着自己带领的百万雄师刹那间灰飞烟灭一样。

“单速哥，跟我们一起走吧！大王不是你从前教导的那个大王！”方叔盯着单速说道，眼中满是恳求之意，他言外之意是大王随时都会对单公府动手。

“我答应了先王替他看好这大周江山，我不能食言！”单速明白方叔的意思，他又何尝不知道姬宫涅已经恨上了自己呢？可是自己对姬静的承诺不能食言，不管怎么艰难他都要走下去。

“那今日不醉不归！”季子白举起酒杯，三人喝了一壶又一壶。直到最后季子白和方叔两人都醉了，只留下还清醒的单速。单速苦笑着，自己这样的人连一醉解千愁的资格都没有，还要被这烦心事所累。

第七十七章 废嫡立庶

单逨每日还是一如既往地等待幽王上朝，看着身边熟悉的面孔越来越少。有些人看不惯幽王无道纷纷辞官隐居了，有的人带着一腔愤怒离开了这个世界。身边留下的大多是虢公鼓那样阿谀奉承的小人。单逨有看不惯，也有愤怒的时候，嘉言总是劝他归隐或者不去上朝。他像个老顽固一样，几年如一日地坚持着。幽王上朝的时间屈指可数，但是单逨永远风雨无阻地等待。

世人都以为幽王对褒姒的宠爱只是一时新鲜，可是令所有人想不到的是即使褒姒产有一子后，幽王对褒姒也是几年如一日般宠爱。两人不管任何时候都黏在一起，每日歌舞升平，国事日渐荒废。

单逨心痛不已，多次面见幽王，都被婉拒了。单逨这日求见幽王未果后，徒步向家走去，这些年他已经习惯徒步上朝，徒步回来，看看路边的风景，听听街头的吆喝声。

回到家中，看见院中站着璃儿。即使多年未见，单逨还记得璃儿那双明亮的眼睛。

“璃儿？”单速有些激动，生怕自己认错了，站在原地喊了一声璃儿的名字。

“单将军！”璃儿虽笑着眼泪却流了出来，听见单速喊她的名字不停地点头。当年若不是单速发现她并将她带回家中，她应该早已跟随母亲去了。

“你怎么出来了？”单速随即想到璃儿应该在宫中，莫不是宫中出了大事，单速想到这里有些心慌。

“不是，我随大巫医出来采药，顺道过来看看你们。”璃儿看着单速紧张的样子笑着回道。

“无事便好！无事便好！”单速也跟着璃儿笑了起来，口中呢喃着，像是给自己安慰又像说给璃儿她们听。这些日子，虢公鼓把持朝政，剥削百姓，百姓怨愤。朝堂之上乌烟瘴气，只能希望后宫不要再出事了。

“将军，我还有一事告诉你，希望将军能早作打算。”璃儿看着单速两鬓的头发，才明白原来时间已经过了那么久。当年他救她时，他还是个意气风发的少年。如今那个少年已经成了满头华发的老者。

“璃儿，你说！”单速让璃儿坐下，子未给璃儿端来一盘水晶糕。璃儿看见桌上的那盘水晶糕，看向子未的目光带着点点泪光。单棠第一次送她入宫时，因为嬴萤的死她有些难过和伤心，子未就是端了一盘水晶糕给她并跟她说了很多以前的事情。

“大王有意改立太子！”璃儿环视四周，见单速对她点头，她才低声对单速说道。

“什么？”单速正喝着茶，听璃儿这样说，手中的杯子差点抖落。他不敢想象大王怎么会有这样的想法，废嫡立庶，有悖纲常。随即又想到这大周现在还有何纲常伦理？

“璃儿，你是怎么知道的？”单速明白现在不是痛心疾首的时候，他要知道消息是否可靠，这样才能阻止这样的事情发生。

"这事还要从太子说起……"璃儿把那日与珊儿的话一句不漏地说给单速听。

那日，康怡殿的一名婢女珊儿生病，我奉命前去诊治。珊儿告诉我大王想废后，立褒姒为王后！我原本不相信，但是她告诉我这事的起因是太子与伯服两人打架。

我好奇地问她："王后带着太子在康寝闭门不出，太子每日除了去学堂就是回康寝。王后在宫中形同虚设，伯服与太子怎么会有争执？"

"太子学业优秀，待人和善，宫中奴婢大多喜欢太子。伯服王子年纪虽小，自小就受褒妃宠爱，大王对伯服更是疼爱有加，只要伯服一句话，有人升官发财也有人一夜送命。伯服恃宠成骄、有恃无恐，课堂上辱骂师长，太子看不过去，便起身教训他几句。谁知道伯服就拿着竹简砸向太子太傅，顿时鲜血从太傅额头冒了出来。太子比伯服年长，见太傅受辱便起身教训伯服。太子日日练武，身强体壮。伯服从小嫌弃练武辛苦，不愿早起。伯服自然不是太子的对手，太子失手将伯服的牙齿打落一颗。"珊儿看璃儿有兴趣，尽可能地把自己知道的都告诉璃儿。这王宫森严，日子寂寞，唯有靠这些消息打发时光，所以王宫里的信息才会传得这样快。

"褒妃生气了？"璃儿想着伯服受伤，褒姒定是气愤不已。

"褒妃倒是没有说什么，也没有去找太子，只是心疼伯服偷偷流泪。大王见褒妃流泪，才知道伯服被太子打了一顿，便带着伯服去了康寝。大王到了康寝二话没说就给太子两巴掌，王后吓得跪地求饶。"珊儿当时也在场，她从未见过大王如此愤怒，他身边若带有佩剑说不定都会刺向太子。 珊儿想起当时的情景还有些后怕，也是那一次，他们才明白大王对褒妃母子的偏爱有多深。

"父王，儿臣做错什么，让父王如此动怒？"太子擦擦嘴角的血，跪地问幽王。太子低着头，看不见他的表情，但是语气是不容置否的坚决，是要大王给他一个解释！

"逆子，你身为兄长不爱护幼弟，竟将弟弟残害如此。"幽王说着还将伯服推到太子跟前，让太子好好看看伯服。太子抬头看向伯服，发现伯服脸上挂着泪，嘴角还有些乌青和红肿，不禁冷笑说道："我身为兄长，弟弟目无师长，动手痛打太傅，我代替父王教训他有何过错？"太子看了一眼伯服，眼中满是不屑地说道。

"父王，儿臣不是故意的。"伯服泪眼汪汪地看着大王，小手抓着大王的衣裳求情。

"听见没有？伯服说他不是故意的。再说你也不能下手那么重，把伯服的牙齿都打落了。"大王看见伯服落泪，心疼地把伯服抱到腿上，然后瞪着太子。他原以为伯服与太子兄弟玩闹，太子打了伯服，没有想到是因伯服打了太傅。就算是打了太傅，伯服那么小，耐心教导便是，也不能下这么重的手。想到这里，幽王更加认定太子是故意而为，看太子的眼神更加的愤怒。

"我大周从文王开始，姬氏后代皆尊师重礼，例如父王尊重单太傅，几十年如一日。伯服虽年幼，但是言行举止代表的是大周王室，现在就目无师长，殴打太傅，将来就会做更荒唐的事情……"太子跪在那里，持之有据地跟大王理论。

"宜臼……"太子的话还没有说完，王后大喊一声。她明白大王已经在愤怒的边缘，如果再说下去，宜臼恐有性命之忧。

"大王，是臣妾的错。臣妾没有管教好太子。臣妾代替太子向您赔罪！"王后上前跪下，将宜臼护在身后。她怕大王气急像几年前一样给宜臼一脚，当年那一脚让宜臼卧床几个月。

"父王，与母后无关，是伯服欺人太甚。"太子看出王后要保护他的想法，这些年母后为了他受尽屈辱，他如今已经长大，不想再让母后受到任何伤害。

"好一个母慈子孝！王后，你看看你培养的好皇子！"幽王看着王后和太子母子情深，感觉自己就是个多余的人。他从太子的眼中看不到一点对父王的尊重，反观伯服却是满眼依赖。

"宜臼，去给你父王认错！给伯服赔罪！"王后扭头对跪在她身后的太子吩咐道。明知道自己的儿子没有做错任何事情，却要忍受这种屈辱，王后咬紧牙关，盯着宜臼。

“母后，儿臣没有错！”太子执拗地看着王后，他不认为自己有错，有错的是伯服，有错的是父王。

“啪！”王后一巴掌下去，太子摔倒在地，脸上五个手指印红得冒血。太子不可置信地看着王后，只呢喃着：“母后，为什么？”语气悲伤而绝望。

“父王，我怕！”伯服看见王后打了太子，有些害怕。他的母后和父王从未打过他。他看向太子时，太子的眼睛里充满了仇恨。幽王瞪了一眼太子，随即抱起伯服安慰说：“伯服别怕，我带你去找你母妃。”幽王说着就抱着伯服离开了，走之前意味深长地看了一眼王后。

大王走后，王后抱紧太子放声大哭。太子愣在那里一直看着王后问道：“母后，为什么？”

“为了活下去，母后要你平安地活下去！”王后用手扳过太子的脸，让太子看向自己。

“即使这么没有尊严、受尽屈辱也要活着吗？”太子看着王后，满脸的泪水。他不知道他的母后为什么要这样，她是王后，这后宫之中最大的女人，他是太子，为什么他们要这么没有尊严地活着。

“宜臼，你听母后说，你是太子，必须忍耐，只有忍耐才能活下去！”王后怎么会不明白自己儿子在想些什么，这些年自己一直教导他忍让。可是这样没有尊严的日子究竟要过多久？这样如履薄冰的日子什么时候才能结束？她自己也不知道。

幽王抱着伯服回到康怡殿时，褒姒正站在宫门口张望。看见大王回来，褒姒的眼泪又流了下来，看大王的眼神有些怨恨。

“姒雪，你为何这样看着寡人？”幽王不知道自己哪里做错了，惹褒姒不高兴。他放下伯服就去哄褒姒。

“大王，你怎么能带伯服去找太子呢？你这不是把我们母子往绝路上逼吗？”褒姒接过伯服，把他抱起来，眼泪一滴接一滴地落了下来。褒姒原本就是清冷的性格，幽王很少见她笑，更是没有见过她哭。看见褒姒梨花带雨，幽王心疼不已，好像有人拿刀捅他一般。

“雪儿，我是去教训太子，怎么就把你们往绝路上逼？这些年，我对你的心意你还看不出来吗？”幽王一边给褒姒擦眼泪，一边轻轻地托着伯服，生怕他太重了让褒姒受累。

“大王，你有没有想过，宜臼是太子，他的母亲是王后。我们伯服只是个王子。将来太子是要继承王位做天子的，伯服最多有片封地。你三番五次因为伯服去教训太子，他日太子若做了天子，我们伯服还有活路吗？”褒姒越说越伤心，身体也跟着颤抖起来。

“不会有那么一天的，寡人要废黜王后和太子宜臼，立雪儿为王后，立伯服为太子！”幽王的话音刚落，褒姒睁大眼睛看着幽王，周边的宫人都像没有听见一样。

“寡人早有如此想法，只是雪儿你太过善良。今日我见太子眼中都是怨恨之色，为了伯服，寡人必须这样做。”幽王一边搂着褒姒一边扶着伯服向殿内走去。

第七十八章 逃亡中国

璃儿说完话后看着单逑，单逑坐在那里一动不动，像是在想着什么。

“大王实在是太过分了，就是可怜了王后和太子！”子未忍不住替王后和太子鸣不平。她在宫中生活过，见惯了宫人踩低捧高的手段，不由得替太子和王后捏把汗。

璃儿看见子未气得脸都红了，他们知道王后是个心善的主子，如今见她受委屈也是心疼。

单逑始终不说话，子未和璃儿两人知道他是在想办法也不上前打扰。时间就像静止一样，直到单逑发现子未和璃儿都用期待的眼神看着自己。

“璃儿，王后和太子恐有生命危险！”单逑看着璃儿，目光却飘向远处，看不懂他在想些什么。璃儿只是感觉他的神情很忧伤，就像一直守护了很久的东西即将失去一样。

“大王即使有废嫡立庶的想法，各国诸侯也不会同意的。”子未这样说，不想让单逑过多担忧，大王虽是天子但是如果百官不同意，大王也无可奈何。

“若王后和太子薨了呢？”单速抬眼看着子未，子未能想到的大王怎么会想不到。更何况他身边还有个虢公鼓，那也是个不择手段的人。

子未皱着眉头，她也认可单速的话，宫中枉死的人不在少数。璃儿却是一副很淡然的表情，她这次过来就是想到大王会加害王后和太子，想让单速救救他们。

“子未，你联系下宫中可以信任的人。”

“璃儿，可能需要你的帮忙！”单速看着子未和璃儿吩咐道。

“单速哥，有什么计划？”子未看着单速，直觉告诉她，单速心中应该是有办法了。

“王后和太子在宫中一天就会多一天的危险，今夜将他们送出王宫。”单速猜想以大王的个性，这几日就会动手，要在没有动手之前先将王后和太子转移出来。

“单速哥，想将王后和太子一并带出王宫，这……”子未的意思单速明白，王宫守卫森严，平常人出入都难，更何况是带王后和太子两人。

“难也要做，只能成功不能失败。”璃儿面色坚定道。

“会成功的，子未，你想办法联系邓石，他是总管，把今夜值守的人都换成他的人。”单速知道子未和邓石交好，他不知道邓石能不能信任，但是现在除了信任他别无办法。子未点了点头。

“璃儿，你回宫后想办法见王后一面，把这个玉佩给她看，告诉她我们的计划。后半夜你以出诊为名，把王后和太子打扮成药童带出王宫。”单速看着璃儿，他最不想把璃儿牵扯进来，最终还是将她牵扯进来。单速把玉佩递给了璃儿，这是申侯交给单速的，王后见了应该会信任璃儿。

“嗯，好，巫医局是有出宫诊治的资格。”璃儿想着这样的借口是最安全的。

“不，璃儿，到时候就说伯服生病，宫中缺一味药，褒妃命你等出宫采药。我会在宫门外的马车上等你们。”单速想着巫医出宫为诸侯诊治大多会向大王报备，可是守门人不敢得罪褒姒，加上璃儿有巫医馆的令牌，他们应该会放行。

“好！璃儿知道了。”璃儿看着单速紧张的样子，笑了笑，希望能缓解紧张的气氛。璃儿心想即使拼上她这条命，也要带王后和太子出来。

“璃儿，你出来时间不短了，早点儿回宫。回宫后一定要第一时间想办法见到王后。王后在宫中生活多年，低调隐忍，告诉她计划，让她早做安排。”单速不放心地叮嘱着璃儿，璃儿笑着答应道就走了。

子未也跟着离开了，单速一个人坐在那里想着今后的打算。嘉言走了过来，告诉他要吃饭了。他看着嘉言说道：“这个院子估计住不了多久了。”

“没有关系，一家人平平安安的，在哪里还不是一日三餐、一年四季。”嘉言把单速从椅子上扶了起来，单速笑而不语。最爱你的人总是把你当成孩子一样照顾，单速很享受这种照顾。

夜幕渐渐地降临，周遭安静得只能听见几声虫鸣。单速坐在院中，嘉言坐在他旁边，时不时地替他摇摇扇子。两人都不说话，又好像已经说了很多话。就这样静静地等待着，嘉言不知道单速要做什么，她只想在这陪着他就足够。

子期进来，嘉言就披着衣服回屋了。单速和子期一去出去。

子期在马车外不停地张望，手紧紧攥着牵马的绳子。单速在马车里闭目养神，他们都在等待。这种等待最熬人心，就像蚂蚁慢慢地一寸一寸地咬着肉体，不会太疼，只是痒得让你无法忍受又不得不忍受。

时间一分一秒地过去，就在子期快要坚持不住的时候，宫门口出来三个人影。

“单速哥，他们出来了！”子期非常小声地对马车里的单速说，单速掀开车帘向宫门望去。

“别动，在这等着。”单速坐了起来，用手按住子期。子期笑了笑，自己怎么会这么沉不住气呢?

“璃儿！”人影走近，单速看见璃儿忍不住喊了一声。璃儿带着王后和太子快速上了马车。子期赶着马车向镐京城东的一处民房奔去。

“王后娘娘、太子殿下，老臣给您行礼了！”马车内，单速看着穿着巫医衣服的王后和太子，泪眼朦胧。

“单将军，该是我和宜臼向您行礼！多谢单将军的救命之恩。”马车内拥挤，王后拉着宜臼看向单速，眼泪就流了下来。终于出来了，她再也不想回到那个让人窒息的王宫了。世人都以为她是至高无上的王后，只有她自己才知道她活得多么卑微。

“单将军要将我与母后送到哪里？”太子宜臼警惕地看着单速，眼睛里都是探究。

“太子想去哪里？”单速笑着摸着太子的头，半开玩笑地说着。

“我想带母后回申国，去外公那里。”申后没有想过去哪里，单速带她出来救她一命已是不易。突然听到儿子说去申国，她转向单速，眼神中都是希冀。若是有可能她也想回家，回去见她的父母与兄长。

“太子为何想去申国？”单速看向太子，他与太子见面的机会很少，对于太子的事情大多都是听说。今夜见他，觉得他颇有姬静当年的影子。

“父王执意要废黜母后，立伯服为太子，必然不会轻易放过我和母后。申国离镐京较远，以申国的兵力能护我和母后平安。他日我若想回来拿回属于我的东西，必须依靠外公的力量。”太子看向单速，知道他能救他应该已经想好了要送他们去哪里。

“好，我送你们去申国。”姬静像太子那么大的时候，也说过要拿回属于他的东西，后来他做到了。看着宜臼小小年纪身上一股沉稳之气，眼神中的坚定让单速仿佛又看到了曾经的姬静。

“不过你们需要先到一个地方委屈一下，明日天亮城门一开就送你们去申国。”单速故意迟钝一下，看见宜臼紧张的样子忽然又笑着说了下面的话。王后看单速逗宜臼他只是笑着，她这个儿子自小跟随自己忍气吞声，不似同龄的孩子一样爱笑爱闹。孩子的过早懂事让申王后有些心疼又有些内疚，如果不是受了太多委屈怎么会这么成熟。

单速将他们安排好，留子期和璃儿守护他们母子，自己趁着夜色回到府中。

第七十九章 单家逃亡

单速回到家中，房间内烛火跳动，发现嘉言坐在床边等着自己。

“这么晚，怎么还不睡？”单速顺水给自己倒了杯水。

“睡不着，等你！”嘉言看着单速头发有些散乱，明白他这一夜一定奔波了很久。

“嗯，以后不要你等，我以后都不出去了！”嘉言的话让单速有些心疼，他不知道他出征的每一夜嘉言都是怎样度过的。

“要走了么？”单速看着嘉言，自己不曾与她说过这些，她都知道。

“嗯，要走了！不仅我们要走，整个单家家族都要走！”单速看着嘉言，面色凝重，声音有些酸楚。

“无事，活着就好！”嘉言怎么会不知单速的舍不得，不仅单速舍不得，估计整个单家家族都舍不得这片土地。单家身居高位，百年来在镐京屹立不倒。如今要这样悄无声息地离开，怎么会不难过？

“嗯，为今之计只有远走才能保单家平安！”单速明白王后一走，最迟三天大王就会发现王后离宫。大王一定会查到是他安排的，正好也能借此机会拔了单公府。

“嘉言，留给我们的时间不多了。你叫醒彦儿和儒儿，让他们两个跟我去丰京单公府。”嘉言听了单速的话忙去叫醒两个儿子。单速坐在椅子上，毫无困意。他看着那烛火的跳动，想着每一步应该怎么走，就像在下着一个惊天的棋局。

单速在门口的马车上等待两个儿子，嘉言不懂单速为何要把儿子送走，但是她相信单速，她知道他这样做一定是为了儿子、为了单家。

天边的鱼肚泛白时，单速带着两个儿子回到单公府。单速看见单畅正在院中练拳，单家孩子只要身体允许都必须学武。单速和单畅过了几招，发现自己竟不是他的对手。

“畅儿，武艺又进步不少。”单速满眼都是宠爱地看着自己的侄子。

“叔父怎么这么早回来，出了什么事情？”单畅拿着纱巾擦完汗，坐在单速旁边。

“无事，我找你父亲有些事情。”单速看着单畅，虽说他已经长大，但是不管多大，在他心中还是一个孩子。

“叔父，你有何事就与我说。父亲年纪大了，现在府中之事都是我管。”单畅看着单速，固执地问道。天未亮就从镐京赶来，而且还带着两个堂弟，单畅觉得单速肯定有很重要的事情。

“好，你去叫醒你父亲，说我在书房等他。”单速看单畅如此坚持，想着也该是他顶立门户的时候了。

“你们两个也跟着来！”单速转脸对站在自己身后的两个儿子吩咐道。

“怎么今日回来得这般早？”单畅扶着单颂进来，他自小体弱学不了武，也习惯睡懒觉，说话的声音还有些懵懂。

“大哥，这次回来是有紧急的事情要告诉大哥。”单速当着孩子的面把事情的来龙去脉都告诉了单颂。然后说道："大王一定不会放过单家，大哥带着孩子们去齐国夷维找单棠。他会安排好一切。"

单颂听完单速的话一下子清醒过来，眼睛睁得老大，看着单速。单畅倒是不急不躁也没有一丝惊讶，单速看着单畅的反应有些奇怪便问："畅儿好像早有准备？"

"叔父，实不相瞒，大王早已视你为眼中钉、肉中刺，不拔不痛快。这些年来，叔父谨小慎微、如履薄冰，大王找不出任何过错，这不代表大王不想惩治单家。我辞官在家，成为闲散人，担心的就是这一日的到来。"单畅在单速权力被分化时，就以侍奉双亲为由辞官在家了。单速再次看着眼前这个从小就聪明伶俐的侄儿，没有想到他的眼光也能这么长远。

"畅儿有何打算？"单颂询问自己的儿子，如今自己老了，能依靠的就是眼前这个儿子。

"这几年，我以减少开支为由，不断削减府中仆人，就是为这一天的到来做准备。我在府中训练了一支强壮的府兵，可护送我们到齐国夷维。"单畅把自己的想法说了出来，单速原本还好奇为何单公府的仆人越来越少，原来畅儿早就有了打算。

"那畅儿你安排一下，族中近亲都让他们逃吧。我怕大王找不到我们，会拿他们开刀。"单速忧愁地看向单畅，他们都走了，那些族中人该怎么办？

"好，叔父放心，我会跟他们讲清其中利害。其中一部分族中人我会带他们去齐国夷维，另一部分我会建议他们去郑国，郑国公为人慷慨正义、爱民如子，他们去了那里也能有一番作为。"

"他们走时我会让他们带走一些青檀树和乡土，到达郑国和齐国夷维安家后种植，这样做一是青檀树代表了我们单家坚忍不拔和与环境共生共进的精神，二是便于单家族人之间相认。"单畅的话让单速眼前一亮，郑国和齐国夷维倒是不错的去处，两处相距也不是很远，可以相互往来。单速将单棠多年前交给自己的信物塞进了单畅的手中，叮嘱道：“照顾好你父亲、母亲。”

“你们两个要听你单畅哥的话！”单逨又转头交代了自己的两个儿子。

“我们随大伯他们去往齐国夷维，父亲与母亲不和我们一起走吗？”单儒看着单逨问道。

“我们还不能走，都走了大王势必会怀疑。你们今天走，我明日上朝辞官后再走。”单逨拍了拍儿子的肩膀，然后离开了单公府。单颂和单畅都明白单逨的用意，便由着单逨去了。

“快来吃饭吧！”单逨回到家时，嘉言已经做好一桌子菜在等他了。

“还真是饿了！”单逨说着就坐上桌子吃了起来，一夜奔波，肚子早就饿了。他想此刻子期应该带着他们出了城门在去往申国的路上。祸兮福之所倚，福兮祸之所伏。王后因为不受大王宠爱，消失两三天，大王都不知道。正因为如此她和太子才能逃过此劫。这个世界的福和祸，谁能定义好呢？

“饿了就多吃一些。”嘉言始终不曾问单逨，只是不停地给他夹菜。两个孩子是嘉言的牵挂，单逨放下碗慎重地告诉嘉言：“我让大哥他们带着孩子们去齐国找单棠，单棠会把他们照顾好的。只是委屈你，要陪我走下面的路了！”

“只要孩子们平安，我能陪着你就是最大的幸福。”嘉言听到单逨这样说，眼泪就落进了碗里。只要他们的孩子安全，接下来的路不管风风雨雨他们都要共同面对。

第八十章 烽火戏诸侯

“单速哥！”不等单速出门，季子白已经到单速面前。

“子白，坐下一起吃吧！”嘉言笑着招呼季子白，等单速和季子白坐下后，她便悄悄地退了出去 。

“单速哥，大王带着褒姒去骊山了。”季子白拿起筷子，又放下，悠悠地叹了口气。

“什么时候的事情？”单速一惊，从椅子上站了起来。

“今日一早就去了！”季子白看单速站了起来，也跟着站了起来。

“大王带着褒姒去骊山狩猎？”单速低垂着眼眸，略带疑问又像是肯定。

“其实是以狩猎之名，点燃烽火台，博褒姒一笑！”季子白看单速一副一无所知的样子，小声地告诉单速他得到的消息。

“去骊山！”单速也不看季子白就奔向骊山，季子白紧追着单速，希望单速能阻止幽王这荒唐的做法。

幽王带着褒姒等人，早早地就向骊山出发了。每到秋季，骊山的景色就特别的优美。幽王坐在马车里，看着怀中还在熟睡的褒姒。他轻抚褒姒的脸颊，脸上露出无限满足的笑容。若时光能停留在此刻该多好，他愿用一生去守候这样的幸福。

褒姒不爱笑，不知道这世间何事能让她开怀一笑。幽王这些年为了让褒姒开心，尝试了不下百种方法。很多时候他都认为褒姒不爱他，可是有人说一个女人能为一个男人拼尽全力去生孩子就是爱。不管怎么样，褒姒都是自己想珍视的人。

星河滚烫，她是人间理想。皓月清凉，她是人间曙光。褒姒躺在幽王怀里，知道幽王正在灼热地看着自己。她不敢睁开眼睛，她害怕看见他那深情的眼神，更怕自己一不小心就沉沦。这些年他对她的好，她都看在眼里。他给了她一辈子都不敢奢望的爱，她多怕有一天自己袒露在他面前。如果有一天，他知道自己一直在欺骗他，他将是怎样的绝望和难过。他总说自己不爱笑，想把这人间至宝都捧到自己面前，就是想让自己笑一下。很多时候她都想问他一句值得吗？可是她不敢，她怕失去这样的温情更怕失去他。想到这里褒姒就向幽王怀中缩了缩，想让自己离幽王更近一点，更近一点。

幽王看着褒姒的举动，宠溺地笑了，他以为褒姒是冷了，于是脱下自己的外衣给褒姒盖上。有人说昆仑山的雪莲千年才开一回，而他这次骊山之行就为博褒姒一笑。他把褒姒紧紧地搂着，他的内心是忐忑不安的，他不知道虢公鼓的方法能不能让褒姒开心。那日虢公鼓告诉自己，大周国泰民安，骊山的烽火台闲置不用。若点燃烽火台，各国诸侯在镐京的驻兵定会赶来。到时场面混乱不堪，姒雪看到如此场景定会开怀大笑。

他想随时可以见褒姒笑靥如花，他命画师随行，他要他们画下褒姒的笑。他站在高高的行宫上，居高临下地看着烽火台上准备点火的将士。褒姒依偎在他怀里，画师已经支好画布，只等待他一声令下！

“大王，若点燃了这烽火，各国诸侯来了，定会恼怒大王！”褒姒似怨非怨地看着幽王，一双桃花眼中含着点点泪水。

“寡人是这大周的天子，他们还能恼怒寡人？”幽王把褒姒搂在怀里，生怕初秋的风吹着褒姒，冷哼一声，带着说不尽的鄙夷之色。

“点！”姬宫涅看了一眼小关子，朝他点头。小关子一声大吼，声音随着风传向手持火把的将士。

一时间，狼烟起，烽火冲天，绵延不绝。幽王无心看烽火，他时刻盯着褒姒，等待着褒姒的笑颜，就像等待一朵即将绽放的昙花一样。

呼啸声、呐喊声、厮杀声，声声不绝。越来越多的军队赶来，褒姒眯眼看着这一切。笑了！只有褒姒知道这笑中包含了太多的无奈、担忧与释怀。

“笑了！笑了！雪儿笑了！”幽王如同一个得到糖果的孩子一样手舞足蹈，兴奋得跳了起来。众人不语，只有幽王的癫狂声和画师们手中画笔的沙沙声。

“我的笑对你就那么重要吗？”褒姒看着幽王开心的样子，用手轻轻地抚摸幽王的脸。

“重要，这个世界上，没有比你开心更重要的事情。”幽王摸着褒姒的手，感受她难得的柔情蜜意。

“重要到连江山都可以不要？”褒姒还是笑着，只是笑着笑着眼泪就落了下来。幽王抚着她的脸，亲吻着泪水。

“为博你一笑，红尘、江山皆可抛！”幽王将褒姒搂入怀中，信誓旦旦地说。

“你一直都知道是不是？”褒姒躺在幽王怀里，轻声地问着。

“嘘！别说话，就这样抱着就好！”幽王紧紧地抱着褒姒，他都知道。关于她的全部他都知道。他知道她要毁了大周的江山，他知道她受制于母亲，他知道她的身不由己。只要她想要他都愿意给，不管多难他都愿意。

褒姒听着幽王的心跳，平静而热烈。原来他一直都知道的，他为了爱自己可以不要这大周的江山。母亲说这世间最不能信任的便是男子，可是如今眼前这个男人给了自己他能给的一切。褒姒笑得猖狂，从未像如今这样笑得开怀。不用再隐藏、不用故意对他冷漠，从今日起，忘记从前，一心陪在他身边。

“大王，各国诸侯要面见大王。”小关子的声音让褒姒突然惊醒，她立刻从幽王的怀中挣脱出来。

“告诉他们，寡人只是想看看他们出兵的速度。现在无事，他们可以回去了！”幽王的声音穿过亭台，站在下面的诸侯不用小关子传话已然听见了。他们攥紧手中的拳头，每个人都看着亭台。他们有的是一国君主，有的是国之栋梁，何曾受过这样的屈辱？他们都是最精锐的部队，他们快马加鞭地赶到这里，只为守护天子。如今的他们就像一个被戏耍的猴子一样，供人愚弄。

单速快马到达骊山脚下时，骊山的烽火台绵延不断地冒着烽火，烟雾缭绕。他看着眼前这一切，揉了揉自己的眼睛，气愤地扬着手中的马鞭，狠狠地抽打着马匹。

“单速哥，你不要冲动！”季子白看着眼前的一切，明白幽王已经点燃了烽火。他知道幽王已经戏弄了诸侯，单速定是去教训幽王了。

单速根本不理会季子白的话，向幽王坐着的亭台飞奔而去。

“单将军，你不能进去。”小关子来不及阻拦，单速已经出现在幽王面前。小关子不停地向幽王赔罪，幽王示意他退下。

“师傅，山路崎岖，您怎么过来了？”幽王看见单速时，眼中的阴狠一闪而过。他赔着笑脸关切地问着单速，让单速坐了下来。褒姒第一次近距离地看着单速，看着让母亲家破人亡的仇人。单速感觉有人在看他，抬头对上褒姒的眼神。褒姒连忙低头回避，在幽王看来就是褒姒被单速的眼神吓到了。

“古之立帝王者，非以奉养其欲也；圣人践位者，非以逸乐其身也。圣人之从事也，殊体而合于理，其所由异路而同归，其存危定倾若一，志不忘于欲利人也。我大周自文王建国以来三百余年。历代帝王呕心沥血，为百姓谋福祉。反观大王您，何曾将大周的江山放在心上，又将大周百姓置于何地？”单速字字诛心，铿锵有力地教训幽王。

“单速，寡人敬你曾经做过寡人的师傅，对你礼遇有加。你却不知好歹，此乃大不敬。”幽王生气地指着单速。此刻的单速坐在椅子上看着幽王，看着这个他从小看着长大、一手调教出来的徒弟，深感当时的亡国之言就要印证了。他看着幽王笑了起来。

“大王，单将军也是关心则乱！”季子白进来跪在地上，希望幽王能饶过单速。

“先王，单速对不起你！你的嘱托怕是完成不了啦！”单速低声呢喃着，声音中满是绝望和无奈。幽王从未看到过如此脆弱和悲伤的单速，他眼中的单速不管任何时候都是一副严厉、不苟言笑的样子。

“回吧！寡人累了！”幽王虽想惩戒单速，但是明白此刻不能。他揉了下眉头表示自己很累的样子，小关子瞄了一眼单速，想劝他出去。

“大王，臣已年迈，耳聋眼花，今后恐不能辅助大王。今日老臣便告老还乡！”单速知道自己已经劝不动幽王了，趁着这个机会，他辞官带着嘉言云游四海。

“单速哥……”季子白的话还没有说出口，单速站起来对他摇了摇头。

“师傅这是在威胁寡人吗？”幽王虽早就有意让单速远离朝政，只是今天提出来怕是引起诸侯不满。

“大王，臣不敢！老臣年纪大了，想颐养天年了。”单速眼眸低垂，谁也不知道他在想些什么。季子白盯着单速的背影，总觉得今日的单速与以往不一样。

虢公鼓进来向大王和褒姒行礼，又向单速问好。见单速不理睬他，只好悻悻地低下头，掩饰眼中的仇恨。

“单速，你当真不顾你我师徒情分一场，偏要今日辞官！”幽王站了起来，用手指着单速大声地训斥。

“先王将大王托付于我时，大王年幼。如今大王已经长大，朝中人才辈出，我也该安享晚年了。”单速说到人才辈出时，加重了语气，牙齿也咬得咯咯响。虢公鼓知道单速那是故意讽刺自己的，也不生气，只是站在那里像一个透明人一样听单速和幽王说话。

“单将军可想好辞官后去哪里吗？”褒姒婉转动人的声音，让幽王的火气消了不少。褒姒扶着幽王，用手拍了拍他的手，示意他稍安勿躁。幽王看着单速，眼前的单速两鬓斑白，洗旧了的官服穿在他身上显得有些大，就像一个偷穿大人衣服的孩子一般。坐在那里的老者，一点都不像记忆中那个日日逼自己读书练武的汉子。他不希望他留在镐京，只要单速一日不走，他的号召力就在。他随时可以进宫，可以训斥自己。

“禀娘娘，我想趁着这把老骨头还能动，到处走走。”单速笑着说，慈祥地看着幽王。他何尝不知道幽王的心思，此刻要真正地远离朝堂了，连带着看幽王的目光都变得柔和。幽王从未见单速用这样的眼光看向自己，一时间竟不知所措。

“大王，单将军一生为国操劳，您就准他告老还乡吧！”褒姒轻轻一跪，替单速求情。幽王怎么舍得褒姒跪下，立刻上前扶住她说道：“雪儿，你身体不好，地下凉。”单速看着褒姒，不明白她为何会帮自己，但是还是对她投以微笑。

“既然雪儿开口，寡人便准了！”幽王把褒姒按在椅子上，看着单速说道。

“宫湦，我要走了，放心不下你。不求你夜以继日、废寝忘食，但求你勤于朝政。不求你明辨忠奸、慧眼如炬，但求你勿乘驽马，则无置不肖于侧乎。烽火戏诸侯这样的事情万万做不得。”单速眼眶发酸，当他抬头看见幽王嫌弃的表情时，瞬间如鲠在喉，整个人僵在了原地。原以为幽王还会念及当初的情义，今日才明白幽王从未把自己当作师傅过。

“师傅若是无事就回去歇着吧！”幽王面无表情地看着单速，他已经厌烦了单速的说教。原以为这次会不一样，只是没有想到还是这套说辞。

单速看着幽王不耐烦的表情，颤颤巍巍的双腿跪地向幽王行了跪拜大礼。他是向王座上坐过的十几代先王跪拜，他是向他信奉了一生的大周礼教跪拜，他是向单家百年来守护的大周跪拜。三个头，恍如隔世，从此江湖不再见。

幽王看着单速慢慢远去的背影，眼中浮现的是单速烈日下手持皮鞭、书房里手持戒尺、马背上拼死相护的景象。

第八十一章 散关再会

季子白跟着单速出了行宫，他看着单速的背影，发现自己好像从未看清过单速，从来不知道他在想些什么。他迷茫地看着单速，一切都刚刚好，一切都在他的计划中。

“单速哥，你是故意的对不对？”季子白愤怒的声音从单速的身后传来，想了许久的话终于说出了口。

“是的！”原来他看出来了，这一切都是自己计划好的。他知道大王今日要来骊山，他也知道季子白定会找自己。他不过是故意让幽王愤怒，继而辞官。

“为什么？”季子白快速地跑到单速面前，抓住单速的衣衫，想要他给一个解释。

“为了保命！”单速轻轻推掉季子白的手，转身离开。

季子白待在原地，眼睛空洞地望着远方，脑中还回想着单速的话。他要保命，保谁的命？

单速回到家时，嘉言已经将东西都收拾好了。望着大包小包的东西，看着嘉言的笑脸，额头上的汗珠在阳光下闪闪发光，单速小心地给嘉言擦擦汗。

“表哥，那鼎还带着吗？”屋里能收拾的东西很少，他们在散关的家什么都有。只是那房间中的十鼎，有些沉重，这让嘉言有些为难。

“带着，那是我单家的荣耀。”单速知道嘉言的顾虑，可是他有自己的想法。那些鼎不仅是单家的荣耀，关键时刻还能保命。

“好！”对于单速的要求，嘉言从来不会拒绝，她不问缘由，不问结果。几十年如一日，只要单速说的她都会笑着说好。

“嘉言，我们这次要大张旗鼓地走。一来转移大王的视线，给彦儿、儒儿争取时间。二来，明目张胆地走，大王也会顾及诸侯国，不会明面上为难我们。”单速还告诉嘉言多备一辆马车，让人误以为他的两个儿子也在马车中。

第二日一早，单速和嘉言带着一行人浩浩荡荡地离开了镐京。单速掀开车帘，望着这片生他养他的土地，看着眼前这些熟悉的小摊小贩。他红了眼眶，曾经在战场上受伤流血都不吭一声的将军，如今却红了眼睛。离王宫越来越远，以后再也不会回来了吧。望着远去的镐京城，单速仿佛看见姬静在城门口向自己挥手道别。仿佛看见嬴萤一身大红嫁衣，站在城头翩翩起舞。

“他日你若想回来，我陪你回来便是。”嘉言将手搭在单速的手上。她前半生母亲早死，不得父亲疼爱。后半生历经磨难嫁与单速，以单速为天，以孩子们为天。如今能陪在单速身边，已经很满足。不过想到自己的两个孩子，不知道他们现在在齐国过得如何。

“不回来了，我们也该过一段属于我们自己的日子了！等安全了，我们再去看彦儿、儒儿。”单速关上车帘，用帘子隔绝了外面的世界，仿佛也将自己隔绝在这世俗之外。他笑着看着嘉言，这辈子欠她的太多，也该弥补她了。

“终于等到你这句话！”嘉言看着单速，眼中带着光亮。

单速和嘉言一路虽辛苦，但是总算平安地出了镐京，回到自己的住所。康叔好像早就知道他们要来一般，早早地在门口迎接。单速和嘉言看着康叔后面的子期和子未时，才明白康叔是怎么知道的。

“单速哥，一路上都还好吧？”嘉言指挥人搬运行李，子期悄悄地跑到单速面前问道。

“无事，一路平安。”单速知道子期想问的是什么，他看见子期不解的眼神，笑着说道：“我也不知道为什么，这一路上风平浪静！”

单速也觉得奇怪，原本他以为这一路上应该是惊险万分。出乎意料的是，这一路上风平浪静。他一直忙着赶路，不知道镐京那边怎么样了。

“镐京城如何？”单速停下手中的活，看着子期问道。单速想着子期来这个镇子已经有一段时间，应该知道那边的消息。

“烽火戏诸侯惹得诸侯愤怒，百官不满，但是大王仍旧力排众议立褒姒为后、立伯服为太子！”幽王回宫后才发现王后和太子离宫，将康寝内宫人全部处死。子期把这段时间打听到的消息一五一十地告诉单速。单速听到后也不说话，又帮忙搬起了东西。

“单速哥，子来和子可需要他们回来吗？”子期试探性地问着单速，子来和子可都已经各自成家了。如果单速要他们回来，他们一定会不顾一切地回来。

“不用了，让他们各自生活。没有特殊情况的话，不需要传信息回来了。”单速想了想回答道。

就这样，单速等在这原先生活过的小镇安定了下来。

“单速哥，我怎么感觉外面有群人鬼鬼祟祟地想偷窥我们？”这一日嘉言买菜回来，总感觉有人尾随自己。她快步跑向院中，放下菜篮，把今日的情况告诉他。

“该来的总要来的。”单速低垂着眼眸，只是说了这么一句。

“大王……”嘉言的话没有说完，单速点了点头就证明自己猜对了。

“这才过了几天安生日子！”单速原先不懂幽王为何不在路上动手，现在他明白了。大王不想路上动手，以落他人口实，可是在这里就不一样了。看着这一院子的木槿花开得正好，怕是要落寞了。

单逮带着康叔、子期、子未等人在院中挖了一个大大的坑。嘉言做好饭看着满头大汗的他们，便问:“单逨哥，你这是在做什么？”

“埋鼎！”单逨从坑里上来，洗洗手说道。

“埋鼎？”嘉言不懂，当初离开镐京时，单逨说这是单家的荣耀。无论如何都要带着，如今怎么突然要埋了。她看着单逨，想确认她是否听错了。

“嗯，埋鼎！要逃命，这些带不走！”单逨笑着再次肯定地说，这些鼎埋在这里总会有再来取的一天。

嘉言明白单逨说的话，转身对单逨说:“什么时候走，我去收拾！”

“重的东西都别带了，包括车辆，带点换洗衣物就可以，不要动静太大，引起他们注意！”单逨在嘉言身后叮嘱道。

夜晚，嘉言和子未一人一边扶着康叔从后门出去，子期和单逨跟在后面。当初只是为了满足看山的愿望，在院子的后面开了个小门，如今却成了他们逃命的通道。他们出门后在黑夜里看见一个十五岁左右的孩子牵着一头牛和他父亲在后门站着。

“你们这是干什么？”嘉言惊奇地问道。

“这几天看见你家门口周边有好多陌生人在徘徊，今天听见院子里有刨地的声音，扒墙头看见你们在埋东西，估计你们要出关避避，出大散关后山路会不好走，我家有一头牛可以骑着为你们省脚，想让孩子帮你们牵着牛给你们带路，所以在此等候。”孩子父亲说。

“谢谢了。”单逨激动地说。

几个人摸黑向大散关走去。路通向哪里，没有人知道，只知道这样走着，天之涯、海之角，总会有他们落脚的地方和他们向往的生活。

后记

2013年因工作需要，出差到了西安，闲来无事走进了宾馆对面的一家图书馆，随手拿起一本《吉金铸华章》，翻开书页，被里面2003年陕西省宝鸡市眉县杨家村出土的27件单氏家族窖藏青铜器所震撼，当即驱车赶往宝鸡青铜器博物馆考察，其中单氏家族窖藏青铜器逨盘上铭文长达372字，详细地记录了单氏家族八代人辅佐了西周十二代王的辉煌历史。还有随逨盘一起出土的十鼎的照片，铭文详细记述了周王命逨辅佐长父，征伐戎狄有功，受到周王室册封、奖励之事，将逨受到册封的时间、地点、原因及奖励内容记载得十分清楚。并记录了周宣王四十三年（前785），单逨因治理林泽，供应王室山泽物产有功，周王室册封其为官司历人（类似于监察部长一职），训导其如何施政，及受到奖赏的情况。单逨可以享用十鼎？按照当时礼制高于宣王，难道单逨与“老子十鼎，天子九鼎”有关？这一历史千古之谜就此揭开了吗？

2014年6月，因业务出差到湖北省秭归县。在一位学者的书架上发现《归钰》一书，信手翻阅，其中一行字映入眼帘：“老子姓单名逨，西周京畿人。”

老子姓单？《道德经》原作者不是李耳吗？随着深入的研究，查阅了大量的历史资料，方知《德经》最早成书于西周，是单逨受周宣王委任编写的帝王之术；我被远祖单逨的智慧英明、忠肝义胆、精忠报国所感动，暗下决心还原这段历史。

2014年10月30日，高密单逨（老子）文化研究会秘书长单宝宏、单既建、钟成军、单伟和单小东等一行人，赴陕西省宝鸡市眉县杨家村，对单氏家族青铜器出土地点作实地考察。我们与当地挖掘出青铜器的王明锁等人见了面，并拜访了眉县政协主席卢文远、文化广电局局长赵军良、博物馆研究员刘怀君等人。翌日，飞赴湖北武汉拜访了《归钰》一书的作者陈光柱，详细叙述了出土青铜器上的记载。然后到北京专程拜访了北京大学教授、夏商周断代工程首席科学家李伯谦先生，国家核工业研究员、《正玄》的作者孙文鹏老先生。整个行程历时多日，获得了大量珍贵的有价值的资料。同年12月27日，在山东高密举办了首届“老子论坛”。研讨了陕西省眉县杨家村西周单氏窖藏青铜器的出土对中国现存历史研究的影响、意义、在中华历史中的地位及以单逨在西周中后期的历史作用，探索单逨与老子、老子与《道德经》的历史渊源以及《道德经》的成书年代与历史大背景。大会由山东齐鲁文化研究院、曲阜师范大学国学院、高密市老子文化研究会、宝鸡周秦文化研究会、高密市文广局和半岛都市报共同举办。山东齐鲁文化研究院院长王志民先生，曲阜师范大学校长、国学院院长傅永聚先生，老子道学文化研究会会长助理刘高奇博士，陕西省文史馆、宝鸡文理学院教授彭曦先生，山东社会科学院历史所所长孙聚友先生，香港中文大学教授单周尧先生，国家核工业研究员孙文鹏先生，以及山东省、高密市有关领导参加。大会盛况空前，硕果累累，在单逨与老子的关系学术研讨上取得了圆满成功，并与刘高奇博士商定由他负责一起来挖掘出版单逨生平事迹。

时隔一年多，于2016年11月4日再次组织中国社会科学院胡孚琛教授、老子道学文化研究会会长助理刘高奇博士，高密单逨(老子)文化研究会秘书长单宝宏、单既建等一行人，赴眉县杨家村、周至县、终南山等地考察研究，拜访当地知名学者，挖掘单逨的历史资料，为写好《单逨传奇》一书打下了坚实的基础。在成就此书的过程中，我还要衷心地感谢单银木、单永升、单体球、单既成、单志超、单日强、单文河、单宏刚、单自成等人的大力支持与帮助。再次感谢大家！

单百平

己亥年仲秋于老子青檀园

图书在版编目（CIP）数据

单速传奇 / 刘高奇，单百平著．—北京：中国文史出版社，2019

ISBN 978-7-5205-1521-4

Ⅰ．①单… Ⅱ．①刘… ②单… Ⅲ．①传记小说—中国—当代 Ⅳ．① I247.5

中国版本图书馆 CIP 数据核字（2019）第 251028 号

责任编辑：李晓薇　　装帧设计：杨飞羊

出版发行：中国文史出版社
社　　址：北京市海淀区西八里庄路 69 号　邮编：100142
电　　话：010-81136606　81136602　81136603（发行部）
传　　真：010-81136677　81136655
印　　装：廊坊市海涛印刷有限公司
经　　销：全国新华书店
开　　本：170×240mm
印　　张：34.75
字　　数：469 千字
版　　次：2020 年 1 月北京第 1 版
印　　次：2020 年 1 月第 1 次印刷
定　　价：78.00 元
